Verlag *Die Muschel*

Das Buch

Geschildert wird die sechshundertjährige Geschichte der Karibikinsel Delfina, auf der sich aberwitzig und humorvoll das Leben entfaltet. Prall und phantasiereich, überbordend und schön breiten sich vor dem Leser die märchenhaftesten Ereignisse aus und machen die Lektüre zu einem gloriosen Vergnügen.

Die Autorin

Autorin Gudrun Pausewang, 1928 in Wichstadtl in Ostböhmen geboren, ist eine der renommiertesten Schriftstellerinnen der Gegenwart und veröffentlichte mehr als 70 Bücher, die in zahlreiche Sprachen übersetzt worden sind. Vier ihrer Werke wurden verfilmt.

Gudrun Pausewang

Aufstieg und Untergang der Insel Delfina

Roman

Verlag *Die Muschel*
Nagelschmiedgasse 10
50827 Köln

Von Gudrun Pausewang ebenfalls im Verlag *Die Muschel* erschienen:

Der Herr des Vulkans (ISBN 3-9368-01-7)

Ungekürzte Ausgabe
© 2003 Verlag *Die Muschel,* Köln
Alle Rechte vorbehalten
Gestaltung: Mathias Lück
Layout: Sandra Meckler
Transkribiert von Anja Kautz und Katrin Klütsch
Erstveröffentlichung: Stuttgart 1973
Herstellung: Kirschbaum, Bonn

ISBN 3-936819-02-5

An einem strahlenden Nachmittag, unter grellem Himmel und zart hingetupften Wolken, stieg sie aus dem Karibischen Meer, eine knappe Stunde vorher angekündigt durch hohen Wellengang, Schaumköpfe, aufgeregte Schwärme fliegender und anderer Fische, die in alle Richtungen entflohen, und eine eigentümlich giftgrüne Färbung des Meeres. Innerhalb kurzer Zeit hob sie sich empor, und am Nachmittag um drei Uhr Ortszeit war sie bereits vollständig aufgetaucht und da, nur ganz nackt: pflanzen-, tier- und menschenlos, eine leere Landschaft, ein faltiges Etwas über dem Meeresspiegel – groß, wenn man sie aus nächster Nähe betrachtete, aber winzig von fern. Sie bestand aus etwas Aufgetürmtem, vielleicht dem Gipfel eines untermeerischen Hochgebirges, einem spitzen Berg, der alles übrige weit überragte. Um ihn herum erhoben sich einige bescheidenere Hügel, die zu den Ufern hin in leicht gewelltes Land übergingen. Hier und dort fiel es in Steilküsten zum Meer ab oder umschloß herrliche Buchten mit Sandstränden. Alles natürlich noch sozusagen im Projekt, denn was ist schon eine Bucht mit weißem Sandstrand im Karibischen Meer ohne üppige Vegetation? Aber hätte damals, im Jahr dreizehnhundertsechsundsiebzig, ein heutiger Experte der Touristik diesen Entwurf einer Insel gesichtet, er hätte instinktiv ihre touristische Zukunft erkannt, trotz der Riffe, die gemeinsam mit der Insel bis knapp unter den Wasserspiegel ernporgetaucht waren und sie nun im Abstand von einer halben Meile von drei Seiten umschlossen – ein erhebliches Hindernis für die spätere Schiffahrt.

Noch während die Insel aufstieg, erhoben sich ringsum Wogen zu ungewöhnlicher Höhe und bildeten konzentrische Kreise, die sich in rasender Eile von der Insel wegbewegten und für einige Stunden das ganze Karibische Meer in Unruhe versetzten. In östlicher Richtung, an den Küsten der Kleinen Antillen, scheuchten sie die Fischer an Land und die Kinder von den Stränden: hohe Wogen, die in flachen Buchten weit landeinwärts rollten und Zäune und Strauchwerk mitrissen. Im Norden, auf der großen Insel, die sich heute Kuba nennt, hörten die verschreckten Indios bei strahlendem Wetter mehrmals ein dumpfes Grollen, das aus der Erde zu kommen schien. Drei Medizinmänner, sonst scharfe Konkurrenten, taten sich zusammen und veranstalteten in aller Eile ein Maskenfest, um die Götter zu besänftigen. Entlang der Küsten der Yucatán-Halbinsel und der heutigen Staaten Honduras, Nicaragua und Costa Rica rollten im Abstand von je zwanzig Minuten haushohe Wellen an, zerstörten ganze Indianerdörfer, die am Meer lagen, und rissen beim Zurückströmen Wälder, Gesträuch, Felsbrocken und Herden wilder wie zahmer Tiere mit. Mehrere hundert Indianer ertranken und wurden, fast alle, in den Golf von Darien geschwemmt, wo sie, da die dortigen Küstengegenden fast unbewohnt waren, unbestattet liegenblieben, weit bis in die Wälder und Sümpfe vom Chocó hinunterstanken und Scharen von Aasgeiern anzogen.

Die Haie, die bis zum heutigen Tag vor der Mündung des Magdalena auf Beute zu lauern pflegen, verschwanden ein paar Tage lang spurlos. Durch den Yucatán-Kanal im Nordwesten der neuen Insel trieb die Strömung Millionen toter Fische in den Golf von Mexico hinein, alle mit dem Bauch nach oben, und die Bäuche glitzerten so sehr in der Sonne, daß die verblüfften Fischer blinzeln mußten.

Ja, erstaunliche Phänomene verursachte die neue Insel, so zum Beispiel den Tod eines Seeungeheuers, das in der Nacht danach auf einem Strand der heute mexikanischen Insel Cozumel gefunden wurde. Es war – nach modernem Maß gemessen – etwa zweihundertfünfzig Meter lang, grob geschuppt, graugrün am Rücken, schwefelgelb auf dem Bauch, trug entlang des Rückgrats einen gewaltigen Zackenkamm und hatte drei Schwänze, so dick wie die kalifornischen Redwood-Stämme, aber nun alle drei eingerollt, wahrscheinlich eine Folge der Agonie. In seinem Maul fand man einen Wal, der noch lebte, und einige Kraken riesigen Ausmaßes. Merkwürdigerweise besaß das Riesenvieh keine Zähne, ein Umstand, der die anfangs scheuen Indios doch bewog, es sich von nahem zu betrachten und schließlich, nachdem es einige Stunden nach seinem Tode zu ungeheurer Größe aufgedunsen war, in Scharen darüber herzufallen, es zu zerlegen und aufzufressen. (Es hatte weiches, weißes Fleisch, dessen Geschmack leicht an den von Champignons erinnerte.) Denn dieses Indianervölkchen litt zu jener Zeit an den Folgen einer schlechten Ernte und war halb verhungert. Aber entweder war das Fleisch des Seeungeheuers giftig gewesen, oder die halbverhungerten Indios hatten sich daran überfressen – kurz und gut: Vier Fünftel des Stammes krepierten kurz darauf ganz jämmerlich, und das letzte Fünftel verließ die Insel in Panik Richtung Festland und verlief sich dort.

Die unerhörteste Folge des Aufstiegs der Insel aber begab sich zur gleichen Zeit, ja fast auf die Stunde genau, einige Seemeilen vor der Küste der Halbinsel Guajira. Dort lag seit Menschengedenken eine recht hübsche, zwar unbewohnte, aber mit Kokoswäldern überwucherte Insel, die man vom Festland aus mit bloßem Auge sehen konnte. An jenem Tag um die Mittagsstunde, sozusagen aus heiterem Himmel, versank sie langsam im Meer, und nachmittags um drei Uhr waren auch die letzten Palmenwipfel in den Wellen verschwunden.

Die Guajira-Indianer warfen sich auf die Erde, klammerten sich an die nächstbesten Stauden und ängstigten sich, auch ihnen könne das Land unter den Füßen plötzlich versinken. Sie beschlossen, ihre offenbar aufgebrachten Götter zu besänftigen, und warfen einen Säugling ins Meer. Nach ein paar Stunden beruhigte sich die wildgewordene See, die an den Steilwänden der Guajira hochschäumte. Eine Wolkenwand verzog sich, und das Leben ging weiter.

Die Medizinmänner an den Küsten rings um das Karibische Meer beurteilten die Phänomene verschieden: Xochi in Mexiko, dem die Kunde von Küstenbewohnern zugetragen wurde, deutete sie als Zeichen der Ankunft weißhäutiger Männer anderer Gestirne, Götterboten, und gab allen, die ihn befragten, den Rat, jene, die da anzukommen im Begriff waren, freundlich, friedlich und ehrerbietig zu empfangen, da sie doch die Stärkeren seien. Maico der Dicke aus den Sümpfen der Landenge von Panamá, einer der berühmtesten Medizinmänner seiner Zeit, besah sich die verwüsteten Dörfer an der östlichen Küste, und als einer der wenigen Zeitgenossen, die je bis an die Küste des Pazifik vorgestoßen waren und also wußten, daß hinter dem Land ein anderes Meer lag, vermutete er nicht unklug, die Götter hätten versucht – allerdings vorerst vergeblich –, die beiden Meere zu vereinigen. Er empfahl seinen Leuten, nach Norden abzuwandern (im Süden lagen undurchdringliche Sümpfe), denn man müsse annehmen, daß die Götter ihren Versuch verstärkt wiederholen würden. Zahlreiche Medizinmänner und Stammeshäuptlinge legten die Geschehnisse, wie schon erwähnt, als Strafe der Götter aus und nutzten die Gelegenheit weidlich, ihre Leute einzuschüchtern. Die untheologischste Erklärung fand eine Zauberin im Golf von Darién. Sie zeigte ihren Gläubigen einen flachen Teller, der mit Wasser gefüllt war.

„Ihr wißt ja", erklärte sie, „daß die Erde die Form eines Tellers hat. Das Wasser, das ihr da seht, ist das Meer, an dem wir wohnen, und der Rand des Tellers ist die Küste ringsherum. Halte ich den Teller schief, schwappt das Wasser auf den Rand und überschwemmt ihn. So und nicht anders ist es gewesen. Unsere Erde hat sich für eine kurze Zeit schief gestellt. Darum ist das Meer ins Land hineingeflossen."

Nach ein paar Jahren hatten die Schrecken nur noch Erzählwert. Jeder, auch wer damals noch ungeboren gewesen war, wollte alles gesehen und miterlebt haben und womöglich im letzten Augenblick wie durch ein Wunder gerettet worden sein. Aber nach einer Generation wußte man kaum noch, was damals eigentlich geschehen war, und nach zwei Generationen war der Aufruhr des Meeres in die Dämmerwelt der Sage abgesunken. Nun hieß es bereits, der Himmel sei an jenem Tage giftgrün gewesen, es habe stark nach Schwefel gestunken, gehörnte Wesen mit Seepferdchenschwänzen seien zu Tausenden aus dem Meer getaucht, hätten mit glühenden Augen auf das Land gestarrt und, von den Wogen landeinwärts getragen, die schönsten Mädchen geraubt. Das Meer habe gekocht. Noch tagelang hinterher hätten die Fischer gargekochte Fische in ihren Netzen gefunden. Die Sonne habe schwarzen Schleim ausgeschwitzt, der Himmel grünen. Ältere Weiber hätten sich an jenem Tage zu Dutzenden freiwillig ins Meer gestürzt, wie angesogen von dem wildgewordenen Gewässer, und Fische hätten sich mit Ratten gepaart. Ganze Länder seien überflutet worden, und der goldene Thron eines Herrschers, in der Kordillere ansässig, schwimme noch immer auf dem Meere umher. Wer ihn sichte und in Besitz nähme, habe das Glück, selber Herrscher zu werden.

Aber nach zwei weiteren Generationen hatte sich die Sage totgelaufen. Sie war erloschen und verweht. Niemand mehr wußte etwas von jener Katastrophe.

Die Insel selbst, ursprünglich nackt, trug nach zwei Menschengenerationen schon einen grünen Flaum. Vögel hatten auf ihr gerastet und ihren Mist hinterlassen, der Samen enthielt, Samen waren auch angeschwemmt worden, ebenso Früchte, die Kerne und Steine bargen. Auch tote Fische hatten zuweilen in ihren Mägen herangetragen, was dem Bewuchs der Insel diente – kurz und gut: Nach reichlich eineinhalb Jahrhunderten unterschied sich die Insel in ihrer Vegetation kaum mehr von anderen, uralten Inseln. Sie trug Moos und Flechten auf ihren Felsen und Klippen, Gras auf den Bergen, grobblättrige, fleischige Pflanzen im Hintergrund der Strände, stachliges Gebüsch auf den Hügelrücken, üppige Blütenstauden und Fruchtbäume in den Senken und überall Kokospalmen, ganze Wälder von Kokospalmen, in deren gefächerten Zweigen sich Vögel tummelten und in deren Schatten Schnecken, Käfer und Würmer hausten. Auch Schmetterlinge hatten schon die Insel gefunden und sich hier erstaunlich vermehrt. Und allgewaltig war die Ameise auf der neuen Insel. Sie, die wahre Beherrscherin der karibischen Küste, hatte nicht versäumt, die Insel kurz nach deren Erscheinen in Besitz zu nehmen und zu besiedeln in Hunderten von kunstvoll zusammengetragenen Haufen.

Eine bildschöne, aber noch jungfräuliche Insel – auf drei Seiten, wie schon erwähnt, von Riffen umgeben, die inzwischen von Korallen überwuchert waren und den Inselstränden die stärksten Wellen, sie brechend, fernhielten. Weiß schäumte das Meer an den Riffen auf. Die Vögel auf der stillen Insel hörten an windigen Tagen das Getöse der Brandung. Zwischen den Riffen und der Küste war das Meer flach. Merkwürdige Wasserpflanzen wuchsen da, haarige Algen, starre, bizarre Kalkgewächse, dunkles Gebüsch, geschmeidig in den Wellen, von Fischen bewohnt, und Mangrovendickicht am Uferrand, ein Wurzel- und Zweiggewirr, das unzählige Wasserkrebse beherbergte. Von weitem leuchteten diese seichten Gewässer grell türkisfarben, an manchen Stellen schimmerten sie auch goldgelb, dort, wo sich unbewachsene Sandflächen knapp unter dem Meeresspiegel befanden. Jenseits der Riffe war das Meer dunkelgrün, hellgrau oder auch blaugrau, je nach Farbe des Himmels. Es spielte rings um die Insel in herrlichen Tönen, aber niemand war vorerst da, diese Pracht zu genießen.

Schon vierundachtzig Jahre nach Erscheinen der Insel berührte der erste menschliche Fuß ihren Ufersand, aber dieser Fuß war nur noch ein unförmiges Etwas einer aufgedunsenen Wasserleiche. Er gehörte einem Indianerkind der Insel Haiti, das an heimatlichem Strand ertrunken und dann abgetrieben worden war. Da es zu jener Zeit auf der Insel noch keine Aasgeier gab, blieb die Leiche bis zur nächsten kräftigen Welle am Strand liegen, dann wurde sie, einige Stunden später, noch ein paar Schritte landeinwärts geschwemmt, wo sie lag, bis Flugsand sie zuwehte und sie sich dank der Ameisen in Erde verwandelte. Nur ein dünnes Perlenkettchen blieb übrig, das das Kind um den Fußknöchel getragen hatte.

Gute dreißig Jahre später trieb der Zufall wieder eine Leiche an Land: die eines spanischen Matrosen. Zwei seiner Kameraden blieben draußen an den Riffen hängen und wurden von den Brandungswellen zerfetzt. Ihm aber gelang es – zwar schon in totem Zustand –, die vierte, die rifflose Seite der Insel zu finden und in die stillen Gewässer einzudringen. Er wurde zwischen die Mangrovenwurzeln gespült, langsam, Welle um Welle durch die Algen in Richtung Strand, und kleine Schnekken nestelten sich in sein schulterlanges dunkelblondes Haar. Im Mangrovengebüsch hing er schließlich und schaukelte tage- und wochenlang sanft auf und ab, bis ihn die Ameisen entdeckten, eine lange Straße über alle die Äste und Wurzeln des Mangrovendickichts vom Festland bis zu der Leiche bildeten und von ihr abtransportierten, was oberhalb des Wasserspiegels zu erreichen war. Er war ein junger, hübscher Matrose gewesen, einer aus Nordspanien, auf den seine Mutter noch vierzig Jahre später in wütender Liebe wartete, ohne zu erfahren, daß sein Schiff an der Küste Haitis gestrandet und er bis zu dieser Insel getrieben worden war, tot, längst ertrunken, zumal er nicht hatte schwimmen können. Er hatte ein Amulett um den Hals getragen, ein silbernes, abgetragenes Amulett, das von seiner Urgroßmutter stammte. Das blieb an einer Mangrovenwurzel hängen, und Moos überwucherte es.

Als die Insel einhundertneunundfünfzig Jahre alt war, gelangte ein Kanu mit vier Indios bis an die nördlichen Riffe. Die Leute hatten die Insel greifbar nahe vor sich, sie waren halb verrückt vor Durst und sahen Bäche glitzern. Ihre letzten Kräfte gaben sie daran, an den Riffen entlangzurudern, um einen Durchschlupf zu finden: Sie träumten von Süßwasser, Kokosnüssen und tagelangem Schlaf im Schatten. Aber nachdem sie eine knappe Hälfte der Insel umrudert hatten, waren sie so matt und mutlos geworden, daß sie gegen die Strömung, die sie nach Südwesten abtrieb, nicht mehr ankommen konnten. Und so verloren sie das Paradies, das ihnen zum Greifen nahe gewesen war und das sie doch nie betreten hatten, und wurden neunzehn Tage später in ihrem Kanu tot – vertrocknet – an das mittelamerikanische Festland getrieben.

Aber im einhunderteinundachtzigsten Jahre ihres Bestehens empfing die Insel endlich ihren ersten lebenden Menschen. Es war ein entflohener Negersklave, der auf einer kubanischen Plantage gearbeitet hatte. Er hatte bis zu seinem achtunddreißigsten Lebensjahr in Afrika gelebt, an der Westküste, ahnungslos, daß spanische Sklavenfänger die afrikanische Küste abzugrasen begannen. Fassungslos hatte er seine Gefangennahme erlebt, als er einen Freund ins Nachbardorf begleitet hatte, dumpf brütend hatte er sich quer über den Atlantischen Ozean nach Kolumbus' Westindien schaffen lassen. Er hatte, ohne aufzumucken, in der Plantage des spanischen Siedlers auf der Insel gearbeitet, die die Spanier Hispaniola nannten, und man hatte ihn wegen seiner außerordentlichen Kräfte geschätzt. Aber eines Tages, in seinem fünfzigsten Lebensjahr, als er zum erstenmal an seinen künftigen Tod dachte, war ihm aufgegangen, daß er voraussichtlich hier, in diesen fremden Gefilden, werde zu sterben haben. Dies bewirkte eine Panik in seinem bereits halb abgestorbenen Gehirn. Er warf seine Hacke fort, brüllte auf und versuchte zu fliehen, wurde aber bald wieder eingefangen. Allerdings kostete diese seine zweite Gefangennahme erhebliche Mühe, denn er war stark, und er schlug drei Sklavenaufseher zusammen, ehe sie ihn überwältigen konnten, weil er sich diesmal nicht in sein Schicksal ergab, sondern sich wehrte, solange er konnte. Man sperrte ihn ein und legte ihm Fußfesseln an. Aber am nächsten Morgen war er weg, mitsamt der Fußkette, die, kürzer als die Länge eines normalen Schrittes, die beiden eisernen Knöchelreifen miteinander verband. Den Schlüssel zu den Fußfesseln trug ein Sklavenaufseher an einem Band um den Hals. Der Sklave war also weg und mit ihm ein indianisches Kanu.

Einsam, aber euphorisch gestimmt, vertraute er sich dem Meer an – bar jeder geographischen Kenntnis. Er glaubte blind, er werde nach einigen Tagen Seefahrt daheim in seiner afrikanischen Bucht landen. Und ihm schien die Heimkehr, da er nun frei war, eine solche Kleinigkeit, daß er sich weder um den nötigen Proviant noch über die Fußfesseln, die ihn erheblich behinderten, Sorgen machte. Er kehrte heim. Das war der einzige Gedanke, den er bewältigen konnte. Er dachte an seine Frau, jung, wie er sie hatte verlassen müssen, und an seine acht Kinder, und während er ruderte, sang er laut über das Meer, nein, er sang nicht, er brüllte.

Bis zu seinem Tod war er der festen Meinung, er sei auf einer afrikanischen Insel gelandet, einer Insel, die, nicht weit von seiner heimatlichen Bucht, dem afrikanischen Festland vorgelagert war. Er weinte vor Glück, als er sie sichtete. Sein Kanu näherte sich der Insel genau dort, wo kein Riff den Weg zu ihr versperrte. Kaum hörte er den Sand unter dem Kiel des Bootes knirschen, sprang er ins seichte Uferwasser und watete an Land. Er betrat den Strand in Trippelschritten, wegen der Fußkette, warf sich in den Sand und wühlte mit den Händen darin. Ja, es muß erwähnt werden, so merkwürdig es auch erscheinen mag, daß er sogar das Gesicht in den Sand wühlte und seinen Mund mit Sand füllte. Dann suchte er Kokosnüsse, denn er hatte mehrere Tage nichts gegessen und getrunken, und schmetterte sie, um sie zu öffnen, gegen Felsen.

Sobald er sich mit Kokosmilch vollgesaugt und mit Kokosfleisch gesättigt hatte, machte er sich auf den Weg, um auf der Insel seinesgleichen, also Afrikaner, zu suchen. Drei Tage lang trippelte er, ständig auf der Flucht vor Ameisen, auf der Insel herum, bis seine Fußgelenke aufgerieben waren. Dann dämmerte ihm langsam, daß er nicht nur der einzige Neger, sondern der einzige Mensch überhaupt war, der auf dieser Insel lebte. Inzwischen hatte eine Welle längst sein Kanu ins Meer hinausgespült. Er saß als freier Mann in der Falle.

Er lebte noch ein knappes Jahr. Er ernährte sich fast ausschließlich von Kokosnüssen. Während der ersten Wochen seiner neuen Gefangenschaft verließ er kaum den Strand. Jeden Spätnachmittag, bevor die Sonne unterging, begann er zu brüllen. Er brüllte, bis die Sonne verschwunden war und es dunkel wurde. Weit übers Meer hallte sein Gebrüll, denn er war, wie schon erwähnt, ein starker Mann mit einem gewaltigen Brustkorb. Später brüllte er nicht mehr, er heulte nur noch, wie ein Hund den Vollmond anheult, jeden Abend, Woche um Woche, bis er bloß noch heiser krächzte und schließlich ganz verstummte. Von da ab mied er den Strand und den Anblick des Meeres. Er verkroch sich in den Palmenwäldern. Entweder aß er, oder er schlief. Er bewegte sich kaum mehr. Ebenso schnell, wie er verblödete, nahm er an Gewicht zu, sein Körper schwoll unförmig an, die Fußfesseln schnitten immer tiefer ein, bis das Fleisch in Wülsten darüberwuchs. Die letzten Wochen seines Lebens verdämmerte er unter starken Schmerzen an seinen Fußgelenken. Noch bevor er tot war, machten sich die Ameisen über ihn her. Aber das nahm er kaum mehr zur Kenntnis.

Schon zwei Jahre später gelang es einem Spanier, die Insel lebend zu erreichen. Er war kein gewöhnlicher Spanier, keiner der Abenteurer oder Kriminellen, die das Mutterland Spanien zu jener Zeit ausschwitzte, um mit ihrer Hilfe die südamerikanischen Reichtümer heimzuholen. Er war ein Edelmann, Don Rodrigo de Córdoba, der vor fünf Monaten den spanischen Hafen Cadiz an Bord einer Galeere verlassen hatte, um einen Gouverneursposten innerhalb der neuen Ländereien jenseits des Meeres zu bekleiden und gleichzeitig als Conquistador dem spanischen Herrscherhause noch mehr Land hinzuzugewinnen. Don Rodrigo de Córdoba war ein echter spanischer Hidalgo, stolz, königstreu und hart im Geben und Nehmen. Aber als Neuling in Südamerika war er mit den dortigen Gepflogenheiten noch keineswegs vertraut und deshalb zu vertrauensselig. Jedenfalls war er nach einer stürmischen Reise, auf der er sich die meiste Zeit sterbenselend gefühlt hatte, auf der Insel Hispaniola angekommen, hatte sich dort bei den zentralen königlich-spanischen Behörden als neuernannter Gouverneur für Panamá vorgestellt, hatte sich mit der Ernennungsurkunde des spanischen Königs ausgewiesen und war einen Monat später, nach zahlreichen Festen und Gelagen, auf einem anderen Schiff in Richtung Panamá weitergefahren. Er wußte wohl, daß der Gouverneur, den er ablösen sollte, dieses Schiff nach Hispaniola geschickt hatte, um ihn abholen zu lassen. Er wußte aber nicht, daß sein Vorgänger nicht daran dachte, dem Befehl des Königs Folge zu leisten und seinen Posten aufzugeben. Er wußte auch nicht, daß der Kapitän von diesem Manne gedungen war und daß die vier Passagiere, die auf demselben Schiff reisten, treue Freunde des bisherigen Gouverneurs und angewiesen waren, Don Rodrigo de Córdoba während der Reise zu beseitigen. Und so geschah es denn auch, denn der König war weit.

Nur seiner noblen Herkunft hatte er es zu verdanken, daß sie ihm nicht kurzerhand ein Messer durch die Kehle zogen. So zwangen sie den völlig Überraschten eines Morgens (sie hatten bis spät in die Nacht zusammen Karten gespielt) mit gezückten Degen, ohne Angabe irgendwelcher Gründe und nur mit dem Hinweis, er werde in Panamá nicht gebraucht, über Bord zu springen. Man bot ihm sogar eine Chance: Der Kapitän hatte sich einer der unbewohnten, unbedeutenden Inseln, die nördlich des Golfs von Darién lagen, genähert. Und nun, von der Reling aus, ermunterte er den Unglücklichen, der bereits im Meer herumpaddelte, schwimmend diese Insel zu erreichen. Dann setzte das Schiff alle Segel und zog davon.

Aber ach! Don Rodrigo de Córdoba stammte aus dem Binnenland der iberischen Halbinsel und konnte nicht schwimmen. Er war ein ausgezeichneter Fechter, ein glänzender Gitarrespieler und Tänzer und ein hervorragender Reiter. In der überaus komplizierten Etikette des spanischen Hofes fühlte er sich wohl. Aber schwimmen – wozu hätte er je zu schwimmen nötig gehabt? Die Seefahrt von Spanien nach Hispaniola war im Lauf seines bisherigen Lebens seine einzige Begegnung mit dem Meer gewesen. Nun strampelte er also hilflos im Wasser, ein spanischer Edelmann!

Er fühlte sich zutiefst in seinem Stolz verletzt, denn nicht nur spanische Landsleute, sondern sogar diese indianischen Kreaturen, deren hundert nach seiner und der allgemeinen spanischen Meinung nicht so viel wert waren wie ein einziger Spanier, hatten ihn in diesem entwürdigenden Zustand gesehen! Die Matrosen des Schiffes waren Indios gewesen, jawohl, sie hatten sich über die Reling gebeugt und gefeixt! Er verfluchte den Kapitän und seine Helfershelfer. Darauf fühlte er sich etwas wohler und empfahl, wassertretend, seine Seele der Jungfrau Maria. Auf diese Weise gestärkt, erwartete er den Tod.

Jedoch das Schicksal spielte mit ihm wie die Katze mit der Maus, bevor es ihn endgültig auslöschte. Jedenfalls geschah etwas Merkwürdiges: er ging nicht unter. Nachdem er einige Zeit fast ungeduldig das unvermeidliche Ende erwartet hatte, begann er sich über dieses Phänomen Gedanken zu machen, und er fand heraus, daß sich in seinen Pumphosen und den Puffärmeln seines Wamses so viel Luft befand, die dank der Qualitätsarbeit seines kastilischen Schneiders und des ausgezeichneten Leders nicht entweichen konnte, daß sie ihn samt seinem Degen und seinen Stiefeln trug. Er wurde von nordöstlicher Seite her, dort, wo kein Riff die Wellen abhielt, auf die Insel zugetrieben.

Sobald er Grund unter die Füße bekam – das war noch weit draußen –, begann er zu waten. Er behielt dabei das Ufer scharf im Auge, jeden Augenblick eine Horde zähnefletschender Indios erwartend, denen er sein Leben so teuer wie möglich zu verkaufen gedachte. Den Degen in der Hand, die Stiefel umfilzt von Algengewächs, aus Gewand und Spitzbart triefend, die Halskrause welk, so stolperte er ans Ufer: ein Bild des Jammers und zugleich ein Symbol spanischer Conquistadorenzähigkeit. Denn in seinem Antlitz spiegelten sich bereits seine Gedanken: Wie konnte er die Insel, die wahrscheinlich noch gar nicht erobert worden war, der spanischen Krone zuführen? Um dieses Ziel erreichen zu können, durfte er sein Leben natürlich nicht verlieren. Er mußte die hier lebenden Indios nach dem Muster Pizarros oder Cortez' übertölpeln. Entsprechende Berichte hatte er zur Genüge gehört und gelesen. In fieberhafter Eile stellte er verschiedene Pläne, allen möglichen Situationen angepaßt, auf und hoffte nur, er werde wenigstens einigermaßen trocken, bevor die ersten Indios erschienen, denn so klatschnaß, wie er war, empfand er sich mit Recht als lächerlich.

Entweder sie sind scheu, dachte er, oder es erwartet mich ein Hinterhalt. Sind sie scheu, ist es leicht, mit ihnen fertig zu werden. Organisieren sie aber Widerstand, muß ich Tücke anwenden. In beiden Fällen ist es das beste, wenn ich sie erst ein paar Stunden warten lasse.

Er schritt gemessen am Strand hin und her, bis seine Kleidung in der Vormittagshitze einigermaßen getrocknet war. Währenddessen ließ er seinen Degen reichlich in der Sonne blitzen, zur Einschüchterung der Eingeborenen. Mit einem fein ziselierten Kamm, den er immer in der Brusttasche trug, kämmte er sich am frühen Nachmittag Bart, Schnurrbart und Haupthaar, harrend der Dinge, die da geschehen würden. Aber es geschah nichts, außer daß Vögel in den Zweigen des Gesträuchs zwitscherten und ein Schwarm orangeroter, schillernder Schmetterlinge sich dort niederließ, wo Don Rodrigo de Córdoba etwa um zwei Uhr nachmittags (Ortszeit) seine Notdurft verrichtet hatte.

Er übernachtete am Strand, den Säbel quer über der Brust. Ein paarmal schreckte er aus seinen Träumen empor, die sich größtenteils mit ausgesuchten Leckereien wie Fasanenbraten, Trüffeln und Wein beschäftigten, und starrte, Feinde erwartend, in die Finsternis. Aber außer den Ameisen, die ihm in Kragen und Stiefel krochen, belästigte ihn niemand. Am frühen Morgen, als die Sonne aufging, beschloß er, selbst die Inselbewohner zu suchen, die, so glaubte er nun, auf der anderen Seite der Insel lebten und ihn einfach noch nicht entdeckt hatten. Er erinnerte sich jetzt einiger Berichte, in denen die Indios den Conquistadoren Tabletts rnit Früchten, Braten und Spezialitäten der einheimischen Küche als Begrüßungsgeschenke überreicht hatten. Aber wohin er auch kam, war die Insel unbewohnt. Noch immer klammerte er sich an den

Gedanken, im Süden der Insel müsse es eine Ansiedlung geben. Aber er war weder auf Pfade noch auf Spuren menschlichen Daseins gestoßen. Schließlich, gegen Mittag, erklomm er den höchsten Berg, der, von Moosen und Flechten abgesehen, unbewachsen war, und hielt Ausschau. Von hier aus konnte er die ganze Insel überblicken.

Da war keine Ansiedlung, keine Hütte, kein Mensch. Er hatte eine unbewohnte Insel erobert.

In Ermangelung einer Fahne, die er hätte aufpflanzen können, oder eines Feldzeichens türmte er auf dem Gipfel ein paar Steine aufeinander (sie lagen noch zwei Jahrhunderte später dort, ohne daß jemand geahnt hätte, was sie bedeuteten), kniete davor nieder und rief die Jungfrau Maria als Zeugin an, daß er trotz der herben Enttäuschung seine Pflicht als spanischer Untertan und Conquistador erfüllt habe. Darauf erhob er sich im Bewußtsein, daß nun, in diesem feierlichen Augenblick, der Himmel in seiner Gesamtheit – die Dreifaltigkeit Gottes, alle Heiligen, alle himmlischen Heerscharen – wohlgefällig auf ihn herabschaue. Er berührte den Boden mit der Spitze seines Degens und hielt eine feierliche Ansprache, in deren Verlauf er diese Insel im Namen des spanischen Monarchen in Besitz nahm und sie Santa Maria nannte. Noch einmal kniete er mit würdigen Bewegungen nieder und betete als Abschluß der Zeremonie drei Avemarias.

Während des Abstiegs von jenem Gipfel packte ihn ein Schwindelanfall, denn er hatte fast vierundzwanzig Stunden nichts mehr gegessen und nur etwas Bachwasser getrunken. Er stürzte kopfüber einen Abhang hinunter und blieb mit der Schlaufe der Degenscheide an einem über den Abgrund ragenden Ast hängen. Zwar war er unverletzt, aber er hing, bewirkt durch das Gewicht der enormen Halskrause, mit dem Kopf nach unten. Nach einem Vaterunser wurde er ohnmächtig, weil ihm das Blut zu Kopf floß. Ein paar Stunden später starb er, ohne noch einmal das Bewußtsein erlangt zu haben.

Wie erwartet, kamen die Ameisen, diesmal die allergrößten.

Am Tag nach seinem Tod, auch noch einen Tag später, war er noch als spanischer Edelmann erkennbar. Am dritten Tag fiel seine Halskrause in die Tiefe. Sein Lederwams und ein paar Textilien flatterten bald hinterher, und schließlich, am fünften Tag, schaukelte in absonderlicher Verrenkung ein sauberes Skelett am Degengehänge über dem Abgrund. Die Ameisen zogen sich zurück: Die Arbeit war getan, hier gab es nichts mehr zu holen. Jahre später, nachdem die Lederriemen verfault waren, an denen es hing, plumpste das Skelett in einer stürmischen Nacht ebenfalls hinab und zerschellte, schon morsch, an den Felsen des Abhangs. Ein kostbarer Ring, vom Knochen des eingewinkelten Fingers bisher noch gehalten, rollte hangabwärts bis in einen Steinspalt und fiel auf den Keim eines stachligen Strauches. Das Wams verfaulte, die Hose auch, die Schnalle des Gürtels und die metallenen Knöpfe überdauerten, in faulem Laub, später tief im Humus verborgen, die Jahrhunderte. Den Degen aber, der zuallerletzt ganz verrostet von jenem fatalen Ast abfiel, fand viele Jahre später eine dicke Schwarze. Sie nahm ihn mit in ihre Hütte, wetzte ihn mit einem Stein, putzte ihn im feinen Ufersand blank und benutzte ihn in Küche und Garten für dies und das, vornehmlich aber zum Schlachten von Hühnern und zur Zuckerrohrernte, und ihre Nachbarinnen beneideten sie um das handliche Stück.

Und nun blieb die Insel weitere gute hundert Jahre unbewohnt. Wohl war sie einigen Seeleuten bekannt, sie fuhren zuweilen in respektvoller Entfernung (wegen der Riffe) an ihr vorbei. Zweimal sogar ankerten Schiffe in Sichtweite, und eine Gruppe von Matrosen kam durch die offene Stelle an Land gerudert, um in großen Fässern Süßwasser zu holen. Die Seeleute ließen sich in den Ufersand fallen und schliefen. Nach ein paar Stunden fuhren sie wieder ab, die Boote beladen mit den vollen Süßwasserfässern und unzähligen Kokosnüssen. Die Insel zu besiedeln kam niemand in den Sinn. Erst im Jahre sechzehnhunderteinundsechzig näherte sich ein Schiff mit ernsten

Absichten. Es war ein englischer Segler, einer von den schnellen, wendigen, und gehörte dem Piraten Henry Morgan. Dieser berüchtigte Seeräuber suchte ein Versteck, wohin er sich zeitweilig zurückziehen konnte, so lange, bis die überfallenen Städte an den Küsten Süd- und Mittelamerikas sich wieder beruhigt hatten.

Die Insel, geschützt durch die Riffe, erschien ihm günstig. Er brauchte nur noch zu ergründen, ob sie eine halbwegs gefahrlose Einfahrt und eine versteckte Bucht besaß. So ankerte er vor der offenen Stelle und schickte ein Boot mit zuverlässigen Leuten an Land.

Sie fanden, sorgfältig lotend, eine Rinne, die tief genug für das Schiff war und bis hinter eine bewaldete Landzunge mit Steilufer führte. Vom Ende der Rinne bis zum Festland waren es nur noch etwa drei Steinwürfe, die man per Boot zurücklegen mußte. War das Schiff erst einmal dort, konnte es vom offenen Meer aus nicht mehr gesehen werden.

Die Leute im Boot lotsten das Schiff in die Bucht hinein. Es wurde verankert und abgetakelt, Boote fuhren zum Strand der Bucht, Wachen wurden aufgestellt, Streifen durchkämmten die Insel: sie war unbewohnt. Henry Morgan war überaus zufrieden mit ihr. Etwas Besseres hätte er nicht finden können. Jäger und Angler schwärmten aus, Schüsse hallten durch die friedliche Landschaft, am Ufer wurden tote Vögel, Fische und Schildkröten zusarnmengetragen und an offenen Feuern gebraten. Das Fleisch der Kokosnuß war die Beilage, Kokosmilch das Getränk.

Morgans acht Weiber, die seit Wochen in engen Kajüten hatten hausen müssen wie Vögel in Käfigen, gerieten, nun an Land und frei, außer sich. Sie haschten sich kreischend, warfen sich in den Sand, strampelten, stürzten in die Palmenwälder, bewarfen sich mit Nüssen und wateten samt Kleidern und allem Putz ins Wasser, belacht und applaudiert von der Mannschaft. Morgan ließ sie gewähren. Er war ein Mann von tiefem menschlichen Verständnis, wenn er Zeit dazu hatte.

Nun, auf dieser Insel gönnte auch er sich ein paar Tage Ruhe. Er lag in Unterhosen am Strand, während eines der Weiber sein Wams, ein anderes seine Hosen wusch und flickte, ein drittes Degen und Stiefel putzte. Die Unternehmungen der letzten Monate hatten ihn den Schlaf vieler Nächte gekostet. Nun schlief er einen ganzen Tag und eine Nacht, er, der berühmte, der gefürchtete Mann, mit offenem Mund und geradezu idiotischen Gesichtszügen laut schnarchend, befächelt von einer zärtlichen kleinen Mulattin, die gerade seine Favoritin war und Delfina hieß. Die anderen Weiber gab er seinen Leuten frei, und allmählich gewannen auf diese Weise alle Besatzungsmitglieder wieder ihr körperliches und seelisches Gleichgewicht zurück. Hütten entstanden am Strand, mit Wänden aus ineinandergeflochtenen Bambusruten und Dächern aus den Zweigen der Kokospalme. Wäscheleinen wurden von Palme zu Palme gezogen. Wäsche flatterte. Sogar kleine Vorgärtchen wurden angelegt. Die Schiffskatzen, von Witzbolden an Land gebracht, warfen Junge, die, als sie größer wurden, in den Wäldern verwilderten. Die Ameisen zogen sich vom Strand zurück.

Schon am dritten Tag inspizierte Morgan das Gelände rings um die Bucht bis hinaus auf die Landzunge. Mit Buschmessern hieben ihm Matrosen den Weg. Sein strategisch geübter Blick erkannte sofort, daß die Spitze der Landzunge eines Forts bedurfte, um eventuelle Eindringlinge von der Bucht abhalten zu können. Und so teilte er die männliche Besatzung in zwei Gruppen: Eine, die kleinere, machte sich über das Schiff her, ersetzte schadhafte Planken, kalfaterte es, besserte Segel aus und brachte den Segler wieder auf Hochform. Der größere Trupp aber ging daran, das Fort anzulegen. Das war eine schwere Arbeit, noch dazu in dieser Hitze, und viele murrten, zumal den meisten von ihnen, vielleicht durch die enorme Quantität des Schweißes, den sie ausschwitzten, vielleicht durch ein unbekanntes Virus, das Brusthaar ausfiel. Aber jeder war überzeugt, daß der Bau der Festung notwendig und somit unvermeidlich war. Als Nachteil empfanden allerdings jetzt viele, daß sich die Insel als unbewohnt erwiesen hatte. Sonst hätte man nämlich die Eingeborenen zum Bau der Festung heranziehen und sich selbst darauf beschränken können, die Arbeitskräfte zu beaufsichtigen. So aber hieß es eben selber schwitzen. Um seine Bauleute bei Laune zu halten, befahl Morgan seinen Weibern, sie bevorzugt zu behandeln. Die Segelflicker und Schiffszimmerleute waren durch diesen Befehl gekränkt. Da sie sich aber in der Minderzahl befanden, mußten sie sich fügen. Einen jungen Spunt, der sich mit Gewalt die gleichen Rechte bei den Weibern erkämpfen wollte, wie sie die Festungsleute genossen, ließ Morgan kurzerhand aufknüpfen und, als er im Lauf des nächsten Tages zu stinken begann, im Gebüsch der Landzunge begraben.

Nach sechs Monaten war die Festung fertig: eine mit Natursteinmauern gestützte und mit Zinnen geschützte Plattform über der Steilküste, bestückt mit drei Kanonen. Auch das Schiff war bereit, in See zu stechen. Die Matrosen waren trotz schwerster Arbeit guter Laune und in hervorragender körperlicher Verfassung. Kurz: Alles deutete darauf hin, daß Morgan in Bälde die Insel verlassen würde. Viele hatten inzwischen das monotone Inselleben satt, sie haßten bereits die ewigen Schildkrötensuppen und Kokosnüsse, sie haßten die orangeroten Schmetterlinge, die sofort verrieten, wo man hingepinkelt hatte, sie haßten die Ameisen, den Sand, der einem in Ohren und Nasenlöcher wehte, das glatte Wasser der Bucht. Sie lechzten nach Unvorhergesehenem, nach Aufregung, nach Taten. Morgan kannte seine Leute, er wußte, daß er jetzt mit ihnen die tollkühnsten Überfälle wagen konnte. Und so gab er, von Freudengeheul umbraust, den Befehl zur Fahrt.

Einem Veteranen zahlreicher Unternehmungen, der sich vor Furunkeln kaum rühren konnte, außerdem einbeinig war, befahl er, auf der Insel zurückzubleiben, und übertrug ihm bis zu seiner Rückkehr die Aufsicht über die Festung. Drei Weiber, die er satt hatte, nahm er ebenfalls nicht mit, und ein viertes, eine dicke

Schwarze, die schwanger war, ließ er auch da, denn ihre Entbindung stand kurz bevor. An einem der nächsten Morgen fuhr er ab, gut versorgt mit Süßwasser und begleitet vom Geheul der auf der Insel verbleibenden Weiber. Nur die Schwarze weinte nicht. Sie saß im Sand, faltete die Hände über dem runden Leib und lächelte über das Gebaren ihrer Gefährtinnen.

Kaum war der Segler außer Sicht, begann der furunkulöse Festungskommandant den Weibern zu zeigen, daß er der Herr auf der Insel war. Er ließ sich, seine Position genießend, von ihnen bedienen. Ebenso genoß er den Neid der Gefährten auf dem Schiff: Er allein mit vier Weibern! Nun gut, genaugenommen, im Augenblick nur drei, aber immerhin – drei Weiber zur Auswahl! Genüßlich wählte er jeden Abend eine der drei aus, mit der er die Nacht zu verbringen gedachte, und spielte dabei geschickt die Erwählte gegen die anderen aus. Aber bald merkte er, daß er dieser allnächtlichen Strapaze nicht gewachsen war. Unter fadenscheinigen Ausreden ging er den Weibern immer öfter aus dem Weg. Die, nicht auf den Kopf gefallen, merkten bald, wo es ihm fehlte, und nahmen ihn nicht mehr ernst. Vorläufig noch einig, hänselten sie ihn mit ausgesuchter Grausamkeit. Scham und Minderwertigkeitsgefühle nahmen ihm die letzte Kraft, so daß er zu gar nichts mehr taugte.

Die drei Weiber, die nun merkten, daß sie sich selber das Wasser abgegraben hatten, wurden untereinander uneins. Eines Nachts erschlugen zwei das dritte, worauf das vierte, die schwangere Schwarze, fortlief und sich am anderen Ende der Insel verkroch, um dort unbedroht und ungestört ihr Kind zu gebären. Von den zweien, die übrigblieben, erdrosselte einige Wochen später das eine das andere. Das letzte Weib, das überlebte, unterwarf sich dem inzwischen wieder zu Kräften gekommenen Festungskommandanten bedingungslos. Allerdings hatte es nicht lange dazu Gelegenheit, denn er erschlug es, als er es einmal verprügelte, aus Versehen mit seinem abgeschnallten Holzbein.

Um diese Zeit kam die dicke Schwarze wieder zum Vorschein, ein kaffeebraunes Kind im Arm und gänzlich abgemagert. Sie hatte auf der anderen Seite der Insel nur von Kokosnüssen gelebt, und nachdem ihre Milch versiegt war, hatte sie das Kind mit Kokosmilch ernährt. Der Festungskommandant nahm sich ihrer an, ja er empfand ihr gegenüber bald eine starke Zuneigung, zumal sie ihn nicht über Gebühr beanspruchte. Er teilte seine Vorräte mit ihr. Die gingen langsam zur Neige, aber er hatte inzwischen eine große Fertigkeit im Jagen und Angeln erreicht, so daß sie doch nicht ganz auf die Kokosnüsse angewiesen waren, die Yolanda im Lauf der Zeit in großer Vielfalt zuzubereiten wußte.

Friedlich lebten sie zu dritt zwei ganze Jahre miteinander, dann kam eines Vormittags ein Kanu mit neun Indios durch die offene Stelle herein – Indios von der Küste Honduras'. Vier erschoß der Kommandant von seiner Festung aus, dann funktionierte das Gewehr nicht mehr, das in der Seeluft angerostet war. Auch sein Säbel, völlig verrostet, ließ sich nicht mehr aus der Scheide ziehen. Er zerschlug noch einem fünften das Rückgrat mit der Krücke, dann wurde er von den übriggebliebenen vier Kerlen mit ebenderselben Krücke erschlagen. Darauf warfen sie ihn über die Brüstung der Festung ins Meer hinab, wo sich die Fische seiner annahmen.

Die vier Indios teilten nun die Schwarze unter sich und waren dem Kleinen zärtliche Väter. Bald war Yolanda wieder schwanger und gebar ein braunes Mädchen mit glattem Haar, aber dicken Lippen, und kaum war es da, war schon wieder eins unterwegs. Sie hausten alle zusammen in einer der langsam verfallenden Hütten der Morganschen Besatzung und lebten von Fischen, Krebsen und Kokosnüssen. Der Festungsanlage schenkten die Indios keine Beachtung. Mit den Morganschen Kanonen wußten sie auch nichts anzufangen.

Kurz bevor das dritte Kind geboren wurde, kam Morgan mit seinem Schiff zurück. Yolanda entdeckte es an einem klaren Morgen. Sie kletterte, so unförmig sie nun war, auf die Festung hinauf und schwang einen roten Lappen. Die Indios aber, die die spanischen Galeeren fürchteten wie die Pest (daß dies ein englisches Schiff war, wußten sie nicht), flohen erschreckt ins Innere der Insel, denn sie versprachen sich von diesem Besuch nichts Gutes, womit sie völlig recht hatten. Die beiden Kinder krochen plärrend aus der Hütte. Unter Geschrei und Gelächter ergoß sich die Besatzung kurz vor Mittag auf den Strand und stürzte sich auf den Suppenkessel in der Hütte der Schwarzen, in dem es bereits brodelte. Eimerweise soffen die Piraten Süßwasser und fielen über die Kokosnüsse her, die die Indios hinter der Hütte gestapelt hatten. Yolanda weinte vor Rührung, denn die schönsten Jahre ihres Lebens hatte sie auf Morgans Schiff verbracht. Alle die Kerle kannte sie bei Namen, kannte ihre bescheidenen seelischen und geistigen Regungen und ihre Eigenheiten und Gepflogenheiten bei Tag und bei Nacht. Manche waren auch nicht wiedergekommen. Die wenigen Neuen, mit denen Morgan unterwegs die Lücken gefüllt hatte, klopften ihr, der Hochschwangeren, verlegen grinsend auf die Schulter. Die Weiber vom Schiff stürzten sich kreischend auf die Kinder und küßten sie ab. Sie, Yolanda, stand im Mittelpunkt der Ankunft und mußte berichten. Sogar Morgan persönlich fragte sie aus. Vor Aufregung kam sie in der darauffolgenden Nacht nieder und gebar Zwillinge. Morgan schenkte jedem der beiden Mädchen einen Goldtaler und nannte sie Elisabeth und Anne.

Als er nach zwei Monaten wieder abzog, blieben zwei Blessierte zurück: ein neuer Festungskommandant, einarmig, und sein gelbsüchtiger Adjutant, ein blutjunges Bürschchen. Außerdem befahl er zwei Weibern dazubleiben, von denen die eine tuberkulös, die andere aufsässig war. Seine kleine Mulattin, an der er auch noch in der Erinnerung sehr zärtlich hing, war ihm gestorben, und so hatte er bei der Plünderung Maracaibos gleich zwei hübsche Mädchen mitgenommen, mit denen er sehr zufrieden war. Somit war auch diese Lücke wieder aufgefüllt.

Trotzdem gab er der Insel den Namen seiner toten Favoritin: *Delfina*. Zwar wehrten sich die Weiber gegen den Nachruhm ihrer Rivalin, auch wenn sie nicht mehr existierte. Aber der Name setzte sich schließlich doch durch, und so hieß die Insel bis zu ihrem Untergang Delfina.

Morgan rechnete damit, daß nach seiner Abreise die vier Indios wieder auftauchen würden. Er ließ deshalb den beiden Männern neue, gut geölte Gewehre zurück, für den Fall, daß die Eingeborenen aufmucken sollten. Er fuhr ab, nicht ohne einen beträchtlichen Schatz auf der Insel versteckt zu haben. Er hatte ihn bei Nacht zusammen mit einem absolut zuverlässigen Kumpan vergraben. Dieser fiel im nächsten Gefecht durch eine Kugel aus Morgans Pistole.

Morgan kam noch zweimal auf die Insel, rührte aber den Schatz nicht an. Er ließ ihn dort, wo er war, als Reserve für magere Tage. Inzwischen hatten sich die Indios längst wieder aus den Wäldern herausgewagt und mit den Weibern gepaart. Die Tuberkulöse war gesundet, die Aufsässige in ihre Schranken gewiesen worden. Kinder hatten sich eingestellt. Die Indios erkannten den neuen Festungskommandanten und seinen Adjutanten als ihre Herren an, und bald ließ sich bereits von einer – wenn auch bescheidenen – Inselbevölkerung sprechen, zumal Morgan auch bei seinen beiden letzten Besuchen überflüssige Besatzungsmitglieder auf der Insel zurückließ.

Acht Jahre später, als Morgan längst als ehrenwerter Gouverneur von Jamaica gestorben und begraben und die Inselbevölkerung auf über achtzig Seelen angewachsen war (von einer unerklärlichen Fruchtbarkeit befallen, die fast nur Zwillinge und Drillinge bewirkte), wurde ein Schiff voll spätentschlossener englischer Puritaner abgetrieben und ins Karibische Meer verschlagen, wo sie gar nicht hingewollt hatten. Ihr Ziel war natürlich der nordamerikanische Kontinent gewesen, wie man aus der Geschichte weiß. Aber leider merkten die Passagiere viel zu spät, daß der Kapitän an periodischem Irresein litt: ein

Umstand, den die Besatzung lange Zeit erfolgreich vertuscht hatte. Jedenfalls sperrten die Passagiere, sobald sie die Situation übersahen, den Kapitän in eine Kajüte und befahlen dem Ersten Offizier, an der nächstbesten Insel anzulegen (es ergab sich, daß es die Insel Delfina war) und den Kapitän, der inzwischen an gefährlichen Tobsuchtsanfällen litt, dort auszusetzen. Sobald das Schiff in die Morgansche Bucht eingelaufen war, entschlossen sich vier puritanische Familien, die zwei Monate seekrank gewesen und halb von Sinnen waren, vorläufig auf dieser Insel zu bleiben, glücklich darüber, endlich wieder festen Boden unter den Füßen zu spüren. Da sie aber Puritaner und deshalb strebsam und fleißig waren, hatten sie sich bald Hütten, ja sogar stattliche Häuser gezimmert, fremdartig zwar, eben englisch, aber überaus praktisch, und rings um ihre Anwesen hatten sie Gärten und Felder angelegt, so daß die alteingesessenen Ansiedler nur so staunten. Sie hatten auch merkwürdigen Samen mitgebracht. Nie vorher in diesen Breiten gesehene Pflanzen sprossten in den Gärten. Und da die Puritaner absolut keine Abenteurer und vor allem sehr seßhaft waren, konnten sie sich später, als andere Schiffe die Insel anliefen, nicht mehr entschließen, alles inzwischen Geschaffene wieder aufzugeben. Sie blieben.

Sie paßten sich den übrigen lnselbewohnern nicht an, sondern diese richteten sich nach ihnen und suchten sie heimlich zu imitieren. Weißhäutig, sommersprossig und blond-beflaumt, waren diese seltsamen Menschen aus dem fernen England geradezu unanständig sauber und arbeitsam wie Wühlmäuse. Den wenigen Seeräuber-Veteranen, die auf der Insel aus Morgans Zeiten zurückgeblieben waren und immerhin auch aus England stammten, waren sie zuwider in ihrer penetrant-untadeligen Lebensart. Sie amüsierten sich fast nie, diese Puritaner, und wenn sie wirklich einmal laut lachten, schauten sie sich hinterher schuldbewußt um. Da waren doch die Piraten aus anderem Holz geschnitzt, vor allem aber ihre Weiber und deren Nachkommen. Die lebten – nach ihrer Meinung – das

Leben, wie es gelebt werden will, nämlich ohne Zucht und Schranken und unbesorgt um die Zukunft. Sie machten sich lustig über die Musterbürger, aber was jene schufen, ahmten sie, wie gesagt, nach, und bald sah man die fremden Pflanzen auch in den Gärten der Piratenweiber wachsen, und die Indios verschönerten ihre Hütten und stahlen den Puritanern Wäsche und Geschirr.

Der Kapitän, kein Puritaner, sondern ein ehemaliger Piratenoffizier, bekam eine Strandhütte zugewiesen. Als er sich jedoch sogleich auf die Weiber stürzen wollte, banden ihn seine ehemaligen Passagiere an einen Palmenstamm, von wo aus er zwar seine Hütte erreichen, aber kein Unheil auf der Insel anrichten konnte. Plötzlich glaubte er, der Palmenstamm sei der Mastbaum seines Schiffes, und er müsse Ausschau halten. Er kletterte – für sein Alter von einundfünfzig Jahren immer noch recht behende – an der Palme hoch, rief: „Land in Sicht!", winkte und war eine Quelle des Vergnügens für alle Inselkinder. Mit der Zeit fielen ihm seine Kleider vom Leib, aber es zeigte sich, daß er am ganzen Körper derart behaart war, daß nicht einmal die Puritaner durch seinen Anblick aus der Fassung gerieten. Seine Behaarung sproß, durch Regen und Sonne angeregt, immer dichter, sein Gebiß wölbte sich, vielleicht durch das ständige Knabbern an Kokosnüssen, immer weiter hervor, sein Gesichtsausdruck nahm langsam den eines Tieres an, bis er von einem Menschenaffen kaum mehr zu unterscheiden war. Er verlernte allmählich sogar zu sprechen, weil niemand mit ihm redete, denn jeder hielt wohlweislich Abstand von ihm. Bald stieß er nur noch unartikulierte Laute aus. Als einmal ein Schiff kurz anlegte, das nach Europa fuhr und allerlei exotisches Getier als Geschenk für den spanischen König an Bord hatte, interessierte sich der Kapitän dieses Schiffes sehr für den Behaarten auf der Palme, ohne aber zu erfahren, daß es sich um einen Kollegen handelte. Mit Hilfe seiner Matrosen entführte er ihn heimlich bei Nacht und brachte ihn an Bord. Wohlbehalten kam der Tiermensch in Spanien an. Noch mehrere Jahre danach konnte man den ehemaligen englischen Kapitän in einem Käfig am spanischen Königshof bestaunen, und die besondere Attraktion dieses Wesens bestand darin, daß es auf dem Bauch tätowiert war. Wenn man sein Bauchfell auseinanderstrich, konnte man die üppige Dame noch deutlich sehen. Die Gelehrten äußerten verschiedene Vermutungen über die Entstehung dieser Tätowierung und über deren Sinn und Zweck.

Einmal lief ein Schiff die Insel Delfina an, das mit afrikanischen Sklaven für Zentralamerika beladen war. Ein großer Teil der Schwarzen war schon auf der Überfahrt verhungert. Da dem Kapitän unterwegs der Proviant ausgegangen war, ließ er nach einer kurzen Besichtigung der Insel die Überlebenden an Land rudern. Er hatte vor, die Sklaven hier auf dieser überschaubaren Insel, von der sie ja nicht entfliehen konnten, eine Weile frei herumlaufen zu lassen, bis sie sich von ihrem elenden Zustand wieder erholt haben würden. Kokosnüsse gab es genug. Sollten sie sich nur selber verköstigen! Er wollte sich mit seiner spanischen Besatzung ein paar gemütliche Tage machen, und schließlich mußte auch dringend Süßwasser getankt werden.

Aber es kam anders, als er dachte. Die Schwarzen, die kaum mehr kriechen konnten, zerstreuten sich auf der ganzen Insel, warfen sich auf die Kokosnüsse (es waren immer noch weit mehr da, als die Inselbewohner bewältigen konnten), fraßen Schnecken, Würmer, ja sogar Schmetterlinge und rollten dabei, als sei es der größte Genuß, mit den Augen. Die Alteingesessenen arrangierten sich schnell mit den Neuankömmlingen. Diese waren der Meinung, hier sei die Endstation der ihnen so unverständlichen Reise, und gingen daran, runde afrikanische Hütten mit einem konischen Palmblätterdach zu bauen.

Die Puritaner aber, die die Situation erst als letzte begriffen, waren empört über diese Zumutung. Die ganze Insel, die praktisch ihnen gehörte (so glaubten sie!), voll frisch importierter Wilder aus Afrika, sozusagen Halbaffen! Ihre Männer ruderten zum Schiff hinüber, wo sie den Kapitän sternhagelvoll vorfanden: Er hatte sich über die Weinvorräte hergemacht. Es dauerte Stunden, bis er wieder ansprechbar war. Die Puritaner drohten, seine ganze Ware mit ihren Jagdflinten abzuknallen, falls er sie nicht schleunigst wieder einlade und fortschaffe. Der Kapitän versprach dies eiligst, nicht ohne die Situation geschickt auszunutzen, indem er ihnen ein Dutzend Sklaven zu einem Vorzugspreis anbot. Sie nahmen das Angebot an, stellten aber ihrerseits die Bedingung, er müsse binnen vierundzwanzig Stunden samt seinen Schwarzen die Insel verlassen haben, sonst werde geschossen. Also schickte der Kapitän seine Besatzung los, um die Sklaven wieder zusammentreiben zu lassen.

Für dieses Unternehmen war aber die Insel, so klein sie auch schien, doch recht groß. Kaum hatten die Schwarzen begriffen, daß sie die Insel wieder verlassen sollten, verbargen sie sich in Felsspalten und Gebüsch, zwischen den Klippen, im flachen Meerwasser, auf den Gipfeln, im Geäst der Bäume, ja in den Hütten der Alteingesessenen, die den Matrosen mit Buschmessern, Knütteln und Kokosnüssen entgegentraten. Sogar die Kinder warfen Steine.

Die Matrosen zogen sich notgedrungen auf das Schiff zurück. Von den rund zweihundert Sklaven, die sie auf die Insel gebracht hatten, konnten sie nur etwa vierzig wieder einfangen. Auf den energischen Befehl des Kapitäns gingen sie noch einmal auf Suche, fanden aber nur noch drei, und auch die wurden ihnen von den Alteingesessenen wieder abgejagt. Fünf Matrosen verprügelte man und warf sie anschließend in Ameisenhaufen. Völlig verschwollen kehrten sie auf das Schiff zurück und waren um alles in der Welt nicht mehr zu bewegen, es noch einmal zu verlassen.

Inzwischen war die Frist von vierundzwanzig Stunden schon vergangen. Am Strand zogen die Puritaner mit Gewehren auf. Da packte den Kapitän nackte Angst. Er hatte alle gegen sich: die Besatzung, die Inselbewohner und die Sklaven. Er tröstete sich mit dem Vorsatz, die ihm verbliebenen vierzig

Sklaven so teuer wie möglich zu verkaufen, um wenigstens mit diesem Gewinn die Unkosten decken zu können, und machte sich schleunigst davon, sogar ohne Süßwasser getankt zu haben.

Rasend vor Wut schossen die Puritaner hinter dem Schiff her, und als es außer Schußweite war, versuchten sie, die Afrikaner zu erlegen. Da aber bekamen sie es mit denen zu tun, die länger als sie selbst auf der Insel wohnten: den Piraten, ihren Weibern und Kindern und den Indios. Diese drohten, die Puritaner samt ihren Familien auszurotten, falls sie es wagen sollten, die Schwarzen umzubringen. Und da sie weit in der Überzahl waren, blieb den Puritanern nichts anderes übrig, als sich zurückzuziehen und die neuen Bewohner auf der Insel zu dulden.

Mit einem Schlag hatte sich nun die Anzahl der Insulaner verdoppelt. Die Alteingesessenen und die Neuen vermischten sich bald, ein afrikanisches Dorf entstand in der Südostbucht. Die Puritaner zogen hohe Mauern um ihre Anwesen, die im Nordwesten der Insel am Hang lagen und von denen sie eine herrliche Aussicht auf die Hafenbucht und die einfahrenden Schiffe genossen. Unten am Strand der Bucht aber hatten die Alteingesessenen, die Nachkommen der Piraten, ihre Hütten, dort, wo Morgan seinen badenden Weibern zugeschaut hatte.

Die Puritaner nahmen Geschick und Führung der Insel in ihre Hände. Sie gründeten einen Ort, bauten eine Kirche, eine Bürgermeisterei, einen Landesteg, einen Kaufladen, ein Gefängnis und sogar eine Art Seemannsheim für die an Land gehenden Matrosen. Aber darin war es leer, selbst wenn ein Schiff im Hafen lag. Die Matrosen öffneten, wenn überhaupt, die Eingangstür nur einen Spalt, schnupperten, schnitten Grimassen und machten, daß sie davonkamen, obwohl dieses Heim von einer alten Puritanerin sehr sauber geführt wurde. Unten am Strand, in der Hafenbucht, aber trafen sich abends, wie verabredet, alle Matrosen im Haus von Yolanda, der dicken Schwarzen, die einmal auf Morgans Schiff gefahren war. Sie trommelte, wenn ein Schiff in den Hafen einfuhr, ein gutes Dutzend junger Mädchen und Frauen zusammen, die daran interessiert waren, Geld zu verdienen und Merkwürdiges aus anderen Gegenden der Welt zu sehen und zu erfahren. Da ging es lustig zu, es wurde gelacht, getrunken und getanzt, und die sich fanden, gingen zusammen ins Bett. Yolanda war mit diesem Geschäft im Verlauf der letzten Jahre reich geworden, sie hatte es sich leisten können, ihre Hütte abzureißen und ein steinernes Haus bauen zu lassen, mit einem Sockel aus riesigen, rosigen Muscheln. Den Puritanern war sie ein Dorn im Auge. Sie verdarb die Sitten, die sie, die Puritaner, den Inselbewohnern beizubringen gedachten.

Yolanda kümmerte sich nicht um die Meinung der dünnhäutigen, dünnbärtigen Weißen. Sie war Morgans Geliebte gewesen, hatte fünf Jahre lang an seinen Raubzügen teilgenommen, hatte fünf Kinder geboren und kannte die Welt. Sie war überzeugt, daß sie nichts Unrechtes tat. Die Mädchen verdienten, die Seeleute hatten ihren Spaß. Ein anständigeres Geschäft konnte sie sich nicht vorstellen.

Erst als die Puritaner eine Schule einrichteten – für die Inselbevölkerung, versteht sich, denn ihre eigenen Kinder hatten sie seit ihrer Landung sorgfältig unterrichtet –, bekamen sie die übrigen Inselbewohner in den Griff. Die Leute waren neugierig, es gab kaum eine Familie, die ihre Kinder nicht schickte, und so gerieten schließlich fast alle Insulaner, sogar die Afrikaner, ins Schlepptau der Engländer; sie ließen sich willig führen und erziehen.

Innerhalb von dreißig Jahren war die Inselsprache vereinheitlicht. Die Kinder brachten die englische Sprache aus der Schule in ihre Hütten. Die Alten, die sich noch in Spanisch oder indianischen und afrikanischen Idiomen unterhielten, starben langsam aus. Die Insel war englisch geworden unter der Führung der Puritaner, die sich inzwischen auf achtzehn Familien vermehrt hatten. Die kleinen schwarzen Mädchen lernten Plumpudding zubereiten, den Jungen brachte man Christmas Carols bei. Es wurde ordentlich geheiratet, die Zahl der unehelichen Kinder ging stark zurück, die Afrikanerinnen lernten, ihre nackten Brüste zu bedecken, und alle mußten jeden Sonntag zur Kirche gehen, seit sich auch ein puritanischer Pfarrer auf Delfina niedergelassen hatte. Die Alten spuckten aus und gedachten der guten alten Zeit, als man sich noch ungeniert hatte amüsieren dürfen. Die junge Generation aber kannte kein anderes Leben als das neue, und sie empörte sich ebenso wie die Puritaner, als bekannt wurde, daß ein Puritanermädchen mit einem Schwarzen, Sohn einer Sklavin, geschlafen hatte und nun ein Kind erwartete. Die Großeltern des Neugeborenen ersäuften es im Meer und verstießen ihre Tochter. Yolanda nahm sie mütterlich bei sich auf, ohne sie zu irgendeiner Art von Betätigung im Puff zu bewegen. Sie übergab ihr auf ihren Wunsch hin die Verwaltung der Kasse und war mit ihr sehr zufrieden. Als ein junger englischer Matrose sich in die sommersprossige Kleine, die in so fremdem, exotischem Land seine Sprache sprach, verliebte und sie heiraten wollte (er hielt bei Yolanda um ihre Hand an), riet diese dem Mädchen zu und gab ihr, als sie mit ihm abreiste, eine stattliche Mitgift auf den Weg. Noch Jahre später schickte die Kleine Grüße aus England und zeigte sich anhänglicher als Yolandas eigene Kinder, die, auf der Insel verstreut, längst ihr eigenes Leben lebten und sich, puritanisch beeinflußt, ihrer Mutter schämten.

Die Puritaner ließen Verwandte nachkommen, sie bestellten auch Waren und Rassekühe in Europa. Die Insulaner staunten, was es in jenem fernen Land, das sich England nannte, so alles gab. Die wenigen Piraten, die aus der Morganschen Zeit übriggeblieben waren, hatten das Zeitliche gesegnet, und so kannte außer den älteren Puritanern niemand mehr England aus eigener Anschauung. Als sogar Werkzeuge für den Bootsbau samt drei puritanischen Bootsbauern ankamen, lungerten die Eingeborenen tage-, ja wochenlang um die Werkstatt herum, die nur ein

Dach auf Säulen war, und schauten mit offenen Mäulern zu, wie Boote – nicht etwa simple Kanus! – entstanden, mit denen man nicht nur im ruhigen Gewässer zwischen Insel und Riff herumpaddeln, sondern sich auch ins offene Meer hinauswagen konnte. Die Bootsbauer lernten einige der Gaffer als Handlanger an. Den Anstelligsten brachten sie sogar die Geheimnisse des Bootsbaues bei.

Mit der Zeit erstanden die dunkelhäutigen Männer der Insel solche Boote und fuhren damit auf Fischfang. Das lag ihnen mehr als der langweilige Ackerbau, den die Puritaner ihnen vergeblich beizubringen versucht hatten. Auf dem Meer gab es keine Langeweile, jeden Tag zeigte es sich anders, es war fast wie ein Mensch: Es schlief, es neckte, es war heiter, es war wütend. Man mußte es nur zu nehmen wissen. Und was es alles anzubieten hatte! Ganz abgesehen von den verschiedenen Fischsorten, die es großzügig verschenkte, den Austern, den kleinen und großen Muscheln, vor allen den riesigen Seemuscheln mit den rosigen, schneckenartig gewundenen Schalen, deren Fleisch ein Leckerbissen war und an das sich sogar die Puritaner gewöhnten, schwemmte es auch die merkwürdigsten Dinge an, so zum Beispiel Planken untergegangener Schiffe, leere Fässer, Masten, Truhen mit und ohne Inhalt, und einmal sogar die Galionsfigur einer spanischen Galeere, die irgendwo an einer karibischen Küste gestrandet war.

Es war eine nacktbusige, üppige Dame mit einem betörenden Lächeln, hellhäutig, goldhaarig, an einigen Stellen schon von Holzwürmern durchnagt, aber noch gut erhalten, aus hartem Holz geschnitzt und gründlich gefirnißt. Die Fischer zogen sie aus dem Wasser, machten ihre Witze über dieses leider hölzerne Weib und brachten die Figur zu Yolanda, denn sie waren der Meinung, sie sei zu schade, um unter einem Suppenkessel verheizt zu werden. Sie war es wert, als Zierde verwendet zu werden – und welcher Ort war geeigneter füt sie als das Haus der dicken Schwarzen, wo niemand an ihren nackten Brüsten Anstoß nahm?

Und so geschah es auch. Die Puffmutter fand die Idee großartig und befestigte die Figur als Blickfang in ihrem Hauptraum. Ihre Mädchen kicherten und dekorierten die Nacktbusige mit allerlei billigem Schmuck.

Es stellte sich bald heraus, daß diese Galionsfigur Männer in Scharen anlockte: nicht nur Seeleute, sondern auch die männlichen Bewohner der Insel. Es war ihr betörendes Lächeln, das die Besucher verrückt machte. Kaum kamen sie zur Tür herein und sahen die Schöne lächeln, waren sie nicht mehr zu halten. Yolanda mußte anbauen und neue Mädchen anwerben. Obwohl die Augen der Figur aus Holz geschnitzt und mit ganz gewöhnlicher Farbe angemalt waren, hatte doch jeder, der im Raum stand, ganz gleich, ob rechts oder links von ihr, fern oder nah, den Eindruck, sie schaue ihn an und lächle ihm allein zu. Bald nannte man sie *Delfina*: Man gab ihr einfach den Namen der Insel.

Einige Zeit, nachdem man die Galionsfigur gefunden hatte, schlich sich ein junger Puritaner zu Yolanda. Er trat ein, sah die Figur, prallte zurück und wurde ohnmächtig. Die Mädchen besprengten ihn mit allerlei Düften, träufelten ihm den scheußlich sauren Saft einer einheimischen Frucht in den Mund, kippten einen Eimer Wasser über ihm aus, ohrfeigten ihn, hoben vereint seine Füße hoch, bis er mit dem Kopf nach unten pendelte – aber nichts half. Erst als Yolanda ihm die Schuhe auszog und mit einem heißen Bügeleisen über seine Fußsohlen fuhr, kam er wieder zu sich, stand auf, taumelte auf die Galionsfigur zu, klammerte sich an ihre Brüste und küßte sie wild. Noch in derselben Nacht hängte er sich auf, ein verlorener Sohn. Die Puritaner verscharrten ihn neben dem Friedhof. Seine Eltern starben gramgebeugt ob der Schande.

An jenem Morgen, an dem man ihn an einem Ast hängend hinter Yolandas Anbau gefunden hatte, stellte man auch bestürzt fest, daß die Galionsfigur von ihrem Platz an der Wand verschwunden war. Sie blieb spurlos verschwunden, und viele nahmen an, der junge Puritaner habe sie aus Eifersucht, vielleicht auch aus unerfüllbarer Liebe, unmittelbar vor seinem Selbstmord entführt und vernichtet, sei also sozusagen mit seiner Angebeteten zusammen in den Tod gegangen.

Merkwürdigerweise aber lief der dicken Schwarzen in diesen Tagen eine weißhäutige, blondhaarige junge Frau zu, die nicht zu den Puritanern gehörte und die keiner der Inselsprachen mächtig war. Somit konnte sie auch nicht erklären, auf welche Art sie die Insel erreicht hatte. Erst lange Zeit später, als sie sowohl englisch wie spanisch sprechen gelernt hatte (sie sprach übrigens nie viel, sie lächelte nur), erzählte sie, daß sie sich von einer irgendwo gestrandeten Galeere hierher gerettet habe. Das war eine sehr unwahrscheinliche Geschichte, aber weil man die junge Frau gern hatte, glaubte man sie ihr. Allen fiel auf, daß sie der Galionsfigur sehr ähnlich sah, und da sie die Frage, wie sie heiße, anfangs nicht verstand, gab man ihr einfach den Namen der Figur: *Delfina*. Später vergaß man zu fragen, wie sie ursprünglich geheißen habe.

Sie wurde der große Magnet der Insel. Alle Seeleute, die das Karibische Meer befuhren, alle Abenteurer, ja alle Männer, gleich welchen Alters, welchen Standes und welcher Rasse angehörig, auf den Großen und Kleinen Antillen, den Windward- und Leewardinseln, den Bahamas, den Turneffe-, Bahia- und Maisinseln, den winzigen Inseln im Südwesten des Karibischen Meeres: San Andres und Providencia, und rings an dessen Küsten erzählten von ihr, träumten von ihr, delirierten von ihr, auch wenn sie sie noch nie gesehen hatten. Sie machte die Insel berühmt. Erst sträubten sich die Puritaner gegen sie, dann duldeten sie sie stillschweigend, denn sie profitierten von ihrem Ruhm.

Ein Schiff löste nun das andere ab. Manchmal lagen draußen an der Einfahrt in den Hafen drei oder mehr Schiffe auf Reede und warteten ungeduldig, hereingelassen zu werden. Der Ort, inzwischen feierlich *Newhome* genannt, erlebte einen ersten Boom. Unten am Hafen schossen Hütten, notdürftig zusammengezimmert, aus dem Boden, in denen Delfina-Medaillons, üppige Delfina-Figuren, aus Wurzeln geschnitzt, und Delfina-Ringe, die sie angeblich getragen haben sollte, an ihre Verehrer verkauft wurden. Alte Weiber machten sich dort an die Neuankömmlinge heran und versprachen ihnen gegen sündhafte Summen, ein Schäferstündchen mit Delfina zu arrangieren, natürlich nur bei Vorauszahlung. Hatten sie aber erst einmal das Geld in den Händen, verschwanden sie spurlos aus dem Blickfeld.

Ein Jahr nach dem letzten Anbau mußte Yolanda schon wieder bauen. Sie konnte die Besucher einfach nicht mehr unterbringen. Und so ließ sie neben dem alten Haus eine Art Villa nach ihrem eigenen Entwurf errichten, mit Bogengängen, Erkern, vergitterten Fenstern und Balkonen – einem Stil, wie sie ihn einst in Maracaibo bestaunt hatte, unmittelbar bevor jene Stadt von Morgan angezündet worden war. Und für Delfina wurde ein mit Samt austapezierter Saal eingerichtet, wo sie auf einem kreisrunden Bett unter einem Baldachin ruhte und ihre Bewunderer in gebührender Entfernung an sich vorüberpilgern ließ. Mehr als ihr berühmtes Lächeln wurde nur wenigen zuteil, deren Wahl sie sich selbst vorbehielt. Reichtum und Ansehen spielten für sie keine Rolle. Bei ihr entschied nur die Sympathie. Sie nahm für ihre Gunst auch keinen Heller. Der Getränkekonsum brachte Yolanda den Gewinn. Dazu kam noch, daß die abgewiesenen Bewerber verzweifelt bei den übrigen Mädchen Trost und Vergessen suchten, und derlei mußte natürlich bezahlt werden.

Oben am Hang, in Newhome, entstand eine Bank, die ihre Existenz hauptsächlich Yolandas Ersparnissen verdankte. Aber auch die Puritaner legten recht hohe Summen zurück. Handelshäuser, ein Hospital, eine Trinkerheilanstalt, Gasthäuser und Handwerksbetriebe wurden eröffnet, die Straßen wurden gepflastert, die Häuser aufgestockt, die Gärten mit steinernen Figuren – allegorischen Gestalten aus der griechischen Sagenwelt – verziert. Die Damen benutzten Sänften, wenn sie ausgingen. Es dauerte nicht lange, bis es auch einige Kutschen auf Delfina gab. Die englische Krone erklärte die Insel zu ihrem Territorium, nachdem die Kunde von ihrer Existenz bis nach Europa gedrungen war, und sandte einen Gouverneur, der mit großen Ehren empfangen wurde.

Als erste Amtshandlung nahm er die Enthüllung einer in England gegossenen Statue Wilhelms des Dritten von Oranien vor, deren Preis die Puritaner wegen eines Sprunges im Rücken um ein Drittel hatten herunterhandeln können. Nun stand die Insel unter dem Schutz des britischen Reiches, ein Umstand, der ihrem wirtschaftlichen Aufschwung noch mehr Sicherheit verlieh.

Viele der Männer, die um Delfinas willen die Insel aufgesucht hatten, konnten sich nicht mehr von dieser faszinierenden Frau trennen. Sie beschlossen, sich auf der Insel niederzulassen. Innerhalb weniger Jahre waren über zweihundert Männer dageblieben und versuchten nun, sich tagsüber nützlich zu machen. Ein griechischer Arzt behandelte die Bevölkerung, ein türkischer Schuster fertigte Schuhe an, zwei Dänen machten Käse, ein Mann aus der Toskana malte. Ein spanischer Fechtlehrer bot seine Dienste an, ein portugiesischer Schneider warb um Kunden, zwei irische Schmiede und ein holländischer Faßbinder richteten Werkstätten ein, drei italienische Sänger sangen zu allen festlichen Anlässen dreistimmig und gründeten später einen Chor internationaler Dialektfärbung. Ein sächsischer Hauptmann stellte mit Hilfe eines österreichischen Korporals eine Polizeitruppe auf. Ein Franzose gründete sogar eine Universität und prüfte alle neuankommenden Delfina-Verehrer auf ihre Eignung zum Dozenten irgendeiner Fakultät. Bald hatte er zwei Doktoren der Philosophie (beides Deutsche), einen Mediziner (aus Paris), einen Theologen (aus London) und einen italienischen Juristen beisammen. Die Universität wurde eingeweiht. Im ersten Jahr schrieben sich fünfzehn Studenten ein, im zweiten Jahr waren es schon vierundzwanzig.

Andere Männer widmeten sich der Schweine- und Geflügelzucht, dem Garten- und Ackerbau, rodeten Buschland oder legten Straßen an. Außer einem einzigen, Rowland, dem Sohn eines der Morganschen Marodeure, der nachts an Delfina vorbeidefilierte (es war ihm allerdings nie gelungen, sie zu bewegen, auch nur ein einziges Mal mit ihm zu schlafen) und tagsüber, von den Insulanern verspottet, die ganze Insel nach Morgans Schatz absuchte, waren diese Männer für die Insel sehr nützlich, zumal sie auch dafür sorgten, daß die neugeborenen Kinder der Schwarzen hin und wieder blonde Strähnen in ihrem Kraushaar hatten, was ihre Mütter entzückte. Aber trotz allem war nicht zu übersehen, daß die Insel dringend einiger Dutzend Frauen bedurfte, wollte sie im Lauf der Zeit nicht ganz und gar aus dem Gleichgewicht geraten.

In jenen Jahren ergoß sich der Segen des Himmels wie ein Wolkenbruch über die Insel, so üppig, daß sie schließlich fast darin erstickte. So strandete (im vierten Jahr von Delfinas Aufenthalt bei der dicken Yolanda) eine spanische Galeere, die mit Silbermünzen aus Potosí beladen war, am westlichen Riff, legte sich schräg und wurde innerhalb eines Tages und einer Nacht von der Brandung zerschlagen. Die spanische Besatzung rettete sich teils in eigene Boote und ruderte an Land, teils wurde sie in Booten der Insulaner geborgen und eingeholt. Delfina, die aus dem Hause getreten war, um zu sehen, was dort draußen geschah, beschattete die Augen mit der rechten Hand, bedeckte mit der linken notdürftig ihre Brüste und lächelte den Schiffbrüchigen süß entgegen. Sie faszinierte alle, vom Kapitän bis zum Schiffsjungen, und ungeachtet ihrer Gepflogenheiten schlief sie auch mit allen. Darüber vergaßen diese, daß sie vorgehabt hatten, an Land sofort ein größeres Boot zu besorgen, um die kostbaren Silbermünzen zu bergen, solange die Galeere noch nicht völlig zerschlagen war.

Nun, der Schatz wurde auch ohne sie gerettet, während Delfina die Besatzung in ihrem Bett und rund um ihr Bett von ihrem Vorhaben ablenkte. Rings um das Wrack wimmelte es von Booten. Schwarze und Weiße, Katholiken, Protestanten, Puritaner und Mohammedaner kletterten die Strickleitern hinauf und hinunter, scharrten sich im Schiffsbauch Münzen in

Taschen und Säcke und gerieten sich gegenseitig in die Haare. Ein Spanier, der bereits erwähnte Fechtlehrer, versuchte mit gezücktem Säbel die spanischen Münzen zu verteidigen, mit dem Hinweis, der Schatz gehöre dem spanischen König. Die anderen schlugen ihm den Säbel aus der Hand, riefen, wenn der König seine Taler haben wolle, solle er sich beeilen, denn das Schiff mache es keinen Tag mehr auf diesem Riff, und schoben ihn zur Seite. Sogar Frauen ruderten hinaus und halfen bergen. Die ganze Insel war in Bewegung. Auch Yolanda war dabei. Sie saß mit gekreuzten Beinen wie ein Buddha in einer riesigen Mahagoni-Badebütte und ruderte mit zwei Besen. Um die spanische Besatzung machte sie sich keine Gedanken: Die war bei Delfina gut aufgehoben.

Noch der letzte schwarze Greis vom entgegengesetzten Ende der Insel zählte am Abend und in der Nacht seine Silberduros. Vom Gouverneur bis zum Kuhhirten – alle waren an diesem Tage reich geworden. Nur einer hatte den ganzen Spuk nicht mitbekommen: der Sohn des ehemaligen Seeräubers, der gerade tief zwischen Mangrovenbüschen, bis unter die Arme im Brackwasser, nach Morgans Schatz suchte. Sobald die Sonne unterging, wusch er sich sorgfältig und lenkte seine Schritte in den Puff, den die Spanier, nun schon angetrunken, mit ihrem Lärm erfüllten. Bescheiden, aber mit funkelnden Augen, wollte er wieder an Delfina vorbeidefilieren, aber in dieser Nacht war sie nicht zu sprechen. Sie leistete wahrhaftig Übermenschliches, eine Heldin ihres Landes. Später wurde von den Inselbewohnern – sogar von den Puritanern – einstimmig ein Beschluß angenommen, daß jeder Mann vom achtzehnten Lebensjahr aufwärts zwei Silberduros an Delfina abtreten sollte, die ja keine Gelegenheit gehabt hatte, auch hinauszufahren und ihre Schäfchen ins trockene zu bringen. Alle übrigen Inselbewohner sollten ihr einen Duro zahlen. Aber sie schüttelte nur den Kopf und sagte, sie brauche das Geld nicht. Jeder möge es behalten. Ein Grund, sie nur noch mehr zu verehren!

Als die Spanier am nächsten Morgen schlaftrunken und mit verquollenen Gesichtern aus Yolandas Villa torkelten und zum Schiff hinüberstarten, war das Wrack weg – von der See verschluckt. Der Kapitän schoß sich eine Kugel in die Schläfe. Weil er einen schmalen, aristokratischen Schädel besaß (er war ein heruntergekommenes Mitglied der berühmten Familie De la Hoz y Villanueva), flog sie zur anderen Schläfe wieder hinaus. Drei Tage lang schwebte er in Delfinas Bett zwischen Tod und Leben, dann genas er und beschloß, da er seiner Ehre Genüge getan hatte, auf der Insel zu bleiben. Seine Besatzung tat es ihm nach.

Delfina bat die Inselbewohner, das Geld, das sie ihr hatten abtreten wollen, den armen Spaniern zu geben, um deren Existenz zu sichern. So kamen die Spanier zu guter Letzt auch noch in den Genuß des Schatzes. Sie widmeten sich hauptsächlich der Dachziegelbrennerei, dem Schankwesen und der Seefahrt. Aber mit den fünfunddreißig Mann war der Männerüberschuß auf der Insel noch beängstigender geworden.

Doch der Himmel oder wer sonst es gewesen sein mag, ließ auch diesmal die Insel nicht im Stich: Ein knappes Jahr, nachdem das Silberschiff gestrandet war, rammte eines frühen Morgens, noch vor Sonnenaufgang, eine ebenfalls spanische Galeere wieder das Riff, diesmal aber auf der Ostseite der Insel. Obwohl hier nicht viele Menschen wohnten, wußte doch innerhalb einer knappen Stunde die ganze Insel Bescheid. Die Leute von der Westseite kletterten auf die Berge, um das Spektakel auch beobachten zu können. Alle waren neugierig, was dieses Schiff wohl geladen habe. Was sich am Wrack tat, war den Gaffern rätselhaft. Das Schiff war in zwei Teile auseinandergebrochen und versank langsam im Meer. Rings um die Unglücksstelle schwammen zahlreiche dunkle Punkte im Wasser herum, offensichtlich Passagiere. Aber warum trugen sie alle die gleiche dunkle Kleidung und die gleiche Kopfbedeckung? Als der Wind von Nordost nach Ost drehte, hörten die erstaunten Insulaner ein Gekreisch merkwürdig hoher Stimmen – weiblicher Stimmen! Allmählich gingen ihnen die Zusammenhänge auf: Dieses Schiff hatte eine Ladung Nonnen an Bord gehabt, Nonnen für die Klöster im spanischen Südamerika.

„Um jede Nonne, die ersäuft, ist es schade!" rief der Gouverneur, der kein Puritaner war. „Macht, daß ihr hinauskommt und rettet!"

Eine noch hektischere Jagd als im vergangenen Jahr begann. Auf der Ostseite der Insel gab es wenig Boote. Während die Frauen und Kinder von den Hügeln trostspendend winkten, wateten die Männer ins Meer und schwammen den Nonnen entgegen. Die wenigsten der spanischen Ordensfrauen konnten schwimmen. In Trauben hingen sie an Planken, Balken und Fässern, und die ganze Szenerie war erfüllt vom Gesumm der Avemarias und Vaterunser. Die Männer der Insel dirigierten nun die nonnenbehangenen Balken strandwärts vor sich her. Und wirklich, von den einhundertdreiundachtzig Nonnen, die das Schiff an Bord gehabt hatte, waren nur zwölf ertrunken. Alle übrigen hatten sich mit Hilfe von Stoßgebeten und sonstigen theologischen Kniffen – von den Planken und Fässern nicht zu reden – über Wasser gehalten. Die Besatzung, die teils auf den Riffen, teils noch auf dem nach und nach verschwindenden Wrack hockte, vergaß man über den Nonnen völlig, ebenso den greisen Priester, der die Nonnen begleitet hatte und noch vor dem Untergang des Schiffes von einem Schlaganfall hinweggerafft worden war. Von einunddreißig Leuten konnten sich vierundzwanzig retten, die übrigen, darunter der Kapitän, wurden tot an Land gespült.

Die Puritaner zeigten sich, trotz der unterschiedlichen Konfession, nicht kleinlich und boten den triefenden Nonnen als vorläufige Bleibe das Hospital an. Als aber die Oberin, eine noch junge, aber resolute Person, feststellen mußte, daß darin zwei Verrückte und vier Typhuskranke stationiert waren, lehnte sie dankend ab und nahm das Angebot Yolandas an, in deren geräumiger Villa vorerst Quartier zu beziehen. Die ahnungslosen Nonnen merkten nicht, wohin sie geraten waren. Die vierundzwanzig Mädchen, die die letzten drei Jahre bei Yolanda ohne Sonntag und Urlaub gearbeitet hatten, waren glücklich darüber, endlich einmal frei zu haben, und Delfina, die Nimmermüde, gab während der Nonneneinquartierung Audienz im alten Haus. Bald flatterten einhunderteinundsiebzig Nonnenobergewänder und eine unübersehbare Zahl von Nonnenuntergewändern auf eilig durch den Hof gezogenen Wäscheleinen, während sich die niesenden Nonnen in Leintücher wickelten. Yolanda mußte noch die letzten Wäschereserven angreifen, um die Blößen aller Nonnen decken zu können. Aber sie schaffte es – wie immer.

Der Gouverneur, ein kluger und tüchtiger und am Wohl der Insel ernstlich interessierter Mann, verbrachte die nächste Nacht schlaflos. Zwar waren ihm bisher keine Verletzungen des sechsten Gebots zu Ohren gekommen, die er während der Rettungsaktion seitens seiner Männer durchaus erwartet hatte. Das Schlimmste hatte wohl einerseits die respekteinflößende Nonnentracht, andererseits die Nässe derselben verhindert. Dazu kam, daß die Nonnen enorme Mengen Meerwasser geschluckt und, kaum an Land, wieder von sich gegeben hatten. Solcher Anblick ermutigt nicht gerade zu Dreistigkeiten. Als sie dann aber erst einmal in einen Kreis rund um die Oberin gewankt waren und sich niedergekniet hatten, um Gott für die wunderbare Rettung zu danken, da war den Männern jedes Gelüst vorerst ganz vergangen.

Nun aber, im Anblick der unübersehbaren Menge von Nonnengewändern, die an den Leinen des Puffs flatterten, und im Bewußtsein, daß im Hause Yolandas einhunderteinundsiebzig mehr oder weniger nackte Mädchen in den Betten lagen, war das männliche Inselvolk erneut unruhig geworden. Nicht einmal die vierundzwanzig Puffmädchen waren im Augenblick zu haben! Dem Gouverneur wurde am Morgen nach seiner schlaflosen Nacht gemeldet (er konnte es auch mit eigenen Augen durch die Fenster seiner Gemächer im ersten Stock der Bürgermeisterei sehen), daß sich ganze Scharen von Männern vor Yolandas Villa zusammenrotteten und auf deren Fenster starrten, wo ab und zu blasse Gesichter auftauchten und wieder verschwanden oder schemenhafte Gestalten in Weiß vorüberhuschten. Sogar einige Puritaner gingen, wie zufällig, hin und wieder an dem Haus vorbei, die Hüte tief in die Stirn gedrückt. Es mußte etwas geschehen, das war dem Gouverneur klar. Denn solch eine aufgestaute Energie ließ sich auf die Dauer nicht eindämmen, ohne eine Revolte zu bewirken. Und da er ein geschickter Innenpolitiker war, erkannte er selbst, daß er diese Frauen auf irgendeine Weise für die Insel gewinnen mußte, wenn möglich, auf freiwilliger Basis.

Am selben Morgen schritt er mit einem Dutzend malerisch uniformierter Polizisten und einem Dolmetscher hinunter zu Yolandas Villa, ließ sich in aller Form melden und bat um eine Audienz. Die Oberin versuchte ihn mit der Begründung, ihr Nonnengewand sei noch nicht trocken, und in einer anderen Kleidung könne sie ihn leider nicht empfangen, auf den nächsten Tag zu vertrösten. Er aber, der mit dieser Reaktion gerechnet hatte, bestand höflich darauf, sie sofort zu sprechen, da es sich um eine Angelegenheit von höchster Dringlichkeit handle. Die Oberin, eine kluge Frau, wenn auch weltunerfahren, wußte wohl, daß sie und die ihr anvertrauten Nonnen zur Zeit von der Gnade und Gunst des Gouverneurs abhängig waren. Sie wollte nicht riskieren, ihn zu verärgern, und so ließ sie ihn (durch Yolanda) bitten, sich einen Augenblick zu gedulden, bis sie sich angekleidet habe. In einem violettsamtenen Kleid mit Schlitzärmeln, das Delfina gehörte und ihr vortrefflich stand, und unter einem schwarzen Tüllschleier der dicken Yolanda (ein Geschenk von einem portugiesischen Steuermann) empfing sie eineinhalb Stunden später den Gouverneur. Dieser gab sich sehr liebenswürdig, mitfühlend und ritterlich, versprach, alles zu tun, um ihren hoffentlich nicht allzu langen, unfreiwilligen Aufenthalt auf der Insel so angenehm wie möglich zu gestalten, und entschuldigte sich dafür, daß er als Protestant die katholische Etikette gegenüber Ordensfrauen nicht kenne und eventuell dies und jenes falsch mache, was sie, die Oberin, aber bitte nicht als Böswilligkeit auslegen möge. Er fragte sie nach ihren Wünschen, und sie bat ihn, einen Brief an die kirchlichen Obrigkeiten mit der Bitte um Hilfe und Weisungen (den sie sogleich zu schreiben vorhabe, falls man ihr die nötigen Utensilien zur Verfügung stelle) auf die Insel Hispaniola zu befördern. Bis die Antwort eintreffe, brauche sie Schutz und Verpflegung für ihre Nonnen.

Er ging bereitwilligst auf ihre Wünsche ein, ließ sofort Federkiel und Briefpapier bringen und bat sie seinerseits, mit ihren Schwestern den Segen des Himmels auf diese Insel herabzuflehen. Sodann eröffnete er ihr mit traurig umflorter Stimme, die der Dolmetscher nachahmte, daß er sie leider auf eine kleine Unannehmlichkeit vorbereiten müsse: Er habe die Anweisung der englischen Behörden erhalten – und die Insel sei nun einmal englisch und nicht etwa spanisch! –, die Kleidung aller Schiffbrüchigen solcher Schiffe, die direkt aus Spanien kämen, zu beschlagnahmen und zu vernichten, da zur Zeit in Spanien die Cholera wüte.

„Das ist nicht wahr!" rief die Oberin. „Als wir Spanien verließen, habe ich von keinem einzigen Cholerafall gehört!"

„Die dicken Klostermauern halten viele Nachrichten ab", antwortete der Gouverneur sanft.

„Als Oberin bin ich über das Geschehen im Lande jederzeit informiert!" sagte die Oberin betont würdig. „Ich hätte von der Cholera sofort erfahren, wenn sie vor unserer Abreise aufgetreten wäre."

„Vielleicht ist sie erst nach Ihrer Abreise ausgebrochen?" fragte der Gouverneur.

„Wie wäre es denn möglich, daß Sie es bereits wissen und wir noch nicht, wir, die wir direkt aus Spanien kommen?" rief die Oberin.

„Die englischen Schiffe sind bekanntlich schneller als die spanischen", antwortete der Gouverneur mit feinem Lächeln, auf die Vernichtung der Armada durch die Engländer anspielend.

Dagegen ließ sich nichts erwidern.

„Ich erwarte", sagte die Oberin, „die Bereitstellung anderer Kleidung für mich und meine Schutzbefohlenen."

„Auf unserer kleinen Insel können wir Ihnen natürlich keine Nonnentrachten liefern", sagte der Gouverneur. „Sie werden, hoffe ich, dafür Verständnis haben. Hier werden keine Tuche hergestellt. Jeden Stoff müssen wir einführen. Außerdem dürfen Sie nicht vergessen, daß diese Insel England gehört und somit englische Sitten pflegt und nur wenige katholische Bewohner beherbergt. Das will aber nicht besagen, daß sich nicht alle Bewohner, auch die protestantischen, eifrig an einer Kleiderspende beteiligen werden. Binnen zwei Tagen werde ich, glaube ich, die Bekleidung für Ihre Nonnen zusammenhaben. So lange aber müssen Sie sich gedulden und in diesem Hause ausharren."

Die Oberin erhob sich und neigte ihren Kopf. Das war das Zeichen, daß sie die Unterredung für beendet hielt.

„Sobald Sie den Brief an Ihre Obrigkeiten geschrieben haben", sagte der Gouverneur liebenswürdig, „händigen Sie ihn dem Korporal aus, der in der Eingangshalle wartet. Ich werde sofort Befehl geben, daß das Schiff, das zur Zeit im Hafen liegt und zur Insel Hispaniola weiterfahren soll, so lange zurückgehalten wird, bis mein Leibkurier mit dem Brief an Bord ist."

„Ich danke Ihnen", sagte die Oberin kühl und rauschte hinaus.

Er ließ neben den Wäscheleinen einen Posten aufstellen, die einhunderteinundsiebzig Nonnenobergewänder und unzähligen Nonnenuntergewänder von seinen Beamten abnehmen und auf drei Eselkarren fortschaffen. (Sie wurden natürlich nicht verbrannt, sondern in den Schneiderwerkstätten aufgetrennt, gebügelt und an Interessenten auf den Großen Antillen verkauft.) Gleichzeitig schickte er einige Boten auf der ganzen Insel herum, die sich laut trommelnd bis in die entlegensten

Hütten bemerkbar machten und die Anordnung des Gouverneurs bekanntgaben, daß Frauenkleidung jeglicher Art gesammelt und, wenn nötig, sogar mit Gewalt konfisziert werden müsse. Jedes nicht unbedingt benötigte weibliche Kleidungsstück, sei es Ober- oder Unterwäsche, sei unverzüglich in den Amtsräumen des Gouverneurs abzugeben.

Noch am selben Tag, bis um Mitternacht, strömten die weiblichen Bewohner der Insel auf den Platz in Newhome und spendeten reichlich. Am nächsten Tag verhandelte der Gouverneur mit Yolanda. Er versprach ihr, künftig ihrem Unternehmen Wohlwollen und Gunst entgegenzubringen, sofern sie sich bereit erkläre, ihre Mädchen wieder zusammenzurufen und arbeiten zu lassen. Sie sehe ja doch wohl als welterfahrene Frau, daß sonst möglicherweise großes Unglück über die ahnungslosen Nonnen hereinbrechen könne. Sie sei im Augenblick die einzige, in deren Macht es liege, Unruhen und Ausschreitungen auf der Insel zu verhindern.

Yolanda begriff. Sie war geschmeichelt und sagte zu, nicht ohne ihrerseits sofort die Gelegenheit beim Schopf zu fassen und den Gouverneur um Unterstützung bei der Verpflegung der Nonnen zu bitten. Sie seien eben jung und hätten verständlicherweise einen gesegneten Appetit.

Dies kam dem Gouverneur gerade recht. Da die Verpflegung einer der Schlüsselpunkte seiner Pläne war, bat er Yolanda sofort, zu entschuldigen, daß er dieses Problem bisher völlig vergessen habe. Vom übernächsten Tage an – er brauche eine Frist, um alles zu organisieren – könne sie ihm die Verpflegung der Nonnen ganz überlassen.

Sobald der Gouverneur gegangen war, eröffnete Yolanda der Oberin die Neuigkeit. Die Nonnen, immer noch in Leintücher gehüllt, umscharten ihre Oberin ängstlich, aber sie beruhigte sie: Daß der Gouverneur sich um die Verpflegung kümmere, verdiene kein Mißtrauen. Schließlich war es *seine* Pflicht, nicht die der Privatperson Yolanda, sich um die Versorgung Schiffbrüchiger zu kümmern.

Tags darauf wurden die gespendeten Kleider, sauber gewaschen und geplättet und sorgfältig zusammengefaltet, in mächtigen Körben angeliefert. In Yolandas Haus wurde es lebendig. Einhunderteinundsiebzig junge Frauen probierten Wäsche und Kleider an. Das Vergnügen gewann die Oberhand über die Weltentsagung, zumal diese Einkleidung in weltliche Gewänder mit ausdrücklicher Erlaubnis der Oberin vor sich ging. Halb bekleidet hüpften die Nonnen vor dem einzigen Spiegel des Hauses (aus Frankreich importiert) herum, drehten sich um sich selbst, schwangen Spitzenröcke und seidene Tücher, Unterröcke und Umhänge, betrachteten sich entzückt, zupften hier und dort, fältelten und rafften, ordneten ihr kurzgeschnittenes Haar zu anmutigen Frisuren und bewegten sich mit den weltlichen Gewändern auch weltlicher. Nur ein paar ältere Nonnen schauten säuerlich drein. Ihnen war dieses Treiben in höchstem Maße suspekt.

„Hier ist der Satan am Werke", murmelten sie und kleideten sich in die Gewänder, die die anderen verschmäht hatten. Die Oberin überwachte die Einkleidung, verhielt sich aber indifferent. Man mußte Geduld mit den jungen Dingern haben. Und als sie selbst verstohlen am Spiegel vorüberschritt, merkte sie mit Erstaunen, daß sie sich in eine gutaussehende, elegante Frau verwandelt hatte, mit einer makellosen Figur und lockigem dunklen Haar, das sie im Netz trug. Erschrocken schlug sie ein Kreuz, als sie erkannte, daß sie sich an ihrer Schönheit erfreut hatte. Sie ahnte nicht, daß der Gouverneur zur selben Stunde in seinem Schlafzimmer ihren Brief sorgfältig über einer Kerze verbrannte.

Dann ließ er das Seemannsheim für die vorübergehende Aufnahme der vierundzwanzig Yolandaschen Mädchen einrichten. Schmollend zogen sie in die Notunterkunft ein. Sobald sich die neue Lokalität herumgesprochen hatte, bildeten sich Schlangen vor den einzelnen Zimmern. (Jene Zeit war die einzige, in der jemals die See- und auch andere Leute mit Vergnügen in das Seemannsheim der Insel strömten.)

Der Gouverneur atmete auf. Die schlimmste Gefahr war vorerst gebannt. Aber damit war seine Aktion keinesfalls abgeschlossen. Im Gegenteil: Jetzt kam erst der heikelste Teil seines Plans an die Reihe. Er berief zum Abend eine Versammlung aller Junggesellen ein. In Erwartung wichtiger Entscheidungen fehlte kein einziger – bis auf den Sohn des Morganschen Piraten, der immer noch nach dem Schatz suchte. Niemand wußte, wo er gerade grub und scharrte, niemand hatte ihn deshalb informiert. Er wäre auch an keiner Nonne interessiert gewesen, denn es war ja Delfina, die er begehrte, sie und keine andere. Aber es empörte ihn, sobald er später durch Zufall von der Versammlung hörte, daß man ihn zum zweiten Mal übergangen hatte. Dies war der Tropfen, der seinen Krug zum Überlaufen brachte. Wutschnaubend, mit völlig abgeschabten Fingernägeln, verließ er die Insel auf dem nächsten Schiff und schwor wiederzukommen. Er würde sich eines Tages ganz bestimmt den Schatz holen, und gleichzeitig würde er Delfina zwingen, mit ihm zu schlafen! Alle würden ihn am Tage seiner Rückkehr ernstnehmen müssen, alle, auch Delfina!

„Komm nur erst mal zurück", antworteten die Leute lachend, „dann werden wir schon weitersehen. Eigentlich hätten wir dich längst fortjagen sollen, denn wo man auch hintritt, stolpert man in deine Löcher, du Wühlmaus. Du kannst von Glück reden, daß wir dich samt deinem Tick in Frieden gelassen haben."

Der Gouverneur hielt zu Beginn der Versammlung eine kurze Ansprache, in der er die untadelige Moral der Männer während der Rettungsaktion belobigte, gleichzeitig aber auf die einzige Not der Insel hinwies: Frauenmangel. Er ermahnte die Männer, nichts zu überstürzen, wenn sie nicht alles zerstören wollten, und klug vorzugehen im Hinblick darauf, daß es sich um Nonnen und wahrscheinlich zum größten Teil noch um wirkliche Jungfrauen handle. Man werde auf Schüchternheit, ja auf Prüderie stoßen. Abstand wahren sei der beste Weg, um den Abstand zu verringern, und so weiter. Wer sich nach fünf Minuten auf so eine Nonne stürze wie ein Stier auf die Kuh, könne sicher sein, daß sie ihm das Gesicht zerkratzen und wie ein aufgescheuchtes Huhn zu ihrer Oberin flattern werde. Wichtig seien drei Tricks, sie geneigt zu machen: Erstens müsse man ihre Schönheit und Anmut bewundern, die erst in bürgerlicher Kleidung zur Geltung komme. Zweitens müsse man hin und wieder seufzend auf die männliche Hilflosigkeit in häuslichen Angelegenheiten hinweisen. Drittens dürfe man um alles in der Welt nicht den Katholizismus angreifen, sondern müsse diskret betonen, wie sehr man nach dem Heil suche, das man innerhalb der eigenen Konfession nicht gefunden habe. Wende man diese drei Tricks an, so komme alles übrige von allein, vorausgesetzt daß man sich in Gegenwart der Nonne nicht durch die Finger schneuze und sich mindestens einmal am Tag gründlich wasche.

Der Applaus nach diesen Ausführungen war spontan. Als der Gouverneur dann auf das Problem der Verpflegung zu sprechen kam, wurden den eifrigen Zuhörern die Zusammenhänge endgültig klar. Kaum legte der Gouverneur die Liste aus und setzte seinen Namen an die Spitze (auch er war Junggeselle), gab es ein großes Gedränge, weil viele fürchteten, sie kämen so weit hinten in das Namensregister, daß keine Nonne mehr für sie abfiele. Denn es waren immer noch mehr Junggesellen als Nonnen da. Noch in der selben Nacht schrubbten und fegten die Männer ihre Behausungen, wuschen ihre Hemden, stutzten sich gegenseitig Haupthaar und Bärte und schnitten sich Finger- und Fußnägel. Keiner aß in den nächsten Tagen rohe Zwiebeln. Stieß einer einen Fluch aus, duckte er sich unmittelbar danach schuldbewußt. Die Besorgnis einiger Engländer, sie verstünden ja kein Spanisch, wie sie sich denn mit den Nonnen verständigen sollten, wurde mit allgemeinem Hohngelächter abgetan. Überall in Junggesellenkreisen herrschte Nervosität. Manche pflückten noch in der Nacht Blumensträuße, andere wälzten sich ruhelos in ihren Betten, andere nagten an ihren Fingernägeln oder bekamen plötzlich unmäßigen Hunger. Allgemein gesprochen, verhielten sie sich wie Kinder vor der Weihnachtsbescherung.

Der Gouverneur persönlich überbrachte der Oberin die Liste am nächsten Vormittag.

„Dies ist die Liste der Haushaltsvorstände", erklärte er ihr, „die die Verpflegung Ihrer Schutzbefohlenen freundlicherweise übernommen haben."

Sie schlug den schwarzen Tüllschleier zurück, um die Aufstellung besser studieren zu können. Das gab dem Gouverneur Gelegenheit, ihre Schönheit zu bestaunen. Sie hatte gleichmäßige, fein geformte, aber energische Züge. Sie hatte, wie er entzückt feststellte, die idealen Züge für eine Gouverneursgattin.

„Wie soll ich diese Liste verstehen?" fragte sie. „Werden uns die Herren mit Lebensmitteln beliefern?"

„Das ist unmöglich", antwortete der Gouverneur. „Hier lebt man von der Hand in den Mund. Aber jeder dieser ehrenwerten Herren hat sich bereiterklärt, während Ihres Aufenthalts auf dieser Insel eine Nonne am Tische seines Hauses zu verköstigen: vier Mahlzeiten am Tage."

„Was?" rief die Oberin erschrocken. „Meine Töchter im Herrn sollen in die einzelnen Häuser essen gehen? Das ist unmöglich! Das verbieten die Ordensregeln!"

„Ich habe großen Respekt vor Ihren Ordensregeln", entgegnete der Gouverneur, „aber Sie leben hier in einer Situation, die von den Ordensregeln nicht in Betracht gezogen wurden, weil sie außergewöhnlich ist. Ich bitte das zu bedenken. Gott kann nichts dagegen haben, daß Sie die Einladungen hilfsbereiter Bürger annehmen, zumal Sie alle, falls Sie sie nicht annähmen, verhungern müßten. Denn anders läßt sich hier die Verpflegung einer so großen Anzahl von Schiffbrüchigen beim besten Willen nicht bewältigen. Immerhin leben wir auf einer Insel. Ich erwarte Sie also um zwölf Uhr in meinem Hause zum Mittagessen. Ich werde Ihnen eine Sänfte schicken."

Die Oberin erwiderte nichts auf diese Worte, fragte aber nach einer Weile nach den Adressen der jeweiligen Haushaltsvorstände.

„Die sind nicht nötig", antwortete der Gouverneur. „Hier kennt jeder jeden. Im übrigen werden heute die Herren sicher selber herkommen, um die ihnen zugewiesenen Nonnen abzuholen. Die Verteilung der Damen innerhalb der Liste überlasse ich ganz Ihnen."

„Kann man sich auf die Moral dieser Herren verlassen?" fragte die Oberin, als sich der Gouverneur höflich von ihr verabschiedete.

„Genau so, wie Sie sich auf die Moral Ihrer Damen verlassen können", antwortete der Gouverneur ernst.

Nach dem ersten Mittagessen kehrten zwar alle Nonnen vollzählig in Yolandas Villa zurück, aber es war eine Jungfrau weniger darunter, ohne daß die Oberin etwas davon erfuhr. Als sie von der Mittagstafel des Gouverneurs heimkam, stürzten zwei Nonnen mit entsetzten Augen auf sie zu. Nachdem sie sich deren aufgeregten Bericht angehört hatte, beschwerte sie sich beim Gouverneur, der empört tat, auch wirklich ärgerlich war und sofort veranlaßte, daß die beiden Mädchen in anderen Häusern verpflegt wurden. (Diese Strafmaßnahme sprach sich auf der Insel herum und bewirkte, daß sich auch die heißblütigsten Burschen zusammenrissen, um zu verhindern, daß ihnen ihre Nonnen entzogen wurden.) Auf den Hinweis der Oberin, daß es sich ja um lauter Junggesellen handle, antwortete der Gouverneur, es lebten auf der Insel – wie im gesamten karibischen Raum und in den einzelnen spanischen Provinzen Südamerikas – fast nur Junggesellen, wenn man von denen absähe, die sich mit Afrikanerinnen oder Indianerinnen zusammengetan hätten. Die Oberin, die die Gebiete, von denen er sprach, nicht kannte, glaubte ihm und nahm diesen Sachverhalt als unabänderlich hin, rief ihre Nonnen aber vor jeder Mahlzeit zusammen, gab ihnen ermahnende Worte mit auf den Weg, um ihre Standhaftigkeit zu stärken, und wies auf die unsichtbaren Schlingen des Satans hin, falls sie vergäßen, daß ihr Bräutigam im Himmel wohne. Die ersten vierzehn Tage verbrachte sie halbe Nächte betend: Der Herr möge die Segel des Schiffes, das ihren Brief nach Hispaniola beförderte, mit Wind füllen und ihm die doppelte Geschwindigkeit verleihen. Der Herr möge die Autoritäten in Hispaniola bewegen, ihre übliche Trägheit aufzugeben und ihr schnellstens ein Schiff zu senden, das ihre Schutzbefohlenen an die Orte ihrer Bestimmung bringe, und so weiter. Yolanda, die in einem Zimmer unter ihr schlief, hörte sie stundenlang murmeln.

Bald baten einige Nonnen um die Erlaubnis, erst abends heimkehren zu dürfen. Denn der Weg sei so weit, oder man bedürfe ihrer Hilfe im Haushalt, und was für Begründungen sie noch ins Feld führten. Obwohl die Oberin derartige Ansinnen strikt ablehnte, blieben drei Nonnen ohne Erlaubnis doch bis zum Abend in den ihnen zugewiesenen Häusern, und nach der Bestrafung mit totalem Ausgangsentzug entflohen sie und kehrten überhaupt nicht mehr heim. Nach einem Monat waren es schon elf Abtrünnige, und für die, die immer noch folgsam heimkehrten, wollte die Oberin nach dieser herben Erkenntnis auch nicht mehr die Hand ins Feuer legen, daß sie nicht während der Mahlzeiten dem Satan frönten, zumal sie, die Oberin, ihrer selbst ebenfalls nicht mehr sicher war: Sie hatte sich in den Gouverneur verliebt.

Was kommen mußte, kam unaufhaltsam: Die meisten Junggesellen wurden, nach den Ratschlägen des Gouverneurs handelnd, mit ihren Nonnen einig. Freilich, viele der jungen Ordensfrauen hatten gewaltige Gewissenskämpfe durchzustehen. Dabei war ihnen nicht einmal ein Priester behilflich, dem sie hätten ihre Qualen beichten können, denn es gab keinen auf der Insel. Sie versuchten, sich bei ihrer Oberin Rat zu holen. Die aber umarmte sie nur schwesterlich, sagte, sie sei nicht wert, ihnen Rat zu erteilen und antwortete etwa in dem Sinne, daß jede Nonne diese Konflikte nur in der Zwiesprache mit Gott allein lösen könne. Gott habe bisher noch allen seine Gnade geschenkt, die aus Liebe gehandelt hätten. (Dies war die Antwort, die sich die Oberin auf ihre eigenen Probleme gegeben hatte.) Außerdem müsse bald Antwort auf ihren Brief an die Obrigkeiten in Hispaniola kommen. Es seien ja schon über drei Monate vergangen.

Sie hoffte jedoch, ein solcher Brief werde nie eintreffen, schloß die Augen vor der Zukunft und konzentrierte sich auf die Gegenwart. Schließlich, nach tagelangem Gebet und vielen Kasteiungen, glaubte sie vom Heiligen Geist die Weisung bekommen zu haben, daß die primäre Aufgabe einer Ordensfrau in jeder denkbaren Situation die Nächstenliebe sei. Der Gouverneur war ihr Nächster, sorgte er doch für Kleidung und Nahrung. Er gab ihr alles, was sie brauchte, vom Briefpapier bis zum Stickrahmen, vom Taschengeld bis zum Sonnenschirm. Wie einsam er war, wußte nur sie. War sie nicht verpflichtet, ihm die Liebe zu schenken, die er brauchte, um endlich Frieden zu finden? Schließlich tat sie dabei noch ein gutes Werk für die Kirche, denn er zeigte lebhaftes Interesse am Katholizismus, und sie würde sich ihm nur ergeben, wenn er sich verpflichtete, katholisch zu werden. Ein katholischer Gouverneur auf einer englischen Insel – das wäre eine gewaltige Tat, die der Kirche sehr zustatten käme.

Die anderen Nonnen, die sich zwar vorstellen konnten, als gewöhnliche Bürgerfrauen zu leben, nicht aber, ihren Glauben aufzugeben, forderten ebenfalls als Voraussetzung für eine Verehelichung, daß der Bräutigam katholisch werden und einwilligen müsse, die aus der ehelichen Verbindung hervorgehenden Kinder katholisch zu erziehen. Eine zusätzliche Bedingung stellte die Oberin hinsichtlich der neuen Situation: Ein Priester müsse auf die Insel kommen. Dafür habe der Gouverneur zu sorgen.

Die Männer gingen auf die Bedingung ein. Sie wären auch auf ganz andere Bedingungen eingegangen, nur um ihre Nönnchen zu gewinnen. Nach einigen neuen Arrangements (ein paar Männer tauschten ihre Nonnen aus, ein paar Nonnen ihre Männer) begann man zu heiraten. Es gab eine Massentrauung von einhundertsechsundzwanzig Paaren, wobei der Gouverneur, der sich schon ein paar Tage vorher verheiratet hatte, in Ermangelung eines katholischen Priesters selber für das nötige Zeremoniell sorgte. Vierunddreißig Paare kleckerten einige Zeit später nach. Fünf Nonnen konnten sich nicht entschließen, nur einem einzigen Mann anzugehören, und zogen es vor, in die Dienste der guten alten Yolanda zu treten, in deren Haus die vierundzwanzig Mädchen und die schöne Delfina längst wieder zurückgekehrt waren und trotz der neuen Verhältnisse genug zu tun hatten.

Die letzten sechs Nonnen aber blieben ihren Gelübden treu, unempfindlich gegen jede Versuchung, und beschlossen, auf irgendeine Weise wieder in den Besitz einer Ordenstracht zu kommen, ein bescheidenes kleines Kloster zu gründen, natürlich mit Kirche oder Kapelle, und auf einsamem Posten auszuharren. Als die übriggebliebenen Junggesellen einsehen mußten, daß sie sich an diesen sechs Standhaften die Zähne ausbeißen würden, gaben sie die letzten Versuche auf.

Der Gouverneur, der, wie die meisten übrigen Männer, sein Wort hielt und katholisch wurde oder sich zumindest bemühte, es zu sein, stellte den sechs Nonnen Baumaterial, Maurer und Zimmerleute zur Verfügung, und so entstand auf dem nördlichsten Berg, über dem Ort Newhome, ein kleines Kloster mit einer bescheidenen Kapelle. Der Berg bekam damit einen Namen: Nonnenhügel.

Das Geschehen der letzten Monate hatte die Struktur der Inselbevölkerung stark verändert: Das Gleichgewicht zwischen Männern und Frauen war fast hergestellt, die weiße Hautfarbe, vorher in der Minderheit, überwog nun. Wohl setzte sich die englische Sprache, trotz der einhunderteinundsiebzig spanischen Nonnen, weiterhin durch, dafür verlor aber der puritanische Pastor die Mehrzahl seiner sowieso nicht mehr so treuen Anhänger. Mit einem Schlag war die Insel überwiegend katholisch geworden. Der Pastor weinte in ohnmächtigem Zorn. Im Laufe des Jahres wurden weit über einhundert ehemalige Nonnen schwanger, so daß der Gouverneur sich schleunigst nach einem katholischen Priester umsehen mußte, im Hinblick auf die vielen Taufen, die bevorstanden, und überhaupt.

Was sich da auf der Insel begeben hatte, sprach sich bald bis nach Kuba und Hispaniola herum. Die spanisch-katholischen Obrigkeiten, die bereits seit Monaten nach dem Verbleib der Nonnensendung geforscht hatten, waren empört über dieses Sodom und Gomorrha auf Delfina und überzeugt, daß die einheimische Bevölkerung die hilflosen Ordensfrauen unter Gewaltanwendung zu diesem sündigen Tun gezwungen habe. Ein Bischof, begleitet von zwei Kaplänen und einigen Dienern, schiffte sich sofort – das heißt nach weiteren zwei Monaten – ein, um auf Delfina nach dem Rechten zu sehen. Leider Gottes, so konstatierte er grimmig, war es nicht möglich, mit Unterstützung des spanischen Militärs auf der Insel Ordnung zu schaffen, denn sie stand unter englischer Herrschaft. Aber einhunderteinundsiebenzig Nonnen, ein allzu kostbares Gut für die spanischen Besitzungen in Übersee, konnte man nicht einfach aufgeben, sondern mußte retten, was zu retten war.

Er wurde sehr höflich und liebenswürdig vom Gouverneur empfangen. Auf die Frage des Bischofs, ob er die Mutter Oberin sprechen könne, rief der Gouverneur seine Frau, die im achten Monat war, ins Audienzzimmer. Der Bischof übersah geflissentlich ihren Zustand und bat um eine Unterredung unter vier Augen. Mit dem Hinweis, daß man sie in diesem fortgeschrittenen Stadium der Schwangerschaft nicht überanstrengen dürfe, zumal sie sich bereits aus Freude über die Ankunft der lieben Gäste aus Hispaniola stark erregt habe, ersuchte der Gouverneur den Bischof, die Unterredung auf den nächsten Tag zu verschieben und erst einmal die Insel zu besichtigen. Er lud ihn in eine Kutsche, fuhr ihn samt den beiden Kaplänen auf die schönsten Aussichtsplätze der Insel, zeigte ihm die afrikanischen Hütten auf der Südostseite Delfinas, kletterte mit ihm auf das langsam verfallende Fort Henry Morgans, machte ihn auf die Wühlarbeit des Schatzgräbers aufmerksam, besichtigte mit ihm das Hospital und das Seemannsheim, unterrichtete ihn über die üppigen Austernbänke vor den Mangrovenwäldern und speiste anschließend mit ihm im renommiertesten Gasthaus Newhomes mit Kerzenlicht und livrierter Dienerschaft unter einem nagelneuen Kronleuchter aus Lissabon. Danach geleitete der Gouverneur den Bischof zu Delfina, die er als Wohltäterin der Insel vorstellte. Er hatte sie bereits vorher über den bischöflichen Besuch informiert, und so fand sie wieder einmal Gelegenheit, ihre Dienste dem Wohl der Insel angedeihen zu lassen. Die beiden Kapläne aber hatte er rechtzeitig von ihrem Oberhirten getrennt und beschäftigte sie während der nächsten Tage unausgesetzt mit seelsorgerischen Aufgaben.

Delfina war wieder einmal wunderbar: Der Bischof verließ ihre Gemächer nicht mehr, so lange er auf der Insel weilte. Mit Hilfe eines diskreten Doppelpostens vor ihrer Tür sorgte der Gouverneur dafür, daß der Bischof nicht durch andere Delfina-Interessenten gestört und damit aus seiner Glücksstimmung vorzeitig aufgeschreckt werde.

Nach drei Wochen fragte der Kapitän des bischöflichen Schiffes bei dem Gouverneur an, wie lange denn der Aufenthalt des Bischofs auf der Insel noch dauere, denn das Schiff sei für eine lange Wartezeit im Brackwasser nicht eingerichtet, es sei nämlich unten herum am Faulen. Wenn der Bischof noch längere Zeit zu bleiben gedenke, wolle er die schadhaften Planken herausnehmen und erneuern lassen, falls das auf der Insel möglich sei. Ob der Gouverneur den Bischof nicht bewegen könne, seinen Besuch so lange auszudehnen?

Aber der Gouverneur meinte nur, wenn das Schiff auf dem Herweg nicht auseinandergefallen sei, werde es wohl auch noch den Rückweg aushalten, und im übrigen sei ja Gott mit dem Bischof.

Nein, der Gouverneur hatte nicht vor, den Bischof noch länger bei Delfina zu lassen – drei Wochen genügten. Und so ließ er ihn von einer kleinen Garde abholen und auf das Schiff bringen. Die zwei Kapläne aber behielt er da. Bei seiner Verhaftung wurde der Bischof zornig, aber als man ihm das Datum nannte, erblaßte und verstummte er und fragte nicht einmal mehr nach seinen Kaplänen. Die Diener fand er auf dem Schiff vor.

Aus irgendeinem unerforschlichen Grund (der Bischof glaubte ihn zu kennen) vergaß Gott, seine Hand über das angefaulte Schiff zu halten. Auf halbem Wege nach Hispaniola quollen plötzlich unzählige Ratten, hellgraue spanische und dunkelgraue karibische, erstere glattgesichtig, letztere bärtig, aus allen Luken des Schiffes, überschwemmten das Deck und stürzten sich ins Meer. Der Bischof sprang auf ein Faß und schürzte die Soutane. Als die unsympathischen Tiere ringsumher die See bedeckten und verzweifelt strampelten, legte sich das Schiff langsam auf die Seite. Dem Bischof grauste weniger vor dem Tod des Ertrinkens, als vor seinem Ende zwischen dem Rattenheer. Er klammerte sich an den Mast und sandte ein Stoßgebet nach dem anderen gen Himmel. Anscheinend erreichte eines von ihnen das Ohr Gottes, jedenfalls näherte sich plötzlich in gewaltiger Geschwindigkeit ein Schiff (der Bischof behauptete später steif und fest, er habe den Erzengel Michael mit ausgebreiteten Armen auf dessen Bug stehen sehen), das den armen Bischof rettete, als er, bereits von in seine Kleider verbissenen Ratten behangen, gegen den Sog des eigenen Schiffes kämpfte, und sicher nach Hispaniola brachte. Dort angekommen, verbreiteten Ihre bischöfliche Gnaden, deren wunderbare Rettung großes Aufsehen erregte, die Kunde, auf Delfina sei nichts mehr zu machen, die Nonnen seien durchweg vom Teufel besessen und für die ihnen vormals zugedachte Aufgabe verloren. Die Inselbewohner stünden auf einer noch sehr primitiven Kulturstufe. Bei dem Versuch, die Nonnen zu retten, habe er um ein Haar sein Leben als Märtyrer eingebüßt. So werde es wohl auch den beiden Kaplänen ergangen sein, über deren Verbleib er nichts wisse.

Damit wurde dieser Fall zu den Akten gelegt.

So tolerant der Gouverneur auch sonst war, den beiden Kaplänen gegenüber war er unerbittlich. Als der eine nach kurzer Zeit zu ihm kam und um Erlaubnis bat, eines der vierundzwanzig Mädchen Yolandas heiraten zu dürfen, schlug er es ihm rundweg ab. Die beiden Priester waren ihm für das Wohl der Insel unentbehrlich. Er zwang sie, ohne auf ihren Protest einzugehen, die weltlich geschlossenen Ehen im nachhinein auch noch von kirchlicher Seite her zu sanktionieren, die Ehemänner der Nonnen, so weit sie nicht zufällig sowieso schon katholisch waren, in die katholische Kirche aufzunehmen und die Kapelle der Nonnen auf dem Nonnenhügel zu segnen und einzuweihen. Auf ihren Hinweis, daß dabei vieles außerhalb der kirchlichen Legalität geschehe, ging er nicht ein.

So wurde also die Kapelle in Gebrauch genommen und jeden Tag die Messe gelesen. Der katholische Alltag begann. Die sechs Standhaften richteten eine Mädchenschule für die bessere Gesellschaft ein und taten auch sonst viel Segensreiches. Allerdings wurde ihre enge Gemeinschaft durch ständiges Gezänk erschüttert, denn man konnte sich nicht entschließen, sich auf eine der sechs als Oberin zu einigen. Jede wollte es sein, aber keine ließ man es werden. Es fehlte das Machtwort einer Vorgesetzten, so zum Beispiel auch in der Frage der Beschaffung einer Madonnenfigur. Der Gouverneur, den sie in dieser Angelegenheit um Hilfe baten, war ebenfalls ratlos. Als Gouverneur von Englands Gnaden konnte er keinesfalls eine Statue aus Spanien bestellen. Schließlich gab er eine Madonna bei einem Steinmetzen der Insel in Auftrag. Der Meister brauchte fast ein ganzes Jahr, und was endlich dabei herauskam, war recht armselig. Die Madonna hatte nämlich an einer Hand nur vier Finger, die Nase war schief und klobig, die Augen schielten. Nach langem Zögern stellte man die verpfuschte Figur doch auf, in der Hoffnung, mit der Zeit werde sich die Bevölkerung schon an ihre Schönheitsfehler gewöhnen. Man nagelte sogar eine Krücke über das Portal der Kapelle, um den Glauben an die Wundertätigkeit der Madonna anzuheizen. Aber die Schiefnasige setzte sich trotzdem nicht durch.

Die Insel – mit so viel Geld, so vielen Frauen und so vielem Nachwuchs – erlebte einen unerhörten Aufschwung. Der Gouverneur ließ ein Theater errichten, heuerte Schauspieler an, ließ sogar einen Architekten aus England kommen, der ihm ein Gouverneurspalais an den Nordrand des Marktplatzes stellte, er schaute sich nach Lehrern um und baute neue Schulen, ließ eine Wasserleitung anlegen, die in Röhren Süßwasser aus den Bergen in den Ort brachte, schuf ein Gerichtsgebäude samt Gefängnis, eine Kaserne, einen überdachten Markt. Er ging sogar daran, im Hafen ein Trockendock anzulegen, um auch größere Schiffe, ja Fregatten und Korvetten, auf Kiel legen zu können. Die Bank vergrößerte sich. Die Handelshäuser richteten Filialen auf den Kleinen und Großen Antillen und dem süd- und mittelamerikanischen Festland ein. Ganze Viertel mit neuen Bürgerhäusern entstanden rings um Newhome. Die wenigen noch strenggläubigen Puritaner hatten nichts mehr zu sagen, und so zeigte der Gouverneur sein Wohlwollen auch den Unternehmern des Vergnügungsviertels am Hafen, das von der allgemeinen Hausse profitierte. Yolanda, die inzwischen schon alt, aber immer noch überaus unternehmungslustig war, richtete in den unteren Räumen ihrer Villa ein Spielkasino ein und beteiligte den Gouverneur zu einem Drittel am Gewinn. Nach wie vor aber war Delfina die größte Attraktion auf der Insel. Zahlreiche kleine Hotels rund um den Hafen lebten von ihrer Anziehungskraft.

Im Inneren der Insel blühten Landwirtschaft und Viehzucht. Englische und holländische Kühe und ihre Nachkommen schleppten gewaltige Euter durch die Landschaft, die Schweine schwabbelten vor Fett, die Ziegen vermehrten sich wie die Meerschweinchen, die Hühner legten mehr Eier als gegessen wurden. Man pflanzte Tabak, zog Gemüse. Getreide, vor allem

Mais, und sogar Zuckerrohr gediehen prächtig. Die Insel erntete weit mehr als sie zu verbrauchen imstande war. Sie konnte einen guten Teil der Ernte an die anderen Inseln verkaufen.

Die herrlichsten Blumengärten entstanden überall, die es mit jedem europäischen Ziergarten aufnehmen konnten. Die Blumen samten und rankten aus den Gärten hinaus in die Wildnis, und bald war die ganze Insel dort, wo sie nicht landwirtschaftlich genutzt wurde, ein einziger Blumengarten. Die ehemaligen Nonnen ergingen sich in der Blütenfülle mit ihren Sonnenschirmchen, dann und wann im Schatten der Kokospalmen untertauchend, und friedlich spielten die schwarzen mit den braunen und weißen Kindern. Kurz: Die Insel blühte im wörtlichen wie im übertragenen Sinn und lockte Einwanderer aus Europa und Übersee an.

Aber die sogenannte Vorsehung sorgt schon dafür, daß sich die Erde nicht in ein Paradies verwandelt. Und so näherte sich das Unheil auch der Insel Delfina in Gestalt des Piratensohnes Rowland, der jahrelang – man erinnere sich – vergeblich nach dem Morgansehen Schatz gesucht hatte und eines Tages verbittert verschwunden war. Weiß der Teufel, wer ihm Geld geborgt oder wo er es verdient hatte, jedenfalls kehrte er auf einem stattlichen Segler zurück, der ihm gehörte, und zwar in derselben Eigenschaft wie sein Vater: als Pirat. Einhundertachtzig Männer hatte er angeheuert, zu allen Schandtaten bereit und ihm blind gehorsam. Zwar wußte er, daß die große Zeit der Piraten längst vorüber war und daß man ihn bald schnappen und köpfen würde. Aber das einzige Ziel seines Unternehmens bestand darin, sich an der Insel, die ihm den Schatz vorenthalten, und an der Bevölkerung, die sich über ihn lustig gemacht hatte, zu rächen und Delfina endlich zu besitzen, wenn nötig mit Gewalt. Ach Gott, es war für ihn von vornherein eine verlorene Sache, obwohl diese die Insel teuer zu stehen kam.

Bereits einige Tage vor dem Überfall kündigte sich das Unheil durch merkwürdige Erscheinungen an: Sternschnuppen strichen massenweise über den Himmel, und ein Riesenfisch, auf dem Rücken violett, auf dem Bauch orange und mit zwei Dutzend Brustwarzen versehen wie ein Mutterschwein, wurde angeschwemmt. An der Südspitze der Insel stank es ganz fürchterlich nach Schwefel, und an einer Kokospalme wuchsen plötzlich Bananen und reiften binnen zweier Tage aus. Entsetzen packte die Bevölkerung, als die Frau des Gouverneurs, die ehemalige Oberin, deren erstes Kind eine Totgeburt gewesen war, einen Knaben zur Welt brachte, der, schwarzhaarig, bereits im Augenblick der Geburt eine deutliche Tonsur trug und am zweiten Tage unverhofft starb. Und als ein Blitz in die Kapelle schlug – lautlos, ohne Donnerschlag! – und die Schiefnasige in zwei Teile spaltete, war man sich endgültig darüber klar, daß sich ein Unglück näherte. Viele Leute vergruben ihre Silberstücke irgendwo im Garten oder freien Gelände. Der Gouverneur befahl seiner Polizeitruppe erhöhte Wachsamkeit. Man dachte sogar daran, die Morganschen Kanonen wieder instandzusetzen. Aber bevor man sie noch vom Flugsand vieler Jahre gereinigt hatte, war das Piratenschiff da.

Um Mitternacht, durch die Dunkelheit geschützt, fuhr es an einem Freitag in die Hafenbucht ein, von Rowland, dem Piratensohn, selbst gesteuert. Er kannte ja die Örtlichkeiten genau. Als es hell wurde, lag sein Schiff bereits in der Bucht vor Anker, und niemand dachte sich bei seinem Anblick etwas Böses, denn Schiffe kamen und Schiffe gingen und fast immer lag mindestens eines im Hafen. Man beunruhigte sich noch nicht einmal, als die ganze Besatzung, bis an die Zähne bewaffnet, in Boote stieg und dem Land zuruderte. Erschrockene Frauen in Nachthemden, Tassen oder Kannen in den Händen, halbnackte Männer, verschlafene Kinder beugten sich aus Fenstern und Türen, als die Seeräuber sich mit wildem Gebrüll in die Stadt ergossen. Rowland handelte strategisch geschickt: Erst umzingelte er die Kaserne und machte die noch schlafende Schutztruppe des Gouverneurs bis auf den letzten Mann nieder, dann stürmte er das Palais des Gouverneurs und erschlug ihn, der eben in die Unterhosen fuhr, mit einem Kandelaber. Die Diener entflohen. Die Frau des Gouverneurs, noch im Wochenbett, entging dem Tode dadurch, daß Rowland die Tür zu ihrem Zimmer in der Hitze des Gefechts übersah.

Als erst einmal Truppe und Gouverneur beseitigt waren, gab Rowland seinen Männern die Insel zur Plünderung frei. jeder, der sich zur Wehr setzte, wurde niedergemacht. In Scharen flohen die Einwohner Newhomes die Hänge hinauf und verbarrikadierten sich in Kloster und Kapelle. Andere sprangen ins Wasser, um sich zu verbergen. Hunde heulten, Hühner gackerten, Esel irrten herrenlos durch die Gassen. Auf der anderen Seite der Insel wurde es nun auch lebendig: Einige Piraten hatten sich auf Pferde geschwungen, da sie als Seeleute nicht gut zu Fuß waren, und raubten die Pflanzungen im Innern der Insel aus. In Sänften und Säcken wurde die Beute zum Hafen hinuntergeschleppt. Hinauf zum Kloster keuchte keiner der Halunken. Das war ihnen zu anstrengend und versprach wenig Beute. Schon stiegen die ersten Rauchsäulen auf: Rowlands Leute schreckten auch vor Brandstiftung nicht zurück. Da viele Häuser aus Holz bestanden, brannten bald ganze Straßenzüge. Ein Schiff, das sich ahnungslos der Insel näherte, nahm schleunigst Reißaus, sobald es dieses Bild des Jammers sichtete.

Rowland hatte sich mit wenigen treuen Vasallen in Yolandas Haus begeben. Er ließ seine Leute vor der Eingangstür als Wache zurück und trat in die dämmrige Vorhalle ein. Mit gezogenem Dolch stürzte er in Delfinas Gemach und erbebte von Kopf bis Fuß, als er sie wiedersah. Sie lag auf ihrem Diwan unter dem Baldachin, lächelte ihm wie eh und je verführerisch entgegen und winkte ihm. Sie war die einzige unter allen Inselbewohnern, der sein Überfall keinen Schrecken eingejagt zu haben schien. Er ließ den Dolch vor ihrem Bett auf den Teppich fallen, warf sich über sie, bedeckte sie mit wilden Küssen und weinte ihre bloßen Brüste naß. Dann schlief er mit ihr: zum ersten Mal. Danach kroch er, noch benommen, auf allen vieren rund um das Bett und suchte nach dem Dolch. Kaum hatte er ihn, stieß er ihn Delfina mehrmals in die Brust. Er war der Letzte, der Delfina besessen hatte, und niemand mehr sollte sie nach ihm besitzen!

Sie aber reagierte völlig anders, als normalerweise eine Person reagiert, der man in die Brust sticht. Entsetzen erfaßte ihn. Denn sie schrie nicht, sie starb nicht, sondern lachte! Sie, die man niemals hatte laut lachen hören, brach in herzhaftes Gelächter aus, richtete sich auf und kraulte ihn unter dem Kinn!

Das war für ihn, der jahrelang ihretwegen in unerträglicher seelischer Spannung gelebt hatte, zuviel. Er raffte sich auf und stürzte halbnackt aus dem Raum. Draußen aber, im Dämmerlicht der Vorhalle und verborgen in den Falten einer Portiere, wartete Yolanda bereits mit einer schweren Bratpfanne, die sie trotz ihres Alters noch wohl zu schwingen wußte. Genußvoll ließ sie diese auf den Kopf des verstörten Rowland niedersausen, der, wie vom Blitz getroffen, zusammenbrach.

Die Wachen vor der Haustür hörten nichts, denn der Lärm der Plünderer und Geplünderten in Newhome übertönte alles. Die Alte schleifte den Körper des toten Piratenanführers in die Küche, wo die vierundzwanzig Mädchen angstschlotternd zusammenkauerten und aufschrien, als sie erkannten, was Yolanda da anbrachte. Sie herrschte die Herde an, den Müllbottich auszuleeren. Einer Anordnung Yolandas, schien sie auch noch so absurd zu sein, wagte sich niemand zu widersetzen, und so kippten sie den Müll in die Küche. Mit vereinten Kräften wurde Rowland sodann, dirigiert durch Yolandas präzise Befehle, in den riesigen Müllbottich versenkt und der Müll (Zwiebel-, Eier- und Muschelschalen, Knochen, Salatblätter und dergleichen, auch mehrere welke Blumensträuße) über die Leiche geschichtet. Als die Wache die Geduld verlor und die Räume des Hauses nach ihrem Anführer absuchte, war er spurlos verschwunden. Sie rissen alle Türen, alle Schränke auf, alle Truhen und Kisten. Auf die Idee, im Müllbottich nachzuschauen, kam keiner, denn Yolanda saß darauf. Schließlich, um bei dieser vergeblichen

Suche nicht ganz ihr Gesicht zu verlieren, machten sie sich über die kreischenden Mädchen her, die sich aber bald beruhigten, sobald sie merkten, daß es ihnen nicht ans Leben ging, sondern daß man nur ihre Berufserfahrung suchte. Sie bedienten die stürmischen Kunden gewissenhaft.

Fast aus der Fassung aber geriet Yolanda, als sie feststellen mußte, daß auch Delfina spurlos verschwunden war. Vor ihrem Bett lag ein Dolch. Das Bett war leer. Nicht ein einziger Blutfleck war zu finden. Delfina war und blieb verschwunden, und Yolanda nahm grimmig an, Helfer des Piraten hätten sie heimlich aus dem Fenster entführt. Das Gitter vor dem Fenster war aber weder verbogen noch abgerissen. Schließlich hörte Yolanda auf, nach einer Lösung dieses Rätsels zu suchen, und nahm die Situation, wie sie war.

Die Kunde, daß Rowland nirgends zu finden sei, verbreitete sich sofort unter den Piraten. Sie wurden unsicher und zogen sich auf das Schiff zurück. Noch am Nachmittag lichteten sie den Anker und fuhren ab, eine Stätte des Grauens zurücklassend. Über der Insel lag eine dichte braungraue Wolke, die nur vom höchsten Gipfel, der inzwischen den Namen Grey Horn trug, überragt wurde. Als sie sich im Laufe des Abends verzog, erkannte man erst das Ausmaß des Unglücks. Einhundertsechsunddreißig Menschen waren getötet, siebenunddreißig Häuser zerstört und unschätzbare Reichtümer weggeschleppt worden. Der Gouverneur und die Polizeitruppe waren tot. Aber das größte Verhängnis für die Insel war die Tatsache, daß Delfina verschwunden war. Was war die Insel ohne sie? Wer würde sie jetzt noch aufsuchen, und wofür?

„Das habt ihr davon", sagten die sechs standhaften Nonnen, denen nichts passiert war, giftig zu den ehemaligen Ordensfrauen. „Das ist die Strafe Gottes!"

Die frühere Oberin, die nicht nur das Kind verloren hatte, sondern nun auch Witwe geworden war, trafen diese Worte tief. Sie hatte schon beim Anblick des Kindes mit der Tonsur derartige Zusammenhänge vermutet – nun aber, als man auch ihren Mann getötet hatte, war sie felsenfest überzeugt, daß die Strafe Gottes sie ereilt hatte. Sobald sie wieder einigermaßen bei Kräften und imstande war, den steilen Nonnenhügel hinaufzusteigen, machte sie sich auf den Weg – den Rückweg zur ihrem Orden. Dort wählte man sie gleich zur Oberin – eine Ehrung, die sie ihrer Meinung nach nicht verdient hatte und die sie zu Tränen rührte.

Noch zwei andere ehemalige Nonnen, Witwen geworden, kehrten reuig zurück. Nun waren es im ganzen neun Ordensfrauen. Die Oberin nahm sofort in altgewohnter Art die Zügel in die Hand und suchte nach den beiden Kaplänen. Leider stellte sich bald heraus, daß beide unter den Piratenopfern waren. Den einen hatten die Marodeure, weil er im Weg stand, in eine volle Weihwassertonne gestoßen. Darin war er ertrunken. Er war sozusagen seiner eigenen Gewohnheit zum Opfer gefallen, immer gleich eine ganze Tonne voll Wasser zu weihen und davon dann kleinere Portionen auszuteilen. Der andere Kaplan war einem Herzschlag erlegen, als ihn ein paar Witzbolde unter den Piraten zwangen, ein halbes Spanferkel allein aufzuessen. Das hätte er sich allenfalls noch zugetraut – aber doch nicht an einem heiligen Freitag! Wo nahm man nun einen neuen Geistlichen her? Die Lage schien aussichtslos. Man hatte als Wirkungsstätte nicht einmal mehr eine blühende Insel aufzuweisen, sondern einen Trümmerhaufen! Und nicht einmal eine Madonna! Was war ein Land ohne eine Beschützerin und Fürsprecherin?

Die Leute kehrten in ihre ausgeplünderten Häuser zurück oder wühlten in deren Trümmern. Herrenloses Vieh irrte umher. Versengte Blumen begannen zu faulen. Auf dem Friedhof zwischen Stadt und Kloster auf dem Hang des Nonnenhügels traten sich die Trauernden gegenseitig auf die Füße. In diesem Klima mußten die Toten schnell in die Erde. Noch tagelang heulten treue Hunde auf den Gräbern ihrer Herren. Yolanda grub mit ihren Mädchen im Garten, unter den Wäscheleinen, ein großes Loch und kippte den Müll samt dem Bottich hinein,

Sobald die Erde darüber festgetrampelt war, entließ sie alle Mädchen bis auf die fünf ehemaligen Nonnen, die ja nirgends auf der Insel ein Zuhause oder wenigstens Verwandte besaßen. Sogar nach diesen Fünfen war zur Zeit kaum Nachfrage. Trotzdem behielt sie sie, denn sie hatte Herz, obwohl sie dabei draufzahlte. Schließlich, um sich über Wasser zu halten, entließ sie ihre beiden Dienstmädchen und machte mit Hilfe der fünf Nonnen die Haus- und Küchenarbeit allein. Sie schloß auch vorerst das Spielkasino, räumte dessen Mobiliar auf den Dachboden und wartete auf bessere Zeiten. Im Hafen versammelten sich vierundzwanzig Familien und sieben Junggesellen. Sie warteten auf das nächste Schiff, um sich in glücklicheren Ländern anzusiedeln.

„Die Ratten verlassen das sinkende Schiff", sagte Yolanda und verteilte Suppe an die Auswanderer.

„Komm' mit", sagte der Steinmetz, der auf einer zerbrochenen Sänfte saß und die Suppe löffelte. „Hier werden alle über kurz oder lang verrecken."

„Das wollen wir erst mal sehen", antwortete Yolanda.

Sie schickte ihre fünf Mädchen aus, Scherben und Asche von den Hafenstraßen zu fegen. Den Souvenirverkäufern, deren Buden verbrannt waren und die von Delfinas Anziehungskraft gelebt hatten, gab sie den Rat, Hühner zu züchten, denn die Piraten hatten die Hälfte aller Inselhühner getötet. Und nun fehlte es an Eiern. Auch sonst gab es nicht viel zu essen: Die Bäckerei war ausgebrannt, die Mühle auch, die Kühe waren so verschreckt, daß ihre Milch versiegt war, eine Menge Vieh war im Feuer umgekommen, die zwei Schlachter waren tot – und sogar die Fische mieden für längere Zeit die Inselgewässer. Wieder einmal mußte die Inselbevölkerung auf die Kokosnüsse zurückgreifen. Was noch auf den Feldern war, verdarb, denn vier Monate nach dem Überfall begann es zu regnen und hörte sechs Monate lang nicht mehr auf. Aber davon wird noch berichtet werden.

In diesen traurigen Tagen spielte ein kleines Mädchen am Strand, etwas südlich vom Hafen, wo nur noch wenige Hütten standen und wo der ganze Unrat, der in der Hafenbucht herumschwamm, schließlich an Land getrieben wurde. Das Kind suchte nach etwas Eßbarem, fand auch eine Orange und einen Fisch, der bereits mit dem Bauch nach oben schwamm. Mitten zwischen den Brettern, Hölzern, Faßdauben, die da in den Wellen schaukelten, entdeckte es plötzlich die hölzerne Figur einer Frau mit goldenem Haar und entblößten Brüsten. Die Kleine rief ihre ältere Schwester. Gemeinsam zogen sie den Fund an Land.

„Das Ding müssen wir den Nonnen bringen", sagte die Ältere, die vor dem Überfall die Nonnenschule besucht hatte, denn ihr Vater war Bankier gewesen. „Die Nonnen wissen alles, sie werden auch sicher wissen, was das ist."

So trugen sie die Figur, die größer als das ältere Mädchen war, zu zweit den Hang hinauf und übergaben sie der Oberin, die den beiden Kindern ein Dutzend Eier schenkte (die Klosterhühner hatten den Überfall überlebt), worauf sie glückstrahlend abzogen. Die Oberin aber strahlte ebenfalls vor Glück. Ein Wunder war geschehen! Gott hatte zur rechten Zeit eine Madonna geschickt, um den verzweifelten Inselbewohnern wieder Mut und Hoffnung zu geben!

Alle neun Nonnen waren entzückt über das warme, das faszinierende Lächeln dieser Figur. Was tat es, daß sie schon etwas wurmstichig war? Dieser unbedeutende Schönheitsfehler und die auffallend nackten Brüste ließen sich leicht verstecken. Eifrig begannen alle neun, in Truhen und Schubladen zu wühlen, zu sticheln und zu sticken, und schon am nächsten Morgen prangte eine sorgfältig gekleidete, wunderschöne Madonna über dem Altar, mit einem Lächeln, das auch Ungläubige bewegte. In Scharen kamen die Leute heraufgepilgert, um die neue Statue zu sehen. Keiner erkannte in ihr, dank ihrer Ausstaffierung, den ehemaligen Wandschmuck in Yolandas Salon, obwohl sie vielen älteren Männern merkwürdig bekannt vorkam.

„Die riecht nach Wundern", sagte der alte portugiesische Schneider. Das erste Wunder geschah sogleich. Noch am selben Abend – die Kapelle war gerammelt voll – warf sich plötzlich der spanische Fechtmeister, der sich nun schon in gesetzten Jahren befand, vor der Madonna auf die Knie und gestand ihr schluchzend, er sei ein abtrünniger katholischer Priester. Sie, die Madonna, habe ihn dazu bewegt, das lange gehütete Geheimnis, um dessentwillen er sein Vaterland verlassen habe und in die Fremde geflohen sei, das ihn aber auch hier seelisch schwer belastet habe, vor versammelter Gemeinde zu bekennen!

Kaum hörten die Nonnen diese freudige Botschaft, umringten sie ihn sogleich und führten ihn in eines der Klostergemächer, wo sie ihn anflehten, wieder seinen Dienst als Priester auszuüben. Er sei der einzige, der dem restlichen Inselvolk Halt und Mut vermitteln könne. Der Fechtmeister, dessen Züge einem Taucher glichen, der nach langer Zeit unter Wasser eben wieder, luftschnappend, auftaucht, bat um ein Glas Wasser und ging darauf ohne Umschweife auf die Bitte der Nonnen ein. Innerhalb eines Tages hatten sie ihm eine Soutane genäht. Meßbuch und Brevier fand man im Nachlaß der beiden Kapläne. Mit heiligem Eifer stürzte sich der neue Priester (bei der Nonnenverteilung hatte er sich seinerzeit als letzter in die Liste eingeschrieben, wahrscheinlich seiner Gewissenskämpfe wegen, und hatte deshalb keine Nonne zugeteilt bekommen) auf seine Pflichten.

Er erwies sich bald päpstlicher als der Papst. Er nahm nicht nur die geistige, sondern die gesamte Führung der führerlos gewordenen Insel in die Hand. Den letzten Original-Puritanern machte er das Leben so sauer, daß sie schleunigst die erste beste Gelegenheit ergriffen, um die Insel zu verlassen und wieder nach England heimzukehren, wo sie, geschützt durch die inzwischen in Kraft getretene Habeascorpusakte, in Frieden nach den Gesetzen ihrer Religion leben konnten. Alle übrigen Andersgläubigen (außer Yolanda, die sich prinzipiell jede Einmischung in ihre Privatangelegenheiten verbat und zum Trotz gerade das

Entgegengesetzte von dem tat, was der Priester verlangte) zwang er in die Kirche, und kaum hatte er alle Schäflein unter einem Dach, sandte er ein ausführliches Schreiben an die Obrigkeit in Hispaniola, in dem er den Piratenüberfall und den gegenwärtigen traurigen Zustand der Insel Delfina schilderte, auf den Tod des Gouverneurs und der Polizeitruppe hinwies und seine, des Priesters, Missionserfolge groß herausstrich.

Dabei ließ er deutlich durchblicken, daß jetzt der geeignete Augenblick gekommen sei, den Engländern diese Insel für immer zu entreißen.

Die Hinterlassenschaft des Gouverneurs, die die Oberin in das Kloster eingebracht hatte, tauschte er nun bei den Matrosen und Passagieren vorüberkommender Schiffe (es waren nur noch wenige) gegen Lebensmittel ein. Mit diesen bezahlte er die Schar der arbeitslosen Männer, die er angeheuert hatte, um einen breiten Kiesweg von der Stadt hinauf zur Kapelle, von vierzehn Kreuzwegstationen flankiert, mit allem nötigen Pomp und Zierat anlegen zu lassen.

Dann begann er einen „Heiligen Kreuzzug", wie er ihn nannte, gegen Yolandas Haus, warb ihr alle fünf ehemaligen Nonnen unter finstersten Höllendrohungen ab und gliederte sie dem Orden wieder ein. In seinen Sonntagspredigten wetterte er gegen jene weiblichen Wesen, die es je wagen sollten, in Yolandas Dienste zu treten.

Er wußte, daß er einige Wochen oder sogar Monate auf eine Antwort aus Hispaniola, welcher Art sie auch sei, würde warten müssen. Diese Zeit wollte er nutzen, um Yolanda, die ihm ein Dorn im Fleische war, im Guten oder Bösen seiner Herde einzuverleiben. Er setzte sich mit seinem ganzen Ehrgeiz für diese Aufgabe ein. Den Obrigkeiten, falls sie je eine Kommission hersenden sollten, wollte er eine vollzählige Gemeinde präsentieren. Die fünf Nonnen in Yolandas Obhut hatte er, wie gesagt, zu Reue, Beichte und Abstinenz gezwungen. Yolanda war isoliert. Nun hatte er sie selber vor sich, den schwarzen Koloß, und bemühte sich, sie gefügig zu rnachen. Erst versuchte er es mit einem Hausbesuch. Sie komplimentierte ihn wieder hinaus. Dann schickte er die fünf Nonnen zu ihr. Sie setzte sie zornig vor die Tür. Schließlich erklärte er sie von der Kanzel herab für den Kirchenfeind Nummer eins der Insel, vom Dämon besessen und dergleichen mehr, und hoffte, er könne sie auf diese Weise derart einschüchtern, daß sie das kleinere Übel, nämlich den Eintritt in die Kirche, den Unannehmlichkeiten, die er ihr zu bereiten sich bemühte, vorziehen würde.

Yolanda reagierte auf seine Aktionen gelassen. Zufällig hörte sie in jenen Tagen von dem kleinen Mädchen und seinem Fund im Wasser und ließ sich von ihm die Figur beschreiben. Ihr Verdacht, daß es sich um die altbekannte Galionsfigur handle, trieb sie, obwohl alt und unbeschreiblich dick, den Nonnenhügel hinauf. Sie wollte die Figur mit eigenen Augen sehen. Die Kapelle war leer, als sie schnaufend eintrat. Die Madonna lächelte ihr entgegen. Ein Blick genügte: Sie war es. Yolanda trat nahe an den Altar, zupfte die Madonna am Gewand und flüsterte: „Warum gibst du dich für so was her? Komm wieder herunter zu mir. Du hast es gut gehabt bei mir alle die Jahre. Das mußt du zugeben. Ich habe es dir an nichts fehlen lassen. Und wenn es dir darum geht, verehrt zu werden, dann kommst du bei mir bestimmt nicht schlechter weg als hier oben."

Die Madonna lächelte sie an, ohne irgendein Zeichen zu geben. Als Yolanda sich umdrehte, um die Kapelle wieder zu verlassen, stand der Priester im Portal, breitete die Arme aus und rief triumphierend: „Und wieder ist ein Wunder geschehen! Yolanda ist in den Schoß der Heiligen Mutter Kirche zurückgekehrt!"

„Haste gedacht", antwortete Yolanda trocken, schob ihn beiseite und watschelte den Hang hinunter.

In den nächsten Tagen erwartete sie vergeblich die Rückkehr Delfinas. Als sie nicht kam, vermietete sie die Villa an Obdachlose, zog wieder in das alte Haus und widmete sich ausschließlich den Nöten junger Frauen und Mädchen, die schwanger waren, aber in diesen schlechten Zeiten keine Kinder haben wollten.

Der Priester verzieh ihr die Abfuhr nicht, die sie ihm da oben gegeben hatte. Er ruhte und rastete nicht, bis er sie mit Hilfe einer neuen Polizeitruppe verhaftet und, zur Hexe erklärt, auf dem Scheiterhaufen hatte. Das Volk weinte heimlich, traute sich aber nicht einzuschreiten. Es hoffte auf irgendein Wunder im letzten Augenblick. Und so kam es denn auch. Als die alte Yolanda auf dem Marktplatz auf dem Scheiterhaufen saß – jawohl, saß, nicht stand – (dieses Privileg hatte sie im Hinblick auf ihr Alter durchgesetzt) –, kamen alle Inselbewohner zusammen, um ihre geliebte Yolanda zum letztenmal zu sehen. Sie drängten sich wie verängstigte Schafe in die Ecken des Platzes. Alle weinten, nur Yolanda nicht.

„Mit so wenig Scheiten", sagte sie heiter zu den Soldaten, „könnt ihr nicht einmal ein Spanferkel braten!"

Als der Priester und seine Paladine auf einem Podest Platz genommen und die neun Ordensfrauen sich hinter ihn geschart hatten (die fünf Nonnen aus Yolandas Haus waren auf Anordnung des Priesters zu Hause geblieben, das heißt oben im Kloster auf dem Nonnenhügel, denn er war sich ihrer Loyalität noch nicht so ganz sicher), gab er den Befehl, den Scheiterhaufen anzuzünden, ohne noch irgendeinen Versuch zu machen, Yolanda kurz vor ihrem Tode zu bekehren. Die Soldaten hockten sich nieder, bliesen und pusteten und mühten sich mit roten Köpfen ab. Aber das Holz wollte nicht brennen. Die dicke alte Yolanda verschränkte die Arme, schlug die Beine übereinander und bat um eine Tasse Tee. Das Volk applaudierte. Hochrot vor Zorn befahl der Priester den Soldaten, Bretter, Schindeln und Latten aus den Ruinen herbeizuschleppen. Jemand brachte eine Tasse Tee aus einem der umliegenden Häuser und überquerte den Platz, um sie Yolanda zu reichen. Der Priester gebot Einhalt, aber da begann das Volk zu murren. Man hörte Pfuirufe. Daß sie zu Tode verurteilt worden war – nun gut, wenn es eben sein mußte. Aber daß man ihr den Genuß einer Tasse Tee vor ihrem Tode verwehren wollte, das war zuviel. Es blieb ihm nichts übrig, als ihr den

Tee zu gönnen, falls er nicht die Wut des Volkes aufs äußerste reizen wollte.

„Zucker", befahl Yolanda.

Jemand rannte nach Zucker. Es dauerte eine Weile, bis man ihn aufgetrieben hatte. Und dann freute sich das ganze Volk an Yolandas Teegenuß. Wirklich, sie genoß ihn, sie blies, schluckte und schloß die Augen. Inzwischen hatten die Soldaten mehr Brennmaterial zusammengetragen. Sie hievten Yolanda hoch, stockten den Scheiterhaufen auf und zündeten ihn zögernd an. Die ersten Rauchfahnen stiegen empor. Yolanda begann zu husten.

In diesem Augenblick fiel urplötzlich Regen vom Himmel. Nicht gerade aus heiterem Himmel, denn er war wolkenbedeckt, aber doch völlig überraschend. Es goß in Strömen, es war ein Wolkenbruch, wie ihn die Insel seit Jahrzehnten nicht mehr erlebt hatte. Kreischend flüchtete das Volk, die Soldaten verkrochen sich unter vorspringende Dächer, die Nonnen seufzten, wagten aber nicht fortzugehen, solange ihr Hirte nicht wich.

Yolanda kletterte in aller Ruhe von dem Haufen herunter.

„Halt, halt!" brüllte der Priester, „du kannst doch nicht so mir nichts dir nichts weggehen! Du bist doch noch nicht verbrannt!"

„Verbrenne mich, wenn du kannst!" antwortete Yolanda, schneuzte sich mit zwei Fingern in seine Richtung – ein Kunststück, das sie noch aus ihrer Kinderzeit kannte – und ging nach Hause, wo sie sich noch einen Tee kochte und zu Bett ging. Der Priester, rasend vor Wut, brüllte Befehle: Sie sei sofort erneut zu verhaften! Aber niemand war da, der seine Befehle entgegengenommen hätte. Der Regen war auch gar zu heftig. Und er selbst wagte es nicht, ihr nachzulaufen und Hand anzulegen, denn er war keinesfalls sicher, mit ihr fertig zu werden.

Mitten durch den strömenden Regen kamen in diesem Augenblick die fünf Nonnen, die er daheimgelassen hatte, den Hügel herabgelaufen, Ekstase im Blick.

„Ein Wunder! Ein Wunder!" kreischten sie dem Priester und den übrigen Nonnen entgegen. „Unsere Madonna hat wieder ein Wunder getan, halleluja!"

„Meint ihr etwa den Regen?" fragte der Priester finster. „Ihr albernen Gänse!"

„Als wir in der Kapelle vor dem Altar knieten", berichteten sie, „um für Yolandas Seelenheil zu beten, hat sie mit dem Kopf genickt und leise *meine gute Yolanda gesagt!*"

„Daß ihr mir niemandem etwas davon erzählt!" herrschte er die erschrockenen Frauen an. „Das darf niemand erfahren!"

Aber ein solches Geheimnis läßt sich nicht bewahren, und bald erfuhr es die ganze Insel. Yolanda war also von der Madonna selbst vor dem Feuertod bewahrt worden. Von nun an war sie unantastbar. Der Priester begriff es zähneknirschend. Yolanda eröffnete wieder ihren Puff, allerdings nur mit drei Mädchen, zog Zwiebeln, Schnittlauch und Artischocken im Garten, hielt Hühner und eine Ziege und hatte samt ihren Schützlingen ein bescheidenes Auskommen.

„Ich koche zur Zeit auf kleinem Feuer", sagte sie.

Alle Leute, die Trost und Rat suchten, kamen zu ihr.

„Sie macht einen ruhig", sagten sie.

Der Regen, der Yolanda gerettet hatte, hörte nicht mehr auf. Die Kinder, die in dieser Zeit geboren wurden, hatten Schwimmhäute zwischen Fingern und Zehen. Der Regen rann in die Dächer hinein und unter den Türen wieder hinaus. Den Ratten wuchsen Flossen, den Vögeln Schuppen. Ein ganzer Steilhang, vom Regen zerweicht, rutschte ins Meer. Die Leute begannen auffallend oft zu spucken, und was sie ausspuckten, waren Algen.

Gott sei Dank kamen die Fische wieder. Eines Morgens waren sie da, zwischen Riff und Festland glitzerte es von Tausenden von Fischleibern, und auf der anderen Seite der Insel sah es genauso aus. Das flache Wasser brodelte, man konnte die Fische mit den Händen greifen. Unermüdlich fuhren die Fischer hinaus, splitterfasernackt, denn das war noch immer angenehmer, als stundenlang in nassen Kleidern im Boot zu hocken. Die Inselbewohner aßen jetzt sozusagen Tag und Nacht Fisch: gebacken, gekocht, gebraten oder roh. Man munkelte, die Madonna habe die Fischschwärme angelockt.

Im vierten Monat des Regens kam eine spanische Flotte von vier stattlichen Schiffen angefahren. Als sie, kurz vor der Insel, in die Regenzone hineingeriet, ließ der Admiral wenden und gab den Befehl zur Heimfahrt.

„Denn in einem solchen Regen", sagte er, „kann man nichts erobern."

Im siebten Monat, nachdem der Regen endlich versiegt war, kehrte die Flotte, auf einen Mahnbrief des Priesters hin, endlich zurück. Dabei verlor sie ein Schiff, das die offene Stelle verfehlt hatte und gegen ein Riff geprallt war. Der Admiral betrachtete von seinem Flaggschiff aus geringschätzig die kleine Insel und verzichtete darauf, persönlich an Land zu gehen, um sie in Besitz zu nehmen, sondern lud nur den spanischen Gouverneur und fünfzig Soldaten aus, froh, damit seinen Auftrag erfüllt zu haben. Glückstrahlend eilte der Priester in den Hafen und begrüßte den neuen Gouverneur.

„Und dies sind meine fünfzig Soldaten", erklärte dieser. „Sie sind hungrig."

„Heilige Maria", rief der Priester, „sollen die etwa hierbleiben? Das geht nicht. Wir haben selber nichts zu essen. Fünfzig Mann mehr, das ist für alle der sichere Tod. Sie, Herr Gouverneur, ja, Sie kriegen wir zur Not satt, aber die Soldaten nicht!"

„Und wie soll ich mich durchsetzen, ohne militärischen Rückhalt?" fragte der spanische Gouverneur.

„Da gibt es nichts durchzusetzen", antwortete der Priester. „Sie fressen einem aus der Hand, bis auf eine alte Schwarze, aber mit der werden auch fünfzig Soldaten nicht fertig."

So schifften sich die fünfzig Soldaten wieder ein und fuhren ab. Das alte Gouverneurspalais, das der englische Gouverneur hatte erbauen lassen, diente auch dem spanischen Gouverneur als Wohnsitz. Der Priester hatte es schon vor dessen Ankunft vorsorglich instand setzen lassen.

Die erste Amtshandlung des Spaniers war der Befehl, das Denkmal Wilhelms des Dritten von England zu stürzen. In Ermangelung einer Statue des spanischen Königs stellte man eine der bemoosten steinernen Putten aus den Gärten der guten alten Zeit auf den Sockel.

Der Priester feierte eine Begrüßungsmesse für den Gouverneur, die Nonnen schafften frische Bett- und Tischwasche ins Haus. Wehmütig schritt die Oberin durch die Räume. Sie war nicht mehr die jüngste, aber immer noch sehr ansehnlich. Der Priester behielt sie im Auge, und außerdem wagte sie keinen zweiten Ausbruch aus dem Orden. Sie seufzte nur so laut, daß sich der neue Gouverneur erstaunt nach ihr umsah.

Der Spanier war ein leutseliger Mann, der am liebsten seine Ruhe hatte. Wie sich bald herausstellte, interessierte er sich weder für Frauen noch für Männer – ein bedauernswerter, aber hochdekorierter Kriegsverletzter, Veteran der Schlacht von Yucca Banana im Jahre sechzehnhundertsechsundneunzig. Was er unbedingt tun mußte, tat er, zum Beispiel stellte er aus der männlichen Inselbevölkerung eine kleine Streitmacht von siebenundsechzig Mann zusammen und drillte sie, so daß sie an einer Schlacht hätte teilnehmen können, ohne sinnlos im Gelände herumzustolpern und nicht zu wissen wohin und was. Er war von Natur aus Soldat, nicht Politiker. Alle vierzehn Tage einmal hielt er Gericht, aber da gab es auch nicht viel zu tun, höchstens den Streit zweier Nachbarinnen um ein Huhn zu schlichten oder den Zank mehrerer Familien um einen Topf voller Silberduros, der vom Regen aus seinem ursprünglichen Versteck heraus und in fremdes Gelände geschwemmt worden war, zu beenden. In einen Rechtsfall letzterer Art mischte sich meist der Priester ein, bewies auf irgendeine Weise, daß der Schatz weder diesem noch jenem, sondern der Kirche gehöre, und konfiszierte ihn. Dem spanischen Gouverneur war das nur recht, denn es verschaffte ihm wieder Ruhe. Ganze Nachmittage lang saß er in Stulpenstiefeln, abgewetzten Pluderhosen, einem altmodischen, aber einst von einem hervorragenden Schneider hergestellten Wams mit weißem Spitzenkragen und bis auf die Schulter fallendem schwarzen, lockigen Haar bei Yolanda in der Küche, plauderte mit ihr, lernte Englisch und trank Tee – ein Getränk, das er von Spanien her nicht kannte, das ihm aber vortrefflich schmeckte.

Der Priester mißbilligte diese Freundschaft zwischen ihm und Yolanda sehr und versuchte, Yolanda bei ihm in Ungnade zu bringen.

„Sie ist eine Puffmutter, Kupplerin und Engelmacherin", flüsterte er mit vorgehaltener Hand dem Gouverneur zu.

„Na und?" fragte dieser erstaunt.

„Und sie ist ungläubig!"

„Na und?" antwortete der Gouverneur noch einmal.

Der Priester bekreuzigte sich und zog sich zurück. Er hütete sich, wegen Yolanda weiter in ihn zu dringen, denn er kam in allen übrigen Angelegenheiten gut mit ihm aus, das heißt, der Gouverneur überließ sie zur Entscheidung und Erledigung dem Priester, der bald die Macht völlig an sich riß. Der Priester versuchte in der einzigen öffentlichen Schule Newhomes, die es noch gab, wieder die spanische Sprache einzuführen, aber die Schüler verstanden die Nonne, die sie lehrte, nicht und begannen dem Unterricht fernzubleiben. Nur die Mädchen in der Nonnenschule auf dem Berg, die wieder eröffnet worden war, sprachen spanisch – und taten mächtig vornehm damit. Durch ein Dekret, vom spanischen Gouverneur unterzeichnet, nannte der Priester Newhome in Santa Maria um, den Nonnenhügel in Cerro de las Monjas und das Grey Horn in Pico Gris. Aber niemand kümmerte sich um diese neuen Namen. Der einzige, der sie benutzte, war der Priester selber und allenfalls seine Nonnen, aber nur, wenn er in der Nähe war.

Der Regenzeit folgte eine ebenso lange, unmäßige Trockenzeit. Die Körper Verstorbener zerfielen binnen drei Tagen zu

Staub. Der Mist, den Pferde, Kühe und Esel fallen ließen, erreichte die Erde nicht, sondern flog, pulverisiert, mit dem Wind davon. Die Ameisen machten sich wieder auf der Insel breit, türmten überall ihre Haufen auf und drangen in die Hütten ein. Es wuchsen keine Kokosnüsse mehr.

„Hat Delfina die Regenzeit gemacht, dann hat sie auch die Trockenzeit gemacht", sagte Yolanda zu sich selbst. Sie sprach jetzt manchmal, wenn nicht gerade der Gouverneur bei ihr war, mit sich selbst, denn sie hatte schon immer gern ein Schwätzchen gehalten. Aber jetzt lebten so wenig gesellige Menschen auf der Insel, daß sie manchmal tagelang mit niemand sprechen konnte außer mit ihren Mädchen, die aus Mangel an Kundschaft oft drei, vier Tage und Nächte durchschliefen und auch dann, wenn sie wach waren, vor sich hindösten. Und Schiffe kamen auch nicht mehr.

„Sie muß sich erst einstellen auf die Wundertätigkeit", sinnierte sie weiter. „Sie hat ja darin noch keine Erfahrung. Man muß ihr dieses und jenes nachsehen."

Plötzlich brach eine fieberhafte Suche nach dem Morganschen Schatz aus. Weiß der Teufel, wer oder was sie ausgelöst hatte. Sogar die Nonnen wühlten in ihrem Hügel herum, suchten unter dem Petersilienbeet im Würzgarten, gruben unter der Waschküche (wobei der Waschkessel plötzlich versank) und scharrten hinter der Kapelle. Die Landzunge mit der Morganschen Festung wurde mehrmals um- und umgegraben. Sogar im Schlamm der Mangrovenwälder, wo seinerzeit schon Rowland gesucht hatte, wühlte man wieder herum. Die einzige Ausbeute des ganzen Unternehmens war ein unscheinbares silbernes Madonnenamulett, das einer der Schatzsucher an einer Mangrovenwurzel hängend und von Moos überwuchert fand.

„Die können lange wühlen", sagte Yolanda zum spanischen Gouverneur. „Die finden ihn nicht. Denn wenn mein Henry was versteckt hat, dann hat er es so gut versteckt, daß er es hinterher selber nicht mehr finden konnte. Ich kenne ihn, das können Sie mir glauben."

Kaum ließ das Schatzfieber nach, kam – weiß der Henker wie – die Cholera auf die Insel, begünstigt durch die Trockenheit. Der Priester ließ Tag und Nacht vor der Madonna beten, organisierte Wallfahrten und Bittprozessionen, ja er erfand sogar eine besondere Art von Prozession, bei der alle Teilnehmer auf allen vieren bis hinauf zur Kapelle kriechen mußten – es half nichts: Über die Hälfte der Inselbewohner starb. Die Insel stank zum Himmel. Da das Hospital der Stadt Newhome bei dem Piratenüberfall verbrannt worden war, richtete Yolanda ein Hospital in ihrer Villa ein. Betten hatte sie ja genug. In diesen Tagen mußte der Gouverneur manchmal seinen Tee allein trinken. Er schickte ihr – daran erkennt man seine menschliche Größe – seine siebenundsechzig Soldaten, um ihr bei der Pflege der Kranken zu helfen. Aber nur einunddreißig überlebten diesen Dienst. Um die Toten kümmerten sich die Ameisen.

Nur noch insgesamt einhundertdreiundneunzig Seelen lebten nach dieser Katastrophe auf der Insel, ausgemergelte Gestalten, die kaum noch in der Lage waren, die Toten zu verscharren. Auch der Priester und alle Nonnen bis auf die Oberin und zwei ehemalige Yolandasche Ordensfrauen waren gestorben, ein Umstand, der den Gouverneur sehr beunruhigte, bis er bei Yolanda wieder Ruhe fand.

„Merkwürdig", sagte sie. „Mich hat man vergessen. Ich sollte längst gestorben sein – mit und ohne Cholera!"

Viele Häuser, die den Piratenüberfall überdauert hatten, standen nun leer. Der Wald wuchs in sie hinein, Türen klapperten im Wind. Eidechsen und Leguane nahmen den Marktplatz von Newhome in Besitz, Leguane von fünf Handspannen Länge und mit Zackenkämmen. Unzählige Katzen, sich ständig paarend und vermehrend, hausten im Gouverneurspalais, das der spanische Gouverneur manchmal wochenlang nicht betrat. Er war bei Yolanda zu Hause. Bei ihr fand er Geborgenheit. Ihre drei letzten Mädchen waren auch gestorben, und so blieben die beiden ganz allein.

Ihre Villa war nun wieder frei. Die ehemaligen Obdachlosen, denen sie sie zur Verfügung gestellt hatte, waren tot, und als Hospital wurde sie auch nicht mehr gebraucht. Aber die beiden Alten blieben doch im alten Haus wohnen, denn die Villa war ihnen zu groß. Yolanda sorgte dafür, daß der Spitzenkragen des spanischen Gouverneurs immer sauber, gestärkt und gebügelt war, bürstete seine Hosen und stutzte, wenn es nötig war, sein Haar. Er gewöhnte sich sogar daran, daß sie ihn jeden Morgen rasierte.

Es gab keine Schule mehr. Die wenigen Kinder, die noch da waren, wuchsen als Analphabeten auf. Am Hafen verfielen die Hütten. Bald standen dort nur noch die zwei Häuser von Yolanda. Das Kloster auf dem Nonnenhügel verkam, denn die drei Nonnen konnten es allein nicht instand halten. Es wurde keine Messe mehr gelesen, keine Andacht mehr gehalten. Das gesamte kirchliche Leben schlief ein. Es wurde nicht mehr getauft, geheiratet, die Messe gelesen. Die Tür der Kapelle fiel aus den Angeln, Gras wuchs zwischen den Fliesen vor dem Altar. Aber der Madonna ließen die drei Nonnen nichts abgehen: Sie wechselten ab und zu ihre Gewänder, wuschen und plätteten sie und staubten Krone und Schleier ab.

„Ich weiß nicht, was sie hat", sagte Yolanda zum spanischen Gouverneur. „Nie war sie so unzuverlässig wie jetzt. Und ich kenne sie doch wirklich genau."

„Von wem ist die Rede?" fragte der Gouverneur.

„Von der Figur, die sie da oben in der Kapelle haben."

„Ihr meint die Jungfrau?"

„Jungfrau!" kicherte Yolanda.

Sie ist doch schon etwas senil, dachte der spanische Gouverneur traurig. Sie wirft alles durcheinander. Es könnten einem die Haare zu Berge stehen!

Leben und Wetter auf der Insel normalisierten sich wieder, es war ein armes Leben, aber wenn man sich erst einmal daran gewöhnt hatte, fand man nichts mehr dabei. Man lebte eben in den Trümmern einer guten alten Zeit. Die letzten Einwohner Newhomes verließen den Ort und siedelten sich irgendwo am Strand oder im Innern der Insel an. Jede Familie behackte und bepflanzte ein kleines Stück Land, baute dies und jenes an, was sie für sich selbst brauchte, mehr nicht, und wenn das Essen knapp wurde, ging man in den Wald und holte Kokosnüsse, die jetzt wieder wuchsen, oder fuhr hinaus und fischte. Man lebte von der Hand in den Mund. Man zog die Kleider der Verstorbenen an. Die Inselbewohner begannen Hunde und Katzen zu schlachten und aßen sie in aller Unschuld auf. Sie lebten so lange von Hunden und Katzen, bis deren Anzahl wieder auf ein normales Maß zurückgegangen war. Sie brieten auch Eidechsen und aßen Leguane. Die Männer ließen ihre Bärte wild wachsen, die Frauen kämmten sich nicht mehr. Die Kinder glichen kleinen Tieren, vor allem dann, wenn sie die Zähne fletschten und sich gegenseitig anknurrten. Bis zum vierten Lebensjahr krabbelten sie auf allen vieren und lernten nur langsam aufrecht gehen. Die drei Nonnen auf dem Hügel versuchten wieder, eine Schule aufzumachen, aber niemand kam. Allmählich gab es auch kein geregeltes Familienleben mehr. Man paarte sich wild durcheinander: die Schwarzen, die Kaffeebraunen, die Weißen. Ihre Kinder, kleine Mulatten und Mestizen, paarten sich wieder, und nach einiger Zeit hatte sich das Aussehen der Inselbevölkerung ziemlich nivelliert: mittelbraun mit schwarzer Krause.

In jenen Tagen starb Yolanda, einhundertacht Jahre alt. Sie starb ohne großes Getue, sie fiel einfach in ihrer Küche, mitten beim Zwiebelschneiden, bei einem Gespräch mit dem Gouverneur um wie ein Sack und war tot. Der Gouverneur weinte. Man muß dazu sagen, daß er seit vierundfünfzig Jahren nicht mehr geweint hatte – nicht einmal damals, als er nach der Schlacht von Yucca Banana die Art seiner Verwundung erkannt hatte.

Ach, wie hätte man Yolanda in den guten alten Tagen zu Grabe geleitet! Ihre zahlreichen ehemaligen Mädchen hätten mit Fliedersträußen in den Händen Spalier gestanden, die ganze Inselbevölkerung wäre in weißen Kleidern zusammengeströmt und hätte ihr das letzte Geleit auf den Friedhof gegeben. Die vier stärksten Männer der Insel hätten ihren gewaltigen weißgoldenen Sarg auf ihren Schultern den halben Hang zum Friedhof hinaufgetragen. Weißgekleidete kleine Mädchen wären mit Palmenzweigen gefolgt, und als Hauptleidtragender wäre der spanische Gouverneur hinter dem Sarg hergeschritten und hätte am Grabe eine ergreifende Ansprache gehalten. Die kleinen Mädchen hätten einen Choral gesungen, der in Schluchzen erstickt wäre. Alle hätten sich in Spitzentaschentücher geschneuzt, eine Schaufel Erde auf ihren Sarg geworfen und einen Berg von Blumen auf ihr Grab gehäuft. Und dann wären sie auf den Marktplatz gegangen und hätten dort mit noch verweinten Augen, aber doch schon wieder lächelnd, am Totenmahl teilgenommen, das der spanische Gouvemeur der ganzen Bevölkerung gespendet hätte.

So aber, in diesen traurigen Zeiten, fand der Gouverneur niemanden, der einen Sarg zimmerte, er fand nicht einmal ein paar Männer, die bereit waren, Yolanda auf den Friedhof zu tragen. Er brauchte mindestens sechs Leute, denn Yolanda wog am Ende ihres Lebens fast so viel wie eine ausgewachsene Kuh, und die Inselmänner hatten nicht mehr viel Kraft, so ausgezehrt wie sie waren. Alle glotzten ihn nur blöde an, als er herumging und Hilfe suchte, und schüttelten die Köpfe. Sie erkannten ihn auch gar nicht mehr. Schließlich fand er am anderen Ende der Insel eine Frau, die einen Esel und einen zweirädrigen Karren besaß. Sie konnte sich noch an Yolanda erinnern, denn sie hatte vor langer Zeit einige Jahre bei ihr gearbeitet und sich dabei ein hübsches Sümmchen erspart, mit dem sie sich unter anderem auch diesen Karren und den Esel erstanden hatte. Beide waren nun schon uralt. Sie versprach, am nächsten Tag zu kommen und Yolanda auf den Friedhof zu fahren.

Der spanische Gouverneur kehrte glücklich zurück, kippte einen Kleiderschrank um, rollte Yolanda hinein und machte die Schranktür zu. Trotzdem verbreitete sich ihr Gestank im ganzen Hafen, denn es war schon der dritte Tag nach ihrem

Tode, und die Insel lag in subtropischen Breiten. Ein Schiff – nach zwei Jahren das erste Schiff, das die Insel anlaufen wollte – fuhr wieder ab, noch bevor es die Anker herabgelassen hatte, weil der Schiffsbesatzung von dem Gestank, der im Hafen lagerte, übel wurde. Die wenigen Gaffer, die sich auf den Hügeln eingefunden hatten, kehrten enttäuscht in ihre Hütten zurück.

Als die Alte am nächsten Tag mit ihrem Eselswagen angeklappert kam, mußten beide traurig feststellen, daß sie nicht imstande waren, den provisorischen Sarg auf den Karren zu hieven.

„Da hilft nur ein Wunder", sagte der spanische Gouverneur, bat die Alte zu warten und stieg den Hügel hinauf. Neugierig schauten ihm die drei Nonnen entgegen. Seit Jahr und Tag war niemand mehr heraufgekommen. Er trat in die Kapelle, nahm seinen Hut ab und verneigte sich vor der Madonna. Ohne viel Umschweife bat er sie, Yolanda durch ein Wunder auf den Karren zu heben und, wenn möglich, auf dem beschwerlichen Weg den Hügel hinauf ihre Leiche etwas leichter zu machen. Er dankte ihr im voraus.

Als er wieder, etwas außer Atem, unten im Hafen ankam – immerhin war er auch schon einundachtzig Jahre alt –, lag der Schrank bereits auf dem Karren. Das Wunder der Madonna war so reichlich bemessen, daß der Esel den riesigen Schrank samt Yolanda den Hügel hinaufzog, als sei er ein Nichts. Die Alte und der Gouverneur kamen hinterhergekeucht, so schnell sie konnten. Der Gouverneur hatte bereits ein Grab ausgeschachtet, allerdings viel zu schmal für den Schrank, wie er jetzt, zu spät, erkannte. Niedergeschlagen stand er da. Er hatte den Spaten unten in Yolandas Haus vergessen. Aber als er wieder umkehren und in den Hafen hinabwandern wollte, um ihn zu holen, machte der Esel, der neben dem Grab stand, eine ruckartige Bewegung. Der Kleiderschrank rutschte vom Karren herab in das Grab hinein, wo er nur zur Hälfte Platz hatte. Da stand er nun aufrecht, mit der ganzen oberen Hälfte aus dem Grab herausragend.

Der Gouverneur nahm dieses Geschehnis als Fingerzeig dafür, daß ein unkonventioneller Sarg, der eine unkonventionelle Tote umschließt, nach einer unkonventionellen Plazierung verlangt, und akzeptierte diese Lösung. Er und die Alte trugen Steine zusammen, häuften sie rings um den Schrank an und schließlich auch darüber. Sie arbeiteten bis zum Abend, umhuscht von Eidechsen und umgaukelt von Schmetterlingen, und nahmen den Gestank der Toten längst nicht mehr wahr, so sehr hatten sie sich an ihn gewöhnt. Der Esel graste auf den verwilderten, von Blumen überwucherten Gräbern. Am Abend war der Grabhügel fertig, ein stattlicher Hügel, fast mannshoch, der den Friedhof beherrschte. Kaum waren beide heimgekehrt, er in das leere Yolandasche Haus, die Alte auf die andere Seite der Insel, nahmen die Ameisen den Grabhügel in Besitz und verwandelten ihn in einen riesigen Ameisenhaufen. Die zwei Nonnen, die – mit stillschweigender Erlaubnis der Oberin – am nächsten Tag mit einem Körbchen voll Blumenpflanzen auf den Friedhof kamen (es waren, wenn man sich recht erinnert, zwei der ehemaligen Yolandaschen Nonnen) um Yolandas Grab zu schmücken, mußten unverrichteterdinge wieder abziehen, denn die Ameisen gaben den Hügel schon nicht mehr her.

Der Gouverneur, der süßen Geborgenheit bei Yolanda beraubt, wachte noch einmal aus seiner Lethargie auf und erkannte, daß ihm nicht mehr viel Zeit zum Leben blieb. Ein paar kümmerliche Jährchen noch, dann war alles aus. Plötzlich packte ihn der Wunsch, noch etwas Großes zu schaffen, bevor er die Welt verlassen mußte: ein Symptom, das sich bekanntlich bei vielen Greisen beobachten läßt. Er entwickelte eine hektische Aktivität, wie seit seiner Verwundung nicht mehr, und nahm sich vor, am Ende seines Lebens noch eine große Schlacht zu schlagen. Das war das Höchste, was er sich vorstellen konnte.

Er wanderte auf der Insel herum, stolperte durch Ameisenhaufen und über vermoderte Zäune, kroch durch Wälder und zugewucherte Gärten und suchte nach Männern, mit denen er eine kleine Truppe aufstellen konnte. Es gelang ihm schließlich, fünfundzwanzig Männer zu finden, die er aus ihrem tierischen Dasein aufrütteln und für seinen Plan erwärmen konnte, indem er sie an die alten Zeiten der Insel Delfina erinnerte. Er brauchte sie nicht einmal zu besolden, denn Geld war auf der Insel uninteressant geworden. Es gab ja nichts mehr zu kaufen. Sie wollten etwas zu essen haben, das war alles. Fast alle waren Junggesellen. Nachmittags gingen sie auf Fischfang und Kokosnußsuche, vormittags exerzierten sie. Der spanische Gouverneur ließ alle Ruinen und verfallenden Häuser Newhornes nach Waffen durchsuchen und brachte schließlich einige Säbel, Messer und sogar fünf Gewehre zusammen. Darunter war auch der Conquistadorendegen des Hidalgo Don Rodrigo de Cordoba, dessen Finderin und Besitzerin an der Cholera gestorben war. Die Gewehre waren riesige Vorderlader, von denen zwei noch funktionierten. Ein Säckchen Pulver wurde sorgsam gehütet und vor Feuchtigkeit geschützt. Der Gouverneur ließ die Messer mit Lianen an lange Stäbe binden und hatte nun auch Lanzen zur Verfügung. Sogar eine Fahne bastelte er zusammen: aus einem alten, vergessenen Nonnengewand, eine dunkle, düstere Fahne. Sie hatte zwar nichts mit einer spanischen Flagge gemein, aber eine Fahne gehörte nun einmal zu einer Schlacht wie das Amen zum Vaterunser.

„Ein Mann kämpft unter einer Fahne besser", sagte der spanische Gouverneur.

Er drillte, nunmehr mit einem schmutzigen Spitzenkragen, sein Heer auf verschiedene Schlachtordnungen. Zwei alte Pferde und ein Esel erlaubten ihm eine bescheidene Kavallerie. Mindestens einmal am Tag stand er auf einem Hügel mit Namen Horseback, von wo aus er die Anordnung seiner Heereseinheiten und deren Reaktionen übersehen konnte, und schickte sie in die imaginäre Schlacht. Seine Augen blitzten. Manchmal träumte er in jenen Nächten, die alte Yolanda schaue ihm wohlgefällig zu. Das einzige, was ihm zu seinem vollkommenen Glück fehlte, war der Feind.

Es begab sich zu jener Zeit in England, daß Sir Arthur Blueblood, ein hoher Regierungsbeamter, der zufällig in alten Akten wühlte, auf das Ernennungsschreiben eines gewissen Frederic Holmes zum Gouverneur der karibischen Insel Delfina stieß. Da Sir Arthur sich dunkel daran erinnern konnte, daß vor langer Zeit einmal von einer Insel dieses Namens die Rede gewesen war, forschte er nach und mußte feststellen, daß sie bei den regierenden Häuptern völlig in Vergessenheit geraten war. ja, man wußte nicht einmal mehr genau, wo sie lag, und schon gar nicht, was mit dem dorthin ausgesandten Gouverneur geschehen war. Die Insel hatte plötzlich nichts mehr von sich hören lassen, und man hatte versäumt, sich um sie zu kümmern. Sir Arthur Blueblood wurde beauftragt, nähere Erkundigungen einzuziehen. Nach eingehender Befragung verschiedener Kapitäne, die in den letzten Jahren das Karibische Meer befahren hatten, und abgelöster Gouverneure anderer englischer Besitzungen im karibischen Raum stellte sich zum maßlosen Erstaunen der britischen Regierung heraus, daß die Insel Delfina durch einen Handstreich von den Spaniern erobert worden und schon jahrelang nicht mehr in britischem Besitz war, ohne daß das englische Königshaus oder der Kanzler davon erfahren hätten.

Die Bestürzung war groß. Freilich, mit dieser kleinen Insel war nicht viel anzufangen, aber trotzdem – eine solche Unverfrorenheit Spaniens durfte man nicht ungestraft durchgehen lassen. Hätte man in England allerdings gewußt, daß man die Insel bei den Behörden Spaniens auf Hispaniola ebenfalls vergessen hatte und daß sie in den Akten der spanischen Regierung noch als englisches Besitztum verzeichnet war (Spaniens Mühlen mahlen langsam), hätte man die ganze Angelegenheit gelassener gehandhabt. So aber wurde umgehend eine Flotte von drei kampferprobten Schiffen mit fünfhundert Mann Infanterie und Artillerie ausgerüstet und beauftragt, die Insel Delfina um jeden Preis zurückzuerobern und einen Gouverneur einzusetzen, der die Belange der englischen Krone erneut vertreten sollte. Der neue Gouverneur, ein energischer junger Mann, das schwarze Schaf der uralten Londoner Familie Chew-Waddell, reiste auf dem Flaggschiff mit.

Der sehnlichste Wunsch des alten spanischen Gouverneurs sollte in Erfüllung gehen. Der alte Haudegen stand gerade auf dem Horseback und war im Begriff, seiner in Schlachtordnung aufmarschierten Truppe zu Übungszwecken den Befehl zur Attacke zu geben, da schien ihm, als habe sich irgend etwas am Horizont verändert. Er beschattete seine Augen mit der Hand und starrte meerwärts. Es waren drei Schiffe, die auf die Insel zuhielten. Er flehte alle Heiligen an, es möge ein Feind sein – denn was hätte er auf dieser öden, verwahrlosten Insel mit Freunden anfangen sollen? Er hätte ihnen nur Kokosnüsse und Fische anbieten können. Einem Feind aber brauchte er nichts anzubieten, der nahm sich selbst, was er brauchte, sofern ihm das gelang.

Es war der Feind. Der Alte erkannte an den Masten die englische Flagge, sobald die Schiffe in den Hafen einfuhren.

„Wir sind da", sagte der englische Admiral mit einer feierlichen Handbewegung zu dem englischen General. „Jetzt sind *Sie* dran."

Boote wurden ins Wasser gelassen, Soldaten kletterten an den Bordwänden herunter, bleiche, sommersprossige, semmelblonde Kerle, sozusagen Albinos. Das also waren die Engländer.

Der spanische Gouverneur ließ die beiden noch intakten Gewehre laden und teilte seiner aufgeregten Truppe in aller Ruhe Befehle aus. Noch nie war er vor einer Schlacht nervös geworden. Auf dem besten strategischen Platz der nördlichen Insel, nämlich auf dem schon erwähnten Horseback, baute er die Truppe in Schlachtordnung auf und erwartete den Ansturm des Feindes.

Die Engländer sahen zu komisch aus. Sie trugen weiße Zöpfe und dreieckige Hüte, Strümpfe- und Halbschuhe statt Stiefeln! Auf Brust und Bauch hatten sie eine Menge Knöpfe und auf den Schultern allerlei glitzernden Tand.

„Mir scheint, wir sollen gegen Weiber kämpfen!" rief der spanische Gouverneur höhnisch, um die Kampfeslust seiner Männer anzustacheln.

Die Feinde landeten. Geduckt, die Gewehre in Anschlag, mit aufgepflanzten Bajonetten, sprangen sie aus den Booten in den Ufersand und pirschten sich an die verfallenen Hütten des Hafens heran. Der Fahnenträger machte sich auch auf den Weg und entrollte die Fahne. Merkwürdigerweise wurde sie von einem Schwarm von Schmetterlingen umgaukelt, der sich bei Windstille auf ihr niederließ.

„Ein paar Männer dort oben auf dem Hügelrücken, offensichtlich kampfbereit, die scheinbar leere Ortschaft – das riecht nach einer großangelegten Falle", sagte der Oberbefehlshaber der englischen Streitkräfte zu dem Admiral. Beide Männer standen am Bug des Flaggschiffes, wischten sich den Schweiß von den Stirnen, denn es war ein ganz besonders heißer Tag, und starrten angestrengt in ihre Fernrohre.

„Was mir besonders verdächtig vorkommt", antwortete der Admiral, „sind die drei Nonnen, die dort oben auf dem Hügel ihre Köpfe aus den Fenstern des Klosters, oder was das darstellen soll, herausrecken. Ich wette, das sind verkleidete Spanier, die die Lage beobachten."

„Sie müssen Wind von unserem Vorhaben bekommen haben", sagte der General und fand es nun auch an der Zeit, sich persönlich dem Schlachtfeld zu nähern. In einem Luxusboot mit Sonnendach setzte er an Land, während die Truppe das leere Newhome durchstöberte. Scharenweise flüchteten Katzen und Ratten, huschten Eidechsen und Leguane davon. Ein Heer von Grillen zirpte ohrenbetäubend in den verlassenen Gärten, und zwischen den leeren Gemäuern stanken die Exkremente des Fünfundzwanzig-Mann-Heeres des Spaniers. Den Engländern lief eine Gänsehaut nach der anderen über den Rücken. Wo menschliche Exkremente lagen, mußten auch Menschen sein – aber wo waren sie? Der Ort wirkte gespenstisch. Jeden Augenblick erwarteten sie einen Angriff aus dem

Hinterhalt. Und dann diese Ameisen! Die krochen in die Stiefel, in die Ärmel, in die Gewehrläufe, unter die Perücken und machten die braven Söldner vollends nervös. Unten am Strand, wo der General, inzwischen wohlbehalten gelandet, sein Fernglas ans Auge setzte, gab es große Aufregung, denn er sichtete auf dem Hang ein riesiges Monstrum mit sechs Füßen, das den halben Horizont verdeckte, und schloß daraus messerscharf, daß nun der Augenblick gekommen war, wo der Feind die Katze aus dem Sack ließ. Der Adjutant des Generals erlaubte sich, den Rat zu geben, die Truppen auf die sicheren Schiffe zurückzurufen und erst einmal zu beratschlagen, wie man dem Monstrum zu begegnen und ob es überhaupt Zweck habe, sich einem so ungleichen Gegner, dessen Kampftaktik man nicht kenne, zu stellen.

Der General verwarf den Vorschlag des Adjutanten mit dem schon zu jener Zeit abgedroschenen Argument, daß ein englischer Soldat immer nur vorwärts marschiere, nie zurück, und wagte einen zweiten, etwas genaueren Blick durch das Fernrohr. Dabei stellte er erleichtert fest, daß das vermeintliche Monstrum lediglich eine in das Fernglas eingedrungene Ameise war.

Seit einer guten Stunde verharrte das kleine Heer des spanischen Gouverneurs in Schlachtordnung auf dem Horseback. Allmählich begann es sich zu langweilen. Die Gewehre waren geladen, die Lanzenspitzen und Säbel geschliffen. Da standen sie, die verwahrlosten Gestalten, traten von einem Fuß auf den anderen, schlugen Mücken tot, furzten und warteten auf den Feind. Der Gouverneur richtete schließlich, um sie bei Laune zu halten, eine Ansprache an sie, einen flammenden Appell an die Liebe zu ihrer Insel und damit zu Spanien, ihrem Mutterland. Aber solche Worte verstanden die Kerle schon nicht mehr. Sie gähnten, kratzten sich am Hintern und rülpsten. Einer urinierte, und alles lachte, als sich die Schmetterlinge auf der Pfütze niederließen. Der Fahnenträger, ein Halbidiot und deshalb zu einer anderen Tätigkeit nicht zu gebrauchen, schneuzte sich in die Fahne. Ein anderer unterbrach den Gouverneur mitten in seiner Rede und sagte, wenn sie jetzt nicht bald die Fische brieten, würden sie schlecht.

Schließlich schickte der spanische Gouverneur einen Unterhändler hinunter zu den Engländern: Sie, die Herren Feinde, möchten sich doch bitte heraufbemühen zur Schlacht. Er könne leider mit seinem Heer diesen strategisch so günstigen Platz nicht verlassen, um ihnen entgegenzuziehen.

Nach zwei Stunden kam der Feind endlich, die Fahne voran, den Hügel heraufgerückt. Der englische General war unten im Hafen geblieben, da man kein Pferd für ihn hatte auftreiben können. Und den Hügel zu Fuß hinaufzukeuchen, war unter seiner Würde, zumal die einzige Hügelspitze im Umkreis des Schlachtfeldes bereits vom spanischen Gouverneur besetzt war. Sollten seine Offiziere zeigen, was sie konnten! Er selbst kehrte auf das Schiff zurück mit dem wohligen Gefühl, in Sicherheit zu sein, falls der Feind seinen Großangriff aus dem Hinterhalt begänne. Denn daß ein solcher zu erwarten war, schien ihm auch nach der Botschaft des feindlichen Feldherrn sicher. Zusammen mit dem jungen englischen Gouverneur, der für sein Leben gern auf dem Schlachtfeld mitgemacht hätte, aber von Admiral und General zurückgehalten worden war („Ihre Zuständigkeit beginnt erst nach der Eroberung, Gouverneur!"), trank er etliche Flaschen exquisiten französischen Weines und ließ sich gelegentlich vorn Admiral berichten, was auf dern Hügel zu beobachten war.

Der spanische Gouverneur bekreuzigte sich. Seine Augen begannen zu leuchten. Jetzt kam die letzte große Stunde seines Lebens. Bis in die Fingerspitzen hinein war er sich der Bedeutung dieses historischen Augenblicks bewußt.

Die ganze Schlacht dauerte keine halbe Stunde. Nachdem sich das Zentrum des englischen Heeres – es war nur das halbe, denn die andere Hälfte blieb in Newhome wegen der zu erwartenden Angriffe aus dem Hinterhalt – bis auf etwa vierzig Schritte genähert hatte und die beiden englischen Flügel nach beiden Seiten ausgeschwärmt waren, um das spanische Heer zu umklammern und von hinten anzugreifen, gab der spanische Gouverneur Feuerbefehl. Das eine Gewehr ging aus unerfindlichen Gründen in diesem wichtigen Augenblick nicht los, das andere schlug mit dem Kolben, als sich der Schuß mit einem ohrenbetäubenden Knall löste, dem erschrockenen Schützen so heftig gegen die Backe, daß er es zornig fortwarf. Trotzdem traf die Kugel einen baumlangen englischen Infanteristen, der zwar nicht gemeint gewesen war, aber trotzdem tot umfiel. Johlend warfen sich die spanischen Krieger auf den Feind, hoben mit ihren Lanzen ein paar Perücken ab, schlitzten einige Schnürjacken auf und stürzten sich auf die Brotbeutel der Engländer, in denen sie etwas Eßbares witterten. In diesem Augenblick des spanischen Vorstoßes, der dem Gouverneur die Gewißheit gab, eines glänzenden Sieges sicher zu sein, traf den Alten eine Kugel mitten ins Herz, sozusagen eine klassische Kugel, die alle Feldherren zu treffen pflegt, denen der Tod auf dem Schlachtfeld bestimmt ist. Er seufzte, legte die Hand auf das Herz, spürte das Blut zwischen seinen Fingern hindurchrinnen, heftete seinen brechenden Blick an die Fahne seines Heeres, rief dann noch einmal: „Viva España!" und sank in die Knie. Mit dem Bewußtsein, die große Schlacht auf dem Horseback gewonnen zu haben, starb er, von Kopf bis Fuß ein Caballero der alten Schule.

Gott sei Dank erlebte er nicht mehr, was danach kam. Auf ein verabredetes Zeichen der Engländer begannen die Kanonen des Flaggschiffes zu feuern. Die drei Nonnen kreischten laut auf. Die schweren Kugeln überflogen den Hafen und schlugen im Rücken der eigenen Linie ein, wo niemand sie brauchen konnte. Der Admiral ließ daraufhin die Kanonen auf eine weitere Entfernung einstellen und schaffte es auch, drei Kugeln mitten in sein englisches Heer zu schießen, wobei zwölf Soldaten getötet wurden. (Hinterher, in den Berichten, die in England vorgelegt wurden, schob man die Schuld am Tod der zwölf Engländer natürlich den Spaniern zu, die, so hieß es, obwohl in der

Minderzahl, stundenlang zäh um ihre Insel gekämpft hätten.) Zufrieden mit dem tiefen Eindruck, den die Kanonenschüsse bei Freund und Feind hinterlassen hatten, stellte der Admiral nun das Feuer ein und gesellte sich den Weintrinkern zu.

Als die fünfundzwanzig tumben Krieger des Gouverneurs Blitz und Donner der Geschütze über sich hatten hereinbrechen sehen, waren sie furchtbar erschrocken, und es war jetzt auch niemand mehr da, der ihnen hätte sagen können, was in einer solchen Situation zu tun sei. Ihr guter alter spanischer Gouverneur lag mit offenem Mund, aber geschlossenen Augen auf der Erde und rührte sich nicht mehr, auch dann nicht, als ihm ein kühner Bursche einen Augendeckel hob, um zu sehen, wie der Alte darauf reagieren würde. So ergriffen allesamt die Flucht, soweit sie noch lebten. Der Fahnenträger ließ die Fahne fallen, das lästige Ding, das ihm in der Brise dauernd um Nase und Beine geflattert war. Und überhaupt: Wozu so ein albernes Tuch auf der Stange herumtragen ohne Sinn und Zweck? Seine Kameraden hatten sich über ihn lustig gemacht, und er hatte nur deswegen seinen Dienst nicht verweigert, weil er den Gouverneur nicht hatte kränken wollen. Endlich also konnte er die Fahne fallen lassen, und alle stolperten über sie hinweg und verschwanden im Gebüsch zwischen den Hügeln. Die hohe Schule des Schlachtenschlagens und die Spielregeln eines vorbildlichen Kriegers waren ihnen nicht eingegangen. Der Gouverneur hatte Perlen vor die Säue geworfen.

Der General ließ die Soldaten, nachdem sie ihre Toten und die der Spanier – ritterlich, wie die Engländer des öfteren zu sein pflegen, begraben hatten und während dieser Arbeit von unzähligen Schmetterlingen umgaukelt worden waren, noch nicht auf die Schiffe zurückkehren, sondern übersandte ihnen den Befehl, die ganze Insel nach weiteren Truppeneinheiten des Feindes abzusuchen. Im Laufe des nächsten Tages kehrten sie zurück, ihre Brotbeutel voller Kokosnüsse, ihre Perücken zerrauft. Sie hatten keinerlei feindliche Streitkräfte gefunden, und außer ein paar schmutzigen Weibern, Kindern und Greisen (die Männer hatten sich versteckt), die es nach englischem Maßstab nicht verdient hatten, als Menschen bezeichnet zu werden, hatten sie keine menschlichen Wesen angetroffen, abgesehen von den drei Nonnen, die sich entgegen den Vermutungen des Admirals als echt erwiesen, aber schon zu alt waren, um für die Besatzungstruppen interessant zu sein. Aus diesem Grunde kehrten die Soldaten ihre barmherzige Seite heraus und schenkten den dürren Jammergestalten, die nur noch durch ihre Gewänder zusammengehalten wurden, Brot und Räucherfleisch, an dem die Oberin, solcher Genüsse seit Jahren ungewohnt, ein paar Stunden später beinahe jämmerlich krepiert wäre. Die Madonna in der Kapelle hatten die Nonnen mit Tüchern dicht verhängt, bevor die Schlacht begonnen hatte. Denn sie wollten vermeiden, daß die Gottesmutter durch den Anblick von Protestanten Schaden nähme. Die Engländer stöberten den alten Esel auf, der Yolanda zu Grabe befördert hatte, und führten ihn aus dem Innern der Insel in den Hafen. „Die Insel ist erobert", sagte der General mit einer feierlichen Handbewegung. „Nun sind *Sie* dran, Gouverneur."

Der junge, energische Chew-Waddell brannte darauf, sein neues Reich kennenzulernen. Er glühte vor Plänen, die er sich während der Überfahrt ausgedacht hatte. Delfina sollte eine Musterkolonie werden, ein Paradies auf Erden, alle Einwohner sollten ihn schließlich verehren als Wohltäter des Landes, das englische Königshaus würde ihn mit dem Hosenbandorden ehren, kurz, er schaukelte in leuchtenden Träumen dahin, während er im Boot saß und an Land gerudert wurde. Kaum im Hafen, schwang er sich lachend auf den Esel. Der aber hatte gerade beschlossen, sich an diesem Tage nicht mehr fortzubewegen, und dabei blieb er.

Chew-Waddell, ein chronischer Optimist, ließ sich seine blendende Laune nicht nehmen. Er verschob den Rundritt um die Insel auf den nächsten Tag und wanderte statt dessen auf den Nonnenhügel, erstens, um die Nonnen zu besuchen und einige nützliche Auskünfte über das Schicksal der Insel während der letzten Jahre zu erhalten, zweitens, um von dort oben die Insel oder wenigstens einen Teil von ihr zu überschauen. Den Admiral, der sich an Land etwas die Beine vertreten und außerdem einige der riesengroßen rosigen Schneckengehäuse, die zu Hunderten am Strand herumlagen, für seine Alte in England mitnehmen wollte, überredete er, mit ihm auf den Nonnenhügel zu steigen. Schon auf halber Höhe bereute der Admiral dieses Unterfangen, denn er begann an den Füßen und unter der Perücke zu schwitzen. Er verbarg aber seine Privatmeinung auf echt englische Art und wurde nur auffällig schweigsam, während ihm der Gouverneur, jung und viel schneller zu Fuß, ununterbrochen seine Ideen und Pläne bezüglich der Inselverwaltung darlegte, erläuterte und begründete. Kaum hatte er auf der Spitze des Hügels das beachtliche Panorama von Insel und Meer mit den Riffen und Sandbänken und all seinen Farbspielen bis weit zum Horizont mit Bewußtsein aufgenommen, schrie er vor Entzücken und breitete die Arme aus – ein wahrhaft schwarzes Schaf einer distinguierten Londoner Familie, die seit Jahrhunderten keinerlei Gemütsbewegungen öffentlich gezeigt hatte. Der Admiral war befremdet.

„Ist dieser Ausblick nicht großartig?" rief Chew-Waddell ekstatisch.

„Großartig schon – mehr aber auch nicht", antwortete der Admiral trocken und begab sich wieder auf den Abstieg.

„So was Armseliges wie diese Insel habe ich mein Lebtag noch nicht gesehen", berichtete er dem General.

„Na, sehen Sie", antwortete dieser. „Es hat gar keinen Sinn, sie überhaupt zu betreten. Wozu erobert man so etwas, frage ich mich?"

„Solche Sachen frage ich mich schon lange nicht mehr", sagte der Admiral, „und schon gar nicht als Militär. Vor zwanzig Jahren habe ich mir noch privat die Mühe gemacht, darüber nachzudenken. Aber derlei zwecklose Anstrengungen habe ich auch schon längst eingestellt."

Inzwischen wandte sich Chew-Waddell munter den Nonnen zu und wurde, nachdem er sich ihnen vorgestellt hatte, sehr freundlich empfangen. (Die Madonna, ihren geheimen Schatz, zeigten sie ihm aber nicht.) Er erhielt genaue Auskunft über die letzten Jahre und was von all dem Glanz und der Glorie der nachpuritanischen Zeit noch übriggeblieben war. Daraufhin hätte er eigentlich niedergeschlagen sein müssen. Aber mitnichten! Sofort stellte er seinen unruhigen Geist auf die neue Situation ein. Und als er am nächsten Tag den Eselsritt um die Insel ausführte, konnte ihn auch das tristeste Elend nicht erschüttern. In seiner Phantasie legte er bereits in den Landschaften, die er durchritt, Dörfer und Plantagen an, baute Straßen, Mühlen, Gasthäuser, Schulen, Kirchen, sah das Örtchen Newhome in eine Großstadt verwandelt, jede einzelne Hütte im Innern der Insel und an den Stränden in ein blühendes Dorf inmitten wohlgepflegter Felder.

Als er auf das Schiff zurückkehrte, berichtete er begeistert von seinen Eindrücken und Plänen.

„Und wo", fragte der General, „werden Sie die Menschen hernehmen, die das alles aufbauen sollen? Wollen Sie das etwa mit diesen paar Dutzend Halbwilden bewerkstelligen?"

Ja, daran hatte Chew-Waddell allerdings noch nicht gedacht.

„Freiwillig", sagte der Admiral, „geht niemand auf diese scheußlich verkommene Sandbank."

„Sandbank!" protestierte Chew-Waddell empört. „Wenn dies eine Sandbank wäre, hätte man keinen Gouverneur hergeschickt!"

Admiral und General zogen es vor zu schweigen, um nicht wahrheitsgemäß erwidern zu müssen, daß Chew-Waddells Ernennung zum Gouverneur der Insel Delfina die englische Art der Verurteilung zur Deportation eines Angehörigen der High Society darstellte. Bei diesem Gedanken kam dem General ausnahmsweise eine glänzende Idee.

„Man sollte diese Insel in eine Sträflingsinsel verwandeln", sagte er. „Dafür ist sie wie geschaffen. Man braucht keine

Lebensmittel herzubringen: Die können sich die Sträflinge selber produzieren. Holz und Steine gibt es auch für die nötigen Unterkünfte. Man kann hier sogar Wachmannschaften sparen. Man läßt die Sträflinge einfach frei auf der Insel herumlaufen. Entfliehen können sie nicht. Eventuell kann man ja ein kleines Fort auf der Landzunge dort anlegen, um der englischen Besitzung mehr Nachdruck zu verleihen."

Chew-Waddell war Feuer und Flamme. Er setzte sofort ein Schreiben an das englische Parlament auf, in dem er um eine Schiffsladung Lebenslänglicher und eine Statue Georgs I. bat. Er schilderte in glühenden Farben seine Zukunftsvision der Insel und daß er vorhabe, auf dem Weg zur Realisierung seiner Pläne alle diese englischen Bösewichter in nützliche Glieder der Gesellschaft zu verwandeln.

Damit sollte er mal erst bei sich selbst anfangen, dachte der Admiral und versprach, den Brief sofort dem englischen Parlament zu übersenden und ihm mit einem Begleitschreiben Nachdruck zu verleihen. Sodann suchte sich Chew-Waddell im ehemaligen Gouverneurspalast, den zwanzig Matrosen inzwischen ausgeschrubbt hatten, notdürftig einzurichten. Der Admiral ließ einige Kisten Proviant hinschaffen, genug für ein paar Monate. Der General trat dem Gouverneur eine Eskorte von fünfzehn Mann samt Waffen und sonstiger Ausrüstung ab.

Kurz bevor die Flotte auslaufen sollte, wurde auf der Plaza von Newhome das ganze Vierhundertsiebenundachtzig-Mann-Heer im Karree aufgestellt, eine kleine Abteilung von Matrosen erhöhte das farbenfrohe Bild, und sogar der General bemühte sich, vorn Hafen heraufzukeuchen, zur höheren Ehre Englands. Die britische Flagge wurde auf einem improvisierten Mast hochgezogen. Der General hielt eine kurze Ansprache, in der er die Insel aufs neue zum englischen Territorium erklärte und ihr Glück und Reichtum als Teil des Britischen Reiches in Aussicht stellte.

Danach sprach der Gouverneur und wandte sich in seiner Rede vor allem an die scheuen, zerlumpten Gestalten der Eingeborenen, die sich im Hintergrund der Szene hielten: eine dunkelhäutige Greisin (übrigens eine Tochter von Yolanda), zwei halbwüchsige Jungen mit schmutzigen Nasen und ein kleines Mädchen mit einem Säugling im Arm, der laut plärrte, obwohl ihn das Mädchen eifrig schaukelte. Was Chew-Waddell da entwickelte und erläuterte, war ihnen unverständlich. Nicht einmal die Soldaten hörten ihm länger als zehn Minuten zu, und nach einer Viertelstunde schaltete auch der General ab. Nach einer halben Stunde gähnte das Heer verstohlen, und der General bedeutete einer Ordonnanz durch Handzeichen, ihm einen Stuhl zu organisieren, was denn auch geschah. Die feierliche Veranstaltung hatte morgens um zehn Uhr begonnen, als die Hitze noch erträglich war. Jetzt aber näherte sich der Mittag. Die Sonne stand senkrecht über dem Platz. Den Leuten lief der Schweiß aus den Ärmeln heraus und unter der Perücke hervor. Einer fiel um und wurde weggetragen. Das Ende der Gouverneurs-Ansprache war noch nicht abzusehen. Zwei Weiber waren im Hintergrund aufgetaucht und hatten sich zu der Gruppe der Eingeborenen gesellt. Sie trugen auch Säuglinge auf den Armen, und nach einer Weile kauerten sie sich nieder und stillten sie, begrinst von den Soldaten. Mücken schwärmten. Das Heer gähnte jetzt nicht mehr verstohlen.

Da ergriff schließlich der General, kampfgewohnt, die Initiative. Heimlich flüsterte er seinen Ordonnanzen einige Befehle zu, die gaben sie weiter, und bei der nächsten passenden Stelle in der Rede des neuen Gouverneurs („ ...diese Insel wird dereinst ein Juwel in der Krone des englischen Königshauses sein!") begann er zu applaudieren. Dies war das verabredete Zeichen. Die Soldaten und Matrosen verließen ihre Plätze unter lauten Vivatrufen, drängten sich um Chew-Waddell, und zwei kräftige Gestalten hoben ihn auf ihre Schultern. Unter Jubelgeschrei wurde er einmal um den Platz und dann in sein Palais getragen.

„Das wäre geschafft", sagte der General, verabschiedete sich liebenswürdig vom Gouverneur und schiffte sich mit seinen Soldaten ein. Chew-Waddell, der zu diesem Zweck extra die Reste des verfallenen Morganschen Forts erklommen hatte, sah den Schiffen nach, als sie ausfuhren und am Horizont verschwanden.

Dann ging er mit seinen fünfzehn Mann ans Werk. Er scheute sich nicht vor schmutziger Handarbeit. (Allein schon diese Charaktereigenschaft wies ihn als schwarzes Schaf seiner Familie aus!) Er brachte das Gouverneurspalais wieder einigermaßen in Ordnung, hing dessen Türen in die Scharniere, flickte das Dach, baute den eingestürzten Küchenherd neu und legte in der Nähe des Ortes eine Ziegelbrennerei an. Den morschen Landungssteg im Hafen erneuerte er. Die noch einigermaßen brauchbaren Häuser Newhomes bereitete er für die zu erwartenden Sträflinge vor. Ja, er plante sogar schon weit voraus in die Zukunft, indem er die vorsorglich aus England mitgebrachte Saat aussäen ließ und in den völlig überwucherten Gärten der Reichen nach nützlichen Pflanzen suchte. Fast mit Zärtlichkeit sehnte er sich nach den Sträflingen, die, wenn überhaupt, in einem guten halben Jahr zu erwarten waren. Nun sollten ihre Leiden enden, nun sollten sie ein menschenwürdiges Leben beginnen können, nun sollten sie aus schrecklicher Isolierung wieder in die Gemeinschaft zurückfinden! Jeder einzelne sollte seinem Können und seinen Neigungen entsprechend zum Aufbau der Insel beitragen. Innerhalb weniger Jahre würde er den Leuten Freiheit, Ansehen und Ehre verschafft haben. Wer von diesen unglücklichen Wesen würde sich da seinen Anordnungen widersetzen wollen? Im Geiste sah er sie an sich vorbeidefilieren, Dankbarkeit im Blick, Selbstvertrauen in der Haltung: neue Mitglieder der Gesellschaft, und im Hintergrund ein wahres Paradies mit stattlichen Bauten, fetten Kühen und ganzen Fluchten fruchtbarer Felder.

Die Nonnen, die den jungen Mann wegen seiner Herzlichkeit und spontanen Art sehr schätzten, baten ihn um Schutz für ihre katholischen Einrichtungen, den er ihnen selbstverständlich zusicherte. Zufrieden zupften sie nun das Unkraut aus den Fliesen der Kapelle und aus dem Kies des Kreuzwegs und staubten die vierzehn Kreuzwegstationen ab. Sie wagten sogar – nun wieder guten Mutes – die Madonna zu enthüllen. Deren Lächeln faszinierte auch den jungen Chew-Waddell. Er war überglücklich, auf diese Insel entsandt worden zu sein und dankte Gott dafür, indem er der Madonna, obwohl er ein Mitglied der High Church war, ein strahlendes Lächeln zurückwarf. Im Unterbewußtsein aber spürte er gleichzeitig, daß es schon verdammt lange her war, seit er das letzte Mal mit einer Frau geschlafen hatte. Er schämte sich sofort dieses Gedankens – ausgerechnet vor der Madonna! – und verließ die Kapelle.

Ein paar Tage später wanderte er ganz allein zum wiederholten Male die Insel ab, um Kontakt mit den Eingeborenen zu bekommen und ihnen Mut und Selbstvertrauen einzuflößen. Aber sobald er in Sichtweite kam, versteckten sie sich vor ihm. Nur die verwilderten Hunde kläfften ihn an. Sein Herz strömte über vor gutem Willen, er wollte diesen armen Kreaturen so gern helfen, aber ach, sie mißdeuteten seine Bemühungen, sie vertrauten ihm nicht! Zuweilen standen ihm Tränen der Enttäuschung in den Augen. Nun, er tröstete sich mit der Hoffnung, die er in seine sehnlichst erwarteten Sträflinge setzte. Sie würden schon dafür sorgen, daß die Eingeborenen an dem allgemeinen Aufschwung der Insel würden teilhaben können!

In derlei Träumereien versunken, kam er auch an der Südostbucht vorbei, einem ganz einsamen, wunderschönen kleinen Sandstrand. Da weit und breit niemand zu sehen war und er auch nicht fürchtete, von jemand gesehen zu werden, zog er sich aus, legte die Perücke ab und watete ins Meer. Hier war das Wasser flach und ruhig, es hatte einen türkisfarbenen Schimmer über dem gelben Sand. Zu beiden Seiten wurde die halbmondförmige Bucht von Klippen begrenzt, an denen sich die Wellen brachen, und bunte Fische schossen zwischen den Steinen durch das klare Wasser. Er schwamm weit hinaus – so weit, daß er den hell durch das Wasser schimmernden Sand unter sich verlor und über dämmriger Tiefe dahintrieb. Er konnte deutlich die Brandung draußen am Riff hören und sah dort die Wogen weiß aufschäumen. Als ihm schließlich etwas unheimlich wurde über all dem Unbekannten an Fischen, Muscheln und Gewürm, das sich vielleicht tief unter ihm bewegte, kehrte er um und hatte die Bucht in ihrer ganzen Schönheit vor sich. Erstaunt stellte er fest, daß plötzlich jemand am Strand lag. Als er die Augen zusammenkniff und genauer hinschaute, sah er, daß es ein Meerweibchen war.

Er hatte noch nie ein Meerweibchen gesehen und glaubte deshalb nicht an die Existenz von derlei Wesen. Mit klopfendem Herzen näherte er sich dem Strand in der Hoffnung, das Meerweibchen möge sich als Wachtraum erweisen, vielleicht seiner Sehnsucht nach einer Frau entsprungen. Aber als er näher schwamm, lag es noch immer da, ein silbrig-grünes Meerweibchen, nackt und beschuppt, mit zierlicher Taille und üppigen Hüften. Sein blaugrüner Fischschwanz spielte anmutig mit den anrollenden und zurückweichenden Wellen.

Er glaubte es noch immer nicht, als er so geräuschlos wie möglich aus dem Wasser watete und sich ihm auf Zehenspitzen näherte heftig schwitzend, denn er fand keine wissenschaftliche Erklärung, ganz zu schweigen von einer philosophischen (er hatte in Cambridge für einen Philosophieprofessor geschwärmt, der im Geiste der Aufklärung gelehrt hatte). Seine Sicherheit verließ ihn, seine gute Erziehung auch, ihm fiel kein Gruß ein, den er dieser grünen Schönheit, die da existierte, ohne von den Gelehrten dazu legitimiert worden zu sein, hätte entbieten können, und es wäre ein peinliches Schweigen entstanden, hätte sich das Meerweibchen nicht umgedreht, ihn unbefangen angelächelt und ihn mit einer anmutigen Bewegung eingeladen, neben ihm im Sand Platz zu nehmen – obwohl er keine Perücke trug und auch sonst splitterfasernackt war! Es ergriff seinen rechten Zeigefinger und strich mit ihm über die beschuppten Schenkel, um ihm Mut zu machen. Es konnte nämlich nicht sprechen.

Spät am Abend, als schon alle Sterne über dem Meer aufgegangen waren und Chew-Waddell sich vollständig davon überzeugt hatte, daß dieses wunderbare Meerweibchen mit seinen gelben Augen und seiner grünen Haut wahrhaftig aus Fleisch und Blut war, da verließ ihn seine Gefährtin. Sie küßte ihn, schnellte mitten in die sanfte Brandung, blitzte im Mondschein noch einmal auf und war verschwunden. Er wollte ihr nachstürzen, aber rechtzeitig wurde ihm bewußt, daß er für einen dauernden Aufenthalt im Wasser nicht geschaffen war.

Verzweifelt starrte er ins Meer. Sie war fort, und er würde sie nie wieder sehen! Er vergaß seine Perücke im Sand, tappte, notdürftig bekleidet, auf den Pfad hinter dem Strand und taumelte heim in sein Palais. Von nun an kam er alle drei bis vier Tage einmal an diesen Strand, rief das Meerweibchen, suchte die schönsten Muscheln, warf sie in die Brandung, um es zu locken, ja er begann sogar zu singen. Er erinnerte sich aller Kinderlieder, die ihn seine Mutter gelehrt hatte, und trällerte Purcellsche Barockmelodien. Auch schwamm er weit hinaus und übte sich, mit offenen Augen zu tauchen. Aber es zeigte sich ihm nicht.

So vergingen mehrere Monate. Eigentlich hätte der Sträflingstransport längst angekommen sein müssen. (Chew-Waddell wußte natürlich nicht, daß König Georg I. gerade gestorben war, und von Georg II., seinem Nachfolger, noch keine Statuen vorrätig waren. Also mußte der Transport so lange verschoben werden, bis in aller Eile die ersten Statuen des neuen Monarchen gegossen worden waren.) Aber er machte sich nicht viele Sorgen darum. Er kümmerte sich auch kaum mehr um seine fünfzehn Leute, die natürlich bald zu arbeiten aufhörten und sich mit Angeln und Jagen die Zeit vertrieben.

Neun Monate nach dem Tag mit dem Meerweibchen, als er eines Spätnachmittags wieder an den Strand der Südostbucht kam, fand er dort in einer Sandmulde, die sorgfältig mit nassen Algen ausgepolstert war, ein winziges, grünhäutiges Kind. Außer sich vor Freude hob er es auf. Es besaß seine blauen Augen und ganz normale Menschenbeine. Es war auch nicht beschuppt, außer an den Lenden. Er lief mit ihm in das Meer hinein und rief die Mutter. Aber sie erschien nicht. So kehrte er nach einigen Stunden sehnsüchtigen Wartens schließlich in sein Palais zurück. Da er nicht in der Lage war, dem Kleinen die natürliche Nahrung zu bieten, schickte er seine Leute aus, um Mutter- oder wenigstens Kuhmilch aufzutreiben. Ein Unteroffizier kam zurück mit einem Viertelliter Milch einer degenerierten Kuh, aber sie war unterwegs sauer geworden. Er versuchte darauf, dem Kleinen rohe Eier einzuflößen. Er aß kaum, schlief nicht, hielt alle Augenblicke sein Ohr an den kleinen Körper, um sich zu vergewissern, daß das Herz noch schlug, zerriß ein Hemd zu Windeln und nähte sogar mit ungelenken Händen ein winziges Hemd, das aber, als er es dem Kleinen anzog, noch immer viel zu groß geraten war. Er zerbrach sich den Kopf über die Zukunft seines Sohnes, wählte Berufe, verwarf sie wieder und erzählte ihm von seiner Mutter, dem Meerweibchen.

Am zweiten Tag bekam das Kind Verdauungsstörungen. Dem Vater dämmerte nach heftigen inneren Kämpfen die Erkenntnis, daß sein Sohn besser bei Frauen aufgehoben sei, die sich auf die Pflege so zarter Kleinkinder verstehen. Er stieg hinauf zu den Nonnen, die sich bei dem Anblick des grünen Kindes zwar bekreuzigten, es aber doch mit aller Zärtlichkeit aufgenommen hätten, wenn sie in der Lage gewesen wären, das Kind zu nähren. So aber mußten sie um des Kindes willen ablehnen.

Den ganzen Tag irrte er, den Kleinen auf den Armen, auf der Insel herum, fragte und forschte, bis er schließlich auf eine scheue junge Eingeborene stieß, die ein ebenso kleines Kind bei sich hatte. Es gelang ihm, ihr halb in Englisch, halb durch Zeichensprache verständlich zu machen, daß das Kind eine Mutter brauche, und übergab es ihr. Sie schien sich über die grüne Farbe nicht einmal zu wundern. Voller Zweifel und Sorgen kehrte er heim. Gleich arn nächsten Tag wollte er sie wieder besuchen und sehen, ob sie das Kind gut versorge.

Aber er sah seinen Sohn nie wieder. Denn am nächsten Morgen kam, nach mehr als einem Jahr, der Sträflingstransport an. Nun mußte Chew-Waddell seines Amtes walten. Plötzlich überkam ihn wieder die ganze ursprüngliche Begeisterung für diese gigantische Aufgabe. Er ließ die Fahne auf dem Marktplatz hissen und die mit Vogelmist besprenkelte Putte vom Sockel schlagen. Durch einen Boten befahl er dem Kapitän, die Sträflinge hinauf nach Newhome auf den Marktplatz bringen zu lassen. Er selbst warf sich in seine repräsentativsten Gewänder, die allerdings muffig rochen, puderte seine Perücke, die damals, vergessen am Strand und drei Tage lang beregnet, gedörrt und betaut, sehr gelitten hatte, und sah vom Balkon seines Palais aus den heraufrückenden Kolonnen entgegen.

Seinen fünfzehn Leuten war nicht wohl zumute. Zweihundertfünfzig Sträflinge hatte England hergeschickt, üble Gesellen, finstere Burschen, fast alle bärtig, verlaust und zerlumpt. An langen Ketten waren sie aneinandergefesselt, und neben den Kolonnen marschierten Soldaten mit aufgepflanzten Bajonetten. Die Sträflinge blinzelten, als man sie auf dem Marktplatz nach Weisung Chew-Waddells im Karree aufstellte. Sie waren diese grelle Sonne nicht gewohnt: Während der ganzen langen Überfahrt hatten sie unter Deck in halbdunklen Verschlägen gehaust.

Chew-Waddell bestieg nun ein in aller Eile vor dem leeren Denkmalssockel aufgestelltes Podest. Der Offizier, der den Transport geleitet hatte, übergab ihm vor versammelter Mannschaft die zweihundertfünfzig Sträflinge und eine König-Georg-II.-Statue, die von Matrosen langsam auf Rollen vom Hafen heraufgeschoben wurde.

Dies war einer der glücklichsten Augenblicke im kurzen Leben des jungen Chew-Waddell. Zweihundertfünfzig überwiegend kräftige, zum Teil auch recht intelligent wirkende Männer auf dieser Insel! Er sah einem Sträfling in der ersten Reihe fest in die Augen und sagte laut zu dem Offizier: „Lassen Sie ihnen die Ketten abnehmen."

„Ich darf Sie darauf aufmerksam machen, daß dies sehr gefährlich für Sie und uns werden kann", raunte ihm der Offizier zu.

„Ich weiß, was ich tue", antwortete Chew-Waddell stolz. „Ich scheue die Gefahr nicht. Aber ich möchte diesen Männern zeigen, daß sie hier frei sind."

Ein paar Sträflinge räusperten sich. Der Offizier ließ die Ketten abnehmen. Die Sträflinge rührten sich nicht vom Fleck. Einige von ihnen rieben sich die Handgelenke, und viele wußten plötzlich nicht, wohin mit den Armen. Vorsichtig zogen sich die Wachmannschaft und die fünfzehn Leute des Gouverneurs hinter die Sträflingskolonne zurück, die Gewehre im Anschlag, dorthin, wo der Weg zum Hafen am kürzesten war. Und sie taten gut daran, wie sich bald herausstellte.

Nun begann Chew-Waddell seine Ansprache. Es war eine flammende Rede an die Sträflinge. Erst beruhigte er sie: Er habe vor, ihnen ihre Menschenwürde zurückzugeben, wolle sie in Gruppen nach eigener Wahl in den Häusern Newhomes wohnen lassen, selbstverständlich ohne Ketten, und jeder solle sich entsprechend seiner Kenntnisse und Neigungen am Aufbau der Insel beteiligen.

„Und wo sind die Frauen?" rief an dieser Stelle ein muskulöser Sträfling aus der zweiten Reihe dazwischen, der schon während der Überfahrt wegen seiner Widerspenstigkeit aufgefallen war – ein ehemaliger Leutnant, der zwei Hauptleute und einen Oberst zusammengeschlagen hatte, weil er unter dem Wahn litt, in der Armee müsse Gerechtigkeit herrschen.

Ein Wachsoldat hieb ihm von hinten mit einem Gewehrkolben auf den Schädel. Der Sträfling fiel um und blieb breitbeinig liegen. Chew-Waddell unterbrach seine Rede bestürzt und hielt die Wachmannschaft an, den Mann wegzutragen und versorgen zu lassen.

„Nicht nötig", antwortete der Offizier. „Der ist zäh. Der kommt allein wieder hoch. Wir kennen ihn."

Also nahm Chew-Waddell den Faden seiner Rede wieder auf und sprach weiter. Er schilderte den Gefangenen seine Vision von der zukünftigen Insel – eine Insel voller Leben und Geschäftigkeit, auf der nur freie Männer in voller Verantwortung für ihr Tun leben sollten, eine Gemeinschaft mit einem frei gewählten Parlament! Es wäre doch eine Schande, wenn es eine Schar von zweihundertfünfzig Engländern nicht fertigbrächte, diese elende Insel in einigen Jahren zu einer Musterinsel des englischen Weltreichs zu verwandeln!

Die Sträflinge gähnten offen, die Wachsoldaten verstohlen. Es war wieder einer der ganz heißen Tage. Allen lief der Schweiß, am meisten Chew-Waddell selbst. Aber er merkte es nicht. Besessen von seiner Idee, verlor er sich in den detailliertesten Beschreibungen aller seiner Pläne, bis die Sträflinge sich kratzten, mit den Füßen scharrten und Blicke um sich warfen. Der Offizier versuchte, dem Gouverneur zu verstehen zu geben, daß er klug daran täte, die Ansprache zu beenden. Aber es gelang ihm nicht, sich Chew-Waddell verständlich zu machen. Lautes Murren ertönte aus den hinteren Reihen der Sträflinge. Unauffällig zog sich die Wachmannschaft weiter zurück, dorthin, wo die Matrosen gerade die Statue Georgs II. das letzte Stück des Hanges hinaufschoben.

Jetzt regte sich der Niedergeschlagene wieder. Alle Sträflinge versuchten zu beobachten, was er tun würde. Er richtete sich auf, saß nun und schüttelte den Kopf hin und her, als wolle er ordnen, was in seinem Hirn durch den Schlag in Unordnung geraten war. Dann spuckte er in weitem Bogen aus. Unruhe entstand in den Reihen.

„Ruhe!" brüllte ein Korporal.

„Dir werd' ich gleich Ruhe geben, ewige nämlich!" brüllte der Sträfling und sprang auf.

„Aber Leute, Leute", versuchte Chew-Waddell zu beruhigen, „nicht so hitzig! Bedenkt, daß ihr hier ein neues Leben mit neuen Vorsätzen anfangt, ein Leben, das euch mit der Menschheit versöhnen wird – ich verspreche euch auch, daß ich für euer seelisches Wohl sorgen werde, indem ich jeden Sonntagvormittag eine Ansprache für euch halte!"

„Da sei Gott vor!" schrie der Rebell, rannte, sogleich gefolgt von den übrigen Sträflingen, auf das Podest zu, hob die hintere Hälfte der in zwei Teile zerbrochenen Putte auf, schwang sie über sich und schlug damit, bevor sich jemand dazwischenwerfen konnte, den armen Chew-Waddell tot. Die Sträflinge brüllten laut auf, schrien: „Gut so, Stonehead!" und ordneten sich sofort alle seiner Führung unter.

„Das Schiff!" schrie er. „Wir müssen das Schiff kriegen!"

Die Sträflinge wandten sich um und stürzten sich auf die fünfzehn Männer des Gouverneurs, die hinter der Wachmannschaft herrannten, hügelabwärts, um sich vor den revoltierenden Sträflingen auf dem Schiff in Sicherheit zu bringen. Halbverhungert und geschwächt, hätten es die Sträflinge wahrscheinlich kaum geschafft, das gut genährte Militär einzuholen und zu überwältigen. Aber der Zufall kam den armen Teufeln zu Hilfe: Als die Soldaten den Hang hinabrennen wollten, stießen sie auf die Matrosen, die keuchend die Statue aufwärtsschoben. Die ließen, als sie die Kameraden mit angstverzerrten Gesichtern auf sich zustürmen sahen, erschrocken die Rollen los, auf denen sie die Statue Georgs II. mühsam heraufgeschoben hatten. Die vier Rollen machten sich selbständig. Zwei rollten bergab, zwei stellten sich quer. Die aus Kistenbrettern zusammengenagelte Plattform kippte, die Statue blieb quer auf dem Weg liegen. Zwei oder drei Soldaten gelang es, darüberzuspringen und zum Hafen hinunterzufliehen. Die nächsten stolperten über das Hindernis und fielen hin; die nach ihnen kamen, konnten in der Eile nicht weiter, und dann waren schon die Sträflinge über ihnen: Es gab ein kurzes, aber heftiges Gemetzel. Pistolen gingen los, Säbel blitzten in der Elf-Uhr-Sonne. Einigen Soldaten, darunter einem Offizier, gelang es noch zu fliehen, die übrigen wurden erwürgt, erstochen, erschlagen. Die Sträflinge, die auch ein paar Männer eingebüßt hatten, rannten zum Hafen hinunter und suchten nach Booten. Aber die Soldaten, die ihnen entflohen waren, hatten die zwei Boote mitgenommen. Sie befanden sich schon auf halbem Weg zum Schiff und ruderten wie die Irren. Es lag nur noch ein einziges, jämmerliches Boot am Ufer. Ein paar Sträflinge sprangen hinein und ruderten hinter den Soldaten her auf das Schiff zu. Das aber gab den eigenen Booten Feuerschutz und lichtete zugleich die Anker. In aller Eile nahm es die Flüchtlinge an Bord. Zwei Männer im Sträflingsboot wurden erschossen, ein dritter verwundet. Es half auch nichts, daß andere Sträflinge sich nun ins Wasser warfen und auf das Schiff zuschwammen. Der, den sie Stonehead nannten, pfiff sie zurück. Sie hatten die Schlacht verloren.

Das Schiff setzte alle Segel, drehte bei und fuhr davon. Zähneknirschend kehrten die Sträflinge ans Ufer zurück und warfen sich niedergeschlagen in den Sand. Nun saßen sie für alle Zeiten auf dieser verdammten Insel fest! Denn England würde kein zweites Schiff senden, um ihnen noch einmal die Chance zu geben, es zu erobern!

Es war wirklich der Abschaum Englands, der da am Strand versammelt war: Viele heulten laut, ohne ihre Gefühle zu verbergen und Disziplin und Selbstkontrolle zu üben! Andere, an die fünfzig Mann, machten sich über die Statue König Georgs II. her, die sowieso schon voller Blutspritzer war, und ließen ihre Wut an dem Monument derart respektlos aus, daß es einem königstreuen Briten schon grausen konnte. Unter Hohngelächter bepinkelten sie den wehrlosen Monarchen, danach warfen sie ihn den Abhang hinunter, wo er mit dem Kopf nach unten im Morast eines verwilderten Hinterhofs steckenblieb.

Während sich die Mehrzahl der Sträflinge in den Ort ergoß, die Häuser und Ruinen durchstöberte und auf die Vorräte des Gouverneurs und seiner fünfzehn Mann stieß (er hatte Kokosnüsse und getrockneten Fisch aufstapeln lassen, und außerdem waren noch geringe Mengen des aus England mitgebrachten Proviants übrig), kletterte eine kleinere Gruppe von etwa zwanzig Mann, darunter auch Stonehead, zum Kloster hinauf, neugierig, was sich ihnen dort oben bieten werde.

Die drei Nonnen, die im Zustand höchster Erregung die Ereignisse des Vormittags von ihrem Hügel aus beobachtet und noch keinesfalls begriffen hatten, daß es sich bei den Ankömmlingen um Engländer (und *was* für Engländer!) handelte, eilten, als sie die Horde heraufkommen sahen, in die Kapelle, kauerten sich alle drei eng umschlungen, so daß sie in ihren gleichfarbigen Gewändern aussahen wie ein Tier mit drei Köpfen, zitternd vor der Madonna nieder und flehten sie um Schutz an. Sie konnten sich ausmalen, was geschehen würde, sobald die Kerle ins Kloster eindrangen. Sie kannten ja die Welt und waren nicht zimperlich. Aber nun waren sie alt und wollten derlei anstrengende Abenteuer nicht mehr durchstehen. Ehe man sich's versah, war man tot! Sie verhüllten die Madonna in aller Eile, um sie vor der zu erwartenden Respektlosigkeit der Burschen zu schützen. Dann drehten sie sich mit dem Rücken zum Altar: Noch hegten sie die leise Hoffnung, die Eindringlinge mit Blicken bannen zu können, deshalb wollten sie das Portal im Auge behalten.

Sie hörten, wie die Kerle grölend ins Kloster eindrangen, wie sie herumwüteten und Möbel aus den Fenstern warfen. Sie hörten auch vieles nicht, zum Beispiel, wie sie Matratzen aufschlitzten, auf fromme Bilder spuckten und greuliche Flüche ausstießen, Und dann kamen sie in die Kapelle.

In dem Augenblick, in dem sie im Portal erschienen, beteten die drei Nonnen wie aus einem Mund ein lautes Ave-Maria. Gebannt blieben die bärtigen Burschen im Eingang stehen und starrten in die Kapelle hinein – bis die Nonnen beim dritten Ave-Maria merkten, daß nicht sie angestarrt wurden, sondern die Madonna. Schüchtern wagten sie sich aufzurichten und umzudrehen. Ihr Erstaunen läßt sich nicht beschreiben, als sie sahen, daß die Madonna die Hüllen abgeworfen hatte und nun, eine strahlend schöne Frau in der allerneuesten französischen Mode, mit Schnürtaille, Reifrock, Pompadour und einem atemraubenden Dekolleté, die Altarstufen lächelnd herabgeschritten kam.

Die Nonnen duckten sich, als die Dame sich ihnen näherte, machten ihr ehrfürchtig Platz und senkten ihre Köpfe fast bis zur Erde. Kaum daß sie vorübergeschritten war, erhoben sie sich und folgten ihr. Sie schritt geradewegs auf die Männer im Portal zu und blieb vor ihnen stehen. Sie wichen ihrem Blick verlegen aus. In fließendem Englisch sprach sie die Männer an:

„Wer unter Ihnen ist der neue Gouverneur?"

Die Sträflinge traten auseinander und zeigten auf Stonehead, der plötzlich blinzeln mußte und nicht mehr intelligent aussah.

„Ich bitte um Ihren Schutz, mein Herr", sagte die Dame. „Sie sind Engländer, und ich verlasse mich auf Ihre Ritterlichkeit."

„Selbstverständlich", stotterte Stonehead mit einer Mischung von Stolz und Verlegenheit. „Wo darf ich Sie hingeleiten?"

„Ich wohne unten in Newhome", antwortete die Dame und bewegte anmutig ihren Fächer. „Sie werden mein Palais sicher gesehen haben. Am Marktplatz. Der Gouverneur war mein Verwandter."

„Sie wissen es schon?" stammelte Stonehead.

„Das ist das Risiko führender Männer", antwortete sie. „Und außerdem hat er seine Ermordung förmlich herausgefordert. In diesem heißen Klima darf man keine langen Reden halten. Sie sehen also, meine Herren, ich habe Verständnis für Ihre Handlungsweise. Darf ich Sie heute abend zum Dinner einladen?"

Stonehead wagte nicht zu fragen, wer sie war. Ihm fiel nur glühend heiß ein, daß seine Leute dieses Palais sicher geplündert und verwüstet hatten. Sofort nahm er einige zuverlässige Burschen beiseite und befahl ihnen, vorauszulaufen und das Palais einigermaßen in Ordnung zu bringen. Er selbst, der einmal eine Erziehung von Stand genossen hatte, bot der Dame seinen Arm an. Sie nahm ihn mit der größten Selbstverständlichkeit, verabschiedete sich von den Nonnen, indem sie sich für die freundliche Aufnahme in ihrem Hause und alle ihre Aufmerksamkeiten bedankte, und schritt an Stoneheads Seite hangabwärts auf Newhome zu. Ihnen folgten, zahm wie Lämmer, die übrigen Sträflinge.

Als sie unten ankamen, standen schon alle anderen vor dem Palais, das in Eile notdürftig gesäubert und eingerichtet worden war. Auch die Toten hatten sie aus dem Blickfeld geräumt. Sie traten zurück, ohne einen diesbezüglichen Befehl Stoneheads abzuwarten, bildeten eine breite Gasse und atmeten andächtig den Duft der Dame ein, die, huldvoll lächelnd, an ihnen vorüberschritt, so schön und unwirklich wie eine Erscheinung.

„Also nicht vergessen, Herr Gouverneur: zum Abendessen um halb neun", sagte die Dame, als sie sich auf der Türschwelle von ihm verabschiedete. Dann verschwand sie im Innern des Hauses.

„Es wird mir eine Ehre sein", stammelte ihr Stonehead nach.

Sofort wurde im Hafen eine Versammlung abgehalten. Es war jetzt keine Zeit, an die fernere Zukunft der Insel zu denken. Der Augenblick war ernst genug. Die Sträflinge berieten. Was sollte Stonehead, ihr Repräsentant, zur Abendeinladung anziehen? Er konnte sich nicht in seinen verschwitzten Lumpen an ihre festliche Tafel setzen. Einem ehemaligen Schneider, der seine Frau im Streit mit dem Bügeleisen erschlagen hatte, kam die rettende Idee, dem toten Gouverneur die Kleider auszuziehen. Man machte sich sofort daran, die Leiche zu suchen. Sie lag in einem Gebüsch neben dem Marktplatz, das in den letzten Jahren aus den Feldern ins Stadtinnere hereingewuchert war. Die Ameisen waren auch schon da. Schleunigst zog man ihm die Kleider herunter, schüttelte die Ameisen heraus und klopfte den Staub und die Erde ab. Gott sei Dank war nur der Kragen blutbespritzt, das übrige Gewand aber noch einigermaßen sauber. Ein Sträfling lief zum Meer hinunter und wusch den Kragen.

Plötzlich fiel Stonehead ein, daß der Gouverneur ja ihr Verwandter gewesen war. Sie mußte also seine Kleider genau kennen. Nein, das war unmöglich, er konnte nicht in den Gewändern seines Opfers bei der Dame erscheinen, ohne sie im Innersten zu treffen, denn obwohl sie größtes Verständnis für die traurigen Ereignisse gezeigt hatte, war doch mit Sicherheit anzunehmen, daß sie um ihren Verwandten trauerte.

Die Sträflinge waren bestürzt. Wo jetzt in der Eile andere gute Gewänder hernehmen? Sie suchten und wühlten unter den Toten und fanden schließlich noch einen einigermaßen ansehnlichen Offizier der Wachmannschaft, der etwa die gleiche Statur wie Stonehead besaß. Ein Messer stak ihm noch in der Brust. Man zog es heraus und schälte ihn aus seinen Kleidern. Freilich, so schöne Kleider wie der Gouverneur besaß er nicht, aber die Dame konnte schließlich nichts Unmögliches verlangen. Das Loch vorn im Wams, daß das Messer gerissen hatte, wurde geschickt mit einer Schärpe verdeckt. Ein ehemaliger Friseur hatte unter den Perücken der Toten eine noch benutzbare ausgesucht und sie den ganzen Spätnachrnittag mit größter Sorgfalt und mit allem seinem Können bearbeitet. Ein paar Blutspuren überpuderte er mit dem, was an Puder noch in der Gouverneursperücke verblieben war. Viel war es nicht, denn der Schlag mit der Putte hatte fast alles herausgestäubt.

„Ihr habt euer Bestes getan", sagte Stonehead, als er, aufs schönste ausstaffiert, von den Kameraden Abschied nahm. „Ich werde versuchen, euch würdig zu vertreten."

Sie zogen sich in kleinen Gruppen in die von dem toten Gouverneur und seinen Leuten für sie vorbereiteten Quartiere zurück, nicht ohne vorher auch noch den übrigen Toten ihre Kleider abgenommen zu haben. Es entstanden verschiedentlich heftige Kämpfe um einzelne Stücke, und um ein Paar Ofiziersstiefel erschlug an diesem Abend ein ehemaliger Jurist einen ehemaligen Butler. Die Sehnsucht, wieder bürgerlich auszusehen, war immens.

Aber eine Stunde vor Mitternacht waren sie auf dem Marktplatz und lauerten auf Stoneheads Rückkehr. Schwaches Kerzenlicht drang aus dem Innern des Palais.

„Sie war ganz allein", berichtete Stonehead leise, als er um halb zwölf das Palais verließ, „und ich bin gewiß kein Feigling auf diesem Gebiet. Aber ich sage euch, sie ist eine wirkliche Dame. Daran ist nicht zu deuten. Und wer sich auch nur das

Allergeringste an Respektlosigkeit ihr gegenüber erlaubt, dem schlage ich sein Affengehim zu Schaum!"

Dies war eine deutliche Sprache, aber auch ohne sie wäre nichts passiert. Unter den Sträflingen hieß sie von nun an nur *die Dame*.

Sogar der kleine, fette Sträfling, der ein Frauenmörder war und insgesamt vierundzwanzig Frauen jeden Alters ermordet hatte (nur durch ein Versehen in den Akten hatte man ihn nicht hingerichtet), respektierte, ja verehrte sie.

„Wir dürfen ihr nicht verraten, daß wir Sträflinge sind", sagte er zu den anderen. „Sonst erschrickt sie zu Tode. Wir müssen sie bei dem Glauben lassen, wir seien ganz normale englische Bürger, die herkamen, um die Insel zu besiedeln."

Die anderen gaben ihm recht, obwohl sie ihn sonst nicht ausstehen konnten. (Wer sich nicht sogar unschuldig fühlte, der empfand sich doch zur Kategorie der anständigen Verbrecher gehörig. Dieser fette Widerling aber, darin waren sich alle übrigen einig, stand mit seiner Schlachterei wehrloser Frauen einige Stufen unter ihnen!) Jawohl, man mußte ihm, ob man wollte oder nicht, recht geben. Eine solche Dame war wie aus Glas, man mußte aufpassen, daß sie keinen Sprung bekam.

Fassungslos starrten die drei Ordensfrauen ihrer Madonna nach. „Verstehst du das?" fragte eine Nonne die andere, nachdem die Sträflingsschar friedlich wie eine Herde Schafe hinter der Dame her den Nonnenhügel hinabgezogen und zwischen den Häusern Newhomes verschwunden war.

Die andere schüttelte den Kopf.

„Ich würde wetten, diese Dame ist unsere Delfina", sagte sie nachdenklich, „wenn das zu behaupten nicht so unsinnig wäre."

„Sie ist es!" rief die erste. „Ich habe die ganze Zeit überlegt, an wen sie mich, verflixt nochmal, erinnert –"

„Schwester!" rief die Oberin entrüstet. „Wann wirst du dir endlich diese gotteslästerlichen Ausdrücke abgewöhnen, die du bei Yolanda gelernt hast?"

„Ich bitte tausendmal um Entschuldigung", antwortete die Nonne schuldbewußt und klopfte sich dreimal an die Brust. „Es fährt einem so heraus, und man denkt sich nichts dabei. Aber diese Dame ist Delfina wirklich aus dem Gesicht geschnitten."

„Unsinn", sagte die Oberin, die jener Delfina nie persönlich begegnet war, obwohl sie, wie man sich erinnern wird, Kleider von ihr getragen hatte. Sorgfältig hatte Yolanda eine Begegnung zwischen diesen beiden Frauen verhindert.

„Aber wir kannten Delfina!" riefen die beiden Nonnen.

„Überlegt doch selber", sagte die Oberin, „daß das nicht sein kann. Wie viele Jahre sind vergangen, seit Delfina verschwunden ist! Sie wäre jetzt eine alte Matrone. Und wo hätte sie sich inzwischen verbergen sollen? Diese Ähnlichkeit kann nur rein zufällig sein. Eine andere Erklärung gibt es nicht."

Die beiden Nonnen zweifelten.

„Es ist nicht nur die Ähnlichkeit", sagten sie. „Diese Dame weiß auch genausogut mit den Männern umzugehen wie Delfina. Sie hat sie alle am Schnürchen. Sie macht mit ihnen, was sie will."

„Zufall, Zufall", rief die Oberin ärgerlich. „Solche Zufälle gibt es. Machen wir die Sache doch nicht noch komplizierter, als sie ist! Ist es nicht für unsere armseligen menschlichen Gehirne schon kaum zu fassen, was sich vor einer Weile in dieser Kapelle abgespielt hat? Daß sich unsere gute Madonna in eine solche Dame verwandelt hat? Es ist einfach unfaßbar. Man muß es wahrhaftig gesehen haben, um es glauben zu können!"

„Das glaubt uns sowieso niemand", sagte die eine Nonne. „Am besten, wir halten den Mund."

„Aber diese Engländer haben es gesehen", sagte die andere Nonne. „Wir haben also Zeugen."

„Wer glaubt schon solchen Zeugen?" klagte die Oberin. „Noch dazu, wo sie doch Ketzer sind. Und stellt euch vor: Wie peinlich für uns Katholiken – eine Madonna verwandelt sich in eine Dame mit einem solchen Ausschnitt!"

„Und gelogen hat sie noch dazu", sagte die eine Nonne. „Sie sei eine Verwandte des Gouverneurs und lebe in dessen Palais!"

„Wenn es wenigstens umgekehrt wäre", sagte die Oberin. „Eine Dame verwandelt sich in eine Madonna – das läßt man sich noch gefallen. Aber so herum, das ist ein völlig unglaubwürdiges Wunder."

„Entweder sie war vorher keine Madonna, oder sie ist jetzt keine Dame", sagte die eine Nonne.

„In Spanien würde so etwas nie vorkommen", seufzte die Oberin. „In Spanien hat jedes Ding Hand und Fuß und seinen festen Platz, sogar Gott und die Madonna."

„Auch in Spanien haben Wunder stattgefunden", sagte die Nonne.

„Aber doch nicht sowas!" rief die Oberin empört. „Man bedenke: Die Madonna steigt vom Altar herab und marschiert guter Dinge mit einer Schar von Männern davon, und das in skandalöser Mode!"

„Und dabei war sie eine so gute Madonna", klagte eine Nonne, „obwohl sie aus dem Wasser gefischt und ihrem Aussehen nach vielleicht nicht ganz legitim war."

„Ich habe mir gleich gedacht, als ich sie das erstemal ohne Kleider sah, daß das ein übles Ende nehmen wird", seufzte die andere Nonne. „Wozu braucht eine Madonna solche Brüste?"

„Auf dieser Insel ist alles möglich", sagte die Oberin. „Schlimm ist nur, daß wir jetzt keine Madonna mehr haben. Wenn sich die Situation etwas beruhigt hat, werde ich in die Stadt hinuntergehen und versuchen, ob ich mit der Dame sprechen kann. Sie scheint ja diese Monster wirklich um den Finger wickeln zu können. Vielleicht gibt es einen Kerl, der zu schnitzen oder zu meißeln versteht und uns eine Figur machen kann."

Die Dame beherrschte tatsächlich die neue Szenerie. Die zweihundertdreiundvierzig Sträflinge fraßen ihr aus der Hand. Sie kümmerte sich um die im Kampf Verwundeten, munterte jene auf, die an Heimweh nach ihren Familien und nach England litten, gab Stonehead, ohne sich je aufzudrängen, nützliche Ratschläge, was die Ansiedlung seiner Männer betraf, gab ihm Auskünfte über die Vergangenheit der Insel und war freundlich gegen jedermann, ohne den geringsten Anlaß zu plumper Vertraulichkeit zu geben. Die Sträflinge vergötterten sie. Welche Dame aus der höchsten Gesellschaft – und das war sie ja ohne Zweifel – hatte sich je herabgelassen, mit ihnen, dem Abschaum der Menschheit, zu sprechen und um ihr Wohl besorgt zu sein? Noch dazu, da man ihren einzigen Verwandten, von dem sie hier beschützt worden war, getötet hatte! Jeder wetteiferte, ihr angenehm aufzufallen, sei es durch gelungene Arbeit, durch gepflegtes Äußeres oder durch eine besondere Fertigkeit oder Begabung. Keiner hätte unter diesen Umständen gewagt, die Eingeborenen zu belästigen, vor allem die Frauen, und noch weiterhin zu töten und zu zerstören. Es herrschte Ruhe, und die ersten zwei Wochen sah man die Sträflinge allein oder in Gruppen friedlich die Insel durchstreifen, neugierig natürlich, aber nicht aggressiv. Sie überfraßen sich an Kokosnüssen. Sie holten sich Blasen an den Füßen. Sie badeten mit kindlichem Gejuchz an den Stränden, wälzten sich im Sand, schlugen Purzelbäume und lausten sich gegenseitig. Sie begriffen langsam, daß sie – innerhalb der Insel – tun und lassen konnten, was sie wollten. Sie wurden albern und ausgelassen wie kleine Buben, kletterten Palmenstämme hoch, schaukelten an Lianen, bestiegen das Grey Horn, tauchten nach Muscheln, bastelten sich primitive Angelruten und fingen Fische, die sie sogleich brieten und aßen.

Aber auch die Dame wurde nicht vergessen, ihr brachten sie die schönsten Fische. Sie bedankte sich anmutig, briet sie und brachte sie den Kranken und Verwundeten, die sie anstarrten wie eine Heilige und – soweit sie schon wieder dazu in der Lage waren – Gedichte zu verfassen begannen, die sie, die Dame, zum Gegenstand hatten. Keiner von ihnen vertraute seine literarischen Gebilde seinen Kameraden an, aber heimlich baten sie die Dame, wenn sie sie besuchte, um Schreibzeug und taten sehr geheimnisvoll. Lächelnd brachte sie ihnen das nächste Mal, was sie sich gewünscht hatten, und in dem halbdunklen Gewölbe, wo die armen Teufel lagen, begann ein Gemurmel, unterbrochen von verträumten Blicken, dann ein Gekritzel, und während der nächsten Besuche der Dame wurden ihr heimlich allerlei Zettel in die Hand oder in ihr Körbchen geschoben. Je nach Bildungsgrad der Sträflinge lasen sich die Gedichte unterschiedlich, waren aber alle gleicherweise herzlich gemeint. Das Gedicht eines früheren Gerichtsschreibers, der eine Kasse ausgeraubt hatte, begann folgendermaßen:

> *Schöne Dame, wärst du mein,*
> *schlüg ich dich in Seide ein,*
> *wickelte dich in Girlanden,*
> *aber ach – ich bin in Banden!*

und bestand aus vierundzwanzig Strophen. Ein ehemaliger Cambridge-Student, der seine Studien aus chronischer Examensangst nie abgeschlossen hatte (nach achtzehn Semestern Studium von seinem Vater zum Examen gezwungen, hatte er seinen Professor erdrosselt), dichtete ein allegorisches Sonett, das den Titel „Aurora" trug. Und sogar ein Nachtwächter, Sohn eines bescheidenen Farmers aus Cornwall, der so kurzsichtig war, daß er aus Versehen seinen eigenen Herrn erschossen hatte, als dieser das Haus, das er zu bewachen hatte, betreten wollte, versuchte das Gestammel seines Herzens in Reime zu setzen. Denn ihm, dem pockennarbigen, vierschrötigen Kerl, der immer nur Pech in seinem Leben gehabt hatte, war zum ersten Mal seit seiner Kindheit etwas Unfaßliches geschehen, etwas, das ihn all seinen Kummer, alle Ungerechtigkeiten, die ihm das Schicksal zugedacht hatte, vergessen ließ. Die Dame hatte ihm mit der Hand über seinen Kopf gestrichen! Die Dame ihm, dem Bauernburschen, dem Nachtwächter! Sein kurzes, aber inhaltsreiches Gedicht lautete:

> *So schön wie du*
> *ist nicht die schönste Kuh.*
> *Du bist so gut.*
> *Ich geb für dich mein Blut.*
> *Du Dame so edel,*
> *leg deine Hand auf meinen armen Schädel!*

Was die gesunden Burschen betraf, so kehrten sie – an und für sich bleiche Engländer – abends krebsrot in ihre Unterkünfte heim und konnten nur auf dem Bauch schlafen, solche Sonnenbrände hatten sie sich geholt. Während der nächsten Tage schälten sie sich. Ihre Hautfetzen flatterten auf der ganzen Insel herum. Ach Gott, diese Nordländer boten ein Bild des Jammers. Ihr einziger Trost war die Dame, die ihnen kühlende Pflaster auflegte und mit ihrem wunderbaren Duft an ihnen vorüberstrich.

Sie forderte den Ehrgeiz Stoneheads heraus, den sie nur mit „Herr Gouverneur" anredete. Bald erwies er sich als außerordentlich geschickter Anführer der Sträflinge und Leiter der Aufbauarbeiten. England, seinem Vaterland, hätte er als offiziell ernannter Gouverneur alle Ehre gemacht. Er verteilte die Sträflinge auf der ganzen Insel in kleinen Gruppen, ließ die, die früher berufstätig gewesen waren, nach Möglichkeit in ihren ehemaligen Berufen arbeiten, und den berufslosen Burschen gab er Aufgaben, die ihren Ehrgeiz anstachelten. Jede Privatinitiative förderte er, lenkte die aufgestaute Energie in sinnvolle Bahnen und behandelte den letzten räudigen Kerl wie seinesgleichen. Jeden ließ er nach seiner Fasson selig werden, solange es die anderen nicht störte. Da gab es Spät- und Frühaufsteher, Flucher und Beter, Fleischesser und Vegetarier, Philosophen und Musiker, die sich Instrumente bauten, die sie mit Katzendärmen bespannten. Da gab es Protestanten, Katholiken und Juden, auch einige Atheisten, und es gab Monarchisten und Anarchisten.

Stonehead hielt einmal im Monat eine Versammlung auf dem Marktplatz ab, gegen Abend, wenn es kühl war. Sie dauerte nicht länger als höchstens zwei Stunden, und jeder konnte seinen Mund auftun, sofern er etwas Wesentliches zu sagen hatte. Faselte einer, was nicht zur Sache gehörte und niemand interessierte, wurde er niedergeschrien. Die einzelnen Gruppen legten Rechenschaft über den Fortgang ihrer Arbeit ab, brachten neue Ideen zur Diskussion. Versorgungsprobleme wurden besprochen. Eine Gruppe von sechs besonnenen Leuten wurde gewählt, die Recht in Streitfragen zu sprechen und, wenn nötig, Strafen zu verhängen hatte. Den Vorsitz dieses Gremiums führte jeweils eines seiner Mitglieder: immer reihum. Stonehead war sogar so geschickt, sich durch eine freie und geheime Wahl den Auftrag zur Führung bestätigen zu lassen. Sie fiel einstimmig aus.

Nach und nach entstand fast haargenau das Inselreich, das der junge glücklose Chew-Waddell sich in seinen Träumen ausgemalt hatte. In Newhome verschwanden die Trümmer, Häuser wuchsen empor, Häuser im neuen englischen Stil, Werkstätten und Läden reihten sich aneinander, ein Arzt richtete ein Hospital ein, man baute sogar eine bescheidene Kirche, die stundenweise den verschiedenen Konfessionen diente. Die wenigen Eingeborenenkinder gingen wieder zur Schule. Stonehead baute sich kein Palais, sondern lebte in einem Haus, das sich von anderen Häusern nicht unterschied. Er vergaß auch nicht die Nonnen und schickte ein paar Leute hinauf, die ihnen die baufälligen Klostergebäude wieder instandsetzten. Ja, eine Madonna kam wieder in die Kapelle, eine hölzerne, sogar recht hübsche, aber es zeigte sich bald, daß sie nichts taugte. Sie stand nur da und tat keine Wunder. Nun, man mußte sie nehmen, wie sie war, und durfte auch den Sträfling nicht kränken, der sie mit viel Liebe geschnitzt hatte.

Im Hafen wurde alles, was noch vor sich hinfaulte – Hütten, Buden, Ruinen – abgerissen, außer Yolandas Villa, die immer noch einen stattlichen Eindruck machte. Neue Gebäude wurden erstellt, auch ein Schuppen für die Boote, die zwei Sträflinge fertigen wollten: ein gelernter Bootsbauer und sein Gehilfe. Der Landungssteg wurde wieder einmal erneuert. Rings auf der Insel entstanden Pflanzungen, deren Besitzer mühsam wiederherstellten, was zerstört worden war. Sie brachten die letzten verwahrlosten Rinder und Hühner der Insel einigermaßen zu Kräften und Leistungen. Mit Feuereifer waren die Männer bei der Arbeit, sie legten ihren ganzen Ehrgeiz in den Aufbau der Insel. Es gab für sie keine größere Ehre und Genugtuung, als wenn die Dame ihr Werk besichtigte, freudiges Erstaunen zeigte und Lob verteilte.

Einen leichten Schatten warf ein merkwürdiges Phänomen auf all die Geschäftigkeit der Neuankömmlinge: Gespenster regten sich. Vielleicht ermutigt durch die Anwesenheit so vieler Engländer, die ja bekanntlich daheim nicht wenige Gespenster zu ihren Landsleuten zählen, vielleicht angeregt durch die besagte Geschäftigkeit: Kurz und gut, es gingen Geister um.

Da war einmal der Butler, den der Jurist am Ankunftstage wegen einem Paar Stiefel erschlagen hatte. Bleich, mit knochigem, ausdruckslosem Pferdegesicht, wandelte er durch geschlossene Wände (wie es sich für ein Gespenst gehört), an den Füßen nur Socken, einen dreiarmigen Leuchter in der Hand, dessen Kerzen immer die gleiche Länge aufwiesen und ein fahles Licht verbreiteten. Er entblödete sich nicht, sogar im Palais der Dame herumzustreichen. Es war ihr zu verdanken, daß sie seiner Rastlosigkeit ein Ende bereitete, indem sie den Juristen bewog, die besagten Stiefel herauszurücken, was dieser, da ihn ja die Dame darum bat (und weil ihm die abgetretenen Dinger nun ohnehin nicht mehr so begehrenswert erschienen), auch gern tat. Ab diesem Tag ließ sich der Butler nicht mehr sehen.

Dafür wurde Rowland, der Piratensohn, zu einer rechten Inselplage. Er widmete sich wieder der Schatzsuche. An den unmöglichsten Stellen scharrte er, wenn es dunkel wurde, in der Erde herum. Er erschien im Hinterhof des Hospitals, erkennbar an seiner grünlichen Gesichtsfarbe und seiner altmodischen Kleidung, und erschreckte die Kranken, als er im Mondschein unter den an den Wäscheleinen zum Trocknen aufgehängten Bettlaken herumwühlte. Vor allem auf Gemüsegärten hatte er es abgesehen. Kaum sproßte die junge Saat in sauberen Reihen, kam Rowland in der Nacht und zerscharrte die Beete. Ein dumpfer Modergeruch blieb zurück. Liebevoll von englischen Blumenfreunden angelegte Rabatten fand man morgens um- und umgewühlt. Man sperrte Hunde in die Gärten. Aber offenbar haben Hunde keinen Geruchssinn für Gespenster, jedenfalls nahmen sie keine Notiz von ihm, und demnach konnte er sich alles erlauben, dieser maßlose Bursche, dem offensichtlich niemals in seinem Leben jemand Anstand beigebracht hatte. In einer Silvesternacht kauerte er mitten auf dem Marktplatz und kratzte mit seinen Fingernägeln die festgetretene Erde auf. Und sehr oft strich er um das Palais der Dame (das offenbar einen bevorzugten Platz für Gespenster darstellte – vielleicht, weil es in englischem Stil erbaut war, vielleicht auch wegen der vielen Gänge und Räume, die ein englisches Gespenst braucht, um sich wohlzufühlen – oder einfach magisch angezogen von der Dame, die, wer weiß es, vielleicht auch Gespenster faszinierte). Rowland rüttelte fast jeden Abend mit hohem Gewimmer an der Klinke des Eingangstors, seufzte unter den erleuchteten Fenstern, setzte sich im Garten des Palais auf den Brunnenrand und starrte zum Schlafgemach der Dame empor. In Vollmondnächten heulte er wie ein mondsüchtiger Hund. Die Sträflinge, die sich vor nichts fürchteten, begegneten Rowland nicht gern, denn er wich nicht aus. Mit stierem Blick nahm er seinen Weg, und wenn man nicht aufpaßte, ging man durch ihn hindurch. Dann spürte man einen kühlen, sehr feuchten Müllgeruch, der davon herrührte, daß Rowland jahrelang unter Müll begraben gewesen war. Am nächsten Tag hatte dann der, der ihm solchermaßen begegnet war, meist asthmatische Beschwerden.

Plötzlich, von einer Nacht auf die andere, war er verschwunden und erschien nie wieder. Böse Zungen behaupteten, die Dame habe mit ihm geschlafen, aber niemand konnte sich vorstellen, daß die Dame sich in diesem Müllgeruch hätte wohlfühlen können, abgesehen von der widerlich-grünlichen Hautfarbe des Gespenstes. Und überhaupt – die Dame mit diesem Geist in eine solche Verbindung zu bringen, war von vornherein schon eine Unverschämtheit.

Offenbar hatten die beiden englischen Gespenster auch Angehörigen anderer Nationalität Mut gemacht. Jedenfalls sah man zuweilen neben dem riesigen Ameisenhaufen auf dem Friedhof einen Greis sitzen, in spanischer Tracht, mit Spitzenkragen und langem Haar bis auf die Schulter. Wenn man sich ihm näherte, löste er sich in Nichts auf. Und ein halbes Jahr später erschien hier und dort im freien Gelände – seltener in der Stadt – ein Knochengerippe mit einer weißen, hohen Halskrause. Es ging hauptsächlich im Gebirge um, und schon von weitem konnte man sein Geklapper hören. Es bevorzugte die frühen Abendstunden. Einmal begegnete ihm die Dame, als sie in den Hügeln spazierenging. Das Skelett verbeugte sich tief, wobei ihm aber ein Knöchelchen aus der Wirbelsäule sprang. Das war ihm offensichtlich peinlich. Es bückte sich hastig, hob den verlorenen Körperteil auf und verflüchtigte sich. Mehrere Male konnte man es an klaren Abenden auf dem Gipfel des Grey Horn erkennen, wo es reglos stand und herabblickte. Es war nicht bösartig, dieses Gespenst mit der weißen Halskrause, das niemand zu deuten wußte. Es tat niemandem etwas zuleide, nur einmal entriß es einem Sträfling einen alten Degen, den der auf dem Horseback gefunden hatte, mit einer Kraft, die man dem Skelett nie zugetraut hätte. Der Sträfling hatte dieses alte Ding zum Abhacken von Kokosnüssen verwendet, und es war ihm recht nützlich gewesen. Er versuchte es dem Skelett wieder abzujagen, aber das gab den Säbel nie mehr zurück. „Sammy" nannten sie es, niemand wußte warum.

„Sammy", lockten sie es, „sei vernünftig und gib das Säbelchen wieder heraus. Du brauchst es doch nicht."

Sammy dachte nicht daran. Im übrigen war er aber umgänglich, und als ihm einmal, einige Jahre später, ein Sträfling eine Pfeife schenkte, schon gestopft und angezündet, lehnte er sich ganz still an einen Palmenstamm und schmauchte. Und sogar die Kinder gewöhnten sich an seinen grinsenden Totenschädel über der weißen Halskrause. Nach und nach wurde Sammy etwas dreister, er erschien manchmal auch am hellichten Tage und vor allem bei festlichen Gelegenheiten: Wenn ein Bau eingeweiht, wenn jemandem ein Orden verliehen wurde, wenn ein Schiff ankam, wenn hoher Besuch erschien. Ja er zog später, als die Dame nicht mehr da war, in ihr Palais ein, stand oft auf dem Balkon, der über dem Marktplatz lag, und grüßte mit seiner knöchernen Hand leutselig das Volk.

„Sammy!" jauchzten dann die Kinder.

Aber es fehlte den Sträflingen noch viel, um die Insel in ein Paradies zu verwandeln. Vor allem fehlte ihnen ein Schiff. Sie brauchten so vieles, was es auf der Insel nicht mehr gab oder noch nie gegeben hatte. Sie brauchten Nägel, Stoffe, Leder, sie brauchten Werkzeuge aller Art, Gewehre, Munition und Angelhaken, sie brauchten Hähne und Stiere, Esel und Pferde und vor allem Frauen.

„Eine zweite Ladung Nonnen wird hier wohl kaum mehr stranden", sagte die Oberin.

Die armen Teufel träumten Tag und Nacht von Frauen, üppigen und zierlichen, manche begannen sich mit ihren imaginären Partnerinnen laut zu unterhalten, und wenn mehrere Sträflinge sich trafen, drehte sich ein guter Teil der Unterhaltung um dieses Thema. Mit der Zeit halfen sich besonders geplagte Burschen dadurch, daß sie sich in andere Burschen verliebten. Es war schon ein Jammer!

Zehn Schiffsladungen hätten nicht gereicht, um alle die Wünsche der neuen Inselbewohner zu befriedigen. Dabei hatten sie nicht einmal Geld, abgesehen von einem Topf voller Silbermünzen, dessen Besitzer seinerzeit an der Cholera gestorben war. Jetzt hatte ihn ein Sträfling beim Säubern eines überwucherten Feldes entdeckt.

„Wir sind doch schließlich berühmt dafür, kühne Seefahrer zu sein. Warum wählen wir nicht ein paar kräftige Burschen aus und lassen sie auf einem Ruderboot versuchen, das Festland zu erreichen?" fragte einer in der Monatsversammlung.

Aber um ein seetüchtiges Boot zu bauen, brauchte der Bootsbauer Nägel, neue Nägel, nicht nur solche, die man, völlig verrostet, in den Trümmern gefunden oder aus den Brettern zusammengefallener Hütten sorgfältig herausgezogen hatte. Und außerdem hätte die Meeresströmung ein Boot wohl zum Festland hin-, aber nicht zurückgetrieben. Mit Rudern gegen die Strömung war da auch nicht viel zu machen.

Trotzdem begeisterten sich drei junge Leute an dieser Idee und baten um die Erlaubnis, das Boot nehmen zu dürfen, das von dem englischen Schiff zurückgeblieben war. Stonehead lehnte ab.

„Für sinnlose Abenteuer", sagte er, „haben wir keinen einzigen Mann und auch kein Boot übrig."

Aber zwei Tage später waren sie samt dem Boot verschwunden, das ihre Kameraden so nötig zum Fischen brauchten. Stonehead fluchte. Auch die übrigen Sträflinge verurteilten die Eigenmächtigkeit und hielten dieses Unternehmen für sinnlos. Und als die Burschen nach einem Jahr immer noch nicht wieder aufgetaucht waren, glaubten die Pessimisten an ihren Tod im Meer, die Optimisten an ihre Flucht ins Innere des südamerikanischen Kontinents und an ihren Verrat an den hilflosen Kameraden auf der Insel.

Etwa vier Wochen nach der heimlichen Abfahrt der drei jungen Männer klopfte eines ganz frühen Morgens, noch in der Dämmerung, eine zarte Hand an Stoneheads Haustür. Stonehead öffnete. Es war die Dame.

„Ein Schiff fährt in den Hafen ein, Gouverneur", sagte sie lächelnd und deutete hinab.

Sofort wurde es in Newhome und bald auch im Hafen lebendig. Man winkte dem Schiff und umarmte einander. Es war ein französisches Schiff, man erkannte es an Flagge und Bauart. *Chantal* war sein Name, wie man bald lesen konnte.

„Das dürfen wir uns diesmal nicht durch die Lappen gehen lassen", rief Stonehead. „Eine solche Chance haben wir nur einmal. Die auf dem Schiff wissen offenbar noch nicht, daß hier Sträflinge hausen!"

Blitzschnell entwarf er einen Schlachtplan und teilte Befehle aus.

Inzwischen hatte sich die frohe Nachricht in Windeseile auf der ganzen Insel verbreitet, und auch die entfernter wohnenden Männer fanden sich im Hafen ein, bereit, bei der Aktion kräftig mitzuwirken.

Das Schiff ankerte. Ein Boot wurde herabgelassen, ein paar Männer kletterten die Strickleiter herunter.

„Süßwasser ist es nicht, weshalb sie hierherkamen", sagten die Männer am Ufer. „Sie haben keine Fässer auf dem Boot."

Die Matrosen, die sich dem Strand näherten, waren bewaffnet.

„Winkt und grüßt!" sagte Stonehead. „Sie müssen sehen, daß sie es mit freundlichen Eingeborenen zu tun haben. Wir müssen sie bei Laune halten."

Kaum stieß das Boot an Land, sprangen zahlreiche Sträflinge ins seichte Uferwasser und trugen die Insassen des Bootes auf ihren Schultern herüber aufs Trockene – eine Geste, die dankbar aufgenommen wurde. Bald stellte sich der Grund des überraschenden Besuchs heraus: Der zweite Offizier, der sich von den Matrosen hatte an Land rudern lassen, suchte dringend einen Arzt für seinen Kapitän.

„Er zieht die Beine an, hält sich den Bauch und schreit", erzählte er erst auf französisch, dann auf spanisch, schließlich auf englisch.

Der Sträfling, der Arzt war und natürlich auch am Ufer stand, wurde ihm vorgestellt.

„Das ist der Blinddarm", sagte der Arzt. „Da heißt es schnell handeln. Eine Operation. Bringt ihn herüber in mein Hospital."

„Können Sie nicht auf unser Schiff kommen und ihn dort operieren?" fragte der Offizier beunruhigt.

„Bei dem Geschaukel?" rief der Arzt entrüstet. „Dann operiert ihn euch selber, wenn ihr das könnt!"

Der Offizier lenkte sofort ein und ließ sich zum Schiff zurückrudern, begleitet vom Arzt und von Stonehead, der sich als Gouverneur vorstellte und sich die Örtlichkeiten auf dem Schiff ganz genau einprägen wollte.

„Ihr seid also Engländer?" fragte mißtrauisch der Erste Offizier, der nun das Kommando auf dem Schiff führte und als Franzose die Engländer nicht riechen konnte.

„Wir sind englische Sträflinge", antwortete Stonehead. „Sie können sich unsere Gefühle England gegenüber vorstellen. Aber wir wollen uns Ihnen nicht aufdrängen. Sie können gern weiterfahren und anderswo im Karibischen Meer nach einem Arzt suchen. Nur, fürchte ich, brauchen Sie dann keinen Arzt mehr, sondern ein Grab, denn nach dem Geschrei zu urteilen, kann ihn nur noch Eile retten."

Tatsächlich hallte das Geschrei des Kapitäns bis herauf an Deck. In aller Eile wurde er an Land geschafft, hinauf nach Newhome in das neue Hospital, wo sich der Arzt seiner annahm. Inzwischen hatte Stonehead herausbekommen, daß es sich um ein Fracht- und Passagierschiff handelte. Es fuhr die Festlandshäfen Süd- und Mittelamerikas ab, lud Fracht aus und empfing neue Fracht, setzte europäische Passagiere ab und nahm neue auf. Der Besitzer, ein reicher Mann in Bordeaux, Neuling auf dem Gebiet des Reedereiwesens, versprach sich von diesem Geschäft mit Recht allerlei Gewinn. Das Schiff war auf seiner zweiten Fahrt, es war also fast neu.

Stonehead lud den Zweiten Offizier ein, bei ihm zu Mittag zu essen, nahm auch den Dritten Offizier mit und einige vornehme Passagiere, die nach Panama und Veracruz reisen wollten, rief den Matrosen zu, man erwarte sie an Land, wo es viel zu trinken, zu sehen und zu erleben gebe, bat den Ersten Offizier um die gütige Erlaubnis, seinen Leuten ein paar Stunden freizugeben, und überbrachte eine Einladung der Dame an die weiblichen Passagiere. Die Sträflinge im Hafen trauten ihren Augen kaum, als nach einem Boot voller Matrosen ein zweites Boot voller Damen vom Schiff herüberkam: fünfundzwanzig aufgeputzte Mädchen und eine ältere Matrone unter einem riesigen Federhut, die die kichernden Demoiselles in Schach hielt.

Dieser Anblick beflügelte die Sträflinge. Kaum waren die zum Essen Geladenen beiderlei Geschlechts in Newhome verschwunden (die Matrosen, die die Boote gerudert hatten, waren auch hinaufgelockt worden), schwangen sie sich, genau nach Schlachtplan, in die drei Boote, enterten das in der Vormittagssonne brütende, fast gänzlich unbemannte Schiff, erschossen den Ersten Offizier, der Widerstand leistete, und sperrten die übrigen Passagiere und Mannschaften, die nicht an Land gegangen waren (siebenundzwanzig an der Zahl, darunter noch zwei Ehepaare), im Speisesaal ein. Das Schiff war erobert, es gehörte ihnen.

Der Kapitän überstand die Operation und fand sich ins Unvermeidliche, da er ja der Insel und ihren Bewohnern schließlich sein Leben verdankte. Außerdem hatte er sowieso auf glühenden Kohlen gesessen, da man seinen Schmuggeleien auf der Spur gewesen war. Die beiden Offiziere, die sich gegen das unerwartete Ende ihrer Reise auflehnten, wurden vorerst eingesperrt, um sie mürbe zu machen. Den Passagieren stellte Stonehead Häuser in Newhome zur Verfügung, versprach ihnen, sie bei der nächsten Gelegenheit nach Panama und Veracruz bringen zu lassen, und bat um Entschuldigung für alle die Unannehmlichkeiten. Mit den Matrosen, vierundzwanzig an der Zahl, machte er kurzen Prozeß. Einen Aufsässigen, der ihn mit unflätigen Worten beschimpfte, erschoß er eigenhändig, einen zweiten, der seine Kameraden aufwiegeln und einen

Ausbruch organisieren wollte, ließ er vor versammelter Mannschaft füsilieren.

Damit herrschte Ruhe. Die Freiwilligen wurden gleich auf die Fincas verteilt, wo sie ihren guten Willen beweisen sollten. Die anderen aber, die sich noch gegen eine Kollaboration mit den Engländern sträubten, wurden in einem ehemaligen Puritanergarten eingesperrt und mußten Kokosnüsse knacken, wenn sie nicht verhungern wollten.

Die fünfundzwanzig Mädchen aber und ihre Pflegemutter waren die unkompliziertesten Gefangenen. Nach einem kurzen, heftigen Gekreisch und nachdem Stonehead ein Stöckelschuh um die Ohren geflogen war, begannen sie zu lachen, ja sie wollten sich ausschütten vor Lachen. Sie nahmen den zwangsweisen Aufenthalt auf dieser ihnen völlig unbekannten Insel von der leichten Seite. Schließlich war es ja auch gleichgültig, wo sie arbeiteten, und hier, wo es fast keine Frauen gab, boten sich ihnen sogar ganz vorzügliche Arbeitsbedingungen. Die ehemalige Villa der Yolanda im Hafen, die Stonehead ihnen als Unterkunft anwies, bezogen sie mit Entzückensschreien, schürzten sofort ihre Röcke, schleppten Eimer voll Wasser vom Ufer herauf, schrubbten, wuschen, hämmerten und bastelten und verlangten ihr Gepäck, das auf dem Schiff zurückgeblieben war. Eine Woche lang waren sie übereifrig mit der Einrichtung ihres neuen Domizils beschäftigt. Der Hafen hallte wider von ihrem Geträller und Gekicher, und die Sträflinge fanden genügend Gründe, dies und das im Hafen besorgen zu müssen. Sogar die Farmer von der anderen Seite der Insel glaubten, sie versäumten etwas, wenn sie sich nicht im Hafen aufhielten. Stonehead mußte einschreiten und die Leute auf den nächsten Samstagabend vertrösten, an dem das Etablissement eingeweiht werden sollte. Denn es handelte sich bei diesen sechsundzwanzig weiblichen Passagieren um die komplette Belegschaft eines Bordells in Bordeaux, das wegen zu großer Konkurrenz nicht mehr recht hatte florieren wollen. Aufgrund der Hinweise und Auskünfte einiger treuer Kunden aus Mexiko hatte die Puffmutter sich kurz entschlossen, Frankreich zu verlassen und nach Mexiko zu übersiedeln, wo Französinnen sehr gefragt waren. Außer drei Mädchen gingen alle ihre Schützlinge mit, hocherfreut, sich einmal den Wind der weiten Welt um die Ohren wehen zu lassen. Statt in Mexiko waren sie vorerst auf einer unbedeutenden karibischen Insel gelandet, aber was tat's? Hier gab es jedenfalls Männer in Hülle und Fülle, sogar richtige Europäer, nicht nur Schwarze und Indios, und die lechzten nach Frauen!

Angesichts der drückenden Überzahl der männlichen Inselbewohner, die durch die Schiffsbesatzung noch erhöht wurde, beschloß eine schnell zusammengerufene Generalversammlung, daß die Mädchen Allgemeingut bleiben sollten. Sie durften nicht geheiratet oder als Einzelbesitz betrachtet werden, solange die Zahl der Männer und Frauen auf der Insel nicht ungefähr ausbalanciert war.

Bis zum nächsten Wochenende ließ Stonehead alle Männer, die sich im Hafen einfanden, tüchtig arbeiten. Alle Fracht, die an Bord des Schiffes war, mußte an Land gebracht werden. Das lenkte die Ungeduldigen ab und ließ ihnen die Zeit bis zum Samstagabend schneller vergehen. Was kam da alles zum Vorschein! Ballen feinster französischer Stoffe, aber auch groben Nessels und Leinens, dreihundert Pompadours, Kisten voller Perücken, mehrere Weinfässer, einhundertzwanzig riesige französische Käse, eine Sendung Sonnenschirmchen, über fünfzig gewaltige Räucherschinken, zwei Dutzend Nacht- und ein Dutzend Gebärstühle, ganze Bündel ineinandergeschobener Gestelle für Reifröcke, französisches Porzellan, ein Käfig mit drei Schoßhündchen, drei moderne französische Kanonen auf ihren Lafetten, die an Deck vertäut und für die Befestigungsanlagen in Cartagena de Las Indias bestimmt gewesen waren. Dort hatte man sie dem Kapitän aber nicht abgenommen mit der Begründung, der Befehlshaber der Festung, der sie offenbar bestellt habe, sei inzwischen in einem Scharmützel erschossen worden, und sein

Nachfolger habe mit dieser Bestellung nichts zu tun. Auch elegantes Schuhwerk fand man in reichlicher Auswahl im Schiffsbauch, vor allem für Frauen und Kinder, und drei Kisten mit einem Sortiment von Kurzwaren. Die Universität von Mexiko hatte zweihundertdreißig Bücher in Frankreich bestellt, die beim Transport vom Schiff zum Land ob ihres Gewichts und ihrer Nutzlosigkeit von den Sträflingen mit saftigen Flüchen bedacht wurden und zum Teil ins Wasser fielen, darunter zwei Folianten von je vierzig Unzen. Stonehead, dem nichts entging, ließ sie wieder herausfischen, aber sie hatten sich bereits aufgelöst und waren nicht mehr lesbar.

Nägel, Schrauben und Werkzeuge, die die neuen Inselbewohner so dringend brauchten, waren – abgesehen von den Vorräten, die ein Schiff zu Reparaturzwecken immer mit sich führt – jedoch nicht dabei, ganz zu schweigen von Hähnen und Stieren. Nun, das war kein Grund, niedergeschlagen zu sein, Sie hatten ja das Schiff und waren nicht mehr allein auf das angewiesen, was es auf der Insel gab. Alle Fracht, die irgend etwas mit Mode zu tun hatte, übergaben sie der Dame zur Aufbewahrung und Verwaltung, ebenso die Nacht- und Gebärstühle und auch die Bücher. Wein und Käse sowie der Schiffsproviant wurden einem ehemaligen Gastwirt anvertraut, der mit dem Gesetz in Konflikt geraten war, weil er einem Earl, dem Verführer seiner Tochter, als dieser in seinem Gasthaus nach der Tat gemütlich zu Abend aß, den Kopf so lange in die Suppenschüssel getaucht hatte, bis er erstickt war. Der Gastwirt war ein sehr ruhiger, zuverlässiger Mann, von dem Stonehead große Stücke hielt. Zwei Schneider ließen sich von der Dame Tuche, Nessel und Leinen geben, auch Garne und Nadeln, und nähten Hemden und Hosen für jene Sträflinge, für die die Kleider der Erschlagenen nicht gereicht hatten.

Ein rauschendes Fest wurde am Wochenende in Yolandas Villa gefeiert. Es wurde wegen des ungeheuren Ansturms der Gäste bis zum darauffolgenden Wochenende verlängert. Die Sträflinge übergaben zur Einweihung des Hauses üppige

Geschenke: einen Nachtstuhl für die Madame, jedem der Mädchen einen Pompadour, ein Sonnenschirmchen und ein Gestell für einen Reifrock. Die Dame, die es sich nicht nehmen ließ, persönlich in die Villa der Yolanda herabzukommen und alle guten Wünsche für das zukünftige Inselleben der Demoiselles und ihrer Beschützerin auszusprechen – eine Geste, die ihr die Sträflinge und vor allem die Mädchen und die Madame hoch anrechneten –, brachte einen Strauß herrlicher Rosen. Niemand wußte, in welch geheimnisvollem Winkel der Insel sie diese Rosen gezogen hatte, denn noch nie hatte irgendeiner der Sträflinge einen Rosenstrauch auf der Insel entdeckt. Die Dame lächelte, als man sie nach der Herkunft der Rosen fragte, schwieg aber und kehrte nach einer kurzweiligen Stunde in ihr Palais zurück.

Sogar die beiden Nonnen kamen von ihrem Hügel herunter (die Oberin ließ sich entschuldigen wegen Krampfaderbeschwerden), lächelten wehmütig, als sie nach langen Jahren Yolandas Haus wieder betraten, und brachten drei Eier mit – ein kostbares Geschenk, das einem Opfer gleichkam, denn sie besaßen nur noch ein einziges Huhn, die anderen waren, alt und zäh, längst verstorben.

Am meisten bejubelt wurde Stoneheads Geschenk: der Käfig mit den drei Schoßhündchen. Man riß sich die armen Geschöpfe gegenseitig aus den Händen, küßte sie ab und bedachte sie mit unzähligen Kosenamen. Nicht selten geschah es später, vor allem in den Stunden des größten Kundenansturms, daß man zu dritt in einem Bett schlief, denn die Hündchen konnten nicht begreifen, warum sie alle Viertelstunden ihr gemütliches Lager aufgeben sollten. Also ließ man sie im Einverständnis mit den Kunden (Engländer sind ja extrem hundelieb) irgendwo am Kopf- oder Fußende des Bettes liegen. Nur wenn es zu stürmisch wurde, ergriffen die Hündchen zuweilen die Flucht und hüpften in ein anderes Bett.

Der Gastwirt, ausdrücklich von Stonehead dazu autorisiert, spendierte ein Faß Wein und zwei von den großen Käsen. Die

Nächte wurden durchgefeiert, und sogar die scheuen Eingeborenen kamen und preßten ihre Nasen an die Fenster, um zu sehen, was sich da tat. Die Mädchen holten sie herein, ließen sie auch mitfeiern und küßten sie ähnlich ab wie die Schoßhündchen. Und allgemein wurden die drei armen Teufel bemitleidet, die – man erinnert sich – heimlich mit einem Ruderboot die Insel verlassen hatten. Was entging ihnen doch jetzt alles! Auch gegenüber den Matrosen waren die Mädchen nicht knauserig, und schon gar nicht gegenüber den beiden Offizieren, die man gegen ihren Willen herbeiholte, und dem Kapitän.

Die Madame war klug. Sie gedachte die Schrauben erst anzuziehen, nachdem sie sich alle zu Freunden gemacht hatte. Der Kapitän taute auf und sprühte vor guter Laune. Obwohl schon über sechzig, stand er bei drei Mädchen wacker seinen Mann, mußte diese Leistung aber mit dem Leben bezahlen, denn bei dem dritten Mädchen brach ihm die Blinddarmnarbe plötzlich auf. Er japste noch ein paarmal, dann war er tot, so mausetot, daß das Schoßhündchen erschrak und aus dem Bett sprang.

Nach dem Ende des Festes wurde das Haus erst einmal für drei Tage geschlossen. Die Mädchen waren völlig erschöpft und schliefen vierundzwanzig Stunden durch. Dann mußte erneut großer Hausputz abgehalten werden, wobei sich die Französinnen, wie schon angedeutet, keineswegs zimperlich zeigten. Ganz allmählich normalisierte sich das Leben in Yolandas Villa. Die Sträflinge bezahlten mit Naturalien, denn es gab ja keinen Geldverkehr auf der Insel. Der eine brachte ein paar Kokosnüsse, der andere einen großen Fisch, der dritte selbstgezogene Kohlköpfe, der vierte Schildkrötenfleisch, der fünfte, ein Schneider, ein sauber gesäumtes Bettlaken. Andere bezahlten rnit Arbeit. Zog der Herd nicht mehr, machte sich ein Kunde daran, ihn zu reparieren. Kam der Arzt, wurde er anschließend wegen Halsschmerzen, Warzen und Hühneraugen konsultiert.

Es dauerte nicht lange, und Stonehead bereitete die *Chantal* für eine erste Expedition vor. Er nahm genügend Proviant und jene Silberduros mit, die Hälfte der wenigen Waffen, die sie besaßen, und eine ausgesuchte Mannschaft von fünfunddreißig kühnen und gewandten Burschen, darunter den berührnten James Dwell, der es als einfacher Schmiedegesell gewagt hatte, Lady Rebecca, die Frau des Lords Thunderstorm, auf offener Straße zu küssen – in Anwesenheit ihres Mannes! Und das nur, um eine Wette zu gewinnen, deren Einsatz verhältnismäßig minimal war! Ganz England hatte gelacht, aber der Lord war einflußreich gewesen, er hatte es durchgesetzt, daß James Dwell in die Verbannung geschickt wurde. Mit solchen Kerlen ließ sich schon ein Raubzug wagen! Den ehemaligen Passagieren der *Chantal* bot Stonehead an, sie mitzunehmen und auf dem Festland abzusetzen. Aber außer zweien wollten alle, auch die Ehepaare, auf der Insel bleiben, an die sie sich schon gewöhnt hatten. Von den Matrosen nahm er nur den Koch mit, weil er unter seinen Leuten keinen Koch besaß außer dem Gastwirt, den er aber als seinen Stellvertreter zurücklassen wollte. Ihm fehlten jetzt nur noch seeerfahrene Offiziere. Zu seiner Zufriedenheit fanden sich beide französischen Offiziere, mit denen er auf dem Fest in Yolandas Villa Brüderschaft getrunken hatte, bereit, ihre alten Dienste auf der *Chantal* wieder zu versehen. Er selbst übernahm das Oberkommando.

Das Schiff fuhr ab – ein stolzes, tüchtiges Schiff, das bald der Schrekken der kleinen Küstenhäfen wurde. Die Zeit der Seeräuber war längst vorbei, an den Küsten Süd- und Mittelamerikas herrschte Frieden. Um so überraschender kam Stoneheads Überfall. Die *Chantal*, zu groß, um in die Fischerhäfen einzufahren, ankerte draußen und schickte ihre Boote landwärts. Die Engländer, kaum an Land, trieben ein paar Geiseln zusammen, räumten die Läden des Ortes aus, vor allem aber die Schmieden und Schlossereien, fingen zum maßlosen Erstaunen der erschreckten Bevölkerung sogar Hühner und

Hähne ein, trugen Getreidesäcke und sonstige Sämereien weg, und die Leute eines ganz abgelegenen Küstendörfehens erzählten später, bei ihnen hätten diese Räuber sogar einen lebendigen Stier mit in die Boote genommen! Die beiden Passagiere, die Stonehead unauffällig irgendwo absetzte, hielten den Mund, denn er hatte ihnen angedroht, sie hätten keine ruhige Minute mehr auf Erden, sollten sie es wagen, Häscher auf die Insel zu hetzen.

Stoneheads Weg war unberechenbar. Er kreuzte mal hier auf, mal dort, immer unerwartet und nie in großen Häfen. Seine besondere Eigenart war es, vor allem Frauen als Geiseln einzufangen, junge Fischersfrauen und Bauernmädchen, Mulattinnen und Mestizinnen zumeist, die am Strand den fremden Booten entgegengafften. Ein paar seiner Leute hielten die Frauen wie auch die meist unbewaffneten männlichen Gaffer in Schach, die anderen raubten zusammen, was sie in der Eile finden konnten, und dann kehrten sie auf die Boote zurück, wobei sie die jüngsten Frauen und Mädchen mitnahmen. Man muß Stonehead zugute halten, daß er den Befehl gegeben hatte, die, die nach ihren Kindern schrien, laufenzulassen.

„Mit solchen Weibern werden wir nur Scherereien haben", sagte er.

Als die Kunde von dem Raubschiff endlich auch bis in die kleinsten Häfen drang, war er schon längst dortgewesen. Schiffe, die mit dem Befehl ausfuhren, die *Chantal* zu suchen und aufzubringen, irrten ratlos im Karibischen Meer herum. Suchten sie die mexikanische Küste ab, war sie gerade vor Neu-Granada. Hasteten sie nach Neu-Granada, hielt sich die *Chantal* vor Kuba auf. Versuchten sie sie dort aufzubringen, raubte sie längst in aller Ruhe an der venezolanischen Küste. Es hieß, das Schiff komme von einer Insel. Aber von welcher der vielen karibischen Inseln, blieb ein Geheimnis.

Schließlich, nach einem halben Jahr, kehrte Stonehead nach Delfina heim, mit mehr als zweihundert Gewehren, fünfzig Pistolen samt Munition, mit einer Unzahl von Nägeln und

Schrauben jeder Größe, mit Werkzeug aller Art, vor allem Hämmern, Äxten, Pflügen und Sägen, mit Saatgut und Leder, mit Hühnern, Hähnen und zwei Stieren, mit einem Haufen Geld verschiedenster Währung (Kupfer-, Silber- und Goldmünzen) und vor allem mit Frauen. Im Lauf der sechs Monate hatte er einhundertsechsundvierzig Frauen eingefangen, Frauen jeder Hautfarbe, sogar zwei Europäerinnen. Verheult und verschüchtert verließen sie das Schiff und betraten blinzelnd die Insel, denn wochenlang hatten sie die Räume unter Deck nicht verlassen dürfen. Jetzt konnten sie ein Sträflingsleben nachempfinden. Gleich am Strand, unten im Hafen vor Yolandas Villa, wurden sie ausgeboten und verteilt, ohne langes Federlesen, und die Sträflinge nahmen sie sofort mit. Denen, die leer ausgingen, stellte Stonehead eine baldige zweite Fahrt in Aussicht.

Die Inselbewohner jubelten ihm zu. Es dauerte keine vier Wochen, da war er zum zweitenmal unterwegs, denn er hatte zufrieden festgestellt, daß sein Stellvertreter, der Gastwirt, die Insel in seiner Abwesenheit aufs beste verwaltet hatte. Diesmal hieß das Schiff *Jessica*, um die Verfolger irrezuführen. Als er von dieser zweiten Unternehmung noch erfolgreicher zurückkehrte und außer Bergen von für die Insel notwendigen Dingen auch dreizehn Kühe, acht Schweine, neun Ziegen und zwei Böcke, zwei Hengste, drei Stuten, einige Esel und weitere einhunderteinundneunzig Frauen anbrachte, konnten sich die ehemaligen Sträflinge vor Freude kaum fassen.

„Merkwürdig", erzählte er, „es muß außer uns noch ein zweites Raubschiff in der Karibik geben. Einmal haben wir es sogar gesichtet. Aber es floh, weil es kleiner war."

Ein paar Wochen nach seiner Ankunft näherte sich ein anderes Schiff der Insel Delfina.

„Da ist es!" rief Stonehead, als er es einfahren sah. „Alle Mann auf die Posten! Das Raubschiff!"

Die Aufregung war groß, zumal die *Jessica* unbemannt im Hafen lag. Um jetzt noch eine Besatzung zu ihr hinauszuschicken, die sie hätte verteidigen können, war es zu spät.

„Empfangt sie im Hafen!" brüllte Stonehead.

Wie groß war jedoch das Erstaunen der Insulaner, als sie die Besatzung des fremden Schiffes winken sahen und singen hörten. Ein erbeutetes Fernrohr löste dann das Rätsel: Die drei damals heimlich ausgerückten Burschen waren auf einem hübschen kleinen Schoner heimgekehrt. Es stellte sich heraus, daß sie die ganze Zeit ihrer Abwesenheit nichts als das Wohl ihrer Kameraden im Auge gehabt hatten. Sie hatten die Küste halb tot erreicht, hatten sich in die nächste Stadt durchgeschlagen (Cartagena de las Indias) hatten sich dort als Matrosen verdingt und ein geeignetes Schiff mittlerer Größe ausgesucht, das seetüchtig genug war, sie auch auf die Insel zurückzubringen. Sie hatten sich andere Matrosen zu Freunden und Kornplizen gemacht, schließlich auf einer Küstenfahrt den Kapitän und seine Leute über Bord geworfen. Längs den Küsten hatten sie dann Überfälle auf kleine Häfen verübt, erstaunt, daß manchmal schon einer vor ihnen dagewesen war, hatten ihn sogar einmal gesichtet, waren aber schleunigst geflüchtet, weil er ihnen überlegen gewesen war an Schiffsgröße und Besatzungszahl, und hatten als Beute ebenfalls hauptsächlich Werkzeuge, Schrauben und Nägel, einen Stier, vier Schweine, einen Eber, einen Hahn und vierundachtzig Frauen heimgebracht. Der Stier hatte ihnen während der Seefahrt viel Verdruß und Mühe bereitet, denn er war ein gewaltiger Zebu mit einem Fetthöcker auf dem Nacken.

Was die Frauen betraf, so handelte es sich größtenteils um schwarze Sklavinnen spanischer Herren, darunter auch drei angebliche Zauberinnen, die ihre Kenntnisse von ihren Müttern übernommen hatten. Ihre Großmütter hatten noch in Afrika gelebt, und es waren afrikanische, nicht indianische Zaubereien, die sie beherrschten. Sie hatten die Seereise mit ihrem Hokuspokus empfindlich gestört, hatten den Wind aus ungünstigen Richtungen wehen lassen, hatten die Segel winddurchlässig gemacht, den Besatzungen abwechselnd Hörner an die Stirnen und stinkende Schwänze an die Hintern gezaubert. Einem Burschen, der sich, ohne zu wissen, wen er vor sich hatte, an eine der Hexen heranmachen wollte, um sie für ein Stündchen in einen dunklen Winkel zwischen all die Beute zu zerren, trieb sie seine Gelüste für eine Weile gründlich aus, indem sie ihm ein pralles, schweres Kuheuter zwischen die Beine zauberte und sich standhaft weigerte, ihn wieder davon zu befreien. Der arme Teufel konnte sich vor Neckereien nicht retten und sprang eines Nachts ins Meer, wo ihn vermutlich die Haie fraßen. Daraufhin hatten sich die drei Zauberinnen etwas beruhigt. Als man sie mit den allergrößten Befürchtungen in Delfina an Land ließ, erwägend, ob man sie nicht lieber unauffällig erledigen solle, betrugen sie sich ganz manierlich.

Nun schritten die drei Burschen stolz umher und wollten gelobt werden.

„Schön und gut", seufzte Stonehead, „was machen wir aber jetzt mit den überzähligen Stieren und Weibern?"

Die dunklen Frauen, die, auf dem Marktplatz ausgeboten, keinen Interessenten fanden, wurden als Mägde verteilt. Das Sklaventum war ihnen ja nichts Neues. Eine sorgfältige Volkszählung auf der Insel ergab nun insgesamt – die Eingeborenen mitgerechnet – dreihundertneunundvierzig männliche und vierhundertdreiundneunzig weibliche Inselbewohner. Jetzt hieß es säen und fischen, um alle Mäuler sattzubekommen. Bald lief kaum eine Frau auf der Insel herum, die nicht schwanger, kaum eine Kuh, die nicht trächtig war. Überall stolperte man über Glucken mit ihren Küken. Saaten aller Art sprossten, ein Gebärstuhl-Verleih wurde eingerichtet, immer mehr Häuser entstanden, neue Läden, Werkstätten. Der Schneider arbeitete fieberhaft mit einem Stab von fünf Näherinnen, die er abwechselnd schwängerte. Der schlaue Gastwirt erfand eine Art Bier, das entfernt an englisches Ale erinnerte, obwohl er es aus einer einheimischen Lianenart und dem Saft einer bestimmten Muschel herstellte.

Die ehemaligen Sträflinge schäumten vor Unternehmungslust. Sie dachten sich einfache Maschinen aus, konstruierten

Webstühle, töpferten Geschirr, bauten Boote für die ehemaligen französischen und spanischen Matrosen, die sich hauptsächlich dem Fischfang widmeten, begannen, sobald genug Vieh auf der Insel war, Leder zu gerben, bauten nun auch Kartoffeln an, eine Frucht, die ein paar Mestizinnen in Säcken auf dem Rücken getragen hatten, als sie gefangen worden waren, und von denen auch die Passagiere der *Chantal* schon lobend gesprochen hatten. Ja sie wußten, daß man sie jetzt sogar in Europa anbaute. In einigen Feinschmeckerlokalen von Paris waren sie zu haben, und auch Madame Louise hatte in Bordeaux einmal Gelegenheit gehabt, sie zu kosten.

Es ging steil bergauf mit der Insel. Außer den Nonnen und ein paar Eingeborenen gab es fast keine alten Leute auf Delfina. Abgesehen von dem Grab des Kapitäns glich der Friedhof einem verwilderten Blumengarten: eine höckerige blühende Wiese, und mitten darin ein spitzer Hügel: der Ameisenhaufen über Yolandas Schrank. Innerhalb der nächsten zwei Jahre wurden zweihunderteinundneunzig Kinder geboren. Ihr Geplärr schallte weit hinaus bis zu den Riffen. Drei Dörfer bildeten sich: eins an der Südostbucht, dort, wo früher die runden Hütten der Afrikaner gestanden hatten, eins oben in den Bergen: ein Bauerndorf, und eins an der Mündung eines Baches im Westen. Das Bergdorf wurde *Green Village* genannt, das Dorf an der Südostbucht bekam den Namen *Fishbone*, weil sich dort die meisten ehemaligen Matrosen niedergelassen hatten, die jetzt Fischfang betrieben und die Gräten der erbeuteten Fische auf den Strand schütteten, von wo das Meer sie fortspülte oder auch nicht. Schon von weitem konnte man den Ort riechen. Die Kinder tummelten sich zwischen den Grätenhaufen am Strand. Schon die Säuglinge lutschten dort an Gräten. Den Hühnern mischte man zerhackte Gräten unter das Futter, und Fischskelette oder Teile davon dienten den Einwohnern Fishbones als beliebter Zierat ihrer guten Stuben.

Das Dorf im Westen aber hieß Aberystwyth, denn dort hatten sich ursprünglich ein paar Leute aus Wales von den übrigen Engländer abgesondert, um ungestört miteinander walisisch sprechen und von Wales schwärmen zu können. Es waren fleißige Leute aus Aberystwyth oder der Umgebung dieser westenglischen Küstenstadt, die neben einem Bachlauf das hübsche Dorf aufbauten. Auf der anderen Seite des Baches hatten sich Iren zusammengetan und ihre Ansiedlung Limerick genannt. Sie achteten mit Nachdruck darauf, daß man ihr Dorf Limerick nannte, aber das tat man nur in ihrer Gegenwart, um ihre Gefühle zu schonen. Ansonsten sprach man nur von Aberystwyth, obwohl dieses Wort für die Nichtwaliser, besonders aber für die Frauen vom südamerikanischen Festland, anfangs fast unaussprechlich schien. Offiziell wurde das Zwillingsdorf Aberystwyth-Limerick genannt. (Zwei Jahrhunderte später hieß das Dorf dann nur noch Limerick, denn die Iren vermehrten sich unglaublich. Ein Schulmeister aus London pflegte zu sagen, lasse man zwei kleine Iren nachsitzen und sperre man sie zu diesem Zweck eine halbe Stunde in den Karzer, kämen bestimmt, wenn man ihn wieder öffne, *drei* kleine Iren heraus.)

Außerhalb dieser drei Dörfer und der Stadt Newhome mit dem Viertel in der Hafenbucht wohnten noch zahlreiche Familien, vor allem Eingeborene, in den Bergen und an der Küste verstreut. Die Neuankömmlinge kreuzten sich mit ihnen und lebten mit ihnen in gutem Einvernehmen. Die Inselverwaltung wurde neu organisiert, nachdem Stonehead wiedergewählt worden war. Die Insel wurde in vier Distrikte eingeteilt, deren jeweiliges Oberhaupt der Bürgermeister des Ortes war, den der Distrikt einschloß. Auch diese Bürgermeister, zusammen mit dem Magistrat von je zwölf Männern, wurden von den Bewohnern der Distrikte auf vier Jahre gewählt. Einmal im Monat kamen die vier Magistrate zusammen, vier mal zwölf Männer, und berieten über Inselgesetze. Und ein fünfköpfiges Gremium, dessen Vorsitz ein ehemaliger Oxfordjurist führte (derselbe, der seinerzeit den Butler wegen der Stiefel erschlagen hatte), übernahm das Gerichtswesen.

Zu Unrecht wird behauptet, daß die Französische Revolution erst die Voraussetzung für die Demokratie der Neuzeit geschaffen hat. Die klassische Demokratie existierte bereits viele Jahre vorher auf der karibischen Insel Delfina – und sie funktionierte großartig. Alle Inselbewohner, gleich welcher Rasse, hatten gleiche Rechte (mit einer Ausnahme: Das Wahlrecht wollten die Männer ihren Frauen nicht zugestehen), und alle waren frei, sogar die ehemaligen Sklavinnen, soweit man auf einer Insel frei sein kann.

Der Gerichtshof hatte wenig zu tun. Ab und zu hatte er sich mit einem Fall groben Unfugs zu beschäftigen, den eine der drei Zauberinnen verübt hatte. So zauberte sie zum Beispiel ihrem Brotherrn, dem sie als Magd diente, bei einer Auseinandersetzung Klauen an die Füße. Sie mußte ihm schleunigst die Klauen wieder wegzaubern und als Buße vierundzwanzig Stunden Extra-Arbeit verrichten. Von den Klauen befreit, entließ sie der Patron aber keinesfalls, denn sie war ihm mit ihren Kniffen recht nützlich. Keine anderen Kühe gaben so viel Milch wie seine, und seine Hühner legten drei Eier pro Tag. Sie konnte die vortrefflichsten Medizinen aus Kräutern herstellen und befreite ihn auch vom Rheumatismus, den er seinerzeit aus England mitgebracht hatte. Später heiratete er sie sogar, obwohl sie mehrmals wegen ihrer Hexereien vor Gericht gestanden hatte. So ließ sie den jungen Kohl ihrer Nachbarinnen von einer Stunde zur anderen welken, lenkte unzählige Ameisen ins Schlafgemach anderer Nachbarn, die sie nicht leiden konnte, und klebte kleine Jungen, die sie neckten, für mehrere Stunden an der Erde fest, bis sie heiser waren von ihrem kläglichen Angstgeschrei. Als ihr Patron sie heiraten wollte, munkelte man, sie habe ihn behext, denn sie war alles andere als hübsch: ein nicht mehr junges, dürres dunkelhäutiges Weib mit hervorstehenden Zähnen und einem verschmitzten Lächeln. Ob etwas Wahres an diesem Gemunkel war, läßt sich nicht mehr feststellen.

An sonstigen Delikten gab es ab und zu eine Kindesmißhandlung, verübt von völlig abgearbeiteten Müttern, die jedes Jahr mit mindestens einem Kind niederkamen. Oder, recht selten, Beleidigungen. Natürlich waren, wie überall, Ehebrüche zahlreich. Aber schwere Diebstähle, Raub, Mord oder Notzucht kamen auf der Insel jahrelang nicht vor, und schon gar nicht verübt von den ehemaligen Sträflingen. Es war eine friedliche Insel, auch ohne Priester und Militär.

Nachdem man eine gute Weile hatte verstreichen lassen und die *Jessica* in *Rebecca* umgetauft hatte, stach diese wieder in See, diesmal mit ihren französischen Matrosen. Fishbone sah von nun an den größten Teil seiner Männer nur alle paar Monate für eine oder zwei Wochen. Sie brachten einen stattlichen Lohn heim, der schnell dahinschmolz, dann waren sie wieder weg. Die Frauen mußten jetzt auf Fischfang gehen. Aber die Männer der anderen Dörfer nahmen sich der Strohwitwen an, so daß Fishbone den übrigen Orten, was den Nachwuchs betraf, in nichts nachstand.

Sieben Jahre nach Ankunft der Sträflinge wurde die Insel von einem Unglück betroffen, das allerseits große Trauer hervorrief: Die Dame ertrank. Das heißt, man nahm es an. Denn sie ging eines Abends, wie immer, zum Strand hinunter und kam nicht mehr zurück. Man suchte die ganze Inselküste nach ihr ab, drehte jeden Stein um, zog Netze durchs Wasser bis zu den Riffen hinüber – aber man fand sie nicht. Ihr, der Wohltäterin, konnte man kein Prachtbegräbnis bereiten. Aber Präsident Stonehead – so nannte er sich jetzt – hielt auf dem Marktplatz von Newhome vor der fast vollzählig versammelten Inselbevölkerung eine flammende Rede und enthüllte zugleich eine Statue, die sie mit ausgestreckten Armen und strahlendem Lächeln darstellte. Der Frauenmörder hatte sie noch zu ihren Lebzeiten heimlich in seiner spärlichen Freizeit gemeißelt. Zwei Jahre hatte er dazu gebraucht. (Er war übrigens der Einzige, der sich keine der erbeuteten Frauen genommen hatte!) Und nun war die Stunde seines wehmütigen Triumphes gekommen:

Kaum war ihr Tod mit Sicherheit anzunehmen, enthüllte er ihr Konterfei vor der staunenden Mitwelt. Ganze Scharen pilgerten zu dem Schuppen, in dem er hauste, betrachteten und priesen die Statue, auch wenn ihr Busen etwas zu üppig und ihr Kopf etwas zu klein ausgefallen waren. Jawohl, er sei ein Künstler, er habe es schon immer gespürt, und nur weil ihn seine Eltern nicht hätten Bildhauer werden lassen, sei er zum Frauenmörder geworden, offenbarte er jedem, der es hören wollte. Stonehead selbst kam, das Werk zu begutachten, und entschied, es solle, falls es dem Künstler recht sei, zur Erinnerung an die edle Dame auf den Sockel gestellt werden, der seit der Begrüßungsrede des früheren Gouverneurs leer auf dem Marktplatz in Newhome stand. Dieses Unternehmen stellte sich allerdings, trotz der freudigen Einwilligung des Bildhauers, als nicht ganz einfach heraus, denn als man die steinerne Dame zu dem besagten Sockel transportiert hatte, war dieser bereits besetzt: Sammy, das Halskrausengespenst, stand in Denkmalspose darauf und schien offenbar nicht daran zu denken, das Feld zu räumen. Erst mit Hilfe einer Karaffe echten spanischen Weines konnte man ihn bewegen, den Sockel zu verlassen.

Die steinerne Dame streckte also die Hände aus und lächelte, während Stonehead ihre Verdienste für die Insel pries. Das Volk schluchzte laut. Er rief den ehemaligen Sträflingen ins Bewußtsein, daß einzig und allein sie ihre Lebensretterin gewesen war, denn wäre sie damals am ersten Tag ihres Hierseins nicht erschienen, dann hätten sie sich binnen kürzester Zeit gegenseitig totgeschlagen – so demoralisiert und tierisch, wie sie damals gewesen seien. Sie habe ihnen Anstand, Halt und Hoffnung gegeben und habe auch später für alle, die ihrer Hilfe bedurften, gesorgt. Es sei wohl unnötig zu erwähnen, daß sie ein untadeliges Leben geführt habe und daß keiner der Männer auf dieser Insel sich rühmen könne, sie jemals besessen zu haben.

Bei diesen Worten brach der Frauenmörder in ein hysterisches Schluchzen aus. Man mußte ihn fortführen. Nach Beendigung der Rede traten die fünfundzwanzig Französinnen, in hauchdünnes Violett gekleidet, vor, und die Madame legte vor der Statue einen wunderschönen Kranz aus Bougainvillea-Blüten nieder. Nicht lange nach dieser Gedenkfeier kam das Gerücht auf, die Dame sei nicht tot, sondern sie habe sich in das Innere des Grey Horn – so die eine Version – oder in die Schründe des Korallenriffs – so die andere Version – zurückgezogen und werde, wenn die Insel sie brauche, wiederkehren.

Das Gesetz, das besagte, die fünfundzwanzig Französinnen seien Allgemeingut und dürften nicht geheiratet werden, war inzwischen zugunsten der freien Marktwirtschaft aufgehoben worden, denn es waren ja nun mehr als genug Frauen auf der Insel, und man wollte es Angebot und Nachfrage überlassen, die Marktlage auf diesem Gebiet auszubalancieren. Außerdem hatten sich zwei französische Matrosen, die jetzt in Fishbone lebten, in Yolandas Villa in zwei Mädchen verliebt und starteten eine Campagne gegen dieses Gesetz. Nun gut, man hob es also auf. Aber die Mädchen, um die es sich handelte, sträubten sich gegen eine Heirat. Sie wollten nicht in Fishbone versauern. Sie hatten es gut im Hafen. Die Madame behandelte sie anständig, und die Nachfrage blieb auch nach der Ankunft der Südamerikanerinnen stark, denn abgesehen von den zwei ehemaligen weiblichen Passagieren, die kaum je ihre Newhomer Häuser verließen, höchstens, um einer Andacht in der Kapelle auf dem Nonnenhügel beizuwohnen, und außer den drei Nonnen und zwei aus Tolú geraubten Portugiesinnen gab es keine alleinstehenden Europäerinnen auf der Insel als die Mädchen in Yolandas Villa, von denen fast alle die Künste des Lesens und Schreibens beherrschten und mit denen man sich über Dinge unterhalten konnte, von denen die erbeuteten Festlandsweiber keine Ahnung hatten. Vier von ihnen sangen sehr hübsch, drei bliesen die Flöte. Die Madame, eine ehemalige Schauspielerin, konnte ganze Passagen aus zeitgenössischen Theaterstücken auswendig rezitieren, und sie wurde es nicht müde, sie auf Wunsch der Kunden immer wieder gestenreich zum besten zu geben. Die drei Schoßhündchen, inzwischen fett und behäbig, lebten immer noch, und schon allein der Abschied von diesen allerliebsten Gefährten hätte den Mädchen das Herz gebrochen. Nein, keine kehrte nach Frankreich heim oder wandte sich anderswohin. Sie blieben zusammen und alterten in vertrauter Gemeinschaft.

Die drei Nonnen aber wurden nach langen Jahren zwangsweisen Müßiggangs wieder sehr gebraucht. Die Oberin, obwohl schon alt und dürr, verwandelte sich nach und nach in eine hervorragende Hebamme, die zeitweilig Tag und Nacht unterwegs war und in Rekordzeiten bis zu zehn Kindern täglich ins Leben half. Die beiden anderen Nonnen eröffneten wieder eine Schule für die ältesten der Inselkinder und mußten schichtweise unterrichten, um alle Schulanfänger aufnehmen zu können. Die Kleinen liefen meilenweit, nur um das ABC zu lernen – in Englisch natürlich, obwohl ihre Mütter in den verschiedensten Sprachen mit ihnen redeten und sich zum Teil untereinander nicht einmal verstehen konnten. Aber auf die Dauer wurde es den beiden Nonnen einfach zuviel. Sie konnten den Ansturm lernbeflissener junger Staatsbürger nicht mehr bewältigen. So wandten sie sich an Stonehead um Hilfe. Er fand eine Lösung: Nach einer abendlichen Versammlung in Yolandas Villa erklärten sich acht reifere Mädchen bereit, in den vier Orten der Insel Schule zu halten. Sie stellten nur eine Bedingung: Nicht am Morgen, sondern am Nachmittag wollten sie unterrichten. Denn nach anstrengenden Nächten brauchten sie unbedingt den Vormittag, um zu ruhen.

Dieses Problem war gelöst. Ein weiteres, komplizierteres, stand noch an: Gut die Hälfte der Sträflinge, die vor ihrer Verurteilung und Deportation im Kreise ihrer Familien gelebt hatten, wollten ihre Angehörigen auf die blühende Insel holen, ihre Frauen und Kinder, ihre Bräute, ihre alten Eltern oder ihre Geschwister. Ein Schiff, seetüchtig genug, den Atlantik zu überqueren, besaßen sie, zwei erfahrene Offiziere (der ehemalige Zweite Offizier wurde zum Kapitän ernannt, der Dritte Offizier zum Ersten) und eine zuverlässige Mannschaft dazu, bestehend aus französischen und spanisch-südamerikanischen Matrosen, den Gefährten der drei Burschen, die auf eigene Faust auf Raubfahrt gegangen waren. Es war also nicht nötig, daß irgendeiner der Sträflinge das Risiko wagte, sich selbst in England sehen zu lassen und sogleich verhaftet zu werden.

Vor Abfahrt der *Rebecca* war in Yolandas Villa Tag und Nacht Hochbetrieb, denn viele Engländer wollten ihren Angehörigen ausführliche Nachrichten zukommen lassen, waren aber schwerfällig und ungeübt im Briefschreiben und baten die Mädchen um Hilfe, natürlich gegen ein entsprechendes Entgelt. Die Mädchen ließen sich den Text diktieren, erfanden wohl zuweilen selbst dies und jenes hinzu oder wurden sogar pauschal beauftragt, die Insel zu rühmen. Jedenfalls hatten ihre Briefe einen überwältigenden Erfolg. Kapitän und Erster Offizier machten auf die Mißtrauischen, die selber nach Bournemouth gereist kamen, um auf dem Schiff den Wahrheitsgehalt der Briefe zu prüfen, einen guten Eindruck. Nach acht Monaten trafen auf der Insel Delfina siebenundvierzig Männer, einundachtzig Frauen und einhundertsiebenundachtzig Kinder aus England ein. Das Schiff hatte zum Bersten voll den Atlantik überquert. Ein Wunder, daß es nicht untergegangen war. Denn dem Kapitän waren auch lange Listen übergeben worden, was in England besorgt und eingekauft werden sollte. Dieser Sträfling wünschte einen Plumpudding, jener Mistelzweige für Weihnachten, ein dritter verlangte einen Stoß Bücher mit genauer Titel- und Verfasserangabe. Mütter schickten Truhen voller Wäsche, stockfleckig von Tränen, Frauen, die nun anderen gehörten, schickten Säcke voller Habseligkeiten, mit denen sie nichts mehr zu tun haben wollten, Geschwister sandten Erbstücke der inzwischen verstorbenen Eltern. Englische Kühe, die die Inselrasse veredeln sollten, muhten über dem Gepäck, englische Schweine warfen Ferkel zwischen Säcken und Truhen. Auch englische Hunde und Pferde kamen mit. Etliche

Ferkel und eine Matrone (die ehemalige Verlobte eines Sträflings, die ihm alle die Jahre über treu geblieben war) wurden während eines stürmischen Tages, als alles an Deck durcheinanderpurzelte, zertreten, und die englische Stute – das war der schlimmste Verlust! – riß sich los und sprang mit einem herrlichen Sprung ins Meer.

Jubelnd wurde das Schiff empfangen, überall im Hafen fielen sich Leute in die Arme, und im allgemeinen Wiedersehenstaumel übergingen manche ehemaligen Sträflinge stillschweigend die Tatsache, daß dieses Kind oder jenes, das da ankam, zwei, drei oder vier Jahre nach ihrer Deportation geboren war.

Auch die original englischen Tiere, die mitkamen, wurden gefeiert. Den Kühen hing man Kränze um die Hälse, den Schweinen steckte man Blumen in die Rüssel, den Pferden flocht man Zöpfe in Schwanz und Mähne. Sammy ließ sich sehen: ein Zeichen, daß der Anlaß wirklich feierlich war. Er wandelte würdigen Schrittes zwischen den Gruppen im Hafen umher, inspizierte die Tiere und das Gepäck, nickte ab und zu und drängte sich neben Stonehead, als dieser dem Kapitän und Ersten Offizier seine Glückwünsche aussprach und sie umarmte. Auch Sammy zeigte seine Zufriedenheit, indem er den beiden Seeleuten seine Knochenhand auf die Schulter legte. Beide hatten hübsche englische Bräute mitgebracht, aber als die Damen das Skelett erblickten, schrien sie auf und flüchteten auf das Schiff zurück.

„Schau mal, Sammy, was du da angerichtet hast", sagte Stonehead vorwurfsvoll. „Wir kennen dich ja und mögen dich alle gut leiden. Aber die da neu angekommen sind, müssen sich erst langsam an dich gewöhnen. Sei so gut und bleib etwas im Hintergrund."

Sammy nickte und schlurfte traurig den Nonnenhügel hinauf, wo er sich neben das Friedhofsgespenst hockte, mitten zwischen die geschäftigen Ameisen, die jedoch an sauberen Gerippen keinerlei Interesse zeigten. Nur mit Mühe konnten die beiden Seeoffiziere ihre Bräute bewegen, wieder das Schiff zu verlassen, und zwar nur dadurch, daß sie behaupteten, eine richtige Engländerin müsse den Anblick von Gespenstern ertragen können, denn diese seien ein englisches Attribut.

Kapitän und Erster Offizier hatten, um ihre geplanten Ehen zu legalisieren, auch einen Priester mitgebracht. Nicht etwa einen katholischen – sie beide waren Katholiken –, sondern auf Wunsch ihrer Bräute einen Seelsorger der High Church. Zwar hatten sie ihn in betrunkenem Zustand aus einer Kneipe entführt, aber was tat's? Priester war Priester, auch wenn er schon seit einigen Jahren wegen chronischer Trunkenheit aus dem Dienst entlassen worden war. Das war nur ein Schönheitsfehler. Und auf der Insel gab es viel Arbeit.

Die ehemaligen Ehefrauen, die nun angekommen waren, mußten sich auch an mancherlei gewöhnen, zum Beispiel an die Frauen, die vor ihnen dagewesen waren und jetzt um ihre Plätze kämpften. Der Gerichtshof bekam viel Arbeit. Eine Schwarze hatte einer Engländerin, Tochter aus vornehmem Haus, das Gesicht zerkratzt, eine andere Engländerin hatte eine Mestizin mit dem Besen aus dem Haus getrieben, daraufhin hatte diese, Mutter dreier Kinder, der Engländerin Gift ins Essen getan. Die rechtmäßige Frau des Hausherrn überstand die Folgen nur mit knapper Not und magerte zum Skelett ab. Eine der beiden Portugiesinnen spuckte ihrer englischen Rivalin ins Gesicht. Der Gerichtshof hatte es nicht leicht, denn die Gefühle beider Seiten waren nur zu gut zu verstehen. Deshalb wurden milde Strafen verhängt, und man versuchte, unversöhnliche Naturen örtlich zu distanzieren.

Da nun so viele neue Schulkinder auf der Insel eingetroffen waren, mußten weitere sechs Nutten aus Yolandas Villa in den Schuldienst eintreten. Allerdings gab es vierzehn Engländerinnen, die ihre Kinder aus moralischen Gründen, wie sie vor dem Gerichtshof angaben, nicht zu den Mädchen schickten, sondern hinauf in die Nonnenschule. Sie gründeten sogar eine sogenannte *Kampfliga englischer Frauen* und verkündeten als ihr

Programm den Kampf gegen Prostituierte, Afrikaner, Franzosen, mangelnden Komfort und Vielweiberei, wie sie es nannten. Sie protestierten gegen den angeblich unerträglichen Zustand, keine Zutaten für den Plumpudding auf der Insel erstehen zu können. Sie protestierten, weil die Statue König Georgs II., moosbedeckt und überwuchert von Zaunwinde mit dem Kopf im Schlamm steckte. Sie bemängelten das Fehlen einer Kirchturm- oder Rathausuhr. Ja, England: Dort waren die Leute netter und die Eier größer, dort war das Wasser nasser, der Nebel war nebliger, und auch der Tee schmeckte dort besser – ach England, süßes England!

Sie trieben es so arg und stifteten so viel Unfrieden, daß sie unausstehlicher wurden als die drei Zauberinnen, über deren Einfälle man sich mehr amüsierte als ärgerte. Schließlich ließ Stonehead – im Einvernehmen mit den Ehemännern – diese vierzehn Engländerinnen auf einem englischen Schiff, das zufällig in Newhome anlegte, wieder nach England zurückschaffen, wo sie außer einer, deren Sprachorgane durch einen Schlaganfall gelähmt worden waren, zeit ihres Lebens von der lieblichen Insel Delfina im Karibischen Meer schwärmten, wo der Himmel so blau, so blau gewesen sei und wo alle Tage die Sonne geschienen habe.

Die übrigen englischen Einwanderer akklimatisierten sich bald. Sie anrangierten sich mit den Eingeborenen und fanden das Leben auf Delfina, vereint mit ihren Angehörigen, durchaus erträglich. Übrigens muß erwähnt werden, daß unbemerkt auf der *Rebecca* auch ein blinder Passagier aus England mitgekommen war: ein englischer Faun aus dem Richmond-Park in London. Weiß Gott, was ihn dazu bewegt hatte, seinen ruhigen und ausgedehnten Park zu verlassen und sich in einem Schiff zu verkriechen, das ins Karibische Meer fuhr. Jedenfalls hatte er sich zwischen Mehlsäcken versteckt, kaute, um nicht zu verhungern, während der Überfahrt Heu, das den Kühen zugedacht war, aber auch ihm leidlich schmeckte (Faune sind bekanntlich Vegetarier), und ließ sich, auf einem Mehlsack hockend, laut jammernd im Hafen von Delfina an Land rudern. Faune sind entsetzlich wasserscheu. Um so unverständlicher war die Seereise dieses Exoten. Man nahm an, daß er sich in das Schiff verirrt hatte, wie sich zuweilen eine Heuschrecke in eine Küche verirrt und dort völlig kopflos herumhüpft, bis sie im heißen Fett oder in einer Milchflasche kläglich endet.

Dieser Faun, einmal auf der Insel, gebärdete sich ebenfalls völlig kopflos. Kaum war er an Land, hüpfte er in irren Sprüngen, noch weiß vom Mehl, den Nonnenhügel hinauf und versteckte sich in der Waschküche des Klosters, wo er es in einer Art Psychose fertigbrachte, die alte Oberin, die ihn dort entdeckte, zu schwängern, bevor sie ihn mit einem Besen erschlug.

Neun Monate später gebar sie, die erfahrene Hebamme, weit über siebzig Jahre alt, ein Mädchen mit spitzen und haarigen Faunsohren, sonst aber ganz normal gewachsen und ausgesprochen hübsch. Die Alte, die, wie schon erzählt, das Leben kannte, nahm ihr Mißgeschick mit Ruhe und ihre Tochter als ein Gottesgeschenk an, auch wenn sie eine Nonne und der Kindsvater ein Faun war. Und die Leute gratulierten ihr nach der Geburt ehrlichen Herzens.

Etwa dreihundert Leute mehr auf der Insel – das machte sich schon bemerkbar. So bevölkert war sie noch nie gewesen! Neue Wege, neue Straßen, ganze neue Stadtteile entstanden, mit Gärten und Lauben und allerlei modischem Zierat durchwachsen. Im Zentrum Newhomes reihte ein Geschäft sich ans andere, der Marktplatz wurde verschönert, die holprige Straße hinunter in den Hafen wurde verbreitert, mit schattigen Bäumen bepflanzt und gepflastert. An der Straße rings um die Insel entlang entstanden freundliche Gasthäuser, wo man sich niederlassen und etwas trinken und, wenn man wollte, auch übernachten konnte. Eine Pferdepost wurde eingerichtet. Überall sah man Leute geschäftig bei der Arbeit.

Nun ließen sich auch ab und zu wieder fremde Schiffe im Hafen sehen. Deren Besatzungen staunten, daß ihnen diese reich bevölkerte und gepflegte Insel bisher nicht bekannt gewesen war. Sie sprach sich in karibischen Seefahrerkreisen herum. Man rühmte die fünfundzwanzig Französinnen, die, obwohl schon recht reifen Alters, wahre Künstlerinnen ihres Faches sein sollten, und die Gastfreundlichkeit der Inselbewohner. Geschäftsleute begannen sich zu interessieren, Händler horchten auf: Was hatte diese Insel anzubieten? Die Folge war, daß immer mehr Schiffe den Hafen von Delfina anliefen. Handelshäuser entstanden, Hotels, Seemannsheime, Vergnügungslokale im Hafenviertel. Es war eine hohe Zeit für die Insel, einer ihrer Höhepunkte. Wieder wurde sie berühmt im ganzen karibischen Raum, und England, das Mutterland, machte sich Gedanken darüber, ob es stolz auf Delfina sein solle. Sicherheitshalber schickte es einen Gouverneur auf die Insel, den man aber nach einem Begrüßungsmahl, an dem auch Sammy teilnahm, schnell wieder loswurde, ohne erst Gewalt anzuwenden. Man hatte nämlich geplant, ihn, den neuen Gouverneur, nach dem Mahl zwangsweise wieder auf das Schiff zu bringen und mit der Botschaft nach England zurückzusenden: Man brauche keinen Gouverneur, man regiere sich selber! Aber Sammy erübrigte einen solchen Gewaltakt, indem er sich, heimlich begrinst von den örtlichen Autoritäten, neben dem neuen Gouverneur an der Festtafel niederließ, ihm mit seinen weißen Knochenfingern die Schüsseln zureichte und ihm auch ab und zu ermunternd auf den Rücken klopfte. Alle ließen es sich großartig schmecken, nur der Gefeierte brachte keinen Bissen herunter.

„Dies ist Sammy, unser Inselgespenst", erläuterte Stonehead. „Wenn er kommt, ist er da. Er läßt sich nicht vertreiben."

„Und wem er auf den Rücken klopft", sagte der Gastwirt, Stoneheads Stellvertreter, "der muß mit seinem baldigen Tode rechnen..."

Der neue Gouverneur floh, aber man gab sicherheitshalber dem Kapitän den Wink mit auf den Weg, daß ein englischer Gouverneur hier keinerlei Chancen habe. Man brauche England nicht.

England ignorierte diese Frechheit, quittierte sie aber mit der Sendung eines neuen Sträflingstransports. Dem obersten Offizier der den Transport begleitenden Wachmannschaft und dem Kapitän wurde empfohlen, selbst nicht an Land zu gehen, sondern die Sträflinge in der Hafenbucht in Booten auszusetzen und sich dann schnell davonzumachen, wenn ihnen ihr Leben lieb sei.

So geschah es also, daß an einem windigen Nachmittag ein Schiff durch die offene Stelle einfuhr, in die Hafenbucht gelangte, mit Männern gefüllte Boote herabließ und schleunigst wieder abfuhr. Die alten Mädchen aus Yolandas Villa standen am Strand, soweit sie nicht zu dieser Stunde irgendwo als Lehrerinnen arbeiteten, und sahen den Fremden neugierig entgegen. Kinder strömten zusammen, auch ein paar Passanten, aber nicht viele, denn es war die Stunde der Siesta.

Die Sträflinge hatten sich während der wochenlangen Reise auf ein ödes, unwirtliches Eiland eingestellt, eine kahle Insel mit ein paar Hütten. Dies aber war ein richtiges kleines Land mit allem Drum und Dran, sie konnten es von den Booten aus genau sehen: mit Ortschaften, Feldern, Wäldern, herrlichen Stränden, und in den Straßen liefen Leute herum, gut angezogen, Kinder spielten, und Frauen – Frauen! – kauften in richtigen Läden ein. Als sie näherkamen, hörten sie sogar englische Laute. Es war nicht zu fassen – sollten sie hier leben dürfen, und ohne Bewachung? Hinter ihrem Rücken verschwand das englische Schiff, das so lange Zeit ihr stinkendes, halbdunkles Gefängnis gewesen war. Aber keiner der Soldaten begleitete sie auf den Booten. Sie waren frei! Nicht einmal am Ufer erwartete sie eine Polizeieskorte! Wie sollten sie sich das zusammenreimen?

Ein paar Kerle begannen zu juchzen, einige brüllten wie Stiere, um sich Luft zu machen, die Iren beteten wie irr Dankgebete, bis ihnen der Schweiß über die Gesichter rann. Manche schlugen die Ruder ins Wasser, daß das Wasser hoch aufspritzte. Es waren im ganzen einhundertneunundsechzig

Männer. Stonehead, dem das Schiff und seine seltsam schnelle Abfahrt gemeldet worden war und dem man auch über die Boote voller Männer berichtet hatte, die auf die Küste zuruderten, kam gerade rechtzeitig, um Übles zu verhindern, denn schon waren einige Neuankömmlinge, eben gelandet, im Begriff, sich über die kreischende Frauenschar herzumachen. Nachdem er herausbekommen hatte, um welche Art Leute es sich handelte, versuchte er die Gemüter durch eine kurze Ansprache zu beruhigen. Aber man ließ ihn nicht einmal zu Wort kommen und bewarf ihn mit Schlamm und Muschelschalen.

„Halt deine vornehme Schnauze, du Drecksack, du Bastard einer Hündin!" brüllte ihm einer zu. „Was hast du uns zu sagen? Gar nichts! Wir sind frei, hörst du? Frei! Und wir machen, was wir wollen!"

„Aus dem Weg mit ihm!" schrien die anderen.

Eingedenk des Schicksals, das er selbst einmal dem früheren Gouverneur bereitet hatte, zog er sich schleunigst zurück. Die neuen Sträflinge stürzten sich nun doch auf Yolandas Villa und brachten dort Leben ins Haus. In diesem Durcheinander und Höllenspektakel erwies sich die Madame, die inzwischen fließend englisch sprach, als überlegene Strategin. Sie brachte Ordnung in die wildgewordene Horde, formierte vor jedem Zimmer eine Reihe Wartender und sorgte dafür, daß sich niemand vordrängelte. Inzwischen alarmierte Stonehead die ganze Insel, rief alle Männer, hauptsächlich die ehemaligen Sträflinge, zusammen und erklärte ihnen in Eile die Sachlage.

Aus eigener Erfahrung wußte man, was in diesen neuen Sträflingen vor sich ging und wie gefährlich sie der Insel werden konnten. Bewaffnet mit allen zur Verfügung stehenden Waffen, schlichen sich die Altbürger hinunter in den Hafen, umstellten Yolandas Villa und warteten geduldig, denn was sich da drin tat, war schon der erste Schritt zur Pazifikation. Nach drei Stunden und zehn Minuten waren alle drangekommen und fürs erste friedlich. Stonehead hatte sehr geschickt auch für den zweiten Schritt gesorgt. Er hatte in ganz Newhome fieberhaft kochen lassen, und nun wurden durch die Hintertür ganze Waschbütten voll Suppe, Fleisch, Saucen, Kartoffeln und Omelettes hereingetragen, dazu Früchte in rauhen Mengen und das berühmte Inselbier.

Nach einer weiteren guten Stunde waren die Burschen so friedlich, daß sie keinerlei Widerstand leisteten, als Stonehead mit seinen Männern eintrat und ihnen erklärte, daß er und seine Leute auch ehemalige Sträflinge seien, die sich diese Insel mit harter Arbeit wohnlich gemacht hätten und nicht gewillt seien, sie zerstören zu lassen. Wenn aber die Neuen guten Willen zeigten, sich in das Inselleben einzuordnen und mitzuarbeiten, seien sie herzlich willkommen. Darauf verteilte er die betrunkenen, zum Teil schon schlafenden Neuen an die Alten. Wer noch laufen konnte, wurde untergehakt. Kerle, die nicht mehr bei Sinnen waren, lud man auf Schubkarren oder Esel und schaffte sie irgendwohin.

Kaum war man die Burschen los, verlieh Stonehead an Ort und Stelle der Madame und allen ihren anwesenden Damen den Großen Inselorden (Erster Klasse für die Madame, Zweiter Klasse für ihre Crew) für besondere Dienste zum Wohle des Vaterlandes. Die Damen waren gerührt, einige schluchzten sogar. Es war der erhebendste Augenblick ihres bisherigen, so bewegten Lebens. Selbstverständlich hatte sich auch Sammy wieder zu dieser Ordensverleihung eingefunden. Sein weißes Skelett stach anmutig von der dunkelroten Portiere ab, vor der er in würdiger Pose stand. Auch er wußte die Geistesgegenwart der Madame zu schätzen, denn er beugte sich über sie und küßte ihr die Hand. Zum zweitenmal an diesem Tage bewies sie äußersten Mut und lächelte den grinsenden Totenschädel an. Eiskalt sei seine Hand gewesen, erzählte sie später ihren Damen, denen Schauder über den Rücken liefen. Eiskalt, aber trocken.

Auf die ganze Insel verteilt und voneinander getrennt, konnten die Neuankömmlinge vorerst keinen Schaden anrichten. Sie erwachten im Laufe des nächsten Tages im Kreise einer

Familie, wurden freundlich umsorgt und gepflegt unter dem wachsamen Auge des Hausherrn und Altsträflings, und so kam es, daß die meisten der Neusträflinge, großzügig unterstützt von der Inselregierung, sich einordneten, eine Frau suchten und einer nützlichen Beschäftigung nachgingen. Frauen waren ja im Überfluß vorhanden, zumal viele weibliche Inselbewohner durch die Ankunft der angetrauten Ehegattinnen der Sträflinge freigeworden waren. Und Arbeit gab es auch. Natürlich schwelte noch lange eine Feindscligkeit zwischen den *Alten* und den *Neuen*, die aber der Insel zugute kam, denn beide Gruppen wetteiferten miteinander, die Tüchtigeren zu sein.

Nur ein paar notorische Außenseiter wollten sich nicht einordnen. Das waren ein Brandstifter, ein Leichenschänder und ein Exhibitionist. Diese drei machten den Inselbewohnern arg zu schaffen. Vielleicht hätte sie die Dame wieder ins Gleichgewicht bringen oder wenigstens ihren Willen stärken können. Aber die Dame gab es nicht mehr. Die drei armen Teufel waren sich selbst überlassen.

Die Altsträflinge hatten sich allmählich, natürlich vor allem durch den Einfluß ihrer englischen Gattinnen, in konservative Bürger verwandelt. Der Exhibitionist konnte also seinem Vergnügen nicht in Frieden nachgehen. Nach mehrmaligen Verwarnungen sperrte man ihn in das neue Gefängnis, das mit seiner Einlieferung eingeweiht wurde. Sammy war auch hierbei zugegen und hob ernst seinen Zeigefinger. Am nächsten Morgen fand man den Delinquenten erhängt am Fensterkreuz.

Der Leichenschänder war ein ganz origineller Bursche. Man brachte ihn nicht dazu, einer geregelten Tätigkeit nachzugehen. Mit seinem ausgemergelten, fahlen Gesicht hockte er tagelang auf dem Friedhof, wo er sich von dem Gespenstergreis keinesfalls stören ließ, wühlte Gräber auf, grub die Knochen heraus und vergrub sie anderswo, wie ein Hund. Auch an Yolandas Grab wollte er sich heranmachen und es aufscharren, aber die Ameisen richteten ihn übel zu, und so mußte er davon ablassen. Offenbar hatte er unter anderem auch die Knochen des alten spanischen Gouverneurs ausgegraben, denn von nun an erschien dieser nicht mehr.

Die Leute begegneten dem Leichenschänder teils mit Abscheu, teils mit Respekt, denn vor allem die Engländerinnen vermuteten in ihm einen englischen Schloßgeist, der aus irgendeinem Grund eine Inkarnation erfahren hatte. Sie unterhielten sich darüber bei Teekränzchen und gegenseitigen Besuchen: Sicher suche er einen ihm treuen oder einen von ihm umgebrachten Toten und wühle deshalb in den Gräbern. Einem Schloßgeist aber dürfe man nichts antun, es sei denn, man wolle dessen Rache auf sich lenken.

Als er alle Toten ausgegraben und sogar die Gebeine des ersten Menschen auf der Insel, des Negersklaven, aus dem Sand gebuddelt und zwischen den Hügeln auch die Knochen des Conquistadoren Don Rodrigo de Córdoba aufgestöbert hatte (von da ab erschien auch Sammy nicht mehr), verfiel er dem Trübsinn. Stundenlang saß er in der heißesten Sonne auf dem Friedhof und glotzte ins Leere, bis er eines Tages, gerade, als Stonehead sich zu ihm gesellte und ihm vorschlug, Friedhofswärter zu werden und die Gräber in Ordnung zu halten, gegen ein festes Gehalt natürlich! – ja, bis er ausgerechnet in diesem Augenblick vor Stoneheads Augen in Staub zerfiel, den der Wind sofort mitnahm.

Der merkwürdigste Fall war der des Brandstifters. Er war kein Brandstifter gewesen, bevor er auf die Insel gekommen war. Er war, ein ehemaliger Hausmeister, irrtümlicherweise eines Mordes beschuldigt und trotz seiner Unschuldsbeteuerungen zu lebenslänglicher Haft verurteilt worden. Auf der Insel hatte er erst recht verheißungsvoll begonnen. Er hatte sich vorgenommen, an einem schönen Aussichtspunkt, der zugleich Wegkreuzung war, ein Gasthaus zu bauen. Drei Jahre lang brauchte er dazu, und als es fertig war, war es ein Prachtbau, zweistöckig, in solidester Arbeit erstellt. Viele hatten mitgeholfen. Er selbst aber hatte Tag und Nacht verbissen daran gearbeitet, hatte sich eine Blutvergiftung geholt und zwei

Finger abgehackt – kurz, er hatte sozusagen sein Herzblut in den Mörtel gemischt. In der Nacht vor der feierlichen Einweihung brannte das Haus ab.

Tagelang irrte er mit verstörtem Blick und geballten Fäusten über die Insel, bemitleidet von allen, denen er begegnete. Und dann begann er Feuer zu legen. Die schönsten Häuser suchte er sich aus, und da es bisher nicht nötig gewesen war, nachts Wachen um die Gehöfte aufzustellen oder durch die Straßen patrouillieren zu lassen, hatte er ein leichtes Spiel. Jede Nacht brannte schließlich etwas ab. Alle schliefen unruhig, fuhren schreiend auf, starrten hinaus, rannten ums Haus. Sogar an das Gouverneurspalais, das leer stand, seit die Dame nicht mehr da war, machte er sich heran. Dort aber wurde er von einem Passanten ertappt. Stonehead redete ihm ins Gewissen und ließ ihn dann laufen. Aber der Mann wütete weiter. Ihm war nicht zu helfen. Er war nicht mehr ansprechbar. Bis ihn kurzerhand eines Nachts ein Mann erschoß, der ihn hatte heranschleichen und hinter seinem Stall mit Streichhölzern hatte hantieren sehen. Trotz allem gingen viele hinter seinem Sarg her, sogar Iren, obwohl er ein Londoner gewesen war.

„Das geht so nicht weiter", sagte Stonehead. „Die Insel ist voll. Wir müssen uns gegen neue Sträflingstransporte absichern, sonst treten wir uns hier bald gegenseitig auf die Füße."

Er ließ die alte Seeräuberfestung auf der Landzunge wieder instandsetzen und mit den modernen französischen Kanonen bestücken, die er seinerzeit auf der *Chantal* erbeutet hatte. Diese Maßnahme reichte jedoch, wie sich herausstellte, noch nicht aus. Als nach zwei Jahren das nächste Sträflingsschiff in die Bucht einfuhr – eine listige Maßnahme der Engländer, um die Insel wieder in die Hand zu bekommen –, wurde es scharf beschossen. Aber die Besatzung warf die Sträflinge einfach über Bord, und das Schiff fuhr gleichzeitig schon wieder hinaus. Es mußte wohl ein paar Treffer einstecken, aber sein Kapitän hatte erreicht, was er wollte und sollte. Die ganze Inselbucht wimmelte von Sträflingen. Mehr als die Hälfte ertrank, weil sie nicht schwimmen konnten. Die anderen schwammen auf die Küste zu, von wo ihnen Boote entgegenkamen und sie einsammelten. Noch dreiundneunzig Männer waren übrig. Stonehead ließ sie fünf Tage lang ausruhen und füttern, dann auf die *Rebecca* verfrachten und trotz wilden Protestes auf einer Insel vor dem Festland, die noch unbewohnt war, absetzen. Er versprach ihnen, regelmäßig ein Schiff hinüberzuschicken und sie mit dem Nötigsten zu versorgen, bis sie sich selbst erhalten könnten.

Danach berief er eine Generalversammlung ein und unterbreitete ihr den Vorschlag, an der offenen Stelle ein Fort ins Meer zu setzen, um Sträflingsschiffen und anderen ungebetenen Gästen gleich draußen den Eintritt zu verwehren oder, wenn es ihnen gelänge, in das Hafenbecken einzudringen, die Rückfahrt ins offene Meer abzuschneiden. Die Generalversammlung billigte diesen Plan mit großer Mehrheit, und unter Einsatz aller vorhandenen Boote wurde draußen, am Ende des Riffs, wo das Meer noch flach war, ein Steinwall aufgeschüttet, so lange, bis er ein gutes Stück über dem Meeresspiegel herausragte. Man ließ ihn sich setzen und wartete ab, ob er stark genug war, auch dem stürmischen Meer standzuhalten. Sobald man sich dessen sicher war, baute man das Fort auf den Wall und stattete es mit guten Kanonen aus, die die *Rebecca* aus England herbeigeschafft hatte. Als das nächste Sträflingsschiff kam, wurde es gleich an der offenen Stelle mit einem Schuß vor den Bug begrüßt, so daß es nicht einmal Zeit hatte, die Sträflinge über Bord zu werfen, sondern schleunigst verschwinden mußte.

Nun folgten Jahre friedlichen Aufbaus und erstaunlicher Prosperität auf der Insel Delfina. Die alte Oberin wurde an die Zeiten unter den Puritanern erinnert, an die guten alten Zeiten, in denen die Insel auch einen Triumph nach dem anderen gefeiert hatte. Newhorne entwickelte sich zu einer sauberen, reichen Stadt mit Geschäfts- und Villenvierteln. Noch mehr

Banken, Handelshäuser, Läden und Werkstätten entstanden, ein Theater wurde wieder eingerichtet, ein neuer Park mit Springbrunnen angelegt, und auf die Appelle der Engländerinnen hin, in einen richtigen Park gehöre eine Statue, ließ Stonehead die völlig bemooste Statue König Georgs II. mit Pferden aus dem Morast ziehen.

„Du willst doch nicht etwa diesen Kerl aufstellen?" fragten ihn seine alten Kameraden befremdet.

„Ich denke nicht daran", antwortete Stonehead. „Aber er kann uns trotzdem nützlich sein."

Er rief den Steinmetzen und übergab ihm die Statue.

„Mach was andres draus", sagte er, „so, daß man den König nicht mehr erkennt."

„Der hier ist aus Metall", sagte der Steinmetz. „Ich bin für Stein zuständig."

„Dann such dir einen Schmied. Du hast die Phantasie, und er kann mit Metall umgehen. Zusammen werdet ihr doch wohl etwas fertigbekommen, was man einigermaßen erkennen kann."

Ein Vierteljahr später wurde das Standbild eines zerlumpten Sträflings aufgestellt, das vor allem von den Damen sehr bewundert wurde.

Daraufhin bekam der Steinmetz sehr viele Aufträge. Neue Gärten entstanden in den Villenvierteln, und die Gärten mußten Figuren und Statuen haben, und hatte eine Dame einen Amor im Garten, mußte die Nachbarin auch einen haben, wenn nicht gar zwei. Inzwischen reichten auch die Schulen nicht mehr aus. Die Mädchen aus Yolandas Villa hatten ihr Bestes getan, aber als die neue Generation das zwölfte Lebensjahr erreicht hatte, war ihr Wissen erschöpft. Nun mußten andere Lehrer her. Man holte aus England zweiundzwanzig Schulmeister und Universitätsprofessoren, die arbeitslos waren, und übertrug ihnen den Aufbau des Schulsystems auf der Insel. Diese Pädagogen, die in England nicht zum Zuge gekommen waren, leisteten auf Delfina Hervorragendes. Später wurden die Schulen und die Universität Delfinas so berühmt, daß begüterte Eltern im ganzen karibischen Raum ihre Kinder nach Delfina schickten.

Der Wohlstand brach über Delfina herein. Schiffe kamen und gingen, Fracht wurde ein- und ausgeladen, eine von der Madame entworfene Flagge wurde gehißt – Delfina proklamierte sich als selbständiger Staat und entsandte diplomatische Vertreter in die wichtigsten Länder am und im Karibischen Meer. Allmählich nahm die neue Generation die Geschicke der Insel in die Hände.

Die Madame starb und wurde mit allem Zeremoniell eines Staatsbegräbnisses zu Grabe geleitet. Ihre Damen zogen sich allmählich vom aktiven Bordelldienst zurück, ins Nebenhaus, das als Altenteil eingerichtet wurde. Einige arbeiteten trotzdem als Lehrerinnen für die Anfangsklassen weiter, andere entschlossen sich, Nonnen, allerdings Laienschwestern, zu werden, und zwei heirateten kinderreiche Witwer. Eine aber, ein sehr unternehmungslustiges Geschöpf, wurde neue Madame, ließ eine neue Belegschaft einschlägig erfahrener Mädchen aus Frankreich kommen und die ganze Yolandasche Villa auf den neuesten Stand der Bordell-Innenausstattung bringen. Alles wiederholte sich in Delfina, alles war schon einmal dagewesen, auch das Spielkasino, das jetzt wieder im Parterre eingerichtet wurde, und die Kutschen und Sänften, die durch die Straßen zogen. Es gab bald keine armen Leute mehr auf Delfina, und für die Alten wurde gesorgt. Die kaffeebraune neue Generation war neugierig, England kennenzulernen, die Heimat ihrer Väter, und viele reisten hin, was ihnen ja von den englischen Behörden nicht verwehrt werden konnte, und brachten bürgerliche Atmosphäre mit zurück: gestickte Tischdecken, Ahnenporträts an den Wänden, die letzte Mode, Tischsitten, Höflichkeitsfloskeln, Kandelaber und die neuesten Gesellschaftstänze.

Wer nicht daran dachte zu sterben, war die alte Oberin auf dem Nonnenhügel. Es störte sie nicht mehr, daß sie ganz allein stand, ohne Kontakt mit dem Heiligen Vater in Rom und ohne Anerkennung ihrer Klostergemeinschaft durch die kirchlichen

Behörden. Das alles war ihr unwichtig geworden. Sie war von den Alten aus den Zeiten der Puritaner ganz allein übriggeblieben. Ihre beiden Mitschwestern, die ehemaligen Yolandaschen Nonnen, waren eines sanften Todes gestorben, und nun widmete sie sich fast ausschließlich der Erziehung ihrer Tochter und den Geburten auf der Insel sowie der Ausbildung der neuen Nonnen zu guten Hebammen.

Die Tochter war ein entzückendes junges Mädchen geworden, aber sie versteckte die Faunsohren sorgfältig unter einem Häubchen. Denn in ihrem achten Lebensjahr, als ihre weibliche Eitelkeit erwacht war, hatte ein Spiegel in ihr den Wunsch erweckt, sich genau zu betrachten. Sie hatte aufmerksam ihr Äußeres erforscht und das Häubchen gelöst, was ihr verboten war. Überrascht hatte sie ihre spitzen Faunsohren bestaunt, die sie bisher nur manchmal heimlich beim Baden oder beim Häubchenwechsel betastet hatte. Sie waren doppelt so lang wie gewöhnliche Menschenohren und flaumig behaart. Sie konnte sie sogar spielen lassen! Damals war sie, während ihre Mutter auf der anderen Seite der Insel einer Wöchnerin beigestanden hatte, glücklich den Hügel hinuntergestürmt, ohne Häubchen, um ihren Spielgefährtinnen ihre Ohren zu zeigen. Sogleich war sie umringt und bestaunt worden. Man hatte ihre Lauscher befühlt, und auf Wunsch hatte sie diese hin- und herbewegt. Aber bald war die allgemeine Neugier erloschen, die Kinder hatten sich wieder verlaufen, und die Kleine hatte verlassen dagestanden. Am nächsten Tag hatte man ihr in der Schule Spottverse nachgerufen. Seitdem hatte sie selbst darauf geachtet, daß ihr Häubchen immer die Ohren verdeckte.

Und nun besaß sie allen Liebreiz einer Siebzehnjährigen. Sie hatte einen zierlichen Gang, der an den der Bergziegen erinnerte, und einen Mund, der, obwohl noch ganz verträumt, viele junge Männer veranlaßte, sich nach ihr umzudrehen. Faßte einer den Mut sie anzusprechen, so senkte sie den Blick, preßte die Lippen aufeinander und schwieg. Aber je mehr sie sich verschloß, um so mehr Galane träumten von ihr. In den

Sonnenuntergangsstunden, wenn die laue, blaugrüne Luft schmeichelte, öffnete sie das Fenster ihres Klosterkämmerchens, beugte sich hinaus und empfing mit leuchtenden Augen die Blumensträuße, die mit den Winden schwammen. Ein Hibiskuszweig nestelte sich in ihr Haar, ein Orchideenstrauß wirbelte um das Kloster und segelte auf sie zu, eine Nelkenblüte wehte aus der Stadt herauf und in ihre Hände. An einem Band, das am Stengel befestigt war, hing ein Brief. Sie las ihn und errötete: *Triff mich heute abend, wenn die Sonne untergegangen ist, am Springbrunnen im Park!*

Sie vergaß ihre Ohren, zog ihr schönstes Kleid an, setzte ihr Häubchen auf und ging in den Stadtpark hinunter, zum Springbrunnen, als die Sonne untergegangen war. Kurz nach Mitternacht kehrte sie auf den Nonnenhügel heim, die Augen voller Tränen, die Nelke verloren, das Häubchen verrutscht, das Haar zerzaust: Er hatte ihre Faunsohren entdeckt und sie verlassen.

„Du dummes Ding", sagte ihre Mutter, nachdem sie die ganze Geschichte aus ihr herausgefragt hatte. „Einer, der deine Ohren nicht mag, verdient dich nicht. Als du klein warst, hab' ich dich ein Häubchen tragen lassen. Wie dumm von mir. Geh ohne Häubchen herum, dann werden sich die Leute an den Anblick deiner Ohren gewöhnen, und du wirst die erkennen, die dich wirklich gern haben, egal was für Ohren du hast."

Ein Jahr später heiratete sie den grünen Sohn des früheren englischen Gouverneurs Chew-Waddell und des Meerweibchens. Seine Pflegemutter, die Eingeborene, hatte ihn mit aller Liebe großgezogen und in die Schule geschickt. Bei einem Maler war er in die Lehre gegangen, der Ladenschilder und Firmennamen und dergleichen anzufertigen pflegte, und so war er, den sein Vater Arkadi genannt hatte, Maler geworden. Bald hatte er aufgehört, Ladenschilder zu malen, und hatte mit Stilleben und Porträts begonnen. Seine Bilder waren bis hinunter nach Südamerika sehr begehrt. Obwohl er seine Gemälde kaum je signierte, waren sie doch auf den ersten Blick als die seinen erkennbar, denn er malte allen Frauen etwas zu lange und zu spitze Ohren. Und seine Stilleben wurden stets beherrscht von einem wunderbaren, satten Grün. Da Künstler sich fast immer etwas außerhalb der bürgerlichen Norm aufhalten, hatte man sich an seine grüne Hautfarbe gewöhnt.

Es wurde eine äußerst glückliche Ehe. Die Hochzeit der beiden wurde zum gesellschaftlichen Ereignis der Insel, denn Stonehead selber, inzwischen alt und zum sechsten Mal gewählt, richtete die Hochzeit aus, um die Brautmutter, die im Lauf der Zeit über sechshundert Kindern ins Leben geholfen hatte, zu ehren. (Daß der grüne Maler der Sohn dessen war, den er mit der Putte erschlagen hatte, wußte er nicht.) Die Braut, nun wieder voller Selbstvertrauen, trug zierliche, golddurchwirkte Tüllfutterale über den Ohren, und die Brautjungfern hatten ihre Ohren ähnlich geschmückt. Plötzlich wurde diese modische Arabeske von allen Frauen für todschick erklärt und in Windeseile aufgegriffen. Ohrenfutterale waren der große Modeschlager. Sie beherrschten ringsum die kommende Saison. Es gab Fauns-, Esel-, Pudel- und Katzenohren, die man mittels schmiegsamen Futters über die eigenen Ohren zog, es gab Elefanten- und Tigerohren, passend zum Charakter der Trägerin. Beliebt waren Phantasieohren aus Pelz, Brokat oder Seide mit Lochstickerei oder Flitter, verziert mit Quasten und Tätowierungen, gezackt, gepaspelt, umhäkelt. Ungeahnte Möglichkeiten ergaben sich: Hund und Frauchen die gleichen Ohren, Mutter und Kind ebenfalls. Die höchsten Familien Newhomes trugen die Ohren golddurchwirkt und sehr steif.

Arkadis junge Frau war glücklich. Sie trug ihre Ohren mit Grazie. Ihre Kinder fielen teils grün aus, aber schon bläßlichgrün, teils faunsohrig, und eines hatte beide Merkmale geerbt. Das jüngste aber war ganz normal wie ein gewöhnlicher Inselmensch. Bis spät ins neunzehnte Jahrhundert fand man auf der Insel hier und da immer noch Menschen mit grünlicher Hautfarbe oder auffallend spitzen Ohren.

Was wäre aus den nächsten, ruhigen Jahren an besonderen Ereignissen noch zu erwähnen? Daß sowohl die Protestanten wie auch die Katholiken Geistliche auf die Insel schickten, die sich eifrig bemühten, die laxen Christen zu aktivieren und die Insel in ihre Hand zu bekommen.

Stonehead ließ sie gewähren. Er schritt erst ein, als die drei katholischen Priester von der Kanzel herab der Bevölkerung empört verkündeten, die Nonnen im Nonnenkloster seien gar keine richtigen Nonnen, denn das ganze Kloster samt Oberin sei von den kirchlichen Behörden nicht anerkannt. Die Bevölkerung regte sich über diese Eröffnung keinesfalls so auf, wie die drei Priester das gern gesehen hätten, und Stonehead drohte ihnen, er werde sie ausweisen, wenn sie die braven Hebammen nicht in Ruhe ließen.

Nun bauten die Priester eine stattliche Kirche an den Marktplatz der Stadt Newhome. Und gegenüber, auf der anderen Seite des Marktplatzes, entstand eine protestantische Kirche. Gegen diese beiden Kolossalbauten sah die Kirche der englischen High Church recht bescheiden aus.

Mitten in diesem Kirchenrummel strandete wieder einmal ein Schiff. Es stieß nachts gegen das Riff und blieb hängen. Im Morgengrauen barst es in zwei Teile. Zum maßlosen Erstaunen der Inselbewohner verschwand es alsbald in einem Berg von weißem Schaum. Der breitete sich aus, überzog allmählich die ganze Oberfläche des Meeres vom Riff bis zum Inselstrand und verursachte eine Panik unter der Bevölkerung. Beherzte Männer wagten sich an den Strand hinunter und untersuchten die weißen Flocken. Es stellte sich heraus – später bestätigt durch zwei Schiffbrüchige, die sich als einzige durch den Schaum hatten durcharbeiten können –, daß das Schiff unter anderem Seife geladen hatte, fünf Tonnen Seife! Dies war eine Sendung des spanischen Monarchen an seine Untertanen in Mexiko, von denen ihm aus zuverlässiger Quelle berichtet worden war, sie wüschen sich nur zweimal im Jahr und auch dann nur mit Wasser und feinem Sand. Nun war die Seife statt dessen bei der

Insel Delfina gelandet und schäumte an deren Ufern hoch. Seifenblasen schwebten durch die Luft und verfingen sich im Gras der Hügel. Überall glitzerte es in den sieben Regenbogenfarben. Alle Fische krepierten in diesen Gewässern, auch die Austern litten große Not und schmeckten nach Seife, ebenso die Muscheln. Am besten kamen noch die Schildkröten davon, die sich rechtzeitig an Land retten konnten.

Sobald sich die Inselfrauen von der Harmlosigkeit des Schaumes überzeugt hatten, trugen sie alle Säuglinge und alle Wäsche zum Meer und jagten ihre Kinder zum Strand hinunter. Ganz Reinlichkeitsbesessene schleppten auch Möbel, Nachtstühle, Geschirr (vor allem Pfannen) und Spielsachen an den Strand. Eine wilde Wasch- und Schrubborgie begann, in deren Verlauf ein Säugling ertrank und ein Nachtstuhl wegschwamm. Am nächsten Tag erfuhr man von den zwei Überlebenden, die vierundzwanzig Stunden lang Seifenwasser erbrochen hatten, daß der zweitgrößte Posten Frachtgut dieses Schiffes zwölf Kisten mit Nippes-Figuren gewesen seien, bestimmt für ein großes mexikanisches Handelshaus. Tatsächlich fand man noch drei verschlossene Kisten im Riff, zwei weitere waren zerbrochen, und die Nippes-Figuren lagen zerstreut zwischen den bizarren Korallengewächsen: Flötenbläser, kränzeflechtende und schlafende Schäferinnen, verliebte Schäfer, Amor und Psyche und dergleichen.

Noch Jahre danach betrachteten es die jungen Burschen der Insel als besonders reizvollen und waghalsigen Sport, nach den Nippesfiguren zu tauchen. Die drei noch verschlossenen Kisten wurden geborgen, und ihr Inhalt wurde für einen geringen Preis zugunsten eines Waisenhauses, das man zu bauen und einzurichten gedachte, an die Bevölkerung verkauft.

Aus dem Seifenwasser bargen Fischer auch ein altes, verhutzeltes Meerweibchen, das, den Bauch nach oben, dahintrieb und erst für einen toten Fisch gehalten wurde. Im Hospital päppelte man es wieder auf, aber bald stellten sich andere, neue Leiden ein: Ihm begannen die Schuppen auszugehen, von denen ein

Teil seines Körpers bedeckt war. Die Schwimmhäute zwischen seinen Fingern und Zehen verloren ihre Geschmeidigkeit und lösten sich sogar ab. Zu spät fiel den Ärzten ein, der Grund dieser Symptome könne darin liegen, daß das Meerweibchen gewohnt war, im Wasser zu leben. Sie besorgten ein großes Wasserbassin und legten es hinein. Aber es war, wie gesagt, zu spät. Außerdem hatten sie das Bassin mit Süßwasser statt mit Meerwasser gefüllt. Und so starb das Meerweibchen nach zwei Monaten Landaufenthalt im Alter von etwa fünfundsechzig bis siebzig Jahren. Man begrub es auf dem Friedhof am Hang, in der Nähe des Yolandaschen Ameisenhaufens.

Die Oberin, obwohl nun schon über hundert Jahre alt, starb nicht. Tag für Tag ging sie ihrem Hebammendienst nach und hätschelte in der wenigen Freizeit, die ihr blieb, ihre Enkelkinder. Ihr einziger Kummer war die sterile Madonna, die so gar kein Wunder zustandebrachte und um derentwillen niemand auf den Knien den Kreuzweg heraufrutschte. Nach und nach wurde die Oberin immer kindlicher. Vielleicht brachte das der Umgang mit den Wöchnerinnen mit sich, die sie während der Wehen tröstete, wie man ein krankes Kind tröstet. In ihrer Sprache nisteten sich immer mehr Diminutive ein, bis sie nur noch von Inselchen und Meerchen und Klösterchen und „meinen lieben Hebämmchen" sprach. Und wenn ein Kind mit einer Hasenscharte oder sechs Fingern zur Welt kam, pflegte sie zu seufzen und zu sagen: „Was weiß man, was im Köpfchen des Lieben Gottes vor sich geht?"

Wie meist in einem reichen Staat, zeigten sich nach einigen Jahren anhaltenden Glücks und Wohlstands die ersten Rebellen gegen das gutbürgerliche Leben. Ein Hundemörder ging auf der Insel um und tötete aus reiner Mordlust die schönsten aus England importierten Rassehunde. Eine solche Tat wird ein Engländer nie verzeihen! Als man ihn endlich erwischte, wurde er von der rasenden Menge gelyncht. Man zertrampelte ihn. Seine Überreste fraßen die Hunde.

Dem Sohn eines französischen Matrosen, dem durch Skorbut sämtliche Zähne ausgefallen waren, wuchsen plötzlich die beiden oberen Eckzähne derartig groß aus dem Kiefer, daß er sie mit seinen Lippen nicht mehr bedecken konnte. Sobald sie ausgewachsen waren, schlich er sich nachts an fremde Häuser heran, kroch durch die Fenster in die Schlafzimmer, schlug die Zähne in die Hälse friedlich Schlafender und saugte ihnen das Blut aus dem Körper. Man exekutierte ihn nicht, sondern versuchte erst einmal, ihm aufgrund eines richterlichen Befehls die beiden Eckzähne zu ziehen, was denn auch gelang. Damit hatte der arme Teufel Ruhe vor dem Drang, Blut zu saugen. Man vermutete, daß eine der inzwischen vergreisten Zauberinnen bei diesen Zähnen die Hand im Spiel gehabt hatte, aber alle drei Weiber stritten energisch ab, irgend etwas mit dem Vampir zu tun gehabt zu haben.

Der merkwürdigste Fall war der des Rektors der Universität, die, wie schon erwähnt, viel Ansehen genoß. Eines schönen Morgens warf er Talar und Bücher zum Fenster hinaus, beschaffte sich einen Spaten und begann auf der Insel herumzuwühlen, um Morgans Schatz zu finden. Er ließ sich von niemandem überzeugen, daß seinerzeit Rowland schon jede Scholle der Insel umgedreht hatte. Es gelang nicht, ihn zur Rückkehr auf seinen Posten zu bewegen. Die verlockendsten Gehaltserhöhungen reizten ihn nicht. Er ließ sich Bart und Haupthaar, auch Finger- und Fußnägel wachsen und nahm, was um ihn herum vor sich ging, nicht mehr wahr, sondern starrte nur auf die Erde, wenn er nicht gerade grub. Alles Gelände, das der Seeräubersohn Rowland durchwühlt hatte, grub er noch einmal um. Aber er fand nichts als ein dünnes Perlenkettchen indianischen Ursprungs im Ufersand und ein paar altmodische Silberknöpfe samt einer verzierten Schnalle unterhalb eines Felsenhangs zwischen den Hügeln.

So ging das achtzehnte Jahrhundert zu Ende. England ignorierte die Insel, seitdem es ein Schiff vor der Hafeneinfahrt Delfinas verloren hatte. Die Enkel der ehemaligen Sträflinge lebten in Saus und Braus und schickten ihre Söhne teils nach Paris, teils nach London zum Studieren. (Nur die Limericker

Iren, noch immer strenge Katholiken und ebenso strenge Patrioten, sandten ihre Söhne nach Limerick.)

Drei Delfiner Köpfe rollten in der Französischen Revolution in die Guillotinekörbe. Ein junger Mann von Delfina saß zeitweilig im Revolutionsrat: der Sohn eines der beiden französischen Schiffsoffiziere. Und mehrere Söhne der Insel kehrten schleunigst heim und erzählten, was da in Frankreich vor sich ging.

Kein Delfiner Bürger konnte die Aufregung um die Proklamation der Menschenrechte verstehen, denn hier waren sie ja schon seit langem selbstverständlich. Warum also ein Geschrei um etwas, das so geläufig war?

Aber bald sollte Delfina erfahren, was es heißt, ohne Menschenrechte zu leben. Denn eines Tages starb Stonehead friedlich in seinem Bett und wurde unter Anteilnahme der gesamten Bevölkerung begraben. Er hatte die Insel alle die Jahre gut geführt und war von ihren Bewohnern als oberster Leiter der Inselgeschicke anerkannt worden, wie auch er den Willen der Bevölkerung respektiert und die Spielregeln der Demokratie geachtet hatte. Nun mußte ein neuer Inselpräsident gewählt werden.

Gleich bei den Wahlen entstanden die ersten Unruhen. Die Bürger von Newhome wollten einen Newhomer als Präsidenten, die Bevölkerung der übrigen Insel bestand auf einem der Ihren, war allerdings unter sich auch wieder nicht einig, denn es sollte keiner aus Fishbone sein, dem Ort, über den man die Nase rümpfte. Als die Newhomer die Wahl gewannen, versuchten die Dörfler, sie für ungültig zu erklären. Schließlich wurde noch einmal gewählt. Die Dörfler fälschten Wahlzettel, was auch prompt herauskam und in Newhome helle Empörung hervorrief.

Die Insel blieb vorerst ohne Oberhaupt und zerfiel schließlich in zwei Teile, von denen sich jeder als souveräner Staat erklärte. Aber jeder der beiden Staaten wollte den Namen der

Insel für sich selbst beanspruchen. Man einigte sich nach langen Verhandlungen auf Delfina-Stadt und Delfina-Land.

Ein aus Europa heimgekehrter, großschnäuziger Enkel eines Sträflings wurde von den Newhomern zum Präsidenten gewählt, ein Limericker von den Dörflern. Der Ire, ein kluger, aber starrsinniger Kopf, sah bald ein, daß Delfina-Land nicht lebensfähig war ohne Delfina-Stadt, denn Newhome besaß den Hafen und somit die Verbindung zur Außenwelt. Ohne den Hafen mußten die Dörfler auf den früheren Lebensstandard der Eingeborenen zurückfallen und von Kokosnüssen, Schildkrötenfleisch und Fischen leben.

Während der Limericker nach einem Weg grübelte, sich der Stadt und des Hafens Newhome zu bemächtigen, tat sich in Newhome Seltsames: Der neugewählte Präsident, der einige europäische Höfe kennengelernt hatte und die Monarchen bewunderte, setzte die bisherige Konstitution außer Kraft und proklamierte sich selbst zum Kaiser von Delfina-Stadt. Die Bürger Newhomes, die diese Neuerung ohne Widerspruch hinnahmen, teils in der Meinung, eine Monarchie sei vielleicht *more fashionable*, teils im Glauben, ein Wechsel in der Regierungsform tue einmal ganz gut, merkten zu spät, was sie sich eingebrockt hatten. Von einem Mitspracherecht der Bevölkerung war nicht mehr die Rede. Der Kaiser entschied souverän.

Noch ehe die Leute richtig erkannten, was mit ihnen gespielt wurde, hatte er sich eine kleine Garde von achtzig Mann und einige Geheimagenten aus Frankreich kommen lassen mit der Begründung, Delfina-Stadt müsse ein stehendes Heer haben, um sich im Notfall gegen Angriffe seitens Delfina-Land verteidigen zu können.

Er erhöhte die Steuern, die bisher minimal gewesen waren, um ein Vielfaches, gab seiner Garde eine farbenprächtige Uniform, befahl, das Gouverneurspalais abzureißen, das seinen Ansprüchen nicht genügte, einige benachbarte Häuser und Kaufläden dazu, ohne sich um den Protest der Besitzer zu kümmern, und ließ einen für Inselverhältnisse riesigen Palast mit mehreren Innenhöfen und einem ausgedehnten Park erbauen. Alle männlichen Bewohner Newhomes mußten sogenannte Palastgelder bezahlen oder entsprechend viele Tage am Bau mitarbeiten. Dafür stellte ihnen Roger I., wie er sich nannte, den Ruhm einer strahlenden Monarchie im karibischen Raum und seine, Rogers, besondere Gunst in Aussicht. Insgeheim träumte er davon, erst Delfina-Land, dann nach und nach die Inseln im Karibischen Meer und schließlich auch das angrenzende Festland zu erobern und zu beherrschen. Er sah sich bereits auf einem Thron aus massivem Gold sitzen, ehrfürchtig umringt von einem gewaltigen Hofstaat. Die vielen kleinen europäischen Länder zitterten vor seiner Macht, die Abgesandten der europäischen Monarchen umbuhlten ihn! Und warum sollte er nicht eines Tages auch Europa, ja Asien erobern?

„Ja, ja, dieses Jüngelchen", sagte die alte Oberin während einer Entbindung. „Gleich damals bei seinem Gebürtchen habe ich gemerkt, daß in seinem Gehirnchen was nicht stimmt..."

Diese Bemerkung wurde von einem Geheimagenten zufällig aufgefangen (man hatte ihn, um das Volk auszuhorchen, als Knecht in das Haus der Wöchnerin vermittelt) und dem Monarchen hinterbracht. Wutschnaubend ließ er die Oberin von der Entbindung weg verhaften und sie zum Tode durch Ertränken verurteilen.

„Wenn ich nur untergehe", sagte die Oberin, die im Laufe ihres langen Lebens gelernt hatte, über den Dingen zu stehen. „Denn ich bin so ausgedörrt, daß ich von allein schwimme."

Weinend stand die Bevölkerung am Strand: die Untertanen des Kaisers Roger I. von Delfina-Stadt. Oben auf den Hügeln hatte sich das Volk von Delfina-Land versammelt und schaute verstört herab. Alle waren in Tränen aufgelöst, sogar starke Männer hörte man schluchzen. Die Garde stand in Alarmbereitschaft. Vor kurzem erst aus Frankreich importiert, waren die Gardisten die einzigen, die nicht von den Händen der Oberin oder ihrer Helferinnen ins Leben befördert worden waren.

Deshalb spürten sie auch keine Gefühlsregungen. Die Feindschaft der Bevölkerung machte sie doppelt scharf.

Von Bord der guten alten *Rebecca* sah Roger I. zu, wie die alte Oberin in einem Boot hinausgerudert und kurz vor dem Riff, an der offenen Stelle, wo das Wasser besonders tief war, über Bord geworfen wurde. Die Zuschauer hielten den Atem an oder stießen Entsetzensschreie aus. Aber zum großen Erstaunen aller ging sie nicht unter, sondern trieb, auf dem Rücken liegend, die Hände auf dem Bauch gefaltet, den Blick, so weit es die Sonne erlaubte, gen Himmel gerichtet, auf der Wasseroberfläche.

Der Sohn eines Matrosen aus Fishbone, der von seinem Vater ein irgendwo gestohlenes Fernrohr geerbt hatte, erstattete den Leuten auf den Hügeln Bericht über die näheren Einzelheiten.

„Stoßt sie mit Stangen unter Wasser!" befahl der Kaiser. „Sie hat es nicht anders verdient! Sie hat den Monarchen beleidigt!"

Die vier Gardesoldaten, die im Boot saßen und verlegen um die Alte herumruderten, starrten finster auf ihre Füße.

„Na, wird's bald?" rief der Kaiser von der *Rebecca* herunter. „Oder wollt ihr etwa meinen Befehl verweigern?"

„Tut mir leid, Majestät", antwortete der Rangälteste der vier, ein abgebrühter Korporal. „Nicht etwa, daß mich die Alte rühren würde. Sie ist mir gleichgültig. Aber so eine verhutzelte Greisin unter Wasser drücken, das ist etwas, was ich nicht tue. Ich bin Katholik, und ich will später nicht in aller Ewigkeit in der Hölle braten."

„Das wirst du mir büßen!" brüllte der Kaiser. „Zwanzig Golddublonen dem, der es tut!"

Es fand sich niemand.

„Sie wird schon untergehen, wenn sie erst richtig durchweicht ist", sagte der Hauptmann der Garde. „Es ist das beste, Majestät brechen das Schauspiel ab und kehren an Land zurück."

„Wann ich an Land zurückkehre, bestimme ich!" antwortete der Kaiser gereizt, blieb noch eine Weile und gab dann den

Befehl zur Rückkehr. Die vier Bootsleute ließ er sofort verhaften und den alten Korporal am nächsten Tag wegen Befehlsverweigerung füsilieren. Die Garde mußte sich nun rings am Ufer aufstellen und verhindern, daß die Bevölkerung die Alte herausfischte. Ohne eingreifen zu können, mußten die Leute zusehen, wie die Oberin auf dem Wasser dahintrieb, den Strömungen des Meeres ausgeliefert. Eine Weile saß eine Möwe auf ihrem Knie. Eine Viertelstunde lang geriet sie in einen sanften Strudel und wurde im Kreis herumgetrieben. Gegen Abend flog die Möwe davon. Die Sonne spiegelte sich im Meer, das ganze Meer war blutrot von den Abendwolken, und mitten darin schwamm die Oberin als schwarzer Punkt.

Kaum war die Sonne untergegangen, trieb die Alte nach Süden ab, hinaus aus den Hoheitsgewässern des Staates Delfina-Stadt und hinein in die Hoheitsgewässer von Delfina-Land, wo alle vorhandenen Ruderboote der Dörfler warteten, um sie zu retten. Im Triumph wurde sie auf Männerschultern nach Limerick-Aberystwyth getragen. Kannenweise flößte man ihr heißen Tee ein, bis sie kräftig dampfte. Das Abenteuer kostete sie nur einen leichten Schnupfen.

Ganz Delfina-Land flaggte. Der großen Hebamme politisches Asyl zu gewähren, war den Dörflern höchste Ehre. Der Kaiser raste vor Wut. Aber Delfina-Land anzugreifen wagte er noch nicht, und so blieb die Oberin in Limerick-Aberystwyth unter dem besonderen Schutz des dortigen Präsidenten und wurde von den Dörflern wie eine Heilige verehrt. Sie konzentrierte sich auf die Geburten in Delfina-Land, die nach wie vor zahlreich waren. Die Newhomer Schwangeren aber sahen ihren Entbindungen in großer Sorge entgegen, da sie nun nur noch die von der Oberin angelernten Hebammen zur Verfügung hatten, die gewiß gut waren, aber eben längst nicht die vielfältigen Erfahrungen der Alten besaßen. Sogar die eigene Tochter der Oberin mußte nun schauen, wie sie ihre Kinder zur Welt brachte (es waren diesmal Zwillinge). Sie hatte nicht einmal ihren Mann bei sich, der ihr Beistand leisten konnte, denn der saß im Gefängnis: Der Kaiser hatte sein Porträt von ihm malen lassen, aber das war nicht so ausgefallen, wie er, Roger I., sich das vorgestellt hatte. Arkadi hatte sich geweigert, einige Veränderungen daran vorzunehmen, die den Kaiser hätten vorteilhafter erscheinen lassen. Und so saß er nun im Gefängnis und mußte um sein Leben bangen.

Wie hilflose Küken, denen der Fuchs die Glucke geraubt hatte, gebärdeten sich die Hebammen auf dem Nonnenhügel. Sie verfaßten sogar eine Petition und sandten eine Abordnung zum Kaiser. Der stellte der Oberin auch wirklich eine Begnadigung in Aussicht, sofern sie öffentlich ihre Behauptung zurücknähme, daß etwas in seinem Gehirn nicht stimme.

„Dem werd' ich was!" schnaubte die Alte, als ihr seine Bedingungen zu Ohren kamen. „Darauf kann er lange warten, der arme Trottel!"

Das kleine Gefängnis, das Stonehead seinerzeit hatte errichten lassen, um Betrunkene auszunüchtern oder Jähzornige zu beruhigen, reichte nun nicht mehr aus. Der Kaiser ließ im Keller des Forts auf der Landzunge über fünfzig Einzelzellen einrichten, die sich alsbald mit Rebellen, Verdächtigen und Widerspenstigen füllten. Ein weiteres Gefängnis wurde in Newhome selbst errichtet, für Frauen und leichtere Fälle. Newhome entvölkerte sich langsam. Die Straßen wurden immer leerer. Nur noch ein Bäcker stand der Bevölkerung zur Verfügung, die Schuster der Stadt saßen alle im Kittchen, einen freien Schmied gab es auch nicht mehr, und drei Schulen mußten wegen Lehrermangels geschlossen werden. In der Universität saßen die Professoren vor leeren Bänken und verschwanden schließlich auch in den Gefängnissen. Im Theater gab es keine Vorstellungen mehr, denn von allen Schauspielern war nur noch die Komische Alte auf freiem Fuß. Die Lebensmittel wurden knapp: Jene Leute, die nachts heimlich Mehl, Fleisch und Eier aus Delfina-Land herüberschmuggelten, wurden immer rarer.

Ein paar mutige Männer aus Newhome planten ein Komplott gegen den Kaiser. Es wurde von den Geheimagenten aufgedeckt. Drei Newhomer wurden füsiliert. Ein halbes Jahr später trafen sich Newhomer Männer heimlich mit den Dörflern und baten um deren Hilfe im Kampf um die Freiheit. Auch dieses Vorhaben mißlang, und vier weitere Männer wurden erschossen. Auf den Straßen Newhomes wagte man nur noch zu flüstern und fürchtete sich vor dem arglosen Geplapper der eigenen Kinder.

„Gott sei Dank haben wir die Dame im Riff", raunten die Newhomer, denn die Sage von der Wohltäterin war lebendig geblieben und gab jetzt, in dieser Misere, neue Hoffnung. „Es wäre nun an der Zeit, daß sie eingriffe –"

Der Kaiser erhöhte die Steuern auf das Doppelte und ließ sich Diener und Hofstaat aus Europa kommen. Er sandte Vasallen aus, die um eine ihm angemessene Braut des europäischen Hochadels werben sollten. Seine Gesandten merkten bald, wie peinlich ihre Mission war, denn auf den europäischen Höfen hatte man noch nie etwas von einem Kaiserreich Delfina-Stadt gehört. Viele Mitglieder des Hochadels, in Geografie nicht sonderlich bewandert, stellten sich Roger I. als fetten Eingeborenen-Prinzen mit Nasenring und Lendenschurz vor. Nur in England wußte man, wie und was Delfina war (allerdings nicht, daß es sich gespalten hatte), aber dieser widerspenstigen Insel grollte man noch immer, und als die Gesandten mit ihrem Anliegen herausrückten, ernteten sie nur ein Hohngelächter.

Auch im mittleren Adel war nichts zu machen, obwohl die Gesandten bis nach Dänemark, ja sogar bis nach Schweden und Rußland reisten. Dort gerieten sie in den Trubel der napoleonischen Niederlage, wurden vom Strom der westwärts flüchtenden Franzosen mitgerissen und froren sich die Zehen ab. Einer mußte die Treue zum Kaiser sogar mit dem Leben bezahlen, denn als er in einer vor Kälte klirrenden Nacht von dem großen russischen Ofen einer Hütte herabstieg und draußen seine Notdurft verrichtete, erfror er.

Seine Gefährten, die, wenn auch mit erfrorenen Zehen, Mitteleuropa lebend erreichten, fanden schließlich in einem der zahlreichen deutschen Kleinstaaten eine gewisse Amalia, Baroneß von Alteich-Breitenfeldern, die mitten im Gesicht einen scheußlichen, handtellergroßen Leberfleck trug. Sie war schon fast vierzig Jahre alt und hatte aus begreiflichen Gründen immer noch keinen standesgemäßen Gatten gefunden. Nach langem Hin und Her – man wollte das alte Mädchen zwar loswerden, es aber auch nicht gerade in die Wildnis schicken – wurde man sich einig. Begleitet von ein paar Verwandten, reiste sie nach Amsterdam, wo die *Rebecca* wartete. Da ihre Eltern Vetter und Cousine gewesen waren und ihre Großmutter mütterlicherseits ihrem eigenen Onkel angetraut worden war, hatte Amalia zwar durch und durch blaues Blut, war aber zugleich auch maßlos dumm ausgefallen. Sie kicherte albern, wenn man sie etwas fragte, und konnte nur mit Mühe zusammenrechnen, wieviel Finger sie an beiden Händen besaß.

Nun, Roger I., sechsundzwanzig Jahre alt, hatte sich seine Gattin anders vorgestellt. Aber schließlich ließ er sich von den Gesandten überzeugen, daß er noch Glück gehabt habe, diese Dame zu bekommen. Er hätte sie wohl auch nicht zurückschicken können, ohne den Zorn des europäischen Adels auf sich zu ziehen.

Also wurde eine pompöse Hochzeit gefeiert, wobei das Brautpaar die Ehe erst vor einem katholischen, dann vor einem evangelischen Geistlichen schloß. Orden wurden verliehen, Titel verteilt. Die Geehrten waren ausschließlich Mitglieder des kaiserlichen Hofstaates. Sie versteckten aber vorsichtshalber die Orden nach der Zeremonie und trugen auch die Titel nicht öffentlich, denn sie hatten Angst vor den wenigen Newhomern, die sich noch außerhalb der Gefängnisse befanden.

In der Hochzeitsnacht hörte halb Newhome ein klägliches Geschrei: Der deutsche Adel hatte versäumt, die Braut aufzuklären. In ihrer Unschuld hatte sie geglaubt, Kinder entstünden durch Küsse. Noch am nächsten Tag stand ihr der Schreck in den Augen. Trotzdem wurde sie schwanger. Man befürchtete eine komplizierte Geburt, da sie schon recht alt war. Der

Kaiser, der einen Thronfolger erhoffte, war beunruhigt, Und wirklich, es kam, was kommen mußte: Die Schwangere, umringt von ratlosen Hebammen und zwei aus den Gefängnissen geholten Ärzten, lag über zwölf Stunden in Wehen, ohne daß das Kind sich bequemt hätte, zu erscheinen.

„Da kann nur noch die Oberin helfen", sagten die Hebammen.

Der Kaiser sandte einen Boten mit einer Kutsche zum Präsidenten von Delfina-Land in Limerick-Aberystwyth, mit der Bitte, die Oberin in den Palast zu schicken. Freies Geleit und eine reichliche Belohnung seien ihr zugesichert. Der Bote kam nach einer knappen Stunde im Galopp zurück. Er hatte das Kutschpferd bestiegen, denn die Kutsche war unterwegs in Brüche gegangen. Der Präsident, so berichtete er, habe ihn an die Oberin persönlich verwiesen, die, in der Nachbarschaft mit einer Geburt beschäftigt, nur den Kopf zur Tür des Wöchnerinnenzimmers herausgestreckt und ihm geantwortet habe, der Kaiser solle nur auf dem Meeresgrund herumstochern, da liege sie irgendwo.

Als die Kaiserin sich so rotviolett verfärbte, daß der Leberfleck in ihrem Gesicht nicht mehr auffiel, machte sich der Kaiser selber, in einer anderen Kutsche, natürlich mit geschlossenen Vorhängen, auf den Weg. Höhnisch grinsten die Leute, die ihm begegneten. Er biß die Zähne zusammen, merkte sich aber die Gesichter. Die Oberin hatte inzwischen die Entbindung hinter sich und wusch sich die Hände, als er kam.

„Lästig bist du schon, mein Jüngelchen", sagte sie, „aber um deiner Frau willen, die nichts dafür kann, werde ich mitkommen."

Sie verhalf dem Sohn Rogers I. zur Welt und rettete der Kaiserin das Leben. Sie tat es in ihrer freundlichen, aber bestimmten Art, der man keine Widerrede entgegensetzen konnte. Darauf kehrte sie nach Delfina-Land zurück. Daß der kleine Kronprinz, Augustus Alexander, eine Art Kalbskopf mit rosigen Nüstern hatte, dafür konnte sie wirklich nichts.

Die Not der Dörfler wuchs, denn es kamen keine Waren mehr von außerhalb in ihr Land. Die Nägel gingen aus, das Leder der Kühe konnte nicht gegerbt werden, denn der Gerber war in Delfina-Stadt ansässig. Zwei Medizinmänner, Söhne der Zauberinnen, mußten die Betreuung der Kranken übernehmen, da die Ärzte in Newhome wohnten (sie saßen außerdem, wie schon erwähnt, im Gefängnis), und auch der Hausbau stockte, denn die Ziegelei lag gleich vor den Toren Newhomes. Sehr bedauert wurde auch, daß Yolandas Villa nicht mehr erreichbar war. Anfangs drückten die Grenzposten auf beiden Seiten die Augen zu, und so war nachts viel Besuch aus Delfina-Land bei der neuen Madame und ihren Mädchen. Und aus Delfina-Stadt schlichen nachts immer mehr Frauen (die meisten Männer saßen ja im Gefängnis) nach Delfina-Land, um vor allem Milch und Butter nach Newhome zu schmuggeln. Bis der Kaiser die einheimischen Posten durch Angehörige seiner französischen Garde ersetzte, die sich mit der Bevölkerung nicht anbiederten.

Ohne Rücksicht auf die finanzielle Situation seines Reiches vermehrte er den Prunk in seinem Palast. Besonders hübsche und wohlerzogene Bürgermädchen akzeptierte er als Hofdamen, entließ sie aber fristlos, wenn sie sich als zu intelligent erwiesen. Er veranstaltete glänzende Feste, natürlich mit den Geldern seiner Untertanen, lud Gäste von anderen Inseln ein und kleidete seine Diener, deren es jetzt mehr gab als noch auf freiem Fuß befindliche Newhomer, in die phantasievollsten Livreen. Er ließ sogar eine Pariser Ballettgruppe kommen. Die kessen jungen Dinger machten sich aber bald derart über ihn lustig, daß er sie schleunigst wieder abschob. Darauf versuchte er es mit einem kompletten Streichorchester. Mit dümmlichem Gesicht wohnte die Kaiserin den Konzerten bei, langweilte sich entsetzlich und wickelte während der musikalischen Darbietungen die Brüsseler Spitzen ihres Kleidersaumes abwechselnd um Ring- und Zeigefinger.

Bei dem einzigen Schneider, den es noch in Newhome gab, ließ sich der Kaiser eine Paradeuniform mit zwölf Zoll breiten Epauletten nähen, die weit über die Schultern des schmächtigen Mannes ragten und mit langen goldenen Fransen verziert waren. Wenn er in diesem Galagewand die Türen des Palastes durchschritt, mußte er sich seitlich drehen, um die Epauletten an den Türrahmen nicht abzureißen.

Den Inhalt der Lesebücher für die Schulen stellte er persönlich zusammen, wobei er vor allem solche Lesestücke auswählte, die den Obrigkeitsbegriff stärkten. Ein gutes Dutzend Histörchen, die vom guten, weisen oder tapferen Kaiser Roger I. handelten, verfaßte er selbst. Sogar ein Gedicht brütete er unter anderem aus, auf das er besonders stolz war und das folgendermaßen begann:

> *Leiser, leiser –*
> *dort naht unser Kaiser!*

und so endete:

> *Drum schreit euch heiser:*
> *Vivat! Unser Kaiser!*

Er verordnete, daß jedes Schulkind dieses Gedicht auswendig zu lernen habe. Ebenso bemühte er sich um eine den neuen Verhältnissen angepaßte Nationalhymne, die er sogar vertonte. Sie gipfelte in der dritten Strophe.

> *... wir fühlten uns verloren,*
> *da nahte bald der Retter,*
> *der gute Kaiser Roger,*
> *in seinem Glanz ward unsre*
> *Insel wie neugeboren!*

Freilich, die letzte Zeile holperte etwas, aber was tat's, entscheidend war der Inhalt, und der bot nach Rogers Meinung das, worauf es ankam.

Im ersten Jahr seiner Regierung führte er die allgemeine Wehrpflicht ein, um immer genug Soldaten zur Hand zu haben, wenn ihn die Lust ankam, Paraden zu veranstalten. Aber schon im dritten Jahr marschierten bei Aufzügen nur drei jämmerliche Sechserreihen auf, denn über die Hälfte seines Heeres saß im Gefängnis. So mußte er auch zu repräsentativen Anlässen auf seine französische Garde zurückgreifen. Im fünften Jahr seiner Regierung fand er dann, daß sein Thron nun fest genug verankert sei, um eine erste Eroberung zu wagen. Er prüfte die Zuverlässigkeit seiner Garde und die der einheimischen Rekruten (fünfzehn) bei einem Unternehmen, das die Eroberung einer unbewohnten Insel etwa 25 Seemeilen südwärts zum Ziel hatte. Reibungslos wurde das Eiland, das zwanzig Kokospalmen umfaßte, erstürmt und dem Kaiserreich unter pompösen Zeremonien angegliedert.

Der nächste Schritt zur Verwirklichung seiner kühnen Träume war die Einnahme der Insel vor dem südamerikanischen Festland, auf die Stonehead seinerzeit die überschüssigen Sträflinge abgeschoben hatte. Obwohl Stonehead viermal im Jahr Schiffe mit Proviant, Werkzeugen, Sämereien und Tieren, treu seinem Versprechen, hingeschickt und ihnen später sogar mehrere Boote überlassen hatte, waren sie nicht zu bewegen gewesen, aus ihrer Insel etwas zu machen. Ihnen fehlte ein Stonehead. Es wurde heftig gemordet, und wer schließlich übrigblieb, vegetierte vor sich hin. Als dann die Stoneheadschen Boote ankamen, machten die meisten der Überlebenden, daß sie davonkamen, hinüber aufs Festland, das von dort aus relativ gefahrlos zu erreichen war. Auf der Insel blieben schließlich nur acht Kerle zurück: fünf Greise, denen es gleichgültig war, wo sie krepierten und die keine Lust mehr verspürten, sich in irgendwelche Abenteuer zu stürzen, ein Kranker (er starb bald darauf) und zwei Idioten.

Als nun die *Rebecca* mit der Streitmacht Kaiser Rogers I. (er stand in Erobererpose auf der Brücke und behinderte die Schiffsbesatzung mit seinen enormen Epauletten bei der

Arbeit) heranrauschte, standen die beiden Idioten grinsend am Ufer der Insel, und nicht weit von ihnen kauerte der letzte der fünf Greise, der aber inzwischen auch nicht mehr bei Trost war. Sie schnitten Grimassen, sobald die Garde durch das seichte Uferwasser dem Strand zuwatete und den drei einsamen Gestalten Lanzen vor die Brust hielten.

„Nimm den Zahnstocher weg, Bruder", sagte einer der drei. „Ich habe seit Monaten kein Fleisch mehr gegessen."

Und der Greis lallte beim Anblick der prächtigen Uniformen: „Nußknacker, so viele Nußknacker ... für die paar Kokosnüsse!"

Der andere Idiot aber schüttelte traurig den Kopf, fiel einem der Garde schluchzend um den Hals und weinte: „Meine Betty ist wieder nicht mitgekommen!"

Kaiser Roger I. ließ auf der Insel, die platt wie ein Pfannkuchen war, eine Erhöhung (es war ein Ameisenhaufen) ausfindig machen, die immerhin fünf Ellen maß, pflanzte die Flagge von Delfina-Stadt darauf, wobei ihm Ameisen in die Ärmel krochen, und hielt vor versammeltem Heer eine Ansprache an die Idioten. Er erklärte sie zu Bürgern des Kaiserreiches Delfina-Stadt. Am nächsten Tag fuhr er wieder ab. Die drei neuen Staatsbürger starrten dem Schiff mit offenen Mäulern nach, dann riß der eine die Flagge aus dem Ameisenhaufen, drückte sie an sich, redete sie mit Betty an und beteuerte ihr viele Male, wie glücklich er sei über ihre Ankunft nach so vielen Jahren.

Roger I. aber war äußerst zufrieden, seinem Großreich einen entscheidenden Schritt nähergekommen zu sein. Nachdem also die Truppen Mut und Angriffslust bewiesen hatten, wagte er es endlich, Delfina-Land anzugreifen, um Kaiser der ganzen Insel zu werden: ein Wunschtraum, dessen Verwirklichung Voraussetzung für alle weiteren Eroberungen war.

Aber Delfina-Land war auf der Hut. Kaum sahen die Posten die feindlichen Abteilungen (nach einer Generalmobilmachung hatte der Kaiser samt Dienerschaft und Schiffsbesatzung einhundertvierunddreißig Mann zusammenkratzen können) auf die Grenze zumarschieren, gaben sie Alarm, und alle Männer der drei Dörfer scharten sich zusammen, um ihr Vaterland, das teure, zu verteidigen. Da sie aber fast keine Munition besaßen, bestand ihre einzige Chance darin, nach Newhome vorzustoßen, um an die Munitionsvorräte des Kaisers heranzukommen. Man lockte Roger I. mit seinen Truppen nach Green Village hinauf und riegelte ihm seitlich den Weg nach Limerick-Aberystwyth ab. Ein glücklicher Zufall wollte es, daß sich der Kaiser unterwegs den Fuß in einem vom ehemaligen Rektor der Universität gegrabenen Loch verknackste – was den Vormarsch um eine Stunde aufhielt, da man erst einen Arzt aus dem Gefängnis holen und dieser einen Bach suchen mußte, um die von ihm verordneten nassen Umschläge auf den kaiserlichen Knöchel applizieren zu können.

Währenddessen drang das Gros der Dörfler nach Newhome vor, das völlig ungeschützt dalag. Sie wurden als Befreier von den Newhomern stürmisch gefeiert. Sogleich öffnete man die Kerker: Die Gefangenen des städtischen Gefängnisses stürmten das Fort auf der Landzunge, überwältigten die wenigen Wachen, die zurückgeblieben waren, und holten die hohlwangigen Newhomer aus den Kasematten.

Inzwischen war es dem Kaiser gelungen, Green Village zu besetzen. Er fand allerdings nur ein paar erschreckte, hin- und herflatternde Hühner vor. Die Bewohner des Ortes waren nach Fishbone hinunter geflüchtet.

Der Kaiser war wieder einmal fürs erste mit dem Verlauf des Feldzugs sehr zufrieden. Er hielt eine flammende Ansprache an seine Krieger, in der er unter anderem Gott für seinen Beistand auf den bisherigen Eroberungszügen dankte. Darauf ging das kaiserliche Heer erst einmal schlafen, denn es war mittlerweile Abend geworden.

In der Nacht räumten die Dörfler, kräftig unterstützt von den Newhomern, die Munitionsdepots des Kaiserreiches aus, nahmen die Kaiserin und den Thronfolger als Geiseln mit und kehrten auf der Uferstraße nach Delfina-Land zurück. Ihre Strategie war wohldurchdacht und erwies sich als erfolgreich.

Am nächsten Morgen, im weiteren Verlauf der Kriegshandlungen, machte ein Platzregen jede strategische Aktion unmöglich und zwang den Kaiser und seine Truppen, in den Häusern von Green Village Schutz zu suchen. Die Franzosen hausten darin ganz fürchterlich, spießten Mistgabeln in die Strohsäcke, warfen Teller und Suppenterrinen durch die Fenster hinaus, malten Obszönitäten an die Wände, pißten in die leeren Kinderwiegen und stöberten in einer Rumpelkammer einen verhutzelten Greis auf, einen Veteranen der Schlacht auf dem Horseback.

Kaum hatte der Platzregen nachgelassen, rückten die Dörfler samt ihren Frauen – großartigen Heroinen, die in die Geschichte Delfinas eingingen und denen später ein Denkmal gesetzt wurde – nach Green Village hinauf. Nur die Kinder, die Alten und Hochschwangeren blieben in Fishbone und Limerick-Aberystwyth zurück, betreut von der Oberin.

Als sie am Rande des Dorfes ankamen, empfing sie eine tiefe Stille: Der Kaiser hielt Siesta, und das ganze Heer mußte sich ruhig verhalten. Die Franzosen, vom vorgefundenen Inselbier berauscht, schliefen. Die Dörfler verständigten sich mit den vom Kaiser rekrutierten Newhomern, die lustlos am Dorfrand herumsaßen und mit Vergnügen die Gelegenheit wahrnahmen, zum Feind überzulaufen. Das Dorf wurde nun umzingelt. Mit wildem Kriegsgeschrei bewarfen die Frauen die verhaßten Franzosen zielsicher mit Kokosnüssen, ein Sport, der sich in Limerick und Green Village besonderer Beliebtheit erfreute. Diese Kampfmethode war für die Franzosen ungewohnt, genauer gesagt, sie waren ihr nicht gewachsen. Den Kaiser, dem nicht einmal Zeit geblieben war, in seine Stiefel zu schlüpfen, in ihrer Mitte, erkämpften sie sich mit ihren aufgepflanzten Bajonetten einen Weg durch den Belagerungsring und flüchteten zurück, hügelabwärts, in Richtung Newhome. Dort aber wurden sie mit

Geschrei und einem Kugelhagel empfangen. Schließlich suchten sie Zuflucht im Kloster auf dem Nonnenhügel, wo aber die Hebammen schon mit erhobenen Pfannen, Besen, Geburtszangen und Wassereimern auf sie warteten. Die Dörfler, vereint mit den Newhomern, erbeuteten die kaiserliche Fahne, was dem in Bedrängnis geratenen kaiserlichen Heer den letzten Mut nahm, und hetzten die Franzosen in Richtung Nonnen. Es gab ein furchtbares Gemetzel, und alle wogten auf dem Schlachtfeld durcheinander, bis niemand mehr wußte, wen er gerade vor sich hatte. Ein Mann aus Fishbone drosch sogar auf eine Nonne ein. Endlich wurde die denkwürdige Schlacht auf dem Nonnenhügel durch einen zweiten Platzregen beendet. Der Kaiser, in Socken, war gefangen, die Nonnen beruhigten sich wieder und holten ihre Oberin im Triumphzug heim, vierundzwanzig Franzosen hatten sich ergeben, achtundzwanzig waren verwundet, die übrigen, auch ein paar von der Dienerschaft, waren tot. Ein zweiter Platzregen hatte die Toten hinunter ins Meer geschwemmt – leider auch siebzehn Inselbewohner, darunter den tüchtigen Präsidenten aus Limerick, wie man erst später feststellte. Die Leute von Delfina-Stadt und Delfina-Land fielen sich gegenseitig weinend vor Freude in die Arme. Die Insel war vereinigt, alle gehörten wieder zusammen, waren Brüder, waren gleich. Einmütig wurden auf der ganzen Insel Geld und Lebensmittel gesammelt, um den Leuten aus Green Village bei der Reparatur der Schäden zu helfen und den Witwen und Waisen der Gefallenen beizustehen. Den Kaiser brachte man auf die Insel mit den zwanzig Kokospalmen, die ja zu seinem Reich gehörte, und ließ ihm dort auch ein kleines Boot mit Angelzeug und Netzen. Wenn er fleißig war, brauchte er nicht zu verhungern. Die Gardesoldaten und Geheimagenten sowie die französische Dienerschaft wurden samt der Kaiserin und ihrem Sohn nach Europa zurückgeschickt.

So weit, so gut. Die Kaiser-Ära wünschte keiner zurück: Alle schrien wieder nach dem alten System. Diesmal akzeptierten die Newhomer einen Präsidenten aus Limerick-Aberystwyth, aus Dankbarkeit für die Befreiung. Bald stellte sich aber heraus, daß dieser Mann aus Wales die Provinz stark bevorzugte und die Belange der Stadt Newhome vernachlässigte. Es kam zu neuen Auseinandersetzungen, und innerhalb eines Jahres wurden fünf Präsidenten gewählt, die jeweils durch einen Putsch wieder gestürzt wurden. Die ganze Insel litt unter der politischen Unsicherheit und dem ständigen Zick-Zack-Kurs.

Nur ein Inselbewohner hatte alle die Auseinandersetzungen und Händel lediglich als fernes Geschrei, das ihn nicht interessierte, vernommen: der ehemalige Rektor der Universität, der immer noch nach Morgans Schatz suchte. Während der Schlacht am Nonnenhügel hatte er am Hang des Grey Horn gegraben und hatte sich über den Auflauf vor dem Kloster gewundert, den er tief unter sich beobachten konnte. Zuerst glaubte er, werdende Väter seien gekommen, um Hebammen zu holen, aber daß eine solche Schar von Männern zu gleicher Zeit Vater werden sollte, kam ihm dann doch etwas merkwürdig vor. Danach vermutete er eine Art Wallfahrt, wunderte sich aber über die Unordnung und das Geschrei. Schließlich erklärte er sich die Sachlage so, daß man wohl einem Einbrecher auf den Fersen war, und wandte sich wieder seiner Beschäftigung zu.

Ein Jahr nach der Schlacht suchte er das Bett des bescheidenen Baches ab, der zwischen Limerick und Aberystwyth ins Meer mündete. Tagelang stand er bis zur Hüfte im Wasser und durchwühlte den sandigen Grund des Gewässers, denn es hätte ihn nicht gewundert, wenn der schlaue Pirat seinen Schatz unter dem Wasser versteckt hätte. Bei dieser mühsamen Arbeit lief ihm oft der feinkörnige, glitzernde Sand durch die Finger. Und plötzlich fiel es ihm wie Schuppen von den Augen: Dieser Bach enthielt Gold!

Halb wahnsinnig von dieser Erkenntnis tat er das Verkehrteste, was er tun konnte: Er warf Schaufel und Spaten weg und rannte nach Limerick-Aberystwyth hinunter. Alle Türen riß er auf, in alle offenen Fenster schrie er: „Gold im Bach! Gold!" hinein, bis seine Stimme heiser wurde und versagte.

Schon am nächsten Tag kamen Leute aus Limerick und Aberystwyth mit Pfannen, Eimern, Sieben und Schaufeln herauf und begannen den Sand zu durchwühlen. Auch die Newhomer erschienen, ebenso die Bewohner Fishbones, die man aber wegen ihres Fischgeruchs nur ein Stück weiter flußabwärts duldete. Und endlich hörten auch die Leute aus Green Village von der Neuigkeit. Bald lagen die Orte verlassen da. Auch die Säuglinge wurden mit an den Bachlauf getragen. Die Schulen wurden geschlossen, weil die Kinder beim Sandsieben gebraucht wurden, die Läden blieben zu, die Werkstätten arbeiteten nicht mehr. Sogar das Theater schloß seine Tore, denn die Schauspieler gruben Gold. Ein Schiff aus Portugal, das gerade im Hafen lag, konnte seinen Weg nicht fortsetzen, denn alle Matrosen und Passagiere befanden sich oberhalb von Limerick-Aberystwyth. Man vergaß zu schlafen und zu essen. Zelte wurden aufgeschlagen, auf offenen Feuern brutzelte Fleisch. Schlaue Frauen aus Green Village verdienten mit ihren ambulanten Suppenküchen beträchtliche Summen. Fischbraterinnen aus Fishbone eiferten ihnen nach. Schlangen bildeten sich vor dem Stand einer Limericker Irin, die sich auf Spiegeleier spezialisiert hatte. Nicht zu reden von den enormen Mengen an Bier, die die Goldgräber konsumierten.

Freilich, nach Verlauf eines halben Jahres hatte man noch keine nennenswerten Mengen an Gold gefunden, aber der Goldrausch hielt an, zumal sich die Goldfündigkeit der Insel Delfina im karibischen Raum herumgesprochen hatte und mit jedem Schiff neue Scharen von Goldgräbern im Hafen von Newhome an Land gingen. Da es in Yolandas Villa im Augenblick zu wenig zu tun gab, ließ die Madame Kioske am Hafen aufstellen, in denen ihre Mädchen Goldgräberutensilien und Proviant anboten. Sie machte dabei glänzende Geschäfte. Pro Tag verkaufte sie manchmal bis zu fünfunddreißig Spitzhacken. Schließlich schickte sie auch noch einige Mädchen mit einem Zelt an den Fluß hinauf. Dieses ambulante Etablissement erfreute sich so großer Beliebtheit, daß sie längs des Baches mehrere dieser Zelte aufstellen ließ und die Anzahl der Mädchen verdreifachte. Auf einer Inspektionsreise der Madame von Filiale zu Filiale am Bach entlang verlor die inzwischen recht betagte Französin eine Goldplombe, die einige Tage später einem Goldgräber aus Haiti ins Sieb geriet. Nachdem sich die Nachricht von dem sensationellen Fund auf der Insel verbreitet hatte, kümmerte sich niemand mehr um politische Probleme. Der augenblickliche Präsident stand selbst im Bach und siebte. Nur der ehemalige Rektor der Universität hatte dem Gewässer den Rücken gewandt und wühlte jetzt auf der Landzunge.

„Dort am Bach furzen sie zuviel", sagte er. „Das halte ich auf die Dauer nicht aus. Ich habe ja schließlich eine hervorragende Erziehung genossen."

Als der Goldrausch den üblichen Verlauf nahm: Erbitterte Kämpfe um die angeblich verheißungsvollsten und ergiebigsten *claims*, Totschläge, Raub und Mord, geschah etwas, das mit einem Schlag das Interesse vom Gold ab- und dem Geschick der Insel wieder zulenkte: Eine spanische Flotte von drei Schiffen fuhr in die Hafenbucht ein (das vierte Schiff fand keinen Platz mehr und mußte außerhalb des Riffs ankern). Spanien, das diese blühende Insel schon lange besitzen wollte, und dem die jüngsten politischen Zwistigkeiten und Machtkämpfe nicht entgangen waren, nutzte die günstige Gelegenheit, indem es im Augenblick des Goldrauschs und der Anarchie von Delfina Besitz ergriff.

Dreihundertfünfzig spanische Soldaten landeten samt einem Gouverneur mit seinem Hofstaat und besetzten Newhome und die Dörfer. Als zufällig im Lauf der nächsten Tage ein paar Goldgräber in die Orte hinunterkamen, um Proviant zu holen, fanden sie die spanische Besatzung vor. Sie schlugen

Alarm. Aber für eine Verteidigung war es längst zu spät. Ernüchtert kehrten die Goldgräber – außer dem Rektor – in ihre Wohnstätten zurück, und die fremden Abenteurer verließen mit den nächsten Schiffen die Insel. Delfina war also wieder eine spanische Kolonie geworden und den Spaniern jetzt besonders willkommen, da ihr Land in den südamerikanischen Befreiungskriegen eine Provinz nach der anderen verlor und vom Festland Südamerikas, das an das Karibische Meer grenzte, schon keinen Zipfel mehr besaß.

Der Gouverneur Pablo Villareal, ein finsterer Kastilier, übte ein eisernes Regiment aus. Wer aufmuckte, kam ins Gefängnis. In den Schulen wurde wieder Spanisch gelehrt, die Ortsnamen auf der Insel wurden hispanisiert. Limerick-Aberystwyth wurde zu *Santa Rosa*, ohne Rücksicht auf die Nachkommen der Waliser, die einen eigenen Namen für ihre Dorfhälfte verlangten. Green Village hieß jetzt *San Bartolomeo*, Fishbone *San Felipe*, Newhome *San Pablo*. Alle neugeborenen Kinder mußten spanische Vornamen erhalten. Sogar die Hunde durften nur noch spanisch benannt werden. Die protestantischen Geistlichen wurden ausgewiesen, deren Kirche geschlossen. Jede Ortschaft mußte einen Teil der Besatzungssoldaten übernehmen und für deren Kost und Unterkunft sorgen. Das Monument des englischen Sträflings wurde gestürzt. Statt dessen ließ der Gouverneur eine Statue von Ferdinand VII. aufstellen, die er eiligst aus Spanien hatte kommen lassen, samt zwei Dutzend spanischer Flaggen. Der englische Sträfling blieb, da er recht schwer war, neben dem Sockel liegen und verschwand allmählich in angewehtem Sand, Unrat und Gras.

Auch das Eiland, auf dem die Bewohner Delfinas den Kaiser ausgesetzt hatten, besetzten die Spanier. Sie fanden von dem ehemaligen Monarchen nur noch ein Skelett vor, das in sehr schönen Gewändern steckte. Deren Farben leuchteten noch ebenso kräftig wie zu den Lebzeiten Rogers I.: ein Beweis für ihre ausgezeichnete Qualität.

Wieder füllten sich die Gefängnisse, nun auch mit Leuten aus den Dörfern. Die protestantische Kirche wurde abgerissen, die Stelle, an der sie gestanden hatte, wurde gründlich gereinigt, mit Weihwasser besprengt und dann gesegnet. Eine Kathedrale sollte nun am selben Platz erstehen, eine Kathedrale von unerhörter Größe und Erhabenheit, einmalig im ganzen karibischen Raum. Der Gouverneur holte einen Stab von vierzehn Priestern und zehn Mönchen auf die Insel, die die Finanzierung des Projekts und den Bau organisieren sollten. Als erstes wurden die sowieso schon hohen Steuern noch um die sogenannte Kathedralenspende erhöht, die beträchtlich war und nicht etwa von der Freiwilligkeit des Spenders abhing, und schon gar nicht von seiner Konfession. Zweitens wurden jedem männlichen Bürger der Insel – genauso wie unter Roger I. – Arbeitsleistungen für den Bau oder deren Ablösung durch Geldsummen abverlangt.

Drittens mußte jedes Schulkind pro Woche den sogenannten Kathedralentaler abgeben, sonst mußte es mit einer Strafe rechnen. Und jedes Vierteljahr lud der Gouverneur alle begüterten Inselbewohner zu einem Essen ein. Nach dem Mahl hielt er eine Rede. Man wußte schon im voraus, was sie enthielt: den Aufruf, eine dem Vermögen des Spenders angemessene Geldsumme für den Bau der Kathedrale zu entrichten. Er selbst ließ sich die Spendenliste, die ein Priester sogleich beflissen aufstellte, vorlesen und nickte zufrieden oder runzelte mißbilligend die Stirn.

Die Kathedrale wuchs merkwürdig langsam, trotz aller dieser Gelder. Dafür entluden die Schiffe ganze Fässer spanischen und französischen Weines, spanische Räucherschinken und geräuchertes Wildbret. Die Limericker Erzkatholiken, die bisher immer noch willig für die Kathedrale gespendet hatten, wurden zurückhaltender in ihrer Freigiebigkeit, als sie sahen, wie der Gouverneur, der im ehemaligen Kaiserpalais residierte, großartig Hof hielt, und mit ihm die Geistlichkeit. Einmal, in angeheitertem Zustand, nannte er die Kathedrale seine Milchkuh.

„Die Dame schläft", seufzten die Leute, „sonst wäre sie längst aus ihrem Versteck herausgekommen und hätte gemerkt, daß wir ohne ihre Hilfe nicht mehr weiterkönnen!"

Junge Burschen näherten sich mit Booten dem Riff und ließen sich daran entlangtreiben, Kinder krochen auf den Hängen des Grey Horn herum, aber die Dame zeigte sich nicht. Ihre Statue, einstmals von dem Frauenmörder in Liebe gemeißelt, war bedeckt von Vogelkot und überwuchert von Efeu. Niemand wußte mehr, daß das Denkmal sie selbst darstellte. Der grüne Sohn des ehemaligen englischen Gouverneurs Chew-Waddell, nun schon ein alter Mann, verlegte sich darauf, Bilder der Dame zu malen, die ihm förmlich aus den Händen gerissen wurden, sogar von den ärmsten Leuten. Die Bilder, meist die Dame in Reifrock und aufgetürmter Perücke mit ausgebreiteten Händen und strahlendem Lächeln vor grünem Hintergrund darstellend, wurden in den Ecken der Wohnstuben aufgestellt, flankiert von Blumensträußen, und die Frauen beteten davor.

Der Gouverneur zog in innigem Einvernehmen mit der Kirche die Schrauben immer fester an. Das nächste Ziel der Inselverwaltung war es, die letzten Protestanten zum Übertritt in die katholische Kirche zu zwingen. Nur noch katholische Kinder durften die Schulen besuchen, nur noch katholische Fischer bekamen Berufslizenzen, die Landgüter der Protestanten wurden enteignet und Spaniern übergeben. Protestanten, die öffentliche Ämter bekleideten, wurden entlassen und durch Spanier ersetzt. In der höheren Verwaltung war kaum mehr ein Inselbewohner zu finden. Immer mehr Spanier kamen vom Mutterland herüber, denn die Inselkatholiken waren den Behörden nicht katholisch genug: Noch ließen katholische Eltern ihre Kinder mit evangelischen Kindern spielen, noch grüßten Katholiken Protestanten, noch dachten manche junge Katholiken ernsthaft an eine Ehe mit Andersgläubigen.

Immer neue Vorschriften und Gesetze ließ sich der Gouverneur einfallen: Den Nichtkatholiken wurden die Wasserleitungen versiegelt. Hausfrauen durften bei Protestanten keine Eier und keine Milch mehr kaufen. Und sogar protestantische Prostituierte durften ihr Gewerbe nicht länger ausüben.

„Jetzt muß sie aber wirklich bald kommen, die Dame", raunten nachts in den finsteren Schlafzimmern die Eheleute einander zu. In der Öffentlichkeit traute sich niemand mehr, irgend jemandem, und wenn es auch der beste Freund war, etwas zuzuflüstern.

Die Priester taten das Ihrige, um die Bevölkerung zu zähmen. Strenge Beichten wurden abgenommen. Über die Beichtkinder wurden Listen geführt. Wer nicht mindestens einmal pro Woche zur Beichte ging, machte sich als Staatsfeind verdächtig. Die Bußen waren hart. Die leichteren Fälle mußten zur Madonna wallfahrten, die schwereren wurden gezwungen, auf den Knien den Kreuzweg hinaufzukriechen. Aber auch die Fußgängerwallfahrten waren noch unter sich abgestuft: je nach Bußmaß mußte man die Insel erst einigemal umwandern, bis man den Nonnenhügel hinaufsteigen durfte. Wenn die Madonna oben in der Kapelle wenigstens etwas getaugt hätte!

„Sie ist ein taubes Nüßchen", sagte die alte Oberin, die allen Pilgern Tee ausschenkte und besonders erschöpften Knierutschern sogar härtere Getränke, die sie durch geheimnisvolle Kanäle (man munkelte, über Yolandas Villa) heraufkommen ließ.

Längs des Weges rund um die Insel hatten die Priester Wachen aufgestellt: Kontrolleure, die die Wallfahrtsetappen der einzelnen Büßer registrieren mußten. Über jeden Wallfahrer wurde Buch geführt. Trotzdem gelang es einigen hartgesottenen Spanierfeinden, kaltblütigen Gesellen, ihre Wallfahrten unter Wahrung der legalen Vorschriften in Ulk zu verwandeln. Sie ließen sich unterwegs von ihren Bekannten Leckerbissen aus den Fenstern reichen und sich von hübschen Mädchen begleiten. Außerdem richteten sie es so ein, daß sie während der Inselumrundungen in Yolandas Villa übernachteten. Die Mädchen waren glühende Spanienhasser und empfingen jeden Inselbewohner, sofern er zu den Widerständlern gehörte, mit Jubelrufen und exquisiten Zärtlichkeiten.

Die Spanier, aufs äußerste gereizt, konterten mit verschärften Bestimmungen. Es gab strenge Festungshaft für Wallfahrtsfrevel, wie man derlei Vergehen nannte. Die alte Oberin konnte das Treiben nicht mehr länger mit ansehen, zumal sie wußte, wie sinnlos eine Wallfahrt zu dieser unergiebigen Madonna war. Mit einem Küchenmesser im Gewande pirschte sie sich bei einer Parade an den Gouverneur heran und stach ihn in den Rücken. Das Messer blieb immerhin stecken, richtete aber weiter keinen Schaden an, weil die Oberin über keine großen Kräfte mehr verfügte und der Gouverneur bei derlei Anlässen eine lederne Weste unter seinem Gehrock trug. Die Oberin wurde sofort in die Festung abgeführt, begeistert gefeiert von der Inselbevölkerung.

Die Sympathiekundgebungen wären den Spaniengegnern übel bekommen, wenn nicht plötzlich etwas eingetreten wäre, was sich niemand erklären konnte: Die alte Madonna war verschwunden und eine neue war da, eine mit strahlendem Lächeln und ausgestreckten Händen, in schönen, aber verblichenen und altmodischen Kleidern und mit einem stattlichen Busen. Sie war schon recht wurmstichig, die hölzerne Figur, aber das störte niemand. Alle, die auf den Nonnenhügel hinaufliefen, um sie zu sehen, schlug sie in ihren Bann. Das ganze Volk drängte sich in die Kapelle, und die Wallfahrtskontrolleure starrten ratlos auf ihre Listen und begriffen den plötzlichen Wandel der Bevölkerung zur Frömmigkeit nicht.

„Da sollen mich doch alle Teufelchen zwicken, wenn das nicht unser liebes Delfinchen ist", sagte die Oberin im Kerker. Denn ein spanischer Wachsoldat, den die Alte an seine Großmutter erinnerte, hatte ihr die Neuigkeit berichtet. Jedenfalls stellte sich bald heraus, daß diese Madonna allerlei von Wundern verstand. Sie brachte sogleich Abwechslung in dieses trübe Inselleben unter spanischer Herrschaft. Als erstes fing die wirklich lächerliche Stichwunde im Rücken des Gouverneurs zu eitern an. Villareal konnte nur noch auf dem Bauch oder seitlich schlafen – ein Übel, das ihm sehr zu schaffen machte.

„Darum habe ich sie angefleht", sagte die Tochter der alten Oberin stolz zu ihren Enkelkindern.

Das nächste Wunder war die plötzliche Vollendung der Kathedrale, von der bisher noch kaum die Grundmauern zu sehen gewesen waren. Von einem Tag zum anderen stand sie fix und fertig da, mit allem Komfort, sogar mit Wasser im Taufbecken und Noten auf dem Notenständer der mächtigen Orgel. Sie überragte mit ihren beiden Türmen alle übrigen Gebäude der Stadt Newhome (jetzt San Pablo) um ein beträchtliches und war vom Meer aus schon von weit her zu sehen. Schiffsleute, die Delfina kannten, wunderten sich, als sie das nächste Mal in den Hafen einliefen.

„Wie habt ihr die denn so schnell aus dem Boden gestampft?" fragten sie die spanischen Hafenbeamten.

Die lächelten verlegen und zuckten die Schultern.

Die spanischen Soldaten und Diener in niederen Diensten und mit beschränkten Horizonten aber triumphierten, denn sie meinten in ihrer Naivität, die Madonna habe nun mit dem Bau der Kathedrale bewiesen, daß sie auf seiten der Spanier stehe, denn schließlich entstammte die Kathedrale einem Plan des Gouverneurs. Aber die Priester zogen düstere Stirnfalten, und die Inselbewohner atmeten auf: Die Madonna hatte sie von der Kathedralenspende und dem Kathedralentaler erlöst!

Auch in den nächsten Wochen wallfahrteten die Inselleute scharenweise zur Madonna hinauf und baten sie um weitere Wunder gegen die Spanier. Dankgottesdienste wurden abgehalten, gegen die die Priester innerlich protestierten, aber machtlos waren. Sogar die wenigen Insulaner, die bisher standhaft protestantisch geblieben waren, begannen zu wallfahrten. Die Limericker behaupteten, die Madonna trage typisch irische Gesichtszüge. Die Pilger definierten ihre Wünsche zum Teil sehr präzis, und da die Madonna tat, was sie konnte, stießen den Spaniern in nächster Zeit die merkwürdigsten Dinge zu. Zum Beispiel begann das Standbild Ferdinands VII. plötzlich in rasender Geschwindigkeit zu rosten, so daß man nach acht Tagen nicht mehr erkennen konnte, um wen es sich eigentlich handelte. Peinlich war auch, daß jeden Spanier, der die Yolandasche Villa betrat, eine unerklärliche Impotenz befiel, auch wenn er ein richtiger Bulle war. Die spanischen Kleriker wurden von scheußlichen Zahnschmerzen geplagt, und da der Gouverneur versäumt hatte, einen spanischen Zahnarzt kommen zu lassen, waren sie dem einheimischen Zahnarzt ausgeliefert, der ein Medizinmann und Nachkomme einer der drei Zauberinnen war. Jedesmal, wenn ein Priester oder Mönch zur Zahnbehandlung kam, scharten sich Inselbewohner um die Hütte des Medizinmannes und lauschten mit tiefer Genugtuung dem Gestöhn des Patienten. Am meisten schätzte man die Stimme eines besonders fanatischen Klerikers, der, sobald er Schmerzen litt, merkwürdig fistelte. Nur ein einziger Priester, ein kleiner, unscheinbarer, der sich auch sonst zurückhielt, gab nie einen Laut von sich. Bevor die Patienten die Hütte verließen, stoben die Zuhörer davon.

Neue Übel stellten sich ein. Der Palast, in dem der Gouverneur Villareal residierte, begann derart nach toten Ratten zu stinken, daß er geräumt werden mußte. Die Dorfbesatzungen, die von der Bevölkerung ernährt und erhalten werden sollten, hatten auch ihre liebe Not: Die Ameisen drangen in ihre Quartiere ein und ließen sie nicht schlafen. In den neuen hispanophilen Lesebüchern, die laut Regierungsverordnung an die Schüler ausgegeben worden waren und von der Glorie des spanischen Weltreichs berichteten (natürlich in spanischer Sprache), verschwammen die Buchstaben zu unleserlichen Klecksen. Und schließlich wurden alle Spanier von einem heftigen Durchfall heimgesucht, der sie den Attacken der Inselbewohner preisgab und jede Initiative lähmte.

Diese Gelegenheit wurde benutzt, um die Gefangenen zu befreien, vor allem die alte Oberin, die die Kerkerhaft erstaunlich gut überstanden hatte.

„Was hätte mir schon groß passieren können, so dürr, wie ich bin", erklärte sie munter, als man sie sogleich zu einer schwierigen Geburt nach Fishbone holte.

Eine Gruppe von Widerständlern stürmte in die spanische Bank, als die Bankangestellten gerade in deren Hinterhof auf dem Donnerbalken saßen, und raubte sie aus. Den kranken Klerikern entführte man die Weinfässer. Die Wasserleitungen wurden gewaltsam entsiegelt, das Waffendepot wurde geplündert. Man plante schon, den Palast zu stürmen und den Gouverneur in einer Schaluppe auf das Zwanzig-Kokospalmen-Eiland zu befördern, da besannen sich die Spanier trotz der Epidemie auf ihre weltberühmte Zähigkeit. Es dämmerte ihnen, daß die neue Madonna den Kern des Widerstands darstellte. Und so zogen sie in einer der nächsten Nächte, übelriechende Spuren hinterlassend, hinauf auf den Nonnenhügel und steckten die Kapelle an. Bis die erschrockenen Inselbewohner herbeigeeilt kamen, brannte die Kapelle schon lichterloh. Eine Kaskade grüner, gelber und roter Funken stieg in den Himmel und bildete merkwürdige Figuren, die stumm zerplatzten. Regenbogenfarbene Funken ergossen sich über Insel und Meer. Bis zu den Riffen hinaus glitzerten die Wellen in gespenstischer Beleuchtung. Mit offenen Mündern starrte die Menge in den Himmel: Das war kein üblicher Brand mit Flammen und Qualm – das war ein Feuerwerk! Trotzdem brannte die Kapelle innerhalb einer knappen Stunde bis auf die Grundmauern nieder. Es gelang den bestürzten Insulanern nur noch, die Klostergebäude zu retten.

Die Trauer um die begabte Madonna, die nur ein paar Wochen bei ihnen hatte weilen dürfen, war groß. Man scharrte in der Asche herum und hoffte, wenigstens noch irgendwelche Teile von ihr zu finden, die sich als wundertätige Reliquien hätten verwenden lassen können, etwa ein Fingerchen oder ein Rippchen, ein bescheidenes – aber nichts dergleichen war von ihr übriggeblieben, und die Asche entführte der Wind.

Was nun? Die Inselbewohner waren praktisch Sklaven geworden. Die Reichen hatte man enteignet, die Mächtigen entmachtet. Spanische Reiche und Mächtige waren an ihre Stelle getreten. Delfina war zu einem spanischen Stützpunkt, einem letzten Brückenkopf Spaniens im karibischen Raum geworden. Niedergeschlagen verkrochen sich die Insulaner, die mit der Madonna ihren Widerstandsgeist gänzlich verloren hatten, in ihre Häuser und Hütten. Verzweiflung griff um sich. Die Iren in Limerick knirschten so laut mit den Zähnen, daß man es bis hinauf nach Green Village hören konnte, das jetzt San Bartolomeo hieß. In Fishbone knabberten alle mit trübem Blick an Gräten – ein typisches Symptom Fishboner Ratlosigkeit. Und in Green Village molk man saure Milch aus den Kuheutern.

Nur der ehemalige Rektor der Universität, der ewige Schatzgräber, hatte von allen Unbilden nichts gemerkt, ja er wußte nicht einmal, daß er nun spanischer Untertan geworden war. Er grub unverdrossen weiter, jetzt am Südstrand zwischen Fishbone und Limerick, und nicht selten erntete er Flüche der Rinderhirten und Spaziergänger, die zuweilen bis zum Knie oder noch tiefer in einem seiner Löcher versanken.

Plötzlich, zwei Tage nach dem Brand der Kapelle, stand eines Morgens eine Fremde auf dem Platz vor dem Haus, das der Regierungssitz des früheren Präsidenten von Delfina-Land gewesen und nun das Limericker Quartier der spanischen Besatzungstruppen war. Da aber alle Soldaten nach Newhome beordert worden waren, wo man wegen der Vernichtung von Madonna und Kapelle Unruhen erwartet hatte, stand das große Haus leer. Nur eine Doppelwache lungerte im Schilderhäuschen herum und langweilte sich. Die beiden Grenadiere nahmen zwar die Fremde wahr, ihre rote Mütze, ihr weites, weißes Kleid, das am Saum schon etwas angeschmutzt war, das rote Tuch um die Taille – sie sahen aber nicht die Trompete, die sie in der Hand hielt: Denn das Kleid war ihr halb über die üppigen Brüste herabgerutscht.

Nun, im Augenblick war da nicht viel zu machen, sie waren im Dienst. Da die Frau jedoch recht einladend aussah, versuchten sie mit ihr ins Gespräch zu kommen, um zu erfahren, wo sie wohne. Aber wie sich alsbald zeigte, sprach sie kein Spanisch, und so stellten die beiden Wachen die Konversation ein und verschoben eine Annäherung auf die Nacht, in der man auch ohne gemeinsame Sprache zu schönster Harmonie gelangen konnte, wenn man es nur richtig anfing.

Die Frau blies in die Trompete, und die Kinder Limericks und Aberystwyths kamen gelaufen.

„Holt eure Eltern", sagte die Fremde auf englisch. „Es gibt was zu sehen und zu hören."

Die Kinder liefen fort und kamen wieder, und mit ihnen viele Frauen.

„Die Männer fehlen", sagte die mit der roten Mütze. „Holt die Männer. Es lohnt sich."

„Auf der Insel gibt es keine Fremde", sagten die Männer zu dem Bericht der zurückflutenden Frauen. „Auf der Insel kennt jeder jeden. Da hat sich eine verkleidet und treibt ihren Spaß mit uns."

„Wir werden doch wohl noch erkennen, ob es eine von der Insel ist oder nicht!" riefen die Frauen.

„Spricht sie englisch oder spanisch?"

„Englisch!" riefen die Kinder.

„Und wenn – was wird sie schon groß zu sagen und zu zeigen haben?" knurrten die Männer. „Vielleicht wird sie wahrsagen oder singen oder vortanzen –"

Immerhin gingen ein paar Männer mit – grinsend.

„Vielleicht lohnt es sich ihrer Beine wegen", sagten sie.

Aber was die Rotmütze zu sagen hatte, war derart, daß sie vergaßen, auf deren Brüste zu starren.

„Ihr Memmen", rief sie, „ihr Waschlappen, ihr Schlappschwänze! Es geschieht euch recht, daß ihr zu Sklaven der Spanier geworden seid! Ihr verdient es nicht besser!"

„Was hätten wir denn tun sollen?" rief ein Mann empört.

„Sie haben uns überfallen und entwaffnet. Was hätten wir tun sollen gegen dreihundertfünfzig gut bewaffnete Soldaten?"

„Aufpassen hättet ihr sollen, statt Gold graben!" rief die Rotmütze. „Wie zum Beispiel jetzt. Jawohl, aufpassen! Da habt ihr ein Quartier von achtzig Mann vor eurer Nase stehen, leer, mit nur zwei Wachsoldaten, und die Waffenkammern voller Waffen! Limerick und Aberystwyth sind voll von starken Männern –"

„– soweit sie nicht halbtot aus dem Gefängnis kamen –", warf jemand ein.

„– Männern, die zwei Spanier im Genick packen und mit den Köpfen aneinanderschlagen könnten! Aber keiner wagt sich ran, einer ist feiger als der andere!"

„Woher weißt du, daß nur zwei Wachsoldaten da sind?" fragte einer.

„Weil ich die gezählt habe, die gestern nach Newhome marschierten. Das wäre eigentlich eure Aufgabe gewesen, ihr Holzköpfe!"

„Sie sprechen über uns", sagte der eine spanische Wachsoldat zum anderen. „Siehst du nicht, wie sie zu uns herüberglotzen?"

„Na wenn schon", antwortete der andere und gähnte. „Was werden sie schon groß über uns zu sagen haben, die Kacker? Etwas anderes als den Mund aufreißen und ihr kackiges Kauderwelsch von sich geben können sie sowieso nicht, diese Scheißer!"

„Du meinst, wir sollten ihre Waffenkammern plündern?" fragte ein Limericker. „Da werden nicht viele Gewehre drin sein. Sie haben ja gestern alles mitgenommen. Drei Dutzend vielleicht, wenn's hochkommt, und von denen funktionieren mindestens zwei Dutzend nicht mehr."

„Aber das Pulver", antwortete die Rotmütze, „das haben sie nicht mitgenommen. Ich hab' aufgepaßt. Das muß noch hier drin sein."

Auch die anderen Männer kamen nun heran und ließen sich leise berichten.

„Mit dem Pulver, das da drin ist, läßt sich viel anfangen", fuhr die Rotmütze fort. „Und vielleicht kommt ein Lichtstrahl in eure finsteren Schädel, ihr traurigen Salzstangen, wenn ihr daran denkt, daß die Besatzungen von Fishbone und Green Village auch abgezogen sind – alle nach Newhome, wo sie Aufruhr fürchten. Euch Dörfler halten sie für harmlos, was ihr bis jetzt ja auch gewesen seid!"

„Oho!" rief ein Limericker. „Haben wir nicht die Kaiserlichen aus Green Village vertrieben?"

„Das haben eure Frauen mit ihren Kokosnüssen gemacht, nicht ihr!"

„Ein Mann kann nicht mit Kokosnüssen auf den Feind werfen", rief ein bulliger Bursche. „Das geht einfach nicht."

„Dann nehmt andere Waffen, zum Teufel noch mal!" rief die Rotmütze. „Es werden sich doch wohl noch ein paar Ruder und Spaten und Messer finden lassen!"

„Und wo, wenn ich fragen darf, kommst du her und nimmst dir heraus, uns anzustacheln?" fragte der ehemalige Bürgermeister von Aberystwyth, ein Greis mit blauen Augen.

„Vom Festland", antwortete die Rotmütze. „Dort haben sie die Spanier schon rausgeworfen. Sie waren mutiger als ihr und haben es gewagt!"

„Vom Festland?" staunte eine Frau. „Und wie bist du von dort hierhergekommen?"

„In einem Boot. Sie haben mich geschickt, denn als Frau kommt man leichter durch. In ganz Südamerika lachen sie über euch. Alle sind frei, nur ihr laßt euch noch kujonieren!"

„Ganz allein in einem Boot!" flüsterten die Leute untereinander und schüttelten die Köpfe. „Angst hat sie nicht, aber Glück. Das hat noch niemand gewagt."

„Und?" rief sie. „Bin ich etwa umsonst hierhergekommen? Wenn wir noch lange warten, kommen die Truppen aus Newhome zurück!"

„Unter einer Bedingung", rief ein Spaßvogel. „Wenn das Unternehmen gelingt, mußt du mir eine Nacht Gesellschaft leisten!"

„Abgemacht", antwortete die Rotmütze lachend und schob ihr Kleid noch etwas tiefer herab. „Wenn wir gewinnen, schlafe ich mit jedem, der mitgemacht hat und mich haben will."

Die Frauen warfen sich empörte Blicke zu, aber die Männer schwenkten die Hüte und klatschten.

So geschah es, daß an diesem Tage die Kaserne von Limerick besetzt wurde. Man plünderte auch die Waffenkammern. Und nicht nur dies geschah. Die Limericker und Aberystwyther, darunter auch viele Frauen, zogen weiter nach Fishbone, wo sie ebenfalls das dortige Truppenquartier stürmten und ausräumten. Die Männer von Fishbone, bewaffnet mit sterblichen Überresten riesiger Fische – Rippen von Tümmlern, Sägen von Sägefischen und Rückenmarksknorpeln von Walen – schlossen sich ihnen an. Vorneweg zog die Rotmütze mit einer Stange, an der ein weißrot kariertes Bettlaken hing. Auf diesem Laken war im Lauf der Jahre schon mindestens ein Dutzend Kinder gezeugt worden: die Fahne der Revolution.

Die Leute aus Green Village jubelten ihnen entgegen. Vor allem beklatschten sie den Ochsenwagen in der Mitte des Zuges, der mit Pulver beladen war, und einen Leiterwagen am Ende der Karawane, von einem alten, schmutzigen Schimmel gezogen, mit den vier erschlagenen spanischen Schildwachen. Sie warfen ihre beiden toten Schildwachen dazu, schwenkten ihre erbeuteten Waffen und schlossen sich der Schar an, die der Rotmütze folgte. Es war ein gewaltiger Triumphzug, der sich jetzt in Richtung Newhome in Bewegung setzte. Trommler zogen ihm voran, Kinder liefen nebenher. In gehobener Stimmung strömte die Menge aus den Bergen herab, und ihr Zorn entzündete sich wieder an dem Anblick der Ruine auf dem Nonnenhügel. Die alte Oberin, noch geschwärzt von der Asche, in der sie gewühlt hatte, wanderte mit ihrer Hebammenschar, bewaffnet mit Bettpfannen und Schürhaken, hinter den Aufrührern her. Als man der würdigen Greisin zu verstehen gab, daß das Unternehmen gefährlich werden könne, sogar lebensgefährlich, und daß es im Hinblick auf ihr respektables

Alter ratenswert sei, sich in ein sicheres Versteck zurückzuziehen, rief sie empört, wenn sie Lust verspüre, bei einem Freiheitskämpfchen mitzumachen, dann könne ihr das niemand verwehren. Sollte es ihr bestimmt sein, noch länger zu leben, werde der liebe Gott schon sein Händchen über sie halten.

„Jesus!" rief sie, als sie die Rotmütze zu Gesicht bekam, „da habt ihr's – das ist Delfina. Die Dame ist wieder da!"

Aber niemand hörte sie im Getümmel.

Als sie in Newhome einzogen, wurden sie gleichzeitig mit Jubel und einem Kugelhagel empfangen: Die Newhomer erhoben sich nun auch, ermutigt und angefeuert durch den Marsch der Dörfler zur Hauptstadt, allerdings etwas beschämt, daß sie nun schon zum zweiten Mal durch deren Initiative befreit werden sollten. Jedoch die spanischen Soldaten schossen in den Zug hinein, wenn auch recht planlos. Unter den Offizieren herrschte Verwirrung, weil der Gouverneur nicht da war, um die Leitung des Kampfes selbst in die Hand zu nehmen. Niemand wußte, wo er sich aufhielt.

Einige Abteilungen verteidigten nun die Stadt, andere die Festung auf der Landzunge, und eine Einheit besetzte unnötigerweise die drei spanischen Schiffe im Hafen, um sie vor Plünderung oder Zerstörung zu schützen. Inzwischen kursierten die wildesten Gerüchte: Der Gouverneur habe sich entleibt, nein, er sei geflüchtet, er säße draußen auf einem Riff. Dann wollte ihn jemand gesehen haben, wie er den Nonnenhügel auf den Knien hinaufgerutscht sei, und schließlich blieb im Umlauf, er befinde sich in Yolandas Villa.

Beherzte Männer der Aufständischen trieben währenddessen die Ochsen mit dem pulverbeladenen Wagen über die pompösen Stufen in die Kathedrale hinein, um eine Explosion und damit den Verlust des so wichtigen Pulvers zu verhindern. Veteranen aus der Kaiserschlacht am Nonnenhügel bastelten in aller Eile Bomben, während die Rotmütze mit den

Dörflern, unterstützt von den Newhomern, sich den Zugang zum Gouverneurspalast erkämpfte. Die wütende Volksmenge stach in die Matratzen, zerschlug Fensterscheiben, Kronleuchter und Kristallvasen, warf die Teppiche aus den Fenstern und bespuckte die kostbaren Bilder an den Wänden. Die niedere Dienerschaft, meist Newhomer, schloß sich den Aufrührern an, zog geheime Kostbarkeiten ans Tageslicht, zerschlug das Himmelbett des Gouverneurs und zerfetzte seine Uniformen und Galagewänder. Sein Schuhputzer, ein schielender Mulatte, an dem der Gouverneur seine schlechte Laune auszulassen pflegte, warf dessen Stiefel mit Freudengeheul ins Feuer und rieb sich mit der Asche, vor Glück halb verrückt, seinen Körper ein. Dann zog er sich die schon von der Dienerschaft zerrissene Galauniform des Gouverneurs an, setzte sich dessen Tschako auf und zeigte sich, die Gesten des Gouverneurs nachäffend, auf dem Balkon des Palastes, auf dem der Gouverneur bei festlichen Gelegenheiten zu erscheinen pflegte. Ein Fischer aus Fishbone sah den Stiefelputzer, legte sein Gewehr an und schoß ihn tot.

„Ich hab' den Gouverneur erschossen, ich hab' den Gouverneur erschossen!" brüllte er über den ganzen Platz und gestikulierte wild. Rings um ihn wogte der Kampf. Die Rotmütze hockte bald auf den Schultern der verrosteten Statue König Ferdinands VII. und schwenkte das Bettlaken, bald stürmte sie dorthin, wo die Aufrührer in Schwierigkeiten gerieten. Geschosse umschwirrten sie, prallten aber an ihr ab. Den Spaniern, denen dies nicht lange verborgen blieb, fuhren Schauder über den Rücken. Zugleich konnten sie aber ihre Augen von dieser Frau nicht abwenden, so einladend war ihr Körper. Sie lachte schallend, als einer sie an sich reißen wollte, und schlug ihm das Bettlaken um die Ohren.

Die Stadtkaserne der Spanier flog in die Luft. Ferdinand VII. kippte durch den Luftdruck vom Sockel. Es regnete Dachpfannen und Schindeln.

„Alles schon dagewesen, Ferdinand –", sagte die alte Oberin, während sie einem baumlangen Spanier mit einer Bettpfanne auf den Kopf zu schlagen versuchte.

Sie hielt mitten im Satz inne, bekam einen starren Blick und öffnete überrascht den Mund.

„Da hat mir doch eben einer durch die Brust geschossen", kicherte sie und vergaß sogar, ihre Diminutive zu gebrauchen. „Hinten rein und vorn raus und jetzt hab ich die Kugel im Hemd!"

Sie nestelte in ihren Gewändern herum und zog ein stattliches Geschoß aus ihren Brusttüchern.

„Durch den Drillich am Rücken", sagte sie, "haut's durch. Auch durch meine Brust, das ist kein Kunststück. „Die ist dürr. Aber vorn durch diesen Drillich wieder durch und raus, das schafft keine spanische Kugel, das muß hier einmal klipp und klar gesagt werden. Das Gewand trage ich jetzt über siebzig Jahre, und noch gelang es keiner Kugel, zwei Lagen dieses Stoffes auf dem selben Flug zu durchbohren! Sie schafft es einfach nicht, sie bleibt stecken!"

Man scharte sich um die Oberin und erwartete ihren Tod. Viele schluchzten. Ein blutbekleckerter Sanitäter kam gerannt, Veteran aus den Kaiserkriegen, und winkte aufgeregt eine Trage aus dem Hintergrund herbei.

„Lächerlich, euer Getue", sagte die Oberin. „Schießt doch mal durch ein Stück Dörrfleisch und schaut, ob ihm das was ausmacht."

In diesem Augenblick traf den Sanitäter ein Geschoß aus nächster Nähe. Er schrie auf, griff sich an die Brust und fiel der Oberin in die Arme. Die Gaffer warfen sich platt auf den Boden und suchten Deckung.

„Armer Teufel", sagte die Oberin. „Den habe ich auch mal aus seiner Mutter gezogen. Acht Pfund wog er, und jetzt ist er hin. Gott sei seiner armen Seele gnädig!"

Die Leute, die ringsherum auf dem Boden lagen, kreischten

auf, denn eine zweite Kugel durchschlug die Brust der Oberin.

„Jetzt langt's!" sagte sie und schaute streng um sich. „Jetzt wird's lästig!"

Vergeblich versuchten die Newhomer, die Festung auf der Halbinsel zu stürmen, aber ebenso vergeblich versuchten die Spanier, ihren Gouverneur aus Yolandas Villa zu befreien. Dort hatte er die Nacht verbracht, und als die Dörfler in die Hauptstadt einmarschiert waren, hatte die Madame, die über beste Informationsquellen verfügte und sofort über die Lage Bescheid wußte, den Aufrührern heimlich die Nachricht zukommen lassen, wo der verhaßteste Mann der Insel zu suchen sei.

Er selbst, Pablo Villareal, merkte von dem Aufruhr vorerst nichts. Er lag nackt unter einem Baldachin auf hellblauseidenen Kissen, streckte alle viere von sich und schnarchte friedlich. Sein Lieblingsmädchen band ihm währenddessen Hände und Füße an den Bettpfosten fest. Und dann, als die Aufrührer kamen und die Villa einkreisten, rief die Madame vom Balkon herunter: „Überlaßt ihn erst mal uns. Inzwischen könnt ihr schon mal die Spanier da unten wegräumen."

Die ganze Dirnenschar stürzte sich auf den Wehrlosen und verzierte ihn aufs schönste mit Schminke, Puder und Senf aus der Küche, schmückte ihn mit Girlanden, kraulte ihn unterm Kinn und kitzelte seine Fußsohlen. Alle Flüche der reichhaltigen spanischen Sprache schleuderte er ihnen entgegen, während unten, rings um die Villa, ein wilder Kampf zwischen Aufrührern und Spaniern entbrannte. Zeitweilig gewannen die Spanier die Oberhand. Sie versuchten einzudringen, aber die Dirnen, wahre Amazonen, hatten alle Türen von innen verbarrikadiert und schütteten kochendes Wasser und glühende Kohlen aus den Fenstern. Als es den Aufrührern gelungen war, die Spanier ins Strandwasser abzudrängen, öffneten die Mädchen die Tür der Villa. Die Madame, streng darauf bedacht, daß durch Plünderer oder Betrunkene keine Unordnung im Hause entstand, ließ nur treue Kunden eintreten, die die Regeln des Hauses kannten und respektierten. Im Triumph wurde das Bett, auf dem der Gouverneur lag, samt Baldachin die Treppe hinunter- und zur Tür hinaus getragen. Hohngelächter empfing den bedauernswerten Mann, der nun der Willkür der Menge ausgeliefert war. Erst warf man das Bett mit ihm kurzerhand ins Wasser, zog es aber wieder heraus, weil man noch mehr Kurzweil haben wollte, und trug es samt dem gefesselten Gouverneur, der nun den Magen voller Salzwasser hatte, nach Newhome hinauf. Mitten auf dem Hang gerieten die sechs Träger und die Menge, die hinterherlief, in ein Scharmützel. Das Bett fiel herab, der Gouverneur zuunterst, die Beine nach oben. Der Baldachin brach ab. Man hob das Bett wieder auf und trug es weiter. Steine flogen. Es begann zu regnen. Oben auf dem Marktplatz von Newhome wurde noch gekämpft, aber die spanischen Abteilungen, schon dezimiert, versuchten sich allmählich zur Festung auf der Halbinsel durchzuschlagen. Der Marktplatz und die umliegenden Straßen waren übersät von Toten. Auch viele Frauen und Kinder waren darunter. Spanier und Inselbewohner lagen kreuz und quer durcheinander. Der Gouverneurspalast begann zu brennen, kurz danach auch das neue Pfarrhaus samt Konvent. Eine Panik ergriff die Menge. Die Träger des Gouverneursbettes wollten in verschiedenen Richtungen auseinanderlaufen.

„Werft ihn ins Feuer!" rief einer.

„Ins Wasser mit ihm!" riefen andere.

„Jetzt wo wir ihn bis hierher hochgeschleppt haben, werden wir ihn nicht wieder zum Wasser 'runterschleppen", knurrte einer der Träger.

„Laßt ihn leben", rief die Rotmütze, die auf der umgestürzten Statue Ferdinands VII. stand und Befehle austeilte. „Laßt ihn auf einer Finca in den Bergen Kokosnüsse ernten und Holz hacken. Das wird ihm, der sein Leben lang noch nicht gearbeitet hat, gut tun!"

„Er kann zu mir raufkommen", sagte die Oberin, die sich den Gouverneur auch angeschaut hatte. „Er ist ja noch ganz gut beisammen. Bei meinen Hebammen kann er sich nicht viel herausnehmen, wenn ihn die Lust dazu ankommen sollte. Er kann bei uns die niederen Dienste tun: putzen und waschen. Bei uns Hebammen gibt es immer viel Wäsche. Schenkt ihn mir!"

In diesem Moment flog die Kathedrale in die Luft. Es gab eine solch gewaltige Detonation, daß der Rektor der Universität, der gerade am Hang des Grey Horn wühlte, einen Meter hoch geschleudert wurde und sich verwundert nach der Ursache dieses Phänomens umschaute. Sollte dies etwa eine Warnung des toten Piraten sein, sich dem in allernächster Nähe befindlichen Schatz nicht weiter zu nähern?

Das Bett wirbelte über das Schlachtfeld und fiel weiter westlich mit dem halbtoten Gouverneur unter sich auf die Erde. Der Luftdruck hob die spindeldürre Oberin bis über das Pfarrhaus. Dann ließ er sie fallen. Aber eine günstige Brise nahm sie mit und wehte sie hinter dem rauchenden Gebäude in einen regenfeuchten Kräutergarten. Sie kniete mitten zwischen Salbei und Melisse nieder und dankte Gott, daß er sie in den Flammen nicht hatte umkommen lassen.

Der ganze Ochsenwagen voll Pulver, soweit man dieses nicht schon während des Kampfes verbraucht hatte, war explodiert. Vielleicht hatte der Wind Funken vom Pfarrhaus herübergetragen. Drei Priester waren mit in die Luft geflogen. Auch von den übrigen Patres sah man nichts mehr. Einen vierten fand man Tage später halb verhungert im Keller einer Mädchenschule, zwei Mönche, ameisengeplagt, im hohen Gras auf dem Friedhof. Den übrigen Priestern und Mönchen war es gelungen, sich in die Festung auf der Landzunge zu retten, wo sie fürs erste sicher waren.

Die Schlacht war gewonnen, aber ihre Bilanz war niederschmetternd: Die Dörfler hatten über zweihundert Leute verloren, Männer, Frauen und Kinder, die Newhomer knapp hundert. Von den Spaniern waren ein paar klägliche Reste der Beamtenschaft und ihrer Familien sowie dreiundsiebzig Soldaten übriggeblieben, dazu etwa einundhalb Dutzend Kleriker. Soldaten, Priester und Mönche hielten noch die Festung. Die Zivilspanier hatte man in einer Schule zusammengetrieben. Der Regen, der die ganze Nacht anhielt, ein lauer, süß riechender Sommerregen, schwemmte das Blut vom Marktplatz Newhomes und seinen Straßen hinab ins Meer.

Noch tagelang roch es in Newhome nach Blut und Aas. Die Ratten vermehrten sich. Mitten auf den Straßen und Plätzen, in den Gärten, auf eingedrückten Dächern lagen Brocken der Kathedrale, und rings um die Stelle, wo sie gestanden hatte, waren alle Häuser weggefegt worden. Der Explosionsdruck hatte die Orgel bis auf den Nonnenhügel geschleudert, neben das Kloster, und sie war, wie es schien, ganz unversehrt. Die Noten klemmten sogar noch im Ständer. Wenn nicht täglich die Oberin eine der Hebammen hingeschickt hätte, sie zu putzen (der ehemalige Gouverneur war dazu nicht zu gebrauchen, er war eher eine Last statt eine Hilfe in Küche und Haus, denn man mußte ihn für jede einfache Handreichung erst anlernen), wäre sie bald verrostet. Aber man konnte nicht verhindern, daß sich Mäuse und sonstiges Kleingetier wie Spinnen, Tausendfüßler und Kellerasseln in den Orgelpfeifen einnisteten.

Die Hinterbliebenen begruben ihre Toten. Der Spaßvogel forderte noch am Abend nach der Schlacht die Rotmütze auf, mit ihm zu schlafen. Sie lachte und folgte ihm in eine leere Fischerhütte, wo er ungestört zu sein hoffte. Aber am nächsten Tag, als man die Rotmütze suchte, um die Befreierin und Retterin der Insel zu ehren, fand man den Spaßvogel tot auf dem Strohsack liegen. Herzschlag. Die Rotmütze war spurlos verschwunden, nur die Trompete hatte sie zurückgelassen. Diese wurde dem Landesmuseum in Newhome übergeben und bekam darin einen Ehrenplatz.

Die Spanier in der Festung hielten sich, trotz strengster Belagerung, die sogar das Hinein- und Hinausschmuggeln von Nachrichten zu unterbinden wußte, einhundertvierundzwanzig Tage. Als der Proviant ausging (ein Brunnen versorgte sie mit Wasser), schlachteten sie nacheinander drei Pferde, vier Hunde, neun Katzen, fingen dann die zahlreichen Ratten der Kasematten und schossen etliche Vögel ab, wofür sie fast alle ihre übriggebliebene Munition verbrauchten und fünf Soldaten einbüßten, die sich bei der Rauferei um die paar Vögel gegenseitig die Köpfe einschlugen. Schließlich kochten sie Sättel und Stiefel aus und kauten das Gras, das aus den Ritzen des alten Bollwerks wuchs. Und als gar nichts anderes mehr half, entschloß sich das Militär, getrieben von verzweifeltem Lebenswillen, zu einer letzten Aktion, die es in schönster Einigkeit ausführte: Nacheinander fraß es die Priester und Mönche auf, die weitaus in der Minderzahl waren und somit keinerlei Chance hatten, ihrerseits das Militär zu verzehren. Es fraß sie auf und ließ nur einen einzigen übrig, das kleine, unscheinbare Männchen, von dem schon einmal die Rede gewesen war. Es hätte sowieso nicht viel hergegeben, und außerdem brauchte man es für die Letzte Ölung der Verhungernden – wobei wahrheitsgemäß berichtet werden muß, daß auch kein Öl mehr vorhanden war. Irgendein verantwortungsloser Bursche hatte Katzen darin gebraten. Das Priesterlein, obwohl so schmächtig, genoß Respekt bei allen Soldaten, denn es hatte Mut und Kaltschnäuzigkeit bewiesen und außerdem während all der schrecklichen Belagerungszeit so gut wie keinen Proviant verbraucht. Bei den Pferden hatte es noch mitgemacht, bei den Hunden schon gezögert und bei den Katzen aufgehört, von den Priestern ganz zu schweigen. Wenn es regnete, legte es sich flach auf den Boden und ließ sich die Tropfen in den Mund fallen.

„Es kommt vom Himmel", sagte es. „Das macht satt."

Verzweifelte Soldaten versuchten dasselbe Mittel, konnten aber trotz besten Willens und Glaubens nicht die geringste Sättigung verspüren.

Die Besatzung der Festung, die sich im Lauf der einhundertvierundzwanzig Tage immer mehr verringerte, machte einige Phasen durch, die Historikern, genauer gesagt: Belagerungsspezialisten, durchaus geläufig sind: erst die heroische Phase mit Durchhalteparolen und chauvinistischen Eruptionen, dann die religiöse (Gemeinschaftsgottesdienste, Bittprozessionen und dergleichen), danach die Phase der Wunder (man deutete Träume, wahrsagte anhand der Form der Urinpfützen, hatte Gesichte und Erscheinungen, ergründete die Chance der Errettung durch Befragung von Orakeln und zupfte sogar die Blütenblätter der mickerigen Kamillenstauden im Innenhof der Festung), endlich die brutale (man fraß oder wurde gefressen), und zuletzt die Phase, in der sich Apathie mit Wahnsinn abwechselte. Es gab keine Priester mehr, die man verzehren konnte, außer dem einen kleinen, der jeden spöttisch anlächelte, der sich ihm mit einem Messer näherte, und keinerlei Anstalten machte, sich zur Wehr zu setzen oder zu flüchten. Mit diesem Verhalten erstickte er jede unfromme Gier im Keim.

Nun starben täglich einige Leute weg, und die, die noch nicht tot waren, lagen herum oder zeigten deutliche Symptome des Wahnsinns. Einige knabberten am Mörtel der Festungsmauer und lallten, daß sie noch nie eine so schmackhaft zubereitete Speise auf der Insel Delfina angetroffen hätten. Einer hockte in einer Pfütze und quakte wie ein Frosch, einige hatten sich splitternackt ausgezogen und zerkleinerten ihre Kleidung zu Salat, wie sie es nannten. Ein zäher Bursche aus Cádiz, der trotz des Hungers noch gehen konnte, hielt sich für den spanischen König, inspizierte die Festung und hielt Ansprachen an seine Soldaten. Zwei Männer aus Granada hatten sich ineinander verliebt und warteten eng umschlungen auf den gemeinsamen Tod.

Nur das magere Priesterlein war noch voll bei Sinnen und auch keineswegs apathisch. Als bloß noch fünf Mann übrig waren, öffnete es die Tore und übergab den Belagerern die Festung, die ihrerseits herzlich froh waren, daß diese lästige Wacheschieberei nun ein Ende hatte und der friedliche Alltag begann. Die fünf Überlebenden wurden von den Hebammen auf dem Nonnenhügel großzügig wieder aufgepäppelt. Dem Priester übergab man die katholische Gemeinde, und die internierten Zivilspanier wurden von der Bevölkerung absorbiert.

Die Insel war verarmt. Kaiser- und Kolonialzeit hatten an ihr gezehrt, und nun hatte sie außerdem einen Teil ihrer Bevölkerung im Unabhängigkeitskrieg des dritten Februar achtzehnhundertsechsundzwanzig verloren. Aber sie war endlich wieder frei und ging daran, ein neues Staatsgefüge aufzubauen. Von einem Gremium von Politikern wurde in Newhome eine neue Konstitution ausgearbeitet und achtzehnhundertsiebenundzwanzig veröffentlicht. Sie sah einen zentralistisch geführten Staat vor. Jedoch gewannen im folgenden Jahr die Föderalisten die Oberhand im Kongreß und erzwangen auf demokratischem Wege ein föderalistisches Staatssystem. Die von ihnen neu bearbeitete Konstitution, die von achtzehnhundertneunundzwanzig, wurde ein Jahr später abgelöst von der sogenannten „Konstitution von Green Village", die das Mitspracherecht der Dörfler in der allgemeinen Inselpolitik stärker in den Vordergrund stellte. Achtzehnhunderteinunddreißig trat die Konstitution von Fishbone in Kraft, die sogenannte „Grätenkonstitution", die in einem Wirtshaus von Fishbone entstanden war und sich nur ein Vierteljahr halten konnte. Die Konstitution von Limerick, ebenfalls achtzehnhunderteinunddreißig proklamiert, bewährte sich immerhin fünf Jahre lang und gewährleistete eine gewisse politische Stabilität. Aber die beste Konstitution Delfinas, für die besonderen Verhältnisse der Insel wie zugeschnitten, war doch die von achtzehnhundertsiebenunddreißig, die sogenannte Nonnenhügel-Akte, an der die alte Oberin wie auch die Madame mitgewirkt hatten und die jedem Bürger der Insel nicht nur das Recht auf Freiheit (vor allem Religionsfreiheit) und Gleichheit zugestand, sondern auch das Recht auf Glück. Außerdem besagte sie, daß der Präsident Humor bewiesen haben müsse, bevor er gewählt werden könne. Und man einigte sich auf einen Mittelweg zwischen Zentralismus und Föderalismus unter besonderer Berücksichtigung der Interessen Fishbones. Diese Verfassung gab dem Land für Jahrzehnte inneren Frieden.

Nun bot sich auch der Insel genügend Gelegenheit, sich dem neunzehnten Jahrhundert ganz und gar zu widmen. Ihre Bürger errichteten auf dem Marktplatz von Newhome erst einmal ein Denkmal, und zwar der legendären Rotmütze, die schon einige Jahre nach dem Befreiungskrieg zu einer Sagenfigur wurde.

Den alten Reichtum, die unerhörte Blüte der Puritanerzeit, später der Sträflingszeit, erreichte Delfina lange nicht mehr, arbeitete sich aber immerhin, was Newhome betraf, im Lauf der Jahre zu einem gewissen Wohlstand empor, der freilich gegen Ende des Jahrhunderts wieder stark abnahm. Die Rassen vermischten sich unaufhörlich. Die Inselbevölkerung eignete sich auf diese Weise im Lauf der Zeit ein mehr oder weniger einheitliches Aussehen an: hellbraune Hautfarbe, auf den Dörfern etwas dunkler, schwarzes, meist krauses Haar und indianische Backenknochen. Ab und zu schlugen die blauen Augen und das blonde Haar der Großväter durch. Die reichen Frauen waren nicht mehr so fruchtbar, die armen um so mehr.

Die englische Sprache dominierte wieder, man vergaß San Pablo, San Bartolomeo und wie die anderen Dörfer hatten heißen sollen. Die Republik Delfina war unabhängig und wollte weder von England noch von Spanien bevormundet werden. Deshalb machten alsbald die Lesebücher der Schulkinder einen erneuten Wandel durch. Jetzt nahm der vaterländisch-patriotische Teil einen großen Platz ein: In glühenden Farben wurden die ersten Inselbewohner beim Säen und Bauen und die Raubfahrten der Sträflinge geschildert. Zeichnungen zeigten die überfüllten Gefängnisse der Kaiserzeit. Das Gedicht eines zu Gott klagenden Gefangenen schloß sich an. Vier Seiten waren der ruhmreichen Schlacht auf dem Nonnenhügel gewidmet. Unter den Beiträgen zu diesem Thema befand sich auch das Gedicht eines Schulmeisters, das den Titel *Die streitbaren Nonnen* trug. Dazwischen fand man ein Bild der wundertätigen Madonna, ein anderes, auf dem die Dörflerinnen Kokos-nüsse auf die Feinde werfen. Der Unabhängigkeitskrieg des dritten Februar achtzehnhundertsechsundzwanzig – dieser Tag war übrigens als Nationalfeiertag proklamiert worden – nahm sechs Seiten ein und war reich illustriert: die Rotmütze auf dem

Dorfplatz von Limerick mit ihrer Trompete, griechisch drapiertem Gewand und heroischen Gesten; die von Kugeln durchsiebte Oberin, die Augen fromm gen Himmel aufgeschlagen; die Kathedrale, bevor sie in die Luft flog; der Sturm auf den Gouverneurspalast und schließlich, das geschichtliche Kapitel abschließend, ein allegorisches Gemälde: die Insel Delfina als stattliches Weib, umringt von Palmen, umspült vom Meer, mit erhobenen Armen die Ketten der Sklaverei sprengend.

Die lang anhaltende Friedensperiode machte sich in den Gepflogenheiten des Volkes von Delfina allmählich bemerkbar. Typisch bürgerliche Gewohnheiten und Liebhabereien tauchten auf: Kartenspiel, Tanzstunden für die Jugend der gehobeneren Klasse, Debütantinnenbälle, Tanz an den Wochenenden auch für die reifere Jugend, Anlage kleiner Vorgärtchen mit gestutzten Sträuchern, Steinarrangements und Figürchen, wobei die Nachbarn miteinander wetteiferten; Sonntagvormittags-Blasmusik auf dem Marktplatz vor dem Seemuschel-Rathaus; Picknick-Ausflüge der Newhomer ins Grüne; vorgezogene Dächer auf griechischen Säulen ruhend, auch wenn diese nur aus Holz waren; Gründung verschiedener Vereine, so für Taubenzucht, Förderung des Sonetts, Hausmusik, Stilpflege in der Architektur. Es gab einen Verein für Inselgeschichte und für Antialkoholiker, es gab auch einen Wanderverein, nicht zu verwechseln mit dem *Verein für den Ausbau von Wanderwegen* der Insel, es gab ein sogenanntes *Nähkästchen*, ein Damenkränzchen der High Society, deren Mitglieder reihum bei dem jeweiligen Geburtstagskind ihres Kreises den Jubeltag feierten und außerdem auch noch Gutes taten. Es gab einen Verein der *Blauen Damen*, die nur Gutes taten, ohne Geburtstage zu feiern, und bei allen ihren Aktionen durch ihre einheitliche himmelblaue Kleidung sofort zu erkennen waren. Sie kochten einmal im Monat Nudelsuppe für die Kinder im Waisenhaus, schenkten den Greisen im Altersasyl zu Weihnachten je einen schönen Strohhut und eine Halsschleife und den Greisinnen eine Nippesfigur, beglückten die Tuberkulösen zu Karneval mit selbstgebastelten Windmühlen, die man vom Wind drehen lassen oder durch Blasen in Bewegung setzen konnte, trugen alte Kleider für die unehelichen Kinder von Dienstmädchen zusammen und sammelten jeden Samstagnachmittag Geld für das Hospital, denn dort fehlte es am Nötigsten. Der Organisation der Blauen Damen war es zu verdanken, daß ein Dutzend Nachttöpfe und zwei Dutzend Bettpfannen angeschafft werden konnten, auch aufmunternde Sprüche für die Wände der Krankensäle, drei Kanarienvögel zur Freude der Kranken und sogar ein Pavillon im Krankenhausgarten für die Rekonvaleszenten.

Im Laufe des Inseljahres gab es verschiedene Bälle und Basars, auf denen man für Wohltätigkeit Vergnügen einhandeln konnte. Auch Wohltätigkeits-Konzerte, Wohltätigkeits-Bridgepartien und Wohltätigkeits-Laientheateraufführungen fanden ein geneigtes Publikum. Die High Society der Insel tat, wie man sieht, etwas für ihre Armen, besonders für die, die unten am Hafen hausten und statt der Kleider- und Lebensmittelspenden ein paar Boote gebraucht hätten, um auf Fischfang gehen und auf diese Weise ihren Lebensunterhalt verdienen zu können. Auch in Fishbone gab es viele Arme, aber dort hatten sie mehr Boote, und es kam nie dazu, daß die Fishboner wirklich hungerten, denn Fisch gab es immer. Unzählige Kinder quollen aus den Hütten in der Hafenbucht, aber knapp die Hälfte von ihnen starb, bevor sie fünf Jahre alt waren. Wenn ein Schiff in den Hafen einfuhr, schwammen die Kinder den Booten entgegen und tauchten nach Münzen, die die Passagiere ins klare Wasser warfen, Und waren die Passagiere erst einmal an Land, wurden sie von Scharen bettelnder Kinder verfolgt.

Das Geschäft der neuen Madame – man hatte die alte, hochgeehrte, bald nachdem die *Nonnenhügel-Akte* in Kraft getreten war, wieder einmal mit allem Pomp begraben –, einer Mestizin mit Namen Griselda, ging gut, wenn auch unter etwas anderen Vorzeichen als früher: Der Schein mußte gewahrt werden. Die

Ehefrauen wußten offiziell nichts von der Existenz des Bordells. Die Ehemänner benahmen sich nach außen hin untadelig. Wenn sie in Yolandas Villa schlichen (die jetzt auch ein vorgezogenes, auf Säulen ruhendes Dach aufwies), so taten sie das heimlich, banden sich Masken vor oder verkleideten sich. Um so größer war das Vergnügen der heimlichen Beobachter, wenn sie sie trotzdem erkannten! Die Mädchen, früher von der Bevölkerung gern gelitten, hießen nun Dirnen und wurden verachtet. Wenn die Söhne der Gesellschaft Newhomes eine tiefe Stimme bekamen, wurden sie von ihren Vätern mit ins Bordell genommen, wo ihnen rauh und unvorbereitet innerhalb einer knappen Stunde beigebracht wurde, worüber sie vorher nie hatten sprechen, ja woran sie, wenn es nach der Mama gegangen wäre, sogar nie hätten denken dürfen. Manche von ihnen glaubten noch halbwegs an den Klapperstorch, wenn sie über Yolandas Schwelle stolperten. Plötzlich, in Yolandas Villa, öffnete sich ihnen eine neue Dimension. Viele brachen in Weinkrämpfe aus, so daß nicht selten die gutmütige, dicke Madame Griselda als tröstende Mutter fungieren mußte.

Den jungen Mädchen der neuen Newhomer Gesellschaft erging es noch schlimmer. Sie wuchsen nach allen Seiten hin abgeschirmt auf und hörten bestenfalls vage Andeutungen von Dienstmädchen und Köchin. Der Stolz der Mütter bestand darin, dem künftigen Schwiegersohn eine *vollkommene Unschuld* zu übergeben. Nicht selten riefen Bräute in ihrer Hochzeitsnacht entsetzt nach ihren Müttern. Die Frauen, sofern katholisch, bekreuzigten sich vor der Vereinigung, die Männer löschten das Licht. Das kleine vertrocknete Priesterlein, das die Belagerung überstanden hatte, mußte sich im Beichtstuhl von den Damen endlose Berichte über das eheliche Sexualleben anhören und dankte Gott immer wieder, daß er hinter dem Gitterfensterchen herzhaft gähnen konnte, ohne gesehen zu werden. Panik erfaßte seine Beichtkinder, als er einmal, bewirkt durch eine lästige Grippe, seine Beherrschung verlor und eine Frau durch das Gitter anschnauzte: „Teufel noch mal

– zuunterst oder zuoberst, Hauptsache, Sie machen ihn glücklich!" Und einer anderen Dame sagte er seelenruhig: „Ihnen ist nicht zu helfen, meine Tochter: Lassen Sie sich als Eremitin einmauern, dann werden Sie alle Skrupel los sein."

Die Mädchen in Yolandas Villa hatten jedoch leichte Arbeit. Die Männer, enttäuscht von ihren Frauen, fielen ihnen wie reife Pflaumen zu und waren dankbar für jede Abwechslung. Großen Gewinn brachte der dicken Griselda jeden Abend folgendes Spiel ein: Eine Schöne in langem Rock, unter dem sie nichts trug, stand auf einem Tisch. Die Kunden scharten sich um sie und warfen Münzen auf die Tischplatte. Bei jeder Münze hob sie den Rock um einige Zoll höher, bis sie ihn nach langem Zögern und zähem Kampf um die letzten entscheidenden Münzen plötzlich für einen Augenblick bis zum Nabel hochriß und dann wieder über die Knöchel herabfallen ließ. Griselda räumte darauf die Münzen weg, und das Spiel begann von neuem. Früher, in der Epoche der Sträflinge, hätte man mit diesem harmlosen Spiel keinen Hund hinter dem Ofen hervorlocken können. Jetzt aber war es die Attraktion des Hauses.

Auf den Dörfern verlief das Leben weniger verkrampft. Die Bemühungen der Städter um Sauberkeit, die samstägliche Reinigung der Nachtstühle wurde belächelt (ein Fest für die Dienstmädchen, ein noch größeres Fest für die Kinder im Hafen, denn die Nachtstühle wurden ans Meer hinuntergekarrt und dort, einer neben dem anderen, von den Mädchen unter lauten und fröhlichen Gesängen und mit hochgeschürzten Röcken gründlich geschrubbt). Unverdrossen wurden in den Dörfern Kinder gezeugt, geboren und großgezogen oder begraben, es wurde jeden Abend nach Sonnenuntergang zwischen Hunden und Ferkeln getanzt. Die jungen Mädchen gingen als Dienstmädchen in die Stadt und kehrten schwanger heim, meist mit Kindern ihrer Dienstherren oder deren Söhnen. Die Großmütter zogen die Kinder auf, die Mädchen kehrten in die Stadt zurück, bis sie sich eine Aussteuer zusammengespart hatten.

Dann heirateten sie einen Fischer oder Bauern, der die fremden Kinder zusammen mit seinen eigenen ernährte.

Nach und nach kauften die reichen Newhomer das Land der Insel auf. Es gehörte zum guten Ton, eine Finca zu besitzen, auf die man am Wochenende mit Kind und Kegel fuhr und dort bukolische Stunden verbrachte. Immer mehr Bauern aus den Dörfern, die den Angeboten nicht widerstehen konnten, verkauften ihr Land und wurden Landarbeiter oder Tagelöhner. Andere zogen in die Stadt und wurden Diener oder arbeiteten in Fabriken und Werkstätten. Die Städter verachteten die Leute vom Land. Sie nannten sie die *Primitiven*.

Eine große Zeit hatten die Nachkommen der drei Zauberinnen, die damals vom Festland geraubt worden waren. Diese Zauberinnen waren längst tot, aber ihre Enkel zeigten auch große Begabungen sowohl für die Zauberei wie auch für das Geschäft. Da gab es eine Wahrsagerin, die vor allem von den Damen aus der Newhomer Gesellschaft konsultiert wurde, einen Naturdoktor, der sich auf Augenkrankheiten spezialisiert hatte, eine Totenbeschwörerin und eine sehr tüchtige Zauberin, die den selbstverständlichsten Naturgesetzen Schnippchen zu schlagen wußte. Zwei weitere weibliche Nachkommen der Zauberinnen waren etwas aus der Art geschlagen: Die eine war Amme geworden, die andere Engelmacherin in der Stadt. Aber mit ihr sprach die Verwandtschaft nicht mehr.

Die größte Berühmtheit war der Augendoktor. Angeblich kurierte er so: Mit Hilfe eines kleinen silbernen Löffelchens, das seine Mutter einmal als Dienstmädchen bei ihrer Herrschaft hatte mitgehen lassen, hob er den kranken Augapfel aus seiner Höhlen und ließ ihn von einem Gehilfen halten, während er die Augenhöhle auswusch und, wenn nötig, mit flüssigem Kokosfett einölte. Sobald diese Arbeit getan war, nahm er sich den Augapfel selbst vor, betrachtete das glitschige Ding von allen Seiten, bespuckte es, beträufelte es mit Alkohol und ließ es schließlich in die Augenhöhle zurückgleiten. Der Patient zwinkerte, schaute mit tränendem Auge um sich und erhob sich dann, unendlich glücklich, vom Stuhl: Er konnte auf dem vorher kranken Auge fabelhaft sehen. Namhafte Augenärzte aus aller Welt kamen mißtrauisch angereist und verließen die Insel einige Tage später kopfschüttelnd: Dieser Augenheiler – ein Phänomen, das man sich nicht er klären konnte. Aber Tatsache war, daß es auf der Insel keine Brillen gab, weil keine nötig waren. Nicht einmal den Grauen Star gab es auf Delfina. Den schälte der Augendoktor den Patienten mit einem Küchenmesser vom Auge.

„Es ist alles eine Frage der Sauberkeit", sagte er und wischte sich seine Hände am Brusthaar ab, da er nie ein Hemd trug.

Die Totenbeschwörerin, Kusine des Augendoktors und Tochter des inzwischen verstorbenen Zahnarztes, wurde von den männlichen Newhomern belächelt, von den weiblichen bestaunt. Sie hielt von Zeit zu Zeit gegen ein stattliches Honorar Totenkonsultationen ab, die sich die Damen etwas kosten ließen. So hatte sie den toten Gemahl der reichen und angesehenen Witwe Ophelia Madison in einem dämmrigen Zimmerchen ihres ländlichen Hauses in Green Village erscheinen lassen und ihn auf Geheiß befragt, ob er etwas dagegen habe, daß Ophelia noch einmal in den Stand der Ehe trete.

Alles, was er als Antwort von sich gegeben hatte, war ein unartikulierter Grunzer gewesen. Den jedoch hatte die Totenbeschwörerin einwandfrei als ja gedeutet. Und so heiratete die Witwe ruhigen Gewissens.

Eine andere Witwe, Jessica Moreno, wandte sich gleich nach dem Begräbnis ihres Ehemannes an die Totenbeschwörerin: Sie möge ihn erscheinen lassen, damit er befragt werden könnte, wo er den Kellerschlüssel aufbewahrt habe, denn sie, Jessica, könne nicht an die Mangel, die sie im Keller habe, und sie müsse dringend die Bettwäsche mangeln. Der Tote erschien, bekannte aber seufzend, er habe den Schlüssel in der Tasche der Hose, in der man ihn begrub. Als Jessica daraufhin ausrief, so solle er ihn ihr, zum Teufel, reichen, denn hier sei er doch mit der Hose erschienen, nannte er sie eine „blöde Gans" und verschwand.

Eine gewisse Merle Goldwater, unverheiratet, neunundvierzig Jahre alt, wollte ihre geliebte Mutter wiedersehen, die vor langen Jahren gestorben war. Die Mutter erschien wirklich, aber so durchsichtig, als sei sie aus Glas. Alle ihre Adern, ja sogar das Herz konnte man in ihr sehen. Das Herz bewegte sich rhythmisch, das Blut pulsierte durch die Adern, obwohl sie tot war. Sie lächelte herzzerbrechend, gab aber keinen Laut von sich, als die Tochter laut jammernd die Hände nach ihr ausstreckte.

Einmal wandte sich auch ein Mann an die Totenbeschwörerin: der uralte Rektor der Universität aus der Sträflingszeit. Er kam aus den Bergen herunter, wo ihn ab und zu jemand hatte graben und wühlen sehen. Er war groß und hager, ging aber gebeugt. Seine Augen lagen tief in den Höhlen. Am linken Mundwinkel hing ihm noch ein Heuschreckenbein, am rechten wilder Bienenhonig. Sein Bart reichte ihm bis zum Nabel, sein Haupthaar bis über die Schultern. Seine Finger waren nur noch Rudimente: Seine Hände hatten die Form von Maulwurfpfoten angenommen. Er brachte der Totenbeschwörerin die alten Knöpfe und die Silberschnalle, die er einmal unter einem Felshang am Grey Horn gefunden hatte, als Bezahlung und verlangte dafür eine Totenbeschwörung. Auf ihre Frage, um wen's denn gehe, vertraute er sich ihr hinter vorgehaltener Hand an: Henry Morgan persönlich wolle er sprechen, allerdings unter einer Bedingung: Sie müsse ihn herbeizitieren und dann ihn, den Rektor, mit Morgan allein lassen. Sie ging darauf ein. Henry Morgan erschien, sie zog sich zurück.

Der Rektor der Universität war bis ins tiefste aufgewühlt, als er endlich den Mann vor sich sah, mit dem er sich in all den vergangenen Jahren so intensiv beschäftigt hatte. Es versagte ihm die Stimme. Er sah die Umrisse Henry Morgans im halbdunklen Raum und hörte ihn atmen. Er räusperte sich, setzte schüchtern an und bat den großen Seeräuber um Entschuldigung, daß er in seine Privatangelegenheiten einbreche. Dann lauschte er. Morgan schwieg. Ob er nicht verraten könne, fuhr der Rektor fort, wo er seinen Schatz verborgen habe, denn ihm, mit Verlaub, würde er doch nichts mehr nützen, da er ja, mit Verlaub, schon gestorben sei. Ihm selber aber, der sich Jahre und Jahre abgemüht habe, das Versteck zu finden, würde der Fund Krone und Vollendung des Lebens bedeuten.

Nach diesen Worten befeuchtete er sich die Lippen mit der Zunge und wartete auf eine Entgegnung. Statt der ersehnten Antwort erhielt der Rektor ein wildes Gelächter von solcher Intensität, daß ihm die Augen aus den Höhlen quollen.

„Nur ein Zeichen, eine Geste!" flehte er.

Morgan hob den Zeigefinger und tippte sich an die Stirn. Dann löste sich sein Bild unter wieherndem Gelächter langsam in der Dämmerung auf.

Beglückt eilte der Rektor hinaus. Er hatte die Geste des Zeigefingers nicht auf sich bezogen, sondern auf den Fundort: Oben hatte Morgan hingezeigt, nicht etwa auf seine Beine oder Füße. Oben, das mußte ein Hinweis auf das Grey Horn sein! Er verließ das Haus der Totenbeschwörerin, die ihm kopfschüttelnd nachstarrte, und erkletterte den spitzen Berg. Als er oben ankam, war es schon dunkel. Er begann auf dem schmalen Gipfel herumzuwühlen. Es war eine mondlose Nacht, man sah nicht die Hand vor den Augen. Er verlor den Halt und stürzte ab, genau auf eine Steinplatte, auf der er sich das Rückgrat brach. Unter dieser Platte befand sich ein Topf mit Silbermünzen, die jemand in der Puritanerzeit dort versteckt hatte. Morgan war es jedenfalls nicht gewesen.

Zwei Wochen später fand man den Rektor auf der Platte, völlig ausgedörrt. Er stank nicht einmal, so trocken war er, und die Ameisen hatten ihn wohl aus diesem Grunde auch verschmäht. Auf den Gedanken, die Steinplatte zu heben, kam niemand.

Die Schulen Delfinas waren weiterhin sehr gefragt und berühmt. Wer im karibischen Raum lebte und Geld besaß, schickte seine Kinder, wenn nicht nach Europa, so doch nach Delfina – ein Zeichen zweithöchsten Reichtums.

Im zweiten Drittel des neunzehnten Jahrhunderts machte sich ein gewisser Horacio Greenapple ganz besonders verdient um das delfinische Schulwesen. Er war zeitweilig Kultusminister und leitete vierzig Jahre lang die Höhere Mädchenschule *Morningstar* von Newhome. An seinem sechzigsten Geburtstag ließ er sie in *Greenapple-Schule* umtaufen. Dieser Name machte den späteren Schülerinnen, die nicht mehr wußten, woher dieser Name stammte, nicht wenig Verdruß, denn man nannte sie die Greenapples.

Horacio Greenapple war ein bedeutender Dichter. Er hatte schon im zarten Alter von dreizehn Jahren ein Quartheft mit Gedichten gefüllt. Seine Werke wiesen eine erstaunliche Streuungsbreite auf, was ihre Form betraf: vom Aphorismus bis zur Ballade, vom Sonett bis zur Ode, vom Versepos bis zum Schüttelreim – an allem versuchte er sich. Unsterblich für das neunzehnte Jahrhundert – und noch heute steht es in manchen karibischen Lesebüchern – wurde sein Gedicht: *Neuer Frühling*, das folgendermaßen lautet:

> *Parteien*
> *befreien*
> *die Laien*
> *in Reihen*
> *zu zweien,*
> *und dreien,*
> *und Schleien*
> *verzeihen*
> *den geilen Geweihen.*
> *Schalmeien*
> *verleihen*
> *den Haien*
> *die niedrigen Weihen.*
> *Vermaledeien?*
> *O nei(e)n!*
> *Sie seien, sie seien,*
> *die Schelmereien!*

Dieses Gedicht verkörperte als besonders gelungenes Beispiel seine von ihm kreierte literarische Richtung: die *totale Verreimung*, die in der ganzen Karibik Schule machte und bis ins späte zwanzigste Jahrhundert ihre Spuren in der internationalen Lyrik hinterließ, wie zum Beispiel das Gedicht *Mirakel* von Helmut Heißenbüttel beweist (das aber in seiner totalen Verreimung längst nicht an das oben zitierte, von Horacio Greenapple verfaßte, heranreicht). Zeitweilig wurde der *Neue Frühling* wegen seiner unterschwelligen politischen Tendenzen von den Staatsoberhäuptern verboten (als Schüler war Greenapple überzeugter Anarchist, als Student gemäßigter Radikaler und als Direktor der Mädchenschule schließlich ein braver Konservativer mit leicht liberaler Tönung), aber niemand konnte seinen Siegeszug verhindern, und schon gar nicht ein Verbot.

Greenapple wurde vor allem von den Damen höherer Bildung sehr verehrt. Viele von ihnen eiferten ihm schriftstellerisch nach. So entstand auch der bereits erwähnte Verein zur Förderung des Sonetts und der Laienspielverein. Da Greenapple in englischer Sprache schrieb, auf dem nördlichen Festland, wo man Englisch sprach, aber nicht den rechten Anklang fand, und schon gar nicht in England selber, wo in jenen Jahren ein Überangebot an Literatur jeglicher Art auf den Markt geworfen wurde, andererseits aber auch auf dem spanisch sprechenden Festland nicht gefragt war, griff er zur Selbsthilfe. Er gründete sowohl eine Tageszeitung mit einer literarischen Beilage in der Sonntagsausgabe wie auch eine rein literarische Monatszeitschrift für anspruchsvollere Gemüter. Die Tageszeitung, der *Newhome-Kurier*, hatte eine tägliche Auflage von fünfhundert Exemplaren, die literarische Zeitschrift, *Die innere Stimme* genannt, kam in fünfundvierzig Exemplaren heraus. Ihr Abonnement war sozusagen ein Ausweis für höhere Bildung, und so abonnierten sie jene Familien, die ihrer nur des Prestiges wegen bedurften. Mühsam quälten sich einige Abonnenten durch die Beiträge, die ausschließlich aus Greenapples Feder stammten. Sie wollten wenigstens mitreden können, wenn die Rede darauf kam. Andere hatten nicht einmal diesen Ehrgeiz, verehrten aber den Meister um so mehr. Greenapples Trauerspiel *Tränen im Meer* wurde mehrmals von Schüler- und Laienspielgruppen aufgeführt. Man brachte es sogar bis in die Dörfer, wobei man die Kulissen und Kostüme auf einem Planwagen mitführte. Die Limericker und Aberystwyther waren beeindruckt, aber die Leute in Fishbone glotzten das Bühnengeschehen mit offenen Mündern an und warfen sich gegenseitig verlegene Blicke zu. Dabei hätte die Bevölkerung dieses Fischerdorfes gerade ganz besonders von diesem Trauerspiel erschüttert sein müssen, da es von Fischerschicksalen handelte. An dem Mißerfolg mag auch der Fischgestank des Dorfes schuld gewesen sein. Jedenfalls fiel die Protagonistin im zweiten Akt plötzlich wie ein Sack um und erbrach sich mehrmals, nachdem man sie hinter die Kulissen getragen hatte.

Auf der nächsten Tournee rund um die Insel brachte man einen Greenappel'schen Bauernschwank, *Die ungestüme Braut*, auf die Bühne. In Newhome erregte das Stück große Heiterkeit. In den Dörfern dagegen war man ratlos. Wo nur, so fragten sich die Dörfler, gab es Leute, die sich so albern benahmen wie diese da auf der Bühne?

Überraschenderweise wurde aber in den Dörfern ein Greenapple'sches Bühnenstück zum Lacherfolg, das szenische Oratorium *Antigone* (jawohl, Greenapple komponierte auch!), das in Newhome sehr reserviert, da klassisch und somit bereits bekannt, aufgenommen wurde. Die Dörfler lachten sich über die Sterbenden, die mit Speeren und Messern in der Brust immer noch unverdrossen weitersprachen oder -sangen, halb tot. Und traf sich ein Grieche mit einer Griechin zwischen menschenleerem Gemäuer oder in einsamen Hainen, so riefen ihnen die Dörfler aufmunternde Scherze und Befehle zu, wenn sie, offenbar geschlechtslos, über ganz unwichtige Dinge stundenlang debattierten und währenddessen höchstens einmal das Standbein wechselten.

„Na los doch, es sieht euch ja keiner!" riefen die jungen Burschen und machten eindeutige Gesten. Aber diese dummen Griechen ließen Minute um Minute verstreichen, bis es zu spät war – da kam nämlich ein anderer dazu, ein älterer mit Bart, und die Schadenfreude des Publikums war groß. Ganz besonders beklatscht wurde die Tatsache, daß zum Schluß alle Toten oder lebendig Eingemauerten wieder auferstanden und auf der Bühne (dem Dorfplatz) gesund und munter erschienen und sich verbeugten. Kein Wunder, da sie doch so zäh waren, daß sie mit Messern und Speeren in der Brust noch singen konnten.

„Merkwürdige Leute, diese Griechen", sagte eine Fischersfrau aus Fishbone. „Sie arbeiten gar nicht. Sie reden nur!"

„Kein Wunder, daß sie ausgestorben sind", sagte der Dorflehrer aus Green Village, Vater von sechzehn Kindern, der schon öfters etwas über die Griechen gehört hatte. „Die haben einfach aufgehört, sich zu paaren. Sie scheinen nach und nach vergessen zu haben, wozu es Männer und Frauen gibt. Das hat man ja eben deutlich erkennen können."

Die Newhomer Laienspieler, anfänglich durchglüht von dem erhabenen Gedanken, den Dörflern Kultur zu vermitteln, waren ob dieses unerwarteten Erfolges bestürzt und gaben ihr Vorhaben auf.

„Schade, daß sie nicht mehr kommen", sagten die Dörfler. „Langsam fingen sie an zu merken, was wir gern sehen. Das letzte Stück war gut. Da konnte man doch mal so richtig erkennen, wieviel weiter voran wir mit unserem Wissen sind. Arme Teufel, die Griechen, und noch nicht einmal Schießgewehre haben sie gekannt."

Greenapple wurde in seinem hohen Alter, als ihm bereits zahlreiche Epigonen, ehemalige Schüler, nacheiferten, derart verehrt, daß alle seine Äußerungen, auch die unwesentlichsten, sofort gierig aufgenommen, zu Papier gebracht und somit unsterblich gemacht wurden. Stellte er fest, daß es draußen regne, so sah man in dieser Bemerkung eine ganzheitliche Schau des Kosmos, gebrochen durch eine Strömung der

Schwermut, wenn nicht sogar der Verzweiflung. Deutete er an, daß er unter Blähung leide, so flüsterte man sich in ganz Newhome frohlockend zu, daß in Kürze wieder ein Werk von ihm zu erwarten sei. Noch zu seinen Lebzeiten wurde eine Büste von ihm angefertigt, die man im Greenapple-Park feierlich aufstellte. Alle drei Jahre wurde an junge Nachwuchsautoren ein Greenapple-Preis vergeben, gestiftet vom Kultusministerium der Insel, als Greenapple Kultusminister war. Kurz, Delfina tat etwas für Kunst und Kultur, vor allem, wenn sie von Greenapple stammte.

Die Insel sorgte auch für die Förderung der Malerei: Die Porträts und Stilleben des grünen Schwiegersohns der Oberin, der inzwischen längst verstorben war, hatten internationales Interesse geweckt. Kunsthändler aus Europa kamen nach Delfina und kauften seine Bilder auf. Aber leider war auf diesem Gebiet der Kunst zur Zeit nicht viel zu machen, denn nach dem Tode des Malers Arkadi gab es auf Delfina keinen gleichwertigen Nachwuchs mehr. Das Kultusministerium forschte nach jungen Talenten, aber außer einem Diener in der Yolanda'schen Villa, der Gestalten der Biblischen Geschichte überlebensgroß aus seinem Religionsbuch abzeichnen und mit einem weichen Bleistift schattieren konnte, gab es niemand, der für die darstellenden Künste eine leichte Hand gehabt hätte.

Vor allem nach Primitiven und Sonntagsmalern wurde im Auftrag des internationalen Kunsthandels auf der Insel geforscht.

„Laßt mich mal ran", sagte die alte Oberin gegen Ende des Jahrhunderts. „Mich hat die Malerei schon immer neugierig gemacht. Ich will auch mal so ein Pinselchen in die Hand nehmen und sehen, was dabei herauskommt. Pablito (so sprach sie zu dem ehemaligen Gouverneur), wenn es kleckst, putzt du es weg, hörst du?"

Man beschaffte ihr Ölfarben und einen Pinsel. Sie band sich einen Hebammenkittel um und begann in Ermangelung einer

Leinwand die Waschküchentür zu bemalen. Es entstand eine braungesichtige, nach auswärts schielende Madonna mit großzügiger Kleiderfülle und einem kümmerlichen Jesuskind, das aussah wie die dickbäuchigen Fishbone-Kinder, die von Bandwürmern geplagt wurden. Man riß ihr die Tür, als sie fertig war, förmlich aus den Angeln und verlangte weitere Beweise ihrer bisher verborgenen Fähigkeiten.

„Aber erwartet jetzt nicht von mir lauter Madönnchen", sagte die Oberin. „Ich male, was ich will!"

Und sie malte eine Geburt, wie sie realistischer nicht hätte gemalt werden können. Man sah auch einige Hebammen auf dem Bild.

„Die da bin ich", sagte die Oberin und wies auf ein dürres Mütterchen, das gerade eine Nabelschnur durchschnitt.

Die Sammler primitiver Malerei um die Jahrhundertwende waren entzückt und feuerten sie zu weiteren Werken an.

„Gut", sagte die Oberin, „unter einer Bedingung, denn umsonst tu ich euch den Gefallen nicht: Bezahlt mir ein neues Kapellchen!"

Die Sammler gingen auf ihren Wunsch ein. Sie malte noch einige Bilder, die den ehemaligen spanischen Gouverneur als greisen Hausdiener darstellten: Zwiebeln schälend, Unkraut aus dem Kreuzweg zupfend, Hühner fütternd, Pfannen schrubbend und schließlich seine aufgebahrte Leiche, denn just in diesen Tagen starb er.

„Er war gar kein so schlechter Kerl", sagte sie, „nachdem wir ihn erst mal angelernt hatten. Was konnte man denn auch groß von ihm verlangen, wo er doch so viele Jährchen unnütz verbracht hat."

Sie malte auch ein sauberes Porträt von jeder der sieben noch lebenden Hebammen und eines von sich selbst, danach eines, ein ganz großes, von der Dame.

„Die sitzt jetzt wieder im Riffchen, die Gute", sagte sie.

Dann malte sie noch ihre Pantoffeln, eine tote Ratte auf der Kehrichtschaufel und schließlich die Orgel, aus deren Pfeifen

Unkraut sproß. Danach hatte sie die Lust an der Malerei verloren, denn etwas anderes fesselte sie plötzlich: die Plätzchenbäckerei. Bis hinunter nach Newhome roch es nach Makronen, und Kinderhorden umlagerten bald die Klostergebäude, die sich kaum mehr aufrecht halten konnten und seitwärts mit Balken hatten abgestützt werden müssen.

„Hier hast du eins mehr als die anderen", sagte die Oberin um die Mittagszeit, als sie die Plätzchen austeilte, zu einem grindigen, dürrbeinigen Kind. „Fast wärst du schon bei der Geburt futsch gewesen. Und bist noch immer so ein Krepierchen."

Als bei der Oberin keine Kunst mehr zu ernten war, verließen die Kunstsammler wieder die Insel, nicht ohne eine ansehnliche Summe, wie abgemacht, für den Bau einer Kapelle zu hinterlassen. (Es wurde eine schöne, eine feste Kapelle, die die Oberin selber entworfen hatte und die wie eine Miniaturfestung aussah.)

Vergeblich versuchte Greenapple selbst, im Alter von über siebzig Jahren, heroische Szenen aus der Geschichte Delfinas auf die Leinwand zu bringen: Die Schlacht auf dem Horseback; die Schlacht auf dem Nonnenhügel; Henry Morgan, die Insel in Besitz nehmend; die Ankunft der englischen Sträflinge auf der Insel; und schließlich ein Kolossalgemälde von acht mal zwölf Metern, das die ganze Längswand der Aula in der Mädchenschule einnahm. Es stellte das gestrandete Nonnenschiff dar. Überall im Wasser regten sich beklagenswerte weibliche Gestalten, und im Vordergrund hoben einige Nonnen ihre tropfenden Arme dem Beschauer bittend entgegen. Die Schülerinnen der Mädchenschule waren tief beeindruckt.

Aber obwohl Greenapple in seiner Eigenschaft als Kultusminister die karibischen Nachbarstaaten diskret über die neue Kunstblüte in Delfina informieren und sogar die französische Kunstwelt benachrichtigen ließ, fand sich kein Interessent auf der Insel ein, und Greenapple, tief enttäuscht, blieb auf den Beifall der einheimischen Bevölkerung angewiesen.

Da sich kein Bildhauer oder Schnitzer mehr auf der Insel befand, entschloß sich die Oberin, mit einem Rest des Geldes, das sie für ihre Bilder bekommen hatte, und mit dem Eiergeld eines knappen Jahres (sie besaß die anerkannt besten Legehennen der Insel) eine Madonnenstatue für die neue Kapelle in Spanien zu bestellen. Die Bestellung mußte aber wegen Devisenschwierigkeiten vom Kultusministerium genehmigt werden. Greenapple, zu diesem Zeitpunkt wieder einmal Kultusminister, lehnte ab: Man solle die einheimischen Künstler mehr fördern. Durch den Import ausländischer Kunst verletze man ihr Selbstvertrauen.

Die Oberin rauschte, als sie diesen Bescheid erhielt, wutschnaubend den Nonnenhügel herunter und in Greenapples Kanzlei, das Kultusministerium.

„Nenne mir das einheimische Künstlerchen, das ich fördern soll, du aufgeblasener Frosch du!" rief sie ihm über den Schreibtisch zu. (Kenner der Oberin wußten, daß sie auf den Diminutiv verzichtete, wenn sie jemand beschimpfen wollte.) „Nenne mir einen auf der Insel, der mir ein Madönnchen machen kann, du eingebildeter Gockel, der erst zehn Minuten nach seiner Geburt einen kümmerlichen Schrei zustande brachte! Nenne ihn mir!"

„Ich", sagte Greenapple würdevoll und erhob sich hinter seinem Schreibtisch.

Selten war die Oberin in ihrem langen Leben außer Fassung geraten. Aber jetzt war sie es. Sie zog sich schweigend auf ihren Berg zurück und wartete ab. Als Greenapple nach drei Monaten die fertige Madonna hinaufschickte, eine hölzerne, geschnitzte, ließ sie sie mit dem Kommentar, so was käme ihr nicht in die Kapelle, zurückgehen. Greenapple konterte, indem er ein ministerielles Dekret herausgab, welches bestimmte, die Madonna müsse in der Kapelle am Nonnenhügel aufgestellt werden, und zwar binnen sechsunddreißig Stunden. Damit schickte er das Schnitzwerk wieder hinauf. Die Träger fluchten. Mit einem Fernrohr beobachtete Greenapple aus dem

Fenster seines Kultusministeriums, in dem noch die Schnitzspäne der Madonna herumlagen, wie die Oberin wohl darauf reagieren würde. Deren Reaktion war in der Tat sehenswert.

„Eher stelle ich mich selber aufs Altärchen als dieses Ding, das man von einem Kochlöffel kaum unterscheiden kann!" rief sie entrüstet, gab den beiden Trägern je ein halbes Dutzend Eier als Trinkgeld und rollte gemeinsam mit ihnen die Figur den Abhang hinunter. Unterwegs brach dieser schon allerlei ab, und als sie schließlich ins Meer rollte, war nicht mehr viel von ihr übrig.

Greenapple schäumte. Er stürzte aus dem Amtszimmer und kreischte: „Sie ist die Leibhaftige! Verbrennt sie! Zersägt sie! Zerreißt sie rnit Zangen!"

Er lief über den Marktplatz hinüber ins Justizministerium und überfiel den erschrockenen Justizminister, einen alten Herrn, der in seiner Jugend einmal zwei Semester Medizin in Cartagena de las Indias studiert hatte. Er mußte sich den Tatbestand erst dreimal erklären lassen, bis er ihn begriff.

„Zersägen? Verbrennen?" fragte er kopfschüttelnd. „Aber mein lieber Kollege, wir leben doch nicht im finsteren Mittelalter!"

„Welche Alternative, was die Bestrafung der Oberin betrifft, schlagen Sie vor?" antwortete Greenapple scharf.

„Gar keine", antwortete der Justizminister. „Man kann einer freien Inselbürgerin nicht einen Kunstgegenstand aufdrängen, den sie nicht haben will."

„Aber sie hat gegen das Dekret gehandelt!" geiferte Greenapple.

„Gegen was für ein Dekret?"

„Gegen das Dekret, das die Aufstellung der Madonna in der Kapelle befiehlt!"

„Wenn hier ein Dekret herausgegeben wird, dann von mir, das muß ich Ihnen in aller Deutlichkeit sagen, Herr Kollege, obwohl ich ein Verehrer Ihrer Werke bin", sagte der Justizminister.

„Aber die Madonna war von mir! Begreifen Sie denn nicht?" schrie Greenapple außer sich. „Die Oberin hat ein Werk von mir, das Aufsehen erregt hätte, nicht nur zurückgewiesen, sondern auch noch mutwillig zerstört! Das ist ein Vergehen, das nach Sühne schreit!"

„Hat sie die Madonna bezahlt?"

„Natürlich nicht!"

„Und wieviel kostet sie?"

„Ja was glauben Sie denn? Sie ist unbezahlbar!"

„Wenn das so ist, dann kann man sowieso nichts machen. Und auspfänden kann man die Oberin nicht. Erstens besitzt sie fast nichts, zweitens bekämen wir die Bevölkerung gegen uns. Vergessen Sie nicht: Sie hat Ihnen wie auch mir und ganzen Generationen anderer Inselbewohner zum Eintritt in dieses Leben verholfen. Man täte gut daran, sie unter Denkmalschutz zu stellen."

Greenapple antwortete nicht, weil er nicht konnte. Er war blaurot angelaufen, seine Augen quollen ihm aus den Höhlen, er zitterte am ganzen Körper. Der Justizminister mit den Kenntnissen zweier Semester Medizinstudium erkannte, daß höchste Alarmstufe gegeben war. Er schob Greenapple einen Stuhl unter und eilte hinaus, um ein Glas Wasser zu holen. Als er zurückkehrte, lag der gefeierte Dichter, Maler, Komponist, Kultusminister und Holzschnitzer mausetot auf dem Fußboden und streckte alle viere von sich.

Ein Staatsbegräbnis wurde angeordnet. Alle Vereine sandten Abordnungen, die Blauen Damen und das Nähkästchen traten vollzählig zum Leichengang an, sogar viele Dörfler kamen, um sich das Spektakel anzuschauen. Selbst die Oberin mit ihren Hebammen stieg herab und nahm teil.

„Gott hab' ihn selig", sagte sie. „Es wurde aber auch schon Zeit für ihn. Er ist übermütig geworden. Es hätte nicht mehr lange gedauert, und er hätte unser liebes Herrgottchen von seinem Thron geschoben und gesagt: ‚Zieh dich nur zurück, mein Lieber, ich mache das schon!' In seinem Leben hätte ihm öfter mal jemand eine lange Nase drehen sollen, das hätte ihm gut getan."

Statt einer Schaufel Erde warf sie ihm ein Hühnerei ins Grab, ein Zeichen besonderer Ehrung. Der alte, dürre Priester, Veteran aus der Belagerungszeit, hielt eine Grabrede, deren Ironie kaum jemand begriff.

Der neue Direktor der *Greenapple-Schule* ließ von entzückend herausgeputzten Schülerinnen die berühmtesten Gedichte des Dichters am Grabe aufsagen, und der Zeichenlehrer beschrieb in glühenden Farben dessen Gemälde von Morgans Inbesitznahme der Insel, ein Werk, das er als Allegorie von Greenapples Leben deutete. Es war ein ergreifendes Ereignis, dieses Begräbnis, sozusagen das Begräbnis einer ganzen Kultur-Ära. Die Nachwuchsdichter wetteiferten, es in Verse zu gießen. Aber keiner von ihnen geriet je in so einsame Höhen einheimischen Ruhmes. Und noch der letzte Dorftrottel wußte dreißig Jahre später, daß Greenapple ein Dichter und nicht etwa ein Feldherr gewesen war.

Nun konnte die Oberin also doch eine Madonna in Spanien bestellen, die ihr, als sie sechs Monate später ankam, leidlich gefiel. Etwas Besonderes war sie nicht, eben eine spanische Dorfmadonna für geringere Ansprüche. Aber die Oberin war doch sehr zufrieden, zumal sie jetzt im kirchlichen Leben der Insel konkurrieren konnte. Gegen Ende des neunzehnten Jahrhunderts hatten sich nämlich zahlreiche Priester und Prediger der verschiedensten Religionsgemeinschaften auf Delfina angesiedelt wie Schimmelpilze im Einmachglas. Man riß sich um die alten Kirchen, die, teils baufällig, noch auf der Insel herumstanden. Die reicheren Sekten bauten sich neue Kirchen oder Bethäuser, und es hub ein zähes Feilschen um jede Inselseele an. Nur Limerick blieb streng katholisch. Jemand spottete, die Insel besitze mehr Kirchen als Badewannen.

Manche Kirchenfunktionäre schlossen sich zu Aktionsgemeinschaften zusammen, andere grüßten nicht einmal ihre Kollegen und kapselten sich völlig ab. Ein Lutheraner und ein Reformierter, beide Betreuer einer Pfarrgemeinde, lieferten sich nach zähen und erbitterten Fehden um einen morschen Gartenzaun zwischen den Kirchen, der die beiden Grundstücke gegeneinander abgrenzte, ein Duell, in dessen Verlauf der Lutheraner dem Reformierten ein Ohr abschoß, der Reformierte dem Lutheraner daraufhin aber einen Daumen abbiß. Ein paar Jahre später stürzte sich ein Geistlicher der Adventisten auf einen Mormonenprediger und würgte ihn. Angeblich ging es dabei um eine theologische Meinungsverschiedenheit. Kurz darauf stellte der anglikanische Geistliche einem jungen katholischen Kaplan, einem Venezolaner, der vom südamerikanischen Festland herübergeschickt worden war, um dem kleinen alten Priester aus der Belagerungszeit zu helfen, eine Fuchsfalle – wütend darüber, daß immer mehr seiner Gemeindemitglieder zu den Katholiken abwanderten. An den Veteranen traute er sich nicht heran, denn dieser genoß ein sehr hohes Ansehen auf der Insel, weil er der einzige aller Inselgeistlichen war, der sich nicht darum bemühte, seinen Kollegen Gläubige abzuwerben. Jedenfalls geriet der Kaplan – ein rotbäckiger, naiver Junge, der bis jetzt nichts von der Welt kennengelernt hatte als das Priesterseminar, und im Beichtstuhl dauernd errötete, in die Fuchsfalle und lag wochenlang mit eiternder Wade im Bett.

Es gab die raffiniertesten Methoden, einander Leute abzuwerben: Manche Geistliche versprachen ein Kopfgeld, andere eine Weihnachtsbescherung, die dritten Schulgeldfreiheit und die vierten Arbeitsplätze für Arbeitslose. Und alle, alle versprachen die Ewige Seligkeit. Manche Inselbewohner, die ganz pfiffig waren oder es zu sein glaubten, aber auch die ganz Friedfertigen, die es jedem rechtzumachen versuchten, brachten System in ihr Seelenleben: Sie gingen reihum. Kurz vor Weihnachten, wenn bei den Lutheranern eine Bescherung lockte, wurden sie Lutheraner. Vor Karneval wurden sie Katholiken, traten aber am Aschermittwoch schnell zu den Sabbatisten über, die keine strenge Osterzeit mit Fasten, Beichte und Tanzverbot vorschrieben. So schnorrten sie sich durch das Kirchenjahr und fuhren nicht schlecht dabei. Nur bei dem Priesterveteranen in der katholischen Gemeinde wurden diejenigen kein zweites Mal aufgenommen, die unter dem Namen „Reih-um-Mitglieder" bekannt waren.

„Bei uns gibt's nichts", pflegte er zu sagen, „als die Ewige Seligkeit, und auch dafür möchte ich nicht die Hand ins Feuer legen. Im Gegenteil – geben mußt *du*: dein Geld nämlich, in den Klingelbeutel am Sonntag."

Andererseits hatten die Reih-um-Mitglieder zuweilen auch nichts zu lachen. Sie mußten sich den verschiedenartigsten Vorschriften und Zeremonien unterwerfen, denn zum Beispiel hieß einmal getauft sein noch lange nicht ein für allemal getauft sein. Viele Glaubensgemeinschaften erkannten die Taufen anderer nicht an. Hier gab es Kinder-, dort Erwachsenentaufen, hier Taufen durch Laien, dort nur durch Priester, und bei den Mormonen mußten sie sogar mit sämtlichen Kleidern in den Bach steigen und sich, wenn das Wasser nicht hoch genug stand, längelang hinlegen. Aber nicht genug damit: Mal durften sie freitags kein Fleisch essen, mal durften sie weder Alkohol trinken noch mit Frauen Zärtlichkeiten austauschen (allerhöchstens für Nachwuchs sorgen), mal mußten sie eifrig in der Bibel forschen, mal samstags Sonntag feiern und sonntags arbeiten. Kurz: Sie mußten höllisch aufpassen, daß sie sich bei dem raschen Wechsel der Konfessionen nicht in wesentlichen Punkten irrten. Einem neugebackenen Protestanten zum Beispiel, der vorher Katholik gewesen war, riß der Pastor in aller Öffentlichkeit ein Madonnenmedaillon vom Hals.

Aber in fast allen Inselhäusern, vor allem auf dem Lande, ganz gleich, welcher Konfession sie Obdach boten, fand man in irgendeinem Winkel ein Bild der Dame, meist mit grünem Hintergrund, umrahmt von Blumenvasen und abgenutzt von zahllosen Stoßgebeten.

In jenen Jahren ging die Geburtenzahl der Insel stark zurück, denn wenn die Frauen aus der Kirche heimkehrten, waren sie müde und zerknirscht und die Männer schlechtgelaunt. In solcher Atmosphäre kam nicht viel Nachwuchs zustande. Nur die Katholiken zeigten Stabilität, auch auf dem Gebiet der Fruchtbarkeit, und heimlich beneidete jeder Geistliche, der sich mit Basars, Wohltätigkeitsveranstaltungen, Jugendabenden, Frauenkreisen, sonntäglichen Picknickausflügen und Hausbesuchen abmühte, den Priesterveteranen (der keinerlei Programm aufstellte und nicht mehr tat als nötig) um den Zulauf, den er hatte. Wenn man ihn nach seinem Rezept fragte, grinste er und zuckte mit den Schultern.

„Ich bin zu alt, um einen anderen Beruf zu wählen", sagte er zuweilen. „Wenn ich jünger wäre, täte ich's. Schlosser, das wäre nach meinem Geschmack. Schlosser – ein feiner Beruf!"

Dann schlug der Kaplan jedesmal die Hände vor Entsetzen zusammen und machte runde Augen.

„Man könnte fast meinen", stammelte er einmal, „Sie seien ungläubig!"

„Da hast du recht, mein Junge", antwortete der Veteran trocken und stocherte sich ein paar Fleischfetzen aus seinen Zahnstummeln, denn dieses Gespräch fand unmittelbar nach dem Mittagessen statt. „Mein Glauben ist mir unterwegs abhanden gekommen. Deshalb."

„Aber dann dürfen Sie doch nicht –"

„Natürlich nicht. Aber du siehst, die Leute fühlen sich bei mir trotzdem wohl, wie es scheint. Wenn du willst, kannst du den Dreck gern ganz allein machen. Dann richte ich mir eine Schlosserei ein –"

Der Kaplan hob beschwörend die Hände. Damit war das Gespräch beendet.

Als der junge Kollege ihn eines Tages darauf aufmerksam machte, daß die Oberin auf dem Nonnenhügel keinesfalls von Rom anerkannt sein könne und als *sogenannte* Oberin bezeichnet werden müsse, grinste der Alte wieder und klopfte ihm mitleidig auf den Rücken.

„Ich wünschte, Rom hätte ganze Legionen solcher Oberinnen", sagte er. „Aber versuch du nur ruhig, den Leuten beizubringen, sie sollen *sogenannte Oberin* sagen. Ich werde dir bei dieser Aufgabe, die du dir vornimmst, nichts in den Weg legen."

Der Kaplan mühte sich vergeblich für seine Kirche ab. Die Leute nannten ihn bald den *sogenannten* Kaplan, was ihn sehr verletzte, und schließlich machten sie ihm das Leben so zur Hölle, daß er die Insel verlassen mußte. Als er sich bei seinem Vorgesetzten auf dem Festland meldete, stotterte er und zuckte nervös mit dem linken Auge.

„Ich mu-muß eine wi-wi-wichtige Meldung machen", flüsterte er. „Der a-alte Pfarrer gla-gla-glaubt nicht mehr –!"

„Weiter nichts?" fragte der gute alte Bischof, der den Ruf der Weisheit genoß. „Mein Gott, wenn ich wegen jedem meiner Pfarrer, der nicht mehr glaubt, solche nervösen Störungen bekommen wollte, dann hätte ich schon den Veitstanz!"

Er beauftragte ihn mit dem Religionsunterricht in einer Höheren Mädchenschule, um ihn etwas abzuhärten. Tatsächlich verführte ihn eine Schülerin schon nach vierzehn Tagen in der Besenkammer des Hausmeisters. Nach weiteren vier Wochen schickte ihn der Bischof in ein Dorf geflohener schwarzer Sklaven in den Bergen, wo er ihn vier Jahre beließ. Dort war er gezwungen, sich mit dem Gott Mbalala herumzuschlagen, landete zweimal fast im Sudkessel des Medizinmannes und mußte ohnmächtig zusehen, wie bei der dort herrschenden Vielweiberei ehrlich um den katholischen Glauben bemühte Kandidaten ihre Weiber bis auf eine auffraßen, um die für einen Katholiken vorgeschriebene Einehe führen zu können.

Danach schickte er ihn wieder nach Delfina, und siehe, jetzt schaffte es der Kaplan. Er verstand sich mit dem uralten Priesterveteranen plötzlich prächtig, und die Gemeinde der Katholiken mehrte sich. Übrigens waren die Grundstückspreise in seiner Abwesenheit stark gestiegen, denn jede Glaubensgemeinschaft legte einen eigenen Friedhof an, groß genug für alle die Gläubigen, die man noch erwartete, sei es durch Zulauf oder Geburt.

Viele Insulaner suchten Arbeit auf dem Festland, und sie fanden sie, da sie den Ruf hatten, fleißig, freundlich und ehrlich zu sein – zumindest ehrlicher als die Leute auf dem Festland. Sie arbeiteten ein paar Jahre in Venezuela, Costa Rica, Kolumbien oder Mexiko und kehrten dann mit ihren Ersparnissen auf die Insel heim. Andere blieben ganz weg, und einige brachten es weit. Im letzten Jahrzehnt des neunzehnten Jahrhunderts war der Manager des größten Hotels in Bogotá ein Mann aus Delfina (ein Enkel der inzwischen verstorbenen faunsohrigen Tochter der Oberin), und um die Jahrhundertwende wurde einer, der auf Delfina geboren war, sogar Innenminister in Costa Rica. Als er einmal seine Heimatinsel besuchte, gab sie ihm einen überwältigenden Empfang. Girlanden wurden gewunden, Reden gehalten, Sträuße überreicht, es wurde umarmt und geküßt, und der Präsident der Insel gab ein Festessen, das fast den ganzen Staatshaushalt ins Wanken gebracht hätte. Aber der Innenminister war glücklich, das war die Hauptsache. Er suchte die Stätten seiner Kindheit auf (Fishbone war sein Geburtsort, über dessen Gestank er doch einigermaßen schockiert war) und besuchte die alte Oberin, die ihm ins Leben verholfen hatte. Ihr brachte er eine wunderschöne Madonna mit, eine ernste mit segnend erhobener Hand, die zugleich ein Geschenk für die ganze Inselbevölkerung sein sollte. Rings um ihren Heiligenschein waren kleine Glühbirnchen angebracht. Aber leider gab es auf der Insel noch keinen elektrischen Strom, wie man, was begreiflicherweise peinlich war, dem hohen Gast gestehen mußte. Jedenfalls wurden nun die Madonnen installiert: die alte, spanische wurde auf die Zinnen der Morganschen Festung verbannt, die neue kam in die Kapelle. Gespannt erwartete man ihre ersten Wunder, denn die alte, spanische war recht unergiebig gewesen.

Die Blauen Damen nahmen sich des Besuches rührend an. Sie führten ihn auf den vom *Verein für den Ausbau von Wanderwegen der Insel* angelegten Wegen herum, zeigten ihm die von den verschiedenen Handelshäusern gespendeten Bänke an Aussichtsplätzen und deuteten mit anmutigen Gesten in die Gegend, wobei zu bemerken ist, daß der Minister Junggeselle war. Sie zitierten Greenapple-Verse und führten ihn ins Heimatmuseum, und als er nach vier Tagen in seiner Hochseejacht wieder abfuhr, warfen sie ihm Kußhände nach.

Drei Jahre später kam er wieder nach Delfina, diesmal als politischer Flüchtling, denn dem Diktator, der zur Zeit in Costa Rica am Ruder war, hatte er nicht mehr gepaßt, und so war er ausgewiesen worden. Er hatte nichts mitnehmen dürfen als das, was er tragen konnte, und so interessierten sich auch die Blauen Damen nicht mehr für ihn. Er zog nach Fishbone, seinem Heimatort, heiratete ein Mädchen aus Limerick, und es dauerte nicht lange, da war er Bürgermeister von Fishbone und brachte Leben in den stinkigen, verschlafenen Ort. Er verschaffte den Leuten Arbeit, ließ den Schmutz und die Gräten verschwinden, baute eine neue Schule und legte einen hübschen kleinen Park an, direkt neben dem Strand, mit Attraktionen für Kinder und Erwachsene. Die Newhomer kamen in Scharen und brachten Geld.

Nach einigen weiteren Jahren war er Innenminister von Delfina, und die Blauen Damen erkannten ihn wieder. Als man ihn sogar zum Präsidenten der Insel wählte, warfen sie ihm Kußhände zu, aber seiner Frau begegneten sie nur mit einem gepreßten Lächeln. Sie konnten es einfach nicht verwinden, daß ein Limericker Dorfmädchen die Erste Dame des Staates sein sollte.

Nicht nur auf dem Festland lebten Insulaner. Viele wichen auch auf die Schiffe aus und fuhren zur See. Matrosen aus Delfina fand man im ganzen karibischen Raum, und nicht nur dort. Auf dem herben Friedhof in Punta Arenas, gegenüber von Feuerland, wo im Winter die kugelrunden Buchsbäume mit Schnee überstäubt sind, liegen zwei Matrosen aus Delfina begraben, genauer gesagt: ein Matrose und ein Bein, denn die übrigen Körperteile des zweiten ließen sich nicht mehr bergen. In Tahiti leben die Nachkommen eines Sohnes der Stadt Newhome. In Portsmouth wurde einer aus Fishbone erstochen, und in Istanbul erwürgte ein Limericker seine untreue Geliebte und entkam unerkannt. Sogar japanische und chinesische Erde betraten einige Delfiner, und mindestens einer von ihnen wurde Vater eines Chinesen. Die größte Ehre wurde einern pickeligen Schiffskoch aus der Hafenbucht zuteil. Er blieb, noch jung, in Bordeaux hängen, einer Stadt, die, allerdings unfreiwillig, schon früher einmal mit der Insel Delfina zu tun gehabt hatte, und heiratete dort eine französische Grünzeughändlerin. Neben dem kleinen Laden richtete der Delfiner, der übrigens einen französischen Nachnamen trug, da er Nachkomme eines französischen Matrosen war, ein kleines Restaurant ein, das sich unter Matrosen herumsprach, und arbeitete sich auf diese Weise zu einem bescheidenen Wohlstand hoch. Dieser übrigens recht glücklichen Ehe entsproß nur ein einziger Sohn, der im ersten Weltkrieg als französischer Patriot fiel und dessen Überreste – ohne identifiziert zu werden – als *Unbekannter Soldat* unter dem Arc de Triomphe feierlich bestattet wurden.

Wenn die Seeleute heimkamen, brachten sie Geschenke mit, Souvenirs aus fremden Ländern, merkwürdige Dinge, die man auf Delfina bestaunte und belächelte. Da zeigte zum Beispiel eine Matrosenbraut stolz eine Kuckucksuhr herum, eine Matrosenmutter stellte einen Gartenzwerg ins Fenster, damit er bewundert werde. Die Frau eines Maats prahlte mit einer Spieluhr, auf der sich eine Tänzerin zu anmutiger Musik drehte, wenn man die Uhr mit einem Schlüssel aufzog. Und erst die kleinen Kinder! Da gab es Puppen in der großen weiten Welt, in denen wiederum Puppen steckten. Es gab Nußknacker, Fähnchen, Lampions, Kaleidoskope. Es gab Schweine mit Schlitzen in den Rücken, deren Zweck sich niemand erklären konnte. Ein Teller wurde bewundert, auf dessen Grund ein schöner Herr, angeblich der König von England, prangte. Aß man Suppe aus diesem Teller, dann blieb er erst verborgen, aber allmählich wurden seine Umrisse zwischen Nudeln und Fettaugen sichtbar.

Ein Vater brachte ein Meerschweinchen aus New York mit. Das heißt, er hatte nur eines mitbringen wollen, aber wie sich auf dem Schiff bald herausstellte, war es trächtig gewesen, und als er endlich in Delfina ankam, fluchte der Kapitän, weil er am letzten Morgen vor der Ankunft in Delfina so ein kleines Vieh in seinem Uniformärmel fand und kurz danach einen ganzen neuen Wurf in seiner Schreibtischschublade zwischen Formularen und Notizbüchern entdeckte.

Die Meerschweinchen, erst bestaunt und bejubelt, wurden bald zur Inselplage, und es mußte auf eine ministerielle Verordnung hin zweimal im Jahr eine Großrazzia auf Meerschweinchen veranstaltet werden: Glücklich waren nur die Kinder darüber, weil dann schulfrei war.

Aber auch Blumen- und Gemüsesamen, sogar kleine Reiser und Pflanzen aus aller Welt gerieten auf diese Weise nach Delfina. Der ehemalige costaricanische Innenminister gab, als er Bürgermeister von Fishbone war, einigen Matrosen den Auftrag, Jasminpflanzen mitzubringen. Auf diese Weise wollte er den Geruch Fishbones sozusagen von der Wurzel aus ändern, derart, daß der Ort durch ihn berühmt würde. Und so geschah es auch. Die Jasminstauden schlugen Wurzeln und wuchsen. Sie blühten und dufteten, daß es eine Pracht war. In der Tropenschwüle und der Sonne vermehrten sie sich bald so üppig, daß sich die Fishboner Bevölkerung kaum ihrer erwehren konnte. Sie wuchsen aus den Gärten hinaus und in andere Gärten hinein, sie überwucherten die Südklippen der Insel, wurzelten die Hügel hinauf und dufteten so stark, daß einem während eines längeren Spaziergangs durch Jasmingebüsch übel wurde – übel auf eine angenehme Art: Man verlor einfach das Bewußtsein und sank langsam in die Knie, um darauf endgültig nach vorn oder seitlich hinzuschlagen. In der Umgebung Fishbones mußten einige Jahre später sogar Flurwächter eingesetzt werden, die in regelmäßigen Zeitabständen die Spazierwege abzusuchen hatten, ausgerüstet mit einem nassen Taschentuch, das sie sich vor die Nasen hielten. Innerhalb weniger Jahre fand man sechs Liebespaare tot im Jasmingebüsch auf – tief drinnen, abseits von Pfaden und Wegen, absichtlich verkrochen. Sie waren wegen unüberwindlicher Schwierigkeiten freiwillig in den Tod gegangen. Und ein schöner Tod war es ganz gewiß, im Jasminduft sanft einzuschlummern, schöner jedenfalls als von einer Klippe ins Meer oder von einem Kraterrand in den Abgrund zu springen.

Außer den verschiedenen Kirchenfunktionären und ihren Familien waren im Lauf der zweiten Hälfte des neunzehnten Jahrhunderts nur wenige Fremde nach Delfina gekommen, um sich hier niederzulassen. Im Gegenteil: Viele wanderten, wie schon erwähnt, aufs Festland aus. Und so machte sich gegen Ende des Jahrhunderts die Inzucht bemerkbar. Die Anzahl der Inseltrottel stieg rapid, ebenso die der Mißgestalteten. In Fishbone gebar eine Frau einen Fisch mit Kinderärmchen, schwor aber, sie habe nichts mit einem Nix gehabt, ja sie habe noch nie einen rnit eigenen Augen gesehen und wisse nicht, wie so einer aussehe. Allerdings war ihr Mann zugleich auch ihr Neffe. In Fishbone gab es außerdem fünf Vollidioten und zwei Halbirre. Der eine, noch ein halbes Kind, konnte keine rote Farbe sehen, ohne darauf loszugehen und sich in der Röte festzubeißen, gleichgültig, ob es Stoff, Holz oder eine Frucht war. Sie nannten ihn nur den Stier, und es kam so weit, daß man in ganz Fishbone keine rote Farbe mehr sah, außer im Vergnügungspark am Meer, den der Bürgermeister hatte anlegen lassen. Dort gab es rotangestrichene Schaukelgerüste, rote Tische und Stühle, rote Zelte und Flaggen. Aber der Park war von einer Mauer umgeben, und den Wachmännern an den Portalen war strengste Anweisung gegeben worden, den „Stier" nicht durchzulassen. Nun, einmal gelang es ihm doch einzudringen, und vor der ängstlich fliehenden Menge, die kopflos hierhin und dorthin rannte und sich benahm wie eine Schar Hühner, biß er mit blutunterlaufenen Augen in die rotbemalten Pfosten.

Der andere Halbirre von Fishbone, schon reiferen Alters, war harmloser: Er bildete sich ein, er sei die Jungfrau Maria, ging feierlichen Schrittes umher und segnete.

In Limerick gab es sogar sieben Vollidioten, die nur unartikulierte Töne ausstießen und die Zähne fletschten. Und in Green Village hatten sie einen mit einem richtigen Eselsschwanz, aber sonst war er ganz normal, auch im Kopf. Die Angehörigen der Medizinmänner und Zauberinnenfamilien bestritten energisch jegliche Schuld an dieser Mißgeburt. Eingeweihte wußten übrigens zu berichten, daß der Vater des Eselschwänzigen auch schon etwas Derartiges, allerdings kleiner, hatte verbergen müssen.

Und erst in Newhome! Die Regierung, so arm wie sie war, mußte ein Irrenhaus einrichten, vor deren Insassen sich die Blauen Damen graulten. Eine Frau unterhielt sich ununterbrochen laut mit Jesus, eine andere hielt sich für eine Säulenheilige und stand stundenlang auf derselben Stelle, um nicht von der Säule zu fallen. Und ein Fräulein aus gutem Hause, ein altes Mädchen schon, benahm sich wie ein Täubchen, gurrte und bewegte das Köpfchen ruckartig hin und her. Ach ja, es war schon ein Jammer mit den Irren von Delfina, und es wurden Stimmen laut, die wieder nach der Dame riefen, nach der Dame, die Legende war. Denn weder die eine noch die andere Madonna taugte etwas. Zumindest versank die Insel immer mehr in Armut und Apathie, und wer im ganzen karibischen Raum von ihr sprach, seufzte, gedachte ihres früheren Ruhmes und sagte: „Ach Gott –"

Etwas Leben, aber auch nur vorübergehend, brachte knapp vor der Jahrhundertwende der Heilige von Limerick in den Inselalltag. Er hatte brandrotes Haar und einen noch röteren, zweizipfligen Bart. Sein Name lautete Patrick O'Hara, aber niemand nannte ihn so, und viele wußten nicht einmal, daß er so hieß. Alle nannten ihn den Heiligen von Limerick, seit er in seinem fünfunddreißigsten Lebensjahr plötzlich – schon immer Junggeselle und Eigenbrötler – seine Hütte, sein Maisfeld und seine fünf Ziegen verlassen und angefangen hatte, in den Dörfern zu predigen. Seine Lehre war die von sich selbst. Er hielt sich für den neuen Messias und forderte die Leute auf, an ihn zu glauben. Der alte Priesterveteran lud ihn einmal zum Essen ein und nahm ihn, zusammen mit dem Kaplan, in ein theologisches Kreuzverhör, das völlig ergebnislos verlief, denn der Heilige von Limerick verstand nichts von Theologie. Er hatte allerdings, als er merkte, daß er im Gespräch hoffnungslos unterlag, etwas anderes ins Feld zu führen, das weitaus wirksamer war: nämlich Wunder.

Pfarrer und Kaplan fuhren erschrocken zurück und verloren den Faden des Gesprächs, als der Heilige plötzlich bläuliche Stichflammen aus Nase und Ohren stieß. Dann ließ er zwei Tränen auf den Aschenbecher fallen. Während dieses Vorgangs überzog sich sein roter Bart mit Grünspan. (Später identifizierte der Kaplan, der sich in seiner kargen Freizeit mit Chemie und Physik beschäftigte, die beiden Tränen als reines Quecksilber.) Gegen Argumente dieser Art war die Theologie machtlos. Wahrheitsgetreu muß berichtet werden, daß der Priesterveteran, der stets ein etwas sarkastisches Lächeln zur Schau trug, diesen Unerklärbarkeiten gegenüber auch nicht mehr als ein verdutzt-dümmliches Gesicht zu bieten hatte.

Der Heilige von Limerick ernährte sich von Gras. Er ging zu den Mahlzeiten hinauf auf die Wiesen (er bevorzugte würziges Bergwiesengras) und weidete, wobei er kniete und sich auf die Hände stützte. Seine Jünger versuchten es ihm nachzutun, und wenn er sie mit seinen tiefliegenden Augen anstarrte, während sie zu schlucken versuchten, brachten sie das trockene, kitzlige Zeug auch wirklich hinunter. Dann nickte der Meister anerkennend, und die Jünger erglühten vor Stolz. Zu Hause aber brieten sie sich hinterher heimlich Kotelettes oder Spiegeleier – tief beschämt: Wer würde den Meister je einholen in seinem Vorsprung in Richtung der ewigen Seligkeit?

„Die Geschichte von Eva und dem Apfel ist Unsinn", predigte der Heilige von Limerick überall, wo er einen Zuhörer fand. „Das Böse kam in die Welt, als uns der Teufel die Mägen stahl. Jawohl, die Mägen. Früher waren wir auch Wiederkäuer. Früher hatten wir auch mehrere Mägen: den Pansen, den Netzmagen, den Blättermagen und den Labmagen. jetzt haben wir nur noch einen. Alle anderen hat uns der Satan geraubt. Seitdem sind wir böse. Denn erst die vier Mägen machen das Lebewesen gut. Sehet die Kühe, sehet die Schafe und Ziegen auf der Weide. Gibt es etwas Gutmütigeres, etwas Friedlicheres als sie? Sie hasten nicht, sie reißen sich nicht gegenseitig den Fraß aus dem Maul, sie weiden friedlich nebeneinander und unbekümmert in den Tag hinein. Warum? Weil sie immer wieder zwischen die Stunden der Nahrungssuche Stunden der Ruhe einschieben, der Besinnlichkeit, der Kontemplation. Eine wiederkäuende Kuh glotzt nicht in die Landschaft, sie sieht nicht, was um sie herum geschieht, sondern sie schaut in sich hinein. Das macht sie friedlich. Sie ist in sich ausgewogen. Ein Wesen, das sich Zeit nimmt, stundenlang im Gras zu liegen und nichts zu tun, kann kein zänkisches, kein geiziges oder zorniges, kurz: kein böses Wesen sein. Euch fehlen die drei Mägen zur Vollkommenheit. Es bleibt euch kein anderer Weg, als ganz allmählich den einzigen Magen, den ihr habt, so zu trainieren, daß er die Aufgaben der Wiederkäuermägen übernimmt. Das kostet Zeit und Willen, aber der Lohn ist groß: Die ewige Seligkeit erwartet euch!"

Jedesmal, wenn er in seiner Predigt bis hierher gekommen war, machte er eine Pause und sprach dann in etwas höherer Tonlage weiter: „Ich aber, ich habe sie, die vier Wiederkäuermägen. Ich bin mit vier Mägen geboren worden. Dies ist das Zeichen, daß ich euer Messias bin!"

Und dann, um seiner kühnen Behauptung Nachdruck zu verleihen, weinte er Quecksilber, ließ Stichflammen aus Ohren und Nasenlöchern schießen, was vor allem die Kinder faszinierte, oder wandelte, wenn es sich landschaftlich gerade so ergab, über Wasserflächen – eine Wunderdisziplin, die er auch beherrschte.

Es dauerte nur ein paar Monate, da hatte der Heilige von Limerick schon eine stattliche Anhängerschaft, und innerhalb von zwei Jahren waren gute sechzig Prozent der Inselbewohner sogenannte Wiederkäuer geworden. Die Sekten und Kirchen, die sich bis jetzt noch hatten halten können, gerieten ins Wanken. Nur ein paar Katholiken, ein knappes Dutzend Lutheraner und eine Handvoll Sektenmitglieder blieben standhaft. Sogar die Damen aus höchster Gesellschaft liefen dem Heiligen von Limerick nach, nannten ihn Meister, kauerten sich zu seinen Füßen nieder, wenn er predigte, und fraßen tapfer Gras, allerdings kleingehackt und mit Essig, Salz und Öl angerichtet, und nicht von den Bergwiesen, wo das Gras stachlig war, sondern aus den Niederungen. Die Blauen Damen bekleideten sich plötzlich mit grünen Gewändern, streuten Blumen vor dem Meister her und sammelten seine Quecksilbertränen. Zog er sich in die Wildnis zwischen den Hügeln zurück, um wiederzukäuen, so fanden ihn seine Jünger doch bald anhand seiner Wiederkäuerfladen, grünbraun und ländlich riechend, die seinen Weg markierten.

Der Heilige von Limerick wurde weit über die Insel hinaus berühmt. Schon begann man auf dem Festland zu ihm zu beten, denn die Delfiner, die von der Insel auf das Festland kamen, berichteten begeistert von seiner Lehre und seinen Wundern. Schließlich wurde auch der für Delfina zuständige Bischof aufmerksam und erbat sich von der katholischen Pfarrei der Insel Delfina einen Rapport. Dieser war so gehalten, daß der Bischof neugierig, ja besorgt wurde. Er bat die Inselregierung um die Erlaubnis, die Insel besuchen zu dürfen, die ihm auch unter Zeichen freudiger Erregung erteilt wurde.

Ein Staatsbesuch! Der Bischof kam nach Delfina!

Die Fassaden der öffentlichen Gebäude in Newhome wurden frisch getüncht, das Straßenpflaster wurde in fieberhafter Eile ausgebessert, der Taubenmist von den Monumenten gekratzt. Schneider und Schneiderinnen bekamen viel zu tun.

Sie mußten sogar Hilfskräfte einstellen. Die Chorleiter probten feierliche Chöre, zum Teil sogar vierstimmig. Der Landschaftsverschönerungsverein, entstanden aus einer Spaltung des *Vereins für den Ausbau von Wanderwegen auf der Insel*, nahm schnell noch ein paar zusätzliche Landschaftsverschönerungen vor. Die Blauen Damen wanden Girlanden. Der *Verein zur Förderung des Sonetts* veranstaltete ein Preisausschreiben für das gelungenste Sonett zur Begrüßung des Bischofs. Und das *Nähkästchen* fertigte ein neues Stilgewand für den Heiligen von Limerick an, eine Idee, um die es die Blauen Damen beneideten. Eilig spendeten sie ihrem Angebeteten wenigstens noch ein Paar neue Christussandalen. Die Lehrer übten Gedichte ein, hauptsächlich solche von Greenapple, der damals noch lebte und der einzige glühende Gegner des Heiligen von Limerick war, da die Bevölkerung zeitweilig von jenem mehr redete als von ihm. Greenapple versuchte eifrig, wenigstens die Blauen Damen, früher seine so willfährigen Jüngerinnen, dem Heiligen zu entziehen, indem er den Wiederkäuer als unappetitlich, ungebildet und vulgär abtat. Er appellierte an das Standesbewußtsein der Damen. Aber vorerst blieb Greenapple machtlos, seine Mahnungen verhallten ungehört: Der Heilige von Limerick stahl ihm, wie man heutzutage zu sagen pflegt, die Show.

Der Inselpräsident selbst bemühte sich zu dem Heiligen von Limerick, der gerade auf einer Bergwiese wiederkäute, und versuchte ihm begreiflich zu machen, wie wichtig der Besuch des Bischofs für die Insel sei und daß man von ihm, dem Heiligen von Limerick, erwarte, daß er sein Bestes gebe, genauer gesagt, er möge doch alle seine Wunderkräfte in Aktion treten lassen. Ein Bischof sei nämlich nicht leicht zu verblüffen. Die Insel käme aber in aller Munde, gelänge es ihm, den geistlichen Würdenträger in Erstaunen zu setzen.

Der Heilige schwieg zu allen diesen präsidentiellen Ausführungen, schaute mit leerem Blick am Präsidenten vorbei und käute wieder. Die Periode seines Lebens, in der ihn ein

Besuch des Staatsoberhauptes in Erregung versetzte (der Präsident hatte ihn auf Drängen seiner Frau schon mehrmals besucht, wollte aber aus innenpolitischen Gründen nicht der Gruppe seiner Jünger beitreten, obwohl ihm seine Frau, eine eifrige Wiederkäuerin, deshalb arg zusetzte), hatte er längst hinter sich.

„Wie wäre es zum Beispiel", fuhr der Präsident fort, „wenn Sie, verehrter Meister, dem Bischof über das Wasser entgegenwandelten und zugleich Stichflammen aus Nasenlöchern und Ohren schießen ließen?"

„Das ist zu viel auf einmal", sagte der Heilige, während er sich am Hintern kratzte.

„Da haben Sie freilich recht", beeilte sich der Präsident zu sagen. „Da schlägt ein Effekt den anderen tot. Was würden Sie vorschlagen?"

„Also gut", grunzte der Heilige, dem gerade wieder eine Graskugel aus dem Pansen hochkam. „Ich wandle dem Bischof über das Wasser entgegen, wenn sein Schiff in den Hafen einfährt. Und bei der persönlichen Begrüßung lasse ich dann die Stichflammen los."

Es wurde eine Generalprobe im Hafengelände abgehalten, mit geschmückten Bootsspalieren, gemischten Chören, Ehrenjungfrauen, Kindern in Rüschen und Spitzen mit Sträußen in den Händen. Die Honoratioren waren im Halbkreis versammelt, und vor dem Armenviertel der Hafenbucht stand plötzlich ein nagelneuer Bretterzaun. Der Auftritt des Heiligen von Limerick klappte wunderbar: Mit weit ausgebreiteten Armen wandelte er in neuem weinrotem Gewand und in neuen Sandalen über das Wasser, dergestalt, daß die Zuschauer Gänsehäute der Ergriffenheit bekamen.

Bis dahin verlief alles nach Programm. Auch die Stichflammen schossen erwartungsgemäß aus Nase und Ohren, als ihn der Präsident, der die Rolle des Bischofs spielte, begrüßte. Am Nachmittag des nächsten Tages wurde der Bischof auf einem Kanonenboot erwartet, das ihm die Regierung des

Staates, in dem er residierte, aufgrund eines Konkordates für diese Reise zur Verfügung gestellt hatte.

Aber weiß der Teufel, was plötzlich am Vormittag, nur ein paar Stunden vor der Ankunft des hohen Gastes, in den Heiligen von Lirnerick gefahren war (die einen sagten, er habe plötzlich Lampenfieber bekommen, die anderen, er sei an Mandelentzündung erkrankt und fühle sich unpäßlich), kurz, er ließ die Regierung wissen, daß er dem Bischof nicht über das Wasser entgegenwandeln werde. Die Bestürzung war groß, denn damit fehlte die Hauptattraktion des Begrüßungszeremoniells. In aller Eile begaben sich Präsident und Ministerschar auf die Bergwiese, ausgerüstet mit kräftigen Tropfen, und man versuchte den Heiligen von seinem so befremdlichen Entschluß wieder abzubringen. Erst als man ihm mit Gewalt eine halbe Flasche Rum eingeflößt hatte (erstklassigen, aus Jamaica), wobei sich der Kriegsminister besonders verdient machte, war er wieder guten Willens und fraß sogar vier Spiegeleier und drei Koteletts auf, die ihm inzwischen der Arbeitsminister auf einem improvisierten Holzfeuerchen zubereitet hatte.

„Um so ein Wunder zu vollbringen", sagte der Minister, während er die Eier in die Pfanne schlug, „muß man etwas Handfestes im Magen haben."

Der Heilige von Limerick erbrach kurz nach Genuß all der für ihn ungewohnten Köstlichkeiten eine Graskugel, die dem Gewölle der Eulen ähnelte, begann danach zu singen (es muß gesagt werden, daß es sich dabei um ordinäre Limericker Gassenhauer handelte) und schwankte gestikulierend in den Hafen hinunter. Auf den ersten Blick schien es den dort Versammelten, er befinde sich in Trance oder habe gerade Eingebungen. Als sie merkten, welcher Art seine Gesänge waren, und seine profunden Rülpser hörten, war es bereits zu spät, denn die Ausgucker auf den Newhomer Kirchturmspitzen kündigten durch Flaggenschwenken und Trompetenstöße das Kanonenboot an, das soeben am Horizont erschien und sich mit beachtlicher Geschwindigkeit der Insel näherte. Der Präsident schlug dem Heiligen von Limerick auf die Schulter, flüsterte ihm ins Ohr: „Machen Sie's gut, Meister!" und schubste ihn auf das Wasser. Der Heilige torkelte ein Stück geradeaus, drehte sich dann ein paarmal um sich selbst und schlug plötzlich die entgegengesetzte Richtung ein.

„He!" rief der Kriegsminister. „*Dort* hinüber! Von *dort* kommt der Bischof!"

Der Heilige von Limerick schaute unsicher herum und wandelte schließlich wieder auf das Ufer zu. Inzwischen fuhr das Kanonenboot schon durch die offene Stelle. Alle Zuschauer winkten dem Heiligen erregt zu: „*Dorthin!*"

Was nun geschah, kam so unerwartet und lief so schnell ab, daß die Menge noch sprachlos stand, als schon längst alles vorbei war – Der Heilige von Limerick begann sich zu wiegen, stemmte die Arme in die Hüften und schwang die Beine, während er mit weithin schallender Stimme eine schmissige Tanzmelodie sang. Er sah das Kanonenboot erst, als es schon knapp vor ihm war. Da erschrak er, warf die Arme in die Luft und wurde offensichtlich plötzlich nüchtern. Aber als er aus Schreck vor dem unvermittelt vor ihm hoch aufwachsenden Bug zu fliehen und das Ufer zu erreichen suchte, versank er wie ein Sack im Wasser. Noch ein einziges Mal tauchte er kurz auf, stieß eine gewaltige Stichflamme aus Ohren und Nase, so hoch und blau, wie er sie nie zuvor zustande gebracht hatte, und versank dann endgültig. Wo er versunken war, glitzerte es noch tagelang quecksilbrig, und eine Dampfwolke hing über der Stelle. Drei Tage später schwemmte das Meer eine seiner beiden Sandalen ans Ufer.

Der Präsident schob die Schuld auf den Arbeitsminister.

„Wenn man einem, der jahrelang nichts anderes als Gras gefressen hat, plötzlich Fleisch und Eier gibt, *muß* er ja sein inneres Gleichgewicht verlieren!" empörte er sich.

Dem Arbeitsminister blieb nichts anderes übrig, als seinen Rücktritt einzureichen. Er ruhte und rastete aber nicht, das

Volk aufzuwiegeln, bis auch der Präsident und mit ihm der Kriegsminister gehen mußten. Dies war der Beginn schwerster politischer Auseinandersetzungen, von denen noch später die Rede sein wird.

Als dem Bischof die Kunde vom Tod des Heiligen von Limerick überbracht wurde (er hatte ihn nicht über dem Wasser tanzen sehen, weil er in diesem Augenblick noch sein Mittagsschläfchen gehalten hatte), entschloß sich dieser nach Übersendung einer Beileidserklärung gar nicht erst auszusteigen und die Insel zu betreten, sondern sofort zurückzukehren, denn der Gegenstand, dem sein Interesse gegolten hatte, war ja nicht mehr vorhanden. Traurig sahen die Mitglieder der Chöre, der Vereine, des Kabinetts, neugierig sahen die Kinder des Armenviertels, die auf dem Bretterzaun hockten, dem Kanonenboot nach. Und alsbald kehrten die Jünger des Heiligen von Limerick wieder in die Sekten und Kirchen zurück, denen sie früher angehört hatten. Eine ehemalige glühende Anhängerin des Heiligen von Limerick, Mitglied des Verbandes der Blauen Damen, ließ es sich was kosten, den Meister durch die Totenbeschwörerin noch einmal in die Welt der Lebenden zurückzurufen zu lassen. Diese aufregende Zusammenkunft wollte sich keine der Blauen Damen, mochte sie zu den jüngsten Ereignissen stehen, wie sie wollte, entgehen lassen, und so versammelten sich alle eines Spätnachmittags im Hinterstübchen der Totenbeschwörerin in Green Village und harrten der Dinge, die da geschehen sollten.

Nach den einleitenden Zeremonien erschien der Heilige von Limerick tatsächlich in langem Stilgewand und einer Sandale hinter dem dünnen Vorhang, deutlich sichtbar wiederkäuend.

„O Meister", stammelte die Dame, die das Treffen organisiert und finanziert hatte. „Warum hast du uns so früh verlassen?"

Der Meister steckte die Zeigefinger in seine Ohren, schüttelte den Kopf kräftig hin und her und schleuderte Salzwasser aus seinen Gehörgängen.

„Du hast uns verwaist zurückgelassen!" schluchzte die Dame.

„Wo ist meine linke Sandale?" grunzte der Meister.

Die Damen sahen einander erschrocken an. Daran, sie mitzubringen, hatte keine von ihnen gedacht, obwohl ihnen laut Newhome-Kurier bekannt war, daß man den Schuh aus dem Meer geborgen hatte.

„Entschuldige, Meister", flüsterte eine Matrone. „Wir werden sie dir aber sofort zukommen lassen –"

„Sag uns, wo du jetzt weilst, verehrter Meister", rief ein keckes Fräulein, Tochter des Justizministers.

„Dort, wo es kein Gras gibt", antwortete der Heilige düster. „Nur Teer. Nichts als Teer. Mir bleibt nichts anderes übrig, als Teer wiederzukäuen. Dauernd Verstopfung, versteht sich –"

Die Damen schwiegen betreten.

„Gib uns noch ein Wort mit auf den Weg, an dem wir uns aufrichten können!" lispelte eine Witwe.

„Nichts ist so würzig wie das Gras einer Bergwiese", seufzte er schmerzlich, ließ einen gewaltigen Furz fahren und entschwand den Blicken der Versammelten.

Das war das letzte Zusammentreffen des Meisters mit seinen Jüngerinnen. Dann kamen er und das Andenken an ihn aus der Mode, und die Funktionäre der Religionsgemeinschaften konnten, wie schon erwähnt, wieder eine starke Zunahme ihrer Mitgliederzahl verzeichnen. Allerdings verlor die katholische Kirche plötzlich einen hohen Prozentsatz von Gläubigen zugunsten anderer Glaubensgemeinschaften, denn zur größten Empörung der Bevölkerung begann der Priesterveteran ein Verhältnis mit der Oberin. Als der Kaplan ihn darauf aufmerksam machte, daß die Oberin doppelt so alt sein müsse wie er (das genaue Alter der Alten hatten alle, auch sie selbst, aus dem Auge verloren), antwortete er seelenruhig, daß er ja über das Bett-Alter hinaus sei und es deshalb keine Rolle mehr spiele, wie alt seine Braut sei – wenn sie ihm nur gefalle. Und er halte nun einmal die Oberin für die bedeutendste Frau auf der Insel.

Dagegen wußte der Kaplan nichts einzuwenden, und so sah man Pfarrer und Oberin umherwandern, sah sie gemeinsam Schmetterlinge betrachten und Blumen pflücken, und manchmal errötete sie. Es war für beide die große Liebe ihres Lebens.

„Als ich so wie jetzt hätte lieben sollen", sagte er zu dem Kaplan, „war ich im Priesterseminar und onanierte. Später, gewiß, hatte ich auch Frauen, aber nur fürs Bett. Jetzt aber –"

„Wohl bekomm's", antwortete der Kaplan trocken, aber herzlich.

Sie flickte ihm liebevoll die Soutane, er schärfte ihr die Küchenmesser und grub den Garten um, und beide bestellten die Beete. Bald zog der Alte zu ihr hinauf ins Kloster, denn dort lebte niemand mehr als die Oberin. Die alten Hebammen waren gestorben, die Nachwuchshebammen waren ins neue Hospital abgewandert. Sie lebten von Gemüse, Hühnerfleisch und Eiern, und der Kaplan wurde Pfarrer der katholischen Pfarrei. Mit dem Geld, das die Oberin für die Entbindungen bekam – ab und zu wurde sie noch zu besonders komplizierten Geburten geholt –, konnten sie sich Gewürze, Salz, Zucker oder sogar ein Paar Sandalen kaufen. Sie lebten ohne Datum und Uhrzeit dahin: Sie waren bereits im Diesseits selig.

„Wenn sie wenigstens heiraten würden!" riefen die Damen der Gesellschaft. „Dann hätte das Verhältnis eine gewisse Legalität. Aber so – uralt beide und so ineinander verschossen! Schamlos!"

Kurz nach dem nicht nur traurigen, sondern auch deprimierenden Ende des Heiligen von Limerick ereignete sich etwas, das der Insel zum Segen gereichen sollte. Aus einem Schiff, das aus Florida herüberkam und nur ein paar Stunden im Hafen von Delfina anlegte, stieg ein Passagier aus, der zum Erstaunen der Behörden für immer dazubleiben gedachte und um eine Aufenthaltsgenehmigung bat. Als man aus seinen Unterlagen ersehen hatte, daß er reich genug war, sich selbst zu erhalten und somit der Inselbevölkerung nicht zur Last zu fallen drohte, gab man ihm die Erlaubnis zu bleiben. Zufrieden wanderte nun der Amerikaner zum Gaudium der Kinder in karierten Kniehosen auf der Insel herum, bis er ein kleines Grundstück fand, das ihm gefiel, da es einen herrlichen Ausblick auf das Meer gewährte. Dorthin ließ er ein kleines Haus aus lauter riesigen rosa Seemuscheln bauen. Er war ein harmloser, zutraulicher alter Mann, ein Witwer, der niemandem etwas zuleide tat und immer freundlich war. Er ließ sich Daddy nennen. Nachdem er einige Wochen in die Bars und Kneipen der Insel hineingehorcht hatte, begann er nach dem Morgan'schen Schatz zu suchen, nicht hektisch wie der Rektor der Universität, sondern gelassen und heiter, eben ein Hobby ausübend, aber mit System. Die Leute belächelten ihn ein wenig wegen seines Kinderblicks und seines greulichen amerikanischen Akzents. Erst nach seinem Tode, sieben Jahre nach seiner Ankunft auf der Insel, stellte sich heraus, daß dieser gute alte Daddy ehemals Präsident der Vereinigten Staaten gewesen war. Sein Name muß (aufgrund einer Klausel im Testament) bis zweihundert Jahre nach seinem Tod verschwiegen bleiben.

In seinen letzten Lebensjahren auf der Insel Delfina ereignete sich für ihn nichts Besonderes außer einem nächtlichen Zusammentreffen mit zwei Gespenstern, das hier wegen seiner Bedeutung im Rahmen der geschichtlichen Vergangenheit der Insel geschildert werden soll.

Daddy wanderte also während einer Vollmondnacht auf den hinter seinem Haus befindlichen Abort zu (ein Häuschen, das er – praktisch, wie Amerikaner nun einmal zu sein pflegen – über ein ständig fließendes Bachrinnsal gebaut hatte, um das Problem der Spülung trotz des oft auftretenden Stromausfalls zufriedenstellend zu lösen). Als er sich dem Häuschen bis auf ein paar Schritte genähert hatte, hörte er Männerstimmen, die hinter dem Abort hervortönten. Da er mit Recht der Meinung war, daß Fremde nachts auf seinem Grundstück nichts zu suchen hätten, andererseits aber nicht irgendwelche ihm unbekannten Inselbräuche verletzen wollte, schaute er erst einmal vorsichtig um die Ecke. Er sah zwei Männer vor einem offenbar frisch gegrabenen Loch stehen und heftig diskutieren. Da, wie schon erwähnt, der Vollmond schien, konnte Daddy die beiden Kerle deutlich erkennen. Der eine war etwa fünfzig und gekleidet wie ein Komparse eines Piratenfilms, der andere trug einen Bratenrock und Zylinder und sah recht alt und ungepflegt aus. Und durch beide schien der Mond.

„Tu doch nicht so, Henry, als ob du nicht wüßtest, wo er ist!" rief der Alte ärgerlich. „Du hast doch selbst nach der Stirn gezeigt, als ich dich rief. Nach der Stirn, also nach oben. Und jetzt fängst du plötzlich hier zu graben an, zwischen den Hügeln!"

„Ich hab' dir schon hundertmal gesagt, du Hornochse" antwortete der Jüngere, „daß ich auf die Stirn gezeigt habe, weil ich dich für verrückt hielt. Aber hinterher, als ich darüber nachdachte, kam es mir selber vor, als hätte ich auf der Insel was vergraben. Denn das war so meine Gewohnheit. Aber wo! Das ist die Frage. Ich kann mich beim besten Willen nicht mehr daran erinnern!"

Daddy begriff, daß er es mit Henry Morgan zu tun hatte. Der Alte aber mußte der ehemalige Rektor der Universität sein, von dessen Treiben ihm in den Kneipen erzählt worden war.

„Meine Herren", mischte er sich jetzt in die Unterhaltung und trat hinter dem Häuschen hervor, „erlauben Sie, daß ich mich in das Gespräch einschalte. Ich kann Ihnen nämlich versichern, daß Sie hier nicht mehr zu graben brauchen. Hier habe ich das Terrain schon gründlichst untersucht."

Die beiden Gespenster sahen den Amerikaner befremdet an.

„Scher dich um deinen eigenen Dreck, du alter Esel", schnaubte Morgan.

„Eben das tue ich ja", antwortete Daddy ruhig. (Er hatte im Verlauf seines Lebens unzählige politische Verhandlungen, zum Teil schwierigster Art, geführt und fühlte sich der Situation gewachsen, wenn es sich auch um Gespenster handelte, mit deren Sitten das amerikanische Volk kaum vertraut ist.) „Sie graben auf meinem Grundstück."

„Wir sind Gespenster", erklärte Morgan und wandte sich wieder dem Rektor zu.

„Dann weisen Sie sich aus, bevor ich Ihre Gespensterimmunität anerkenne", sagte der Amerikaner.

„Was will er?" fragte Morgan ärgerlich den Rektor.

„Er will unsere Pässe sehen", seufzte dieser.

„Jetzt langt's", knurrte Morgan. „Das Insekt wird lästig. Spielt sich auf wie der König von Portugal, dabei würde ich dieses kümmerliche Würstchen nicht einmal als Smutje anheuern! Komm her, du Großschnauze, ich werde dich jetzt in diesen Bach tunken!"

„Meine Herren", rief Daddy, „ich will Sie nicht verärgern. Das liegt mir fern. Und wie Sie ja schon gemerkt haben, bin ich selber an der Lokalisierung des Schatzes interessiert –"

„Ist das nicht der Alte", sagte der Rektor zu Morgan, „den wir kürzlich am Nordhang des Grey Horn graben sahen?"

„Stimmt", sagte Daddy. „Dort habe ich vorige Woche gegraben. Meistens sehen Sie mich nicht, weil ich nur tagsüber meinem Hobby nachgehe. Aber nun, wo wir schon einmal zusammen sind, lassen Sie uns nach einer Lösung für unser gemeinsames Problem suchen. Zigarette gefällig?"

Die Gespenster lehnten ab.

„Sagen Sie, Mister Morgan", fuhr Daddy fort, „hat Ihnen beim Vergraben des Schatzes niemand geholfen?"

„Doch", antwortete Morgan und überlegte. „Das war der, auf den ich mich am meisten verlassen konnte: der Steuermann. Ich hab' ihn hinterher umgelegt, auf alle Fälle."

„Jawohl, das ist eine Idee, den zu fragen!" rief der Rektor lebhaft. „Von zweien wird sich doch wohl wenigstens einer erinnern können!"

„Na und?" fragte Morgan. „Was willst du mit dem? Der ist doch tot."

„Die Totenbeschwörerin!" rief der Rektor.

Das war auch Daddy's Idee gewesen, und so bot er sich an, das Arrangement zu übernehmen.

„Und wie hieß der Steuermann?" fragte er.

Henry starrte ins Leere, runzelte seine Stirn und überlegte angestrengt.

„Ich komm' einfach nicht mehr drauf", murmelte er.

„Dann erinnere dich an einen anderen deiner Crew", rief der Rektor aufgeregt. „An irgendeinen wirst du dich doch wohl, verdammt noch mal, erinnern können!"

Schließlich förderte Morgan den Namen seines ehemaligen Kochs zutage, aber auch nur den Spitznamen. Bluebeard hatten sie ihn genannt, weil er sich bei Städteplünderungen immer erst auf die Weiber stürzte.

„Ich glaube, das dürfte genügen", sagte Daddy, verabredete sich mit seinen Kollegen für die nächste Nacht um dieselbe Stunde, verabschiedete sich, benützte den Abort und begab sich wieder ins Haus.

„Aber daß du uns nicht mit Ausflüchten kommst – er habe es auch nicht gewußt und dergleichen!" fauchte Morgan ihm nach. „Wenn du uns den Platz nicht verrätst und den Schatz allein heben willst, sollst du mal sehen, was es heißt, den Geist Henry Morgans an der Nase herumführen zu wollen, mein Freundchen!"

Da Daddy nicht feilschte und den saftigen Preis für eine Doppel-Totenbeschwörung anstandslos zahlte, kam er bei der Totenbeschwörerin gleich am Spätnachmittag des nächsten Tages dran. Erst gab es ein kleines Mißverständnis, denn der wirkliche Ritter Blaubart erschien, rollte greulich mit seinen pechschwarzen Augen, deren Blick man die Anomalie gleich ansah, und überschüttete den Amerikaner mit einer Tirade wüster Schimpfereien, die dieser, da er nicht französisch sprach, nicht verstand. Nur mit knapper Not entging die Totenbeschwörerin seinen Würgerhänden, und der Amerikaner hatte Mühe, die Frau mit einem ansehnlichen Trinkgeld wieder zu beruhigen. Es gelang ihr, den Ritter schleunigst verschwinden zu lassen, und nach einigen weiteren Versuchen erschien dann Morgans ehemaliger Koch, genannt Blaubart, der über ein ausgezeichnetes Gedächtnis verfügte und den Namen des Steuermanns sofort nennen konnte.

„Grüßen Sie meinen Chef", sagte er, während er sich hinter dem Tüllvorgang schon wieder langsam in nichts auflöste.

Darauf erschien Joe Stockington, ein kahlköpfiger, nach Knoblauch riechender Pirat mit einem griesgrämigen Gesicht. Daddy erklärte ihm die Sachlage.

„Natürlich weiß ich, wo er liegt", antwortete Joe. „Aber ich denke nicht daran, ihm das zu verraten, diesem Miststück, diesem elenden! Umgelegt hat er mich, dieser Bastard! Eine Kugel hat er mir in die Kehle geschossen, noch bevor ich Zeit hatte, den Schatz heimlich wieder auszubuddeln! Der soll sich seinen verdammten Dreck allein suchen, der grindige Sohn einer Hündin!"

„Und warum hast du ihn dir nicht schon längst herausgeholt?" fragte Daddy erstaunt. „Schließlich ist Morgan ja auch nichts mehr weiter als ein Gespenst."

„Schau her!" schnaubte Joe. „Kannst du meine Beine sehen? Nein? Natürlich nicht, denn sie sind nicht da! Die Haie haben sie mir abgefressen, als Morgan mich mit der Kugel in der Kehle über Bord geworfen hat! Wie soll ich da, ein hilfloser Invalide, einen Schatz ausbuddeln können?"

„Kein Problem", sagte Daddy. „Ich habe in meinem Gepäck einen Rollstuhl aus Amerika mitgebracht, für alle Fälle. Es könnte ja sein, daß ich in meinen letzten Jahren nicht mehr laufen kann. Mit dem rolle ich dich die Hügel hinauf."

„Ein Rollstuhl?" fragte Joe mißtrauisch. „Was ist das?"

„Du wirst es sehen. Ein Stuhl mit Rädern. In zwei Stunden bin ich mit ihm wieder hier und hole dich ab. Willst du lieber hier warten oder verschwinden und wieder erscheinen?"

„Wieder erscheinen", grunzte Joe.

Knappe drei Stunden später karrte Daddy Joe, das Gespenst, das ja nichts wog, die Hügel hinauf.

„Dort hinüber", befahl Joe an einer Wegkreuzung. „Wie sich die Landschaft verändert hat!"

Daddy schwenkte in die angegebene Richtung. Joe beugte sich nach rechts und links.

„Es war unter drei Palmen, die mitten in einem Dickicht auf einem Hang standen, neben einem Ameisenhaufen", sagte Joe beunruhigt. „Aber obwohl mir dieser Hang bekannt vorkommt, kann ich das Dickicht nicht finden. Hier sind Felder."

„Vielleicht dort drüben?" fragte Daddy „Dort ist Dickicht."

„Aber der Hang müßte steiler sein. Der Hang von damals war steil!"

„Dort stehen drei Palmen", rief Daddy und zeigte in eine andere Richtung.

„Aber doch nicht auf einer Hügelspitze!" knurrte Joe ärgerlich. „Ich sage dir doch, es muß ein Hang sein!"

Sie rollten in den Hügeln herum, bis der Mond hoch über ihnen stand.

„Jetzt muß ich heim", sagte Daddy. „Ich habe eine Konferenz."

„Bist du verrückt?" rief Joe und klammerte sich an den Rollstuhl. „Jetzt, wo wir den Schatz jeden Augenblick finden werden? Selbstverständlich beteilige ich dich!"

Daddy hätte kein Amerikaner sein dürfen, um für diese Worte taub zu sein. Also ließ er, Optimist genug, die Zeit verstreichen, in der er sich mit den beiden anderen Schatzgräbern hinter dem Abort verabredet hatte. Aber zwei Stunden nach Mitternacht hatten sie den Schatz noch immer nicht gefunden, und der Mond neigte sich schon dem Horizont zu.

„Ohne Mond geht's nicht", seufzte Joe. „Wir müssen morgen weitermachen. Sei so gut und karr' mich zu dir nach Hause."

So nahm Daddy den Joe mit nach Hause in der Hoffnung, Morgan und der Rektor hätten die Geduld verloren und seien verschwunden. Aber als er, den Rollstuhl vor sich herschiebend, der scheußlich quietschte, vor seinem Haus ankam, stürzten sich aus dem Hintergrund die beiden Gespenster auf ihn, rasend vor Wut.

„Du Aasgeier, du elender!" brüllte Morgan, packte Daddy an der Kehle und beutelte ihn – etwas, was dem Amerikaner während seiner langen politischen Praxis noch nie passiert war. „Du hast wohl geglaubt, wir erwischen dich nicht, was?"

„Mein Herr!" keuchte Daddy. „Halten Sie sich an die Genfer Konventionen!"

In diesem Augenblick erkannte Morgan seinen ehemaligen Steuermann, ließ Daddy los und ergriff Joe's große borstige Ohren.

„Und du –", brüllte er, „hast dich in deinem feinen Rollstuhl allein an den Schatz gemacht, was? Recht hatte ich, als ich dir die Kugel in die Kehle schoß: Du bist eine Kanaille, eine unzuverlässige, das hab' ich damals schon gerochen!"

„Du perverser Molch!" brüllte Joe zurück, „das ist ja wunderbar, daß ich dich hier treffe, du Ausgeburt einer Ausgeburt! Ich habe noch einiges mit dir abzurechnen, du mein liebes Mörderchen. Laß meine Ohren los, sag' ich dir!"

„Deine Ohren laß ich dann los, wenn du mir den Schatz herausgerückt hast, auf Heller und Pfennig, den du eben gehoben hast, zusammen mit dieser elenden Kreatur, die nicht einmal anständig Englisch reden kann!"

„Einen Dreck werde ich dir!" fauchte Joe und versetzte Morgan einen Faustschlag unter den Gürtel, so daß dieser grün zu phosphoreszieren begann.

„Aber meine Herren!" versuchte der Rektor zu vermitteln.

Morgan packte Joe an der Brust und hob ihn aus dem Rollstuhl heraus. „Wo ist er?" brüllte er.

„Da!" keuchte Joe und biß sich in Morgans Kehle fest.

Diesen Augenblick benutzte Daddy, um schleunigst in seinem Haus zu verschwinden und den Riegel vorzuschieben.

„Der andere ist ausgekniffen!" fistelte der Rektor aufgeregt, zupfte den durch Joe behinderten Morgan am Hemd und deutete auf das Haus. „Und ich wette, mit dem Schatz, der Hund!"

Daddy wußte, daß Gespenster keine Riegel respektieren.

„Lauf!" hörte er Morgan keuchen, dem Joe noch immer an der Kehle hing, „und nimm ihm den Schatz ab! Ich muß erst diese halbe Portion hier erledigen!"

Als der Rektor durch die geschlossene Tür drang, milchigweiß, stand Daddy mit einer Tintenflasche bereit. Tinte hat bekanntlich schon ganz andere Erscheinungen in die Flucht gejagt, das wußte Daddy, denn er war Lutheraner und handelte danach. Den Rektor traf eine Breitseite. Augenblicklich verschwand er und ließ sich von nun an nie mehr sehen.

Draußen aber tobte die wilde Jagd um das Haus. Daddy warf sich auf sein Bett und legte sich die Bibel, die er (wie jeder anständige Amerikaner) in der Nachttischschublade aufbewahrte, auf die Brust. Schaudernd hörte er den Rollstuhl draußen vorüberquietschen, hörte Gejaul wie von Katzen, Getöse, Gestöhn, Geschrei und wilde Flucherei. Am nächsten Morgen war sein Abort umgestürzt und eine Seitenwand eingetreten. Als er das Häuschen wieder hochhievte und die Tür öffnete, fand er zu seinem Erstaunen darin ein Skelett ohne Beine und ein Paar große borstige Ohren.

„Armer Teufel", seufzte er, entfernte Joe's Reste aus dem Abort, übergoß sie mit Lysol und begrub sie hinter dem Häuschen. Den Rollstuhl suchte er vergebens. Erst ein paar Tage später fand ihn ein Kind, völlig verbogen, neben dem Fort auf der Landzunge. Er war nicht mehr zu gebrauchen.

Henry Morgan ließ sich auch nie mehr sehen. Trotzdem wechselte Daddy sein Hobby von diesem Tage an und verlegte sich aufs Angeln.

Wie schon angedeutet, war Daddy, der ehemalige amerikanische Präsident der Vereinigten Staaten von Amerika, nach Ablauf seiner Regierungszeit auf der Suche nach einem abgeschiedenen, neutralen Ort gewesen, wo niemand ihn kannte und wo er irgendeinem reizvollen Hobby frönen konnte. Seine Wahl war auf Delfina gefallen, das vorerst nicht ahnte, was für ein goldenes Ei da in sein Nest gerollt war. Aber kaum war Daddy eines Tages friedlich verschieden, wurde Delfinas Glück offenbar: Daddy hatte sein ganzes Vermögen (er war kinderlos), das sich auf über neunhundert Millionen Dollars belief, der Insel, der er die sieben schönsten Jahre seines Lebens zu verdanken hatte, testamentarisch vermacht!

Nun wurde fieberhaft geplant und beraten. Eine Kabinettssitzung jagte die andere. Endlich konnte man die Insel modernisieren, konnte den Siegeszug der Technik des neunzehnten Jahrhunderts auch der Insel zugute kommen lassen! jawohl, man würde Delfina in Kürze nicht mehr wiedererkennen! Was gab es alles auf dem süd- und nordamerikanischen Festland an technischen Wunderdingen – von Europa ganz zu schweigen –, von denen die Insel bisher nicht hatte träumen können!

„Wir sind eine Insel", sagte der Kriegsminister, „und brauchen deshalb eine besonders schlagkräftige Marine. Darum plädiere ich für die Anschaffung eines Kanonenbootes, wie jenes, auf dem der Bischof damals gekommen ist. Es wird uns Achtung und Respekt verschaffen. Man wird in der ganzen Welt aufhorchen, denn wir werden eine ernstzunehmende Seemacht darstellen!"

Alle waren von diesem Vorschlag begeistert. Man schickte einen Kaufmann und einen Seemann, der sich im Laufe seines Lebens bis zum dritten Offizier auf Handelsschiffen hinaufgedient hatte, nach England, wo sie, ausgestattet mit großen Vollmachten, auf ein angeblich günstiges Angebot eingingen. Es war ein dreißig Jahre altes Kanonenboot, das, für den modernen Krieg der Jahrhundertwende völlig unbrauchbar, in Bournemouth vor sich hinrostete. Es war wirklich recht billig zu haben, sogar inklusive eines nagelneuen Anstrichs, und so griff Delfina zu. Auch die entsprechenden Militärs und Techniker, die die neue Mannschaft auf die Bedienung des Kanonenbootes einschulen sollten, wurden für acht Wochen mitgeliefert. Mit Militärmusik, Jubelgeschrei, Schulferien und Kußhänden der Blauen Damen wurde die Ankunft des Kanonenbootes gefeiert.

Die englischen Seeleute atmeten auf, als sie endlich in den Hafen von Delfina einliefen, denn kaum einer der Besatzung war so optimistisch gewesen anzunehmen, daß dieses uralte Ding den Weg über den Atlantik noch schaffen würde.

Die Leute waren begeistert. Weiß leuchtete das Schiff im Hafen, ein Symbol der Macht und Souveränität. Man taufte es *Patria*. In aller Eile wurden nun geeignete Männer für die Besatzung unter den Insulanern ausgesucht. Die englischen Instrukteute waren freundliche und gutwillige Leute. Sie gaben sich nicht nur alle Mühe, den technisch ahnungslosen Delfinern die Handhabung des Bootes beizubringen, sondern bemühten sich auch redlich, der Inzucht auf der Insel entgegenzuwirken. Acht oder neun Monate nach ihrer Heimkehr nach England stieg die Geburtenziffer auf Delfina sprunghaft an.

Die erste Ausfahrt der *Patria*, auf der die Delfiner Besatzung zeigen sollte, was sie gelernt hatte, verlief allerdings nicht ganz wie geplant. Sie wollte nicht so recht. Erst fuhr sie flott los, aber dann begann sie sich plötzlich im Kreis zu drehen. Man brachte sie zum Stehen, konnte aber nicht verhindern, daß sie sich etwas seitlich legte und sich auch nicht wieder aufrichtete, obwohl sich alle Besatzungsmitglieder auf Kommando über die entgegengesetzte Reling lehnten. Als die Salutschüsse abgefeuert werden sollten, platzte ein Geschoß im Rohr. Unmittelbar danach roch es im ganzen Hafen nach verbranntem Fleisch. Es stellte sich heraus, daß in dem Kanonenrohr eine Ratte englischer Abkunft gehaust und dort sogar Junge geworfen hatte. Dieser Umstand hatte den Rohrkrepierer bewirkt. Drei Tage quälte sich die Delfiner Besatzung mit dem lahmen Boot herum, aber sobald man die Maschinen in Gang setzte, drehte sich das Boot, schief im Wasser hängend, weiter im Kreis. Man ließ einen Ingenieur aus England kommen. Nach sechs Monaten war er endlich da und stellte innerhalb einer knappen Stunde fest, daß das Boot nur in England repariert werden konnte. Nach einem weiteren halben Jahr hatte man endlich eine Reederei gefunden, die es nach England abzuschleppen bereit war. Es wurde also nach Bournemouth ge-bracht, wo man es grinsend in Empfang nahm und so weit reparierte, daß es aus eigener Kraft wieder nach Delfina zurückkehren konnte. Man behandelte es wie ein rohes Ei, putzte jeden Tag die Kanonenrohre durch und strapazierte es nicht durch Ausfahrten, sondern ließ es im Hafen liegen.

Aber am Jahrestag des Unabhängigkeitskrieges der Insel mußte es nun doch, bunt bewimpelt, eine Fahrt rund um die Insel machen, den Präsidenten, das ganze Kabinett und ausländische Gäste, alle mit ihren Gattinnen, an Bord. Das Boot benahm sich auch ganz ordentlich, stieß aber plötzlich gegen ein Riff, das fast niemand kannte, weil es den Fischerbooten nicht gefährlich werden konnte, wohl aber Schiffen mit größerem Tiefgang. Es war übrigens das Riff, an dem seinerzeit auch das Nonnenschiff sein Ende gefunden hatte. Durch ein beachtliches Leck strömte Wasser ein. Das Boot legte sich schräg. Die Verzweiflungsschreie der Politikergattinnen waren weithin zu hören. Dem Kapitän fiel plötzlich auf, daß das Schiff keine Rettungsboote besaß. Man gestikulierte und brüllte zur Insel hinüber. Auch die Fischer von Fishbone hatten bereits erkannt, was sich da auf dem Meer tat, und waren mit ihren Booten schon unterwegs. Die Damen, die sich weigerten, eine Strickleiter hinunterzusteigen, mußten notgedrungen gegen ihren Willen ins Wasser geworfen werden.

Sobald sie von Bord waren, ließ der Druck des einströmenden Wassers nach. Das Boot richtete sich wieder etwas auf. Mit Mühe und Not erreichte es, während alle Pumpen auf Hochtouren arbeiteten, den Hafen.

Die Ereignisse wiederholten sich: Man mußte den Experten aus England kommen lassen, der feststellte, daß diese Art von Reparatur nur in England, und zwar in Bournemouth, gemacht werde. Ein gutes Jahr nach der ersten Englandfahrt wurde das Boot, notdürftig repariert, wieder nach England abgeschleppt.

Schließlich gewöhnten sich die Inselbewohner daran, daß jedes Jahr einmal die *Patria* nach England gebracht und dort so weit repariert wurde, daß sie den Heimweg schaffte. Aber nichtsdestotrotz war sie der Stolz der Inselbevölkerung. Ihre Besatzung, in schmucken Uniformen, genoß hohes Ansehen, und der von der Gattin des Kriegsministers entworfenen Ausgehuniform konnte kein Mädchen widerstehen.

Ein weiterer Plan der Regierung zur Modernisierung der Insel sah den Bau einer Eisenbahnlinie vor. Man beauftragte eine italienische Firma mit diesem Riesenprojekt. Landvermesser, Ingenieure, technische Zeichner, Facharbeiter und ganze Schiffsladungen voller Schwellen, Schienen, Weichen und Zeichen kamen. Die Linie sollte einmal rings um die Insel laufen und die Hauptstadt Newhome mit Fishbone, Limerick und Aberystwyth verbinden. Green Village, das oben in den Hügeln lag, sollte ursprünglich nicht berücksichtigt werden, aber nach einem Protestmarsch der Einwohner dieses Ortes in die Hauptstadt und nach der Drohung, keine Milch mehr nach Newhome zu liefern – was vor allem für die Kleinkinder und Säuglinge katastrophale Folgen gehabt hätte –, bewilligte man auch Green Village eine Bahnlinie, allerdings eine Seitenlinie, die sich von Limerick steil emporwinden sollte. Wer aus Green Village nach Newhome per Bahn reisen wollte, mußte in Limerick umsteigen. (Wie sich später herausstellte, dauerte eine Eisenbahnfahrt von Green Village nach Newhome zwei Stunden, die Wartezeit in Limerick auf den Anschlußzug eingerechnet. Ging man von Green Village nach Newhome zu Fuß über die Hügel, brauchte man nur knapp fünfzig Minuten.)

Es wurde nun eifrig gebaut, und aufgrund merkwürdiger Zufälle wurden wieder auffallend viele Frauen schwanger. Die Italiener waren freundliche und kontaktfreudige Leute, sie sangen viel. Die Kinder waren begeistert von diesen lustigen Fremden, sie sahen ihnen zu und schleppten Früchte herbei.

Einem alten Medizinmann, Neffen einer der Zauberinnen, hatte man die Bahnlinie, um eine gewaltige Kurve zu sparen, zwischen Hütte und Hühnerstall gelegt. Seine Rache war bitter und wurde tückischerweise erst wirksam, nachdem die Italiener – nach einer triumphalen Einweihungsfahrt – die neue Eisenbahn den Einheimischen übergeben hatten und abgereist waren: Jedesmal wenn der Zug zwischen Haus und Hühnerstall des Medizinmannes durchstampfte, sprang ein Waggon aus den Schienen – einer nur, aber man wußte nie welcher. Es gab sogar zeitweise ein richtiges Wettbüro, das aus dem Verhängnis Nutzen zog. Die Passagiere des aus den Gleisen gesprungenen Waggons mußten aussteigen, sich rund um den Waggon verteilen und auf ein energisches „Hau ruck!" des Zugführers den Waggon wieder auf die Gleise setzen.

Leider stellte sich noch eine zweite Schwäche der Anlage heraus, nämlich auf der steilen Strecke zwischen Limerick und Green Village: Wohlweislich hatten die Italiener diese Strecke unter einem fadenscheinigen Vorwand bei der Einweihungsfahrt nicht befahren. Bergauf hatte die Lokomotive wegen der enormen Steigung nicht genug Kraft, den mit Passagieren vollbesetzten Waggon (von mehreren gar nicht zu sprechen) den Hang emporzuziehen! Die Leute von Green Village sprachen von Sabotage, die Regierung war ehrlich bestürzt, man sandte zornige Briefe an die italienische Firma, aber die, das Geld schon im Säckel, rührte sich nicht mehr.

Was nun? Green Village bestand auf seinem Recht, eine funktionierende Eisenbahnlinie zu besitzen. Schließlich kam der Verkehrsminister auf eine glänzende Idee, die ihm kurz darauf sogar den Präsidentensitz einbrachte: Auf der Strecke Limerick-Green Village wurde eine Fahrpreisabstufung in drei Klassen eingeführt: In Limerick nahmen alle Reisenden, klassenmäßig bunt gemischt, im Waggon Platz. Sobald der Zug jedoch an die steile Stelle kam, mußten die Passagiere zweiter und dritter Klasse aussteigen. Die der ersten Klasse durften sitzenbleiben. Der Unterschied zwischen der zweiten und dritten Klasse bestand darin, daß die Dritte-Klasse-Passagiere den Waggon schieben mußten, während die Passagiere der zweiten Klasse nur nebenher zu gehen brauchten. Da die Mehrzahl der

Bewohner von Green Village arm war, gab es keinen Mangel an Passagieren dritter Klasse. Sobald der Zug die schwierige Stelle passiert hatte, durften alle wieder einsteigen.

Abgesehen von diesen zwei Schönheitsfehlern funktionierte die neue Eisenbahn großartig. Mit urigem Getöse donnerte sie in die eine Öffnung des Tunnels hinein und kam zur anderen nach einer Weile wieder heraus – ein Wunder, das nach Meinung der Leute sogar das Über-das-Wasser-Wandeln des Heiligen von Limerick in den Schatten stellte.

Nicht genug damit: Die Insel bekam auch ein Elektrizitätswerk und elektrische Straßenbeleuchtung rund um die Insel – die Beleuchtung der Privathäuser gar nicht zu erwähnen. Dazu ein Telefonnetz. Mit der Erstellung der elektrischen Anlagen beauftragte man eine nordamerikanische Firma. Innerhalb eines knappen Jahres war alles fertig und funktionierte, und sogar die beiden Madonnen, genauer gesagt, die Lämpchen an ihren Heiligenscheinen, waren an das Stromnetz angeschlossen. (Man hatte auch die alte, spanische Madonna anstandshalber mit einem Lichterkränzchen versehen lassen.)

An einem lauen Novemberabend (28° Celsius) flammte vor den erwartungsvollen Augen der festlich geputzten Bevölkerung die ganze Insel auf, und die Heiligenscheine der Madonnen, die eine auf der Festung, die andere in der Kapelle (man konnte den Schein durch deren Fenster sehen), blinkten in kurzen Abständen, leuchtturmähnlich, einmal orangefarben, einmal blau auf. Es war schon ein erhabener Anblick, und der Frau des Präsidenten standen Tränen in den Augen.

Große Bewunderung erntete das Ölgemälde, das im Kongreßsaal hing. Der Kultusminister hatte es dem nordamerikanischen Koch abgekauft, der die Gruppe der Elektroingenieure und -techniker in ihrem Camp gastronomisch betreut hatte. Es stellte Newhome dar, und alle die Häuser und Gebäude hatte der Koch, ein Sonntagsmaler und -bastler, in seiner Freizeit säuberlich gemalt. Aber nicht nur das: Er hatte die Wohnstätten Newhomes und sogar die Gebäude auf dem Nonnenhügel mit winzigen Fensterlöcherchen versehen und hinter der Leinwand des Ölgemäldes ein paar Glühbirnen installiert. Sobald man einen im Rahmen verborgenen Schalter anknipste, gingen in Newhome die Lichter an. Besonders groß war der Überraschungseffekt, wenn man den Raum, in dem dieses einzigartige Werk hing, halb verdunkelte. Da über der Landschaft des Bildes sowieso rosa Abendwolken hingen, war die Illusion der Abenddämmerung perfekt. Jahrelang hielt sich aufgrund dieses technisch-künstlerischen Meisterwerkes bei der Inselbevölkerung ein fast abergläubisches Staunen vor der Genialität der Nordamerikaner.

Leider zeigten sich bald nach Abzug der USA-Elektrospezialisten auch wieder Fehler in den elektrischen Installationen. Mal leuchtete nur der Süden der Insel, mal nur der Norden, mal blinzelten beide Seiten abwechselnd, mal zwinkerten nur die Heiligenscheine, und hinter dem Kolossal-Ölgemälde gab es einen Kurzschluß mit Stichflamme, der an der betreffenden Stelle bewirkte, daß die Ölfarbe schmolz und an der Leinwand herablief. Ein Restaurateur, extra aus Paris bestellt, reparierte den Schaden, so gut es ging.

Auch die gesamte Wasserleitung, soweit überhaupt noch vorhanden, wurde neu angelegt, und in jedem der Dörfer wurde auf dem Marktplatz ein Springbrunnen installiert. In Newhome waren es sogar fünf.

Es war aber immer noch eine Menge Geld übrig. Man ließ sich noch allerlei einfallen, zum Beispiel vier Leuchttürme auf den Riffen rund um die Insel, ein Postamt samt Postschiff mit regelmäßigem Verkehr zum Festland hinüber, einen neuen Landungssteg, drei staatseigene Betriebe, ein Riesenrad und eine Berg- und Talbahn neben Fishbone und schließlich noch eine Straße mit Tunnels und Brücken über schwindelnde Abgründe bis zum Gipfel des Grey Horn hinauf, wo sie plötzlich unvermittelt im Nichts endete. Sie war wirklich ein Wunderwerk deutscher Ingenieurkunst, aber auf die Frage, wer diese Straße denn zu benutzen gedenke und womit und wofür, wußten die Delfiner auch keine Antwort. Der Zeichenlehrer des Gymnasiums erklärte sie für l'art pour l'art, was niemand verstand. Immerhin wurde sie einmal, und zwar zur Einweihung, vom Wanderverein wie auch vom *Verein für den Ausbau von Wanderwegen der Insel* benutzt, wobei es das zäheste Mitglied des Ausbau-Vereins bis auf eine mit Geländer umgebene Plattform schaffte, die etwa auf halber Höhe lag und eine herrliche Aussicht bot. Der Wanderverein hingegen legte natürlich seine ganze Ehre und Energie darein, zu zeigen, daß es ihm nicht um die Wege – die ganze Natur war ja praktisch begehbar –, sondern um das Wandern selber ging. Und so gelangten wirklich zwei Mitglieder bis zum Gipfel, während die übrigen Vereinswanderer an verschiedenen Stellen der zweiten Hälfte des Aufstiegs auf der Strecke blieben und hinter den beiden Energiegeladenen herstarrten. Einige beobachteten sie sogar mit Ferngläsern. Dazu muß man wissen, daß es sich bei den zwei Unentwegten um einen verheirateten Mann und eine ebenfalls verheiratete Frau handelte, die allerdings nicht miteinander verheiratet waren, wohl aber, wie alle Welt vermutete, ein Verhältnis miteinander hatten und zum Ärger der Ehepartner, die nicht genug Puste hatten, um mitzuhalten, sozusagen in halber Legalität (es waren Preise für die besten Wanderer ausgesetzt worden) und fast in Anwesenheit aller Vereinsmitglieder ein Schäferstündchen auf dem Gipfel abhielten. Wohlweislich ließen sich die beiden nicht nahe am Abgrund nieder, wo man sie von unten aus hätte sehen können, sondern etwa drei Meter davon entfernt. Dort waren sie vor den Blicken aller Heraufstarrenden sicher. Mit strahlenden Gesichtern wanderten sie nach einer guten halben Stunde wieder hinab. Sie hatten die zwei Hauptpreise gewonnen, und außerdem konnte ihnen niemand etwas nachweisen.

Was die drei Betriebe betraf, so gaben sie einem großen Teil der bisher Arbeitslosen einen gutbezahlten Arbeitsplatz, zumal sie im ganzen karibischen Raum noch keine Konkurrenz hatten. Im ersten Betrieb – im Hafengelände – wurde aus der

Milch der Kokosnüsse ein hochprozentig alkoholisches Getränk hergestellt, das ausgezeichnet schmeckte, fast nichts kostete, denn die Kokosnüsse gab es ja im Überfluß auf der Insel, und angeblich bekömmlich war. Es entwickelte sich bald zu einem vorzüglichen Exportartikel. Da Delfina keine Flaschen produzierte, kam man auf eine geniale Idee: Man entfernte durch ein flaschenhalsgroßes Loch in der Schale der Kokosnuß deren Fruchtfleisch, füllte das alkoholische Getränk ein, preßte einen Stöpsel in das Loch, versiegelte ihn und klebte ein Etikett auf die Nuß: DELFINA.

Die Großfamilie der Zauberer und Medizinmänner kam erneut zu Ehren, denn einer von ihnen, ein noch sehr junger Amateur-Chemiker, hatte dieses Getränk ausgetüftelt (was ihm allerdings ein Leberleiden einbrachte). Ihm wurde das Großkreuz des Großen Inselordens verliehen. Aber nicht genug damit: Er hatte auch die Idee mit der Gewinnung von Ameisensäure. Ameisen gab es genug auf Delfina, mehr als genug. Warum sollte man aus ihnen, den lästigen, keinen Nutzen ziehen? Nach vielen Versuchen – er war inzwischen zum Wirtschaftsminister ernannt worden – hatte er die Ameisen so weit, daß sie, angelockt durch irgendein Stück Aas, schön hintereinander im Gänsemarsch durch eine Öse wanderten, wo ihnen eine hochbezahlte Präzisionsarbeiterin mit einer feinen Nadel in den Hinterleib stechen mußte. Darauf spritzten die Ameisen, die sich mit Recht angegriffen fühlten, ihren Saft von sich, der sich in Tröpfchen absetzte und von Zeit zu Zeit mit einem Röhrchen abgesaugt und in Gefäßen gesammelt wurde. Aus dieser Flüssigkeit extrahierte Cholonco Manteca (er trug einen spanisch-indianischen Namen, da seine Urgroßmutter vom südamerikanischen Festland herübergekommen war und nur uneheliche Kinder geboren hatte) die so begehrte Ameisensäure, die er, in importierte Arzneifläschchen abgefüllt, in alle karibischen Apotheken versandte.

Der dritte Betrieb verarbeitete die Abfallprodukte des ersten und zweiten: Das entölte Fruchtfleisch der Kokosnüsse, das ja in seiner Menge von der Inselbevölkerung gar nicht zu Nahrungszwecken bewältigt werden konnte, wurde getrocknet und fein zermahlen. Die Ameisen, nach der Saftabgabe getötet, wurden ebenfalls getrocknet und, wenn sie knackedürr waren, zermahlen. Beide Mehlsorten mischte man mit dem Mehl zerriebener Muscheln. Dazu kam der klebrige Saft einer Meerespflanze, die im seichten Gewässer zwischen Insel und Riff wucherte und bisher zu nichts nütze gewesen war. Das Resultat dieser Mischung, eine formbare Substanz, ließ sich in besonderen Öfen, ähnlich denen in Ziegeleien, brennen und erstarrte dabei zu steinhartem Material, das aber so leicht wie Pappelholz war und so gut wie nichts kostete.

Daraus stellte Cholonco Manteca Denkmäler her. Er holte sich drei brotlose ausländische Künstler (darunter einen Franzosen, der in der Werkstatt Auguste Rodins gearbeitet hatte, von diesem aber wegen eines gestohlenen Meißels entlassen worden war), die die Denkmäler modellieren mußten.

Nun versorgte er die Insel mit den nötigen Monumenten. Überall wurden Büsten verdienstvoller Männer und Frauen aufgestellt, von denen man zum Teil gar nicht mehr wußte, wie sie ausgesehen hatten. Man variierte eben ein bißchen mit Frisuren und Schnurrbärten, richtete sich nach der Mode des jeweiligen Jahrhunderts und basta. Mittlere Berühmtheiten der Inselgeschichte, wie zum Beispiel der alte spanische Gouverneur, der die Schlacht am Horseback geleitet hatte, bekamen überlebensgroße Büsten. Nur die allergrößten Persönlichkeiten, unter die Cholonco Manteca auch sich selbst rechnete, wurden von Kopf bis Fuß abgebildet. Ein Ganzkörperdenkmal erhielt natürlich der ehemalige amerikanische Präsident, dem diese ganze Pracht zu verdanken war. Eifrig beteiligte sich der Verein für Inselverschönerung an dieser Aktion, und so konnte man bald an jedem hübschen Aussichtspunkt – und wo gab es den auf der Insel nicht! – mindestens einer Büste, wenn nicht sogar einem ganzen Rudel davon begegnen. Den Dichter Greenapple gab es in mehrfacher

Ausführung: in kleiner und großer Büste wie auch in Ganzkörperform. Niemand war vergessen worden, auch nicht die Oberin, trotz ihres Verhältnisses mit dem Priesterveteranen. Allerdings gestattete man ihr nicht mehr als eine kleine Büste mitten im Grünen, wo nur Hirten und Verliebte hinfanden. Auch Stonehead, die Rotmütze, der inzwischen legendäre Rektor der Universität, Chew-Waddell und Sammy wurden in Denkmäler verwandelt. Sogar der erste Bewohner der Insel erschien als Monument, obwohl niemand wußte, wer es gewesen war. Aber schließlich war man sich ja darüber völlig einig, daß es einen ersten Menschen auf der Insel gegeben haben mußte.

Zwei historische Persönlichkeiten standen jedoch im Kreuzfeuer der Meinungen, ob ihnen eine Statue gebühre oder nicht: Henry Morgan und Yolanda. Henry Morgan, zwar ein berüchtigter und skrupelloser Seeräuber, hatte aber doch etliche Menschen auf dieser Insel angesiedelt, er hatte ihr einen Namen gegeben und als erster Delfina ernst genommen. Das war eine Tat, die ihm die Delfiner hoch anrechneten. Er bekam schließlich ein stattliches Denkmal auf dem Festungsplateau, aber nicht zu nahe bei der Madonna, weil er bekanntlich kein Katholik gewesen war. Yolanda aber fand keine Gnade vor den Augen der weiblichen Bevölkerung, die bei den Denkmalswahlen eifrig mittat. Yolandas Gewerbe wurde auch nicht durch den zeitlichen Abstand, sozusagen durch Verjährung, veredelt. Und so blieb sie ohne Monument, wenn man den riesigen Ameisenhaufen auf dem Friedhof nicht als eine Art Denkmal bezeichnen wollte. Übrigens kamen die Ameisen dieses Haufens kurz nach der letzten und entscheidenden Yolanda-Debatte im Kongreß allesamt gegen ihren Willen in die Ameisensäurefabrik, und der Haufen blieb tot zurück und wurde im Laufe der Jahre langsam vom Wind abgetragen.

Das Besondere an den Denkmälern aus der Mantecaschen Fabrik war deren geringes Gewicht. Man konnte eine lebensgroße Büste bequem in einer Einkaufstasche, eine überlebensgroße Büste in der Schubkarre, eine Ganzkörperstatue auf einem Eselsrücken transportieren. Dabei war das Material absolut wetterfest. Bald sprach sich die Denkmalsproduktion von Delfina rings auf dem Festland herum, zumal Cholonco Manteca, ein genialer Geschäftsmann, auch zwei Dutzend Vertreter aussandte, die als Muster einige Büsten und Statuen in Kleinformat mitnahmen. Bald überstürzten sich die Bestellungen. Hauptsächlich wurden vom südamerikanischen Festland her Jesusse, Marien und Bolívare bestellt, während Nordamerika an Sortimenten berühmter Präsidenten interessiert war. Cholonco Manteca mußte acht weitere Künstler einstellen. Zwei von ihnen spezialisierten sich auf den großen Freiheitskämpfer Simón Bolívar: der eine mit, der andere ohne Pferd. Alle Kunden waren begeistert.

Nur einmal kam eine Reklamation aus Venezuela: Dorthin hatte man einen Bolívar auf einer *Stute* sitzend versandt. Das war nun allerdings untragbar, denn noch nie hatte ein Bolívar als Statue auf einer *Stute* gesessen. Das kam einer Herabwürdigung der Verdienste des großen Befreiers Südamerikas gleich. Cholonco Manteca nahm die Statue unter vielen Entschuldigungen zurück. Wie sich herausstellte, hatte der Künstler, durch die vielen Bestellungen völlig überarbeitet, keinesfalls eine Stute darstellen wollen, sondern hatte einfach nur die besonderen Kennzeichen eines Hengstes hinzuzumodellieren vergessen. Eine neue Statue wurde nach Venezuela gesandt, mit der sich die Besteller sehr zufrieden zeigten.

Der Verkauf so vieler Jesusse regte den Landschaftsverschönerungsverein zu einer grandiosen Idee an: Auf dem Gipfel des Grey Horn, dort, wo die Straße im Nichts endete, wollte man eine überlebensgroße, wahrhaft gigantische Christusfigur aufstellen als Wahrzeichen der Insel, aber auch als Halt und Trost für religiös orientierte Gemüter. Cholonco Manteca nahm diese Anregung begeistert auf. Er ließ eine zwanzig Meter hohe Figur anfertigen und anschließend auf Ochsenkarren hinauftransportieren. Leider stellte sich unterwegs heraus, daß sie für die zahlreichen Haarnadelkurven zu lang war. Man zersägte sie und versuchte sie stückweise hochzuschaffen. Aber ein Wagen, ausgerechnet mit dem Bruststück, stürzte ab. Zwei Ochsen fanden dabei einen tragischen Tod. Cholonco versuchte erst, verärgert über so viel Mißgeschick, Jesus ohne Bruststück zusammenzusetzen. Das Resultat löste ein Protestgeschrei der Bevölkerung aus, denn was nun auf dem Grey Horn stand, hatte die Schultern praktisch auf den Hüften sitzen und ähnelte einem mißgestalteten Zwerg. Es blieb nichts anderes übrig, als die Figur wieder auseinanderzubauen und ein neues Bruststück anzufertigen und hinaufzutransportieren. Endlich stand dann eines Tages, nach vieler Mühe, ein schöner Jesus auf dem Gipfel des Grey Horn, breitete die Arme aus und segnete die Insel. Die Bevölkerung war entzückt.

Aber noch immer war Geld von der großen Erbschaft übrig, und so beschloß der Kongreß, eine gigantische Weihnachtsfeier abzuhalten, deren Höhepunkt eine Bescherung aller Inselbewohner sein sollte. Jeder Bürger Delfinas durfte das, was er sich wünschte, in eine Liste eintragen. Was auf der Insel selbst nicht erhältlich war, ließ der Präsident vom Festland, teils sogar aus den USA und Europa kommen, und außer zwei jungen Männern, die in die Liste *die Königin der Nacht* und *eine lebendige Japanerin in Kimono, Taillenweite 90* eingetragen hatten, und einem vierjährigen Kind, dessen größter Wunsch ein ausgewachsener Elefant war, konnte man schließlich allen Inselbewohnern ihre Wünsche erfüllen. Ganz Newhome war mit einer Schiffsladung voll Lametta, glitzernder Christbaumkugeln und Flittergirlanden behängt. Den Delfina-Schnaps gab es gratis, und nach der Bescherung, um Mitternacht, konnte man ein beachtliches Feuerwerk bestaunen. Noch die Kindeskinder sprachen von diesem Weihnachtsfest. Sogar der Oberin hatte man ihren Wunsch erfüllt: einen neuen Hahn, einen von den weißen, kräftigen, denn der alte war ihr gestorben. Dagegen hatte sich der Priesterveteran nicht in die Liste eingetragen. Er sei wunschlos glücklich, sagte er.

Opfer des Siegeszugs der Technik wurde ein Vetter des grossen Cholonco Manteca: auch ein genialer, aber glückloser Erfinder. Jahrelang hatte er sich in ein Hinterzimmer seiner Grosstante, der Engelmacherin, zurückgezogen und hatte gebastelt, und endlich war die Erfindung reif geworden für die Übergabe an die neugierige Menschheit: ein Fleischwolf! Er führte ihn auf dem Marktplatz von Newhome vor. Das Volk drängte sich in Scharen, um das Fleisch aus dem Maul der Maschine quellen zu sehen. Man führte Schafe, Schweine, ja sogar ganze Rinder heran, stellte sie dem genialen Erfinder zur Verfügung und erwartete neugierig den Umwandlungsprozeß.

Die Inselregierung hatte sogleich Zukunftsvisionen: Delfina, die Wiege des Fleischwolfs, liefert Fleischwölfe in alle Welt! Sie ermunterte den Erfinder, das Festland zu bereisen, seine Maschine in den grössten Städten vorzuführen und sogleich Bestellungen zu sammeln. Sie bezahlte ihm sogar die Reise auf dem Postschiff. Verabschiedet von einer winkenden Menge und unter den Klängen der Nationalhymne von Delfina, fuhr er tief gerührt ab.

Strahlend betrat er das Festland in Cartagena de las Indias, der altehrwürdigen, ehemals spanischen Hafenstadt. Als er sich durch ameisenhaftes Gewühl bis zur Hauptplaza vorgearbeitet hatte und nachdem man ihm seine Geldbörse aus der Hosentasche und die Taschenuhr aus der Westentasche gestohlen hatte, begann er erwartungsvoll vor dem ehemaligen Inquisitionspalast seinen Fleischwolf auszupacken.

Ein paar Leute blieben stehen und schüttelten die Köpfe. „Was soll das?" fragten sie.

„Das ist meine Erfindung", antwortete Choloncos Vetter stolz.

„Sind Sie närrisch?" sagte ein Mann. „Wo kommen Sie denn her, daß Sie glauben, dieses Maschinchen existiere noch nicht?"

„Aber wie kann das sein?" stammelte Choloncos Vetter bestürzt. „Ich schwöre Ihnen, ich habe acht Jahre dazu gebraucht, bis ich es ausgedacht und konstruiert hatte!"

„Das bedeutet, daß es schon jemand vor Ihnen erfunden haben muß", sagte der Mann lachend und ging weiter.

Die Gaffer zerstreuten sich. Choloncos Vetter senkte den Kopf und weinte. Dann verließ er mit dem Fleischwolf die Plaza, wanderte blind in irgendeine Straße hinein und merkte schließlich, daß er über eine Brücke trottete, die einen Meeresarm überspannte. Erst warf er den Fleischwolf ins Wasser, dann sprang er hinterher.

Vergeblich sandte Delfinas Regierung zwei Detektive nach Cartagena, die nach ihm suchen sollten. Den silbrig glänzenden Fleischwolf im seichten Wasser unter der Brücke, den man noch heute, sofern das Wasser klar ist, sanft heraufschimmern sieht, entdeckten sie nicht. Aber dafür verschwanden ihre Geldbörsen und Taschenuhren, und dem einen von beiden stahl man sogar den Strohhut am hellichten Vormittag vom Kopf.

Der letzte Dienst, den man dem verschwundenen Inselhelden erweisen konnte, war die Errichtung eines Denkmals: einer überlebensgroßen Büste.

Mit diesem traurigen Ereignis endete das neunzehnte Jahrhundert für die Insel, und das zwanzigste begann recht trübe. Denn die Regierung hatte versäumt, von der großen Hinterlassenschaft des amerikanischen Präsidenten – Gott hab' ihn selig! – eine Reserve zurückzulegen für die Inbetriebhaltung und Reparaturen der technischen Einrichtungen. Nach ein paar Jahren unterspülte ein Wolkenbruch die Bahngeleise an verschiedenen Stellen, und die Steilstrecke nach Green Village wurde völlig weggerissen. Der Zugverkehr mußte daraufhin eingestellt werden. Die Lichtmasten rund um die Insel und in die Dörfer hinauf begannen zu faulen und fielen nach und nach um, und das Elektrizitätswerk wollte auch nicht mehr so recht. Es fehlte an Ersatzteilen, für die aber kein Geld vorhanden war. Und von den drei so verheißungsvollen Betrieben, dem Stolz und der Zukunft der Insulaner, konnte sich nur eine einzige halten, nämlich die Herstellerin des Delfina-Schnapses. Den beiden anderen gingen einfach die Ameisen aus. Tatsächlich fand man keine einzige Ameise mehr auf der Insel.

Und so zog wieder die Arbeitslosigkeit und damit die Armut auf Delfina ein. Die Eisenbahner trugen ihre Uniformen zu Hause bei der Gartenarbeit auf. In den leeren Waggons nisteten sich Obdachlose ein. Cholonco Manteca bemühte sich redlich, für die Denkmalsproduktion eine andere Substanz ausfindig zu machen. Er versuchte es mit Maisschrot, Leinsamen, zerriebenen Küchenschaben und Schmetterlingen – aber nach einer gewissen Zeit fielen die aus den Ersatzstoffen hergestellten Denkmäler auseinander oder wurden feucht, setzten Schimmelpilze an und zerweichten im Regen. Solche morbiden Monumente wollte natürlich niemand haben.

Die Delfiner waren verbittert. Die paar Reichen freilich hatten ihr Schäfchen im trockenen, sie besaßen als letzte Reserve ihre großen Fincas und konnten nicht verhungern. Außerdem hatten sie recht einträgliche Posten in der Regierung und höheren Inselverwaltung inne. Aber wer arm war auf Delfina, hatte nichts zu lachen. Er mußte sehen, wie er seine Kinder satt bekam. Im Jahre neunzehnhundertacht wurde ein Mann, der im Hafengelände lebte und seit der Schließung der Denkmalsfabrik arbeitslos geblieben war, für vierzehn Tage eingesperrt, weil er vor einem der reichsten Bürger Newhomes ausgespuckt hatte. An der Gerichtsverhandlung entzündeten sich viele Gemüter, pro und contra, und sie bewirkte, daß eine Partei – die erste Partei Delfinas – gegründet wurde: die *Partei der Arbeitslosen und Armen*. Bald darauf bildete sich eine andere Partei: die *der Beschützer Delfinas*, wie sie sich nannte. In der letzteren sammelten sich die Wohlhabenden der Insel, die zwar den Anhängern der ersteren zahlenmäßig weit unterlegen, aber durch ihre finanziellen Mittel, in Wahlkampagnen als Schmiergelder investiert, doch wesentlich stärker waren.

Es war schon ein Elend auf der Insel: Die Kinder in den Dörfern hatten Hungerbäuche. Fishbone begann wieder zu stinken.

„Es wird Zeit, daß die Dame wiederkommt", raunten sich die alten Frauen zu. Auf die Frage der jungen Generation, wer die Dame sei und wo sie sich aufhalte, wußten sie auch nichts Genaues zu sagen, aber einig waren sie sich darin, daß niemand anderes als die Dame in der Lage sein würde, die Karre aus dem Dreck zu ziehen. Manche waren der Meinung, sie hause im Riff, andere, sie komme aus dem Meer, wieder andere, sie schlafe im Grey Horn. Und alle behaupteten, sie sei schon mindestens einmal oder sogar mehrere Male auf der Insel gewesen und habe Glück gebracht.

„Quatsch!" riefen die Jungen.

Die Arbeitslosen begannen zu stehlen, ja es gab sogar wieder richtige Raubüberfälle. Dienstmädchen schleppten unter ihren Kleidern heimlich nach Hause, was sie nur erraffen konnten, Gärtner stiegen in die Speisekammern ihrer Herrschaften ein, Kinder aus den Dörfern stahlen auf den Feldern der reichen Fincas. Dreimal innerhalb von fünf Jahren wurde die Bank von Delfina ausgeraubt. Allerdings mußten die Räuber Hals über Kopf die Insel verlassen, da sie trotz Maske erkannt worden waren. Kein Wunder, denn auf Delfina kannte jeder jeden, erkannte ihn sogar an Stimme oder Gebärde.

Auch die Polizisten wurden unzuverlässiger. Ihre Gehälter waren stark beschnitten worden. So bürgerte sich zu Beginn des zwanzigsten Jahrhunderts der Brauch ein, daß ein Polizist an seinem Geburtstag jedes Gefährt, schließlich auch jeden Fußgänger anhalten und von ihm einen Geburtstagsobulus verlangen konnte. Um einem Mißbrauch dieser Sitte vorzubeugen, hatten die Behörden zwar angeordnet, daß jeder Spender das Recht hatte, den Ausweis des Polizisten einzusehen, um festzustellen, ob er an diesem Tage wirklich Geburtstag hatte. Aber wer hatte schon so viel Zeit, wenn er eilig unterwegs war und weiterwollte! Man entledigte sich der unangenehmen Pflicht so schnell wie möglich, und so pflegte jeder Polizist mindestens einmal im Monat Geburtstag zu haben. Unnötig zu erwähnen, daß die Polizisten immer die jeweils nötige Dokumentation bei sich trugen. Denn auch die Beamten, die die Personalausweise ausstellten, wollten leben.

Bald blieb es aber nicht mehr bei derlei verhältnismäßig harmlosen Überschreitungen oder Umgehungen der Gesetze. Es begann ein regelrechter Klassenkampf, der an Bösartigkeit nichts zu wünschen übrigließ. Zeitweilig machte sich der Haß der Besitzlosen in Zerstörungen Luft. Jim Coronas neues Auto, das erste Auto auf Delfina, aus Nordamerika importiert, der Stolz der ganzen Insel, ging auf dem Marktplatz in Flammen auf. Als sich die leuchtendrote Farbe des Kabriolets in Schwarz verwandelte, stand Jim Corona, einziger Sohn (leicht vertrottelt) des reichen Sam Corona, weinend inmitten einer johlenden Menge.

Den Nerzmantel, in dem sich Frau Teresa Pérez de Dupont zu hohen Festlichkeiten zeigte und um den sie von den anderen Damen heiß beneidet wurde, obwohl sie sich darin in diesem Klima halb tot schwitzte, schnitt ihr eine cholerische Mutter sechs unehelicher Kinder aus der Hafenbucht mit einer Schere hinten auf dem Rücken auf, wohlweislich ohne sie zu verletzen. Die Gaffer spendeten ihr Applaus.

Die Reichen bezeichneten schließlich die Armen als nationale Schande. Wieder einmal sprach man von der guten alten Zeit. Wütende Wahlkampagnen lösten einander ab. Dreimal nacheinander gelang es dem Besitzer dreier Fincas und einer Rechtsanwaltspraxis, Präsident zu werden. In seiner Amtszeit wurden vier Aufstände der Arbeitslosen niedergeschlagen: drei unblutig, denn die Miliz verweigerte den Gehorsam, weil die Soldaten mit den Aufständischen verwandt und verschwägert waren. Beim vierten Aufstand stellte der Präsident den Befehlsverweigerern die härtesten Strafen in Aussicht, worauf dann schließlich ein paar Kugeln flogen. Zwei Männer wurden verletzt, eine schwangere Frau kam auf dem Marktplatz nieder.

Am Ende der dritten Regierungsperiode wurde der Rechtsanwalt, nachdem er sich schon wieder als Kandidat für die nächste Wahl hatte aufstellen lassen – ernsthafte Konkurrenten hatte er nicht –, auf folgende Weise ermordet: Ein Funktionär der *Partei der Arbeitslosen und Armen* hatte sich die häßliche und schon etwas ältliche Köchin des Präsidenten hörig gemacht. Und so vergiftete sie ihrem Brotherrn den Fisch. Als der Funktionär darauf sein Heiratsversprechen nicht einlöste und sie merkte, daß sie ihm nur ein Mittel zum Zweck gewesen war, ermordete sie auch ihn: mit Rattengift im Delfina-Schnaps. Anschließend ging sie ins Wasser. Trotzdem begann man bald, sie als Volksheldin zu feiern, die die besitzlose Klasse von einem Schmarotzer befreit hatte. Ein klassischer Fall von Geschichtsirrtum!

Nach der Ermordung des Präsidenten geriet der Inselstaat zeitweilig an den Rand der Anarchie. Er war so sehr mit sich selbst beschäftigt, daß er nicht einmal den Ausbruch des Ersten Weltkriegs bemerkte. Einige Präsidenten hielten sich kaum ein paar Monate, ja Tage im Sattel, etliche Putsche fanden statt. Ein Präsident, der es sogar mit dem Volk recht gut gemeint hätte, wenn er nur zum Zug gekommen wäre, wurde an einem Laternenpfahl aufgeknüpft, und jeder Politiker plante auf eigene Faust. Kaum hatte er ein Dutzend Anhänger hinter sich, glaubte er schon, den Präsidentensessel erobern zu können. Ganz Newhome war mit handgeschriebenen Plakaten vollgeklebt, auf denen die verschiedenartigsten Regierungsprogramme einzelner Präsidentschaftskandidaten verkündet wurden. Einen Monat lang regierten zwei Präsidenten nebeneinander, weil jeder von beiden behauptete, er sei rechtmäßig gewählt worden. Im darauffolgenden Monat, nachdem beide gestürzt worden waren, gab es gar keinen Präsidenten. Nach dem Interregnum wurde plötzlich der ehemals Halbirre aus Fishbone an die Macht gespült, der keine rote Farbe sehen konnte, ohne hineinbeißen zu müssen. Während seiner Pubertätszeit hatte sich sein Leiden erstaunlich gebessert, er war jetzt nur noch allergisch gegen rote Fahnen.

Heiß wurde überall diskutiert. Familien entzweiten sich, Verlobungen wurden wegen Unvereinbarkeit der politischen

Ansichten aufgelöst, Väter verstießen ihre Söhne, Kompagnons machten sich gegenseitig das Leben sauer. In jenen Tagen geriet auch das Geldwesen auf der Insel ins Wanken, und wer noch Geld besaß, legte es an – oft in den unsinnigsten Dingen. So kaufte eine Beamtenwitwe von ihren bescheidenen Ersparnissen ein Ruderboot, ein Schneider erwarb einen alten Gebärstuhl (den er allerdings fünfzehn Jahre später, ohne jemals mit dieser Möglichkeit gerechnet zu haben, überraschenderweise mit einem gewaltigen Profit an einen Antiquitätenhändler veräußern konnte), und ein pensionierter Außenminister kaufte vom Staat das Stück Riff, auf dem das Fort stand.

Von all diesen Wirrnissen wurden die beiden Verliebten auf dem Nonnenhügel nicht berührt. Sie lebten von ihren Hühnern und deren Eiern und von den Erzeugnissen des Küchengartens. Kaum verirrte sich noch jemand auf ihren Hügel. Nur manchmal mühte sich die eine oder andere alte Delfinerin keuchend den Kreuzweg hinauf und in die Kapelle hinein und flehte die träge Madonna um ein Wunder an.

Der Priesterveteran hatte innerhalb von zwei Jahren die schon fast völlig überwucherte Orgel vom Unkraut befreit, hatte sie geputzt, geölt und repariert, wobei er sich nur seines gesunden Menschenverstandes bedienen konnte, denn es gab niemand auf der ganzen Insel, der etwas von Orgelbauerei verstanden hätte. Bis auf drei Tasten und fünf Pfeifen konnte er die mächtige Orgel wieder instand setzen. Darauf versuchte er sich im Spiel. Seine alte Freundin trat ihm dabei den Blasebalg. Was er spielte, klang recht seltsam wegen der fehlenden Töne, aber die Bevölkerung Newhomes gewöhnte sich daran. Spätere Volkskundler deuteten diese fremdartigen Melodien, die das Inselvolk nachsummte und -trällerte, als einen besonderen Stil der delfinischen Volksmusik. Morgens, etwa um halb sieben (alte Leute wachen früh auf), und abends vor der Essenszeit spielte der Alte regelmäßig eine halbe Stunde, so regelmäßig, daß die Mütter ihren Kindern zu sagen pflegten: „Wenn's orgelt, kommt ihr heim!". Und die Dienstmädchen wachten morgens von dem Orgelton auf und machten sich an die Arbeit.

Am Nachmittag saßen die beiden Alten meist, je nach Einfall des Windes, hinter dem Kloster im Küchengarten oder vorn auf den Stufen zum Eingangsportal, eng umschlungen, sie ihren Kopf auf seiner Schulter, und schauten in die weiträumige Landschaft zu ihren Füßen. Manchmal gingen sie auch spazieren, selten aber unten an der Küste entlang. Sie blieben oben in den Hügeln, und man konnte sehen, wie er ihr zuweilen einen besonders schönen Schmetterling zeigte oder eine Blume pflückte und ihr ins Haar steckte, und wie sie ihn daraufhin selig anlächelte.

Der Erste Weltkrieg hörte auf, noch bevor die Delfiner merkten, daß er angefangen hatte. Im Jahre neunzehnhundertzweiundzwanzig ereignete sich in Newhome ein Zwischenfall, dessen Folgen die politischen Verhältnisse auf Delfina wieder etwas stabilisierten, allerdings auf recht einschneidende Weise: Einem Demonstrationszug der *Partei der Arbeitslosen und Armen* wurde eine große rote Fahne vorangetragen, denn inzwischen hatte sich die kommunistische Idee bis nach Delfina herumgesprochen. Der Präsident, solche Umzüge gewohnt, trat ans Fenster, um sich das Schauspiel anzusehen. Aber sobald er die rote Fahne erblickte, rannte er mit blutunterlaufenen Augen auf die Straße und warf sich mitten in die Menge hinein, der der Sprechchor im Halse steckenblieb. Erschrocken wichen die Demonstranten zur Seite. Der Präsident stürzte auf die Fahne zu und biß sich in ihr fest. Ratlos ließ der Fahnenträger die Fahnenstange los. Der Präsident zerfetzte das rote Tuch mit dem Gesichtsausdruck eines Wahnsinnigen. Dabei stieß er ein irres Gebrüll aus, bis er den Mund so voll Fahne hatte, daß er nur noch keuchen konnte.

Entsetzen ergriff die Menge. Sie entfloh. Ein paar beherzte Männer von der Leibgarde des Präsidenten holten den Bedauernswerten unter Assistenz eines Arztes in den Palast zurück und entrissen ihm mit so viel Respekt wie möglich die zerfetzte Fahne. Ein gutes Viertel von ihr fehlte. Es mußte angenommen werden, daß er es verschlungen hatte.

Als er wieder bei klarem Bewußtsein war, sah er ein, daß ihm nach diesem peinlichen Vorfall nichts anderes übrigblieb, als zurückzutreten, was er dann auch tat. Die Reste der roten Fahne wurden dem Heimatmuseum übergeben, wo man sie neben das historische Bettlaken des Freiheitskrieges vom dritten Februar achtzehnhundertsechsundzwanzig postierte.

Kurz nach dem Rücktritt des Präsidenten brach nach einem dreitägigen Bürgerkrieg die Republik auseinander, und wieder gab es zwei Delfinas: Delfina-Stadt blieb in den Händen der *Partei der Beschützer Delfinas*, Delfina-Land wurde von der *Partei der Arbeitslosen und Armen* radikalsozialistisch geführt. Die Grenze zwischen beiden Staaten verlief ungefähr dort, wo sie schon einmal verlaufen war, als man Delfina geteilt hatte. Die Kapitalisten aus Delfina-Stadt gaben allen auf ihrem Territorium wohnenden Sympathisanten der *Partei der Arbeitslosen und Armen* eine Frist von einem Monat: Wenn sie wollten, konnten sie in das Nachbarland auswandern. Ziel dieser Maßnahme war, die politisch Unzufriedenen und Querulanten loszuwerden, die ja gleichzeitig auch die Armen waren, für die man sonst hätte sorgen müssen.

Scharenweise zogen die auch wirklich mit Sack und Pack fort, sofern sie überhaupt etwas besaßen, hinüber nach Delfina-Land, wo man sogleich die großen Fincas der Reichen aus Newhome enteignete und unter die Siedler aufteilte. Mühsam kratzten die Gemeinden für jede Siedlerfamilie eine Summe zum Einkauf von Saatgut und zur Anschaffung einiger Tiere zusammen. Von dem ungewohnten Geld in ihren Händen beflügelt, eilten die Siedler in die Dorfschenken, um ihre privaten Pläne und die Zukunft von Delfina-Land zu diskutieren, und dort blieb auch der größte Teil des Geldes zurück. Was sie noch heimbrachten in die notdürftig zusammengezimmerten und mit Schilf gedeckten Hütten, rissen ihre Frauen an sich, um

Lebensmittel für die Familie beschaffen zu können. Bald erstickte die Landreform in drückender Not. Die komfortablen Häuser der ehemaligen Fincabesitzer wurden ausgeplündert. Nachdem man die letzte Ernte in den aufgeteilten Fincas eingebracht hatte, wurde fast nichts mehr neu angepflanzt oder gesät, abgesehen von ein paar Küchenkräutern, deren Samen die Frauen bei den Dörflern zusammengebettelt hatten. Die Kinder rissen vor Hunger die Früchte noch unreif von den Obstbäumen, und die Felder verunkrauteten.

„Da habt ihr's", sagten die Newhomer untereinander schadenfroh. „Jetzt schmoren sie in ihrem eigenen sozialistischen Saft. Da hören sie was von Enteignung der Reichen und Aufteilung der Güter, und schon suchen sie sich in ihren Träumen das fetteste Schwein, das schönste Stück Land des nächsten Reichen aus. Dabei wissen sie gar nicht, wie man damit umgeht. Man sollte ihnen den Reinfall ja gönnen. Nur ein Jammer, daß unsere Fincas dabei zum Teufel gehen."

Und es entstanden in Delfina-Stadt ein *Kreis geschädigter Fincabesitzer,* ein *Verein zur Pflege des Kulturgutes der verlorenen ländlichen Heimat* und ein *Volkstanzkreis der Jugend enteigneter Fincas.* Es wurde ein Liederbuch des auf den Fincas früher gepflegten Liedgutes herausgebracht. Ein Kochbuch erschien ebenfalls, das Rezepte aus den Küchen der Fincas enthielt, mit einem flammenden Aufruf aus der Feder eines Studienrates, die ländliche Heimat nicht zu vergessen.

Viel von sich reden machte ein *Weißbuch der Enteignung*, in dem alle Untaten der Enteigner und neuen Ansiedler aufgezählt wurden. Es gab Fincabesitzer, die ihr Leben lang nie ein Buch angerührt hatten, jetzt aber alle Bücherborde mit der sogenannten Enteignetenliteratur füllten und sie eifrig studierten. Jedes Vierteljahr kamen alle Enteigneten-Organisationen zusammen und veranstalteten ein Erinnerungsfest, auf dem zündende Reden gehalten wurden.

Allmonatlich wurde ein Rundbrief an die Geschädigten verschickt, in dem die Schilderung des traurigen Zustands der enteigneten Fincas jeweils, fast masochistisch, auf den neuesten Stand gebracht wurde. Triumphierend kommentierte man, wie hoffnungslos die Landreform im Nachbarstaat danebengegangen sei. Sehr populär waren die Berichte über die Gerechtigkeit der göttlichen Allmacht: Ein Siedler, der den Zuchteber eines Fincabesitzers geschlachtet hatte, um ihn aufzuessen – den berühmtesten Zuchteber der Insel, der noch Hunderte strammer Ferkel hätte zeugen sollen –, lag nun an Darmkrebs darnieder, und die Frau, die den Schaukelstuhl, ein in Ehren gehaltenes Erbstück der Witwe Carolina Glenn, der ehemahligen Besitzerin der größten Finca, mit der Axt zusammengeschlagen und als Heizmaterial für den Küchenherd in der Finca *Magnolia* verwendet hatte, litt plötzlich ganz unerträglich an Krampfadern.

Die Lage von Delfina-Stadt, ungeachtet dieser bescheidenen Freuden und Genugtuungen, wurde jedoch immer schwieriger, denn niemand hatte daran gedacht, daß die sozialistisch-kommunistischen Querulanten zugleich ja auch die Arbeitskräfte der reichen Newhomer gewesen waren. Nun wurden die Dienstmädchen und Gärtner knapp. Die Hausfrauen mußten um das wenige Personal, das es noch in Delfina-Stadt gab, buhlen, mußten ihnen dasselbe Essen geben, das sie auch aßen, und mußten die Löhne erhöhen. Vielen Newhomerinnen blieb es nicht erspart, auch bei der gröberen Hausarbeit selber mit anzupacken. Die Handwerker fanden keine Lehrlinge mehr. Die Geschäftsleute klagten, denn die Leute aus dem Hinterland konnten nicht mehr in die Stadt kommen, um einzukaufen. Gewiß, sie hatten früher keine Reichtümer hergetragen, die Leute aus Fishbone, Green Village und Limerick, aber sie hatten doch einen sehr großen Prozentsatz der Kundschaft ausgemacht.

Einige Läden, vor allem diejenigen, die Werkzeuge und Textilien verkauften, mußten schließen. Dazu kam, daß Eier und Milch, Fleisch und Gemüse in Delfina-Stadt überaus knapp wurden. Häusler am Rand der Stadt machten in aller Eile Hühnerfarmen auf und stiegen in das Geschäft ihres Lebens ein. Die Eier wurden den Hühnern fast aus den Hintern gerissen. Und ein findiger Mann aus der Hafenbucht, der aus Trägheit nicht mit den Nachbarn nach Delfina-Land abgewandert war, richtete eine Metzgerei ein, in der er vorzügliche und von den angesehensten Leuten Newhomes sehr geschätzte Wurst herstellte. Gefragt, wo er in der Zeit größter Fleischknappheit noch so viel Fleisch hernehme, antwortete er, er habe heimliche Beziehungen nach Delfina-Land hinüber. Zugleich aber verschwanden in der ganzen Stadt auf geheimnisvolle Weise Hunde und Katzen, sogar die teuersten Wach- und Schoßhunde, und tauchten auch nie wieder auf.

Schließlich blieb beiden Ländern nichts anderes übrig, als in Handelsbeziehungen zu treten, so sehr sie sich auch in der Presse (*Newhome-Kurier* und *Delfiner Landbote*) gegenseitig angegeifert hatten. Die Bürger beider Staaten waren darüber hocherfreut, nur die ehemaligen Besitzer der Fincas blieben unversöhnlich. Sie verurteilten die freundliche Haltung von Delfina-Stadt gegenüber Delfina-Land, bezeichneten sie als Verrat am Vaterland und an der Heimat und nannten die Bürger von Delfina-Land Heloten. Aber die Geschäftsleute Newhomes witterten Geschäfte, die Siedler auf den neuverteilten Ländereien neue Kredite, und die Politik hatte sich danach zu richten.

Newhome sandte Werkzeuge, Stoffe, Kurzwaren, Papier- und Geschirrwaren, die die Bürger von Delfina-Stadt, da sie im Besitz des Hafens waren, importieren konnten – nach Delfina-Land, dazu einen stattlichen Kredit für einen neuen Start der Bodenreform. Delfina-Land schickte Lebensmittel aller Art in den Nachbarstaat und lieh Arbeitskräfte an ihn aus, jedoch nicht ohne höhere Tarife und bessere Arbeitsbedingungen für sie auszuhandeln. Das Thema der enteigneten Fincas wurde nicht berührt. Und so wuchsen langsam die beiden Staaten, ob sie wollten oder nicht, wieder enger zusammen. Sie erfuhren das Schicksal siamesischer Zwillinge. Schließlich kam es so weit, daß jeder Inselbewohner die Grenze ohne umständliche Formalitäten nach beiden Richtungen hin passieren konnte, zumal ja auch jeder jeden kannte und sofort wußte, ob er zu Stadt oder Land gehörte. Die beiden Präsidenten trafen sich öfters in einem Gasthof nahe an der Grenze zum Skat, wo beiläufig auch über innen- und außenpolitische Fragen gesprochen wurde.

An dieser Stelle muß erwähnt werden, daß Delfina-Land eine Präsidentin gewählt hatte – zum erstenmal in der Geschichte der Insel! –, was anfangs den Hohn der konservativen Newhomer herausforderte. Wie? Ein Land ließ sich von einer Frau regieren? Außerdem wußte man noch nicht einmal, wo sie her war. Viele vermuteten, sie sei von Rußland eingeschleust worden, sei eine Agentin der Kommunistischen Partei Rußlands mit der Aufgabe, die Insel schließlich Rußland auszuliefern. Bei diesem Gedanken bekreuzigten sich die Newhomer und dankten Gott, daß sie nicht zu Delfina-Land gehörten.

Man beruhigte sich allerdings etwas, als ein alter russischer Fürst, den die russische Revolution nach Delfina verschlagen hatte, die Präsidentin auf einem Staatsbankett auf russisch anredete und sie ihn verwundert ansah: Sie hatte ihn nicht verstanden. Zwar blieb man mißtrauisch, aber man mußte zugeben: Sie war tüchtig. Äußerlich war sie kein auffallender Typ: eine etwas mollige Dame Mitte vierzig, die einmal sehr schön gewesen sein mußte. Ein zarter Bartanflug auf ihrer Oberlippe tat ihrer betonten Weiblichkeit keinen Abbruch. Sie konnte reizend lächeln. Das blonde, gewellte Haar trug sie kurz, und ihre Kleider waren immer mit besonderem Geschmack ausgewählt. Sie war alles andere als ein Mannweib. Man munkelte sogar, der Präsident von Delfina-Stadt, ein Witwer, habe ein Auge auf sie geworfen. Wer mit ihr diskutierte, wurde von ihr überzeugt. Bald hatte sie die Bevölkerung einhellig hinter sich. Als ihre vierjährige Amtszeit zur Neige ging und sie abtreten wollte, änderte das Parlament von Delfina-Land die Verfassung, um ihr eine weitere unbeschränkte Amtszeit zu sichern.

Der Kredit von Delfina-Stadt wurde nun den Siedlern in Form von Tieren, Werkzeugen und Saatgut übergeben, und einige Landwirte von Green Village und Limerick brachten den Neulingen landwirtschaftliche Grundkenntnisse bei. Es mangelte nicht an Appellen von höherer und höchster Stelle an die Siedler, ihr Bestes zu tun.

Trotzdem hätten sie in schwachen Augenblicken vielleicht doch vorgezogen, Tiere, Werkzeug und Saatgut in Alkohol oder sonstige lockende Dinge zu verwandeln, wenn die Präsidentin nicht eine glänzende Idee gehabt hätte: Auf ihren wöchentlichen Inspektionsritten (auf einem Esel) von Siedlerhof zu Siedlerhof bestimmte sie nach sorgfältiger Prüfung den Mann, auf dessen Hof innerhalb der vergangenen Woche die größten Fortschritte zu erkennen waren. Dieser Siedler durfte sie anstelle des Ministers auf den nächsten Skatabend im Grenz-Wirtshaus begleiten und als dritter Mann beim Skatspiel mitmachen. Selbstverständlich gingen die Getränke, die er im Verlauf dieses Abends konsumierte, auf Staatskosten. Daß er Zeuge wichtiger Staatsgespräche und zuweilen sogar um seinen Rat gefragt wurde, war fast der zugkräftigste Faktor bei dieser Art Auszeichnung. (Auf den Skatabenden lernte die Präsidentin gleichzeitig ihre Leute kennen und entdeckte zuweilen innen- oder außenpolitische Naturtalente, die sie im Auge behielt und förderte.) Unnötig zu erwähnen, daß der wöchentliche Sieger im *Delfiner Landboten* abgebildet wurde.

Klugerweise ließ die Präsidentin auch dessen Ehefrau nicht zu kurz kommen, denn oft war sie es, die den Betrieb in die Höhe gebracht hatte. Sie bekam einen Gutschein, der ihr die Möglichkeit gab, sich und die Kinder von Kopf bis Fuß neu einzukleiden. Diese wöchentliche Ausgabe machte jährlich zehn Prozent des Staatsbudgets aus, verzinste sich aber recht gut, denn die Siedlerfrauen waren hinter ihren Männern her wie der Teufel, wenn diese träge werden wollten. Jede der Frauen wollte doch sonntags gern mit Schleierhut und Schärpenkleid und aufgeputzten Kindern durch das Dorf oder gar durch Newhome schlendern und sich bewundern lassen. Die Agrarreform wurde bald zum triumphalen Erfolg: Die kleinen Farmen florierten. Von fünfundsechzig Siedlern blieben zweiundsechzig. Einer starb und zwei kehrten dorthin zurück, von wo sie gekommen waren: in die Hafenbucht. Dort vergammelten sie langsam. Die Leute, die geblieben waren, wurden ermutigt, sich zu spezialisieren, und so entstanden auf dem Grund der ehemaligen Fincas Geflügelfarmen, Schweinezüchtereien, Obstanlagen, Gemüsegärtnereien, und es gab kaum jemand von den Neuen, der sich nicht bald ohne Staatshilfe über Wasser halten konnte. Delfina-Land war stolz. Die Exporte nach Delfina-Stadt stiegen, der Staatshaushalt stabilisierte sich, die tüchtige Präsidentin gründete einen Fischkonserven-Produktionsbetrieb in Fishbone und führte Fisch per Postschiff auf das Festland aus. Die Dosen bezog sie aus den Staaten. Bald gab es keine Arbeitslosen mehr in Delfina-Land. Die Leute vergötterten ihre Präsidentin.

Unerhörtes wurde in Newhome kund: Sie habe vor, einen Flugplatz anzulegen! Einen Flugplatz, wo es doch im ganzen erst elf Automobile auf der Insel gab, davon kein einziges in Delfina-Land! Die älteren Newhomer hielten das Ganze für ein pures Gerücht, dann für einen Wahnwitz, für Vermessenheit. Und wo gab es auf dieser hügeligen Insel schon ein so großes, ebenes Stück Land?

Die Präsidentin fand es: eine Querrinne zwischen zwei Hügeln auf der Südseite der Insel, so günstig gelegen, daß keinerlei Erhöhung den Ein- und Ausflug versperrte und die Flugzeuge vom Meer her flach anfliegen und ebenso flach über das Meer starten konnten. Freilich, das Tal war keinesfalls eben, da mußte abgetragen und aufgefüllt werden. Die Newhomer kicherten: Wo wollte sie die Löhne für eine derartig umfangreiche Arbeit hernehmen, die größenwahnsinnige Dame? Und woher sollten die Arbeitskräfte kommen? In Delfina-Land gab es doch schon lange keine Arbeitslosen mehr!

Aber die Präsidentin machte das Unmögliche möglich: Samstags und sonntags zogen zwei Jahre lang die Männer unermüdlich hinaus in das Tal und arbeiteten unentgeltlich für den Fortschritt und den Ruhm ihres Landes, und sogar einige Dutzend junger Frauen taten mit. Nach den zwei Jahren war das Gelände so weit planiert, daß ein Flugzeug mittlerer Größe darauf landen konnte.

„Aber welches Flugzeug wird hier schon landen wollen?" spotteten die Newhomer. „Was soll hier ein Flugzeug? Welche Leute interessieren sich schon für einen Flug nach Delfina? Oder will die Dame etwa selbst ein Flugzeug anschaffen? Aus welchen Mitteln? Ist sie übergeschnappt?"

Der Zufall, oder was es auch gewesen sein mag, kam ihr zu Hilfe: Eines Nachts strandete auf dem südöstlichen Riff, also einwandfrei im Hoheitsgebiet von Delfina-Land (was die Newhomer sehr ärgerte), ein amerikanischer Frachter. Die Besatzung verließ das Schiff in den Rettungsbooten und brachte sich an Land in Sicherheit. Der Kapitän war drei Tage vorher an einem Herzschlag gestorben, und der Erste Offizier, der die Stelle des Kapitäns übernommen hatte und – noch recht jung und überaus nervös – wohl Schuld am Mißgeschick des Schiffes trug, schoß sich eine Kugel durch den Kopf. Das Schiff hing verlassen auf dem Riff und legte sich im Laufe des nächsten Tages langsam auf die Seite. Die Präsidentin erklärte die Fracht zum Besitz von Delfina-Land und schickte alle Fischer von Fishbone mit ihren Booten hinaus, sie eiligst zu löschen, bevor das Schiff von den Klippen abrutschte und unterging.

Was die Fischer heimbrachten, war allerlei Merkwürdiges: etwa dreißigtausend Mundharmonikas in der Form von reifen Maiskolben, zwanzigtausend Whiskyflaschen Marke Johnny Walker, drei Tonnen Kaugummi, fünf Tonnen Bibeln in spanischer Sprache und vierhundertfünfzig Grammophone, um deren schrulliger Form willen die Fischer oft hin- und herfahren mußten. Die Leute lieferten die Bibeln, den Kaugummi (den sie nicht kannten) und die Grammophone vollzählig ab. Von den Mundharmonikas verschwanden einige während der Rettungsmanöver und tauchten später unter den Rotznasen der

Fischerkinder wieder auf. Merkwürdig viele Whiskyflaschen kamen abhanden, und ganz Delfina-Land stank die nächsten drei Nächte nach Johnny Walker. Die Duftwolken zogen bis hinüber nach Newhome und lösten Rätselraten und Sehnsüchte aus. Die Präsidentin drückte ein Auge zu.

Sobald sie die Besatzung des Frachters in die Staaten zurückgeschickt hatte (der Präsident von Delfina-Stadt war ihr dabei behilflich), ließ sie den Whisky in einen Keller stapeln und diesen mit einem Vorhängeschloß verschließen. Den Schlüssel trug sie wie ein Medaillon um den Hals.

„Er symbolisiert den guten Stern der Zukunft für Delfina", pflegte sie zu sagen.

Dann heuerte sie ein starkes kolumbianisches Küstenschiff auf Kredit an (das Postschiff war für diese Zwecke zu klein und wurde außerdem von den Newhomern kontrolliert, was ihr hierbei nicht paßte) und schickte ihren Finanzminister samt einigen geschickten Händlern aus Limerick mit den Mundharmonikas, den Bibeln und den Grammophonen auf das Festland hinüber: Hafenstadt um Hafenstadt sollten sie abklappern und die amerikanischen Artikel unter dem örtlichen Preis losschlagen.

Sie brachten kaum die Hälfte der Waren auf dem Schiff unter, kehrten nach knapp vier Wochen schon wieder zurück und hatten in drei Monaten die ganze Aktion abgeschlossen. Das Zeug war ihnen förmlich aus den Händen gerissen worden. Sie hatten bald nur noch en gros verkauft. Nur auf den Bibeln wären sie fast sitzen geblieben, bis man sie allesamt an den Erzbischof von San José de Costa Rica loswurde, der gerade eine Großkampagne gegen die religiöse Gleichgültigkeit in seiner Erzdiözese vorbereitete. Leider merkte er zu spät, daß es sich um protestantische Bibeln handelte. Eifrig bemüht, diese peinliche Angelegenheit zu vertuschen, beauftragte er einen verschwiegenen Lastwagenfahrer, die Bücher bei Nacht zu laden, zur Küste hinunterzufahren und ins Meer zu kippen. Dreimal fuhr der brave Mann, der schon viele Jahre für den Erzbischof arbeitete und sich über nichts mehr wunderte, und am nächsten Morgen war das Meer in Puerto Limón von Bibeln bedeckt, die nicht untergehen wollten. Die Leute sprachen von einem Wunder, das von besonders Schlauen auch gedeutet wurde: Es solle den vielen Analphabeten eine Warnung sein, endlich das Lesen und Schreiben zu erlernen, das den Christenmenschen vom Tier unterscheide. (Heute zeigt die Statistik, daß es in Costa Rica nur noch einen geringen Prozentsatz an Analphabeten gibt.)

Die Dienste des Küstenschiffs konnten nun in bar bezahlt werden. Die Staatskasse, ein metallener Schiffskoffer eines ehemaligen Fishboner Matrosen, war zum Bersten voll.

Nachdem die Präsidentin zusammen mit ihrem Kabinett ein neues Budget aufgestellt hatte, schickte sie nochmals ihren Finanzminister aus, einen gerissenen Viehhändler, diesmal aber in die Staaten, ausgerüstet mit großen Vollmachten. Nach zwei Monaten kam er zurück – durch die Luft! Er kam in einem hübschen kleinen Flugzeug, einem Zwölfsitzer, und den Piloten und einen Mechaniker, der auf Flugzeuge spezialisiert war, brachte er gleich mit. Das Flugzeug kreiste erst über der Insel, und alle Leute reckten die Hälse. Noch nie hatten sie ein Flugzeug gesehen! Die Alten wußten nicht einmal, daß es so etwas gab, und glaubten, der Weltuntergang stehe vor der Tür. Sie bekreuzigten sich, soweit sie katholisch waren, und eilten ungeachtet ihrer Konfession vor das Bild der Dame in ihren Herrgottsecken, um sie um Schutz vor dem bedrohlichen Ding anzuflehen. Ähnlich reagierten die Kuhherden auf der Insel: Sie rannten ins nächste Gebüsch oder unter dichtbelaubte Bäume, wo sie das Monstrum, das da am Himmel kreiste, nicht mehr sehen konnten. Die Hühner stoben nach allen Seiten auseinander und streuten Federn umher. Die Kinder dagegen, ahnungslos ob der in der Welt existierenden Gefahren, jubelten dem fliegenden Ungeheuer zu. Das senkte sich langsam und landete auf dem neuangelegten Rollfeld von Delfina-Land. Die Erde hatte sich an einigen Stellen gesetzt, wie sich jetzt herausstellte, und zwar dort, wo sich früher die Wühllöcher der

Schatzgräber befunden hatten. So machte sich ein Rad des Flugzeugs im Verlauf des Landungsmanövers selbständig und rollte seitwärts in ein paar Kuhfladen hinein. Der Apparat rutschte auf dem Bauch weiter. Der Finanzminister brach sich dabei das Nasenbein. Aber was war das schon im Vergleich zu dem Triumph, den Delfina-Land nun mit Genugtuung genoß! Scharen von Gaffern umstanden die Maschine, zu Hunderten kamen Neugierige aus Newhome herüber, obwohl sich die dortige Hautevolee vornehm zurückhielt. Man schaute dem Mechaniker zu, der eine ganze Flugzeugladung voller Ersatzteile mitgebracht hatte, und einige Amateurmechaniker gingen ihm sogleich unentgeltlich zur Hand. Andere Helfer stampften die Löcher im Rollfeld zu, und sogar Newhomer halfen ihnen dabei, was ihnen einen Rüffel des *Newhome-Kuriers* einbrachte. (Mehrere empörte ehemalige Fincabesitzer verfaßten außerdem recht aggressive Leserbriefe. Die Regierung von Delfina-Stadt verhielt sich indessen indifferent.)

Nach einer Woche war der Doppeldecker wieder einsatzbereit. Er trug jetzt eine leuchtende Aufschrift: *Adela*. Dieser Name war nichts anderes als eine Aneinanderreihung von Anfangsbuchstaben. Nämlich die neue staatliche Fluglinie nannte sich *Aeronautic Delfina-Land*. In kleineren Lettern stand darunter: Älteste Fluglinie in der Karibik. Übrigens machte die Präsidentin alle erwachsenen Bürger ihres Landes zu Aktionären des Unternehmens. Ungeheurer Stolz erfüllte die Bevölkerung. Die Siedler- und Fischerfrauen sprachen von „meiner Fluglinie". Und der *Delfiner Landbote* widmete dem Flugwesen des Landes täglich eine ganze Seite. Jeder Schnupfen, jede Darmgrippe des Piloten wurde registriert, seine Lebensgeschichte und seine fliegerischen Erlebnisse erschienen in Fortsetzungen. Als sich der Mechaniker mit einem Fishboner Mädchen verheiratete, druckte die Zeitung eine Extra-Ausgabe.

Die Präsidentin drehte mit ihrem Kabinett eine Ehrenrunde über Delfina-Land. Und schon am nächsten Tag begab sich der

Pilot auf seine Route Richtung Festland, zusammen mit dem Finanzminister, dessen Nase noch immer etwas schief stand und auch schief blieb. Man war gespannt, was nun weiter geplant war. Der letzte Skatabend an der Grenze war wegen dringender Amtsgeschäfte der Präsidentin ausgefallen, die, wie man in Newhome vermutete, mit der Gründung der neuen Fluggesellschaft in Verbindung standen, und so war auch der Präsident von Delfina-Stadt nicht im Bilde über die Pläne des Nachbarlandes. Späher stellten jedoch fest, daß in Fishbone neben dem etwas vergammelten Vergnügungspark ein großes Loch ausgehoben wurde. Bauleute machten sich daran zu schaffen. Man rätselte.

Nach drei Tagen kam das Flugzeug zurück, diesmal mit leicht lädiertem Flügel: Es war in eine Flugformation von Pelikanen geraten. Diese Tiere sind ja bekanntlich so stur, daß sie eher in Kauf nehmen, mit einem Flugzeug zusammenzustoßen, als aus ihrer Flugrichtung auszuscheren. Dem Apparat entstiegen leichenblaß fünf Männer vom Festland, die sich aber schnell wieder erholten, als die Präsidentin ihnen den Whiskykeller zeigte. Auf der Stelle kauften sie, jeder für sich, einen stattlichen Posten Johnny Walker zollfrei ein. Bis das Flugzeug repariert war, erklärte die Präsidentin die fünf Geschäftsleute zu ihren Gästen. Der Pilot hatte zwei Tage zu tun, die Schmuggler samt ihren Einkäufen wieder auf das Festland zu fliegen. Vier Flüge waren nötig, bis er alles sicher drüben hatte. Aber mit dem letzten Flug kamen schon wieder sechs neue Whisky-Interessenten auf die Insel.

Inzwischen wuchsen Grundmauern aus dem Loch bei Fishbone. In Newhome überstürzten sich die Nachrichten aus Delfina-Land: Jetzt bauten Freiwillige eine Straße vom Flughafen nach Fishbone!

„Ausgerechnet nach Fishbone", sagten die Newhomer, „diesem elendesten aller Orte in Delfina-Land."

„Eben drum", sagte der Präsident und nickte gedankenvoll. „Gar keine schlechte Idee."

Kurz darauf fuhr ein großer Frachter in die Hafenbucht ein, der ausschließlich Fracht für Delfina-Land geladen hatte. Durch ein Abkommen zwischen beiden Ländern konnte Delfina-Land seine Waren im Hafen löschen und gegen eine geringe Gebühr quer durch Delfina-Stadt transportieren. Ganze Eselkarawanen zogen nun durch Newhome. Auf den Bürgersteigen bildeten sich Spaliere. Was wollte Delfina-Land mit solchen Bergen von Ware, offensichtlich aus den Staaten? Und wer sollte sie bezahlen? Etwa die Fishboner Grätenknabberer oder die Siedler? Die Waren wurden in mehreren leeren Katen, die man innen und außen in aller Eile gekalkt hatte, ausgelegt oder gestapelt. Ein paar nicht nur hübsche, sondern auch intelligente Mädchen wurden als Verkäuferinnen mit genauen Instruktionen in ihre neue Arbeit eingewiesen, und es dauerte keine vierzehn Tage, da hatte der Pilot kaum mehr einen freien Tag. Aufgrund der hervorragenden Vorarbeit des Finanzministers und einiger Verbindungsleute auf dem Festland sowie dem Werbegag der Regierung von Delfina-Land, daß nur der Hinflug vom Passagier bezahlt zu werden braucht – den Rückflug schenkt ihm Delfina-Land –, kamen Käufer in Schwärmen angeflogen. (Natürlich war der Preis für den Hinflug so kalkuliert, daß der Staat zwar nichts an dem Transport des Passagiers von und zur Insel verdiente, aber auch nichts verlor. Der Gewinn lag im Aufenthalt des Passagiers auf der Insel und in seinen Einkäufen.)

Zwei Stunden brauchte die *Adela* bis zum Festland, und an manchen Tagen flog der stiernackige Dicky aus Houston bis zu drei Malen zum Festland hinüber. Der kleine Apparat leistete Unmenschliches: Er glitt durch Stürme und Gewitter, landete und startete auf Grasflächen, stürzte auf einem Heimweg kurz vor dem Riff ab und kam dank günstiger Meeresströmung und geringem Tiefgang doch wohlbehalten an den Strand von Fishbone geschaukelt. Des öfteren schlief Dicky am Steuerknüppel ein, erwachte aber immer rechtzeitig genug, nämlich dann, wenn der Flieger zu trudeln begann.

Trotz aller dieser Zwischenfälle ließ sich das Festlandsvolk nicht abschrecken, nach Delfina-Land zu fliegen, wo es die erstaunlichsten Dinge kaufen konnte, die man auf dem Festland nie zu Gesicht bekam, und wenn, dann zu unerschwinglichen Preisen. Dafür konnte man schon mal sein Leben aufs Spiel setzen!

Sobald der Bau, ein Hotel neben dem Vergnügungspark, fertig war, ließ die Präsidentin ein zweites Flugzeug aus den Staaten kommen, und nach Jahresende waren es schon drei. Außerdem beschaffte sie zwei schwere Lastwagen mit Anhängern. Ein zweites Hotel entstand am Strand von Fishbone. Rings um den Marktplatz wurden Läden eröffnet. Es gab Waren aus aller Welt zu kaufen, auch aus China und Japan, und spottbillig! Delfina-Land war ein Freihafen geworden, obwohl es gar keinen eigenen Hafen besaß, und Fishbone blühte zusehends auf.

Viele Fishboner, Limericker und Green-Village-Leute hatten keine Lust mehr, in Newhome für einen bescheidenen Lohn zu arbeiten. Sie kündigten ihre Stellungen und suchten sich Arbeit in ihrem eigenen Land, wo sie nun weitaus besser bezahlt wurden. Da wurden Bauarbeiter, Verkäufer, Kellner, Lastwagenfahrer und Mechaniker gesucht, man brauchte Personal an allen Ecken und Enden. Drei-, ja vierstöckige Gebäude entstanden in Fishbone. Die Straßen wurden asphaltiert. Eine neue, modernereTelefonanlage wurde im ganzen Land eingerichtet. Unermüdlich fuhren die beiden Lastwagen Waren aus dem Hafen herüber, und Newhome mußte zusehen, wie das ehemals armselige Land an seiner Seite von Tag zu Tag reicher wurde.

„Gönnt es ihnen doch", sagte der Präsident von Delfina-Stadt in einer Ansprache im Kongreß. „Sie haben ja lange genug kümmerlich vor sich hingelebt."

Diese Haltung nahm man ihm sehr übel, und noch unzufriedener wurden die Newhomer, als er sich wehrte, die Transitgebühren für die im Hafen ankommenden Waren für Delfina-Land drastisch zu erhöhen.

„Ich breche keine Verträge", sagte er.

Darauf wurde er gestürzt. Er nahm diesen Schlag gelassen hin und übersiedelte auf Einladung der Präsidentin nach Delfina-Land, wo sie ihm den Posten des Bürgermeisters von Fishbone übertrug. In Newhome erhöhte der neue Präsident, ein ehemaliger Fincabesitzer, gleich am ersten Tag seiner Amtstätigkeit die Transitgebühren um dreihundert Prozent.

Die Präsidentin akzeptierte, ohne zu feilschen. Newhome triumphierte. Mit stillem Lächeln begegnete der neue Bürgermeister den Newhomern, die nach Fishbone kamen, um einzukaufen, und ihm zuriefen: „Nun, was sagen Sie zur neuen Gebührenerhöhung?"

„Wir werden auch einen Flugplatz bauen", posaunte der neue Präsident von Delfina-Stadt. „Wir werden Newhome auch in einen Freihafen verwandeln. Schließlich haben wir den idealen Hafen, und der kümmerliche Ort Fishbone kann sich mit der traditionsreichen Stadt Newhome nicht vergleichen!"

Aber er vergaß, daß es in ganz Delfina-Stadt kein Gelände gab, das für einen Flugplatz geeignet gewesen wäre, es sei denn, man hätte den Nonnenhügel abgetragen, der, zusammen mit dem Horseback, noch knapp zu Delfina-Stadt gehörte. Daran war natürlich nicht zu denken. Und mit dem Flugplatz stand und fiel der Freihafen. Also trat der neue Präsident in Verhandlungen mit der Präsidentin, wozu er in einem vornehmen schwarzen Ford nach Green Village, dem Zentrum der Neusiedler, fuhr und die Präsidentin in ihrem schilfgedeckten Häuschen aufsuchte. Er traf sie vor der Tür mit einer Schuhbürste in der einen und einem Schuh in der anderen Hand.

„Der Dreck von gestern", sagte sie und reichte dem Präsidenten ihren Ellbogen zur Begrüßung.

Sie war eben im Begriff, sich auf ihren Besichtigungsritt zu begeben und lud ihn ein, sie zu begleiten, denn sie hatte, wie sie sagte, nicht viel Zeit. Ihr Tag sei genau eingeteilt. Wenn die Probleme, die ihn bewegten, so dringend seien, könne er sie ja unterwegs mit ihr besprechen. Sie zog ihre Schuhe an und rief zum Nachbarn hinüber, daß sie noch einen zweiten Esel brauche.

Der Präsident, erschreckt durch die Vision eines Eselritts, schlug ihr vor, sie möge doch zu ihm in den Wagen steigen. Darin käme sie sowohl schneller wie auch bequemer von der Stelle. Diese Behauptung stellte sie nicht in Frage, zweifelte aber daran, daß er mit seinem Wagen dorthin gelangen könne, wo sie hin müsse. Er schnaubte nur spöttisch durch die Nase und hielt ihr den Schlag auf. Sie stieg ein, und er fuhr ab. Staubwolken wirbelten hinter dem vornehmen Gefährt her, während er ihr sogleich sein Angebot unterbreitete: Delfina-Stadt werde die Transitgebühren um ein Drittel senken, wenn Delfina-Land seinen Flughafen auch von Delfina-Stadt mitbenutzen lasse.

Die Präsidentin lehnte ab. Delfina-Land sei bereit, sagte sie, die vollen Transitgebühren weiterzuzahlen, solange es keinen eigenen Hafen habe. Der Präsident lachte: Wann würde Delfina-Land je einen eigenen Hafen besitzen? Rings um die Insel lag das Riff. Nur bei Newhome gab es eine Lücke in dieser Barriere.

Die Schotterstraße verwandelte sich in einen holperigen Feldweg. Der Präsident verstummte, denn er mußte sich der nun schwierigen Aufgabe des Lenkens widmen. Zwei tiefe Rinnen waren in den Weg gegraben, die er nicht benutzen konnte, da er sonst mit der Unterfläche des Wagens hängengeblieben wäre. Er mußte mit zwei Rädern auf dem seitlichen Hang, mit den anderen beiden Rädern auf dem hohen Mittelstreifen balancieren.

„Hier wäre ich auf dem Esel schneller vorwärtsgekommen", sagte die Präsidentin freundlich. „Übrigens: Die Neusiedlerhöfe, die ich heute besichtige, liegen auf Ihrem ehemaligen Gelände. Vielleicht interessiert es Sie zu sehen, was mit Ihrem Land geschieht? Es lohnt sich, denn die Leute geben sich Mühe."

Der Präsident war nicht in der Stimmung, seine verlorene Finca zu besichtigen. Sooft die Präsidentin ausstieg und zwischen Zäunen verschwand, umkläfft von Kötern und begrüßt von Kindergeschrei, rauchte er nervös eine Zigarette nach der anderen, bis ihm der Vorrat ausging. Nach der vierten Besichtigung rutschte der Wagen plötzlich in die Rinnen, die an jener Stelle überdies noch mit Schlamm gefüllt waren, denn ein Gewässer überquerte dort den Weg. Der Ford blieb hoffnungslos stecken.

Die Präsidentin saß freundlich lächelnd im Wagen, während der Präsident, oben verstaubt, unten schlammtriefend, rings um das Auto herumwatete und mit dümmlicher Miene die Situation betrachtete.

„Sie erlauben, daß ich zu Fuß weitergehe", sagte die Präsidentin. „Ich habe es eilig. Ich werde Ihnen ein Joch Ochsen schicken."

Und so geschah es. Zwei Stunden mußte er warten, bis die Ochsen erschienen. Sie seien auf den Feldern gewesen, sagten die Siedler, die sie heranführten.

Schlammverkrustet und unverrichteterdinge kam der Präsident am späten Nachmittag in Newhome wieder an. Er war derartig empört über das Verhalten der Präsidentin, daß er noch am selben Abend den Botschafter von Delfina-Land auswies und seinen eigenen Botschafter, der in Limerick residierte, zurückrief. Von nun an gab es also keine gegenseitigen diplomatischen Vertreter mehr auf Delfina. Eine ganze Nacht lang wurde im Kongreß beraten, ob man dem Nachbarland die Hafenbenutzung sperren solle. Das hätte aber bedeutet, daß die Transitgebühren weggefallen wären, die eine wichtige, ja sogar die einzige wirklich ins Gewicht fallende Einnahmequelle darstellten.

„Wenn Delfina-Land keinen Zugang zum Hafen mehr hat", führte ein Opponent des Präsidenten aus, „muß es notgedrungen wieder verarmen. Damit ist uns nicht geholfen. Wir müssen andere Wege suchen, Delfina-Land zu überflügeln: Wenn die Präsidentin uns an dem Flugplatz nicht teilhaben läßt, müssen wir die Festlandspassagiere, die in den *Adela*-Maschinen nach Delfina-Land geflogen kommen, zu uns nach Newhome herüberlocken. Schließlich ist Newhome eine Stadt, die sich sehen lassen kann!"

Beifall belohnte ihn. Aber noch bevor Newhome ebenfalls Läden einrichten konnte – die einzige Attraktion, die die Festländer veranlaßt hätte, nach Newhome zu kommen –, sperrte Delfina-Land alle Grenzen für Ausländer, ließ aber die Newhomer nach wie vor ohne Formalitäten passieren. Die Hoffnung auf ein ähnlich blühendes Geschäft wie das der Nachbarn mußten die Newhomer also aufgeben, trösteten sich aber mit der Aussicht auf die Transitgebühren, die ihnen weiterhin in die Staatskasse fließen und sich, wie bisher, von Monat zu Monat vermehren würden, da Delfina-Land den Import ständig steigerte.

Aber bald sollte sich etwas ereignen, das den Newhomern endgültig alle Hoffnung nahm: Die Präsidentin hatte nach einer Generalversammlung mit allen Fischern ihres Landes (es waren sechsunddreißig) erfahren, daß es auf der südlichen Seite von Fishbone, nahe der Fischkonservenfabrik, zwischen Riff und Strand eine Rinne gab, die nur geringer Vertiefung bedurfte, um sie für Hochseeschiffe passierbar zu machen. Bisher hatte man ihr keine Bedeutung zubemessen, weil ja das Riff davorlag. Aber die Phantasie der Präsidentin kannte keine Grenzen. Sie ließ sogleich Spezialisten für Unterwassersprengungen aus den Staaten einfliegen, und es dauerte kein halbes Jahr, da klaffte eine breite Lücke im Riff, die die Einfahrt von Frachtern normaler Größe erlaubte. Warnlichter auf beiden Seiten der Einfahrt wiesen den Weg. Pier und Lagerschuppen wurden angelegt.

Zur Begrüßung des ersten Schiffes hatten sich die rund dreitausend Einwohner des Landes fast vollzählig im Hafen versammelt. Die Kinder schwenkten Flaggen, Lagerschuppen und Pier waren mit Girlanden behangen. Bei dieser Gelegenheit spielte auch die neue Blaskapelle. Die Präsidentin umarmte den Kapitän, die Delfiner Mädchen bekränzten die Matrosen. Zur Feier des Tages druckte der *Delfiner Landbote* eine Extra-Ausgabe und nannte sich bei dieser Gelegenheit in

Delfiner Herold um. Freilich, im Hafen von Fishbone hatte nicht mehr als ein Schiff Platz, aber mehr war ja auch nicht nötig.

Übrigens wurde das Ereignis im *Newhome-Kurier* mit keinem Wort erwähnt. Aber jeder Newhomer wußte, daß Delfina-Land jetzt das Rennen endgültig gewonnen hatte. Die Transitgebühren waren gegenstandslos geworden. Delfina-Stadt mußte sehen, womit es jetzt die Staatskasse füllte. Eine ganze Reihe von Geschäftsleuten, die wegen dem Ausfall der Kundschaft aus Delfina-Land hatten schließen müssen, bewarben sich um Aufenthaltsgenehmigungen in Delfina-Land, denn sie gedachten Newhome zu verlassen und sich in der aufblühenden Hafenstadt Fishbone anzusiedeln. Aber die Präsidentin lehnte Anträge dieser Art rundweg ab.

In Newhome arbeitete längst niemand mehr aus dem Nachbarstaat. Den Geschäftsleuten, die pleite gemacht hatten, blieb also nichts anderes übrig, als sich als Gärtner, Hausmeister, Diener, Straßenreiniger und dergleichen zu verdingen. Ihre Frauen putzten fremde Häuser und wuschen fremde Wäsche. Es gab nur noch zwei erwähnenswerte Einnahmequellen für Delfina-Stadt: die Schnapsfabrik und das Elektrizitätswerk, das ja Delfina-Land mitversorgte. Man erhöhte die Stromkosten für Delfina-Land aufs Doppelte und freute sich, daß das Nachbarland wenigstens noch auf diesem Gebiet von Delfina-Stadt abhängig war. Delfina-Land zahlte anstandslos die erhöhten Stromkosten, drohte aber, wenn das Elektrizitätswerk weiterhin so miserabel funktioniere, eine eigene Stromanlage zu errichten. Daraufhin besorgte Delfina-Stadt schleunigst einen guten, leider auch dementsprechend teuren Ingenieur aus den Staaten, der das Werk wieder in Ordnung brachte.

Delfina-Land war durch die Hafenanlage in große Schulden geraten, ließ sich dadurch aber keineswegs davon abhalten, sich noch weitere Schulden aufzuladen, indem es auf der Festlandsroute neben den kleinen auch drei mittelgroße Flugzeuge einsetzte: je vierzig Passagiere fanden darin Platz. Die

Einwohner von Delfina-Land, die ja alle, wie man sich erinnern wird, an der Fluglinie beteiligt waren, konnten bereits ganz nette Taschengelder einstecken. Der Fishboner Bürgermeister war rührig: Er sorgte für den Komfort der Gäste, ließ sogar ein Bordell einrichten, weil Yolandas Villa für die Gäste von Delfina-Land nicht erreichbar war, und schaffte fünf Taxis an, die die Kunden im Lande herumfahren konnten. Die drei Hotels waren fast immer besetzt, und in einem Nachtklub in Green Village, der von einem Angehörigen des Zauberinnen-Clans, nämlich von Charly, dem Neffen von Cholonco Manteca, geleitet wurde (wie man sich erinnern wird, war Green Village das Zentrum jener Großfamilie), konnten sich die Geschäftsleute von den anstrengenden Verhandlungen, die sie tagsüber hatten führen müssen, erholen. So wurde auch Green Village, das hinterwäldlerische Bergnest, in den Boom mit einbezogen.

Limerick, das das Nachbardorf Aberystwyth inzwischen völlig absorbiert hatte, versuchte ebenfalls, an dem Aufschwung teilzuhaben. Auch hier reihte sich bald Laden an Laden. Ein Hospital wurde gebaut, ein Gymnasium, ein Kino, eine Stadthalle, ein Musikpavillon auf dem Marktplatz und, da dieser Ort der offizielle Regierungssitz des Landes war, ein Regierungsgebäude mit allen nötigen Büros. Internationale Banken richteten Filialen in Limerick und Fishbone ein, und dreizehn Konsulate verschiedener Festlands- und Inselstaaten wurden eröffnet. Die Polizei, eine gut geschulte, höfliche, aber energische Truppe von fünfundzwanzig Mann, hatte auch ihre Zentrale in Limerick. Und zur Zerstreuung der Gäste trug der Ort durch ein Spielkasino bei.

Nur eine Einrichtung fehlte: das Militär. Die Präsidentin war allergisch gegen alles, was mit Krieg und kriegerischen Aktionen zu tun hatte, sie haßte Uniformen und Paraden und hatte sich nur mit Mühe davon überzeugen lassen, daß Ordensverleihungen notwendig und vom Volk erwünscht seien. Und so gab es in Delfina-Land keine Miliz, keine Kasernen, keine malerischen Wachtposten.

„Das Geld, das das Militär uns kosten würde, läßt sich sinnvoller ausgeben", sagte die Präsidentin, was sie auch bewies.

Madame Griselda, die während dieser Jahre in Yolandas Villa regierte, hatte nichts zu lachen. Die Zahl ihrer Mädchen – ursprünglich sieben und zu dem Zeitpunkt, als sich Delfina in zwei Teile spaltete, gut beschäftigt –, mußte sie bald auf fünf, dann sogar auf drei reduzieren. (Übrigens wurden die entlassenen Mädchen von Agenten der Präsidentin angeworben und bekamen sofort Aufenthaltserlaubnis für Delfina-Land.) Viele Newhomer besaßen kein Geld mehr, um sich den Luxus zu leisten, eine Nacht in Yolandas Villa zu verbringen, und die Madame lehnte bald alle Bitten um Kredit ab. Man einigte sich zuweilen auf Tausch: Wer ihr ein Türschloß reparierte, wer ihr eine zerbrochene Fensterscheibe ersetzte oder einen Sack Austern oder ein paar hübsche Fische brachte, der wurde gnädig aufgenommen. Aber schließlich wurde die Lage in Delfina-Stadt so mißlich, daß sie auch die letzten drei Mädchen entlassen mußte, die sie wie ihre eigenen Töchter geliebt hatte. Sie beschränkte sich auf einen Ein-Frau-Betrieb, indem sie sich selbst, falls nötig, der Kundschaft zur Verfügung stellte und die übrige Zeit der Küche und dem Hausputz widmete.

Das Hafenviertel war nur zum Teil noch bewohnt. Die Hütten verwitterten und verfielen, Jauche rann aus Newhome herab und zwischen den Katen ins Meer. Das Brackwasser stank. Newhome verarmte zusehends. Das Gymnasium mußte schließen (die Universität war schon längst eingegangen), eine ganze Reihe von Lehrern wurde arbeitslos. Die Regierung entließ notgedrungen fünfzig Prozent der Beamten und Angestellten. Innerhalb von drei Jahren verzeichnete Newhome achtzehn Selbstmorde. Der *Newhome-Kurier* stellte sein Erscheinen ein. Weder die Festungs- noch die Nonnenhügelmadonna blinkte abends noch mit ihrem Heiligenschein. Längst waren diese Einrichtungen unbrauchbar geworden. Das illuminierbare Gemälde des amerikanischen Kochs funktionierte auch nicht mehr. Niemand konnte sich mehr einen Gärtner, ein Dienstmädchen, einen Diener halten. Das tägliche Orgelspiel war verstummt: Der alte Priester auf dem Nonnenhügel hatte sich redlich bemüht, die Orgel nach einem heftigen Platzregen wieder zum Tönen zu bringen. Aber sie wollte nicht mehr.

Es gab kein kulturelles Leben mehr in Delfina-Stadt. Sogar die Aktivitäten der ehemaligen Fincabesitzer waren eingeschlafen. Bis auf den Ford des Präsidenten waren alle Autos aus Newhome verschwunden. Und Cholonco Manteca, der gute Stern der Stadt, hatte sich auf das Festland abgesetzt, zusammen rnit einer Reihe rühriger Newhomer, die in diesem abgedrosselten Staatsgebilde nicht vergammeln wollten.

In Delfina-Land jedoch kamen sie voll zum Zuge, die Nachkommen der drei Zauberinnen, die seinerzeit gegen ihren Willen auf die Insel gebracht worden waren. Charly, der Nachtklubmanager, wußte die Künste seiner Verwandten allnächtlich dem Geschmack der Kundschaft entsprechend einzusetzen.

Seine rothaarige Großtante ließ auf einer an der Wand hängenden Leinwand nach Wunsch des Publikums die Aktfotos der verschiedensten Damen erscheinen, auch längst verstorbener. Die Gäste legten es oft darauf an, sie in Verlegenheit zu bringen: Sie äußerten die ausgefallensten Wünsche, aber sie war auf alles gefaßt und reagierte prompt. So bekamen die Herren das Aktbild (einen Kupferstich) von Katharina II. von Rußland, von Florence Nightingale, Mona Lisa (die sehr enttäuschte) und einer gewissen Señora Gloria Verdugo (Witwe, in Cartagena ansässig und außer einem einzigen Gast niemandem bekannt) sowie der zehn aufrührerischsten Suffragetten Londons zu sehen. Diese Programmnummer war besonders beliebt und mußte jeden Abend fast gewaltsam beendet werden, da die Wünsche der Gäste nicht abrissen. Allerdings war sie für den Veranstalter die riskanteste, da sie oft Zwischenfälle recht unangenehmer Art heraufbeschwor, wie zum Beispiel jenen, bei dem ein kolumbianischer Schmuggler aus Barranquilla, der Hafenstadt an der Mündung des Magdalena, die Frau seines schärfsten Konkurrenten (ebenfalls aus

Barranquilla und unter den Anwesenden) an der Wand erscheinen ließ. Letzterer, vor Wut schäumend, verlangte die Frau des ersteren ebenfalls zu sehen, und als der Manager des Nachtklubs ein Veto einlegte, zog er eine Pistole und schoß den bevorzugten Konkurrenten nieder – ein Grund für die Besucher Delfinas, diesen Nachtklub nur noch öfter zu besuchen.

Da gab es auch einen alten Medizinmann, Charly's Urgroßonkel, der den Gästen, die sich für dieses Experiment freiwillig zur Verfügung stellten, Geweihe aus dem Kopf wachsen ließ, die nach zehn Minuten verwelkten und wieder abfielen. Seine Nummer erntete großes Gelächter.

Ein junger Bursche, sechzehn Jahre alt, auch aus der Zaubererfamilie und zu sonst nichts nütze, weil seine Fähigkeiten, zweifelsohne vorhanden, noch unausgegoren in ihm brodelten, sang die Nationalhymnen der Anwesenden dreistimmig in selbstkomponiertem Satz.

Die junge Tochter des Medizinmannes, begabt rnit einer prachtvollen Figur, zeigte sich unter ganz normaler Beleuchtung auf der Bühne, lediglich rnit drei Briefmarken bekleidet: ein Auftritt, der an sich nicht sehr originell gewesen wäre, wenn die Schöne nicht chamäleonartig ihre Hautfarbe hätte wechseln können: mal war sie veilchenviolett, mal ozeanblau, mal lindgrün, mal rotorange geflammt, und zum Schluß ihres Auftritts ringelten alle sieben Regenbogenfarben an ihr empor. Dies alles natürlich zu passender Musik.

Die Schlußnummer war ganz anderer Art, erfreute sich aber ebenfalls großer Beliebtheit, da sie den Nerv der Gäste traf, die fast ausschließlich Geschäftsleute waren: Ein Zauberer füllte den halbdunklen Raum etwa einen Meter hoch mit Tausenderscheinen. Auch die schläfrigsten oder abgebrühtesten Herren wurden wach, wenn sie bis zum Nabel oder noch höher in Geld saßen. Es begann jedesmal ein Gehaste und ein Geschrei – jeder raffte, griff und packte, aber der ganze Spuk dauerte keine zwei Minuten, dann war alles wieder verschwunden, auch das, was schon in die Taschen der Kunden gewandert war, und zuweilen noch etwas mehr. Kurz, die Gäste amüsierten sich köstlich und konsumierten enorme Quantitäten Delfina-Schnaps, den Delfina-Land aus Delfina-Stadt importierte. Der Nachtklub *Hokus-Pokus* machte rings auf dem Festland von sich reden.

Die Newhomer waren so apathisch geworden, daß sie nicht einmal merkten, wie die Landreform im Nachbarstaat doch noch scheiterte – allerdings auf andere Art, als die ehemaligen Fincabesitzer sich das vorgestellt hatten: Ein Siedler nach dem anderen zog nach Fishbone oder Limerick hinunter, eröffnete – auf Kredit – einen Laden und ließ in aller Seelenruhe seine Kleinfarm in den Hügeln verwahrlosen. Denn es bedeutete nun keine Auszeichnung mehr, mit der Präsidentin Skat spielen zu dürfen, ganz abgesehen davon, daß derartige Skatabende nicht mehr an der Grenze und zusammen mit dem Präsidenten des Nachbarlandes (ein derartiges Angebot der Präsidentin hatte das neue Staatsoberhaupt von Delfina-Stadt gleich zu Beginn seiner Amtszeit abgelehnt), sondern in Fishbone mit dessen Bürgermeister stattfanden. Und die Siedlerfrauen lockte auch kein Textilgutschein mehr. Diese armen Zeiten waren vorbei. Die Einwohner von Delfina-Land waren verwöhnt. Und so kam es, daß Milch, Eier und Gemüse knapp wurden. Innerhalb eines Jahres wanderten über dreißig Siedler in die aufblühenden Städte ab und waren auch durch die schönsten Versprechungen nicht zu halten. Warum sollten sie sich oben auf ihren Äckern abschinden und es trotzdem zu nichts weiter bringen als zu einem sorgenfreien, aber keinesfalls luxuriösen Farmerdasein, wenn sie in Fishbone oder Limerick mit dem halben Energieaufwand innerhalb weniger Jahre reich werden konnten?

Es blieb der Präsidentin nichts anderes übrig, als Delfina-Stadt das Angebot zu unterbreiten, es könne Leute herüberschicken, die gewillt seien, die verlassenen Siedlerhöfe zu übernehmen und zu bewirtschaften. Allerdings müßten sich die Interessenten auf zwanzig Jahre verpflichten.

Der Präsident von Delfina-Stadt schnaubte vor Wut über diese Art von Abwerbung, zumal er sich durch die Ochsen, die seinen Wagen aus dem Schlamm gezogen hatten, immer noch gedemütigt fühlte (zeitlebens kam er über diese Demütigung nicht weg – und die Präsidentin war einfach fortgegangen und hatte ihn nicht ernster genommen als einen Taxichauffeur, ihn, den Präsidenten!). Er gab den ehemaligen Fincabesitzern den Wink, cr werde sie, falls sie sich für eine Rückwanderung interessierten, bevorzugt behandeln. Aber keiner von ihnen wollte heimkehren auf sein geliebtes Land, seine Scholle, seine schweißgetränkten Heimaterde und wie sie ihre Landbesitzungen auch immer genannt hatten; höchstens unter der Bedingung, den ganzen ehemaligen Besitz innerhalb seiner früheren Grenzen als Eigentum wiederzubekommen. Darauf ging die Präsidentin natürlich nicht ein, und so zogen bald andere Neusiedler, ehemalige Handwerker, Geschäftsleute, Büroangestellte, kurz, Angehörige der Mittelklasse Newhomes, mit ein paar kümmerlichen Möbeln und ihren mageren Kindern in die Berge hinauf und begannen die verunkrauteten Anwesen wieder zu bewirtschaften. Sie zeigten sich überaus willig und fleißig, und die Präsidentin sparte nicht an Lob und finanzieller Hilfe. Als weitere fünfzehn ihrer alten Neusiedler abgewandert waren, holte sie noch ein paar Newhomer nach, die sogleich ihre Ehre daransetzten, die verwahrlosten Farmen hochzubringen und somit die erstklassige Qualität eines Staatsbürgers von Delfina-Stadt zu beweisen.

Aber nach drei oder vier Jahren harter Landarbeit und sobald sie die Staatsangehörigkeit von Delfina-Land erworben hatten, erlagen auch sie den Verlockungen der Stadt Fishbone, die an Größe und Einwohnerzahl Limerick weit überflügelt hatte, und zogen hinab, ohne sich erst den Kopf zu zerbrechen, wer ihre Nachfolge auf der Farm antreten werde. Denn das Land gehörte dem Staat.

Fishbone, inzwischen die Einkaufszentrale aller Schmuggler der Karibik, war kaum wiederzuerkennen. Unzählige Vertretungen ausländischer Handelshäuser und Firmen, vor allem japanischer, und noch mehr Bankfilialen hatten sich hier niedergelassen, Hochhäuser bestimmten die Silhouette der Stadt. Eine breite Avenida, von Bogenlampen beleuchtet und mit Springbrunnen und Cholonco Mantecas unverwüstlichen, aus den Hügeln zusammengetragenen Büsten verziert, zog sich am Strand entlang. Längst war der Flugplatz weiter ausgebaut worden, so daß jetzt Flugzeuge für achtzig bis hundert Passagiere landen konnten. Eine Reihe ausländischer Fluggesellschaften hatte sich in den Flugbetrieb mit eingeschaltet, ohne der *Adela*, die ihre kleinen Maschinen aus der Pionierzeit abgestoßen hatte, ins Gehege zu kommen. Übrigens war der gute Dicky aus Houston, der populäre Pilot der ersten Maschine der Insel, mit dem höchsten Orden des Landes ausgezeichnet worden.

Nun kamen auch nicht nur Geschäftsleute nach Delfina-Land, sondern es war ein Sport reicher Damen aus den Hauptstädten rings um das Karibische Meer geworden, nach Fishbone zu fliegen und zwei Koffer voll Freihafenware, meist Stoffe, Schuhe und Bekleidung, einzukaufen, wobei mit wahrer Wollust von Laden zu Laden gewandert und gesichtet, gefühlt, probiert, verglichen und gefeilscht wurde. Gewiß, es war etwas riskant für die Damen bei der Ankunft im eigenen Land, den Zoll zu passieren. Der griff nicht selten zu. Das aber war gerade die reizvollste Seite an diesem Sport: dem Zoll ein Schnippchen zu schlagen. Und so arbeitete man denn mit tausend Kniffen und kleinen Tricks, und es gab sogar eine sogenannte Schmutzerei, die nagelneue Ober- und Unterbekleidung einschmutzte, bis sie vom Zoll unmöglich als neue Ware bezeichnet werden konnte. Und natürlich mußte man wohlsortiert einkaufen. Mit fünfzig Paar Schuhen kam niemand ungeschoren durch. Aber drei Paar Schuhe, sieben Kleider, zwölf Unterwäsche-Garnituren, ein Dutzend Strümpfe, drei Badeanzüge, vier Nachthemden und so weiter – was wollte da der Zoll schon groß sagen? Die Damen bestanden darauf, daß das die notwendige Reiseausstattung sei –

schließlich könnten sie ja nicht nur mit den Kleidern, die sie auf dem Leib trügen, reisen!

Daß diese Damen alle vierzehn Tage einmal nach Delfina reisten, war eine andere Sache, keinesfalls aber illegal. Wer Geld hatte zu reisen, konnte natürlich reisen. Und da die finanzielle Ausbeute zweier voller Koffer aus Delfina-Land die Unkosten einer Flugreise (die Präsidentin hatte inzwischen die Gratisrückreise abgeschafft) wie auch die des Hotelaufenthaltes trug und sogar noch einen kleinen Überschuß einbrachte, hing es lediglich von Lust und Laune der Damen ab, wie oft sie nach Delfina flogen.

Es gab nun auch schon zwei Kinos in Fishbone und ein seriöses Varieté, das vor allem für die Damen gedacht war und dessen Programm ebenfalls zum größten Teil von der Zaubererfamilie bestritten wurde. Darin zauberte ein alter Medizinmann unzählige Vögel verschiedenster Farbe aus seinem Hut und zog Leuten die Uhren auf weite Entfernungen hin von den Handgelenken und aus den Taschen, ohne daß sie es merkten. Ein Hypnotiseur schläferte ein paar Gäste ein, ein alter Esel erzählte mit einer sympathischen Baßstimme den Hergang der Schlacht auf dem Horseback, eine Sau mit ihren Ferkeln (die Schweine auf Delfina waren mager, halbe Wildschweine, schwarzborstig) sprang durch eine ringartige Wirbelgräte eines Wals. Der Bursche, der dreistimmig singen konnte, trat auch hier auf, und die Totenbeschwörerin, Tochter der früheren Totenbeschwörerin, rief die Toten hinter einen weißen Tüllschleier auf dämmriger Bühne. In den Hauptstädten wurden dann in den Kränzchen der High Society hinter vorgehaltener Hand über die Toten berichtet: daß Leonardo da Vinci in einem auch für anwesende Italienerinnen unverständlichen Dialekt gemurmelt und daß Maria Stuart herzzerbrechend geweint habe. San Martín, der südamerikanische Freiheitsheld, habe finster geschwiegen, und Robespierre habe sich auch nur geräuspert. Die Venezolanerinnen verlangten immer wieder den erst vor kurzem verstorbenen, einst so gefürchteten Diktator Juan Vicente Gómez zu sehen, der sich hinter dem Vorhang – eine gedrungene Silhouette – kaum rührte, auch wenn ihn die jedesmal bei seinem Auftritt außer Rand und Band geratenden Venezolanerinnen beschimpften und ihm ewiges Höllenfeuer wünschten.

„An die tausend Hände hat er abhacken lassen!" kreischte eine hagere Dame aus der Provinz Zulia, die mindestens einmal pro Woche in Fishbone auftauchte und die jeder Ladenbesitzer kannte, weil sie eisern feilschte.

„Studenten hat er den Ratten vorwerfen lassen! Über dreihundert uneheliche Kinder hatte er!"

Das Publikum lachte, aber die Venezolanerinnen unter den Zuschauerinnen klatschten Beifall.

„Der Totengräber der Nation!" fistelte eine im Hintergrund.

„Wenn nur unsere Männer hier wären!" rief die Hagere hysterisch. „Die würden es ihm schon geben, diesem Abschaum der Menschheit, diesem entmenschten Ungeheuer!"

Kurz, wenn Górnez erschien, kam Leben ins Publikum, und zu Hause gab es dann was zu erzählen.

Nach einer oberflächlichen Schätzung florierten zu jener Zeit allein in Fishbone etwa vierhundert Läden, die zum Teil in schnell zusamniengezimmerten Verschlägen und Kiosken untergebracht waren. Manche Familie besaß bis zu sechs Läden, und sogar die Straße zum Flughafen hinaus war noch von Geschäften flankiert. In den Straßen herrschte das hektische Getriebe, wie man es von Freihäfen gewöhnt ist. Ganze Rudel von Taxis kurvten herum. Kinder mit Bauchläden boten Zigarettenmarken an, die auf dem Festland das Doppelte kosteten. Die Löscharbeiten im Hafen besorgten Ausländer: Mulatten aus Kolumbien, die noch gewillt waren, solch niedere und für die Delfiner finanziell wenig ergiebige Arbeit zu verrichten. Die englische Sprache war ganz in den Hintergrund getreten. Denn die Gäste vom Festland sprachen spanisch, und die Delfiner paßten sich an. Sogar in den Schulen hatte man sich bereits auf Spanisch umgestellt. Es drohte die Gefahr, daß die

Leute von Delfina-Stadt die von Delfina-Land nicht mehr verstanden. Die einstige Partei der Arbeitslosen und Armen versank in Geld. Längst waren alle Schulden abbezahlt worden. Die Geburtenziffer stieg steil an, denn die Geschäftsleute von Delfina-Land brauchten Personal für ihre geplanten Filialen. Fishbone begann sich auszubreiten, es wuchs bis an den Flughafen heran. Die Fischkonservenfabrik stellte allerdings – mitten in der Zeit allgemeinen Aufschwungs – ihren Betrieb ein: einerseits, weil es fast keine Fischer mehr gab, andererseits, weil der Duft der Jasminwälder den Fabrikarbeitern stark zusetzte.

Als auch die zweite Garnitur der Neusiedler aus den Hügeln abgewandert war, gab die Präsidentin die Landreform auf. Sie heuerte einen Diplomlandwirt aus Texas an, stellte ihm zehn Traktoren und einen Park landwirtschaftlicher Maschinen samt einhundert Landarbeitern aus Honduras zur Verfügung und ließ ihn das ganze Hügelland, das früher in einige große Fincas, später in viele kleine Siedlerhöfe aufgeteilt war, zentral bewirtschaften: als Staatseigentum. Bald konnte die Präsidentin auf die Eier-, Mehl- und Fleischimporte verzichten. Santa Claus – so wurde der weißbärtige Amerikaner, ein intimer Freund und Verehrer Hemingways, von allen Inselbewohnern genannt – bekam die Landwirtschaft des Landes ausgezeichnet in den Griff. Sein Betrieb hatte keine Subventionen mehr nötig. Eine riesige Geflügelfarm, fettes Vieh auf den mühsam zu bearbeitenden Steilhängen und Hügelkämmen, Kühe mit Eutern, die selbst die kühnste Vorstellung von Berufs-Schweizern überstieg, riesige Felder in Senken und Tälern garantierten dem Inselvolk ein sorgenfreies Dasein – natürlich nur, soweit es in Delfina-Land wohnte. Gewiß, auf Wunsch wurden auch weiterhin alle landwirtschaftlichen Produkte nach Delfina-Stadt geliefert, aber dort gab es kaum jemand, der sie noch bezahlen konnte.

Newhome siechte vor sich hin. Sogar der Präsident selber überlegte es sich gut, ob er sich am Sonntag ein Schnitzel leisten konnte. Die ehemaligen Patrizier lebten von Kohl und Kartoffeln, die sie in ihren Gärten zwischen steinernen Putten und verwilderten Ziersträuchern zogen, und von ein paar Hühnern, die im Atrium ihrer Häuser nach Küchenschaben pickten. Das stehende Heer, einst der Stolz Newhomes und nun reduziert auf armselige sechzig Mann, konnte nicht mehr verpflegt werden. Da man sich aber nicht entschließen wollte, es ganz aufzulösen, wurden die Soldaten je zwei Stunden vormittags und zwei Stunden nachmittags nach Art der buddhistischen Mönche mit einem Eßnapf auf die Straße geschickt, wo sie sich ihr Essen zusammenbetteln mußten. Schon wenn nur einer von weitem auftauchte, warnten sich die Nachbarn gegenseitig: „Macht die Tür zu, das Militär kommt!", und die Mütter schüchterten ihre Kleinen mit Drohungen wie: „Wenn du nicht brav bist, nimmt dich der Soldat mit" ein. Nur für die Verpflegung der Offiziere und Unteroffiziere wurde noch gesorgt, indem sie nach einem fest eingeteilten Plan reihum von den Familien der Mittel- und Oberklasse jeweils eine Woche lang zu Frühstück, Mittag- und Abendessen eingeladen werden mußten.

Als aber die Gemeinen auch trotz intensiven Bettelns nicht mehr genug zu essen bekamen, begannen sie sich gewaltsam zu verköstigen. Eine betagte Witwe, die ihr Eingemachtes mit ihrem Leib schützen wollte, wurde von einem jungen Rekruten, der in sattem Zustand ein verträglicher Mensch mit gutem Leumund war, auf rohe Weise erschlagen. Ein Gefreiter, den ein Newhomer in seiner Speisekammer ertappte, als er einen großen Räucherfleischknochen quer im Mund hatte, mußte seinen Einbruch mit dem Leben bezahlen, denn der Knochen, seit Monaten zärtlich gehütet, war für eine Suppe zur Feier der Silberhochzeit des in diesem Hause wohnenden Ehepaares vorgesehen gewesen. Und als sich vier Soldaten über das Schoßhündchen einer unverheirateten hermachten und es roh auffraßen, samt seinem langen Fell und mit allen Innereien, ungeachtet der Tatsache, daß jene Dame die Schwester des Präsidenten war, blieb der Regierung nichts anderes übrig, als die

Truppe zu entlassen, denn man fürchtete noch schlimmere Ausschreitungen.

In den Ämtern verschimmelten die Stempelkissen. Im ganzen Jahr neunzehnhundertsiebenunddreißig, zwei Jahre vor Ausbruch des Zweiten Weltkrieges, liefen nur noch drei Schiffe den Hafen von Newhome an. Und von all den Vereinen des neunzehnten Jahrhunderts hatte kein einziger überlebt. Das letzte ehemals aktive Mitglied der Blauen Damen starb neunzehnhundertfünfunddreißig. Der Kongreß tagte nicht mehr, die Ministerien verstaubten. Das Kanonenboot im Hafen, grün vor Moos und allerlei Unkraut, das sich in den Ritzen angesiedelt hatte, lag verlassen und seit einem vollen Jahrzehnt ungestrichen da. Sogar die Ratten verschmähten es, darin zu hausen. Schließlich entließ man auch noch die letzten zwölf Unteroffiziere und sechs Offiziere, den einstigen Stolz der Nation, weil man sie nicht mehr ernähren konnte, und schloß Kaserne und Festung. Die traditionsreiche Armee des Landes Delfina-Stadt hatte aufgehört zu existieren.

Der Betrieb, in dem der Delfina-Schnaps hergestellt worden war, hatte auch schließen müssen: wegen Rohstoffmangels, denn Delfina-Land hatte seine Kokosnußlieferungen eingestellt. Wer hätte in Delfina-Land noch sein Brot mit dem Pflücken und Einsammeln von Kokosnüssen verdienen wollen? Und um Kokosnüsse von anderen Inseln oder dem Festland heranzuholen, dazu reichten weder Finanzen noch Energie der Newhomer. Apathisch lungerten sie in ihren Häusern herum. Nur das Elektrizitätswerk lebte und erhielt die Newhomer am Leben, mehr aber auch nicht.

Als Cholonco Manteca, nun schon ein sehr alter Mann, in seine Heimat zurückkehrte, um hier sein Leben zu beschließen, wurde ihm die Aufenthaltsgenehmigung für Green Village, seinen Geburtsort, verwehrt, weil er die längste Zeit seines Lebens in Newhome verbracht und als Bürger des Landes Delfina-Stadt die Insel verlassen hatte. Er ließ sich daraufhin vorläufig in Delfina-Stadt nieder und brachte die

Bevölkerung Newhomes auf eine rettende Idee. Noch einmal raffte sich der politische Verwaltungsapparat von Delfina-Stadt zu einer Aktion auf: Es wurde eine Volksbefragung durchgeführt, die fast einstimmig für Choloncos Idee ausfiel. Nur die Witwe Carolina Glenn, die nicht darüber wegkam, daß man ihr auf ihrer ehemaligen Finca den Schaukelstuhl, Erbstück ihrer Großmutter, zerhackt und verheizt hatte, und Ed, der Verfasser zahlloser Heimat- und Schollengedichte, stimmten dagegen.

Daraufhin bat der Präsident die Präsidentin, so bitter es ihm auch wurde, schriftlich um eine Audienz, die sie ihm sogleich gewährte. Sie trafen sich in der Schenke an der Grenze, wo seinerzeit die Skatabende stattgefunden hatten. Die Präsidentin zeigte sich freundlich, sogar mitfühlend, aber als der Präsident sie im Namen seines Volkes (es zählte immerhin noch siebentausend Seelen – gegenüber den jetzt zehntausend in Delfina-Land Ansässigen) ersuchte, Delfina-Stadt ihrem Land anzugliedern, lehnte sie ab, obwohl Newhome nur drei Bedingungen stellte: am wirtschaftlichen Aufschwung beteiligt zu werden, vier von neun Ministersesseln zu erhalten und statt der sozialistischen eine gemäßigt liberale Richtung einzuschlagen. Wobei der Präsident diskret durchblicken ließ, daß Newhome unter Umständen sogar von der letzten Bedingung Abstand nähme, wenn dies zu einer Einigung beitrüge.

Die Ablehnung entfachte bei den Politikern Newhomes einen Sturm der Entrüstung, soweit die Newhomer überhaupt noch in der Lage waren, die Energie für eine starke Emotion aufzubringen. Nach einer sofortigen nächtlichen Kabinettsitzung entschloß sich Delfina-Stadt, Delfina-Land den Krieg zu erklären.

„Ihr seid verrückt geworden", regte sich Cholonco Manteca auf, der als einziger – außer dem uralten Paar auf dem Nonnenhügel – noch in der Lage war, die Realitäten zu sehen, wie sie waren. „Das ist ja Größenwahn! Bleibt doch auf dem Teppich! Ihr habt kein Militär, keine Waffen, keinen Proviant, kein Geld!"

„Das ganze Volk wird marschieren!" rief Ed, der Heimatdichter.

„Nicht marschieren, sondern krepieren", antwortete Cholonco, aber niemand wollte diesmal seinen Rat hören.

Da eine diplomatische Vertretung des Staates Delfina-Stadt in Limerick nicht mehr existierte, überbrachte ein Kurier der Präsidentin im Morgengrauen die schriftliche Kriegserklärung. Sie wohnte nun nicht mehr oben in Green Village, sondern in Limerick, aber immer noch bescheiden in einer Zweizimmerwohnung im obersten Stock des Regierungsgebäudes. Der Bote gab – es war Karnevalszeit – das Schreiben dem noch als Königin der Nacht verkleideten Dienstmädchen ab, das die Präsidentin zu so früher Stunde nicht wecken wollte, und schärfte ihm ein, es sofort auszuhändigen, sobald die Präsidentin erwache, da für ganz Delfina-Land von ungeheurer Bedeutung sei, was in diesem Schreiben mitgeteilt werde.

Das Dienstmädchen aber hatte den Kopf voll mit wichtigeren Dingen: In der vergangenen Nacht hatte es zum erstenmal mit einem Mann geschlafen und war dementsprechend durcheinander und zerstreut. Es schob, kaum war der Bote weg, trotz seiner beschwörenden Worte den Wisch unter einen Aschenbecher, um zu verhindern, daß ihn die Morgenbrise wegwehte, und damit vergaß es ihn. Die Präsidentin stand auf, frühstückte und ging ihren Amtsgeschäften nach, ohne die diplomatische Note unter ihrem Aschenbecher zu entdecken.

Am nächsten Morgen um acht Uhr begann der Krieg. In aller Eile hatte Newhome vierhundert Männer mobilisiert, die sich noch einigermaßen auf den Beinen halten konnten. Man fand ein paar verrostete Gewehre in der ehemaligen Waffenkammer der Festung, auch ein paar Jagdflinten in den Kleiderschränken der früheren Fincabesitzer. Sogar zwei Maschinengewehre trieb man auf. Wer leer ausging, nahm Messer oder Steine.

Glühend vor Stolz warfen sich Unteroffiziere und Offiziere in ihre alten, farbenprächtigen Galauniformen (die gewöhnlichen Dienstuniformen hatten sie inzwischen zu Hause aufgetragen) und versuchten, nun wieder gnädig in den – allerdings unbesoldeten – Dienst des Vaterlandes zurückberufen, Ordnung in den Haufen gebeugter und magerer Burschen zu bringen und ihnen eine etwas martialischere Haltung einzureden. Sie stolperten auf den Marktplatz, wo der Präsident von seinem Balkon herab eine Ansprache hielt. Er sah mit blitzendem Auge die Stunde der Rache für die Demütigung durch die Ochsen nahen.

„Zeigt es ihnen", rief er, „daß wir noch existieren! Daß wir noch eine ernstzunehmende Nation sind!"

„Und der Proviant?" rief ein hohläugiger Bursche.

„Den kannst du dir dort holen, in Fishbone und Limerick!" antwortete der Präsident. „Dort könnt ihr euch Hängebäuche anfressen! Hängebäuche, wie *sie* sie haben, die gemästeten Helotenschweine!"

Diese Aussicht belebte die Truppe, und so marschierten die Leute los: in ihren abgerissenen Zivilkleidern, denn Uniformen gab es nicht. Ein paar trugen sogar Krawatten. Am Ortsrand von Newhome teilten sie sich in zwei Gruppen zu je zweihundert Mann. Davon sollte eine Gruppe an der Ostseite der Insel entlang auf Fishbone, die andere im Westen auf Limerick zumarschieren und auf diese Weise den Nachbarstaat in die Zange nehmen – ein Plan, den der Oberst (die höheren Chargen waren bereits verstorben), der die Aktion kommandierte, für genial hielt.

Um halb zehn Uhr überschritt die Armee Ost die Grenze, an der niemand war, der sie aufhielt, denn es war, wie schon gesagt, Karnevalszeit, und die Polizisten, die die Grenze überwachen sollten, schliefen ihren Rausch aus. Unterwegs verlor die Truppe bereits etwa zwanzig Mann: Teils fielen sie vor Hunger um, teils kamen sie vor Schwäche so außer Atem, daß sie sich niedersetzen mußten, teils litten sie an Durchfall, der ihnen einen zügigen Weitermarsch verwehrte und sie immer wieder ins Gebüsch trieb.

Als sie um halb elf in Fishbone einzogen, steckten alle Leute die Köpfe aus den Läden. Die Passanten blieben neugierig stehen. Sie hielten den Aufmarsch für einen Teil des Karnevalsprogramms. Die Damen vom Festland klatschten freundlich Beifall, obwohl sie diesen Aufmarsch nicht gerade originell fanden. Sie vermißten geschmückte Wagen und allegorische Figuren, Tanzgruppen und vor allem Musik. Auch die Kostüme, so fanden sie, waren zu gleichförmig gewählt. Einhundertachtzig Männer in abgerissenen Kleidern, das ermüdete das Auge. Dagegen fanden sie die bunten Uniformen der Offiziere und Unteroffiziere, die vorneweg marschierten, entzückend.

Die Newhomer schleppten sich bis zum ersten Springbrunnen. Der ungewohnte Autoverkehr machte sie nervös. Sie hielten sich auf dem Bürgersteig. Ein Polizist, an dem sie vorüberzogen, schaute verwundert, schritt aber nicht ein, denn er hatte keine diesbezüglichen Weisungen bekommen. Woher kamen diese Leute, und was hatten sie vor? Er erkannte Newhomer Gesichter. Sein Newhomer Schwager winkte ihm strahlend zu. Waren die Grenzen geöffnet worden? Aber noch bevor er sich telefonisch informieren konnte, ging es los. Er traute seinen Augen kaum: Ein Offizier hob seinen Säbel und brüllte: „Geht in Deckung und schießt!"

Die Männer aus Newhome blieben stehen und schauten sich unschlüssig um.

„Ja wird's bald, ihr Idioten!" schnauzte ein Unteroffizier, der sich bereits in die Nische einer Kellerluke geduckt hatte, zu ihnen hinauf, die blöde auf ihn herabgrinsten.

„Da ist keine andere Kellerluke", sagte ein Mann ratlos.

„Dann schmeiß dich, zum Teufel, hinter das Brunnenbekken!" brüllte der Unteroffizier, dem der Auftritt peinlich wurde.

Der Mittelstreifen zwischen den beiden Fahrbahnen der Avenida war nur so breit wie der Springbrunnen.

„Da werden nicht alle drauf Platz haben", meinte ein anderer Mann. „Man kann es ja nicht riskieren, sich auf die Fahrbahn zu legen. Es könnte einen was überfahren."

In der Tat hatten die Autofahrer noch nicht gemerkt, was hier vor sich ging. Sie fuhren seelenruhig die Avenida hinauf und hinunter. Die Newhomer Krieger waren nur mühsam zu bewegen, die Fahrbahn zu überqueren. Wie erschreckte Hühner flatterten sie vor den heftig hupenden Autos herum und warfen sich auf das erhöhte Zierbeet zwischen beiden Fahrbahnen, wo sie sich, als sich die Mehrzahl dort versammelte, in zwei Schichten übereinanderlegen mußten. In einer solchen Lage war es schwer zu schießen. Aber schließlich flogen doch ein paar Kugeln und Steine durch die Luft.

„Eine Demonstration!" kreischten die Festlandsdamen und stürzten in die Läden, wo sie sich hinter Stoffballen und Kleiderpuppen versteckten. Ein paar Fensterscheiben gingen in Trümmer. Leuchtreklame zerklirrte, eine Ladenkasse wurde durch Schüsse derartig zerstört, daß sie den zehnfachen Betrag des wirklich eingenommenen Geldes anzeigte, eine Schaufensterpuppe wurde durchlöchert.

„Wer demonstriert denn da?" riefen sich die Verkäufer verstört zu. „Wer kommt denn hier auf die Idee zu demonstrieren? Wir haben doch keine Not mehr im Land!"

Die beiden Maschinengewehrschützen hatten sich, ebenso verstört, im Becken des Springbrunnens verschanzt, knieten nun bis zum Bauch im Wasser und waren den Schauern ausgesetzt, die von oben kamen. Die Tropfen liefen ihnen fortgesetzt in die Augen, und so schossen sie blindlings in die Gegend, ohne zielen zu können.

„Mein Gott, wie aufregend!" jubelte eine Dame aus Bogotá, deren Handtasche so getroffen wurde, daß ihr Parfümfläschchen in Stücke zersprang.

„Immer diese Kommunisten!" schimpfte ein reicher Schmuggler aus Santa Marta, Kolumbien. „Sogar schon hier haben sie ihre Agitatoren am Werk! Ausrotten müßte man sie!"

In diesem Augenblick öffnete ein Metzgermeister, der im

Hinterhof seines Hauses gearbeitet und von dem Aufmarsch noch nichts gemerkt hatte, seinen Laden und starrte verwundert und ohne zu begreifen auf die Kriegsszenerie. Währenddessen strömte der Duft seiner in- und ausländischen Wurstwaren auf die Straße. Es dauerte noch keine drei Minuten, da veränderte sich das Kampfgeschehen grundlegend, und es zeigte sich wieder einmal, daß sich alles in der Geschichte wiederholt. Denn die Newhomer schnüffelten, sprangen auf, sichtlich neu belebt, und stürzten ohne Rücksicht auf den Verkehr quer über die Fahrbahn auf die Metzgerei zu. Sie überrannten den erschrokkenen Metzger, der, noch die Hände vor dem Bauch gefaltet, auf den Rücken fiel, und machten sich über die Würste her. Der Ansturm war so gewaltig, daß acht Leute zur gleichen Zeit durch die Tür wollten und steckenblieben, den ächzenden Metzger unter ihren Füßen. Vor ihren wütenden Blicken fraßen inzwischen ihre Kameraden, die durch eine Hintertür eingedrungen waren, die Würste und Schinken auf. Von draußen aber drängten die anderen nach, während die Offiziere und Unteroffiziere auf sie eindroschen und sie wieder in Zucht zu bekommen versuchten. Denn inzwischen hatte der Fishboner Polizist im Limericker Polizeipräsidium angerufen und, nachdem dort niemandem etwas von einem derartigen Aufmarsch bekannt war, Alarm geschlagen. Als zwanzig Mann Polizei angerückt kamen, hatte sich der Feind bereits in die umliegenden Restaurants, Kneipen, Lebensmittelgeschäfte, Metzgereien und Bäckereien verteilt. Die Präsidentin gab die strikte Order, Gewalt nur anzuwenden, wenn es unbedingt nötig war. So ließ man die Newhomer erst mal fressen und saufen und beschränkte sich darauf, sie zu entwaffnen, das heißt, die beiden Maschinengewehre, die man auf dem Grund des Brunnenbeckens entdeckte, zu bergen und die Gewehre und Messer, die über Bürgersteig und Fahrbahnen verstreut lagen, einzusammeln. Den betroffenen Ladenbesitzern versprach die Präsidentin volle Entschädigung.

Nun wurde auch die Ankunft der Armee West, die einen

etwas längeren Weg vor sich gehabt hatte und sich der feindlichen Hauptstadt Limerick näherte, dem Polizeipräsidium von Polizeiposten und Zivilisten gemeldet. Es blieb hier noch genügend Zeit, Vorkehrungen zu treffen. So errichtete man in aller Eile und mit Unterstützung zahlreicher Freiwilliger, auch Kunden aus dem Ausland, ein Bierzelt am Rand der Einfallstraße und bereitete eine Unzahl heißer Würstchen vor. Als die Newhomer anrückten, winkten ihnen aus dem Eingang des Zeltes dralle Kellnerinnen mit Bierflaschen und Würstchen zu. Da war kein Halten mehr. Das Heer stürzte sich ins Zelt, wo eine ganze Kolonne kampferfahrener Kellner die Gäste bereits erwartete, und es blieb den Offizieren und Unteroffizieren nichts anderes übrig, als ihren Mannschaften achselzuckend zu folgen und das beste daraus zu machen.

Bis zum Abend hatte man in Delfina-Land über vierhundert Beutel mit wohlsortierten Lebensmitteln und Flaschenweinen vorbereitet. Jedem Newhomer, ob Gemeiner, Unteroffizier oder Offizier, wurde ein Beutel ausgehändigt („Ein Gruß an die Familie daheim!"), dann schickte man die feindliche Armee, die durch die ungewohnt gute Kost sehr gelitten hatte, freundlich nach Hause. Der Feldzug war beendet. Für die sinnlos Betrunkenen stellte Delfina-Land sogar seine Lastwagen zur Verfügung, in denen sie bis zur Grenze transportiert wurden.

„Wir haben Fishbone erobert! Wir haben Limerick besetzt!" lallten sie, als sie, von ihren weniger lädierten Kameraden getragen oder geschleift, endlich im Morgengrauen des nächsten Tages in Newhome ankamen, und winkten den Frauen und Kindern, die zusammenströmten, großspurig zu.

„Unsere Beute!" grölten sie und schwenkten die Beutel.

Die etwas Nüchterneren gaben nur ausweichende Auskünfte und verdrückten sich schnell in ihre Häuser.

„Da habt ihr's", sagte Cholonco Manteca. „Kriegführen will gekonnt sein, und meistens, so oder so, hat sich's hinterher doch nicht gelohnt."

In Delfina-Land wurde auf Geheiß der Präsidentin, die das Nachbarland nicht unnötig verärgern wollte, im *Delfiner Herold* nur kurz über den Besuch einer Delegation aus Newhome gesprochen, die von den Bürgern von Delfina-Land herzlich empfangen und festlich bewirtet worden sei. Den Angehörigen des schwerverletzten Metzgermeisters – er mußte mit mehreren Rippenbrüchen und einer Wirbelverletzung sechs Wochen in Gips liegen – wurde der Mund durch eine stattliche Entschädigungssumme gestopft, ebenso den Ladenbesitzern, die Schäden nachweisen konnten.

Aber was den eigentlichen Grund des Kriegsausbruchs betraf, blieb die Präsidentin hart, obwohl der Präsident sie wissen ließ, daß Delfina-Stadt nicht auf der Erfüllung der drei Bedingungen bestehen werde.

„Wir lassen uns keine fremden Territorien aufzwingen", erklärte sie in einer Ansprache auf dem Limericker Marktplatz und wurde lebhaft beklatscht, „und schon gar nicht Delfina-Stadt, das uns jahrhundertelang verachtet hat und auch in Zukunft wieder verachten wird, wenn es nur Gelegenheit dazu findet. Man muß es kleinhalten. Newhome ist eine Brutstätte der Reaktion, des Konservativismus und des Nationalismus. Damit wollen wir nichts mehr zu tun haben!"

„Das ist schon richtig", rief ein Mann aus dem Volk, „aber meine Verwandten leben dort."

„Sie können Sie besuchen, wann immer sie wollen", antwortete die Präsidentin.

„Aber sie wollen nicht immer nur auf Besuch kommen und von mir beschenkt werden", rief der Mann. „Sie wollen hierherziehen und können nicht, weil unsere Gesetze es verbieten. Warum heben wir die Gesetze nicht auf und lassen herziehen, wer herziehen will?"

„Dann wohnt schon übermorgen niemand mehr in Delfina-Stadt" rief ein Minister. „Und bei uns treten sich die Menschen dann gegenseitig auf die Füße. Wir haben keinen Platz für ein paar tausend Menschen mehr!"

„Da tun sie so sozialistisch", sagte Cholonco Manteca, als ihm von der Ansprache berichtet wurde, „und dabei gehören sie ja längst selber schon wieder zu den Kapitalisten."

„Aber was machen wir bloß?" rief der Präsident verzweifelt. „Wir gehen ja alle zum Teufel, wenn sie uns nicht aufnehmen! Meinen Sie, Manteca, man sollte es mit einer Bittprozession der Frauen und Kinder versuchen? Damit ließe sich die Präsidentin vielleicht erweichen. Stellen Sie sich vor: Mitten durch ein Spalier von fetten Delfina-Land-Bürgern zögen unsere ausgemergelten Familien –"

„Versucht's doch mal mit dem Elektrizitätswerk", antwortete Manteca. „Dreht ihnen den Strom ab, dann ist ihr ganzer Glanz hin!"

Der Kongreß war von dieser Idee begeistert. Eine Gruppe von Lobbyisten plante sogleich, den bisherigen Präsidenten, der nun schon mehr als zehn Jahre die Geschicke des Landes führte, weil kein anderer den Posten haben wollte, abzusetzen und Cholonco Manteca zum Staatsoberhaupt zu ernennen. Aber Cholonco antwortete nur, als man ihn fragte, ob er den Präsidentenposten anzunehmen gewillt sei, er denke nicht daran. Er wolle sich seine alten Tage nicht vermiesen.

Drei Tage nach der schmählichen Niederlage der Newhomer wurde auf Geheiß des Präsidenten die Stromleitung nach Delfina-Land zur Zeit des Sonnenuntergangs unterbrochen. Auf den Hügeln an der Grenze versammelten sich Scharen von Newhomern und sahen sich das Schauspiel an.

In den drei Ortschaften im südlichen Teil der Insel brach eine Panik aus. Die elektrisch betriebenen Restaurants mußten schließen, die Läden auch, denn manche Leute vom Festland, vor allem die Damen der High Society, nutzten die Gelegenheit, dies und jenes mitgehen zu heißen. Die Verkehrsampeln funktionierten nicht mehr, die Leute saßen daheim im Dunkeln und konnten sich auf ihren elektrischen Herden nichts kochen. Der Betrieb auf dem Flughafen mußte eingestellt werden. Nur der große panamensische Frachter, der im Hafen lag, leuchtete noch durch die Nacht, denn er hatte seine eigene Stromanlage. Im Hospital drohten drei Frühgeburten in ihren Brutkästen zu erfrieren. Hunderte von Eiern, aus denen in Kürze hätten Küken ausschlüpfen sollen, verdarben in den Brutanlagen der Geflügelzucht.

Der Bürgermeister von Fishbone war in all dieser Verzweiflung nirgends aufzutreiben. Wo war er? Polizisten tappten durch die stockfinsteren Straßen und suchten ihn. Verängstigten und verärgerten Festländern blieb nichts anderes übrig, als schon um acht Uhr zu Bett zu gehen, denn weder das Spielkasino noch der Nachtklub, weder Varieté noch Kinos konnten ihre Tore öffnen. Eine Menge Kinder wurden in dieser lichtlosen Nacht gezeugt. Nach zwölf Stunden angestrengter Suche, an der sich die Präsidentin persönlich beteiligte, lokalisierte man den vermißten Bürgermeister von Fishbone in einem Lift, der zwischen dem achten und neunten Stockwerk eines Hochhauses hängengeblieben war.

Als Gegenmaßnahme ließ die Präsidentin den Newhomern die Wasserleitung abdrehen, die in den Hügeln von Delfina-Land ihre Quellen hatte: eine ebenfalls recht einschneidende Maßnahme. Delfina-Land lebte jetzt mit Kerzenlicht, Delfina-Stadt wanderte mit Kübeln, Krügen und Kanistern hinauf auf den Hang zwischen Nonnenhügel und Horseback, wo sich eine schüttere Quelle befand. Dort konnte man sich – in langen Schlangen anstehend – wenigstens mit Koch- und Trinkwasser versorgen. Zum Waschen reichte es nicht.

Jetzt erwies sich Delfina-Stadt als zäher: ein Umstand, der wahrscheinlich aus der jahrelangen Apathie und den Entbehrungen, die die Bewohner seit langem zu leiden hatten, zu erklären ist. Sie badeten im Meerwasser und trotteten einige Male pro Tag zur Quelle hinauf. Sie gewöhnten sich an diesen Zustand. Delfina-Land aber geriet an den Rand des Ruins, und die Gäste, die nun schon mehrere Tage in Fishbone gegen ihren Willen festsaßen, sandten eine Beschwerde nach der anderen an die Autoritäten und drohten mit einem Boykott des Freihafens.

Es blieb der Präsidentin nichts anderes übrig, als mit dem Präsidenten von Delfina-Stadt in Verhandlung zu treten, und so gab es einen Tag später wieder Licht und Strom in Delfina-Land, und Newhomes sehnlichster Wunsch wurde erfüllt: Es wurde von Delfina-Land annektiert. Die Schlagbäume an den Grenzen fielen. Die Newhomer strömten nach Fishbone und Limerick, um sich auf Kredit sattzuessen und einzukleiden. Der Präsident trat zurück, die Präsidentin übernahm die ganze Insel, und es schien, als habe Newhome endlich seine Durststrecke hinter sich.

Überall in dieser Stadt wurde nun geräumt, gebaut, gelüftet, gestrichen. Leute aus Delfina-Land strömten in dieses wirtschaftliche Brachland ein. Schon ein paar Tage nach dem Anschluß eröffneten in Newhome Fishboner und Limericker Firmen Filialen. Santa Claus belieferte alle Lebensmittelläden auf Borg und gliederte den ganzen Horseback seinem landwirtschaftlichen Großbetrieb ein. (Als hartgesottener Junggeselle wurde er vergeblich von den Frauen der Insel umschwärmt, aber er blieb standhaft, was ihm den Ruf einbrachte, er sei homosexuell, zumal er sich gern mit Freunden umgab und große Herrenparties veranstaltete. Die Vermutung der Delfiner stimmte aber nicht, denn er schlief jede Nacht mit seiner Haushälterin, die jedoch gegenüber ihren Freundinnen sehr prüde tat und jedes Verhältnis mit ihm empört leugnete.) In Yolandas Villa wurde es auch wieder lebendig. Bald tummelten sich dort zehn junge Mädchen und hatten genug zu tun, die gut verdienenden Newhomer und die im Hafen ankommenden Matrosen zu vergnügen.

In diesen Tagen begann der Zweite Weltkrieg. Fast niemand bemerkte es, und wer es in der Zeitung las, schenkte dem fernen europäischen Geschehen kaum Beachtung. Was war schon Europa? Delfina war der Mittelpunkt, der Nabel der Welt. Delfina blühte, trotz des Krieges, seinem Höhepunkt entgegen. Natürlich erklärte es sich für neutral.

Es dauerte kein Jahr, da war Newhome nicht mehr wiederzuerkennen. Hohlwangige Gestalten gab es nicht mehr, außer zwei hochgradig Tuberkulösen, die aber im Spital gehalten wurden. Kinder mit Hungerbäuchen waren aus dem Stadtbild verschwunden. Ganz Newhome war eine einzige Baustelle. Ein nagelneues Elektrizitätswerk prangte anstelle des alten, unzureichenden, und sogar eine neue Kathedrale sollte entstehen. Stillschweigend ließen sich die Newhomer von einer Frau regieren, es ging ihnen ja gut, das war die Hauptsache. Cholonco Manteca eröffnete auf seine alten Tage eine neue Produktionsstätte, wieder der Herstellung von Denkmälern gewidmet, diesmal aber aus Plastik, unter dem Werbespruch: Abwaschbar, leicht und austauschbar. Auch der Delfina-Schnaps wurde wieder hergestellt und exportiert, allerdings aus importierten Kokosnüssen, da sich kein Delfiner fand, der die landeseigenen Nüsse für einen bescheidenen Lohn geerntet hätte. Kinder über Kinder wurden geboren, Hunde und Katzen bevölkerten wieder die Stadt, ohne um ihr Leben bangen zu müssen, und die Mülleimer quollen über von angebissenen und weggeworfenen Wurstbroten, Früchten und Kuchen. Sogar die Hunde verschmähten diese Reste, denn sie wurden mit nordamerikanischem Hundefutter, *darling's delight*, gefüttert.

Ab und zu sah man am Horizont die Silhouette eines englischen Schiffes auftauchen, manchmal auch eines deutschen U-Boots, das auf Jagd aus war. Das war alles, was Delfina vom Krieg spürte. Und natürlich funktionierte auch der Import von europäischen und japanischen Artikeln nicht mehr richtig. Delfina mußte sich fast ganz auf nordamerikanische Erzeugnisse umstellen. Die waren teurer, wurden aber ebenso wild gekauft. Im wesentlichen änderte sich nichts.

Im Jahre neunzehnhundertvierzig rettete sich ein panamensisches Passagierschiff in den Hafen von Newhome. Es war von einem englischen U-Boot verfolgt worden, da es Auslandsdeutsche aus ganz Südamerika, vor allem aber aus Argentinien und Chile an Bord hatte, die sich dem deutschen Heer zur Verfügung stellen und in seinen Reihen mitkämpfen wollten. Mit knapper Not hatte es der spanische Kapitän geschafft, dem Engländer zu entkommen, aber nun weigerte er sich, den Hafen von Delfina zu verlassen und weiter zu versuchen, Deutschland oder wenigstens ein von Deutschland besetztes oder ein ihm wohlgesinntes europäisches Land zu erreichen, weil ihm dieses Unterfangen undurchführbar erschien. Die Deutschen aber bestanden auf einer Fortsetzung der Fahrt, indem sie auf die Abmachungen und die von ihnen im voraus bezahlten Passagen hinwiesen. Es waren knapp dreihundert Deutsche, fast alles Männer im Wehrdienstalter.

Der Kapitän blieb hart. Er zwang die Deutschen, das Schiff zu verlassen, obwohl die Präsidentin diesen Haufen Ausländer auch nicht haben wollte, und setzte sich mit seinem Schiff in Richtung Costa Rica ab, wo er in Puerto Limón eine Schwarze wußte, die ihn stets beglückt und eine beruhigende Wirkung auf ihn ausgeübt hatte, wenn er nervös gewesen war. Er versprach den Deutschen vor seiner Abfahrt, sofort wiederzukommen und sie abzuholen, sobald die englischen Kriegsschiffe sich aus der Karibik verzogen hätten. Aber noch bevor er den Hafen von Newhome verlassen hatte, war dieses Versprechen schon aus seinem Bewußtsein verschwunden.

Da saßen die Deutschen nun in der Hafenbucht auf ihren Koffern und warfen grimmige Blicke um sich. Hier, in diesem Kaffernland, vertrödelten sie ihre Zeit, während das Vaterland sie brauchte! Aber bekanntlich ist es nicht die Art eines Deutschen, lange auf seinem Koffer sitzenzubleiben. Unter den Ausgesetzten befanden sich allein dreiundzwanzig Lehrer. Es dauerte noch keine zwei Monate, da hatten sie eine deutsche Schule gegründet und damit, in der Tat, eine Marktlücke in Newhomes kulturellem Leben entdeckt. In Scharen strömten ihnen Kinder zu.

Auf Delfina war es schwierig, zu verhungern und zu verkommen, gab es doch trotz des Zusammenschlusses beider Inselhälften bei weitem nicht genug Arbeitskräfte im Lande. Und so schalteten sich die Deutschen in den Arbeitsprozeß ein, widerwillig erst und immer in der Hoffnung, es werde sich schon eine Gelegenheit ergeben, doch noch rechtzeitig zum Endsieg in Deutschland anzukommen. Je mehr Zeit verging, umso mehr mäßigten sich ihre Erwartungen.

Sobald sie sich erst einmal entschlossen hatten, vorerst hierzubleiben – eine Weile nur! – und einer Beschäftigung nachzugehen (sie nannten es „eine Aufgabe anpacken"), gingen sie mit Feuereifer an die Arbeit. Ein ehemaliger Offizier, der in offizieller Mission als Trainer und Instruktor der chilenischen Polizei jahrelang in Santiago de Chile gewirkt hatte, bot der Präsidentin an, eine stärkere und schlagkräftigere Polizeitruppe aufzustellen und einzutrainieren. Die Präsidentin ließ sich von den zusammengeschlagenen Hacken nicht beeindrucken und hielt ihre Polizei bereits für schlagkräftig genug, was sich ja bei der Invasion der Newhomer Truppen erwiesen hatte. Wenn er aber unbedingt für das Wohl der Insel etwas tun wolle, meinte sie, so solle er eine kleine Berufsfeuerwehr einrichten, die gäbe es nämlich noch nicht. Mittel bekomme er.

Der deutsche Major war etwas enttäuscht, denn die Feuerwehr erschien ihm nicht martialisch genug, aber er tröstete sich damit, daß immerhin auch sie auf Präzision, blitzschnelles Handeln, Wagemut, Gehorsam und Kameradschaftsgeist aufgebaut sein musste. Er rekrutierte also fünfundzwanzig junge Deutsche und drillte sie derart, daß Delfina innerhalb eines Vierteljahres eine perfekte Feuerwehr besaß, die ihresgleichen im ganzen karibischen Raum suchte. Die sechs Male, die sie innerhalb der nächsten fünf Jahre gebraucht wurde, funktionierte sie vorzüglich. Zwischen den Einsätzen vertrieben sich die Männer die Zeit mit Skat, Kaninchenzucht und Flugzeug- und Schiffsmodellbau. Einmal im Jahr veranstaltete die Feuerwehr eine Modellbau-Ausstellung, in der der staunenden Inselbevölkerung die deutschen Kriegsschiff- und Flugzeugtypen vorgestellt wurden.

Zwei deutsche Turnvereine entstanden. Die Insulaner wurden mit den Ideen des Turnvaters Jahn vertraut gemacht. Bald gab es eine Turnhalle in Newhome, und Limerick folgte. Die deutsche Schule setzte Leibesertüchtigung als Hauptfach ein. Abends versuchten deutsche Turnpädagogen, die Erwachsenen zu bewegen. Für Ballspiele jeder Art waren die Delfiner sehr zu haben, und der Lieblingssport auf Delfina wurde das Tauziehen. Aber Geräteübungen oder Leichtathletik fanden keinen rechten Anklang.

Eine der ersten Taten der Deutschen auf der Insel war die Gründung und Einrichtung eines deutschen Klubs, der reichlich mit Bildern von Persönlichkeiten und Szenen aus der deutschen Geschichte geschmückt wurde. Da konnte man zum Beispiel Kaiser Barbarossa in seinem Berg schlafen sehen, während sein roter Bart durch einen runden Marmortisch wuchs. Und Bismarck, als Schmied kostümiert und von Eichbäumen umgeben, hämmerte mit gesträubtem Schnurrbart auf einen Amboß. Sonntags trafen sich dort die Deutschen in SA-Uniform und mit Tornistern (aus den Vereinigten Staaten importiert und mit Ziegelsteinen gefüllt) und veranstalteten nach einer zündenden Ansprache des Feuerwehrhauptmanns und einem Lagebericht von den deutschen Fronten, den ein sächsischer Reiseschriftsteller verlas und an einer Weltkarte erläuterte, im Innenhof des Klubs stundenlange Gepäckmärsche, immer im Kreis herum. Die Delfiner, die zuschauten, sahen sich gegenseitig ratlos an: Wozu war eine solche Selbstquälerei nur nütze? „Um uns in Form zu halten", erklärten ihnen die Deutschen. – In Form? Wofür? – Für den Tag X, an dem sie endlich dem Führer würden zu Hilfe eilen können.

Sonntags träumten sie von Deutschland, gleichgültig, wo sie wochentags auch arbeiteten: als Leuchtturmwärter, als Feuerwehrmann, als Lehrer oder Landwirt. Sonntags hißten sie die von einem Feuerwehrmann in seinen Mußestunden selbstgefertigte Hakenkreuzfahne, und ein ehemaliger deutscher Schiffskoch, nun Klubverwalter, bot typische deutsche Gerichte wie Sauerkraut, Kasseler Rippchen und Semmelknödel oder Birnen, Bohnen und Speck an.

Die Insulaner lächelten über die Hektik der Deutschen, die bald auch eine Volkshochschule gründeten und Mal- und Töpferkurse, Vortragsreihen über Schädlingsbekämpfung, Leben und Werk des Paracelsus, Hundedressur (unter besonderer Berücksichtigung des deutschen Schäferhundes), deutsche Romanliteratur des neunzehnten Jahrhunderts und das deutsche Volkslied anboten, dazu natürlich eine große Auswahl von Lichtbildervorträgen über Chile, Argentinien, Peru und Mexiko, die aus ihren Fotovorräten zusammengestellt worden waren. Da sah man blonde Hünen Gipfel besteigen, Inka-Gemäuer bestaunen, in Bergseen baden, zwischen Indios gestikulieren. Man sah Volkstänze vor exotischen Gewächsen, Lagerfeuer in der Pampa und blonde Kinder, auf ungesattelten Pferden reitend. Und sogar eine Lichtbilderfolge von den Olympischen Spielen in Berlin im Jahr neunzehnhundertsechsunddreißig, von einem Deutschen wie ein Heiligtum gehütet, konnte dem Publikum geboten werden. Rings in den Hügeln wurde an allen Wochenenden gezeltet und abgekocht.

„Es riecht jetzt nach Leder auf Delfina", sagte die uralte Oberin zu ihrem Geliebten. (Seit sie mit ihm zusammenlebte, hatte sich ihre Vorliebe für Diminutive ganz verloren. Von einer Tendenz, kindisch zu werden, war nichts mehr bei ihr zu spüren.)

„Wenn es nach Leder riecht", antwortete ihr Geliebter, „muß man auf der Hut sein, dann riecht es bald nach Lederpeitschen."

Er beugte sich über sie und zog ihr mit viel Rücksicht und Zärtlichkeit ein langes starkes Haar aus ihrer Kinnwarze. Dann gingen sie über die Hügel spazieren.

„Laß uns wieder mal dem rosa Albino zuschauen", sagte er.

Seid einiger Zeit hatte sich unweit der Horseback-Quelle ein Deutscher niedergelassen. Er hatte mit der geringen Barschaft, die er während eines knappen Dienstjahres (er war Studienrat für Deutsch und Latein) in Ecuador zusammengespart hatte, zwei Hektar Brachland, einen buschigen Hang, von der Stadt Newhome gekauft und widmete sich ganz der Landwirtschaft, von der er immer schon geträumt hatte. Von seiner Kindheit an hatten sich seine Träume stets in exotischen Breiten angesiedelt, und nun endlich war es soweit: Er lebte auf seinen Ländereien in Übersee!

Selbstverständlich hatte er sich hohe Schuhe und Ledergamaschen angeschafft, auch zwei lederne Reithosen zum Wechseln. Auf einem Schimmel ritt er innerhalb seiner zwei Hektar Land herum und beaufsichtigte seine vier trächtigen Kühe, die die Basis einer ungeheuren Rinderfarm bilden sollten. Er rechnete mit einer Vermehrung der Kühe nach dem Schneeballsystem und war sicher, in zehn Jahren bereits Besitzer von rund sechshundert Kühen zu sein. Das erzählte er jedem, der es hören wollte, aber nur den Deutschen, denn die Inselleute verstanden ja kein Deutsch, und er weigerte sich vorerst, Spanisch zu lernen.

„Es lohnt sich nicht für die kurze Zeit", erklärte er seine Weigerung. Seine Landsleute beobachteten seine landwirtschaftliche Existenzgründung mit Sorge.

„Übernimm dich nicht, Schorsch", sagten sie zum ihm. „Du bist ein Neuling in der Landwirtschaft. Im Umgang mit Pflanzen und Tieren lauern viele Gefahren!"

Bei solchen Worten fuhr er zusammen und schaute erschreckt zu Boden, denn er fürchtete sich vor Schlangen, die es auf Delfina gar nicht gab, was er aber nicht glauben wollte. In seiner selbstgezimmerten Blockhütte (ein Traum aus seiner Karl-May-Zeit), hatte er eine eiserne Bettstelle einen Meter hoch über dem Boden aufgehängt. Darin wähnte er sich nachts vor Schlangen einigermaßen sicher. Neben seiner Haustür lehnte eine lange Stange. Begab er sich in Ermangelung einer Haustoilette ins Grüne, um sich zu erleichtern, griff er erst nach der Stange und klopfte das Gebüsch ab, in das er sich zu hocken gedachte. Und nachts trug er eine selbstgebastelte Art von Grubenlampe vor der Stirn, die mit Drähten an die Batterien an seinem Gürtel angeschlossen war. Auf diese Weise gelang es ihm auch wirklich, die Jahre des zwangsweisen Aufenthalts auf Delfina unbeschadet zu überstehen. Als eine seiner trächtigen Kühe stürzte und verreckte, die andere ein totes Kalb warf, die dritte sich als gar nicht trächtig, sondern lediglich von chronischen Blähungen aufgedunsen erwies und die vierte nur ein kümmerliches, rachitisches Stierkalb zustande brachte, gab er seine geplante Viehwirtschaft auf und ging an die Realisierung eines anderen erfolgversprechenden Projekts: Mit dem Erlös der drei Kühe und des rachitischen Kalbes kaufte er zwei Dutzend junge Schweine an, zog einen elektrisch geladenen Draht um die zwei Hektar Buschwerk und ließ die Schweine frei darin herumlaufen. Dann baute er sich mitten in sein Anwesen einen Hochsitz.

„Was hast du vor, Schorsch?" fragten ihn seine Kameraden, als sie ihn das nächste Mal besuchten.

„Ich lasse die Viecher verwildern und sich vermehren", sagte er. „Und wenn sie zu Wildschweinen geworden sind, setze ich mich auf den Hochsitz und schieße dann und wann welche ab. Ich wollte schon immer ein Waidmann sein. Das Jagdwesen fasziniert mich."

„Aber davon kannst du doch nicht leben", seufzten die Kameraden besorgt.

„Warum nicht?" rief Schorsch munter. „Jeweils das halbe Schwein verkaufe ich, die andere Hälfte esse ich selber. Was meint ihr wohl, wie man sich hier auf der Insel die Finger nach Wildschweinbraten leckt!"

Jedoch die Schweine verschwanden nach und nach, noch bevor sie in dem gewünschten Maße verwildert waren, auf geheimnisvolle Weise, und im Deutschen Klub und auch anderswo gab es in jener Zeit auffallend viel Schweinefleisch. Wochenlang wartete Schorsch auf dem Hochsitz auf seine Schweine, bis ihm schmerzlich aufging, daß er keine mehr hatte.

Sie werden sich unter dem Draht durchgewühlt haben, dachte er und verlegte sich auf den Anbau von Edelhölzern, die er später auszuführen gedachte. Er nahm einen Kredit auf und ließ sich Redwood-Setzlinge aus Kalifornien und Douglas-Tannen aus Kanada kommen. Er brannte sein Buschwerk ab, so daß ganz Newhome unter einer Rauchschwade hustete, und pflanzte liebevoll jeden einzelnen Setzling in das aschige Gelände.

Jede Woche mindestens einmal, jahrelang, trippelten die beiden Alten vom Nonnenhügel zu seiner Farm hinüber, standen am Zaun und sahen ihm zu, wenn er auf den Hochsitz saß oder Setzlinge pflanzte, und schüttelten die Köpfe.

„Ja, ja", sagte Schorsch einmal grimmig auf Deutsch, als er merkte, wie sehr die beiden Alten seine Zukunftspläne unterschätzten, „da steht ihr und haltet Maulaffen feil, ihr Zulukaffern. Ihr steht noch auf demselben Stand wie eure Urgroßeltern. Wendig muß man sein, mit der Zeit muß man gehen, der Situation muß man sich anpassen!"

„Quidquid agis, prudenter agas et respice finem", antwortete der alte Priester, der annahm, der Deutsche verstünde kein Latein.

Schorsch stand wie vom Donner gerührt. Hier auf dieser Insel, dieser gottverlassenen, sprach einer Latein, und noch dazu ein Einheimischer! Sollte es sich hierbei etwa um eine akustische Fata Morgana handeln?

„Venite admiremus terras meas, amice!" rief er zu dem Alten hinüber, gespannt, was nun geschehen würde.

„Hast du Worte!" sagte der Priesterveteran überrascht zu seiner Alten, die keinen Ton verstanden hatte. „Dieser Trottel kann Latein! Der närrischste Mann auf der ganzen Insel und kann Latein!"

„Was hat er denn gesagt?" fragte die Oberin.

„Er hat uns eingeladen, hereinzukommen und seine Ländereien zu besichtigen"

„Dann gib ihm doch Antwort", drängte die Alte. „So perplex bist du, daß du die einfachsten Anstandsregeln vergißt."

„Introibo ad domum tuum et mirabo omnia tua", rief der Alte über den Zaun.

„Was hast du ihm gesagt?" flüsterte die Alte.

„Daß ich in sein Haus eintreten und sein Besitztum besichtigen werde."

Schorsch eilte beglückt zur Gartenpforte und riß sie auf, wobei sie aus den Angeln fiel.

„Salve, amice!" rief er gerührt und schüttelte dem alten Priester die Hand nach deutscher Art unendliche Male und so herzlich, daß der Alte alle seine Willenskraft aufbieten mußte, diese Tortur ohne Geschrei durchzustehen. Bevor er es noch verhindern konnte, hatte Schorsch auch die Hand der Oberin zwischen seinen Pranken und schüttelte sie heftig. Dann geleitete er beide unter großen Gesten bis auf die höchste Erhebung seines Geländes und deutete um sich.

„Quocumque adspexi, nihil est, nisi terrarum mearum imago!" rief er stolz und erwartete ungläubiges Staunen in den Gesichtern seiner beiden Besucher.

„Was hat er gesagt?" flüsterte die Oberin, die sich nichts entgehen lassen wollte.

„Wohin man auch schaue", antwortete der Priester, „sähe man nichts als seine Ländereien."

Sie warf ihm einen Blick zu, der viel ausdrückte, und er warf ihr einen Blick zurück, der ihr Schweigen gebot. Beide nickten, schauten staunend um sich und deuteten hierhin und dorthin. Schorsch glänzte vor Stolz.

„Oremus, domine, pro gratia plena tua", sagte der Priester würdig.

„Was hast du ihm gesagt?" flüsterte die Oberin.

„Gott möge das Füllhorn seiner Gnaden über ihm ausgießen", antwortete der Alte.

„Hat er schon, hat er schon", sagte die Oberin. „Diese Sorte von Mensch kriegt doch jeden Tag das Füllhorn übergekippt."

Sie machten einen Rundgang durch das Gelände, betrachteten die verschiedenen Setzlinge und betraten dann auf Schorschs Einladung hin die Hütte, in dessen Mitte das Bett hing.

„Er ist ein großes Kind", sagte der Priester zu seiner Geliebten, als sie zwei Stunden später nach einer herzlichen Bewirtung und ausführlichen Gesprächen über landwirtschaftliche

Probleme, alles in Lateinisch, dem Kloster wieder zuwanderten. „Man muß sich um ihn kümmern."

„Ich werde ihm ein paar Küken hinunterbringen", sagte die alte Oberin. „Das wird ihm vielleicht Freude machen."

In der Tat, eine größere Freude hätten sie ihm kaum machen können, es sei denn, sie hätten das Wachstum der Setzlinge beschleunigt. Entzückt betrachtete er die verängstigten Küken in der Papiertüte.

„Die ganze Insel werde ich mit Eiern versorgen!" jubelte er und gab sogleich seinen neuen Plan auf, eine Heidelbeerplantage (unter den inzwischen schon um drei Zoll gewachsenen Edelhölzern) anzulegen. Er widmete sich wochenlang der Hühnerzucht, erkundigte sich persönlich bei Santa Claus, wie viele Hennen ein Hahn bewältigen könne, und träumte von einer von ihm gezüchteten Hühnerrasse, die alle zwei Stunden ein Ei legte.

Aber auch die Hühner gediehen nicht so, wie er wollte, obwohl er sie mit Mais flütterte und ihnen auch sonst allerlei Aufmerksamkeiten zukommen ließ. Er verlor vorübergehend die Lust an der Landwirtschaft und erschien plötzlich in der Newhomer Volkshochschule, wo er einen Vortrag unter dem Titel „Die Schlangenplage im ecuadorianischen Tiefland" hielt. Als Zuhörer erschienen sechzehn deutsche Lehrer, die Untertertia der deutschen Schule und – zur Überraschung aller Newhomer – der alte Priester rnit seiner Oberin. Eine große Diskussion löste Schorschs Behauptung aus, es gebe ein Verfahren, wie ein Mann, wenn er einer Schlange ansichtig werde, sofort erkennen könne, ob es sich um ein männliches oder ein weibliches Exemplar handle. Dazu müsse er in Sichtweite der Schlange urinieren. Habe er es mit einer weiblichen Schlange zu tun, so werde er beobachten können, wie sie sofort den Schwanz über die Augen lege, die sie ja nicht schließen könne, da Schlangen bekanntlich keine Lider besäßen. Nun, seine Theorie, obwohl angezweifelt, mußte unwiderlegt bleiben, da es auf Delfina keine Schlangen gab.

Eines Tages, als die beiden Alten wieder einmal vorn Nonnenhügel herabkamen, um nach ihm zu sehen, war er nicht mehr allein. Ein kaffeebraunes Mädchen mit auffallend spitzen Ohren hatte sich ihm zugesellt, und von nun an sah man auf Schorschs Anwesen in der üblichen Inselmanier Hühner, Schweine, Ziegen, einen Esel und eine Kuh herumlaufen. Die Ziegen nahmen sich der Edelhölzer an, und alle Pläne verblaßten vor den Notwendigkeiten des Alltags und den Erlebnissen der Nächte.

So ging es auch vielen anderen Deutschen, die sich anfangs energisch sträubten, auf dieser Insel Wurzel zu schlagen. Aber früher oder später fielen sie doch einer Frau, einer dieser exotischen, milchkaffeebraunen, zärtlichen und animalischen Inselfrauen in die Hände, und schon gingen sie, kaum wußten sie wie, endgültig vor Anker. Sie paßten sich rasch an und beeinflußten vor allem, wie schon erwähnt wurde, das kulturelle Inselleben nicht unbeträchtlich. Die deutsche Schule, verziert mit Sinnsprüchen deutscher Dichter wie: *Vor allem eins, mein Kind: sei treu und wahr...* oder *Üb' immer Treu' und Redlichkeit* und, nicht zu vergessen, die unvermeidliche Goethe-Maxime *Edel sei der Mensch, hilfreich und gut*, wurde die Modeschule der gesamten Insel. Schon im Kindergarten lernten die Kinder Deutsch, und die Anordnungen der deutschen Pädagogen wurden derart respektiert, daß keiner der Schüler in den Pausen auf dem Schulhof englisch oder spanisch zu sprechen wagte. Schon sprachunsicher geworden durch die Invasion vom spanisch sprechenden Festland her (auf dem Territorium des ehemaligen Staates Delfina-Land wurde jetzt fast nur noch spanisch gesprochen, und auch in Newhome ging man in der Erwachsenenwelt mehr und mehr zur spanischen Sprache über, um den Kunden gefällig zu sein), drohte der Insel für die Zukunft eine totale Verdeutschung – eine Gefahr, die nur wenigen Delfinern bisher aufgegangen war.

Noch ein Deutscher muß an dieser Stelle erwähnt werden, der in La Paz in Bolivien bisher als Uhrmacher tätig gewesen und glühender Bismarck- und Hitlerverehrer war. Er machte zeitweilig von sich reden, denn nun, als Angehöriger der Feuerwehr, hatte er viel Muße, über Gott und die Welt nachzudenken, und nach langer Grübelei kam ihm die grandiose Idee, daß man auch hier, auf dieser Insel am Rande der Welt, dem geliebten Führer beistehen und einen Beitrag zum Endsieg liefern könne, indem man die Insel eroberte und sie dem Führer als Brückenkopf der Karibik sozusagen zu Füßen legte! Er selbst übernahm die Führung der Bewegung und hatte bereits einen strategischen Plan entwickelt, wie die Eroberung der Insel zu realisieren sei. Für dreihundert Deutsche ein Kinderspiel! Er mußte nur erst seine Landsleute für den Plan gewinnen, was, wie er vermutete, nicht allzu schwierig sein konnte, da dessen Vorteile für Deutschland ja jedem sofort ins Auge fallen mußten: Landgewinnung!

Schon war es ihm gelungen, drei Viertel der Feuerwehrmannschaft von der Genialität seines Planes zu überzeugen und sie in den *Sturmtrupp* einzugliedern, als die Präsidentin von dieser Verschwörung Wind bekam und den Gründer der Bewegung als ersten Patienten in das neu erbaute Limericker Irrenhaus einweisen ließ – mit der Anordnung, ihn so schonend wie möglich zu behandeln, denn sie wollte die Deutschen in ihrer Gesamtheit nicht verärgern. Und so bekam Herr Max Ischl ein sonniges Eckzimmer zugewiesen, wo er sich eine zwei mal drei Meter große Landkarte von Europa aufhängte und je nach den Frontberichten, die man ihn abhören ließ, Fähnchen vor- und zurücksteckte. Er verlangte von der Anstaltsleitung Berge von Briefpapier und Umschlägen samt den dazugehörigen Marken und schrieb ununterbrochen Briefe. Den Ärzten, die ihn nach seiner Korrespondenz befragten, gab er freundlich Auskunft.

„Ich korrespondiere mit dem Führer", sagte er schlicht. „Es sind Briefe von höchster Wichtigkeit. Ich gebe dem Führer politische und militärische Ratschläge. Ich bitte deshalb um gewissenhafte Absendung der Briefe, da sich sonst eine Katastrophe in der deutschen Kriegführung anbahnen könnte."

„Sie korrespondieren mit Hitler?" staunten die Ärzte und zeigten respektvolle Mienen. „Hat er Ihnen denn auch schon geantwortet?"

„Das nicht gerade", sagte Herr Max Ischl ruhig. „Das kann man ja auch nicht von ihm verlangen, jetzt, wo er so viel um die Ohren hat und vor Arbeit nicht aus noch ein weiß. Aber an seiner Politik und seiner Strategie erkenne ich deutlich, daß er bisher meine Ratschläge beherzigt hat."

Da die Sekretärin der Anstalt, die sich an die Anweisungen der Präsidentin hielt, die Briefe Herrn Ischls jedesmal ausreichend frankiert abgeschickt hatte, und da die Briefe auch nie zurückkamen, ist tatsächlich anzunehmen – was noch von keinem Historiker berücksichtigt und untersucht wurde und der Geschichte des zwanzigsten Jahrhunderts einen völlig neuen Aspekt geben könnte –, daß der Zweite Weltkrieg auf deutscher Seite nicht von Hitler, sondern von Herrn Max Ischl geleitet worden ist, zumindest in der Zeit von Ende neunzehnhundertvierzig bis Mitte Oktober neunzehnhundertzweiundvierzig, denn am 3. Oktober dieses Jahres verstarb Herr Ischl ganz plötzlich an einem Gehirnschlag. Tatsächlich ging es ja, wie man sich erinnern wird, von da ab mit dem deutschen Kriegsglück rapid bergab. Und wenn die aufregende These über Ischls Bedeutung stimmt, so erklärt sich der Untergang des Dritten Reiches daraus, daß Hitler ab Mitte Oktober neunzehnhundertzweiundvierzig keinen strategischen Berater mehr besaß und allein hilflos den Schicksalsmächten ausgeliefert war, die ihn zermalmten.

Aber noch war es nicht so weit. Deutschland schwelgte in Siegen, und Herr Max Ischl schritt nach jeder neuen Eroberung mit stolz erhobenem Kinn durch die Anstalt und rief jedem, dem er begegnete, zu: „Na, wie habe ich das wieder gemacht?"

Kurz vor seinem Tod verwirrte sich sein Geist, und er ließ sich selber mit „mein Führer" anreden. Er trug die Frisur Hitlers, natürlich auch sein Bärtchen, und grüßte, die eine Hand am Koppel, wie er. Noch selten entschlief ein Mensch so zufrieden mit sich und der Welt wie er, Max Ischl.

Vermutungen, daß Ischl mit Hitler identisch gewesen sei, daß sich Hitler also rechtzeitig aus dem Staub gemacht und auf der abgelegenen Insel als Irrer getarnt habe, sind rein aus der Luft gegriffen, denn unter den dreihundert Deutschen, die mit Ischl nach Delfina gekommen waren, kannten ihn mehrere schon jahrelang und wußten, daß er seit mindestens sieben Jahren nicht mehr in Deutschland gewesen war.

Im Schatten des Weltgeschehens florierte Delfina vorerst weiter. Auch in Newhome strömte nun starker Verkehr durch die Straßen. Die Stadt wurde ans Telefonnetz angeschlossen, und es war jetzt auch möglich, zum Festland hinüberzutelefonieren. Eine englische, eine französische, eine amerikanische Kolonie bildete sich und brachte neue Impulse in das Insel-leben. Die meisten Europäer waren Kriegsflüchtlinge, außer den Deutschen, und es war der Präsidentin zu verdanken, wenn es gelang, während jener kritischen Jahre politische Zusammenstöße zwischen den Ausländern zu verhindern.

Auf dem wirtschaftlichen Höhepunkt angelangt, traf die Insel Delfina plötzlich ein schwerer Schlag: Die Präsidentin verschwand spurlos. Man fahndete fieberhaft auf der ganzen Insel, machte Haussuchungen bei allen Ausländern, durchkämmte die Palmenwälder, die Felder, die Abhänge am Grey Horn, fischte im seichten Meer zwischen Riff und Strand mit Netzen. Sie blieb verschwunden.

Große Ratlosigkeit befiel die verwaisten Einwohner Delfinas. Sie fühlten sich so verlassen, daß viele von ihnen tatsächlich überzeugt waren, die Lufttemperatur sei um einige Grade gefallen. Bald kursierte das Gerücht, die Präsidentin sei heimlich entführt worden. Eine dreitägige Staatstrauer wurde ausgerufen. Alle konsularisch auf Delfina vertretenen Nationen kondolierten, und Cholonco Manteca ließ in seiner Plastikfabrik in aller Eile ein überlebensgroßes Denkmal von ihr herstellen und auf der Avenida in Fishbone errichten.

Die Leitung der Insel übernahm nun der frühere Präsident von Delfina-Stadt und bisherige Bürgermeister von Fishbone. Er versuchte, die Geschicke des Landes im Sinne seiner alten Freundin weiterzuführen, aber er war glücklos. Sobald Deutschland mit den Vereinigten Staaten Seekrieg führte, hörte Delfina auf, im verborgenen zu blühen. Der Boom brach im Jahre neunzehnhundertdreiundvierzig zusammen: Es kam kein Import mehr aus den Staaten auf die Insel, und die Festlandskunden blieben aus. Die Konsulate schlossen, die ausländischen Banken und Handelshäuser zogen sich zurück, die Hotels standen leer und konnten ihr Personal nicht mehr bezahlen. Santa Claus und Dicky aus Houston kehrten in die Vereinigten Staaten heim. Der Flugzeugmechaniker, der seinerzeit zusammen mit Dicky ins Land gekommen war, zog es vor, auf Delfina zu bleiben, da seine Frau eine Delfinerin war und sich sozusagen mit Händen und Füßen an die Insel klammerte. Halbfertig blieb die neue Newhomer Kathedrale stehen und stand so über zehn Jahre. Tauben und Fledermäuse nisteten in ihrem Gemäuer. Ein Laden nach dem anderen geriet unter den Hammer. Ehemals Reiche zogen aus den Hochhaus-Appartements aus und zimmerten sich Hütten am Rand der Ortschaften, und so entstanden ganze Elendsviertel. Andere zogen hinauf in die Hügel, setzten sich auf dem ehemals staatlichen Großgrundbetrieb fest und bauten dort Kartoffeln, Yucca und Mais an, um nicht zu verhungern.

Amerikanische Kriegsschiffe beobachteten die Insel, auf der sich, wie man herausbekommen hatte, etwa dreihundert Deutsche aufhielten, und Aufklärungsflieger amerikanischer Herkunft kreisten über Delfina, um zu erkunden, ob die Deutschen die Insel bereits gegen die Staaten befestigt hatten. Aber sie sichteten nichts als den gewaltigen Jesus auf dem Gipfel des Grey Horn.

Mit sanftem Zwang versuchte man, die Regierung des Landes Delfina aus ihrer Neutralität heraus- und in ein Bündnis mit den USA hineinzumanövrieren, und versprach ihr stattliche Kredite. Aber der Präsident lehnte ab. Er blieb, in vollem Einverständnis mit dem Kongreß, neutral bis zum Kriegsschluß. Und er sträubte sich auch, die Deutschen an die Staaten auszuliefern, obwohl er sie als Arbeitskräfte nicht mehr benötigte, denn auf Delfina gab es jetzt Arbeitslose. Aber bis auf achtzig Mann hatten sich alle Deutschen, soweit sie nicht schon verheiratet gewesen waren, mit Inselfrauen verheiratet oder zumindest fest liiert. Zahlreiche kleine Halbdeutsche krochen bereits auf der Insel herum. Hätte er ihnen allen den Vater nehmen sollen? Er war ein Kavalier (was sich ein Berufspolitiker nur auf einer solch kleinen Insel leisten darf) und konnte aus seiner Haut nicht heraus. Die Deutschen blieben also da. Allerdings mußte der Präsident den Amerikanern auf deren dringende, schließlich sogar drohende Bitte hin erlauben, die Christusstatue auf dem Grey Horn zu untersuchen. Dort nämlich vermuteten sie eine von den Deutschen heimlich installierte Sendestation.

Kaum hatte er seine Erlaubnis gegeben, waren sie auch schon da: eine Gruppe von zehn schwer bewaffneten Amerikanern auf einem Unterseeboot. Sie fuhren in einem Jeep, den ihnen die Inselregierung zur Verfügung stellte, die Straße zum Grey Horn hinauf und näherten sich, ihre Maschinenpistolen im Anschlag, der riesigen Figur. Nachdem sie Jesus ausgiebig abgehorcht und umkrochen hatten, kehrten sie wieder in den Hafen zurück und fuhren ab.

Die fetten Jahre waren vorüber, die mageren folgten. Als der Krieg zu Ende war, befand sich Delfina in einem beklagenswerten Zustand. Das Postschiff, vielleicht auf eine Treibmine geraten, war gesunken. Zeitweilig blieb Delfina ohne jede Verbindung zur Außenwelt. Von den drei Flugzeugen, die die *Adela* noch besaß, war eines völlig verrostet, also nicht mehr zu gebrauchen, das zweite bedurfte dringend bestimmter Ersatzteile, die nicht mehr aufzutreiben waren, und am dritten bastelten drei deutsche Mechaniker herum, bis sie es nach drei Monaten endlich flottbekamen.

Sofort entschlossen sich etwa achtzig der dreihundert Deutschen, nach Deutschland heimzukehren – zumeist solche, die es vermieden hatten, sich gesetzlich zu verheiraten. Aber nach einem knappen Jahr waren zweiundvierzig von ihnen wieder da, die meisten mit Frauen oder Bräuten: In Deutschland war es noch schlimmer. Hier auf der Insel wurde man zwar auch nur noch knapp satt, aber man fror wenigstens nicht.

Nach und nach zogen immer mehr Inselbürger hinauf in die Hügel und siedelten sich auf den nun wieder einmal verunkrauteten Äckern an, die Santa Claus so vorbildlich und ertragreich bewirtschaftet hatte. Alle diese unorganisierten Neusiedler wurden Green Village eingemeindet, das während des Booms zu kurz gekommen war, jetzt aber den einzigen Ort auf Delfina darstellte, wo man noch genug zu essen hatte. Ab und zu kam ein Schiff in den Hafen von Newhome (der von Fishbone war versandet und für Frachter nicht mehr passierbar) und lud Delfina-Schnaps. Das war alles. Besitzer des Schnapsbetriebes war nach der Neueröffnung nun ein gewisser Abel Coliflor, ein ehemaliger Vorarbeiter des Betriebs, der es gewagt hatte, seine Ersparnisse in die stillgelegte Fabrik zu stecken und sie wieder flottzumachen. Nach wie vor florierte das Geschäft: Delfina-Schnaps war bereits eine in der ganzen neuen Welt und auch in den exklusiveren Kreisen Europas alteingeführte und beliebte Marke.

Coliflor, in seinen jungen Jahren Mitglied der *Partei der Arbeitslosen und Armen*, zeigte bald die Allüren eines Neureichen. Er baute sich eine Prunkvilla auf den Hängen des Horseback und ließ sich zwei gläserne Badewannen kommen, in deren Wände Bernsteintropfen eingelassen waren. Seine Wasserhähne ließ er mit Gold überziehen. Eine Marmorbar im Keller und ein Schwimmbad vervollständigten seinen Komfort, zusammen mit einem Achtzylinder-Chevrolet mit Chauffeur.

Der zweitreichste Inselbewohner war Cholonco Manteca mit seiner Plastikdenkmalsproduktion. Er hatte es – begabt mit einem sechsten Sinn für drohende Krisen – fertiggebracht, eine beträchtliche Menge der nötigen Rohstoffe zu horten, und kam so über die schlimmste Zeit hinweg, in der es weder Transportmittel noch Rohstoffe gab. Sobald der Verkehr zwischen den karibischen Inseln wieder anlief, hatte er bereits die schönste Denkmalskollektion auf Lager und konnte dem durch den Krieg angestauten Bedarf an Denkmälern, Büsten und Monumenten kaum nachkommen. Er, ein begeisterter Amateurchemiker, erfand grellfarbige Plastiksubstanzen, die vor allem von staubgrauen Wüstenstädten in Nordperu, Nordmexiko, Nordchile sehr geschätzt wurden. Und nicht nur das: Er erfand sogar ein Verfahren, aufblasbare Monumente herzustellen, die lediglich mit eingelassenen Schräubchen auf dem Sockel festgeschraubt werden mußten und den großen Vorteil hatten, zusammengefaltet als kleine Pakete verschickt werden zu können. Ein Bolívar auf Pferd, überlebensgroß, von der aufblasbaren Sorte, nahm, zusammengefaltet, nicht mehr Platz ein als einen Viertelkubikmeter. Allerdings hatten die aufblasbaren Denkmäler den Nachteil, daß sie nicht länger als höchstens fünf Jahre hielten, dafür waren sie aber auch wesentlich billiger, und insofern machten sich beide Denkmalskategorien, die aufblasbaren und die nichtaufblasbaren (die erst nach etwa zwanzig bis fünfundzwanzig Jahren unbrauchbar wurden), gegenseitig keine Konkurrenz. In dieser hektischen Zeit des zwanzigsten Jahrhunderts ermüdete das Auge sowieso schneller beim Anblick eines ewig gleichen Monuments. Ein Wandel nach je fünf Jahren wurde von den Bürgern der mit Mantecaschen Erzeugnissen geschmückten Orte sogar lebhaft begrüßt. Nicht nur dem Auge war mit einem solchen Wandel gedient, sondern auch der Kultur: Mit den Manteca-Monumenten konnte man eine viel größere Zahl geschichtlicher Persönlichkeiten ehren.

Cholonco Manteca, das Haupt des Zauberinnen-Clans, ließ sich den Reichtum nicht zu Kopf steigen. Er erhielt mit dem Erlös aus seinem Betrieb die ganze Großfamilie, die nun, nach Schließung des Nachtklubs *Hokus-Pokus* (von den Deutschen boykottiert und als entartet bezeichnet) und des Varietés, arbeitslos geworden war. Aber er wurde gehaßt, weil er die Löhne seiner Arbeiter auf einem Minimum hielt. Wollte ein Mann unter diesen Bedingungen nicht arbeiten, so nickte Cholonco Manteca zu seinen Argumenten freundlich, entließ ihn und nahm einen von hundert anderen, die vor dem Fabriktor auf Arbeit warteten.

Der dritte Reiche, vielleicht der reichste von allen, war der Fishboner Metzgermeister, der seinerzeit beim Einmarsch der Newhomer auf der Schwelle seiner Wurstwarenhandlung sozusagen plattgetreten worden war. Er hatte unmittelbar nach den ersten Anzeichen eines wirtschaftlichen Zusammenbruchs seine sieben Metzgereifilialen bis auf eine verkauft und später, nach dem Absturz der Hochkonjunktur, den gesamten Erlös zusammen mit der Entschädigungssumme dem Staat angeboten, der sich in großen Nöten befand und kurz vor der Pleite stand.

Was der Metzger dafür verlangte, war das Land, das seit der Enteignung dem Staat gehörte und bisher von Santa Claus verwaltet worden war.

Der Präsident verkaufte das Land nicht gern, wußte er doch, daß dieser Verkauf nicht im Sinne der Politik seiner verschwundenen Freundin gewesen wäre, aber angesichts der verzweifelten Lage – es war kein Geld mehr in der Staatskasse, um die Staatsangestellten zu bezahlen – blieb ihm nichts anderes übrig. Und so hatte der Metzgermeister die Leute zwar seelenruhig in die Hügel ziehen und Mais säen und Kartoffeln pflanzen lassen, aber als die Saat aufgegangen und halb reif war und die Junghühner und Ferkel vielversprechend herumscharrten, war er mit der Besitzurkunde herumgewandert, hatte die erschrockenen Siedler darüber aufgeklärt, daß sie auf seinem Grund und Boden siedelten, und hatte sie vor die Alternative gestellt, entweder das Land innerhalb eines Monats zu räumen (natürlich ohne eine Entschädigung für die Arbeit, die sie schon hineingesteckt hatten) oder eine monatliche Pacht zu zahlen.

Die meisten Siedler, die bisher der Meinung gewesen waren, sie hätten auf Staatsland gesiedelt, entschlossen sich schweren

Herzens zu zahlen, da ihnen gar keine andere Wahl blieb, wenn sie nicht verhungern wollten. Der Metzgermeister setzte sogleich für jeden einzelnen Siedler einen Pachtvertrag auf, und nun mußte jeder Siedler sehen, wie er die monatliche Summe aufbrachte. Der Metzgermeister begnügte sich auch mit Naturalien, genauer gesagt mit Ferkeln, Hühnern oder Rindern, falls jemand die Pacht nicht zahlen konnte. Allerdings setzte er den Preis für das Vieh sehr niedrig an, verkaufte aber dessen Fleisch in seiner letzten Metzgerei, die er behalten hatte, zu einem Vielfachen.

Er war bald der meistgehaßte Mann auf Delfina, und der Haß steigerte sich derart, daß er eines Morgens seinen Lieblingsdackel *Queen* vergiftet in dessen rosa Körbchen fand. Daraufhin ließ er durch Anschläge bekanntmachen, daß er, falls noch einmal jemand wagen sollte, einen seiner Dackel zu vergiften, die Pacht pauschal erhöhen werde, gleichgültig, wer der Übeltäter gewesen sei. Daraufhin blieben seine Hunde leben, aber die Armen spuckten vor ihm aus, wenn sie ihm begegneten.

Die Kindersterblichkeit nahm zu. Die Ärzte wanderten auf das Festland ab. Wieder suchten viele Insulaner ihr Heil darin, sich anderswo im karibischen Raum Arbeit zu suchen. In Fishbone wurden alte Boote ausgebessert, und alte Fischer erklärten ihren Söhnen und Enkeln die Geheimnisse des Fischfangs. In den leeren Hochhäusern hausten Katzen und vermehrten sich wie Meerschweinchen. Die deutsche Schule umfaßte bloß noch die Hälfte der früheren Schülerzahl, und die Lehrer, auch auf die Hälfte reduziert und immer hungrig, besaßen nicht mehr die nötige Energie, darauf zu bestehen, daß die Schüler auch in den Pausen deutsch sprachen. Die Folge war, daß die Bedeutung der deutschen Sprache auf der Insel stark abnahm.

Für die Volkshochschule fanden sich keine Zuhörer mehr. Im Deutschen Klub trafen sich abends oder sonntags noch immer die Deutschen, aber ihre euphorische Stimmung war einer trüben Laune gewichen. Deutschland hatte den Krieg verloren, und der geliebte Führer war nicht mehr.

In jener Zeit starb der Priesterveteran auf dem Nonnenhügel: steinalt, wie ja die Insel berühmt dafür war, eine Reihe Hundertjähriger und noch weit Älterer hervorgebracht zu haben, von denen Yolanda nur eine gewesen war. Er starb in einem glücklichen Augenblick, als die beiden Alten vor dem Kloster auf ihrem Bänkchen saßen und in die weite Landschaft hinabschauten. Sie lehnte, wie immer, ihren Kopf an seine Schulter, und er legte seinen Arm um ihren schmächtigen Rücken. So saßen sie schon eine ganze Weile, als er sagte: „Ich hätte wieder einmal Lust, Orgel zu spielen."

„Nein, Lieber, du weißt doch, du überanstrengst dich dabei", antwortete sie sanft. „Am nächsten Tag hast du doch immer Rückenschmerzen, erinnerst du dich nicht mehr?"

„Ach ja, ich erinnere mich", antwortete er.

„Und außerdem ist die Orgel doch auch kaputt."

„Ach Gott, ja. Ich weiß nicht, was mit mir los ist, aber ich habe solche Lust, Musik zu hören, gerade jetzt."

„Ich kann dich gut verstehen", nickte sie. „Solche plötzlichen Gelüste gibt es wirklich. Während meiner Schwangerschaften überkamen sie mich auch, aber nicht nach Musik, sondern nach sauren Gurken."

„Ich bin nicht schwanger", seufzte er. „Man hört auch gar keine Musik mehr von der Stadt herauf."

„Das Dumme ist", antwortete sie bekümmert, „daß wir Nonnen die ganze Zeit immer nur Kirchenlieder singen müssen."

„Hör mir auf mit Kirchenliedern", knurrte er. „Ich kann sie nicht mehr hören!"

„Ein paar Kinderlieder könnte ich noch", sagte sie. „Die hab' ich gelernt, bevor ich ins Kloster eintrat. Eigentlich müßtest du die auch kennen. Alle spanischen Kinder lernen sie. Kannst du: 'Alle Küken sagen piep'?"

Er konnte sich noch an die Melodie erinnern und summte mit, als sie heiser krächzte. Dann sang sie *Reis mit Milch*. Er schwieg, lächelte und hörte ihr zu.

„Du hast eine schöne Stimme", sagte er. „Ich höre dich gern singen."

Und als sie das Kinderlied von der heiligen Anna sang, lachte er und sang mit. Er wußte sogar noch den ganzen Text auswendig:

> „Macht auf die Tore!
> Hier reitet herein
> die heilige Anna
> mit Krone und Schein.
>
> Frau heilige Anna
> auf dem Schimmel, hü hott,
> sie sagen, du bist die
> Großmutter von Gott.
>
> Frau heilige Anna,
> du weißes Gesicht,
> wieg mir mein Kindchen
> und lasse es nicht."

„Das hat meine Großmutter immer gesungen", sagte der alte Priester.

Dann schwiegen beide wieder. Nach einer Weile sagte er noch: „Schau, dort drüben fährt ein Schiff in den Hafen ein."

Sie hob einen Augenblick den Kopf und versuchte, das Schiff auf dem ungeheuer weiten Meer zu finden, aber sie fand es nicht, und so ließ sie den Kopf wieder an seine Brust sinken. Sie spürte, wie sein Körper sich immer schwerer an den ihren lehnte und glaubte, er sei eingeschlafen. Um ihn nicht zu wecken und um zu verhindern, daß er im Schlaf herabglitt, umarmte sie ihn und hielt ihn fest, und obwohl sie das Gewicht seines Körpers kaum ertragen konnte, hielt sie in dieser Stellung so lange aus, bis die Sonne unterging. Als es Abendessenszeit war, küßte sie ihn zärtlich auf die Stirn und merkte, daß er kalt war.

Sie war ganz allein. Sie bettete ihn auf die Bank, dann grub sie mit einem alten Spaten hinten im Krautgarten ein Grab, zwischen Petersilie und Majoran, nicht sehr tief, denn er war klein und mager, und außerdem war der Spaten zu schwer. Sie grub drei Stunden, und als sie glaubte, das Grab sei nun tief genug, merkte sie, daß sie mit eigener Kraft aus dem Loch nicht mehr herauskam. Vergeblich suchte sie, die Wände zu erklimmen. Sobald sie begriffen hatte, daß sie in dem Grab gefangen war und nicht damit rechnen konnte, daß irgend jemand zufällig vorüberkam (manchmal bestieg wochenlang kein menschliches Wesen den Nonnenhügel, die Madonna war längst vergessen), begann sie still vor sich hinzuweinen. Da lag er dort vor dem Kloster auf der Bank, tot, und würde zu verwesen anfangen, und sie würde hier in seinem Grab zugrunde gehen und konnte nicht bei ihm sein! Sie setzte sich auf den Boden des Grabes und weinte bis gegen Morgen. Als es hell wurde, konnte sie die Hühner, die schon ungeduldig auf ihr Futter warteten, in ihrem Verschlag scharren hören. Da kam ihr plötzlich die Idee, die ausgegrabene Erde wieder in das Grab hineinzuscharren, zumindest so viel, bis sie aus dem Loch herausklettern konnte.

Nachdem es ihr endlich gelungen war, das Grab zu verlassen, kniete sie nieder und wollte danken, aber sie wußte nicht recht, bei wem sie sich bedanken sollte. Also erhob sie sich wieder – mit zitternden Knien von der langen, anstrengenden Nacht –, schaute nach, ob der Priester noch auf der Bank lag, beugte sich über ihn und strich ihm die Haare aus der Stirn. Dann ging sie in die Küche, verschlang ein Stück Brot und trank ein rohes Ei. Sie fütterte die Hühner und ließ sie aus dem Verschlag.

Sobald sie mit dieser wichtigen und unaufschiebbaren Arbeit fertig war, karrte sie den Priester in einem Schubkarren von der Frontseite des Klosters über die Wiese hinten in den Garten hinein. Sie zerrte ihn aus dem Schubkarren und ließ ihn ins Grab fallen, in der Hoffnung, er werde schon einigermaßen richtig zu liegen kommen. Er rollte tatsächlich auf den Rücken, und seine halbgeöffneten Augen sahen sie an.

„Mach dir keine Sorgen", sagte sie. „Es ist alles in Ordnung. Die Sonne ist aufgegangen. Die Hühner sind schon draußen."

Damit scharrte sie weinend die restliche Erde über ihn, und es war so viel Erde übrig, daß noch ein kleiner Hügel auf seinem Grab anwuchs, der im Lauf der nächsten Tage wieder einsackte. Sie legte auch ein paar alte Dachziegel auf das Grab, damit ihn die Hunde nicht wieder herausscharren konnten, und pflanzte Petersilie und Schnittlauch darauf.

Von nun an saß sie allein auf dem Bänkchen: je nach Windrichtung vor dem Eingang des Klosters oder hinten im Krautgarten.

„Er war ein herrlicher Mann", sagte sie manchmal laut zu sich selbst, in Erinnerungen versunken. „Aber die Frage ist die, ob ich ihn jemals wiedersehe, Ich weiß, daß ich in die Hölle komme, denn ich bringe es einfach nicht fertig, alle die schönen Jahre mit ihm zu bereuen. Ich würde sie auf der Stelle noch einmal erleben wollen. Aber er, wo wird er hinkommen? In die Hölle jedenfalls nicht, denn er glaubt nicht, daß sie existiert. Und wenn er nicht an sie glaubt, ist sie für ihn auch nicht da, wie ich vermute. Wir werden uns also nie wiedersehen!"

Bei derlei Gedanken geriet sie in tiefe Niedergeschlagenheit, und um ihr zu entgehen, begann sie wieder, mit der Mitwelt Kontakt zu pflegen. Sie trippelte den grasüberwucherten Kreuzweg hinunter und wanderte durch Newhome. Kinder liefen hinter ihr her und kicherten, weil sie so klein und verhutzelt war. Vor der halbfertigen Kathedrale blieb sie lange stehen und betrachtete sie. Dann machte sie einen Besuch in Yolandas Villa, wo keines der drei jungen Mädchen – die übrigen hatte die Madame wegen der wirtschaftlichen Flaute wieder entlassen müssen –, sie mehr kannte. Aber Madame Griselda, nun eine behäbige Matrone von fünfundsechzig Jahren, konnte sich an die alte Oberin noch gut erinnern und lud sie zu einer Tasse Kaffee ein. Den Mädchen verbot sie ganz energisch, sich über die Alte lustig zu machen, und so verbrachte die Oberin in Yolandas Villa einen vergnüglichen Nachmittag und erfuhr bei dieser Gelegenheit den Tratsch der letzten zehn Jahre, unter anderem auch, daß ein Krieg stattgefunden hatte. Denn Schorsch hatte mit ihrem Freund immer nur in lateinischer Sprache gesprochen, und zwar fast ausschließlich über landwirtschaftliche und zoologische Probleme. So war fast alles neu für die Oberin, was sie hörte, auch die Existenz der Präsidentin und deren rätselhaftes Verschwinden. Mit einem Vorrat an Nachdenkenswertem wanderte sie gegen Abend wieder bergauf und hielt in den nächsten Jahren, die sie zum großen Teil auf dem Bänkchen vor oder hinter dem Klostergebäude verbrachte, Zwiegespräche mit ihrem Freund.

„Wetten, daß das die Dame war?" fragte sie ihn laut. „Ich hab' ihr Bild gesehen, als Präsidentin, mit Schärpe und so. Da kann mir niemand was vormachen."

Der Präsident, schon in den hohen Siebzigern, versuchte das Freihafengeschäft wieder anzukurbeln, aber es gelang ihm nicht mehr. Rings auf den anderen karibischen Inseln gab es nun eine genügende Anzahl von Freihäfen; die Festlandsschmuggler versorgten sich jetzt in Panamá, San Andrés, Aruba oder Curacao. Delfina war nicht mehr gefragt. Und wo hätte er auch die Darlehen herbekommen sollen, die nötig gewesen wären, um die Wirtschaft wieder in Gang zu bringen? Er war ein vorsichtiger Mann, dem ein Hasardspiel nicht lag. Und so geriet Delfina bald unter die Länder, für die in Europa sonntags die Klingelbeutel in den Kirchen herumgereicht wurden.

Der ehemalige Kaplan, Gefährte des Priesterveteranen, war kurz nach dem Alten gestorben. Sein Nachfolger, ein noch recht junger und eifriger Pater, arbeitete hektisch. Er schrieb die verschiedensten europäischen katholischen Gemeinden um Spenden an. Umgehend erhielt er aus einer ländlichen Pfarrei in der Gegend von Münster in Westfalen ein liebevoll verpacktes und mit Tannenzweigen ausgelegtes Paket mit sechzig Paar

Wollstrümpfen, gestrickt vom katholischen Frauenkreis der Pfarrei. Natürlich waren die Tannenzweige längst entnadelt. Die Haushälterin des Pfarrers hielt die Nadeln für fremdländische Sämereien und säte sie aus, wartete aber vergebens auf Keimlinge.

Aus einer österreichischen Gemeinde bekam der Pfarrer ein Paket mit acht neuen Grablaternen (Buntglas, sehr geschmackvoll, in modernem Stil). Auch die evangelische Gemeinde wurde mit Geschenken aus Europa bedacht: ein Paket mit zweitausend Kärtchen, bedruckt mit tröstlichen Bibelsprüchen in gotischer Schrift und deutscher Sprache, traf ein, gestiftet von einem evangelischen Pfarramt in Hameln, und ganze Berge von Bastelmaterial für Kindergärten und Kinderhorte samt den dazu nötigen Anleitungsheften spendete eine Gruppe holländischer evangelischer Kindergärtnerinnen, die es sich speziell zur Aufgabe gemacht hatten, unterentwickelten Kindergärten zu helfen. Der evangelische Kirchenvorstand in Newhome sah sich genötigt, einen Kindergarten zu eröffnen, um das Bastelmaterial verbrauchen zu können.

Sogar ein Volkswagen wurde für den katholischen Priester von irgendwoher gespendet, und eines Tages erhielt er ein Schreiben, das ihn tagelang in Verzückung umherwandeln ließ: Als Antwort auf seinen längst verlorengeglaubten Brief, den er an eine reiche französische Diözese gerichtet und in dem er geschildert hatte, wie viele junge und begabte katholische Insulaner von dem glühenden Wunsche beseelt seien, Priester zu werden, ihrer Berufung aber nicht folgen könnten, da sich auf der Insel kein Priesterseminar befinde und aus Geldmangel auch keines eingerichtet werden könne, kündigte nun eine Kommission kirchlicher Würdenträger ihren Besuch an. Sie sollte zusammengesetzt sein aus einem mit großen Vollmachten ausgestatteten französischen Priester, dem bischöflichen Sekretär der venezolanischen Diözese, der Delfina angehörte, und einem Vertreter des Heiligen Stuhles, der die spanische Nationalität besaß. Diese drei erschienen also eines Tages auf

Delfina, seekrank von dem Flug in der inzwischen altersschwachen, letzten *Adela*-Maschine, und waren in der Tat erstaunt über den ungeheuren Enthusiasmus, den sie unter der männlichen Inseljugend antrafen. Wo sie auch erschienen, begleitet von dem eifrigen Pfarrer, stürzten Halbwüchsige auf sie zu, hoben flehend die Hände und riefen: „Hochwürden, lassen Sie mich Priester werden! Ich kann nicht anders, denn ich spüre die Berufung!"

Sichtlich beeindruckt genehmigten sie den Bau eines Priesterseminars. Die französische Diözese stellte die Mittel dafür zur Verfügung. Der junge Pfarrer weinte vor Freude und schenkte den Halbwüchsigen (darunter auch Protestanten, Zeugen Jehovas und Angehörige anderer Sekten), sobald die Delegation wieder abgereist war, die versprochenen Tüten Vanille- und Schokoladeneis. Daß es keinesfalls nötig gewesen wäre, ein neues Gebäude zu errichten, denn vor allem in Fishbone und Limerick gab es dutzendweise leerstehende, fast neue Gebäude, verschwieg er der Kommission: Er erhoffte sich ein paar Monate Arbeit für ein Dutzend katholischer Familienväter. Und so kam es, daß neben der Quelle am Horseback-Hang, gleich neben Schorschs Anwesen, ein großzügig angelegtes Priesterseminar mit allem Komfort samt Kapelle entstand. Vier Priester wurden als Lehrer vom Festland hergesandt und warteten auf Seminaristen. Schließlich fanden sich acht Jungen ein, deren Eltern froh waren, die ungeratenen Bengel in scharfer Zucht zu wissen. Gleich nach der ersten Woche kniffen zwei Zöglinge aus und wurden in Yolandas Villa aufgegriffen. Weder unter Drohungen noch Amnestieversprechen waren sie zu bewegen, noch einmal in das Seminar zurückzukehren.

Auch weltliche Entwicklungshilfe setzte ein. Zwei nordamerikanische Peace-Corps-Mädchen kamen an, vielbestaunt von der männlichen Bevölkerung: rothaarig und hager die eine, brünett und mollig die andere. Sie mieteten eine uralte, weißgetünchte und palmblätterbedeckte Hütte in Green

Village und pflasterten alle Sonntage zusammen mit den Männern des Dorfes den Weg zum Friedhof, der bisher in der Regenzeit aus Morast, in der Trockenzeit aus Staub bestanden hatte. Damit wollten sie den Dorfbewohnern die Vorteile der Zusammenarbeit Aller lebendig vor Augen führen. Die Männer ließen sich auch willig führen und anleiten, beeindruckt von dem Eifer der beiden Amerikanerinnen, und waren des Lobes voll über die Güte und den Erfolg des Peace-Corps, bis eines der beiden Mädchen, das sommersprossige, schwanger wurde und beide Freiwillige schleunigst abberufen wurden.

Kurz darauf versuchte es die Organisation mit zwei jungen Männern, die sich im Hafenviertel von Newhome niederließen. Dort taten sie allerlei Nützliches, dränierten, rissen morsche und zusammengestürzte Hütten ab, legten mit Hilfe von Newhomer Jugendlichen einen Fußballplatz an und richteten eine Abendschule für Analphabeten ein. Bei der Madame in Yolandas Villa, die jetzt wieder ganz allein lebte, wohnten sie – in aller Unschuld natürlich! – und rühmten das gute Essen.

Es dauerte nicht lange, da stellten sich auch deutsche Entwicklungshelfer ein: eine Krankenschwester, die sich ebenfalls im Hafenviertel niederließ und im ehemaligen Spielsalon der Yolandaschen Villa, die sich jetzt *Pension Yolanda* nannte, eine Ambulanz einrichtete; eine Kindergärtnerin, die in den Armensiedlungen rund um Fishbone Kinder betreute und von all den Unverschämtheiten, die ihr die Burschen nachriefen, keinen Ton verstand, sondern freundlich-arglos in alle Richtungen lächelte; und eine Gruppe von drei Landwirtschaftsexperten, die auf Wunsch der Inselregierung Ordnung und System in die Landwirtschaft bringen sollten, aber sowohl am Mißtrauen der Siedler wie auch an den Interessen des Metzgermeisters scheiterten. Dem einen wurde zudem sein Auto gestohlen und so lang versteckt gehalten, bis er die Insel wütend wieder verlassen hatte. Dem anderen lief die Frau davon – zu Abel Coliflor, der zwar nicht mehr der jüngste, aber reich war, und den dritten brachten Korruption und

Schlendrian der Inselbehörden zum Wahnsinn. Hals über Kopf verließ er Delfina.

Durch den zeitweiligen Aufenthalt deutscher Entwicklungshelfer auf der Insel wurde die deutsche Kolonie etwas belebt, aber die Alteingesessenen verstanden sich nicht mit den Neuen.

„Sie kennen keine Vaterlandsliebe mehr", sagten die Alten, „kein Spur mehr von deutscher Haltung. Es ist ein Jammer. Deutschland verkommt!"

„Mein Gott", dachten die Neuen, als sie die Klubräume besichtigten: „Hier hängt noch Bismarck! Hier ist die Zeit stehengeblieben! Die reinsten Dornröschen!"

Als den guten alten Präsidenten ein Schlaganfall dahinraffte, brach wieder eine Periode starker Unruhen über die Insel herein: Die Armen wurden rasend, als der Metzgermeister jeden Maßstab verlor und mittels weitgestreuter Bestechungsgelder an alle maßgeblichen Persönlichkeiten den Präsidentensessel eroberte. Kaum war er Staatsoberhaupt, begann er gegen die Besitzlosen zu wüten.

„Die Armen sind die Syphilis unseres Staates!" keuchte der Mann in seiner Antrittsrede. „Wir müssen dieser Seuche Herr werden! Der Arme muß wissen, wohin er gehört, er muß dressiert werden wie ein Hund, damit er weiß, wer sein Herr ist und daß er bedingungslos zu gehorchen hat! Arm sein heißt unfähig sein. Und unfähige Bürger brauchen wir nicht. Sie müssen getilgt werden!"

„Dem fehlt der Instinkt", sagte der fünfundachtzigjährige Cholonco Manteca zu dieser Rede.

„Endlich wieder einmal ein starker Mann am Ruder", sagten die alteingesessenen Deutschen zufrieden.

„Und das laßt ihr euch gefallen, ihr Idioten?" rief ein kubanischer Matrose einer Gruppe von Arbeitslosen zu, während sich der Fishboner Marktplatz nach der Ansprache des neuen Präsidenten leerte und der Metzgermeister zufrieden in seinem großspurigen Wagen davonrauschte. „Ihr seid noch von gestern. Die Rübe 'runter, sage ich! Das ist das einzige Heilmittel gegen so etwas. Regiert euch selber! Ihr habt doch die Mehrheit!"

Man nickte und gab ihm recht und schielte zugleich nach rechts und links, ob etwa jemand diese aufrührerischen Worte gehört habe. Denn der Metzgermeister schien zu allem fähig zu sein!

Er war es. Er, der neue Präsident, beauftragte den deutschen Feuerwehrhauptmann, eine starke Polizeitruppe in so kurzer Zeit wie möglich aufzustellen, und verhieß eine gute Besoldung für regierungstreue Polizisten. Erfreut und arglos sagte der Feuerwehrhauptmann zu. Das war endlich wieder eine lohnende Aufgabe! Aber zu der Ausbildung der Truppe kam es nicht mehr, denn knappe vierzehn Tage nach der Rede des neuen Präsidenten hatte sich die Volkswut derart angestaut, daß sich eines Mittags die Leute auf dem Limericker Marktplatz versammelten und, noch ehe die Behörden begriffen, was geschah, in das Regierungsgebäude eindrangen, den Metzgermeister, der erst wild nach den Wachen schrie, dann Drohungen gegen die Eindringlinge ausstieß und schließlich vor den Leuten wimmernd auf die Knie fiel, an den Beinen hinausschleiften und an einem Laternenpfahl aufhängten. Dann stürmte das Volk über die Höhen hinüber bis zur Villa des Abel Coliflor, Besitzer der Schnapsbrennerei, der gerade neben dem Schwimmbad in einem seidenbespannten Liegestuhl seine Siesta hielt. Sie kippten kurzerhand den Liegestuhl samt dem vor Erregung und Schrecken blaurot anlaufenden Coliflor in das Schwimmbecken, wo er nach ein paar hastigen Bewegungen einen Herzschlag erlitt, ertrank und mit dem Bauch nach oben, wie ein toter Fisch, noch Stunden später an der Oberfläche trieb, da sich niemand in die Villa hineinwagte. Die deutsche Frau Abel Coliflors, die, mit einem Bikini bekleidet, den Eindringlingen mit einem Staubwedel den Eintritt verwehren wollte (die Dienstboten verhielten sich indifferent), warfen sie in eine der beiden gläsernen Badewannen und erstickten sie unter Bergen ihrer umfangreichen Garderobe. Danach verteilten sie Kleider, Abendkleider, Mäntel, Schuhe und Unterwäsche untereinander und nahmen sie mit als Souvenirs für ihre Frauen. Die Dienstboten wurden lebendig, sobald die Aufrührer das Haus verlassen hatten. Sie ließen die Frau in der Wanne und den Mann im Schwimmbecken, plünderten die Villa gründlich und verschwanden. Schwerbepackt wie Ameisen liefen sie dem Hafenviertel zu, wo die meisten von ihnen herstammten, und brachten ihre Beute in Sicherheit. Glückselig schenkte die alte Köchin ihrer Tochter einen goldumrandeten Handspiegel, und der Hausmeister übergab seiner Frau zwei Buchstützen in Form von springenden Pferden aus Onyx – nach seiner Meinung das Schönste, das die Villa enthalten hatte. Der Gärtner schlurfte in Coliflors bestickten Pantoffeln nach Hause und teilte seinen Kindern, drei Mädchen im Alter von fünf, sechs und sieben Jahren, die Halsketten, Broschen und Ringe der Dame aus, der er bisher gedient hatte.

Inzwischen wälzte sich die Menge in die Denkmalsfabrik, wo sie den alten Cholonco Manteca aber nicht antraf. So zerstörte sie sein Büro, warf seine Akten zum Fenster hinaus und zündete sie an. Als ein paar außer sich geratene Arbeitslose auch die Werkhallen stürmen wollten, wurden sie von den Mantecaschen Arbeitern zusammengeschlagen. Ein Teil der Revolutionäre, hauptsächlich die Mantecaschen Arbeiter, brach nun nach Green Village auf, wo sich Cholonco Manteca meistens im Kreis seiner Großfamilie aufhielt, wenn er nicht in seiner Fabrik war. Aber auf halbem Wege kam er ihnen schon entgegen. Er hatte gehört, was in Limerick geschehen war, jedoch nichts von Abel Coliflors Ermordung erfahren, sonst wäre er nicht so allein durch die Landschaft gewandert. Daß es ihm selbst an den Kragen gehen sollte, ließ er sich nicht träumen.

Sie umringten ihn, den alten Mann, der, auf einen Stock gestützt, zu Fuß über die Hügel kam, obwohl er sich zehn Autos hätte leisten können.

„Wohin denn so eilig, Brüder?" fragte er. „Wer soll's denn jetzt sein?"

„Du", sagte ein junger Schweißer aus seiner Fabrik.

Der Alte stutzte, richtete sich auf, schaute sich um und sagte schließlich zu der Menge, die ihn umgab: „Na, denn man los, geniert euch nicht!"

Die Leute stießen sich gegenseitig die Ellbogen in die Rippen. Keiner wollte so recht ran. Der da war ein alter Mann. Aber schließlich schlug ihm ein Lehrling, der bisher von allen Kameraden wegen seiner Kinderstimme gehänselt worden war, von hinten einen flachen Stein auf den Kopf. Cholonco Manteca fiel lautlos um und murmelte nur noch: „Wohl bekomm's". Dann starb er.

„Eine Heldentat war das nicht", sagte ein Werkmeister zu dem Lehrling, der rot anlief. „Aber du hast es uns wenigstens abgenommen. Denn gemacht werden *mußte* es."

Eine Art Revolutionsrat wurde gebildet, der zuallererst die Betriebe, die öffentlichen Verkehrsmittel, alle Schulen und alles Land zu Staatseigentum erklärte. Auch die deutsche Schule wurde verstaatlicht.

Die zweite Amtshandlung des Revolutionsrates war es, den Tag des Aufstands zum Nationalfeiertag zu erheben. Nun gab es schon einige Nationalfeiertage im Jahreslauf der Insel. Besonders die Schulkinder freuten sich darüber und hielten die Maßnahme des neuen Systems für sehr nützlich und vernünftig.

Die dritte Amtshandlung bestand darin, einen tüchtigen Präsidenten zu finden. Denn keiner der Aufständischen wollte diesen heiklen Posten übernehmen. Und auch unter denen, die am Aufstand nicht beteiligt gewesen waren, gab es nun, nach der Ermordung des letzten Präsidenten, keinen, den es nach diesem hohen Amt gelüstete. Der Revolutionsrat kam in große Nöte: Woher einen Präsidenten nehmen? Man konnte doch keinen im Ausland suchen! Für den kommenden Sonntagvormittag wurde eine Generalversammlung der Inselbevölkerung auf dem Horseback anberaumt. Man brachte Lautsprecher an, und der Revolutionsrat rief den Präsidentennotstand aus.

Jemand aus der Menge schlug vor, man solle sehen, ob es nicht auch ohne Präsidenten ginge. Dieser Vorschlag wurde jedoch einstimmig abgelehnt: Ein Staat muß ein Oberhaupt haben! Verschiedene Rechtsgerichtete hielten den deutschen Feuerwehrhauptmann für geeignet. Dagegen sträubten sich aber die Liberalen und die Linken, und außerdem besaß er noch die deutsche Staatsangehörigkeit. Eine alte Dame schlug die Oberin vor. Der Revolutionsrat überging hüstelnd diese Idee, obwohl er nichts gegen einen weiblichen Präsidenten einzuwenden hatte. Schorsch meldete sich auch zu Wort und bot sich an – schweren Herzens, wie er sagte –, das Amt des Präsidenten zu übernehmen, da er inzwischen die delfinische Staatsbürgerschaft erworben habe. Man machte ihm aber höflich klar, daß weder seine Englisch- noch seine Spanischkenntnisse den Anforderungen eines Präsidentenpostens genügten.

Was nun? Es war eine verzweifelte Situation. Ratlose Blicke wurden gewechselt. Es mußte jemand sein, der bereits in führenden Posten gestanden hatte: Er mußte weltgewandt und eine Persönlichkeit sein. Der Direktor des Elektrizitätswerkes? Der winkte ab: Er litt an Angina pectoris. Der Chef des Irrenhauses? Der war selbst neurotisch. Einer der Bürgermeister? Nein, ihnen waren die weniger exponierten Posten lieber. Endlich erhob der Familienclan der Zauberinnen und Medizinmänner die Stimme, und ein junger Mann, jener, der dreistimmig singen konnte, sprach in dessen Namen: Obwohl das jetzige Regime schuld sei am Tode eines der Ihren, nämlich des großen Cholonco Manteca, dem die Insel so viel Dank schulde, wolle ihm das die Familie doch nicht nachtragen, sofern man erstens die Hälfte des Denkmalserlöses aus der Mantecaschen Fabrik der Familie zukommen lasse – vertraglich gesichert natürlich – und zweitens ihr jetziges Oberhaupt, den ehemaligen Nachtklubbesitzer, zum Präsidenten ernenne. Er könne die nötigen Qualifikationen für dieses Amt vorweisen:

Er habe Erfahrung im Umgang rnit Menschen, auch mit denen höherer und höchster Kreise, spreche mehrere Sprachen, sprühe vor Einfällen und Unternehmungsgeist und könne sich schnell in eine neue Branche einarbeiten. Auch was sein Äußeres beträfe, könne er sich sehen lassen. Auf diese Weise sei dem jetzigen Regime Gelegenheit gegeben, seine Untat an dem alten Cholonco wieder gutzumachen. Und im übrigen sei der Vorgeschlagene nicht reich. Seine Ersparnisse seien verlorengegangen. Er sei zur Zeit ein ganz gewöhnlicher Arbeitsloser und stünde der arbeitenden Klasse näher als der profitierenden.

Der Revolutionsrat zögerte nicht lange und nahm das Angebot des Familienclans an. Er hatte die Wahl nicht zu bereuen, denn Charly Manteca, obwohl ein Playboy-Typ, erwies sich als erstaunlich fähig. Vor allem seine Phantasie war unerschöpflich – bekanntlich ein für alle erfolgreichen Manager typischer Charakterzug. Daß er seinen ganzen Clan in die führenden Posten lancierte, ließ man stillschweigend geschehen, zumal er und seine Leute sich hüteten, ein gewisses Maß an mittelständischer Wohlhabenheit zu überschreiten: ein Zeichen, daß Charly und seine Leute nicht nur phantasiebegabt, sondern auch intelligent waren.

„Wir brauchen auf unserer Insel eine wirksame Entwicklungshilfe, eine Hilfe, die das ganze Leben auf Delfina ankurbelt", führte er in seiner ersten Rede vor dem Kongreß aus, acht Tage nach Amtsantritt. „Aber nicht in Form von jungen, idealistisch angereicherten Amerikanerinnen, sondern von führenden internationalen Persönlichkeiten aus der Wirtschaft, der Technik, der Medizin, der Kunst, der Architektur –"

„Die werden gerade auf unsere kleine Scheißinsel kommen!" ertönte ein Zwischenruf. „Als ob die nichts Besseres zu tun hätten!"

„Natürlich werden sie nicht kommen wollen", antwortete Charly seelenruhig. „Aber es wird ihnen gar nichts anderes übrigbleiben, weil wir sie zwangsweise dabehalten werden."

„Gegen ihren Willen dabehalten?" tönte ein anderer Zwischenruf. „Wie stellst du dir das vor, Mensch? Glaubst du, die werden nicht die ganze Welt alarmieren, um hier wieder wegzukommen?"

„Wenn sie unsere Gesetze nicht respektieren, müssen sie die Konsequenzen auf sich nehmen – da kann ihnen keine Instanz helfen, sei sie national oder international."

„Wer wird hier schon Gesetze übertreten? Und wer wird überhaupt herkommen, um hier Gesetze zu übertreten?" rief jemand aus dem Saal. „Das sind doch alles nur fromme Wünsche!"

„Es wird sich zeigen", antwortete Charly lächelnd, „ob sie realisierbar sind oder nicht. Ich bin, was dies betrifft, Optimist. Es ist unsere Sache, uns was einfallen zu lassen, damit Kapazitäten nach Delfina kommen. Aber ich bin nicht Präsident geworden, um mich unvorbereitet in eine Kongreßdebatte einzulassen. Die konkreten Pläne habe ich fertig und gedenke sie gleich hier vorzutragen, sofern man mir Gelegenheit dazu gibt."

„Und was sollen diese Kapazitäten hier tun, bitte schön, ohne finanzielle Mittel?" rief ein Unermüdlicher dazwischen.

„Die werden sie sich schon nachkommen lassen, wenn sie gezwungen sind hierzubleiben", sagte Charly. „Und wenn ihr mich jetzt nicht ausreden laßt, schmeiße ich euch den Dreck vor die Füße, dann macht euren Kram allein!"

Sofort trat Stille ein, und Charly konnte fertigsprechen. Seine Pläne waren wirklich derart kühn, überzeugend und vor allem durchführbar, daß sie einen Begeisterungsapplaus im ganzen Kongreß auslösten, sowohl auf dem linken wie auf dem rechten Flügel.

Noch am selben Tag wurde beschlossen, ein Gesetz zu verabschieden, das die Einfuhr von Vögeln jeglicher Art verbot, es sei denn, der Importeur habe eine Importerlaubnis, ausgestellt vom Innenministerium. Außerdem wurde das ganze Projekt zur *strengen Geheimsache* erklärt. In den darauffolgenden Tagen nahmen Beauftragte des Präsidenten Kontakt mit den großen internationalen Fluglinien auf, die rings auf den Flughäfen des Festlands stationiert waren, und bot ihnen den Delfiner Flugplatz zur Benutzung an, der als Zwischenlandeplatz für verschiedene Routen ideal gelegen war. Man zeigte sich sehr interessiert, aber für die modernen Flugzeuge war das Rollfeld zu kurz. Charly ließ innerhalb von vier Monaten in Tag- und Nachtarbeit und mit einem russischen Darlehen die Piste verlängern und auch verbreitern. Die Arbeitslosen der Insel strömten nur so zusammen und arbeiteten im Akkord, um die günstige Gelegenheit auszunutzen. Auch das Flughafengebäude wurde modernisiert. Die *Adela* wurde aufgelöst, da sie sich unter den neuen Voraussetzungen nicht mehr rentiert hätte. Der Staat übernahm eines der verwahrlosten Hotels und brachte es wieder auf Hochglanz. Auch ein staatliches Reisebüro entstand. An landschaftlich schönen Stellen der Insel ließ Charly außerdem hübsche kleine Bungalows bauen, und die uneingeweihten Delfiner rätselten herum, welchem Zweck die wohl dienen sollten.

Nach einem halben Jahr fieberhafter Arbeit landeten die ersten Maschinen der internationalen Fluglinien auf dem Flughafen von Delfina und wurden mit Girlanden und einer Blaskapelle begrüßt. Delfina-Schnaps und große rosa Schneckengehäuse wurden an die Passagiere verkauft. Freundliche Delfiner waren den Transitpassagieren behilflich, einen angenehmen Aufenthalt (eine halbe oder eine knappe Stunde) in den Wartesälen des Flughafens zu verleben. Eine ganze Reihe von Inselbewohnern hatte nun wieder Arbeit gefunden: als Angestellte der Fluglinien oder der Flughafenverwaltung.

Der nächste Schritt zur Verwirklichung von Charly's Plänen war eine wirksame Inselreklame. Überall auf den Festlandsflughäfen ließ er bunte Plakate aushängen mit verträumten Palmenbuchten unter grellblauem Himmel und der Einladung: *Überspringen Sie einen Tag! Erleben Sie einen Traum auf Delfina! Sie werden verzaubert in den Alltag zurückkehren!*

Tatsächlich schlug diese Werbung ein, und es gab in fast jeder ankommenden Maschine Passagiere, die sich entschlossen, der fast unbekannten Insel einen oder mehrere Tage zu widmen. Sie wurden mit der größten Aufmerksamkeit behandelt und regelrecht verwöhnt. Sie schieden von der Insel mit den angenehmsten Erinnerungen.

„Jetzt sind wir soweit", sagte Charly zu seinem Kabinett. „Es kann losgehen. Mit meinem Onkel bin ich ins reine gekommen. Er verlangt fünfhundert pro Passagier."

„Das soll er haben", antworteten die Minister einstimmig. „Schließlich ist er Spezialist, und die wollen gut bezahlt sein."

Und so geschah es, daß sich in den darauffolgenden Wochen immer wieder merkwürdige Zwischenfälle auf dem Flughafen ereigneten, die das Inland zufrieden registrierte, das Ausland verstört, aber machtlos zu erklären versuchte. Schon etwa drei Wochen nach der Einweihung des neuen Flughafens ging es los. Es war ein routinierter Wirtschaftskapitän aus der Schweiz, Dr. Bürzli, der als erster in die Falle ging. Er kam aus Panama, wo er einen wichtigen Vertrag abgeschlossen hatte, und war auf dem Heimflug.

Als er die Maschine verließ, schlug ihm schwülsüße Tropenluft entgegen. Plötzlich erfaßte ihn eine merkwürdige Stimmung, eine Art Leichtsinn, ja Keckheit, gegen die er in jenen nördlichen Breiten, aus denen er stammte, immun war. Zu seinem Erstaunen entschloß er sich noch während der Überquerung des Rollfeldes, eine Maschine zu überspringen und sich in den vierundzwanzig Stunden Zwischenzeit bis zum Abflug der nächsten Maschine diese Insel anzuschauen. Eine Tollkühnheit in Anbetracht der dringenden Geschäfte, die ihn daheim erwarteten! Während er sich an einen Agenten seiner Fluglinie wandte, der die Ankommenden betreute, nannte er sich heimlich, aber mit Genuß einen Verrückten.

Schon eilte der Agent diensteifrig davon, die Umbuchung der Passage zu veranlassen, schon wurde Dr. Bürzli von den Transitpassagieren abgesondert und im Strom jener, die vorerst nicht weiterflogen, an der Gepäckausgabe und den Schaltern der Paß- und Gesundheitsbehörden vorübergeschleust.

Jedoch die Zollabfertigungshalle, aus der eine Klimaanlage jeglichen Hauch tropischer Schwüle bannte, ernüchterte ihn schlagartig. Er bereute seinen Entschluß heftig. Sofort hielt er nach einem Angestellten seiner Luftlinie Ausschau. Kostbare Minuten vergingen. Endlich gelang es ihm, einen Agenten herbeizuwinken und zu beordern. Zu spät. Sein freigewordener Platz, so hieß es, sei bereits von einem hohen Beamten der Inselregierung belegt worden. Man bedauere unendlich den mehrstündigen Aufenthalt, sei aber gern bereit, ein lokales Reisebüro zu beauftragen, eine Sightseeing-Tour rund um die Insel für ihn zu organisieren. Ein Hotelzimmer habe man schon für ihn reservieren lassen.

Er erhielt die Flugkarte zurück, umgebucht auf den nächsten Tag, und darnit verschwand der Agent. Mißmutig schob Dr. Bürzli seinen Koffer auf die Zollrampe. Vierundzwanzig Stunden! Wie hatte er auch nur einen Augenblick annehmen können, daß ihm diese fremde Insel etwas Neues bieten könne, ihm, der alle Kontinente bereist hatte? Er wußte den Stundenplan der kommenden vierundzwanzig mal sechzig Minuten genau: Verlassen des Flughafens, Taxi, Hotel, Umkleiden, Bummel durch das Hauptstädtchen, Fahrt am Strand entlang, Besichtigung irgendeines archaischen Gemäuers, den Abend in Restaurant und Bar internationalen Zuschnitts mit folkloristischem Akzent, und am nächsten Vormittag ein Bad an einem der malerisch-langweiligen Strände.

Der Zollbeamte neigte sich ihm entgegen, seine Taubenaugen fixierten ihn. Sein Bärtchen war geölt und aufgezwirbelt.

„Haben Sie etwas zu verzollen?" fragte er in fließendem Englisch.

„Nein", antwortete Dr. Bürzli mürrisch.

„Sind Sie sicher?" Er beugte sich weit vor und bohrte seinen Blick in den des Passagiers. Dem fiel ein, daß er die Zollbestimmungen des Landes nicht kannte.

„Was ist hier zollpflichtig?" fragte er.

„Alle Arten von Vögeln."

„Sonst nichts?"

„Sonst nichts."

Dr. Bürzli lachte spöttisch: „Dann habe ich nichts zu verzollen."

„Ich brauche Ihnen wohl nicht erst lange auseinanderzusetzen, daß unwahre Zollerklärungen empfindliche Strafen nach sich ziehen", sagte der Schnurrbart, ihn mit seinen Blicken förmlich aufspießend. „Sie ersparen sich Scherereien, wenn Sie Ihre Vögel rechtzeitig deklarieren."

„Ich habe keine Vögel im Gepäck!" rief Dr. Bürzli ärgerlich.

„Bitte öffnen Sie Ihren Koffer", antwortete der Beamte eisig. „Ich habe Sie gewarnt."

„Glauben Sie mir etwa nicht?" schrie Dr. Bürzli und fühlte, daß er rot anlief. „Was sollte ich als Geschäftsmann mit Vögeln im Koffer, Teufel noch mal!"

Hinter dem Schweizer zog sich Publikum zusammen. Er spürte es und wurde noch ärgerlicher.

„Warum öffnen Sie den Koffer nicht, wenn Sie wissen, daß Sie keine Vögel darin verborgen haben?" fragte der Schnurrbart.

„Weil ich gewohnt bin, daß man mir glaubt!" schnaubte Dr. Bürzli.

„Dann beweisen Sie, daß Sie nicht die Unwahrheit sprechen, indem Sie mich einen Blick in Ihren Koffer werfen lassen", antwortete der Beamte, maliziös lächelnd.

„Gut", keuchte Dr. Bürzli, „gut! Sie werden beschämt sein!"

„Das wollen wir dahingestellt sein lassen", antwortete der Zöllner mit eigentümlichem Blick. „Ich höre die Vögel ja schon die ganze Zeit piepsen."

Diese unverschämte Behauptung machte den Schweizer sprachlos.

„Je kleiner der Staat, um so mehr spielt sich der Zoll auf!" rief er, Zustimmung erwartend, dem Publikum zu. Aber Schweigen umgab ihn.

„Bei mir piepst nichts! Wenn Sie etwas piepsen hören, dann jedenfalls nicht bei mir!" fügte er dann erregt hinzu.

Das Publikum ballte sich rings um ihn zusammen.

„Und überhaupt", trumpfte er auf, während er den Schlüssel ins Schloß steckte, „der Koffer hat keine Luftlöcher. Hätte ich Vögel hineingesperrt, so wären sie jetzt Leichen. Verzollen Sie auch Vogelleichen?"

„Uns interessieren nur lebendige Vögel", antwortete der Mann, den Blick gebannt auf den Koffer gerichtet.

Jetzt hatte Dr. Bürzli seine Überlegenheit wiedergefunden. Inmitten eines unverhohlen neugierigen Kreises, schon genießerisch die Worte auf der Zunge zurechtgelegt: „Na? – Wo sind Ihre Vögel? Hören Sie sie noch piepsen?", warf er den Deckel auf – und erstarrte: Aus dem Koffer quoll ein Schwarm feuerroter Vögel, erhob sich und lärmte mit Flügelschlag und Gezwitscher in die Halle hinein.

Alles Blut wich aus Dr. Bürzlis Gesicht. Seine Hände erkalteten, Schweiß perlte ihm in die Brauen.

„Das kann nicht sein", keuchte er. „Es muß sich um einen üblen Scherz handeln, dem ich ahnungslos zum Opfer gefallen bin, verstehen Sie?"

Ringsum grinste man. Besonders Feinfühlige wandten sich ab, um nicht Zeugen dieser peinlichen Situation zu sein. Der Beamte hatte sein Gesicht in äußerster Konzentration erhoben und schaute den Vögeln nach.

„Fünfunddreißig", konstatierte er trocken. „Das langt für eine Festnahme."

Und schon traten, aus dem Hintergrund herbeigewinkt, zwei zierliche Polizisten mit betreßten Brüsten neben Dr. Bürzli und legten ihre Hände auf seine Schultern.

„Im Namen des Gesetzes ..."

„Aber ich schwöre Ihnen, meine Herren, daß ich mit diesen Vögeln nicht das Geringste zu tun habe!" ächzte er. „Es muß sie jemand heimlich in meinen Koffer geschmuggelt haben, es muß –"

„Uns interessieren nur Tatsachen, nicht Vermutungen", sagte der Zöllner und beugte sich über Dr. Bürzlis kleinen

Koffer. Er war fast bis zum Rand mit Akten und Garderobe gefüllt. Ja, auch zwei Paar Schuhe und der Rasierapparat waren darin.

„Sehen Sie doch selbst, daß in diesem Koffer unmöglich fünfunddreißig Vögel Platz gehabt haben können!" schrie Dr. Bürzli verzweifelt.

„Ich bitte die Zeugen dieses Vorgangs um Namen und Adresse", sagte der Beamte und legte Papier und Stift herausfordernd auf die Rampe. Man drängte sich bereitwillig herzu. Die Polizisten legten ihre Hände um Dr. Bürzlis Ellbogen und schoben ihn sanft, aber bestimmt, dem Ausgang zu. Vögel umschwirrten ihn, feuerrote Punkte tanzten ihm vor den Augen, ein Vogel wollte sich auf seine Schulter niederlassen. Haßerfüllt schlug Dr. Bürzli nach ihm.

Eben in diesem Augenblick erspähte er den Agenten seiner Fluglinie. Er riß sich los, rannte auf ihn zu und machte ihm Zeichen.

Aber die Polizisten ließen den Schweizer nicht weit kommen. Sie zerrten ihn zur Tür hinaus und hinein in einen Gefängniswagen. Er schlug um sich, aber es half nichts. Es waren gut geschulte Leute. Wieder umfing ihn diese schwüle tropische Luft. Sie lähmte seinen Widerstandsgeist. Er ergab sich in sein Schicksal und starrte durch das Gitterfensterchen des Wagens hinaus. Er sah eine Gruppe von Eingeborenen, die auf ihn deuteten und lachten.

Erst wurde er durch einen hügeligen Palmenhain, dann am Strand entlanggefahren und ratterte schließlich durch ein enggassiges, buntes Städtchen: Es lohnte tatsächlich nicht, vierundzwanzig Stunden hierzubleiben.

Kurz nachdem man Dr. Bürzli in eine winzige Zelle des Untersuchungsgefängnisses gesperrt hatte, suchte ihn der Chef des Flugbüros seiner Linie auf. (Ein Schweizer Konsulat existierte noch nicht auf der Insel.)

„Eine sehr, sehr peinliche Situation für Sie!" schnarrte er noch in der Tür der Zelle. „Wie konnten Sie aber auch gleich fünfunddreißig Vögel zu schmuggeln versuchen!"

„Das ist pure Phantasie", antwortete Dr. Bürzli, seine Erregung mühsam unterdrückend. „Ich habe niemals Vögel geschmuggelt."

Der andere lächelte mitleidig-spöttisch.

„Ich habe diese Vögel mit eigenen Augen gesehen", sagte er milde.

„Ich muß noch heute abfliegen, hören Sie!" beschwor ihn der Schweizer. „Sie verstehen: Der Konzern braucht mich. Ein dringender Vertragsabschluß ist für übermorgen geplant. Er ist ohne mich nicht möglich."

„Auf Vogelschmuggel steht mehrjährige Gefängnisstrafe", antwortete der andere so schonend wie möglich. „Es handelt sich um ein neues Gesetz. Da ist nicht viel zu machen. Vielleicht durch eine spätere Amnestie –"

„Aber das ist ausgeschlossen!" rief Dr. Bürzli entsetzt. „Man wird mir doch als – na, Sie wissen ja, wen Sie vor sich haben! – nicht zumuten, hier eine mehrjährige Gefängnisstrafe abzusitzen!"

„Sie haben gegen ein Gesetz des Landes verstoßen. Es geschieht Ihnen ja kein Unrecht. Im besten Falle läßt sich die Strafe mildern, Das ist alles."

„Aber ich habe doch gar keine Vögel geschmuggelt!" rief Dr. Bürzli.

Als der andere schwieg, warf sich der Schweizer resigniert auf die Pritsche.

„Und wenn man mich schon zum Lügner stempelt – meinetwegen. Aber raus muß ich hier. Schmieren Sie! Bis zu zwanzigtausend, wenn es nötig ist!"

„Die Regierung ist zu neu, als daß sie sich schmieren ließe."

„Dann lassen Sie Ihre Beziehungen spielen, schalten Sie das nächste Schweizer Konsulat ein, die Presse, den Rundfunk –"

„Das alles ist bereits geschehen. Ich versichere, alles zu versuchen, was in meiner Macht steht. Leben Sie wohl, bis morgen."

„Setzen Sie alle Hebel in Bewegung! Lassen Sie –", rief Dr. Bürzli dem Chef des Flugbüros nach, aber seine Worte erreichten ihn schon nicht mehr.

Die Schwüle machte den Gefangenen träge. Er kauerte sich auf dem Kopfende der Pritsche zusammen, soweit seine Korpulenz es ihm erlaubte. Hier wenigstens konnten ihn die milchkaffeebraunen Passanten, die sich mit Gekicher und schrillen Pfiffen vor dem Gitterfenster drängten, nicht erspähen.

Gegen Abend wurde er dem Untersuchungsrichter vorgeführt. Es gelang ihm nicht, ihn von seiner Unschuld zu überzeugen, obwohl sich der Richter außerordentlich wohlwollend zeigte. Als Dr. Bürzli zu brüllen begann, brachte man ihn in seine Zelle zurück. Er aß nichts, und in der Nacht träumte er unruhig von Vögeln.

Schon früh erwachte er. Durch das Gitterfenster blinzelte er in die aufgehende Sonne. Das Städtchen erschien ihm gar nicht mehr so übel wie am Vortag. Grasbewachsene Hänge stiegen hinter Dächern und Türmen auf, grazile Kinder spielten in der Gasse, Schönheiten lehnten sich lässig aus den Fenstern und winkten einander zu, das Meer glitzerte in der Ferne.

Ein Abenteuer, wenn man es recht betrachtet, dachte er. Das wird ein Gag für die nächsten Parties: Der Generaldirektor im exotischen Kittchen. Man muß es nur richtig erzählen. Mal was anderes! Er lächelte heiter vor sich hin, als der Wärter die Tür aufriß und ihm den Besuch des Flugbüro-Chefs ankündigte. Der schob sich auch schon herein, während er sich den Schweiß von der Stirn wischte, und stellte befriedigt fest, daß Dr. Bürzli bei guter Laune war.

„Eine sehr günstige Lösung", rief er froh bewegt.

„Na sehen Sie", unterbrach ihn Dr. Bürzli, „ich habe doch gleich gewußt, daß sich da etwas machen läßt. Schließlich ist dieses Land auch schon im Besitz einer – wenn auch bescheidenen – Zivilisation. Haben Sie veranlaßt, daß man mir sofort mein Gepäck und meine Papiere aushändigt? Auf Entschuldigungen und dergleichen verzichte ich gern."

„Der Koffer ist schon auf dem Wege hierher, die Papiere werden aber noch zurückgehalten, bis –"

„Zurückgehalten?" rief Dr. Bürzli aufgebracht. „Ja wie soll ich denn ohne Papiere reisen?"

Dem Mann gefror die strahlende Laune.

„Reisen?" fragte er zaghaft zurück. „Nein, so günstig ist die Lösung nun auch wieder nicht, obwohl man in Ihrem Falle wirklich großes Wohlwollen gezeigt hat. Sie sollten dankbar sein, daß Sie so glimpflich davonkommen!"

„Will man mich doch einsperren?" fragte Dr. Bürzli fassungslos.

„Aber nein", antwortete der Flugbüro-Chef gereizt, „ich sagte Ihnen doch, daß ich erreicht habe –"

„Herr!" schrie der Schweizer, „Sie machen sich über mich lustig: Eingesperrt soll ich nicht werden, abreisen darf ich aber auch nicht – ja zum Teufel, was hat man dann mit mir vor?"

„Nach reiflicher Überlegung hat man beschlossen", sagte der andere, räusperte sich und schaute an Dr. Bürzli vorbei, „Sie so lange hierzubehalten – in voller Bewegungsfreiheit natürlich! – bis Sie alle fünfunddreißig Vögel, die inzwischen aus der Halle des Flughafens entwichen sind, in totem oder lebendem Zustand den staatlichen Behörden übergeben haben. Man wird Ihnen zu diesem Zweck einen kleinen Bungalow in lokalem Stil und ein Jagdgewehr samt Munition zuweisen."

Dr. Bürzli brach in schallendes Gelächter aus, rang nach Atem, fiel rückwärts auf die Pritsche und hielt sich den Bauch, während der Chef des Flugbüros, ihn entsetzt anstarrend, aus der Tür entwich. Kaum war er draußen, rannte er davon. Er alarmierte sofort einen Arzt, der nur einen kurzen Blick auf Dr. Bürzli warf und sogleich veranlaßte, daß ein Kübel Wasser über ihm entleert wurde. Dr. Bürzli japste nach Luft, spuckte und hörte auf zu lachen. (Übrigens sahen sich Arzt und Patient später fast alle Tage. Der Arzt war ein begeisterter Schmetterlingssammler. Dr. Bürzli führte ihm viele Exemplare zu, die in seiner Sammlung noch nicht enthalten waren. Außerdem spielten beide für ihr Leben gern Schach.)

Man brachte Dr. Bürzli kurz darauf, natürlich in trockenen Kleidern, in einer schwarzen Limousine zu einem Bungalow, der eine grandiose Fernsicht über Insel und Meer bot, und übergab ihm das Gewehr samt reichlicher Munition. Der Bungalow war eine ovale Bambushütte, mit Bananenblättern gedeckt, sehr luftig, sehr originell: ein großer Raum (Wohn- und Eßzimmer in einem), daneben ein kleineres Schlafzimmer, eine Kochnische und ein Badezimmer mit Toilette. Nur die Mauern des Badezimmers waren aus Lehmziegeln gefertigt. Es war die einzige intime Räumlichkeit des Hauses, gekachelt und in jeder Beziehung modern europäisch-amerikanisch ausgestattet. Ein Polizeioffizier machte Dr. Bürzli so diskret wie möglich darauf aufmerksam, daß ein Fluchtversuch absolut zwecklos sei. Seine Papiere seien ja zurückbehalten worden, und in einem Boot auf das Meer hinauszurudern, um einem Schiff zu begegnen, sei schon allein wegen der Riffe glatter Selbstmord. Im übrigen könne sich Dr. Bürzli innerhalb der Insel frei bewegen, könne am gesellschaftlichen Leben teilnehmen, berufstätig sein, kurz: jegliche Initiative im Rahmen der einheimischen Gesetze entwickeln. Geldsummen könne er sich in beliebiger Höhe schicken lassen und sie in Handel, Industrie oder Touristik investieren. Und sobald er fünfunddreißig dieser Vögel auf dem Polizeikommissariat abgeliefert habe, sei er frei. Er, der Polizeichef von Newhome, stehe ihm jederzeit zur Verfügung, auch in der Freizeit. Er sei passionierter Gitarrespieler und Sänger.

Darauf verließ er den Schweizer, nachdem der Chauffeur einen Vorrat an erlesenem Proviant, vor allem eine Kiste Whisky, in die Küche geschafft hatte. Allein gelassen, ging Dr. Bürzli sofort – es war eine reine Reflexhandlung – in den intimen Raum, den er aber nicht zweckentsprechend benutzte, sondern wo er sich lediglich an die Schnur der Wasserspülung klammerte. Sie gab ihm Halt, denn sie war das Symbol dessen, was ihn hier in dieser exotischen Fremde an daheim erinnerte.

Als er genügend Trost empfangen hatte, trat er auf die Terrasse hinaus und versuchte, seine Lage zu überblicken. Rings um den Bungalow breitete sich Wald aus. Eine Vegetation – einzigartig! Nur im Riesengewächshaus des Botanischen Gartens von Chicago war er bisher mit derartiger tropischer Üppigkeit in unmittelbare Berührung gekommen.

Im gleichen Augenblick ließ sich einer dieser verdammten feuerroten Vögel ausgerechnet im Geäst eines Baumes vor seiner Terrasse nieder und begann zu singen. Dr. Bürzli mußte zugeben: Nachtigallen waren nichts dagegen! Später konnte er ihren Gesang nicht mehr entbehren, aber an jenem Spätnachmittag erfaßte ihn eine maßlose Wut. Er griff zum Gewehr, zielte und schoß, traf aber nicht. Der Vogel flog auf, ließ sich woanders, nicht weit entfernt, nieder. Dr Bürzli schlich ihm nach, drang in den Wald ein, schoß, verfehlte ihn wieder, und der Vogel schwirrte davon. Dr. Bürzli stürzte ihm nach. Ein zweiter Vogel zeigte sich, ein dritter, Dr. Bürzli schwitzte, kroch abwechselnd auf allen vieren oder an Stämmen empor, verschoß viel Munition und brachte schließlich zwei Vögel zur Strecke, spät in der Nacht. Nur mit Mühe fand er den Bungalow wieder. Zerkratzt, zerlumpt, schmutzig, todmüde, aber doch in gewisser Weise ein wenig stolz, warf er sich auf die Steinplatten der Terrasse und schlief noch im selben Augenblick ein.

Während der nächsten Tage streifte er auf der Insel umher und jagte. Nach einer Woche hatte er acht Vögel erlegt, in der darauffolgenden fünf, in der dritten drei, in der vierten nur einen. Danach blieb er zu Hause und erholte sich. Er hing in einer Hängematte unter schattenspendendem Vordach auf der Terrasse und las, nicht etwa verzweifelt, sondern eher erstaunt, fast schon amüsiert, die zahlreichen Telegramme und Eilbriefe aus Europa, die ein braunhäutiger Briefträger – nur mit einer leuchtendblauen Kniehose, einer Schildmütze mit Wappen und einer Umhängetasche bekleidet – täglich herbeischleppte, während eine junge reizvolle Mulattin, die ihm zugelaufen war, die Hängematte schaukelte. Abends kam regelmäßig der Polizeichef herüber und sang und spielte. Seine Lieder, gitarrenbegleitet, wurden Dr. Bürzli bald unentbehrlich, vor allem bei Vollmond.

Ein halbes Jahr später war er der Freund des Ersten Staatssekretärs geworden und ging sonntags rnit dem Präsidenten angeln, obwohl er bis dahin noch nicht mehr als vierundzwanzig Vögel abgeliefert hatte. Die Telegrammflut aus Europa war versiegt, was ihn nicht einmal schmerzte. In letzter Zeit hatte er die Post nicht mehr beantwortet, denn die Reaktion auf seine feurigen Beschreibungen der Sonnenuntergänge und der heiter-optimistischen Mentalität der Eingeborenen war reichlich scharf, ja fast ausfallend gewesen. Als man ihm eröffnete, daß er, falls er sich nicht beeile, auch für den Nachwuchs der noch lebenden elf Vögel verantwortlich sei, stellte er die Jagd völlig ein und wartete auf eine Amnestie.

Inzwischen waren – in gebührendem Abstand von seinem Anwesen, aber auf ebenso reizvollen Aussichtspunkten der Insel – andere Bungalows nach und nach mit ähnlichen Fällen besiedelt worden. Ein schwedischer Arzt, der es zu internationaler Berühmtheit gebracht hatte, war sein Nachbar. Aus seinem Gepäck hatte sich ein Schwarm blauer Vögel erhoben. Allerdings waren es nur neunundzwanzig gewesen. Weiter abwärts auf dem Hang wohnte ein russischer Physiker. Er stand vor der Aufgabe, gelbe Vögel jagen zu müssen. Er litt aber an so arger Kurzsichtigkeit, daß er es von vornherein aufgab, diese unruhigen Geschöpfe mit einem Jagdgewehr zu erlegen. Statt dessen wanderte er tagtäglich die Insel ab, um jene Vögel, die eines natürlichen Todes starben, einzusammeln. Dieser Umstand hatte zur Folge, daß die gelben Vögel bald zu einer Inselplage wurden. Ein bekannter Maler, der auf der anderen, nicht weniger idyllischen Seite der Insel untergebracht worden war, unternahm am zweiten Tage nach der Urteilsverkündung einen Selbstmordversuch. Er hatte fünfundzwanzig lila Vögel zu fangen. Er akklimatisierte sich aber überraschend schnell, gründete eine Kunstakadernie und ließ seine Frau kommen. Der Arzt, der schon erwähnt wurde, errichtete eine Unfallstation samt einer kleinen Klinik. Und der Physiker bekam einen Staatsauftrag. Streng geheim.

Dr. Bürzli, als Schweizer ja sozusagen schon ab der Mutterbrust mit den Problemen des Fremdenverkehrs vertraut, übernahm den touristischen Aufbau der Insel. Das finanzielle Fundament hierfür bezog er aus günstigen ausländischen Darlehen, die seinen guten internationalen Verbindungen zu verdanken waren. Ein Beauftragter des Staates, ja sogar der Präsident persönlich hatte ihm alle erdenkliche Unterstützung der Regierung zugesichert. Auf diese Weise, so kalkulierte er, konnte er die Zeit bis zur nächsten Amnestie nutzbringend überbrücken. Aber höchstens vier Stunden pro Tag widmete er sich dieser Beschäftigung. Die übrige Zeit verbrachte er, sofern er nicht irgendwo eingeladen war, mit Yasmine, deren ungehemmte Natürlichkeit ihn bezauberte.

Nach drei Jahren Inselaufenthalt wurde die Amnestie in Kraft gesetzt, die Dr. Bürzlis Fall betraf, obwohl die roten Vögel sich inzwischen ungeheuer vermehrt hatten. (Mit den blauen ergaben sie übrigens interessante Kreuzungen!) Für die nach Dr. Bürzli Angekommenen wurde die Amnestie erst später wirksam. Jeder einzelne Fall wurde von den Inselrichtern individuell und gewissenhaft behandelt. Aber Dr. Bürzli entschloß sich ohne jede Entscheidungsqual, nicht heimzureisen. Die Weitsicht, das Klima, Yasmines Kreatürlichkeit, die Palmenwälder, die Gitarrenlieder, alle seine Freunde und nicht zuletzt die gemütliche Arbeit! – sollte er das alles aufgeben? Er hatte sich eine andere Mentalität zugelegt. Er konnte auf seine Hängematte nicht mehr verzichten. Aus ihr dirigierte er den ausgezeichnet anlaufenden Tourismus auf der Insel. Die Zukunft überließ er einer höheren Instanz: eine Tugend, die er bisher nicht gekannt hatte.

Übrigens bewährte sich der Trick mit der Vogelverzollung ausgezeichnet. Wie die Bürger der Insel jene Vögel in die wohlverschlossenen Koffer prominenter Reisender hineinschmuggelten, blieb den Opfern ein Rätsel. Charly, der Präsident, aber zeichnete seinen Großonkel vor versammeltem Kongreß mit dem Großen Inselorden aus: für besondere Verdienste für das Vaterland.

Von Jahr zu Jahr bevölkerten mehr Kapazitäten der Wirtschaft, der Kunst, der Technik, der Wissenschaften die Insel Delfina und wurden von der Mentalität ihrer Bevölkerung absorbiert, während sie ihre wertvollen Kenntnisse dem kleinen Staat angedeihen ließen. Erst sobald sie sich derart akklimatisiert hatten, daß man ihres freiwilligen Bleibens sicher war, amnestierte man sie.

Nur ein einziger Fall verlief relativ erfolglos: Ein Psychotherapeut von Weltruf, aus dessen Koffer blau-rot geringelte Vögel entwichen waren (alle einfachen Farben waren schon vergeben), brachte es absolut nicht fertig, sich den Gegebenheiten seines neuen Lebens anzupassen, und erlitt einige Nervenzusammenbrüche. Erst eine braune Schönheit brachte ihn nach großer Mühe wieder ins Gleichgewicht. Als er aber daranging, Sprechstunden zu eröffnen, um die Bevölkerung in den Genuß seiner Heilmethoden kommen zu lassen, stellte sich heraus, daß niemand einer Heilung bedurfte. Nur ein paar mutwillige Burschen besuchten seine Praxis aus Neugier und verließen sie kichernd. Daraufhin legte ihm die Polizei bei Nacht im Auftrag der Regierung jene Zahl toter, blau-rot geringelter Vögel auf die Terrasse, die er brauchte, um frei zu sein. Schon am nächsten Tag verschwand er, kehrte jedoch ein halbes Jahr später als Pensionär freiwillig zurück, eröffnete ein Restaurant und erwarb sich bald den Ruf eines vorzüglichen Kochs.

Man beschloß im Kongreß, ermutigt durch die bisherigen Erfolge, künftig auch aus Damenkoffern Vögel flattern zu lassen, um die Fortpflanzung und Vermehrung der neuen Intelligenzschicht der Insel zu sichern. Es erübrigte sich jedoch, diesen Beschluß auszuführen, da sich inzwischen die Vogelinsel in Damenkreisen auf der ganzen Welt herumgesprochen hatte. Scharenweise reisten Damen an. Auch aus den Vereinigten

Staaten, die ja verhältnismäßig nahe lagen, kamen bald alle vierzehn Tage Schiffe voll heiter beschwingter Amerikanerinnen, in der Mehrzahl zwischen fünfundfünfzig und fünfundachtzig Jahren, die die Insel mit Entzückensschreien überfluteten und sich gegenseitig, wo immer sie sich auch begegneten, „Isn't it beautiful?" zuriefen. Sie schwärmten sofort in die Hügel hinauf, umstrichen die Bungalows der Internierten und versuchten, mit ihnen ins Gespräch zu kommen – zuweilen mit den raffiniertesten Tricks. Da gab es Damen, die sich in der exotischen Wildnis einen Dorn eingejagt hatten und nicht mehr gehen, sondern nur noch bis zum nächsten Bungalow hinken und dort um Hilfe flehen konnten. Andere näherten sich den Behausungen schreiend: Ein Tiger habe sie verfolgt. Es kostete die Internierten Mühe, die Damen zu überzeugen, daß es auf der ganzen Insel keinen Tiger gab. Andere, scheuere, baten nur um ein Glas Wasser, wieder andere verlangten Autogramme oder traten als Journalistinnen auf und wünschten ein Interview. Eine Dame, sommersprossenübersät, verfiel darauf, den russischen Physiker zu warnen: Sie habe einem zufällig erlauschten Gespräch in einem Inselcafé entnommen, daß ein Anschlag Rechtsgerichteter auf sein Leben geplant sei. Eine andere bot von Bungalow zu Bungalow selbstgemalte Aquarelle an. Eine große Magere tarnte sich als Zeugin Jehovas und tat, als wolle sie den von ihr angepeilten Mann in religiösen Streitgesprächen überzeugen. Dr. Bürzli wurde einmal von einer etwa Sechzigjährigen überfallen, die von vornherein auf alle Tarnmanöver verzichtete und ehrlich auf ihr Ziel lossteuerte. Sie näherte sich seiner Hängematte, ungeachtet der Hunde, die sie umkläfften (er hatte sich, um diese Landplage von sich abzuhalten, mit Wachhunden umgeben), und beugte sich über ihn.

„I love you", flüsterte sie und senkte verheißungsvoll ihre blaugetönten Lider auf Schlafzimmerhöhe. Da sie aufgrund ihres Alters an enormer Weitsichtigkeit litt, entging es ihr, daß Dr. Bürzli nicht allein in der Hängematte lag.

„Es ist heute auch wirklich eine Hitze zum Irrewerden", sagte er, um die peinliche Situation taktvoll zu überspielen. „Yasmine, hol der Dame ein Glas Eiswasser."

Das half. Die Dame verschwand nach Genuß des Wassers, was sie aber nicht davon abhielt, es beim nächsten Bungalow wieder zu versuchen. Beim vierten geriet sie an eine elektrische Alarmleitung, und beim fünften blieb sie an einem Stacheldraht hängen und mußte vom Hausmeister des Malers, der dort wohnte, befreit werden.

„Das ist schon eine Plage", erzählte er dem Briefträger, der, wie immer nur mit einer Kniehose und der Briefträgertasche bekleidet, vorüberkam. „Vorhin hab' ich wieder eine aus dem Draht gepult. Schon die sechste heute. Und gestern waren es acht, obwohl das Schiff erst gegen Mittag ankam."

„Was soll ich da erst sagen", klagte der Briefträger und wischte sich den Schweiß von der Stirn. „Eben, als ich durch den Wald fuhr, hat mich wieder eine überfallen und vergewaltigt. Mir graust schon immer vor diesem Waldweg. Dort kommt einem niemand zu Hilfe, soviel man auch schreit. Wenn diese Luder dabei wenigstens schonend mit der Post umgingen! Da hat mir doch die letzte einen ganzen Stoß Briefe zerknittert, der bei dem Gerangel aus der Tasche gefallen war!"

Schließlich kam es so weit, daß sich jeder Internierte mit Stacheldraht und elektrischen Leitungen umgab, ein Umstand, der dazu führte, daß ausländische Journalisten grausige Artikel über Delfina in den Zeitungen verbreiteten: Die Inselregierung führe ein Schreckensregiment – der reine Terror herrsche. Tausende von Internierten würden hinter Stacheldraht und elektrischen Leitungen festgehalten, und man könne sich vorstellen, was hinter diesen Verhauen für Greueltaten an den Gefangenen verübt würden!

Als Dr. Bürzli und andere Inselprominente zornige Gegenartikel in den führenden Zeitungen der Welt veröffentlichten, überzeugten diese nicht, weil die Öffentlichkeit annahm, die Verfasser der Artikel seien gezwungen worden, sie so und nicht anders zu schreiben, um die brutale Wirklichkeit zu vertuschen.

Erst als Charly eine Auswahl international bekannter Journalisten einlud, vierzehn Tage auf der Insel zu verbringen und sich jederzeit zwanglos rnit den Internierten zu treffen, wurde der staunenden Welt klar, wer vor wem mit Stacheldraht und Elektrizität geschützt werden mußte und wer die wahren Unruhestifter auf der Insel waren. Wohlwollende Politiker rieten Charly, den amerikanischen Passagierschiffen keine Landeerlaubnis zu geben, aber ein striktes Verbot schien der Inselregierung nicht opportun, da die Amerikanerinnen zwar lästig waren, aber immerhin eine Menge Dollars im Land ließen. Auch wären die gesamten touristischen Einrichtungen, die Dr. Bürzli auf der Insel aufgebaut hatte und die gerade begannen, sich zu amortisieren, dadurch in Gefahr geraten. Schließlich hatte der Staat beträchtliche Summen in die Touristik investiert. Die Darlehen mußten sich ja amortisieren! Allein neunundzwanzig Betriebe waren von Dr. Bürzli auf der Insel eingerichtet worden!

Um das Ausmaß des Gesamtprojekts auch nur anzudeuten, müssen hier einige dieser touristischen Einrichtungen geschildert werden:

Die alte Festung auf der Landzunge, einst von Henry Morgan erbaut, wurde zu einem Hotelrestaurant umfunktioniert. Oben auf der Plattform, unter schattigen Lauben und Pergolas, befand sich das Open-air-Restaurant, das in der heißesten Zeit des Tages noch zusätzlich mit riesigen Sonnenschirmen Schatten spendete. Von hier aus genoß man einen herrlichen Blick über Hafenbucht und Meer. Die eigentliche Attraktion dieses Restaurants *El Pirata* aber waren die einunddreißig Kellner, die als Piraten kostümiert und mit großen Ohrringen ausgestattet waren. Jeder von ihnen trug eine schwarze Augenbinde, und wenigstens die Hälfte der Bediensteten war beinamputiert und hinkte auf Holzbeinen. Dr. Bürzli hatte mit Schweizer Gründlichkeit rings auf den Inseln und auf dem Festland beinamputierte Männer bis zu vierzig Jahren anwerben lassen, denn auf Delfina gab es zur Zeit nur zwei Einbeinige. Diese soziale Tat fand großen Anklang und wurde zur Nachahmung empfohlen. Und die Amerikanerinnen waren entzückt. Sie stürmten geradezu dieses Restaurant, zumal sich in den ehemaligen Kasematten moderne und nett eingerichtete Hotelzimmer befanden. Die Kellner waren zeitweilig derart überbeschäftigt, daß sie bis zu sechsunddreißig Stunden durcharbeiteten. Vor allem die Beinamputierten waren sehr gefragt, und viele von ihnen, die bereits an Gott und der Welt verzweifelt waren, fanden hier wieder Selbstbestätigung und Selbstachtung und gewannen dadurch ihr seelisches Gleichgewicht zurück. Dr. Bürzli mußte noch nach einem weiteren Dutzend Beinamputierter suchen lassen, um allen Ansprüchen der Kundinnen gerecht werden zu können.

So mancher Einbeinige fand dort schließlich noch sein Glück. So verheiratete sich zum Beispiel eine sechzigjährige Millionärin aus Illinois mit einem jungen, gut aussehenden Mexikaner, dem ein Lastauto das eine Bein unterm Knie abgefahren hatte, als er betrunken über die Straße getorkelt war. Und eine reiche Fabrikantin aus Portland zankte sich mit ihrer Freundin, der Witwe eines Gouverneurs, um einen ebenfalls noch keine dreißig Jahre alten Kolumbianer, einen Fischer aus Tolú, der, ein paar Meilen von der Küste entfernt, von seiner Schaluppe ins Meer gefallen und dabei von einem Hai angefressen worden war: Ihm fehlte ein Bein bis zum halben Oberschenkel. Schließlich riß sich die Gouverneurswitwe den jungen Mann unter den Nagel und flog mit ihm Hals über Kopf davon. Die Freundin tröstete sich mit einem etwas älteren Mann von der Insel San Andrés, der sein Bein durch einen Machetenhieb verloren hatte: Der Ehemann seiner Geliebten hatte ihn in flagranti erwischt und sich auf der Stelle gerächt. Alle drei nach den Staaten exportierten Amputierten lebten von nun an wohlversorgt in luxuriösen Verhältnissen, zwei als Ehemänner, einer als Adoptivsohn, litten aber an Heimweh.

In dem ehemaligen Luxusbungalow des reichen Abel Coliflor wurde eine Schönheitsfarm eingerichtet, wo begüterte Damen sich Abmagerungskuren, kosmetischen Behandlungen und Operationen, Mani- und Pediküren unterziehen, zugleich aber auch die Rolle eines verwöhnten Hotelgastes spielen konnten.

An verschiedenen Stellen der Insel, vor allem in besonders verwildertem und verwachsenem Unterholz in den Palmenwäldern, ließ Dr. Bürzli von einem darauf spezialisierten mexikanischen Architekten (Geheimtip) archaische Gemäuer mit stilisierten Anklängen an die Inka- und Aztekenarchitektur errichten und auf dem Horseback einige Osterinsel-Köpfe aufstellen – riesige Steinköpfe, die sich von den ernst dreinblickenden, zuweilen fast etwas idiotisch glotzenden Osterinsel-Physiognomien nur dadurch unterschieden, daß sie verschmitzt grinsten. Manche kniffen sogar ein Auge zu. Besonders dieses geschlossene Auge gab vielen Amateur-Archäologen und -Ethnologen Rätsel auf, und sogar ein junger Berufs-Altertumsforscher fiel auf die harmlosen Fälschungen herein und widmete Köpfen und Gemäuern einen tiefschürfenden Artikel in einer internationalen Zeitschrift für Archäologie. Nach seiner Theorie waren prähistorische Delfina-Bewohner auf Flößen an das mittelamerikanische Festland geraten, hatten es überwunden und waren von der pazifischen Küste wiederum in See gestochen. Von dort hatten günstige Winde sie nach der Osterinsel getrieben, wo sie sich, da eine Rückkehr wegen der Meeresströmungen unmöglich war, ansiedelten und sogleich auch dort ihre Steinköpfe zu produzieren begannen. Durch alle die Strapazen, die sie vermutlich auf ihrer Seereise durchgestanden hatten, war aber ihre Heiterkeit verschwunden, und die Gesichter der Köpfe grinsten nicht mehr freundlich, sondern starrten melancholisch in die Weite. Auf diese Weise, so glaubte der junge Gelehrte, war das Rätsel der Osterinsel-Köpfe endlich gelöst. Und was das Gemäuer betraf, das auf der Osterinsel fehlte, blieb er auch keine Erklärung schuldig: Das Gestein, das es auf der Osterinsel gab, war nicht geeignet für diese

Art von Bauwerken, die man auf der Insel Delfina errichtet hatte. Deshalb hatten es wohl die Delfiner auf der Osterinsel bei den Köpfen belassen.

Sowohl Köpfe wie Gemäuer ließ der Architekt, der in der internationalen Kunstfälscherwelt zu Unrecht noch nicht sehr bekannt war, in einem von ihm erfundenen Schnellverfahren vermoosen und mit grünlich-gelblichen Flechten überziehen.

Angeregt durch diesen genialen Mann, geriet ein Angehöriger des einheimischen Zaubererclans, nämlich jener, der bis jetzt nichts weiter konnte als dreistimmig singen, auf ähnliche Pfade: Er erfand geradezu verblüffende Touristenattraktionen – wie jene, jeden Morgen bei Sonnenaufgang an einem bestimmten, weithin sichtbaren Hang des Horseback mittels eines Zerstäubers Urin menschlicher Herkunft zu verspritzen. Darauf kamen aus allen Himmelsrichtungen Schmetterlinge angeflattert und ließen sich wie in alten Inselzeiten auf dieser faszinierenden und unwiderstehlichen Flüssigkeit nieder: ein unvergeßliches Bild, diese Tausende von Schmetterlingen der verschiedensten Farben auf einem Fleck versammelt! Besonders reizvoll für Farbfotografien, was denn auch bewirkte, daß man rings um die Schmetterlingsansammlung Touristen in stehender, hockender, liegender, kurz in jeder nur möglichen Stellung beobachten konnte. Da gab es Leute, die gingen für ihre Fotos in Startpose, andere fotografierten durch die gespreizten Beine Dritter hindurch, wieder andere, begüterte, flogen in einem gemieteten Sightseeing-Helikopter über den Schmetterlingsteppich hinweg und fotografierten von oben, und schließlich gab es noch die Feinschmecker unter den Fotografen: Die fotografierten nicht die Schmetterlinge, sondern die Fotografen, die die Schmetterlinge fotografierten, und ernteten später, wenn sie zu Hause ihre Fotos und Dias vorzeigten, damit große Heiterkeitserfolge.

Der Dreistimmer, wie ihn die Leute nannten, kam bald auf noch originellere Einfälle: Er ließ den Urin nicht planlos, sondern in ornamentalen Figuren auf dem Hang verteilen, die dann durch die Schmetterlinge plötzlich sichtbar wurden. Zu

Weihnachten ließ er die Worte *Merry Christmas* spritzen, zu Ostern *Halleluja* und zum Geburtstag des amerikanischen Präsidenten *Happy Birthday to you*. Gegen eine stattliche Summe konnten auch Touristen eine Inschrift bestellen. So stand eines Morgens *I love you Charly* zu lesen, bezahlt von einer in den Inselpräsidenten verliebten, reifen Amerikanerin. Ein anderes Mal konnte man lesen: *Liebe Deinen Nächsten*, und am folgenden Morgen *Viva Fidel*. Da griff die Inselregierung ein und empfahl dem Dreistimmer, der den staatlichen Schmetterlingseinsatz leitete, künftig auf dem Horseback nur noch Ornamente zu produzieren, um zu verhindern, daß dieses Massenmedium in den Einfluß kirchlicher oder politischer Interessengruppen gerate – zum Ärger einiger Mitglieder der Zeugen Jehovas, die schon von einer Massenbekehrung geträumt hatten.

Nach wie vor blieb das Schmetterlingsschauspiel, einmalig auf der Welt, eine Hauptattraktion der Insel und brachte eine schöne Summe Geld in die Staatskasse ein. Daneben erwies es sich auch noch in anderer Hinsicht als vorteilhaft: Da der Dreistimmer täglich eine beträchtliche Menge Urin benötigte (wie zahlreiche Versuche ergaben, interessierten sich die Schmetterlinge nicht für chemische Ersatzprodukte), richtete er eine Urinbank ein, in der jeder Inselbürger Urin spenden konnte. Vor allem den alten und schon arbeitsunfähigen Inselbürgern war dies eine finanzielle Hilfe und kam einer Altersrente gleich, da der Staat für einen Liter Urin den doppelten Preis eines Liters Milch zahlte. Und so sah man jeden Tag Greise und Greisin mit Literflaschen zur Urinbank wandern. Als jedoch die Unsitte um sich griff, den Urin zu verwässern, sah sich der Staat gezwungen, in allen vier Ortschaften ambulante Stationen einzurichten, wo die Spender an Ort und Stelle die wertvolle Flüssigkeit absondern mußten, um das Panschen unmöglich zu machen.

Die Eisenbahn wurde wieder (bis auf den Trakt Limerick-Green Village) instand gesetzt und entwickelte sich bald zu einem beliebten Zeitvertreib der Touristen. Einen besonderen Gag stellte die Fahrt durch die Jasminwälder im Süden der Insel dar. Denn sämtliche Passagiere, auch starke Naturen, verloren durch den intensiven Duft alsbald das Bewußtsein und mußten, nachdem die langsam fahrende Bimmelbahn (buntfarbig gestrichen und mit Mickymäusen bemalt) die Jasminzone passiert hatte, von dem mit Gasmasken ausgerüsteten Zugpersonal mit Kölnischwasser-Zerstäubern wieder geweckt werden.

Berühmt wurde das Restaurant am Rande der Jasminzone, das sich *Nonnenfalle* nannte und von einem eingefleischten Kommunisten eingerichtet worden war. Die Spezialität des Hauses waren sogenannte Nonnenschnitten: rustikale, mit Wurst- und Schinkenscheiben belegte Brote. Jeden Morgen um elf Uhr und jeden Nachmittag um fünf Uhr konnte man dort von der Gartenterrasse aus, wo die Tische unter Sonnenschirmen standen, ein aufregendes Schauspiel beobachten: Eine korpulente Nonne in Schwarz mit einer weißen Gesichtsumrandung näherte sich dem Restaurant und betrat es durch die Hintertür, die in die Küche führte. Bald darauf ertönte aus ebenderselben Küche ein markerschütternder Schrei einer weiblichen Stimme, und wieder etwas später trug eine Magd mit scheuen Seitenblicken eiligst das leere Nonnengewand über den Hof und verschwand damit in irgendeiner Tür eines Nebengebäudes. Die Rolle der Nonne spielte eine Frau aus dem Zauberclan, die keine anderen tourismusfördernden Eigenschaften besaß als ausgezeichnete Nerven. Sie fuhr nicht schlecht dabei, denn der Restaurantbesitzer bezahlte ihr für den täglich zweimaligen Auftritt sowie für die beiden Schreie eine gute Gage.

Auch das alte Kanonenboot, das seit Jahrzehnten im Hafen von Newhome friedlich vor sich hinrostete, fand nun zum ersten Mal eine sinnvolle Verwendung: Es wurde als Exklusiv-Restaurant *Caribic Inn* eingerichtet, mit Mahagonimöbeln und Samtdraperie ausstaffiert und leuchtete weiß und buntbewimpelt weit über den ganzen Hafen. Die vorzügliche Küche leitete ein französischer Koch, der die Insel während des Zweiten Weltkriegs als Schiffbrüchiger auf einem Floß erreicht hatte. Er bereitete nicht nur ausgezeichnete Gerichte für die Kundschaft des Kanonenbootes, sondern beeinflußte auch die ganze Inselküche. Sein Leben lang verriet er aber nicht das Rezept, nach dem er seine köstlichen marinierten Seeschnecken zubereitete, und nur so viel hatte jemand herausbekommen, daß da unter anderem eine Prise Majoran im Spiel war.

Dr. Bürzli hatte aber noch weit mehr zu bieten: Er hatte ein Sightseeing-Unternehmen mit zehn Bussen, vier Motorbooten und zwei Helikoptern aufgezogen, das sich innerhalb von eineinhalb Jahren amortisierte. Er bot eine ganze Auswahl verschiedener Touren an. Man konnte an einer archäologischen Tour teilnehmen, die die gefälschten Gemäuer und Steinköpfe in Programm hatte. Man konnte aber auch eine sogenannte Henry Morgan-Tour I für zehn Dollars belegen, auf der man verschiedene Löcher besichtigen durfte, die Schatzsucher auf der Suche nach Morgans Schatz gegraben hatten. Als Höhepunkt dieser Tour gab es einen kleinen Imbiß in der ehemaligen Piratenfestung. Die Henry Morgan-Tour II kostete zwanzig Dollars und unterschied sich von der Henry-Morgan-Tour I nur dadurch, daß die Teilnehmer mit Hacken und Spaten ausgerüstet wurden und bei Einbruch der Nacht auf Schatzsuche gingen. („Bei Tag würden sich gleich ganze Scharen zu uns gesellen und mitgraben, weil sie wissen, daß ich schon so allerlei in der Erde gefunden habe", erklärte der Leiter der Tour, eir alter Mann aus dem Zaubererclan.) Sie gruben aufgrund eines Geheimtips, den der Alte vor kurzem erhalten haben wollte, eine halbe Stunde am Hang des Grey Horns, danach eine weitere Viertelstunde am Horseback und noch zehn Minuten auf der Landzunge, und dort erschien dann auch plötzlich der Geist des Henry Morgan (ein ehemaliger Vorarbeiter der Denkmalsfabrik, der durch einen Arbeitsunfall invalide geworden war) und drohte mit Worten und Gesten, ja sogar mit einem gezogenen Degen, den sofort niederzustrecken, der es wage, noch weiter nach dem Schatz zu suchen. Dies war dann Grund genug, die Schatzsuche sofort abzubrechen. Die Hacken und Spaten wurden eingesammelt, und man begab sich in die ehemalige Piratenfestung, um dort ein im Preis inbegriffenes, solides Abendessen einzunehmen.

Außerdem gab es zwei Touren für Naturliebhaber, eine billige und eine Luxusausführung. Letztere schloß eine Fahrt auf den Gipfel des Grey Horn mit ein. Es wurde auch eine Bootsfahrt rund um die Insel angeboten, die auf dem Kanonenboot endete (30 Dollars). Und schließlich darf in der Aufzählung auch nicht die wunderbare Delfina-bei-Nacht-Tour vergessen werden, die nichts ausließ, was leuchtete und glitzerte. Da Charly dafür gesorgt hatte, daß sein Nachtklub und das Varieté wieder geöffnet wurden, gab es mehr als genug Programme für die Tour, die bei Sonnenuntergang am Hafen begann und um Mitternacht im Nachtklub aufhörte.

Jedoch von allen den Touren fand die der Folklore gewidmete den meisten Anklang. Dr. Bürzli ließ auf einem Hügel unter Palmen eine runde afrikanische Bambushütte errichten, aus der er sieben ebenholzschwarze Mädchen und zwei Burschen hüpfen ließ, sobald sich ein Sightseeing-Bus näherte. Die Mädchen waren gut gewachsen und trugen lediglich ein Baströckchen. Sie formierten sich sogleich zu einer Tanzgruppe und bewegten sich afrikanisch zu den Trommelschlägen und synkopisch-pointierten Gesängen der beiden Burschen. Ein Tanzmeister der Insel Trinidad hatte die Tänze einstudiert.

„Hier finden Sie noch das ursprüngliche, unverfälschte Afrika", erklärte die Bus-Stewardeß durch ein Mikrofon. „Diese Hütte hat die Jahrhunderte wie durch ein Wunder überdauert, sie wurde erbaut von afrikanischen Sklaven, die sich auf diese Insel geflüchtet hatten, um ihre Freiheit zu erlangen. Und hier sehen Sie die Nachkommen der bedauernswerten Afrikaner immer noch unbewußt altes afrikanisches Lied- und Tanzgut pflegen."

Die Tänze wurden mit freundlichem Applaus bedacht. Anschließend besichtigte man auf dem Markt von Green Village den Stand eines Medizinmannes aus dem Zaubererclan, der allerlei Kräuter, Samen und Pülverchen anbot: dies für die Liebe, das gegen die Liebe, jenes zur Vermehrung der Fruchtbarkeit, ein anderes zur Eindämmung der Fruchtbarkeit; ein zu Pulver zerriebenes Kraut für Erfolg in Geldgeschäften, und große flache Kerne, Ochsenaugen genannt, als Schutz gegen Diebe. Kleine Hefte ohne Angabe des Verlags, der Druckerei und des Verfassers verkaufte er auch, die Zauberrezepte für den Hausgebrauch enthielten. Die Touristen waren wie wild auf seine Artikel und zahlten ohne Protest und Feilscherei die Preise, die er verlangte.

„Er ist ein berühmter Zauberer und Medizinmann", tönte die Tourenführerin durchs Mikrofon – was auch wahr war, denn er war derselbe, der die Vögel in die Koffer der Prominenten zauberte. Aber wenn ihn Freunde fragten, ob diese Pulver, Samen und Kerne die Kraft besäßen, die er ihnen vor den Touristen zuschrieb, grinste er verschmitzt und sagte, er werde doch seine Geheimnisse nicht zu so geringen Preisen verraten, und schon gar nicht an Fremde.

Weiter ging die Tour ins Heimatmuseum, wo man die Fahnen der einzelnen Schlachten und acht wurmstichige alte Gebärstühle besichtigen konnte. Auch eine Sänfte aus dem siebzehnten Jahrhundert, einiges Geschirr aus dem achtzehnten Jahrhundert und ein paar alte Säbel und Vorderlader waren da. Nach dem Besuch eines alten Fischers, der in der Nähe von Fishbone einsam zwischen den Klippen wohnte und, da Eigenbrötler, auch während der Hochkonjunkturen nicht zu bewegen gewesen war, in einen der Orte zu ziehen und ein einträglicheres Leben zu führen, ging es zum Schluß zur Horseback-Quelle, wo Schorsch noch immer seine kleine Finca besaß und inzwischen mit seiner milchkaffeebraunen Geliebten fast ein halbes Dutzend Kinder gezeugt hatte. Schorsch, der Blonde, mußte jedesmal, wenn ein Touristenbus vor dem

Tor seiner „überseeischen Besitzungen" stoppte, schleunigst in das Gestrüpp im Hintergrund verschwinden, da er in das Folklorekonzept nicht hineinpaßte, während seine Rosa Elena samt einigen Töchtern die langen Holztische im Garten deckte und die stets im Kessel über dem offenen Feuer brodelnde Suppe *nach Inselart* austeilte. Darauf folgte ein schmackhafter Reis mit dem Fleisch von Meeresschnecken, dazu gebratene Bananen, und als Nachtisch wurden zehn bis fünfzehn verschiedene Sorten von Früchten angeboten, die die tüchtige Rosa Elena alle in ihrem Garten gezogen hatte. Die Touristen beschenkten Schorschs Kinder reichlich. Auf die Frage, warum einige von ihnen so blond seien, antwortete die Tourenführerin, das Erbe der englischen Sträflinge schlage eben noch manchmal durch.

Schorsch war mit den finanziellen Früchten des Inseltourismus, die ihm seine lebenstüchtige Rosa Elena einbrachte, recht zufrieden. Schließlich, da die Folklore-Tour immer beliebter wurde und Rosa Elena vier- bis fünfmal pro Tag eine Ladung hungriger Touristen an ihre Tische bekam, ging er morgens weg, verbrachte den Tag auf angenehme Weise im Deutschen Klub und kehrte erst abends wieder heim. Auf diese Art entging er der Gefahr der Schlangen, an deren Existenz er immer noch glaubte. Zuweilen befiel ihn auch eine merkwürdige Unrast: Dann begann er, verborgen von Gebüsch, in einer Ecke seines Geländes Sojabohnen oder Buchweizen zu säen, oder er vergrub sich in einem Bodenkämmerchen des Deutschen Klubs und begann ein Buch zu schreiben, über dessen erste Seiten er selten hinauskam. Ein Manuskript nannte sich: *Richtlinien für ein deutsches Familienleben*, ein anderes hieß: *Erinnerungen eines Abenteurers* und war in der Ichform geschrieben. Ein drittes, *Existenzmöglichkeiten eines deutschen Siedlers im tropischen Ausland,* erreichte sogar die Seitenzahl fünfundzwanzig. *Die Bedeutung der Sojabohne für den karibischen Raum – eine Zukunftsvision* schrieb er innerhalb von vier Tagen in einer

Art von Trance nieder, hektografierte das Manuskript und verteilte es gratis an alle wichtigen Persönlichkeiten und Dienststellen der Insel wie auch an die Touristen, von denen allerdings die wenigsten die deutsche Sprache verstanden, so daß er noch einmal das ganze Manuskript ins Lateinische übersetzte. Wenn ihm nun ein Tourist höflich zu verstehen gab, daß er auch kein Latein verstünde, sagte er: „Gehen Sie zu Ihrem Pfarrer, der übersetzt es Ihnen."

Jedes Vierteljahr einmal kam ein Angestellter der nächstliegenden deutschen Botschaft vom Festland herüber und führte im Deutschen Klub Kulturfilme vor. Dann war jedesmal Schorschs große Zeit gekommen: Er betreute den Botschaftsangestellten, schleppte ihm die Koffer, wenn er ihn vom Flughafen abholte, trug die Einladungen aus, half beim Umspulen der Filme, übersetzte dem vorwiegend einheimischen Publikum die Titel der Filme und kommentierte deren Inhalt. Und so bekamen die staunenden Delfiner allerlei Interessantes, das in dieser oder jener Sicht für Deutschland werben sollte, zu sehen: *Eine Rheinfahrt von Mainz bis Koblenz*, *Lebkuchenbäckerei in Nürnberg*, *Das Jugendherbergswesen in Deutschland*, *Die Störche kehren zurück*, *Holzfäller im Bayrischen Wald* oder *Osterbräuche in Niederbayern*.

Schorsch betreute auch die beiden deutschen Seelsorger, die ab und zu vom Festland herüber nach Delfina kamen, den evangelischen wie auch den katholischen. Dann gab es jedesmal viel zu tun: Es wurde geheiratet und getauft, und die deutsche katholische und die deutsche evangelische Jugendgruppe wanderten ins Grüne, picknickten und sangen. Am sechsten Dezember kamen immer beide Geistlichen gleichzeitig und veranstalteten gemeinsam einen ökumenischen Nikolausabend für die gesamte deutsche Christengemeinde, wobei sie abwechselnd die Predigt hielten, der evangelische Pastor in den geraden, der katholische Pfarrer in den ungeraden Jahren. Schorsch machte jahraus, jahrein den Nikolaus (ohne Zweifel die anstrengendste Arbeit des Abends, da er sich unter Mütze,

Mantel und Wattebart halbtot schwitzte). Dank seiner Aufopferung und den zu Herzen gehenden Worten des Seelsorgers kam doch immer ein wenig Weihnachtsstimmung auf, trotz des Kandelaber-Kaktus', den man in Ermangelung einer Tanne aufgestellt und mit Kerzen besteckt hatte, die sich in der Hitze bogen, noch bevor sie entzündet worden waren. Man gab sich jedes Jahr viel Mühe mit der Dekoration und schmückte alle Stacheln dieses exotischen Weihnachtsbaumes mit Goldsternen, Glitzerkugeln und Lametta. Ein Chor von sieben deutschen Damen sang deutsche Weihnachtslieder mit Tremolo und Inbrunst, und eine Kindergruppe spielte auf Blockflöten. Natürlich fehlten nie die altbekannten Weihnachtsgedichte aus Kindermund. Und für die Kleinen las eine Dame der Kolonie Jahr für Jahr die Weihnachtsgeschichte von Selma Lagerlöf vor, bis ihr einmal ein fünfjähriger Knirps zurief: „Hör auf, das kennen wir schon!"

Bei allen diesen kulturellen Veranstaltungen war Schorsch unentbehrlich und jeweils die rechte Hand der Veranstalter. Er verfertigte die Anschläge und Bekanntmachungen, hielt die Bibliothek instand, schmückte die Räume für Festlichkeiten. Er war, wie man sieht, ein wichtiger Mann in der Kolonie. Aber alles, was er für sie tat, war, versteht sich, ehrenamtlich. Seinen Lebensunterhalt verdankte er dem Tourismus.

Auch andere Deutsche – und nicht nur Deutsche – witterten Morgenluft in der Touristik. In Newhome entstand ein bayrischer Bierkeller, bestückt mit stämmigen, wenn auch nicht deutschen Kellnerinnen in Dirndlkleidern und Kellnern in Lederhosen. In Fishbone wurde eine deutsche Seemannskneipe eröffnet. Bei Green Village erbaute der Feuerwehrhauptmann von seinem Ersparten eine künstliche Burg mit zweiundzwanzig Fremdenzimmern, einer Zugbrücke und einem Park voller Gartenzwerge.

Aber auch die Angehörigen anderer Kolonien nutzten den Boom. Eine Französin übernahm die nach dem Tode der letzten Madame verwaiste Yolandasche Villa und ließ alle ihre Fenster nachts wieder schimmern, ein Engländer richtete ein Wachsfigurenkabinett ein, und eine Amerikanerin, die an einer Kreuzfahrt durch die Karibik teilgenommen hatte und auf Delfina hängengeblieben war, ließ vierzig überlebensgroße Plastikschwäne in der Denkmalsfabrik herstellen und vermietete sie stundenweise ringsum in den Buchten an Touristen, die sie rittlings bestiegen und auf ihnen zwischen Strand und Riff in den sanften Wellen herumschaukelten. Ihr Mann, den sie auch aus den Staaten hatte kommen lassen, vermietete Fahrräder – mit und ohne Sonnendach – und Motorräder an die jugendlichen Touristen, die auf ihnen, einen höllischen Lärm verbreitend, die Insel umrasten.

Ein Holländer richtete ein Seeaquarium ein und betrieb auch einen Verleih von Booten mit gläsernen Böden. Und Dr. Bürzli erweiterte den kleinen Fishboner Vergnügungspark zu einem wahren Prater. Er ließ sogar am Rücken Jesu auf dem Gipfel des Grey Horn einen Lift anbringen und auf dem Kopf der Statue eine Plattform einrichten. Deren Brüstung zeigte die Form einer Krone. Von dort oben hatte man eine herrliche Aussicht über die ganze Insel, die nun dem letzten Höhepunkt zustrebte.

Längst waren die leerstehenden Gebäude, die Villen, Geschäfts- und Hochhäuser von Fishbone, Limerick und Newhome wieder besetzt. Eine neue Bauwelle setzte ein. In Newhome wuchs die während des Zweiten Weltkriegs begonnene und jahrelang halbfertige Kathedrale ihrer Vollendung entgegen. Das Hafenviertel wurde saniert, Busbahnhöfe wurden in allen vier Orten angelegt, und rings um die Insel, vor allem in den Buchten, entstand Hotel neben Hotel. Innerhalb der ersten zwei Jahre nach Beginn der Touristenwerbung wurden zehn Hotels eingeweiht, im dritten Jahr acht, im vierten Jahr neun. An den Hängen hinter den Stränden reihte sich Bungalow an Bungalow zum Vermieten. Zwischen den Klippen klebten Luxus-Fischerhütten. An den Stränden gab es Souvenir-Kioske im Überfluß, und noch die hinterwäldlerischsten Farmer in Green Village wurden ihre Zimmer los: Sie vermieteten sie an sparsam kalkulierende oder minderbemittelte Touristen.

Immens war der Beitrag der ehemaligen Internierten zu der wirtschaftlichen Blüte der Insel. Ein ganzes Industrieviertel entstand bei Limerick, und wieder wurde das ehemalige Siedlerland, das erneut verlassen und verwahrlost dalag, im Auftrag des Staates von einem Fachmann verwaltet, der diesmal aus Schweden stammte und auch Vögel im Koffer gehabt hatte. Ein ebenfalls auf diese Weise ins Land geratener Diplomvolkswirt organisierte den Export der Inselgüter, dessen größten Anteil der sogenannte Souvenirklub für sich buchen konnte. Es handelte sich dabei um einen nach Art der Buchgemeinschaften aufgezogenen Klub (Gründer war ein durch die Vögel geköderter amerikanischer Manager), der monatlich an seine beitragzahlenden Mitglieder je ein Souvenir internationaler Herkunft versandte. So gab es etwa im Januar eine kleine Schwarzwälder Kuckucksuhr, im Februar einen (gefälschten) Schrumpfkopf aus Ecuador, im März einen Nußknacker aus dem Erzgebirge, im April eine runde russische Holzpuppe mit kleineren Holzpuppen in sich, im Mai einen (gefälschten) Gamsbart, im Juni einen spanischen Fächer. Die Reklame zielte bei der Werbung darauf, daß sich ein Mitglied dieses Klubs kostspielige Reisen in aller Herren Länder sparen könne, da es die Souvenirs, die es dort womöglich unter allerlei Strapazen hätte erstehen müssen, einfach ins Haus geschickt bekäme. Innerhalb kürzester Zeit zählte der Klub über zwanzigtausend Mitglieder in zwölf Ländern, hauptsächlich Nordamerikaner, und Delfina wurde zum Umschlaghafen für Souvenirs. Ein großer Teil dieser Artikel entstand aber auf Delfina selbst, und der Unternehmer zeigte keinerlei Skrupel, das wahre Herkunftsland mancher Sächelchen zu verschweigen oder gepreßte Delfiner Schmetterlinge zu brasilianischen Souvenirs zu erklären. Allein schon durch diesen Klub wäre Delfina berühmt geworden!

Wieder wurde eine Universität gegründet, die Kapazitäten unter den Professoren aufzuweisen hatte. Von allen Seiten des Festlands, vor allem aber aus Südamerika, setzte ein Ansturm von Studenten ein. Der russische Physiker wurde zum Rektor gewählt.

Der Kongreß verabschiedete eine Reihe von Wohlfahrtsgesetzen. Es wurden eingeführt: eine hohe Altersrente für alle Altbürger der Insel, eine Invalidenrente, Schulgeldfreiheit, ärztliche Betreuung auf Staatskosten, Heiratszuschüsse bis zu einer gewissen Einkommenshöhe des Bräutigams, Bestattungszuschüsse, Steuerfreiheit für Maler, Bildhauer, Komponisten und Schriftsteller, kurz, für alle Künstler. Sogar die Alimentenzahlung, der sich zahlreiche männliche Touristen entzogen, übernahm der Staat. Und da sich in der Aussicht auf weitere fette Jahre, vielleicht Jahrzehnte, die Geburtenrate auf Delfina steigerte (ungeachtet der Regel, daß in reichen Ländern die Kinderzahl sinkt), empfahl Charly in mehreren Reden, auch im neuen *Radio Delfina*, den Gebrauch der Pille – vergebens. Schließlich blieb dem Kongreß nichts anderes übrig, als ein unpopuläres Gesetz zu verabschieden: das der Kindersteuer. Die ersten drei Kinder waren frei, die nächsten mußten bis zu ihrem fünfzehnten Lebensjahr empfindlich hoch versteuert werden. Diese Maßnahme verhinderte, daß sich die Insulaner bald gegenseitig auf die Füße traten.

Delfina hatte sich herumgesprochen. Die Delfiner entwickelten sich zu hervorragenden Touristenkennern. Schon auf hundert Meter Entfernung konnte bald ein Zehnjähriger mit neunzigprozentiger Treffsicherheit die Nationalität eines Touristen erkennen, und manche Leute entwickelten sogar ein derartig differenziertes Gespür, daß sie an den Gesichtszügen des Touristen dessen Konfessionszugehörigkeit ablesen konnten.

Längst waren auch alle internationalen Banken und großen Firmen wieder auf Delfina vertreten, und in Limerick wurde fast in jedem dritten Gebäude ein Konsulat untergebracht. Den versandeten Fishboner Hafen ließ Charly wieder ausbaggern.

Eine Gruppe kubanischer Rebellen, die heimlich bei Nacht in einem Schnellboot an der Inselküste abgesetzt worden war und den Auftrag hatte, die Insel für eine Revolution der arbeitenden Klasse vorzubereiten, bis die Arbeiter Delfinas aus eigener Kraft in der Lage sein würden, das Joch des Kapitalismus abzuschütteln und dem kubanischen Beispiel zu folgen, stieß mit ihren marxistischen Theorien auf völliges Desinteresse. Es ging den Delfinern so gut, daß sie keines Umsturzes bedurften. Im Gegenteil – jeder Delfiner war überaus interessiert, die gegenwärtigen Verhältnisse zu erhalten und zu stabilisieren. Der Plan der kubanischen Agenten, in den Hügeln der Insel eine Guerillagruppe zu bilden und ihr alle Unzufriedenen einzugliedern, schlug völlig fehl. Es gab keine Unzufriedenen, außer dem alten Fischer, der, wie schon erwähnt, als Eigenbrötler zwischen den Klippen bei Fishbone lebte und nach zwei Jahren stillschweigender Duldung der lästigen Sightseeing-Besuche plötzlich ganz unvermittelt begann, Touristen, die sich ihm freundlich lächelnd näherten, mit Cocacolaflaschen und Cornedbeefbüchsen, die zu Haufen an den Stränden und zwischen den Klippen herumlagen, zu bewerfen. Als ihn die Kubaner nachts besuchen wollten, um ihn, den mit den Verhältnissen Unzufriedenen, in die Guerillagruppe aufzunehmen und ihm einen baldigen Wechsel der Situation Delfinas zugunsten der arbeitenden Klasse in Aussicht zu stellen, flogen auch ihnen ein paar Flaschen um die Ohren, so daß sie schleunigst zurückwichen und ihm von ein paar nahen Klippen aus zuriefen, ob er sich denn nicht zur arbeitenden Klasse gehörig fühle. Wenn ja, hätten sie wichtige Nachrichten für ihn.

„Deshalb bin ich ja gerade hier zwischen die Klippen gezogen!" zischte ihnen der zahnlose Alte als Antwort zurück. „Ich arbeite seit Jahren nicht mehr und gedenke auch weiterhin nicht zu arbeiten. Arbeit ist Gift. Ich genieße das Leben!"

Dagegen ließ sich nicht viel sagen, und nach einiger Zeit holte das Schnellboot die Revolutionäre wieder ab.

Wirklich, das Wirtschaftswunder Delfinas wäre makellos gewesen, hätten die Delfiner Bürger nicht diese Invasionen weiblicher amerikanischer Schiffspassagiere über sich ergehen lassen müssen. Kaum fuhr eines der weißen Schiffe in den Fishboner oder Newhomer Hafen ein, ertönte eine Alarmsirene in allen vier Orten, und überall gingen die Rolläden herunter, wurden die Gartenzäune elektrisch geladen, verschwanden die eingeweihten Touristen an einsame Strände, die man nicht so leicht fand. Und schon überfluteten die Amerikanerinnen die Insel in großblumigen Bermudashorts und phantastischen Strohhüten, maskiert mit riesigen Sonnenbrillen, stürzten sich in Horden auf die Strände und von dort wie die Lemminge ins Meer. Kaum hatten sie ein wenig in der Karibischen See geplanscht, flatterten sie in die Orte hinein, auf die Hügel, in die Palmenhaine, und drängten sich zu allen Sightseeing-Touren. Sie blockierten die Fahrbahnen, füllten Cafés und Restaurants mit schrillem Gezwitscher, spähten in Fenster, Türen und Hinterhöfe und posierten für Fotos vor Springbrunnen und Palmen. Sie bestaunten das Leben der Einheimischen und versuchten, das Wörterbuch in der Hand, mit jedermann ins Gespräch zu kommen. Zum Entsetzen der katholischen Bevölkerung der Insel war eine dieser Amerikanerinnen, Mrs. Nelly Blue, schuld daran, daß die nagelneue Heiliggeistkathedrale unbrauchbar wurde. Der Wind hatte ihr den Hut, mit allerlei Frühling und Grünzeug garniert, vom Kopf und in die Zementmischmaschine geweht. Nun war er in der Zwischenwand von Kirchenschiff und Sakristei einbetoniert worden. Vergeblich umkreiste die Dame klagend die Kathedrale und erzählte allen ihr Mißgeschick. Es stellte sich heraus, daß sie eine überzeugte Atheistin war. Das konnte natürlich nicht gutgehen. Und so schlug auch die Weihe des Neubaus durch den extra eingeflogenen Bischof nicht an: Die Kathedrale blieb unbrauchbar. Dies äußerte sich in den merkwürdigsten Begebenheiten: Beim Richtfest waren alle Arbeiter betrunken, obwohl der Pfarrer nur Kakao hatte ausschenken lassen. Zuweilen roch es rund um die Orgel nach Schwefel. In den beiden Türmen stöhnte es, besonders bei Sonnenaufgang, ganz jämmerlich, und auf dem Dach der Kathedrale wucherten alsbald Marihuanapflanzen. Schließlich blieb dem Pfarrer nichts anderes übrig, als die Kathedrale zu schließen, da die Gläubigen sie mieden. Und der Volkszorn staute sich.

Inzwischen war Delfina so sehr touristische Mode geworden, daß die Insel nicht mehr unbedingt auf die Dollars der Amerikanerinnen angewiesen war. Und so erhielt der Botschafter Delfinas in den Vereinigten Staaten den Auftrag, von nun an die Kreuzfahrten nach Delfina zu unterbinden.

Das war freilich eine heikle Sache und bedurfte allen diplomatischen Geschicks, denn die Insel sollte ja nicht für alle Touristen gesperrt werden, sondern eben nur für diese Sightseeing-Scharen.

Aber noch bevor irgendwelche konkreten Schritte unternommen werden konnten – die Amerikanerinnen, die schon im voraus eine Reise gebucht hatten, mußte man schließlich reisen lassen –, kam es auf Delfina zur Katastrophe, denn dort erschienen plötzlich, durch reinen Zufall, zwei amerikanische Passagierschiffe fast zur selben Stunde, das eine im Hafen von Newhome, das andere im Fishboner Hafen, und kaum hatten die Sirenen auf Delfina Alarm gegeben, strömten schon von zwei Seiten her über tausend Damen und siebenunddreißig Herren (es gab auch einige männliche Touristen auf beiden Schiffen) auf die Insel. Die „Isn't it beautiful?"-Rufe schallten überall. Mit verbissenen Gesichtern begegneten ihnen Katholiken wie Protestanten, Newhomer wie Fishboner, Rechte wie Linke, und als eine reife Dame vor dem Briefträger Newhomes, der noch immer nicht mehr an sich trug als eine Hose, eine Mütze und die Briefträgertasche, in die Hocke ging und ihn entzückt fotografierte, entlud sich dessen Zorn derart, daß er ihr die Tasche über den Kopf schlug und sie niederstreckte.

Diese Tat wirkte wie ein Trompetensignal zum Angriff. Aus allen Häusern Newhomes, wo sich dieser Zwischenfall ereignete, stürzten Delfinerinnen mit Besen und Schrubbern und Delfiner rnit vollen Wassereimern und Hosenriemen in den Händen und trieben die erschrockenen Amerikanerinnen in Rudeln aus der Stadt und südwärts über die Hügel. Die Polizei sah machtlos zu. Es war sinnlos, gegen spontanen Volkszorn einzuschreiten. Bisher hatten die Bewohner Delfinas ihre Abneigung nur dadurch äußern können, daß sie gegenüber den Amerikanerinnen jede Kenntnis der englischen Sprache geleugnet hatten, obwohl Englisch, seit der Tourismus blühte, auf Delfina wieder dominierte. Jetzt aber öffneten sich alle Schleusen. Der lange aufgestaute Widerwillen verwandelte sich in rohe Gewalt. Die Polizei alarmierte lediglich die Behörden in Green Village, Fishbone und Limerick, und Charly befahl der Feuerwehr und den Polizeieinheiten, den Aufstand nicht zu bekämpfen, aber zu dirigieren, dergestalt, daß man die wie Hühner verstört gen Süden flatternden Amerikanerinnen in die Jasminwälder treibe. Weitere Weisungen seien danach abzuwarten.

Kaum erfuhren die Bewohner der übrigen drei Orte von den Ereignissen in Newhome, nutzten sie die Gelegenheit und scheuchten die Touristinnen auch aus ihren Städtchen hinaus und in die Jasminwälder zwischen Fishbone und Limerick hinein. Die ganze Landschaft hallte wider vom Geschrei der Getriebenen und den anfeuernden Rufen der Treiber.

Als alle Amerikanerinnen im Jasmingebüsch verschwunden waren, wurde die Treibjagd eingestellt. Bald verhallten die „Isn't it terrible?"-Schreie im Gesträuch, und es trat eine fast unheimliche Stille ein. Charly ließ eine Reihe von Lastautos heranfahren. Die Feuerwehrleute und Polizisten sowie eine Reihe freiwilliger Helfer, alle mit übergezogenen Gasmasken, hatten ein paar Stunden zu tun, die Damen, die verstreut im Jasmin herumlagen, einzusammeln, wegzutragen und auf die Lastautos zu laden. Es gab einige unter den deutschen Feuerwehrmännern, die sich ohne große Mühe drei Amerikanerinnen – von den mageren – über die Schulter warfen. Ununterbrochen fuhren die Lastwagen zwischen den Häfen und dem Jasmindickicht hin und her. Die Kapitäne beider Schiffe fluchten. Wie sollte man die Betäubten identifizieren? Wie sollte man erkennen, wer auf welches Schiff gehörte? Sie reihten die Damen auf dem Deck nebeneinander und entschlossen sich nach dem Austausch einiger Meinungsäußerungen, die mit allerlei saftigen Flüchen durchsetzt waren, den nächsten auf der Kreuzfahrt vorgesehenen Hafen anzulaufen – der für beide Schiffe der gleiche war –, um Ordnung in ihre Passagiere zu bringen. Denn beide Häfen Delfinas waren zu klein für zwei Schiffe nebeneinander.

Im Verlauf der Abfahrtsmanöver erwachten die ersten Damen aus ihrem Blütenschlaf, und es erhob sich ein großes Lamento, denn einigen von ihnen war auf der Flucht vor dem Mob der Fotoapparat abhanden gekommen. Der Kapitän des einen Schiffes bekam zwei Stunden nach Abfahrt, schon auf hoher See, einen Nervenzusammenbruch, nachdem er sich von jeder Dame einzeln die schauerlichen Ereignisse der letzten Stunden hatte erzählen lassen müssen. Mit der Absicht, sich ins Wasser zu stürzen, zwängte er sich durch das Bullauge seiner Kabine, blieb aber, dick wie er war, stecken und konnte erst im nächsten Hafen mit Schweißbrennern aus seiner mißlichen Lage befreit werden. Bis dahin mußte er es sich gefallen lassen, aus allen Bullaugen rings um sich und von der Reling her fotografiert zu werden. Eine Dame, Zeugin Jehovas, deren Kabine genau oberhalb der seinen lag, sprach ihm geistliche Trostworte zu. Von unten reichten ihm etliche Damen liebevoll zubereitete Sandwiches. Der Erste Offizier übernahm das Kommando.

Nachdem beide Schiffe am Ende der Kreuzfahrt wohlbehalten wieder in den Staaten gelandet waren, hatten es die Touristinnen überaus eilig, von Bord zu kommen, um alle Freunde, Verwandten und Bekannten um sich zu scharen und ihre unglaublichen Abenteuer zu berichten.

„Stell' dir vor", rief eine Freundin der anderen strahlend über die Straße zu, nachdem sie ihr die ganze Geschichte, die auf

Delfina passiert war, ausführlich hinübergebrüllt hatte, „wenn ich nicht dieses Schiff gewählt hätte, sondern ein späteres, wie ich es ursprünglich vorhatte, hätte ich das alles nicht erlebt! Ein Aufstand der Unterentwickelten gegen uns, den Fortschritt! Ein richtiger Aufstand! Und stell dir doch nur vor: Ein Briefträger schlug eine alte Dame zusammen! Eine Dame, die er nie zuvor gesehen hatte! Weißt du, einen Augenblick lang hatte ich die wahnwitzige Vision, während ich um mein Leben rannte, es handle sich bei diesen Insulanern um Kannibalen!"

Der Zwischenfall auf Delfina geriet in alle Zeitungen, Radio- und Fernsehprogramme und wurde überall ausführlich kommentiert. Die Vereinigten Staaten brachen die diplomatischen Beziehungen zu der Insel ab und zogen ihre Peace-Corps-Leute zurück. Aber auf Druck einer Vielzahl großer und größter amerikanischer Reisebüros wurden die Beziehungen zwischen beiden Staaten, nachdem sich die Regierung Delfinas für den Vorfall entschuldigt hatte, wieder aufgenommen unter der Bedingung, daß alle von den Damen in der Aufregung oder durch die Jasminbetäubung auf Delfina zurückgelassenen Fotoapparate vollzählig zurückgegeben würden.

Da es zur Zeit auf Delfina nur wohlhabende Staatsbürger gab, fanden sich auch wirklich alle Fotoapparate ein (sogar einer zuviel!) und wurden per Flugsendung in die Staaten geschickt. Von nun an aber sollte die Insel nicht mehr von amerikanischen Passagierschiffen angelaufen werden, obwohl die Verfolgung und Betäubung der Touristinnen unbeabsichtigt zum größten Werbegag der Insel wurde. Die Inselregierung hatte diese Bestimmung erlassen und bestand darauf, und die Inselbevölkerung konnte wieder aufatmen.

Das ungetrübte Wohlstandsleben, das in der Geschichte Delfinas seinesgleichen nicht kannte, währte jedoch nicht lange. Die alte Wahrsagerin aus dem Clan der Zauberer und Zauberinnen hatte plötzlich Düsteres in der Zukunft erspäht. Auch die Karten wiesen auf eine Katastrophe hin, und die Kaffeesatzvorraussage war ebenfalls alles andere als tröstlich. Bereits dreimal sieben Nächte nach dem Abtransport der Amerikanerinnen umkreiste eine Fliegende Untertasse den Gipfel des Grey Horn um Mitternacht. Sie wurde von zahlreichen Inselbewohnern und Touristen gesichtet. Der alte Liftwärter am Fuß der Jesusstatue erschrak so sehr vor der großen orangefarbenen Scheibe, daß er violette Ohren bekam und tot umfiel. Als man ihn fand, hatte er noch die Augen weit offen, und die Pupillen hatten sich orange verfärbt. Acht Tage später hatte eine Frau aus Fishbone Gesichte. Ihr war eine in Trauerkleidung gehüllte weibliche Silhouette erschienen, die folgende Worte gesprochen hatte: „Lerne schwimmen, wenn dir dein Leben lieb ist!" Niemand konnte einen Sinn in diesen Worten finden, und alle orakelten daran herum. Ängstliche nahmen Schwimmstunden. Überall wurden Schwimmlehrer gesucht. Manche Frauen wurden hysterisch und begannen wie wild, Vorräte zu horten, als erwarteten sie Krieg und Hungersnot. Viele Insulaner sprachen von einer Gottesstrafe für die Jagd auf die Amerikanerinnen, und alle Kirchen, gleich welcher Konfession, füllten sich täglich mehr. Nur die Kathedrale blieb leer. Vor den Beichtstühlen bildeten sich Schlangen, so daß der katholische Pfarrer, der mit seinem Kaplan umschichtig die Beichten abhörte, sich einen Vorrat an Vesperbroten, gebratenen Hühnerbeinen und Wein im Beichtstuhl stapelte, um dieser ungeheuren Strapaze gewachsen zu sein. Bei den Protestanten sprangen während der Gottesdienste Leute von ihren Sitzen auf und bekannten öffentlich ihre Sünden. Die Hysterie der Inselbevölkerung steigerte sich, als in Fishbone am hellichten Tag eine Schlange von drei Metern Länge quer über den Marktplatz kroch, wo es doch auf der ganzen Insel bisher keine Schlangen gegeben hatte. Noch unheimlicher war ein Fund, den ein Tourist beim Herumstreifen an einem Abhang des Grey Horn machte: Da wuchs ein niedriger, stachliger Strauch, knorrig vom Alter, verästelt und verzweigt. Rund um den Stamm, der nicht viel dicker als ein Finger war, spannte sich ein Ring – ein alter goldener Siegelring, dem Stil nach spanischer Herkunft –, der längst zu klein geworden war für den Umfang des Stammes, so daß dieser zu beiden Seiten des Ringes Wülste bildete. Jeder fragte sich erstaunt, wie der Ring wohl an den Stamm gekommen war, denn unterhalb des Ringes verzweigten sich die Wurzeln, oberhalb die Äste.

Um jegliches drohende Übel von der Insel abzuwenden, ließ sich der katholische Pfarrer am nächsten Tag in einem Hubschrauber über die Insel fliegen, beide Madonnen im Arm, die vom Nonnenhügel und die von der Landzunge, auf daß sie das Land segneten.

Und in einer herrlichen Nacht, die voller Blütenduft und Sterne war, fiel ein ganzer Sternschnuppenregen über die Insel. Die alte Oberin auf dem Nonnenhügel, die auf der Bank vor dem Kloster saß und ihn beobachtete, seufzte und sagte: „Schade, daß du das nicht sehen kannst, mein Lieber. So etwas erlebt man nicht alle Tage. Das reinste Feuerwerk. Weißt du noch, als du mir das Meer geschenkt hast? Damals hatte ich nichts, was diesem Geschenk an Wert gleichgekommen wäre. Aber jetzt schenke ich dir den Sternschnuppenregen. Vielleicht kannst du ihn doch sehen, wer weiß?"

In dieser Nacht wurden aus lauter Nervosität auf der Insel noch insgesamt acht Kinder gezeugt.

Gegen Morgen, die Sonne färbte schon den östlichen Himmel rosaviolett, schreckten die Delfiner aus unruhigen Träumen empor. Die Betten schwankten wie auf hoher See, Risse durchzogen die Wände, die Häuser ächzten und hüpften. Blumenvasen, Nachttischlampen, Nippesfiguren stürzten und rollten durch die Zimmer. Ein donnerähnliches Grollen erfüllte die Luft. Die Erde bebte!

Schreiend klammerten sich die Frauen an ihre Männer, dann rissen sie die Kinder aus den Betten und rannten ins Freie. Die Balkone brachen ab, falsche Fassaden stürzten herunter, Gebäude fielen in sich zusammen. Die Büsten und Statuen auf der ganzen Insel kippten von ihren Sockeln. Aus den Hotels gellte vielsprachiges Geschrei. Die Jesusstatue auf dem Grey Horn, in der Morgendämmerung nur als Silhouette sichtbar, neigte sich langsam, dann immer schneller und stürzte zu Tal, wo sie vier Ziegen zermalmte, die zu so früher Stunde schon über die Hänge hüpften.

Die Kathedrale in Newhome sank ebenfalls in Trümmer. Noch ein paar Stunden später stand eine Staubwolke über der Stelle, wo sie gestanden hatte. Die Mauer zwischen Kirchenschiff und Sakristei war mittendurch gebrochen, und in dem klaffenden Spalt wurden die grellbunten Fetzen des unseligen Damenhutes sichtbar. Alle Glocken auf der ganzen Insel begannen von selbst zu läuten. Hunde heulten, Kühe muhten verstört. Der Hang des Horseback, auf dem die Schönheitsfarm und das Priesterseminar lag, rutschte in einen Vorort Newhomes hinein. Zahlreiche Häuser begannen zu brennen, und auch über Limerick stieg Rauch auf. Die Feuerwehr mußte untätig zuschauen, da in den Straßen breite Abgründe klafften und die Wasserleitung an verschiedenen Stellen zerstört war.

Green Village war am schlimmsten dran: Dort stand kaum mehr ein Stein auf dem anderen. Leute wühlten in den Trümmern, suchten nach Angehörigen und Wertsachen, gestikulierten und lamentierten. Tiere verendeten in zusammengestürzten Ställen. Nur die Burg mit ihrem Gartenzwergpark hatte keinen nennenswerten Schaden erlitten.

In Fishbone wälzte sich eine Feuersbrunst die ganze Hauptstraße entlang. Zwei Hotels brannten aus. Versengte Touristen warfen sich, Kameras umklammernd, ins Meer. Ein Stoffhändler, der ohnmächtig zusehen mußte, wie sich das Feuer seinem Laden näherte, rannte mit zwei Ballen Stoff, der eine gestreift, der andere geblümt, sinnlos auf der Straße herum. Man konnte Dr. Bürzli auf der Terrasse seines lädierten Bungalows knien und mit erhobenen Händen beten sehen. Die ganze *Nonnenfalle* war ins Meer gerutscht und deren Personal ohne Ausnahme ertrunken. Die Springbrunnen auf der Insel versiegten, das elektrische Licht ging aus, den Wasserhähnen entströmte kein Wasser mehr. Die Telefonleitungen waren tot.

In Limerick war das Regierungsgebäude eingestürzt. Der Finanzminister, der bis zum Morgen in seinem Büro gearbeitet hatte, war sozusagen in den Sielen gestorben. Ein ganzer Schrank voller Akten war über ihn gestürzt und hatte ihn unter sich begraben. Die Eisenbahnwaggons waren umgekippt, die Lokomotive hatte sich selbständig gemacht und war ohne Gleise einen Abhang hinuntergerollt. Zwei Fabriken brannten lichterloh, nachdem in der Schnapsbrennerei mehrere größere Explosionen stattgefunden hatten. Die riesigen Glasfenster einiger Bankgebäude platzten. Drei Konsuln waren von einstürzenden Mauern erschlagen worden. Quer durch die ganze Stadt zog sich eine breite Erdspalte, an die sieben Meter tief, die man nun, nach dem ersten Schrecken, notdürftig zu überbrücken versuchte. Das Polizeipräsidium, die Hauptpost und das Gymnasium standen zwar noch, schienen aber einsturzgefährdet zu sein und mußten geräumt werden. Der Flughafen war nicht mehr benutzbar. Tiefe Spalten durchzogen ihn, als hätte ihn ein Riesenpflug umgepflügt.

Charly ließ sich sofort in einem Hubschrauber über die Insel fliegen, um einen Überblick über das Ausmaß der Katastrophe zu bekommen. Er konnte nicht glauben, was er sah. Nur an den Stränden hatte das Erdbeben relativ wenig zerstört. Noch standen dort manche Hotels, Strandbungalows, Hütten und Kioske, wenn auch etwas in Unordnung geraten. Aber der Strand war ganz schmal geworden oder völlig verschwunden. Das hieß: Die Insel war abgesackt.

Oben auf dem Nonnenhügel war auch nichts passiert, aber hinter dem Klostergebäude, wo früher der Krautgarten gewesen war, klaffte ein abgrundtiefes Loch, aus dem schwefliger Dampf aufstieg. Als die Oberin, aus dem Bett geschüttelt, das Loch erspäht hatte und an seinen Rand trat, schlug sie die Hände vor Freude zusammen: Hier hatte sich das Grab ihres Freundes befunden, und nun war es in diesen bodenlosen

Abgrund hinabgestürzt, wo sich zweifellos die Hölle befand, denn die Hölle pflegt nach Schwefel zu stinken, das weiß jeder einigermaßen Gebildete, und hier – jawohl, hier aus dem Loch stank es ganz barbarisch nach Schwefel! Also würde sie ihn doch treffen, dort, wohin Gott sie, hoffentlich bald, verstoßen würde. Und sie setzte sich vor dem Kloster auf das Bänkchen, schaute auf die Trümmer von Newhome hinunter und weinte vor Freude, während das Geschrei der Newhomer bis zu ihr hinaufdrang.

Wie aufgescheuchte Ameisen rannten die Leute kopflos durch die Straßen, schleppten Kinder, Möbel, Geschirr, Lebensmittel; andere gruben in den Trümmern oder warfen Scherben aus den Fenstern. Die Glocken waren verstummt. Langsam legte sich die Panik wieder. Man versuchte die Brände einzudämmen und bildete Eimerketten bis zum Meer hinunter. Über die Erdspalten wurden Planken gelegt. Unverzagte Hausbesitzer rührten bereits Zement an, andere reparierten elektrische Leitungen. Frauen stürmten in die Lebensmittelgeschäfte. Man konnte ja nicht wissen, und was man im Hause hatte, war einem sicher. Diejenigen, die schon vorher gehortet hatten, triumphierten jetzt. Und ein jungverheiratetes Touristenpaar aus Toulouse, das sich auf der Hochzeitsreise befand, kroch wieder zurück ins Bett.

Aber zum neuerlichen Entsetzen der Delfiner begann das Meer rings um die Insel zurückzuweichen, weit über die äußerste Ebbelinie hinaus. Mit einem überaus starken Sog zog es westwärts ab und ließ bis zum Riff nackten Meeresboden zurück. Als dünne, blinkende Rinnsale folgten ihm die aus den Bergen herabkommenden und ins Meer mündenden Bäche durch Schlick und Sand, weit hinaus, ihm nach, über endlose Flächen des entblößten Meeresgrundes, die sich den Delfinern bisher noch nie gezeigt hatten. Die standen nun in Gruppen am Strand und an den Hängen herum und gafften. Ihnen graute. Was hatte dieser Abzug des Meeres zu bedeuten? Nur in den beiden tiefen Hafenbecken stand noch Wasser, sowohl bei Newhome wie bei Fishbone. Die Riffe, nun nackt und grauschwarz gewülstet, boten einen unheimlichen Anblick. Fische, zum Teil recht große, zappelten in Pfützen, andere lagen tot auf dem dampfenden Watt, und auf dem östlichen Riff krabbelten unbeholfen zwei Meerweibchen herum, durch ihre Fischschwänze behindert, und jammerten ganz herzzerbrechend. Offenbar suchten sie ihre Kinder, die ihnen abhanden gekommen waren.

Von all der Aufregung und den Naturschauspielen merkte der einsam in den Klippen bei Fishbone hausende alte Fischer nichts. Er hatte am Vorabend an der Hochzeitsfeier seiner Nichte teilgenommen und die Gelegenheit benutzt, sich zu besaufen. In den frühen Morgenstunden, kurz vor dem Erdbeben, war er heimgetorkelt und mit albernem Gelächter erst einmal längelangs auf die Balken gefallen, die unter der Hütte, auf Pfählen, eine Plattform bildeten. Auf allen vieren war er zur Tür hineingekrochen, war auf sein Bett gesackt und sofort in tiefen Schlaf gefallen. Die Hütte hatte gekracht und geächzt, aber er war in wohligen Träumen dahingeschwankt. Die Tassen waren von seinem Wandbord gefallen, sein einziger Topf, innen ganz verkrustet, war unter das Bett gerollt. Die vergilbte Fotografie seiner Mutter, seit zwanzig Jahren unter Glas gerahmt, lag zwischen Scherben auf dem Fußboden. Hätte er einen Blick aus dem Fenster geworfen, hätte er nichts als eine wellige Ebene aus Schlick und Schlamm gesehen. Dieser Anblick hätte ihn sicher ernüchtert. Aber er schnarchte derartig, daß die Möwen nicht wagten, sich auf dem Dach seiner Hütte niederzulassen, wie sie das gewohnt waren.

„Wenn sich das Meer auf so außergewöhnliche Weise zurückzieht," folgerte Charly, der es von seinem Helikopter aus abfließen sah, „wird es auch auf eine außergewöhnliche Art wiederkommen."

Er ließ den Piloten landen und befahl sofort die Räumung der am Meer liegenden Orte: Newhome, Limerick und Fishbone.

Die Feuerwehrleute, die nun endlich den Reiz auskosten konnten, im Mittelpunkt eines Katastropheneinsatzes zu stehen, verteilten sich auf der Insel und bliesen Feuerhörner, die der Hauptmann in weiser Voraussicht, daß bei Katastrophen die elektrische Alarmanlage ausfallen könne, hatte anschaffen lassen. Sie zwangen die Leute in Zusammenarbeit mit der Polizei, mit Vieh, Kindern, Alten und Kranken die Hänge hinaufzusteigen.

In der gebotenen Eile rafften viele, völlig kopflos, die albernsten Dinge zusammen, um sie zu retten. Eine alte Frau trug eine Rattenfalle in der Schürze bergauf und zerrte ihre Ziege hinter sich her. Zwei Familien schleppten ihre Fernsehgeräte den Horsehack hinauf, vergaßen daheim aber ihre Kinder. Ein Gärtner belud sich mit Samentüten. Eine Witwe karrte eine Schubkarre mit sechzehn Alben voller Familienfotos und den gebündelten Liebesbriefen ihres verstorbenen Gatten hangaufwärts. Mehrere alte Damen aus der High Society versuchten, hinaufkeuchend, ihren Schoßhündchen klarzumachen, daß die Regierung diese Maßnahme angeordnet und diese deshalb Sinn und Zweck habe. Ein Bernhardiner trug einen drei Tage alten Säugling zwischen den Lefzen aus einem Haus. Von den Eltern des bedauernswerten Kindes war weit und breit nichts zu sehen. (Diese Geschichte ging später durch die Zeitungen aller Länder.) Kinder retteten wiederum neugeborene Hunde. Überall auf der Insel ereigneten sich rührende Hilfeleistungen zwischen Mensch und Tier. Es wird sogar erzählt, ein Huhn habe die Brillanten seiner bettlägerigen Herrin gefressen und sei danach den Hang hinaufgeflattert. Zwar sei die Besitzerin der Edelsteine kurz danach elend ertrunken, aber die Brillanten seien auf diese Weise gerettet worden.

Katzen hetzten in langen Sprüngen, hysterisch miauend, hügelaufwärts. Auf einem Handwagen sah man eine Familie mehrere Matratzen den Nonnenhügel hinaufzerren. Eine Zuckerkranke rettete nur ihr Insulin, ein Minister seine elektrische Eisenbahn. Freigelassene Kaninchen, Hühner, Enten und Wellensittiche hüpften den Hinaufhastenden vor den Füßen herum. Alle Meerschweinchen der Insel kamen, völlig zahm, aus ihren Löchern. Mit wehenden Soutanen eilten Pfarrer auf den Hügeln umher und spendeten Trost, auch der Schar aufgeregter Mädchen, die nur notdürftig bekleidet aus Yolandas Villa heraufgestürzt kam.

Gegen die Zwangsräumung wehrten sich viele, da sie deren Sinn nicht einsahen. Das Erdbeben war ja doch vorbei, jetzt galt es aufzuräumen und die Schäden zu beheben. Kranke weigerten sich, ihre Betten zu verlassen, Alte versteckten sich in Schränken oder Speisekammern, als die Polizisten die Häuser durchkämmten. Ganze Familien leisteten den Beamten, die mit Waffengewalt drohten, energischen Widerstand. Vor allem im Hafenviertel war die Bevölkerung nur zu einem sehr geringen Teil zu bewegen, ihre schönen neuen, während des Wirtschaftswunders entstandenen Häuser zu verlassen. Auch in Fishbone hatte die Polizei große Mühe mit der einheimischen Bevölkerung. Die Touristen dagegen, etwa viertausend, folgten willig den Befehlen. Den alten Mann in den Klippen zu warnen, daran dachte freilich niemand. Friedlich schnarchte er weiter.

Noch während die Leute die Hänge hinaufkeuchten, kehrte das Meer zurück als riesige Woge, die am Horizont aufwuchs und sich langsam heranwälzte. Schreckensbleich starrten die wenigen, die schon die Hügel erklommen hatten, hinaus. Einige von ihnen stürzten noch einmal hinunter in den Ort, um Habseligkeiten zu retten. Aber die Woge, die sich in Wirklichkeit rasend schnell näherte, war über ihnen, noch bevor sie die Häuser erreichten oder sich zurück auf die Hügel retten konnten. Sie überrollte die Ufer und trug auf ihrem Kamm die Plastikschwäne weit ins Land hinein, brandete über die Dächer, warf die Steinhäuser um und riß die Holzhäuser aus ihren Fundamenten. Sie zerschlug Bretterwände und Schindeldächer, knickte Bäume und schäumte die Hänge hoch. Ganze Teile der Steilküste brachen ab und sanken ins Meer. Kirchtürme stürzten. Strandhotels und Bungalows wurden weggerissen und fortgespült. In die Täler schoß das Meer und schäumte. Aus der Tiefe der Woge stiegen die Kadaver von Hunden, Schweinen und Hühnern an die Oberfläche, Menschen drehten sich in Wasserwirbeln, klammerten sich an Balken, wurden von Treibholz zerquetscht.

Auf den Hügelkämmen hatten sich die Wenigen, denen es gelungen war, sich zu retten, zusammengeschart und starrten ins Gebrodel. Einige schrien, andere beteten. In den Haupttälern im Inneren der Insel brach sich die Riesenwoge, erreichte die Seitentäler nur noch als steigende Flut und prallte nicht mehr mit der ungeheuren Wucht der Brandung gegen die Hänge.

Häuser, Bäume, Möbel, Zäune tanzten auf dem Wasser. Gewaltige Strudel bildeten sich. Beim Zurückfluten riß die Woge alles mit, was ihr beim Einströmen widerstanden hatte, und zog es hinaus aufs Meer. Von den Riffen war nichts mehr zu sehen. Ganze Häuserzeilen, aus Holz erbaut, trieb der Sog hinaus und über die Riffe hinweg. Das ehemalige Kanonenboot und jetzige Restaurant drehte sich im Hafenbecken ein paarmal um sich selbst, legte sich schräg und sank. Wer Zeit dazu hatte, dieses Schauspiel zu beobachten, konnte den französischen Koch und einige Kellner im Wasser treiben sehen. Eine ganze Anzahl leerer Fischerboote trieb auch westwärts. Zahlreiche leichtgebaute hölzerne Strandbungalows zwischen Liegestühlen, Campingmöbeln, aufgeblasenen Luftmatratzen und Schlauchbooten zogen hinterher.

Die hölzerne Hütte samt ihrer Plattform aus den Klippen bei Fishbone, die die Woge von ihren Stützbalken abgehoben und davongetragen hatte, schaffte es, über eine Reihe von niedrigen Klippen, die früher einen guten Meter aus dem Wasser geragt hatten, hinwegzugleiten, ohne anzustoßen, da sie ja keinen Tiefgang hatte und einer Arche glich. Sie kämpfte sich einen Weg durch Balken, Möbel und Häusertrümmer, durch Tierleichen und schwimmende Bäume, und trieb unter den Blicken der wenigen Geretteten Fishbones, die sich ein Stück oberhalb der Jasminwälder zusammengeschart hatten, hinaus aufs Meer. Der Alte schlief noch immer.

Einer der Männer, die beim Auftauchen der Woge noch einmal in den Ort hinuntergerannt waren, um irgend etwas zu retten (es war der Manager des Souvenir-Klubs), hing jetzt an einem Balken, der im Sog der Strömung hinter der Hütte herschoß, und erwartete jeden Augenblick, von den aufeinanderprallenden Trümmern zerquetscht oder erschlagen zu werden. Er sah die Plattform aus guten, schweren Balken an sich vorüberziehen, die unversehrte Hütte darauf. Sie gab ihm Hoffnung: So leicht würde diese Arche nicht umkippen, und die Wände dieser Blockhütte waren so gebaut, daß sie manchen Stoß vertragen konnten. Alles Weitere würde sich dann schon ergeben. Er ließ den Balken los, schwamm mit ein paar Stößen zur Arche hinüber und zog sich an der Plattform hoch. Aber noch ehe er sich hinaufschwingen konnte, schoß ein halbes Dach vorbei und streifte ihn wieder ab. Die Arche erhielt einen gewaltigen Stoß, drehte sich einmal um sich selbst und trieb dann weiter.

Der Stoß warf den Schläfer fast aus dem Bett. Er grunzte, rollte sich wieder in die Mulde des Strohsacks und schlief weiter, diesmal aber ohne zu schnarchen, weil er auf der Seite lag. Eine tote Ziege streifte den Rand der Plattform und blieb mit ihrem Horn hängen. Die Arche zog sie mit sich fort.

Es wurde ein strahlender Tag. Möwen ließen sich auf dem Dachfirst nieder, Fische umspielten die Plattform, die sich in der Dünung hob und senkte. Die Sonne stand senkrecht über der Hütte, als der Alte erwachte. Schläfrig blinzelte er gegen die Decke. Sein Kopf schmerzte. Ihm war übel.

Merkwürdig, dachte er. Mein Rausch muß gewaltig sein. Noch immer schwankt alles!

Mühsam rollte er sich aus dem Bett und wankte breitbeinig zum Fenster. Er sah nichts als eine endlose Fläche Meer. Kopfschüttelnd und kichernd torkelte er wieder zurück.

So besoffen war ich schon lange nicht mehr, dachte er. Ich sehe nichts als Wasser. Sogar der Fußboden kommt mir naß vor. Das muß von dem Durst kommen, den ich habe.

Neben dem Herd, so erinnerte er sich, mußte ein Wassereimer stehen. Er tastete nach einem Trinkbecher, aber seine Augen fielen schon wieder zu. Er kniete sich vor den Eimer, aus dem die Hälfte des Wassers herausgeschwappt war, und schlürfte wie ein Hund. Dann ließ er sich wieder auf das Bett sinken. Diesmal fiel er in einen weniger tiefen, aber traumreichen Schlaf. Er träumte von einer stattlichen jungen Frau, nach der er sich sehnte. Die Sonne sank ins Meer und entfächerte ein verschwenderisches Abendrot. Es leuchtete durch das Fenster herein und rötete Bett und Mann.

Das Karibische Meer zeigte sich in dieser Nacht zahm wie selten. Matt plätscherten die Wellen über die träge schwankende Plattform. Sterne zogen auf. An dem Ziegenkadaver machte sich ein Rudel Fische zu schaffen. Auf dem First sammelten sich immer mehr Möwen. Sie hatten das Seebeben gespürt und waren verstört. Bald hockten sie auch auf der Plattform, auf dem Türgriff, auf den Fensterbänken. Sie besprenkelten die Arche mit grauweißen Klecksen und stießen ab und zu heisere Schreie aus. Aber der Mann schlief.

Während der Nacht ruhte der Wind. Über den Himmel ergoß sich die Milchstraße. Fern auf den Hügeln der Insel flammten Feuer auf, an denen sich Obdachlose wärmten. Drei Viertel der Bevölkerung waren ertrunken oder von den Trümmern erschlagen worden. Auch die Braut war umgekommen samt dem Bräutigam und allen Hochzeitsgästen bis auf einen. Die Überlebenden hockten um die Feuer. Sie hatten noch nicht begriffen, daß sich die Insel um fast zwei Meter gesenkt hatte und daß mehrere Täler zu Buchten geworden waren. Sie ahnten aber schon die Ursache der Katastrophe: ein Seebeben.

Kinder schrien sich in den Schlaf, Eltern weinten, Männer, die innerhalb von einer Stunde bettelarm geworden waren, brüteten vor sich hin. Leute, die ihre Angehörigen noch nicht gefunden hatten, suchten die ganze Nacht in den Hügeln und auf den Hängen, riefen und weinten. Kaum einer wagte sich schon hinunter in die zerstörten Orte. Wie, wenn die Woge wiederkam?

Gegen Morgen, noch vor Sonnenaufgang, trug das Meer die Hütte an Land. Der Zufall hatte sie an den Strand des Eilands getrieben, das Kaiser Roger I. vor eineinhalb Jahrhunderten erobert hatte und das inzwischen wieder in Vergessenheit geraten war. Es wuchsen jetzt vier Palmen mehr darauf als zu Kaiser Rogers Zeiten. Der letzte Landungsstoß, der die Arche auf knirschenden Sand schob, scheuchte die Möwen auf. Sie erhoben sich lärmend und zogen in einer hellen Wolke meerwärts davon. Die Ziege war verschwunden. Nur noch eines ihrer Hörner stak in einer Balkenritze am Rande der Plattform.

Vom letzten Stoß erwachte auch der Schläfer. Jetzt hatte er endgültig ausgeschlafen. Gähnend räkelte er sich auf dem Bett und dachte mit Unbehagen daran, daß er irgendwann einmal wieder angeln gehen müsse, um etwas zu essen zu haben. Er erhob sich, schob das wirre Haar aus der Stirn und öffnete die Tür, um, wie allmorgendlich gewohnt, von der Plattform aus zwischen die Klippen hinunter zu urinieren.

Es bleibt zu erwähnen, daß er noch drei volle Jahre auf der Insel lebte. Er ernährte sich von Fischen und Kokosnüssen – eine Nahrung, an die er gewöhnt war. Wenn er Durst hatte, trank er Kokosmilch. Schon nach Ablauf des ersten Jahres war er so weit, daß er unaufhörlich mit sich selbst redete. Manchmal zogen am Horizont Schiffe vorüber. Er winkte und schwenkte sein Hemd, das nur noch ein Fetzen war. Was hätte er jetzt für einen Schwarm aufdringlicher Touristinnen gegeben! In den ersten Wochen seines Inselaufenthaltes trieb allerlei Treibgut von der unglücklichen Insel Delfina herüber, so zum Beispiel ein aus Weidenruten geflochtener Puppenwagen, in deren Matratze sich eine Ratte festgebissen hatte. Als der Alte den Wagen aus dem Wasser zog, war die Ratte schon tot und aufgedunsen, aber ihre Zähne waren so fest verbissen, daß er den Kadaver samt der Matratze wegwerfen mußte. Den Puppenwagen nahm er mit in seine Hütte und legte eine Kokosnuß hinein. Mit ihr unterhielt er sich stundenlang angeregt über die verschiedensten Probleme. Auch ein Liegestuhl war angeschwemmt worden und eine Kiste, in der sich nichts als ein Dutzend nagelneuer und mit E. G. gekennzeichneter Servietten befand, die offenbar zu einer Aussteuer gehörten. Er sammelte noch mehr ein: leere Flaschen, einen hölzernen Kochlöffel, drei grinsende Kokosnußköpfe aus dem Arsenal des Souvenir-Klubs, einen Korkenzieher mit einem wuchtigen Holzgriff, einen hölzernen Nähkasten und, einen Tag später, eine Rolle weißen Zwirnes.

Am Ende des zweiten Jahres schaute er nicht mehr nach Schiffen aus, denn für ihn hatte sich die kleine Insel inzwischen bevölkert. Er war nicht mehr allein. Er hatte jeder Kokospalme einen Namen gegeben und glaubte sich umringt von lieben Freunden. Er veranstaltete Picknicks in ihrer Mitte und beschenkte sie mit Fischen. Er gewöhnte sich daran, daß sie sich zwar höflich bedankten, aber die Fische nicht anrührten, die er an den Fuß ihrer Stämme legte. Er erklärte sich diese Eigenheit damit, daß es ihnen ihre Religion verbot, Fische zu essen. Nun, solche Gebräuche galt es zu respektieren, und er drang nicht in sie. Gegen Ende des dritten Jahres starb er, nach glücklichen und zufriedenen Tagen, eines Nachts an einer Thrombose.

Von Glanz und Herrlichkeit der Insel Delfina war nicht viel mehr übriggeblieben als ein paar Hügel, das kahle Grey Horn, Palmenhaine mit pseudoarchaischem Gemäuer und den höherliegenden Bungalows, soweit sie nicht vom Erdbeben zerstört worden waren; die Landzunge, allerdings nun wesentlich niedriger und schmaler, so daß die unverwüstliche Morgansche Festung sozusagen aus dem Meer aufstieg und in den Kasematten das Seewasser mannshoch stand; das Klostergebäude samt Kapelle und Orgelruine auf dem Nonnenhügel; Schorschs überseeische Besitzungen an der Horsebackquelle; Fjorde, die einmal Täler gewesen waren, und früher üppige Weiden, auf denen nun Salzwasser stand; die Jasminwälder, ein Tunnel, das Fort auf dem Riff, wenn auch halb unter Wasser, und die Ruinen von vier ehemals blühenden Orten.

Fishbone, das nur einen Meter über dem Meeresspiegel gelegen hatte, stand jetzt teilweise unter Wasser. Viel war von dieser Stadt sowieso nicht übriggeblieben: ein paar Laternenpfähle, Grundmauern, ein halbes Dutzend Hochhäuser mit ausgewaschenen Wohnungen und öden Fensterhöhlen, und im Villenvorort, der etwas höher lag, eine Handvoll Bungalows, die das Erdbeben verschont und das Großfeuer verfehlt hatte. Green Village war, wie schon beschrieben, vom Erdbeben zerstört worden. Es bedurfte keiner Flutwelle mehr. Limerick, im Westen der Insel gelegen, war dem vollen Aufprall der Woge ausgeliefert gewesen. Dort stand fast kein Stein mehr auf dem anderen. Nur noch ein paar Betonruinen ragten zwischen den nackten Fundamenten auf, die die Straßenränder markierten. Und in Newhome, das, abgesehen vom Hafenviertel, etwas höher lag als Fishbone und Limerick, hatten etliche Brände gewütet, die zwar von der Woge gelöscht worden waren, aber schon vorher viel zerstört hatten. Immerhin – in Newhome standen vielleicht noch etwa vierzig Häuser, in denen es sich trotz der Verwüstungen durch das Wasser hausen ließ. Das Hafenviertel aber war bis auf Yolandas Villa ganz verschwunden. Es hatte sich in eine öde Sandbucht zurückverwandelt, die nicht einmal mehr die Schönheit der vormorganschen Zeit besaß. Der eigentliche Sandstrand war nur noch etwa drei Meter breit. Dahinter lagen Geröll und Morast und vom Hang herabgestürzte Trümmer.

Von den Einwohnern Delfinas lebte, wie schon erwähnt, nur noch ein knappes Viertel. Die Leichen der Erschlagenen und Ertrunkenen, die die Woge hinausgespült hatte, wurden von Haien gefressen oder irgendwo an anderen Inseln oder auf dem Festland an die Strände geschwemmt. Vor allem in Costa Rica und im Golf von Darien fanden sich mehrere hundert Delfiner ein, darunter auch Charly, der Präsident, und drei Minister seines Kabinetts, aber nur einer von ihnen zusammen mit seiner Frau.

Auch der russische Physiker, der französische Koch, drei amputierte Kellner, noch mit ihren Augenbinden, Schorsch (seine

Familie hatte sich, da sie oben im Hause schlief, während er unten im Deutschen Klub weilte, glücklicherweise retten können), die neue französische Madame, die nicht schnell genug den Berg hatte hinaufkeuchen können, und eine große Anzahl von Touristen internationaler Herkunft, die sich zu weit die Abhänge hinuntergewagt hatten, um die anrollende Woge zu fotografieren, waren an diesen Küsten gelandet. Nun lagen sie alle auf dem fremden Strand, manche noch halb im Wasser, und die Aasgeier kreisten schon. Aus den Sumpfgebieten Kolumbiens im Innern des Landes näherten sich ganze Wolken von Geiern. Der Feuerwehrhauptmann mit dreien seiner Leute wurde in den Golf von Mexiko geschwemmt, ebenso das junge französische Ehepaar auf der Hochzeitsreise. Diese beiden hatten sich mit einem Gürtel aneinandergebunden. Hinter ihnen her trieben Rinder aus dem staatlichen Großbetrieb, die in den Tälern geweidet hatten. Die Witwe des seinerzeit von den Arbeitern ermordeten Fleischermeisters und Präsidenten trieb sogar bis an das nordamerikanische Gestade. Sie hatte sich ihr Leben lang sehnlichst gewünscht, einmal in die Staaten reisen zu können. Nun hatte sich ihr Wunsch zu guter Letzt doch noch erfüllt.

Nicht nur Tote wurden ringsum an alle westlichen Strände der Karibik geschwemmt, sondern auch Möbel, Boote, Spielsachen, kurz alles, was leichter war als das Wasser. Ein hölzerner Bottich, voll mit Meerschweinchen, landete am Strand der mexikanischen Halbinsel Yucatán. Kaum an Land, hüpften die possierlichen Tierchen aus ihrem Fahrzeug und begannen sich auf der Stelle zu vermehren. Auf ähnliche Weise geriet ein Huhn an einen einsamen Strand von Britisch-Honduras. Nach ein paar Schritten auf fremder Erde legte es ein Ei, dann erlag es einem Herzschlag. Ein riesiger Eber schwamm ohne Untersatz, nur von seinem Fett getragen, bis vor Cartagena de las Indias. Dort geriet er Fischern in ihre Netze und wurde noch am selben Abend geschlachtet, gebraten und verzehrt.

Rings an den Küsten wurde außergewöhnlich hoher Wellengang vermerkt. Das waren die Ausläufer der Riesenwoge, die das Seebeben erzeugt hatte. Irgendwo westlich von Delfina, wahrscheinlich recht nahe, hatte der Meeresgrund gebebt und mit ihm die Insel. Dadurch war jene riesige Welle entstanden, die innerhalb einer Viertelstunde zerstörte, was Generationen aufgebaut hatten.

Flugzeuge der internationalen Luftlinien, die die Insel im Laufe des Unglückstages anfliegen wollten, fanden den Flughafen nicht mehr, kreisten über Delfina und übermittelten die traurige Kunde der Weltöffentlichkeit. Von allen Seiten nahte Hilfe, auf dem Wasser- und auf dem Luftweg. Hubschrauber vom nord- und südamerikanischen Kontinent landeten auf den Hügeln, teilten Lebensmittel aus, setzten Ärzte und Krankenschwestern, ja ein ganzes Feldlazarett ab und fahndeten nach Touristen und ausländischen Studenten, deren Angehörige Himmel und Hölle in Bewegung gesetzt hatten. Die alte Oberin kochte im Kessel ihrer Waschküche ununterbrochen Suppe. Die Mädchen aus Yolandas Villa, die zwar erst ohne ihre Madame wie hilfloses Federvieh herumgeflattert waren, hatten bald ihre fünf Sinne wieder beisammen und teilten Suppe aus, betreuten Waisenkinder und herrenlose Schoßhündchen und kümmerten sich um Greise. Hilfsmannschaften sammelten und begruben die Toten. Von den Horizonten her näherten sich mehrere Schiffe, die Boote zur Insel schickten, ebenfalls vollgepackt mit Lebensmitteln, Medikamenten, Kleidern und Decken. Da die Riffe nun fast zwei Meter tiefer lagen, bedurfte es für Motorboote keiner navigationstechnischen Raffinessen mehr, eine Einfahrt zu finden. Kuba schickte einen ganzen Kutter voll Rum und Zigarren herüber, eine Geste, die die Obdachlosen, während sie in Decken, Medikamenten und Proviant fast erstickten, dankbar registrierten. Ab diesem Tag beurteilten sie Kubas Politik wohlwollender. Alle Touristen und Studenten, die die Katastrophe überlebt hatten, wurden an Bord der Schiffe genommen.

Dr. Bürzli hatte nun genug von der Inselidylle. Ihn trug ein Helikopter davon. Auch einige andere der ehemaligen internierten Kapazitäten machten sich aus dem Staub. Bürzlis geliebte Yasmine, die ihm bei dem Seebeben buchstäblich das Leben gerettet hatte, indem sie ihn daran hinderte, hinunter auf die Bank zu rennen, die in dieser frühen Morgenstunde sowieso geschlossen gewesen wäre, ließ er ohne große Gemütsbewegungen, aber unter vielen Versprechungen zurück. Alle Ausländer, die noch lebten, aber alles verloren hatten, nutzten die Gelegenheit, kostenlos in ihre Heimatländer reisen zu können, so auch die letzten Mitglieder der deutschen Kolonie.

Zurück blieben, als sich der ganze Rummel gelegt hatte, etwa zweitausend Delfiner, von denen im Laufe des darauffolgenden halben Jahres noch die Hälfte die Insel verließ, um bei Verwandten auf dem Festland Aufnahme zu finden oder sich eine Arbeit zu suchen. Denn Delfina war eine tote Insel geworden. Die letzten tausend Eingeborenen setzten sich in Newhome fest und verwilderten. Sie lebten davon, die Ruinen der zerstörten Orte zu durchstöbern und alles herauszuholen, was noch brauchbar war. Sie aßen wieder Kokosnüsse und Fische. Austern und Schildkröten gab es seit der Katastrophe nicht mehr. Die Austernbänke waren versunken, die Schildkröten davongeschwemmt. Dafür vermehrten sich die Kaninchen, die, am Tage des Erdbebens freigelassen, nun in den Hügeln hausten. Auch ein paar Kühe gab es noch auf Delfina, Ziegen, Katzen, Hunde und ganze Schwärme bunter Vögel und Schmetterlinge. Wenn man auch die Kühe und Ziegen um der Milch willen schonte, gab es doch bald genügend Kaninchen zu jagen, und als Reserve hatte man die Hunde und Katzen. Verhungern konnte man also nicht. Die Leute zogen Gemüse und Küchenkräuter in ihren Gärten, die sie zwischen den Ruinen anlegten. Auf dem ehemaligen Marktplatz von Newhome wuchsen Bohnen und Blumenkohl und gackerten Hühner hinter Stacheldrahtzäunen und Bretterverhauen.

Es gab kein Telefon, kein elektrisches Licht, kein fließendes Wasser. Einmal im Monat kam ein Boot vom Festland herüber, brachte und holte Post und verkaufte Benzin und allerlei

Lebensmittel, die es auf Delfina nicht gab. Aber es wurde immer weniger gekauft: Das Geld ging den Delfinern aus. Sie hatten ja keine Gelegenheit mehr, etwas auf der Insel zu verdienen. Viele der Männer ließen sich wieder auf amerikanischen oder panamaischen Schiffen anheuern. Die Wildnis kroch in die Orte hinein. Fische laichten im Brackwasser, das über Fishbones Ruinen stand, Frösche quakten auf Green Villages Marktplatz. Taubenschwärme bevölkerten die leeren Hochhäuser, durch deren obere Stockwerke der Wind pfiff. In den pseudo-prähistorischen Gemäuern im Innern der Palmenhaine hausten zahllose Meerschweinchen. Überall in den Ruinen wucherte Unkraut, wuchsen junge Bäume und Sträucher, blühte es anmutig aus den Fensterhöhlen. Der Asphalt auf den Straßen platzte, sofern ihn das Erdbeben nicht schon zerrissen hatte. In den tiefen Löchern standen Regenpfützen. Gerümpel lag in den Straßen herum: zerstörte Fernsehapparate, zerbeultes Geschirr, Scherben, zerschlagene Möbel, Knochen und verwesendes Gras, das, in der zurückströmenden Flut an irgendeinem Hindernis hängengeblieben, noch die Richtung des Sogs anzeigte. Puppen hingen in den elektrischen Drähten, tote Hühner, die im Lauf der Zeit herunterfielen, Wäschestücke und sogar eine Geige, über die sich noch zwei Saiten spannten.

Es gab keine Schule, keine Kirche, keine Bank, keinen Bürgermeister, keinen Pfarrer, keinen Arzt mehr. Delfina war ein Tausend-Einwohner-Staat ohne Regierung. Kolumbien übernahm die Aufgabe der provisorischen Verwaltung, bis man auf internationaler Ebene eine Lösung für diese einmalige Situation gefunden haben würde. Und so wurde in Yolandas Villa, dem einzigen Haus in der Hafenbucht, das der Woge widerstanden hatte und dem nun das Meer bis fast vor die Haustür rauschte, eine drei Mann starke Polizeistation mit Radioverbindung zum Festland eingerichtet und eine blau-gelb-rote Fahne gehißt. Die kolumbianische Regierung schickte mit dem Postboot jeden Monat auch einen Arzt herüber – jedesmal einen anderen, weil keiner Lust hatte, nach Delfina zu fahren –, der einen ganzen Tag lang die Kranken recht und schlecht behandelte, auf guten Glauben Toten- und Geburtsscheine ausstellte und dann wieder, drei Kreuze schlagend, auf das Festland zurückfuhr.

Einmal brach eine rätselhafte Darminfektion aus, gerade, als der Arzt die Insel verlassen hatte, und tötete noch einmal an die hundert Menschen. Es wurde vermutet, daß sich Leichen in dem einzigen Brunnen Newhomes befanden und das Wasser vergiftet hatten. Von nun an mieden die Überlebenden das Wasser dieses Brunnens und holten in Krügen und Kannen auf ihren Köpfen sauberes Wasser aus der Horsebackquelle.

Oben auf dem Nonnenhügel hatte sich das Loch, das so sehr nach Schwefel gestunken hatte, nach einigen Wolkenbrüchen wieder geschlossen, aber nach Schwefel stank es an jener Stelle immer noch. Die Oberin war nun zum Mittelpunkt Delfinas geworden. Man rief sie zu jeder Entbindung, bat sie, diesen oder jenen Streit zu schlichten, Kinder zu taufen, Brautleute zu verheiraten und Sterbenden die letzte Beichte abzunehmen.

„Ich bin doch kein Pfarrer", protestierte die Alte.

„Aber du warst eine Nonne und außerdem mit einem Pfarrer befreundet", antworteten die Bittsteller. „Das heißt, du gehörst mehr zur Kirche als wir, die wir nur Laien sind. Was sollen wir tun, wenn wir keinen Priester haben? Wenn deine Taufen und Eheschließungen auch nicht voll gültig sein sollten, so sind sie doch vielleicht wenigstens ein bißchen gültig. Schließlich ist es ja nicht unsere Schuld, daß wir keinen Priester haben. Gott muß da ein Einsehen haben."

Also taufte und traute sie und nahm Beichten ab. Die Witwen kamen zu ihr hinauf, um sich bei ihr auszuweinen, und wenn gerade kein Arzt da war, mußte sie auch auf diesem Gebiet einspringen. Zwar gab es noch ein paar Mitglieder des Zaubererclans, aber sie waren nicht mehr in Mode. Alle liefen zur Oberin, die nun kaum größer und schwerer war als ein zehnjähriges Kind. Ihre Haut war so runzelig wie die eines Bratapfels, und sie hatte nur noch drei Zähne im Mund. Aber ihr Kopf war klar.

„So ist es hier nun einmal", pflegte sie seit der Katastrophe laut zu sich selbst zu sagen. „Fangen wir eben wieder von vorn an. Aber eines möchte ich doch gern wissen: Wo war die Dame, als es der Insel so schlecht ging? Warum hat sie das Unglück nicht abgewendet? Und wenn schon nicht damals – warum kommt sie jetzt nicht wieder und sorgt dafür, daß die Insel noch einmal auf die Beine kommt? Sie braucht doch nur mit dem Finger zu schnipsen, da fließen hier Milch und Honig!"

Ein knappes Jahr nach der Katastrophe kamen auf dem Post- und Arztboot zwei Hippies, Jesustypen mit Kettchen um den Hals, in ausgefransten Hosen und barfuß, ohne jedes Gepäck nach Delfina. Sie hatten bisher im Fischer- und Schmugglerhafen von Cartagena de las Indias herumgelungert, ohne festes Ziel, hatten gegessen, was man ihnen schenkte oder was auf dem Obstmarkt neben dem Hafen nicht mehr verkaufbar war, vor allem Bananen, und hatten nachts zwischen den aufgestapelten Schmuggelwaren am Kai geschlafen. Der eine war ein Nordamerikaner, der andere ein Kanadier. Sie sprachen nur gebrochen Spanisch. Aber sie kannten alle die Schaluppen- und Fischerbootbesatzungen Cartagenas, und wenn einmal ein Mann ausfiel, hatte man die Hippies eingeladen, einen Tag auszuhelfen. Für ein paar richtige Mahlzeiten und einen bescheidenen Stundenlohn. Abends hatten die Fischer und ihre Mädchen dem Gitarrenspiel des Kanadiers zugehört oder mitgesungen und die Jesusse ob ihrer schulterlangen Haare geneckt und an ihren Bärten gezupft.

Zuweilen fand sich viel Hippievolk in Cartagena ein und tauschte Erfahrungen aus. Der Modeort der Hippies innerhalb der Karibik wechselte wie die Modeorte der etablierten Gesellschaft. Manchmal war es Taganga, ein Fischerdorf an der kolumbianischen Küste, am Fuß der Sierra Nevada, manchmal war es Riohacha, eine verschlafene Kleinstadt auf der Halbinsel Guajira, manchmal die Insel Margarita, die der venezolanischen Küste vorgelagert war. Und ab und zu traf sich wieder alles in Cartagena, der schönsten Stadt am südlichen Festland mit ihrem Fort, den unzähligen Lagunen und Kanälen und den Stadtmauern, die der Uhrturm überragt.

Dann waren die beiden Hippies tagelang von der Mole verschwunden und hatten sich ihren Gefährten zugesellt. Tagsüber lagerten die Langhaarigen am Strand, nachts suchten sie Schutz unter den Schilfdächern der kreisrunden Hütten, die den Strandhotels gehörten und während des Tages die Badegäste vor der Sonne schützen sollten. Die Hippierudel taten niemandem etwas zuleide, sie bettelten höchstens um Brot oder Früchte, und man gab ihnen, weil man wußte, daß es die Söhne und Töchter reicher Eltern aus dem Landesinnern und dem Ausland waren. Die Mädchen fädelten Ketten auf aus Obstkernen und zierlichen kleinen Muscheln, nähten Felltaschen und flochten Stirnbänder. Die Jungen bastelten Christussandalen, Flöten und *Love and Peace*-Medaillons. Damit verdienten sie sich etwas Geld. Mit der Flöte am Mund wanderten sie die Strände entlang, und abends scharten sie sich zusammen und sangen. Aber vor den Nächten fürchteten sie sich, denn zuweilen fielen Banden junger Burschen über sie her – meistens ebenfalls die Söhne reicher Eltern –, banden die Jesusse und schoren sie kahl.

Der Nordamerikaner und der Kanadier waren dieser entwürdigenden Behandlung dadurch entgangen, daß sie fast das ganze Jahr über auf der Mole gelebt hatten, unter dem Schutz der Fischer und Schmuggler, die ihre Boote und Schaluppen nie unbewacht ließen, so daß immer jemand in der Nähe war, der den beiden Jungen hätte zu Hilfe eilen können. Einmal hatte eine Bande versucht, sie zu scheren, kaum daß die Sonne untergegangen war und die Fischer sich nach Hause begeben hatten. Aber sofort war der ganze Fischerhafen in Aufruhr geraten. Aus jeder Schaluppe hatte sich ein Mann ins Gewühl gestürzt, und es war eine Selbstverständlichkeit für sie gewesen, den Hippies beizustehen und die Scherer in das stinkende Brackwasser des Hafens zu werfen.

Jetzt waren die beiden Hippies durch puren Zufall auf Delfina gelandet. Sie waren von der Besatzung des Postbootes mitgenommen worden, weil zwei Matrosen am Morgen des Abfahrtstages nicht erschienen waren. Daß Delfina, die Unglücksinsel, das Ziel der Reise war, hatten sie erst unterwegs erfahren, samt vielen Schauergeschichten. Aber niemand hatte ihnen erzählt, wie schön, wie herrlich diese Insel war, sogar noch in dem Zustand, in dem sie sich jetzt befand.

Kaum legte der Kutter an, als sie auch schon an Land sprangen und in die Ruinen Newhomes hinaufliefen. Sie erkletterten eine Wendeltreppe, die früher zur Kanzel der Kathedrale geführt hatte, jetzt aber unvermittelt in etwa acht Meter Höhe aufhörte. Sie war das einzige, was von der Kathedrale übriggeblieben war. Von ihrer obersten Stufe aus hatte man einen guten Überblick über die Reste von Newhome und die sie umgebende Landschaft.

Danach wanderten sie ein Stück landeinwärts, hinauf auf den Nonnenhügel. Das Panorama überwältigte sie, und schon faßten sie den Entschluß, hierzubleiben. Die Angelegenheit ließ sich leicht regeln: Zwei Delfiner übernahmen ihre Plätze auf dem Kutter und fuhren am nächsten Tag mit Arzt und Post nach Cartagena de las Indias zurück.

„Ihr seid verrückt", sagte der Kapitän beim Abschied zu den beiden Langhaarigen. „Was wollt ihr zwischen den Trümmern und dem Unkraut? Die Leute hier haben nichts für euch. Die sind selber bettelarm. Meerschweinchen und Kaninchen, das ist das einzige, was es hier im Überfluß gibt, aber die müßt ihr euch erst fangen. Und meinetwegen noch Kokosnüsse. Mahlzeit!"

„Das genügt", antworteten die beiden Hippies. „Mehr brauchen wir nicht."

„Und ihr wollt im Ernst diese elende Insel für Cartagena eintauschen, die Perle der Karibik?"

„Im Ernst", antworteten die Hippies lachend. „Für eine Weile. Wenn es uns hier nicht mehr gefällt, werden wir nach Cartagena zurückkehren, zu euch, Freunde."

„Wir erwarten euch bald", antworteten die Schiffer gerührt und umarmten die Hippies auf südamerikanisch herzliche Weise. „Und wir werden die anderen von euch grüßen."

Das Boot fuhr ab. Die beiden Hippies wandten sich der Insel zu, glücklich wie zwei kleine Buben, die eine Höhle entdeckt haben, und durchstreiften sie. Zuerst wanderten sie an der Küste entlang, bis sie nach Fishbone kamen. Nackt wateten sie durch den Vergnügungspark, der halb im Wasser stand und den man als solchen nur erraten konnte. Das Riesenrad lag auf dem Grund des Meeres, zwischen Küste und Riff, und wenn das Meer ruhig und klar war, konnte man es von einem Boot aus auf dem Grunde liegen sehen. Bunte Fische schossen darüber hin. Ein gelber Holzlöwe, der einmal zu einem Karussell gehört hatte, stak weiter hangaufwärts in einer Astgabel. Eine Rutschbahn und eine Schaukel hatten der Woge widerstanden, wohl nur deshalb, weil sie nicht viel Angriffsfläche boten. Die Hippies legten ihre Kleiderbündel auf einem Strauch ab, der aus dem Wasser ragte, und vergnügten sich eine gute halbe Stunde abwechselnd auf Schaukel und Rutschbahn. Wer schaukelte, fuhr bei jedem Schwung mit dem Hintern durchs Wasser. Wer rutschte, landete ebenfalls im Wasser. Als sie weiterwateten, stießen sie auf eine Gruppe von Kindern, die einen kostbaren Schatz entdeckt hatten: Unter einem knappen Meter Wasser lagen drei oder vier Wachsfiguren, fast ganz unter Sand und Steinen vergraben, aus dem Wachsfigurenkabinett des Engländers. Die Kinder tauchten und scharrten das Geröll über den Figuren weg. Eine Figur nach der anderen wurde von ihnen unter Geschrei und Gelächter an Land gezogen. Die Wachsprominenten hatten noch Kleider an und Perücken auf, aber Steine und Sand hatten ihre Gesichter zerstört. Man konnte sie nicht mehr identifizieren. Nur einer war auch mit zerstörter Physiognomie noch auf den ersten Blick erkennbar: Napoleon. Er hatte die Hand in die Weste geschoben und das Spielbein stark nach auswärts gedreht. Die Kinder legten die Figuren nebeneinander ins Gras und trieben ihren Schabernack mit ihnen. Sie hoben den Damen die Röcke und flochten ihnen Zöpfchen in die zerzausten Perücken. Ein Halbwüchsiger steckte einer männlichen Figur ein zusammengedrehtes Stück Zeitungspapier in den Mund und zündete es an. Als es herunterbrannte, begann auch der Mund zu schmelzen. Alle ergötzten sich an diesem Schauspiel und drehten nun auch für die anderen Figuren Zigaretten. Zwei Damen und zwei Herren waren es, fast ganz ohne Gesichter. Ein kleines Mädchen zog einen violetten Stift aus der Tasche und malte ihnen neue Gesichter: kreisrunde Glotzaugen mit übergroßen Wimpern und ausdruckslose Fischmäuler. Dann trugen sie die Figuren davon. Sie schleiften sie quer durch das Gebüsch, das ins Wasser hineinwuchs und schon über die asphaltierte Straße zu wuchern begann.

„Was habt ihr mit ihnen vor?", riefen ihnen die beiden Hippies nach.

„Bei uns zu Hause machen sie Kerzen daraus", antwortete eines der Kinder, und ein anderes rief ihnen zu: „Weil es doch kein Licht mehr gibt."

Die Hippies wanderten weiter. Sie kletterten in ein ausgebranntes Hotel und tollten durch dessen Korridore. Sie betraten ein anderes Hotel, das die Woge durchspült hatte. In dessen Betten klebten noch zum Teil die Bettlaken, und in den Nachttischschubladen lagen noch verquollene Bibeln. Farblose, durchsichtige Eidechsen huschten an den Wänden hinauf und herunter, Meerschweinchen sprangen erschrocken aus Papierkörben, die in irgendeine Ecke gerollt waren, wieselten durch die öden Küchenräume und verschwanden irgendwo in der Empfangshalle, wo die Mahagoni-Wandverkleidung abplatzte und die Teppiche, soweit die Eingeborenen sie nicht schon weggeschleppt und an die Besatzung des Postbootes verkauft hatten, vom Schimmel weiß beflaumt waren. Alle Fensterscheiben waren vom Wasser eingedrückt worden. Die Klubsessel hatte die Woge umgestürzt und gegen die Wände geschlagen. Die Bilder hingen schief oder fehlten ganz und hatten nur ein Viereck dunklerer Wandfarbe hinterlassen. Die noch da waren, hatte das Wasser ausgelaugt. Sie klebten verquollen unter zerbrochenen Scheiben. Hinter der Bar häuften sich Scherben und Tierexkremente. Aus der ehemaligen Telefonkabine knurrte sie eine Hündin an, die darin Junge geworfen hatte.

Die Hippies hoben eine schwere hölzerne Garagentür aus den Angeln, hockten sich darauf und stakten mit Stangen durch die ehemalige Hauptstraße von Fishbone, schoben sich hier und dort an öde Fassaden heran, schauten durch die Fensterhöhlen in die Räume hinein, wo zuweilen noch Kronleuchter an den Decken und Familienfotos an den Wänden hingen, und hielten in einem Hochhaus, denn die Haustür war aus den Angeln gerissen, und sie konnten mit ihrem Floß bis zur Treppe fahren. Dort vertäuten sie es mit einem Gürtel und stiegen, immer noch nackt, die Stufen empor. Aus dem Lift, der zwischen dem dritten und vierten Stock hing, stank es nach Aas. Manche Wohnungstüren waren verschwunden, andere schlugen im Wind. Die Möbel lagen zerschlagen in Haufen herum. Je höher sie kamen, um so weniger hatten die Wohnungen gelitten. Unterhalb des dritten Stockes waren sie ausgeplündert worden. Im dritten Stock hatte die Woge oder das Erdbeben ein Stück Treppe herausgerissen. Die Hippies legten die Rückwand eines Kleiderschranks darüber und kletterten weiter. Vögel hausten hier oben, die erschrocken aufflatterten, als sie auftauchten.

Als sie das zehnte Stockwerk hinter sich hatten, gerieten sie auf das Dach. Auf ihm entdeckten sie ein fast unbeschädigtes Penthaus: eine Junggesellendachwohnung mit allem Komfort. Hier hatte früher der Manager des Souvenir-Klubs gelebt. Ein paar Bilder waren von den Wänden gestürzt, die Flaschen aus der Hausbar gerollt, eine Reihe von Büchern und Vasen aus den Wandborden gefallen, die Fensterscheiben hatte die ungeheure Spannung der Wände zersplittern lassen. Alles war besprenkelt von Vogelexkrementen – aber sonst fehlte hier nichts. In einer Schublade entdeckte der Amerikaner sogar eine Geldbörse mit über zweihundert Dollars und einem Paß, und in einer anderen Schublade mehrere Paare kostbarer Manschettenknöpfe. Man mußte nur einmal gründlich reinemachen, dann war dies eine makellose Wohnung. Ob Fensterscheiben oder nicht – was tat das schon?

„Laß uns hier wohnen", sagte der Kanadier. „Diese Wohnung haben die Eingeborenen noch nicht gefunden und geplündert."

„Wir werden die Wohnung im Auge behalten", antwortete der Amerikaner. „Sie ist wirklich schön. Vor allem die Aussicht, die sie hat. Aber laß uns erst die ganze Insel abwandern, bevor wir uns endgültig entscheiden."

Sie verließen Fishbone, vertäuten ihr Floß am Stadtrand und kletterten durch die Klippen weiter. Zwischen zwei senkrechten Steinwänden, unter einer Plattform, auf der ein großes Haus samt Terrasse gestanden haben mußte (die am Boden festgeschraubten Tische standen noch da, wo sie früher gewesen waren), hatte sich eine große Wurstschneidemaschine festgeklemmt.

Sie wanderten unterhalb der Jasminwälder, die um diese Jahreszeit nicht blühten, an den Stränden entlang. Im Sand stak, schon halb verweht, eine Kloschüssel, nicht weit davon ein von der Sonne verblaßter Teddybär. Von den Bungalows und Hotels waren nicht einmal mehr die Fundamente zu sehen. Sie lagen jetzt unter Wasser. Ein völlig unzerstörter Kiosk hatte sich, mit dem Dach nach unten, im Geäst eines Baumes verfangen, der aus dem Wasser ragte. Der Kanadier kletterte hinauf und schaute hinein. Der Kiosk war noch wohlsortiert mit den verschiedensten Delfina-Souvenirs, angefangen von geschnitzten Kokosnußköpfen bis zu bemalten Muscheln, Strandhüten, Taschen mit der Aufschrift *Delfina* und Kinderspielzeug, aber alles lag zusammengeworfen in der konischen Spitze des Daches, und darauf brütete ein großer Vogel, dessen Namen die beiden jungen Leute nicht kannten. Im Hintergrund einer anderen Bucht, am Waldrand, stand noch einsam ein Hotel. Das Gebüsch war schon in das Gebäude hineingekrochen und wucherte aus den

Fenstern. Verwilderte Ziegen hatten hier einen Unterschlupf gefunden. Ziegenlämmer hüpften den Hippies zutraulich entgegen, Kaninchen hoppelten davon.

„Wir sind in ein Paradies geraten, ist dir das schon aufgegangen?" fragte der Kanadier den Amerikaner.

Und dann kamen sie durch die Ruinen von Limerick, wo kaum mehr ein Haus stand, wo es dafür aber noch eine erstaunliche Anzahl von unbeschädigten und noch immer leuchtend bunten Verkehrszeichen gab. In einem großzügig angelegten, modernen Gebäude, dem das Wasser den Oberstock abgerissen hatte, wanderten die Hippies durch eine Halle, die vollgepfropft war mit mexikanischen Onyx-Brieföffnern: das Souvenir des Monats. Die beiden jungen Männer konnten sich diese Anhäufung von Brieföffnern nicht erklären, aber es gab so vieles zu sehen, was sich nicht erklären ließ, daß sie längst aufgegeben hatten, an Unbegreiflichem herumzurätseln. Sie fanden zum Beispiel in einem Keller eine Uhr, die noch ging und sogar recht genau ging. Das konnten die beiden Hippies, die ihre Armbanduhren längst versetzt hatten, am Stand der Sonne ablesen.

In einer Fabrik, die halb ausgebrannt, halb weggerissen war, entdeckten sie unter einer umgestülpten Kiste hinter einer Kellertür ein paar mit Stöpseln verschlossene Kokosnüsse, die sie neugierig öffneten. (Die übrigen Flaschen hatten sich die Delfiner längst herausgeholt und im Gedenken an die guten alten Zeiten geleert.) Das Gesöff, wie sie es nannten, ließ sich trinken, es schmeckte sogar ganz großartig. Bald stolperten sie, immer noch nackt, singend und johlend durch den Bach, der früher einmal das Dorf Aberystwyth von dem Dorf Limerick getrennt hatte. Eine Brücke war nicht mehr da. Die Brandung, die jetzt von den Riffen nicht mehr aufgehalten wurde, schäumte bis an die Ruinen heran und noch ein ganzes Stück bachaufwärts.

Als die Jungen das, was Limerick einst gewesen war, hinter sich hatten, übergab sich der Amerikaner. Dann warfen sie sich mitten auf einer gelbblühenden Wiese hin und schliefen ihren Rausch aus. Sie schliefen bis zum nächsten Morgen. In den

Palmenhainen zerschlugen sie ein paar Kokosnüsse und frühstückten, dann wandten sie sich inseleinwärts. Sie stiegen über Hügel hinauf. Überall stießen sie auf umgestürzte Büsten, die sich bereits mit Moos bezogen und von Stauden überwuchert wurden. Auf halber Höhe entdeckten sie uralte Eisenbahnschienen. Schließlich kamen sie, nachdem sie ein paar Kühe gemolken hatten, die auf den Hängen weideten, in ein Tal unterhalb eines spitzen und recht hohen Berges. Darin lag eine merkwürdige Figur mit riesigen Ausmaßen, die Arme ausgebreitet, das Gesicht nach unten gekehrt und schon halb in Gesträuch und Buschwerk verschwunden.

Dann fanden sie Green Village. Hier wohnten nur noch zwölf Leute – alle Angehörige des Zaubererclans. Green Village war unbewohnbar geworden, weil seine Brunnen versiegt waren. Nur die Zauberer und ihre Verwandten hielten es da aus, weiß der Teufel wie. Außerdem, wie schon erwähnt, war das ganze Dorf zusammengefallen wie ein Kartenhaus. Mumifizierte Tierleichen lagen hier noch herum. Sie stanken nicht mehr. Die beiden Hippies entdeckten die künstliche Burg des deutschen Feuerwehrhauptmanns. Wie hypnotisiert steuerten sie darauf zu. Einige Gartenzwerge waren umgefallen, einen hatte eine Erdspalte verschluckt, einem anderen war durch einen herabstürzenden Ziegelstein der Bart abgebrochen. Ihre Eunuchengesichter grinsten breit und gutmütig wie eh und je, als hätte keine Katastrophe stattgefunden. Auch innerhalb der Burg merkte man nicht viel von dem, was sich auf Delfina abgespielt hatte. In den Fremdenzimmern waren nur die üblichen Erdbebenschäden zu sehen: Risse in den Wänden, herabgestürzte Vasen, Krüge, Bücher, Nippesfiguren, Bierseidel und zerbrochene Butzenscheiben.

„Wollen wir nicht lieber hier oben wohnen?" fragte der Amerikaner, der, wie viele seiner Landsleute, eine Schwäche für historische Bauten hatte.

„Und womit willst du dich hier waschen?" fragte der Kanadier zurück, dem die Dachwohnung in Fishbone besser gefallen hatte.

„Womit willst du dich denn unten in Fishbone waschen?" entgegnete der Amerikaner. „Dort gibt es ebensowenig Wasser wie hier. Du mußt erst alle Treppen 'runtersteigen, auf das Floß klettern, an Land staken, den nächsten Bach suchen, den Eimer füllen, ihn auf das Floß laden, zurückstaken und den Eimer zehn Stockwerke hinaufschleppen. Hier mußt du eben die nächste Quelle suchen. Es muß sich ja wohl irgendeine in der Umgebung befinden."

Also blieben sie in der Burg wohnen. Sie fuhren nicht schlecht damit, denn ringsum gab es Palmenwälder und Obstgärten und die Reste der Felder, die früher zu dem landwirtschaftlichen Großbetrieb gehört hatten. Es gab im Überfluß zu essen, wenn man seine Ansprüche nur etwas herunterzuschrauben gewillt war. Die beiden Hippies gingen sogar so weit, den Kaninchen nachzujagen, denen man überall begegnete. Aber ihrer habhaft zu werden, bedurfte es größter Kunstfertigkeit oder eines guten Gewehrs, das die jungen Leute nicht besaßen. Und so hielten sie sich an die zahlreichen Meerschweinchen, die man, wenn man nur einigermaßen geschickt war, mit der Hand fangen konnte. Sie zogen ihnen das Fell ab, nahmen sie aus und brieten sie an einem Spieß über offenem Feuer, und beide Hippies bestätigten sich gegenseitig immer wieder, daß sie noch selten so wohlschmeckendes Fleisch gegessen hätten und wie unbegreiflich es sei, daß man das Meerschweinchenfleisch als Delikatesse noch nicht entdeckt habe. Den Kühen molken sie morgens zuweilen die Euter aus, noch bevor die Newhomer heraufkamen, um Milch zu holen. Aber bald gingen sie dazu über, sich eine der verwilderten Ziegen einzufangen und im Garten zu halten. Die gab Milch genug. Sollten die Newhomer Säuglinge die Kuhmilch haben!

Die wenigen Einwohner der Insel akzeptierten die Neuankömmlinge oder, besser gesagt, sie beachteten sie nicht. Eine allgemeine Apathie, wie sie schon manchmal auf der Insel geherrscht hatte, war wieder zu beobachten. Wer keine Kerzen besaß, ging bei Sonnenuntergang schlafen und wachte mit der

Sonne auf. Tagsüber tat man nur das Nötigste, um sich zu ernähren. Und mit jedem Postboot verließen wieder ein paar Familien die Insel, um anderswo zu leben, wo die Erde nicht bebte.

Zwei Monate nach der Ankunft der beiden Jesusse stiegen aus dem Postboot sechs andere Hippies aus, drei Jungen und drei Mädchen, alte Bekannte der beiden Erstangekommenen, die sich im Fischerhafen von Cartagena de las Indias nach dem Verbleib des Amerikaners und des Kanadiers erkundigt und dabei deren Aufenthalt auf der Insel Delfina erfahren hatten. Es gab für sie nichts Eiligeres zu tun, als ihnen nachzureisen – für eine Armbanduhr, die sie dem Kutterkapitän abtraten. Nun stürzten sie mit Begeisterungsrufen an Land. Wie bezaubernd lag diese Insel da, wie malerisch spiegelten sich ihre Hügel in den Buchten! Eines der Mädchen, eine Anglistikstudentin aus Belgien, dichtete sogleich ein Sonett auf Delfina.

Sie suchten die Insel nach den beiden Verschollenen ab, und als sie sie gegen Abend anhand von Hinweisen der Eingeborenen im Burggarten vor einem offenen Feuer fanden, Meerschweinchen am Spieß drehend und Kokosnußfleisch kauend, war der Jubel groß. Bis gegen Morgen wurde erzählt und gesungen, diskutiert und gescherzt.

Die Neuankömmlinge zogen ebenfalls in die Burg. Nun konnte man schon von einer kleinen Hippiekolonie sprechen. Vor allem die Mädchen wanderten unermüdlich auf der Insel umher, krochen in jede Ruine und an den Stränden herum und suchten sich an Mobiliar und Dekorationsmaterial zusammen, was ihnen schön erschien. Es entstanden bald innerhalb der Burg die hübschesten Innendekorationen aus Palmblattgeflecht, Bastwebereien, Muschelschalen, Fischschuppen und Schneckenhäusern. Es entstanden auch geflochtene spanische Wände, Papierkörbe und Lampenschirme. Die Jungen gingen daran, Felder zu bestellen und noch mehr Ziegen einzufangen, und Hühner gab es jetzt auch schon im Burghof.

„Wirklich, ein Paradies!" jubelten sich die Mädchen zu.

Sie waren sich darin einig, daß sie hier endlich in Frieden leben konnten. Niemand wollte die Burschen scheren, niemand verhöhnte und beschimpfte sie. Sie kamen zu dem Entschluß, den anderen Gefährten eine Nachricht zu schicken, daß sie kommen sollten: Auf dieser Insel Delfina konnten alle Hippies endlich ihr Lebensideal verwirklichen!

Mit dem Postboot sandten sie die Botschaft nach Cartagena: „Kommt nach Delfina und seid hier glücklich!"

Und sie kamen. Scharenweise. Jedes Postboot war zum Bersten voll. Den Behörden in Cartagena kam diese Lösung nur gelegen, denn auf solche Weise wurden sie die Hippies los, die ein Problem darstellten: Wie sollte man sich ihnen gegenüber verhalten? Sie waren weder Verbrecher noch nützliche Staatsbürger, weder Aufrührer noch Arme, mit denen man kurzen Prozeß machen konnte. Sollten sie nur nach Delfina gehen, dort störten sie niemand, so unkonventionell sie sich auch benahmen. Im Gegenteil, dort konnten sie die so arg gerupfte Insel wieder etwas bevölkern helfen. Gleichzeitig brauchte man sie nicht zu erhalten, denn dort gab es, wie man wußte, Kokospalmen und Fische im Überfluß. Man unterstützte von staatlicher Seite ihren Abzug vom Festland sogar mit der Gewährung einer Freifahrt auf dem Postboot. Die Rückfahrt allerdings mußten sie regulär und sogar recht teuer bezahlen. Man erhoffte durch diese Regelung, die Hippies für eine gute Weile, wenn nicht für immer, aus dem Blickfeld der etablierten Gesellschaft bannen zu können.

Bald war kein Platz mehr in der Pseudoburg. Es fanden sich drei Pärchen, die sich für das Penthaus in Fishbone begeisterten und wirklich eine lange Zeit hoch über Fishbone hausten und sich weder am Loch in der Treppe noch am Wassermangel störten. Wenn sie Hunger hatten, stiegen sie die unzähligen Treppen hinunter und angelten Fische vom Floß oder von der obersten Treppenstufe aus. Wenn sie aber zu faul waren hinabzusteigen, ließen sie den Angelhaken an einer langen Schnur von der Dachterrasse herab. „Die Ungewaschenen" wurden sie genannt.

Wieder andere ließen sich in dem einsamen Strandhotel nieder, in dem früher die Prominenz regiert hatte und jetzt die verwildert Ziegen hausten und das Gestrüpp wucherte. Ein mit sich und der Welt zerfallener Zipfelbart holte sich den Kiosk aus dem Baumgeäst und trug ihn, unterstützt von hilfreichen Gefährten, ans Trockene. Der Kiosk war winzig – noch nicht einmal so breit, daß sich der Bursche längelang darin ausstrecken konnte, ohne mit Kopf und Füßen an die gegenüberliegenden Wände zu stoßen. Aber die Größe genügte ihm. Seine Vorbilder waren mittelalterliche, womöglich eingemauerte Eremiten. Manchmal verglich er sich auch rnit Diogenes in der Tonne. Aber da er keine humanistische Schulbildung genossen hatte, bewegte er sich nur sehr zögerlich im griechischen Philosophen-Ambiente.

Der Vogel, der auf den Souvenirs gebrütet hatte, war nicht mehr da. Die Souvenirs verschenkte der Zipfelbart an die Inselkinder.

Auch in den über die Hügel verstreuten Hütten und Bungalows und in dem Fishboner Villenvorort quartierten sich Langhaarige ein. Schon begannen die ersten Buchweizen- und Maisfelder zu sprießen, und das erste auf der Insel gezeugte Hippiekind wurde geboren. Inzwischen waren über vierhundert Hippies auf Delfina ansässig geworden. Von allen Teilen Kolumbiens und der angrenzenden Länder strömten Hippies in Cartagena de las Indias zusammen, denen die wunderbare Mär von der Insel des Friedens zu Ohr gekommen war. Es reisten Chilenen, Peruaner, Argentinier, Venezuaner und Ecuadorianer an, Schwarze, Braune und Weiße, sodaß sogar alle zwei Wochen ein Boot – ein weit größeres als am Anfang – von Cartagena aus hinüberfahren mußte.

Aber nicht nur vom südamerikanischen Kontinent kamen die Blumenkinder. Auch von Mexiko herüber fanden sie den Weg nach Delfina. Ein Kutter lud an die einhundertfünfzig Mittelamerikaner aus, die sich sogleich auf der Insel verteilten. Der Kutterkapitän witterte guten Verdienst und tuckerte darauf die ganze Südküste Nordamerikas ab. In jedem Hafen hängte er ein großes, selbstgemachtes Schild über die Bordwand: *Hippies! Auf nach Delfina, dem Hippieparadies!* Allein in Florida nahm er über hundert Hippies an Bord. In New Orleans und den Nachbarhäfen waren es sogar einhundertfünfzig. Zu guter Letzt, nachdem er einige Male hin- und hergefahren war, hatte er Delfina um etwa vierhundertzwanzig Nordamerikaner bereichert, die zum größten Teil nicht bargeldlos waren und dem mexikanischen Kapitän gaben, was er verlangte. Mit ihnen kamen etwa hundert Gitarren, unzählige Block-, Hirten- und Panflöten und eine Anzahl von Sängern auf die Insel, die sich hören lassen konnten.

Über fünfzig Nordamerikaner quartierten sich in der ehemaligen Morganschen Festung auf der Landzunge ein, die sie mit viel Liebe und Sorgfalt wieder leidlich in Ordnung brachten. Sie umgaben sich aus reinem Selbsterhaltungstrieb mit ganzen Scharen von Katzen, denn in den Kellern, die voller Seewasser standen, hausten zahlreiche Ratten. So gelang es ihnen, die Unterwelt in Schach zu halten und in aller Heiterkeit und Seelenruhe über den Verliesen dahinzuleben, in denen sich zuweilen wilde Kämpfe abspielten. Etwas Erbarmungsloseres als diese Ratten-und Katzenkriege hatte man auf der Insel noch selten zu Gesicht bekommen. Ratten wie Katzen ließen dabei ihr Leben.

Viele Hippies zogen vor, ganz im Grünen zu leben. Sie bauten sich Schilfhütten und gruben Höhlen, in denen sie hausten, und flochten Regendächer aus Palmenfächern. Fielen ihnen die Sohlen von den Schuhen, liefen sie barfuß weiter. Hingen die Kleider in Fetzen – wen störte es? Im übrigen fanden sich in den Ruinen noch allerlei Schätze an Textilien und Schuhwerk, an Decken, Bettzeug und Geschirr. Es gab keinen Grund, sich zu sorgen.

Nach einem Jahr bevölkerten bereits über neunhundert Hippies die Insel. Demgegenüber war die Zahl der Eingeborenen auf knappe dreihundert zusammengeschmolzen. Dreizehn verschiedene Nationalitäten befanden sich nun auf Delfina, mit sieben verschiedenen Sprachen. Aber das war kein Hindernis, einander zu verstehen.

Es war wirklich eine Insel des Friedens. In aller Öffentlichkeit legten die neuen Bewohner Delfinas Marihuanapflanzungen an. Sie lagerten gruppenweise in Tälern zwischen Kühen und Ziegen, flochten Blumenkränze und Girlanden, zogen Fruchtkerne auf Fäden, rauchten Hasch und Marihuana und liebten sich unter freiem Himmel, mitten im Blütengebüsch und auf blumigen Hängen. Fast alle wanderten halbnackt durch die Landschaft, Jungen wie Mädchen, manche auch ganz nackt oder nur mit einer Blütenkette bekleidet, und niemand nahm Anstoß daran. Sie sonnten sich an den Stränden und badeten zu jeder Tageszeit. In den Vollmondnächten wimmelte es in den Buchten von schönheitstrunkener Jugend, die sich nackt im türkisschimmernden Meer tummelte. Paare fanden und verloren sich wieder. Ein buntes Kaleidoskop junger Leute setzte sich unaufhörlich zu neuen Farben und Formen zusammen. Es gab keine geregelten Essenszeiten. Wer Hunger hatte, aß. Wer nichts zu essen hatte, bekam von anderen ab. Es gab keine Etikette. Wer Lust hatte zu rülpsen, der rülpste, wo immer es auch war. Und wenn einer müde war, legte er sich nieder und schlief, wenn er auch mit den Füßen im Meer lag. Manche hatten Lust zu arbeiten. Sie hackten, bauten, fischten oder gruben. Andere schlenderten völlig entspannt herum, aßen, was sie fanden, schliefen, wohin sie fielen, und schwelgten in Freiheit. Ein Rotbart hauste Tag und Nacht in der Astgabelung eines Baumes und lebte von dem, was ihm mitleidige Seelen hinaufreichten.

„Ich halte Zwiesprache mit Gott", seufzte er, ärgerlich über die Störung seiner Meditationen, wenn er ein Geschenk, an einer langen Stange hochgestemmt, entgegennehmen mußte, und hob die Augen gen Himmel. Daß es rund um den Stamm seines Baumes mörderisch stank, störte ihn nicht weiter. Ein anderer Einsiedler, aus Chicago, hockte im Lotussitz einsam auf einem Hügel, von einem blätterreichen Baum überschattet, drehte eine Gebetsmühle und murmelte unaufhörlich absolut Unverständliches. In den westlichen Palmenhainen lehrte ein vierzigjähriger Hippie Yoga. In den südöstlichen Hügeln dagegen waren die Jesusanhänger aktiv. Am laufenden Band gab es dort Gesichte und Erleuchtungen, Taufen und öffentliche Beichten. Wer Lust hatte zu predigen, der predigte. Es gab ein paar Meister, denen jeweils eine Schar von Jüngern, vor allem aber Jüngerinnen folgte. Manchmal gerieten die Meister untereinander in heftige Dispute, denen sich die beiden Jüngergruppen anschlossen. Kam man zu keinem klaren Ergebnis, so begab man sich in die Jasminwälder, wo man bald alle Probleme vergaß und süß entschlummerte. Jünger trugen dann nach einer Weile die Teilnehmer an den Streitgesprächen aus dem Dickicht. Nachdem die Meister wieder zu sich gekommen waren, wandelten sie, nun milde gestimmt, mit ihren Jüngern in verschiedene Richtungen davon.

Da waren auch Sonnenanbeter und Mondanbeter, Tagträumer und Nachtschwärmer, Felsenverehrer und solche, die ihr Interesse nur der Musik oder der Poesie zuwandten. Es gab kaum jemanden unter den jungen Leuten, der keine Gedichte schrieb, und da die meisten weder Papier noch Schreibzeug besaßen, mußten sie ihre Lyrik auswendig lernen. Dann liefen sie über Hügel und Strände, um ihre Oden, Sonette oder freien Rhythmen Freunden vorzutragen.

Dem Spiel wurde eine große Bedeutung eingeräumt. Hier und dort sah man junge Leute, die aus Ästchen und kleinen Steinen kunstvolle Miniaturgebäude aufbauten oder sich gegenseitig haschten, einander Kokosnüsse zuwarfen und wetteifernd Palmenstämme hochkletterten. Manche Mädchen zeichneten in den Sand der Strände, andere bastelten Puppen aus Schilf, wieder andere spielten Karten oder Schach oder schoben Murmeln in ein Loch in der Erde. Es gab Gruppen, die sich für Versteckspiele, andere, die sich für Kreiselspiele begeisterten. Großer Beliebtheit erfreute sich ein Gesellschaftsspiel, das die bereits erwähnten Meister angeregt hatten: Verliebte Pärchen drangen in die Jasminwälder ein und küßten und liebten sich in die Betäubung hinein. Nach einer halben Stunde wurden sie, laut Absprache, von ihren Gefährten, die sich die Nasen mit nassen Lappen schützten, gefunden und hinausgetragen. Es könne keinen Tod geben, der süßer wäre als dieser, schwärmten die Wiedererwachten. Merkwürdigerweise gab es während der ganzen Hippieperiode keine Selbstmorde auf der Insel.

Die Marihuanaraucher, die Morphinisten, die Kokainkauer und Haschkonsumenten, gleichgültig, in welchem Stadium des Rausches sie sich befanden, wurden toleriert, die Homosexuellen wurden geachtet und für voll genommen. An schattigen Plätzen konnte man auf eifrig diskutierende Gruppen stoßen. Es wurde über alles diskutiert: über Kunst, Philosophie, Religion, Politik, Erziehung, Ethik und Moral und natürlich unermüdlich über den Sinn des Lebens. Immer wieder wurden neue Lebensformen, neue Gesellschaftsordnungen entworfen und verworfen. Kurz, man suchte nach dem totalen Glück. Diese Insel – davon waren fast alle ihrer neuen Bewohner überzeugt – bot recht viele Voraussetzungen für solch ein glückliches Leben. Kaum einer der Hippies, der sie einmal betreten hatte, verließ sie wieder – und wenn, dann nur, um Freunde zu holen und wiederzukehren. Der mexikanische Kutter kam ab und zu vorbei, nahm Bestellungen auf, besorgte sie am Festland und überbrachte auch Geldsendungen der wohlhabenden Hippieeltern, mit denen die neuen Inselbewohner ihre Bestellungen bezahlten.

Der alten Oberin blieb nicht ganz verborgen, was sich auf der Insel tat. Immer wieder kamen freundlich lächelnde junge Leute bis zur Kapellentür und spähten hinein, und wenn die Alte draußen auf ihrem Bänkchen saß, grüßten sie und hielten ein Schwätzchen mit ihr. Sie wunderte sich über die merkwürdige Bekleidung und hatte manchmal Mühe zu erkennen, ob das, was da vor ihr stand, ein männliches oder weibliches Wesen war. Aber die Bärte und langen Haare gefielen ihr. Der englische Gouverneur, ihr erster Mann, hatte auch schulterlange Haare und einen Spitzbart getragen, und ihr Freund, der alte Priesterveteran, hatte sich zuletzt ebenfalls wachsen lassen, was noch gewachsen war. Nur als einmal ein Mädchen mit bloßem Oberkörper erschien, geriet sie etwas aus der Fassung.

Nun ja, dachte sie und seufzte. Die Zeiten ändern sich.

Und sie schenkte der Halbnackten ein frischgelegtes Hühnerei.

„Vielleicht ist es jetzt so Mode", sagte sie zu sich selbst, als das Mädchen gegangen war. Sie schaute an sich herab. „Man müßte ja eigentlich mit der Zeit gehen", sagte sie gedankenvoll. „Aber ich fürchte, es würde mir kühl werden."

Der Polizeiposten in der Hafenbucht verhielt sich den Hippies gegenüber indifferent. Erstens waren es nur drei Mann – was hätten sie schon gegen eine solche Menge solidarischer Inselbewohner ausrichten können? Und zweitens geschah ja auch nichts eigentlich Kriminelles. Freilich, die Nackten bewegten sich etwas außerhalb der Legalität, und Rauschgift hätte auch nicht existieren dürfen. Aber der Chef des Postens, ein stämmiger Unteroffizier, war ein kluger und lebenserfahrener Mann.

„Verbieten wir's ihnen, machen sie's heimlich", sagte er. „Und wie sollten wir hier auch, zu dritt, hinter ihre Verstecke kommen? Wir müßten die ganze Insel auf den Kopf stellen und fänden, wenn wir Glück hätten, ein paar Gramm – mit dem Erfolg, daß sie sich über uns lustig machen würden. Wenn der Staat seinen Bürgern erlaubt sich zu besaufen, dann soll er sie auch haschen lassen. Es kommt schließlich alles auf dasselbe heraus. Es ist das beste, wir schließen die Augen und sehen nichts, damit halten wir uns aus allen Unanehmlichkeiten und Unbequemlichkeiten heraus – was ja schließlich in unser aller Sinne ist –, und außerdem handeln wir dann auch christlich, wie mir scheint."

„Aber du mußt zugeben, daß man sich hier manchmal wie in einem Irrenhaus vorkommt", murrte einer der beiden Untergebenen. „Man braucht sich nur die Gestalten anzuschauen, die vorüberschlendern. Erst einer von den Jesussen, dann ein ganz Nackter, nur mit einem breiten Gürtel bekleidet, dann einer in einem safrangelben Gewand und rasiertem Schädel, wie ein buddhistischer Mönch, und dann eine haarige Fee mit bloßer Brust."

„Nun, gegen die habe ich nichts einzuwenden", grinste der dritte.

„Ja, du!" sagte der Unteroffizier. „Dir fallen andauernd die Augen aus dem Kopf. Das ist der einzige Grund, weshalb du's hier aushältst."

Nach einem zweijährigen Aufenthalt auf der Insel mußten die drei Polizisten ausgetauscht werden. Denn einer der Ärzte hatte der Polizeibehörde in Cartagena de las Indias Haarsträubendes gemeldet: Der eine Polizist hatte sich mit einem Hippiemädchen, einer Ecuadorianerin, zusammengetan und hauste mit ihr in einem der zahlreichen Zimmer in Yolandas Villa. Als der Arzt mit dem Postboot angekommen war, hatte ihn dieser Polizist völlig nackt, sogar ohne Achselklappen und Rangabzeichen, herzlich begrüßt. Der zweite war erleuchtet worden und predigte jetzt dem Jesusvolk. Eine Gruppe von sieben Mädchen und zwei langhaarigen, bebrillten Jungen folgte ihm, wohin er auch ging, und wenn er gezwungen war, Dienst zu tun, wartete sein Volk geduldig vor Yolandas Villa. Und der Unteroffizier, der Chef des Postens, hatte seine Begabung für Musik entdeckt und übte unaufhörlich auf der panflöte. Als der Arzt ihn begrüßen wollte, saß er im Lotussitz auf seinem Schreibtisch und schaute kaum auf. Immerhin – er übte die kolumbianische Nationalhymne, ein mildernder Umstand, der verhütete, daß er fristlos aus dem Staatsdienst entlassen wurde.

Auch das nächste Polizistenteam, das auf die Insel beordert wurde, konnte dem süßen Leben nicht widerstehen. Binnen zwei Monaten waren zwei der Ordnungshüter dem Heroin verfallen, der dritte rauchte Marihuana. Es blieb den Behörden in Cartagena nichts anderes übrig, als alle drei Monate den

Posten auszutauschen. Die Polizisten, die einmal während der Hippiezeit auf Delfina Dienst getan hatten, waren nur mit Mühe wieder an den normalen Alltagsdienst auf dem Festland zu gewöhnen. Ihr ganzes Leben lang schwärmten sie von jenen glücklichen Inseltagen. Vor allem die Abende seien so wunderbar gewesen: Tänze – einzeln, zu Paaren oder im Kreis, traurige Lieder, lustige Lieder, Mädchenstimmen wie Samt, wilde Rhythmen auf Gitarre und Schlagzeug, das sich die Burschen auf der Insel selber gebastelt hatten, Freundlichkeit überall, ja echte Herzlichkeit, Hilfsbereitschaft und Vertrauen. Nie war eine Klage über Diebstahl eingegangen, nie hatte es Messerstechereien gegeben, nie Eifersuchtsdramen oder Notzuchtverbrechen. Und noch einmal: diese herrlichen Nächte, in denen man die Flöten von einem Ende der Insel bis zum anderen hören konnte!

„So stelle ich mir das Leben im Jenseits vor", erzählte der Polizeiunteroffizier zwanzig Jahre später auf seinem Totenbett. „Und wenn es wirklich so ist, dann macht es mir nichts aus zu sterben. Sieh doch mal nach, wo die Flöte ist. Die darf ich nicht vergessen."

„Du phantasierst", antwortete seine Frau. „Du tust ja gerade, als freutest du dich auf den Augenblick, in dem du stirbst. Und als ob du die Flöte mitnehmen könntest. Wenn dir Gott verzeiht, daß du mich ein paarmal verdroschen hast – was noch gar nicht so sicher ist, denn ich hatte blaue Flecke am ganzen Körper –, wirst du eben in einem weißen Kittel in der Nähe von Gottes Thron stehen und Halleluja singen, das kann ich dir jetzt schon sagen. Das ist so sicher wie das Amen in der Kirche. Stell dir vor, du würdest da plötzlich in aller Feierlichkeit auf der Flöte herumquieken!"

„Ich gehe nach Delfina", sagte der Mann. „Mach schon! Gib mir die Flöte! Sie ist im untersten Fach im Kleiderschrank."

„Sei nicht albern", antwortete sie. „Und außerdem gibt es ja Delfina gar nicht mehr."

„Wenn du mir nicht augenblicklich die Flöte gibst", keuchte er, „verfluche ich dich hier auf meinem Totenbett, du herzlose Schlampe!"

Wütend kramte sie die Flöte aus dem Schrank und warf sie ihm auf das Bett.

„Ich gehe nach Delfina", wiederholte der Mann, griff nach der Flöte und starb.

Knapp zwei Jahre nach dem Seebeben zog der Eremit, der den Kiosk bewohnte, während seines morgendlichen Bades im Meer zwischen den Baumgerippen – er badete natürlich nackt – eine Holzfigur aus dem Wasser, einen Frauenkörper mit üppigen Brüsten, morsch und von unzähligen Holzwürmern durchbohrt. Die Farben, mit der man sie einmal bemalt hatte, waren kaum mehr zu erkennen. Vor allem die Augen waren verschwunden, so daß die Frau wie blind wirkte. Aber ihre Gesichtszüge zeigten trotzdem einen merkwürdigen Charme. Der lag wohl ganz besonders in ihrem strahlenden Lächeln. Der nackte Bursche lud sich die Dame auf die Schulter und trug sie an Land. Bald fand sich allerlei Volk ein, das die Figur betrachtete und untersuchte, und ein ehemaliger Kunststudent pfiff, als er sie sah, durch die Zähne und vermutete ein hohes Alter dieses Fundes. Er identifizierte sie als Galionsfigur. Eine Gruppe etwas exzentrischer Mädchen bat den Eremiten um den Fund, und da er ein Stoiker sein wollte und nichts ernst nahm als sich selbst, gab er ihnen die Dame. Die Dankesküsse der Mädchen verbat er sich, nahm aber als Gegengeschenk ein Bündel Mohrrüben, vier Zwiebeln und zwei gebratene Meerschweinchen an. Darauf zog er sich in seinen Kiosk zurück, um sich, wie üblich, während des Vormittags der Meditation hinzugeben.

Die Mädchen, reichlich romantisch, wie es ihrem Alter entsprach, beschlossen, die Figur zur Göttin der Insel zu ernennen und sie auf dem Gipfel des Grey Horn aufzustellen. Dieses Vorhaben sprach sich in Windeseile herum, und ganze Scharen von Hippies geleiteten die Figur hinauf bis zum Gipfel. In einer guten Stunde waren sie oben. Auf der Plattform hingen noch die Drähte der ehemaligen Liftanlage herum. Durch die herrliche Aussicht euphorisch gestimmt, sammelten die jungen Leute Steine zusammen und häuften sie in der Mitte der Plattform auf. Dann stellten sie die Figur auf den Haufen und stützten sie mit Steinen ab, daß sie nicht umfallen konnte.

Die Ernennung der Galionsfigur zur Inselgöttin war Grund genug, ein Fest zu feiern, darin waren sich alle einig. Aber hier oben auf der schmalen Plattform war nicht Platz genug für jene, die noch unterwegs waren und auch den Berg besteigen wollten. So strömte das ganze Volk wieder bergab und begab sich auf eine Hügelkuppe etwas unterhalb des Grey Horns. Wasser, Kokosnüsse und Fische wurden herbeigeschleppt, Lagerfeuer wurden angefacht und Fische gebraten. Einer hielt eine Festrede. Der Südwind trug den Duft des blühenden Jasmins ab und zu herauf. Fast alle Hippies der Insel versammelten sich nach und nach auf der Festwiese. Nach allen Seiten entflohen Kaninchen und Meerschweinchen. Sogar die verschiedenen Eremiten, Meister und Philosophen fanden sich ein. Auf der Hügelkuppe war bald kein Platz mehr. Die, die später ankamen, lagerten sich auf die Hänge.

„Willst du unsere Göttin sein?" sang eine Schwarze mit einer satten Altstimme. Ein gemischter Chor antwortete in unbefangener Irnprovisation:

„Ja, mein Volk, ja, mein Volk!"

Die übrigen Festteilnehmer klatschten rhythmische Begleitung. Gitarren setzten ein und Flöten. Ein Rausch erfaßte die ganze Versammlung. Immer noch einmal wiederholte die Schwarze ihre Frage, und der Chor antwortete ihr, aber jedesmal variierte die Melodie. Der Rhythmus straffte sich, er fuhr den jungen Leuten in die Glieder. Sie sprangen auf und begannen zu tanzen, jeder allein, jeder nach dem Rhythmus des improvisierten Liedes. Die Bewegungen wurden immer ekstatischer, immer wilder. Einige Burschen knieten sich nieder und warfen die Oberkörper zurück, andere fielen einander in die Arme. "O Delfina Paradies!" schluchzten sie einander zu.

An den Hängen wurden andere Gesänge angestimmt. Der Eremit, der die Galionsfigur gefunden hatte, sang mit dröhnender Stimme ein Lied ganz allein für sich. Er war high und nahm nicht viel Anteil an seiner Umwelt. Er nahm nur den Duft wahr und den Rhythmus. Nicht weit von ihm hatte sich der Baumheilige niedergelassen, der um des Festes willen von seinem Baum herabgestiegen war und sich dabei, da es ihm ja seit geraumer Zeit an körperlicher Übung mangelte, fast den Hals gebrochen hätte. Er saß auf ein paar Steinen, hatte den Kopf in die Hände und die Ellbogen auf die Knie gestützt und sah dem Treiben mit unbewegtem Gesicht zu. Er war es nicht gewohnt, sich auf gleicher Ebene rnit den anderen zu bewegen. Aber als die Jesusleute ekstatisch ihr Halleluja! anstimmten, konnte er sich dem Rhythmus auch nicht entziehen und wiegte sich.

Mit dem Abend erhöhte sich die festliche Stimmung. Viele gerieten in eine Art Trance. Es war eine laue, sternenübersäte Nacht. Der Jasminduft wehte jetzt stärker herüber und versetzte die vegetativ Labilen unter ihnen in eine Art Halbschlaf, der sie aber nicht hinderte, mitzutanzen und mitzusingen.

Plötzlich gab der Hang unter dem Baumheiligen nach. Die Steine rutschten, ein Stück Rasen sackte ein. Offenbar hatte er sich auf einem von Gras überwucherten, beim Erdbeben entstandenen Erdriß niedergelassen. Er fand sich in einer grabtiefen Grube wieder, deren eine Wand den Hang hinabgerutscht war. Rings um ihn sprangen die Feiernden auf und halfen dem Verdutzten aus dem Loch. Jemand hielt eine Fackel über die Grube. Man stellte erstaunt fest, daß die Seitenwand einer eisernen Truhe zum Vorschein gekommen war. Ein paar kräftige Burschen packten zu, scharrten sie aus und hievten sie aus der Grube. Aber sie ließ sich nicht öffnen. Der Schlüssel fehlte. Irgend jemand schleppte eine Brechstange heran, den Pfosten eines ehemaligen Koppelzaunes, und brach den Deckel auf. Die Truhe war voll mit alten Goldmünzen und Schmuck. Lachend griff der Baumheilige hinein und warf Hände voll

Münzen zwischen die Singenden und Tanzenden. Und die anderen taten es ihm nach.

Es regnete Gold, aber die da sangen und tanzten, störten sich nicht daran. Und was hätten sie auf dieser geldlosen Insel auch mit Goldmünzen anfangen sollen? Die rollten auf die Erde, zwischen das Gras, und wurden festgetreten. Ein Mädchen fing ein Diadem auf, das für einen kleinen Frauenkopf angefertigt worden war.

„Das soll die Inselgöttin tragen!" rief sie, nahm ihren Freund an der Hand und zerrte ihn aus dem Gewühl.

„Laß uns noch einmal hinaufsteigen", flüsterte sie zärtlich und zeigte ihm das Diadem. „Wir wollen sie krönen!"

„Muß das sein?", fragte er mit halbgesenkten Lidern, während er sich weiterwiegte.

Sie zog ihn hinter sich her, und so wanderten beide zum zweitenmal an diesem Tag zum Gipfel des Grey Horn hinauf. Die Figur lächelte ihnen durch die Dunkelheit entgegen. Das Mädchen drückte ihr das Diadem auf das hölzerne Haar, während der Junge ihre Brüste anstarrte.

„Komm", sagte das Mädchen zu ihm und drehte ihn um. „Sieh mich an und nicht sie!"

Er packte sie, küßte sie wild und warf sie nieder. Sie wehrte sich lachend und versuchte, sich ihm zu entwinden. Sie wälzten sich, eng umschlungen, über die schmale Plattform und stürzten über den ungeschützten Rand in den Abgrund hinunter, genau dorthin, wohin auch die Christusfigur gestürzt war. Das Mädchen stieß nur einen kleinen erstaunten Schrei aus. Der Junge dagegen hielt das Erlebnis des freien Falles für eine Wirkung seines Marihuanarausches.

Die auf dem Hügel feierten weiter. Marihuana wurde freigiebig verteilt, Haschreserven kamen zum Vorschein, und hier und dort kreisten auch Rumflaschen – kolumbianischer Rum aus dem Postboot. Mitten zwischen den Singenden und Tanzenden lagen Schläfer und Berauschte. Die Jesusleute beteten im Chor und schluchzten ein paar öffentliche Beichten ins Volk.

Allmählich gingen die Feuer aus. Immer mehr Tänzer ließen sich fallen und begannen zu schlafen. Die Meerschweinchen kehrten zurück, sobald die Flöten und Gitarren verstummten. Der Baumheilige rollte sich in der Grube zusammen. Nur wenige verließen den Hügel und taumelten davon, manche in östlicher, andere in westlicher Richtung, auch ein paar nach Süden. Um Mitternacht rührte sich nichts mehr auf dem Hügel außer den Meerschweinchen und einem wenige Tage alten Hippiekind, das nach der Brust seiner Mutter verlangte.

Niemand merkte, daß die Augen der Galionsfigur, deren Farbe verschwunden war, zu schimmern begannen – in einem phosphoreszierenden Grün. Ihr ganzes Gesicht schimmerte grünlich und erhellte ihr halb schwermütiges, halb kühltriumphierendes Lächeln. Nur ein paar Vögel flatterten erschrocken auf, die sich am Rand der Plattform niedergelassen hatten. Der Wind hatte sich gelegt. Quer über den Himmel leuchtete die Milchstraße. Das Meer war glatt wie ein Spiegel und begann ebenfalls zu leuchten.

Auch daß die Insel zu sinken begann, merkte niemand. Sie sank so schnell, wie sie damals aufgetaucht war. Lautlos stieg das Meer an den Ufern empor, drang in die Ruinen, die Wälder, die Täler ein. Um zwei Uhr, als eine schmale Mondsichel über dem Horizont erschien, ragten bloß noch sechs Stockwerke der Fishboner Hochhäuser und die Dächer einiger Hotels aus dem Wasser. Von Limerick war nichts mehr zu sehen als zwei abgebrochene Fabrikschornsteine. Die drei Polizisten waren in ihren Betten ertrunken, und in Newhome stand das Meer an der letzten Stufe der Wendeltreppe, die einst zur Kanzel der Kathedrale geführt hatte. Um drei Uhr waren es nur noch drei Stockwerke in Fishbone, die aus dem Wasser ragten. Newhome war schon fast ganz verschwunden. Auch das Tal, in das die Christusfigur gestürzt war, stand schon unter Wasser. Die Jasminwälder existierten nicht mehr. Tiere aller Art flohen hügelaufwärts. Schwärme bunter Vögel flatterten aufgeregt umher. Weit draußen auf dem Meer schwamm der Kiosk des Eremiten. Um vier erreichte das Meer die Horsebackquelle, Schorschs Ländereien und den Newhomer Friedhof. Green Village lag jetzt am Strand. Um fünf, als es zu dämmern begann, erreichte das Meer den Kamm des Nonnenhügels. Als es den Krautgarten hinter dem Klostergebäude überschwemmte, brach dieser plötzlich ein. Die Wassermassen stürzten in irgendeine Tiefe, es zischte, brauste und stank nach Schwefel. Gewaltige Dampfwolken pufften wie Atompilze in den Himmel. Die Oberin, die vor dem Kloster auf dem Bänkchen saß, weil sie in ihrem Alter von fast drei Jahrhunderten keinen Schlaf mehr brauchte, und die in aller Seelenruhe beobachtet hatte, was da geschah, nickte zufrieden, als sie spürte, wie das Wasser an ihren Waden hochstieg.

„Nur noch einen Augenblick", sagte sie zu ihrem toten Freund. „Ich brauche nur noch zu ertrinken."

Eine halbe Stunde später verschwanden die Dächer des Klosters und der Kapelle im Wasser, und das Meer überspülte die Kuppe des Hügels, auf der das Fest der Inselgöttin gefeiert worden war. Und um halb sieben, als die Sonne im Osten über dem Horizont hochstieg, hatte das Meer die Plattform des Grey Horn erreicht. Lächelnd versank die Galionsfigur mit ihrem blitzenden Diadem im Wasser, ebenso schnell, wie die Sonne aus dem Meer auftauchte. Über ihrem Haupt bildete sich ein kleiner Strudel, der bald verging. Ein riesiger Schwarm bunter Vögel kreiste noch lange über der Stelle, wo sie versunken war, bis ihn der Wind in alle Himmelsrichtungen verwehte.

Ein paar Hippies trieben noch eine Weile auf dem Meer, hauptsächlich jene, die Drogen genommen hatten. Der Rausch machte sie leichter. Auch eine ganze Reihe von Mädchen, die allein durch die Musik und die Tänze euphorisch geladen waren, sanken noch nicht gleich. Ein junger Mann, ein ausgezeichneter Schwimmer und keinesfalls berauscht, sondern nur mit sich im Reinen, brachte es fertig, in dieser Situation noch ein Gedicht zu verfassen, das er mehrmals laut rezitierte, bevor er, fast schon auf halbem Wege zum mittelamerikanischen Festland, doch noch unterging:

> „Das Meer in sanftem Leuchten zeigt
> den Reigen der Ertrinkenden,
> und die Galionsfigur beschweigt
> mit grünem Blick die Sinkenden.
>
> Aus Fernen tönt Sirenensang,
> der Mond verblaßt im Dämmerlicht,
> und lautlos gleitet durch den Tang
> ein riesenhaftes Fischgesicht.
>
> Der letzte Stern des Morgens neigt
> sich hin zu schon versunkenen,
> und aus der kalten Tiefe steigt
> das Lächeln der Ertrunkenen."

Er war der letzte der Delfiner Hippies. Die anderen, nicht so zäh und so eigensinnig darauf versessen, vor dem Tod noch die drei Strophen eines Gedichts zu vollenden, waren inzwischen längst ertrunken oder von Haien gefressen worden. Nur die Oberin trieb noch weiter auf den Golf von Mexiko zu.

Sie trieb auch noch dahin, verschmäht von den Haien, unfähig unterzugehen, als einige Seemeilen vor der Küste der Halbinsel Guajira, sozusagen vor den Augen einiger Fischer, eine kleine Insel, allerdings völlig nackt, urplötzlich aus dem Meer aufstieg, fast zur selben Zeit, als Delfina endgültig versank. Die Oberin lebte sogar noch, als die konzentrischen Wellen, die sich in gleichmäßigen Abständen von der Insel Delfina gelöst hatten, das nord-, mittel- und südamerikanische Festland erreichten und dort ähnliche Verheerungen anrichteten wie damals, als Delfina aufgetaucht war.

Erst nachdem auch diese Katastrophe stattgefunden hatte, von der die Oberin allerdings nichts merkte, ließ Gott sie von dem Punkt 18°05′ Nord - 85°26′ West direkt in den Himmel auffahren, sosehr sie auch strampelte und sich gegen die Himmelfahrt wehrte. Der Kapitän eines Schiffes, das nicht allzu weit von dieser Stelle vorüberkam, sah den Schatten der Oberin auf dem Radarschirm.

Gudrun Pausewang
Der Herr des Vulkans
Lange Zeit vergriffen, jetzt endlich wieder erhältlich: Die Geschichte um den naiven Pepe Amado, dem vermeintlich ein Vulkan geschenkt wird. Als er aufbricht, um diesen in Besitz zu nehmen, gerät sein Leben unversehens aus den Fugen.

Dieser Roman gehört zum Schönsten, was die Buchwelt je hervorgebracht hat.

160 Seiten, Paperback
ISBN 3-936819-01-7

In unserer Reihe *Edition Königsblut*:

Laabs Kowalski
Wie ein Schmetterling auf dem Hintern einer lächelnden Frau
Markante Stories und lyrische Prosa in einer schwungvollen Sprache, die mitreißt und in Erinnerung bleibt.

158 Seiten, Paperback
ISBN 3-8311-3119-8